Knaur.

Knaur.

Im Knaur Taschenbuch Verlag sind bereits folgende Bücher der Autorin erschienen:
Das Lied der Sirenen
Schlussblende
Abgekupfert
Ein Ort für die Ewigkeit
Die Erfinder des Todes

Über die Autorin:
Val McDermid wuchs in Schottland auf und lebt heute in Manchester. Seit sie mit *Das Lied der Sirenen* 1995 den Gold Dagger Award gewann, widmet sich die ehemalige Literaturdozentin und langjährige Journalistin hauptberuflich dem psychologischen Nervenkitzel. Mit ihren erfolgreichen Kriminalromanen hat sie sich international in die erste Liga der Spannungsautoren geschrieben. Ihre Thriller erscheinen weltweit in mehr als zwanzig Sprachen.

Val McDermid

Ein kalter Strom

Roman

Aus dem Englischen
von Doris Styron

Knaur Taschenbuch Verlag

Dieser englische Originalaushabe erschien 2002 unter dem Titel
»The Last Temptation« bei HarperCollins, London

Dieser Titel erschien im Knaur Taschenbuch Verlag
bereits unter der Bandnummer 62330.

Besuchen Sie uns im Internet:
www.knaur.de

Vollständige Taschenbuch-Neuausgabe August 2004

Umschlaggestaltung: ZERO Werbeagentur, München
Umschlagabbildung: FinePic
Satz: Ventura Publisher im Verlag
Druck und Bindung: Clausen & Bosse, Leck
Printed in Germany
ISBN 3-426-62740-X

2 4 5 3 1

Für Cameron Joseph McDermid Baillie.
Ein vergleichsweise bescheidenes Geschenk,
aber das Beste, was ich geben kann.

Die letzte Lockung ist der Hochverrat.
Aus falschem Trieb tun rechte Tat.

T.S.Eliot, Mord im Dom

Die Psychologie hat nur dann wirklich Gewicht,
wenn sie die Verantwortung für psychologische Analysen
zu Staatszwecken übernimmt.

*Max Simoneit, wissenschaftlicher Leiter
des Amtes für Wehrmachtspsychologie, 1938*

Fallbericht

Name: Walter Neumann

Sitzung Nummer: 1

Bemerkungen: Der Patient lässt sich offenbar schon längere Zeit von einem übertriebenen Gefühl der Unfehlbarkeit lenken. Er zeigt einen beunruhigenden Grad von übermäßigem Vertrauen in seine Fähigkeiten. Bei dem anspruchsvollen Bild von sich selbst kann er nur zögernd zugeben, dass es möglicherweise begründete Kritik an ihm geben könnte. Wenn er herausgefordert wird, scheint er beleidigt und hat sichtlich Schwierigkeiten, seine Empörung zu verbergen. Er sieht keine Notwendigkeit, sich zu verteidigen, denn er betrachtet es trotz aller gegenteiligen Beweise als selbstverständlich, dass er Recht hat. Seine Fähigkeit zur Selbstanalyse ist offensichtlich eingeschränkt. Seine typische Reaktion auf eine Frage ist eine Gegenfrage. Er zeigt eine ausgesprochene Abneigung dagegen, sein eigenes Verhalten oder die Konsequenzen seines Handelns zu überprüfen. Das Konzept und die Einsicht in eine weiter gefasste Verantwortung fehlen ihm. Dem äußeren Anschein nach hat er Gemütsbewegungen, aber es ist unwahrscheinlich, dass dies mehr als eine nützliche Maske ist.

Therapeutische Maßnahmen: Behandlung zwecks Zustandsveränderung eingeleitet.

Kapitel 1

Blau ist die Donau eigentlich nie. Ihre Farbe schwankt zwischen Schiefergrau, Schlammbraun, schmutzigem Rostrot, verschwitztem Khaki und den Abstufungen dazwischen, die sämtliche Träume eines an ihrem Ufer stehenden Romantikers zerstören würden. Gelegentlich hat sie dort, wo Schiffe liegen, einen öligen Glanz, wenn die Sonne auf dem Film verschütteten Treibstoffs den Regenbogenschimmer einer Taubenkehle aufs Wasser zaubert. In dunklen Nächten, wenn die Wolken die Sterne verdecken, ist sie schwarz wie der Styx. Aber heute im Mitteleuropa der Jahrtausendwende kostet die Überfahrt mit dem Fährmann etwas mehr als eine Münze.
Vom Land wie vom Wasser aus glich der Ort einer verlassenen, heruntergekommenen Werft für Schiffsreparaturen. Die verrottenden Streben zweier Lastkähne und rostige, alte Maschinenteile, deren früherer Zweck ein Geheimnis blieb, waren alles, was man durch die Lücken zwischen den Brettern des hohen Tores sehen konnte. Hätte jemand aus Neugier auf der stillen kleinen Nebenstraße angehalten und in den Hof hineingespäht, dann hätte er sich mit dem Eindruck zufrieden gegeben, wieder einmal die letzte Ruhestätte einer kommunistischen Fabrikanlage vor sich zu haben.
Aber es gab keinen ersichtlichen Grund, gerade in Bezug auf

diesen Flussarm eine solch müßige Neugier zu hegen. Das einzig Rätselhafte an ihm war, warum jemand es selbst in den irrationalen Tagen des Totalitarismus für sinnvoll gehalten hatte, hier einen Betrieb zu errichten. In allen Himmelsrichtungen gab es im Umkreis von zwanzig Kilometern keine bedeutende Ansiedlung. Die wenigen Bauernhöfe im Hinterland hatten, wenn sie genug abwerfen sollten, schon immer mehr Arbeit erfordert, als die dort ansässigen Familien leisten konnten. Also gab es da auch keine überzähligen Arbeitskräfte. Als die Werft noch in Betrieb war, hatte man die Arbeiter von weit her mit Bussen zu ihrem Arbeitsplatz gebracht. Der einzige Vorteil war die Lage am Fluss. Vor der Hauptströmung bot eine niedrige Sandbank Schutz. Sie war mit struppigem Gebüsch und ein paar Bäumen bewachsen, die sich in die Richtung des gerade vorherrschenden Windes neigten.

Dies blieb der hervorstechende Vorzug für die, die jetzt ganz im Verborgenen dieses offensichtliche Beispiel verfallender Industriearchitektur aus der schlechten alten Zeit nutzten. Denn dieser Standort war nicht das, was er nach außen hin zu sein schien: ganz und gar keine Ruine, sondern eher eine wichtige Zwischenstation auf einer Reise. Wenn jemand sich die Mühe gemacht hätte, sie näher zu betrachten, wäre er bald auf Ungereimtheiten gestoßen. Zum Beispiel auf die Einzäunung aus vorgefertigten Stahlbetonplatten, die in erstaunlich gutem Zustand war und deren oben befestigter Stacheldraht viel zu neu aussah, um ein Relikt aus der kommunistischen Zeit zu sein. Es waren nicht besonders viele Anhaltspunkte, aber doch Hinweise, die der lesen konnte, der sich mit der Sprache falscher Vorspiegelungen auskannte.

Hätte ein solcher Beobachter an diesem Abend die anscheinend verlassene Werft überwachen lassen, dann hätte sich das für ihn bestimmt gelohnt. Aber als der elegante schwarze

Mercedes die kleine Nebenstraße entlangglitt, gab es keine neugierigen Blicke, die ihm hätten folgen können. Der Wagen hielt kurz vor dem Tor an, und der Fahrer stieg aus. Einen Augenblick fröstelte er, als er aus der klimatisierten Wärme im Wagen in die feuchtkalte Luft hinauskam. Er suchte in den Taschen seiner Lederjacke nach einem Schlüsselbund und brauchte eine Weile, um die vier ungewohnten Vorhängeschlösser aufzuschließen. Aber dann öffneten sich nach leichtem Druck die Torflügel geräuschlos. Er zog sie vollends auf, eilte zum Wagen zurück und fuhr hinein.
Nachdem der Fahrer das Tor hinter dem Mercedes geschlossen hatte, stiegen zwei Männer aus dem Fond der Limousine. Tadeusz Radecki streckte seine langen Beine, zog die Bügelfalten seines Armani-Anzugs glatt und holte seinen langen Zobelmantel aus dem Wagen. Es war ihm jetzt oft so kalt wie nie zuvor, und dies war ein unwirtlicher Abend. Sein Atem entwich wie dünne Rauchfahnen aus seinen Nasenlöchern. Er zog den Pelz enger um sich und musterte die Umgebung. In letzter Zeit hatte er abgenommen, und im blassen Scheinwerferlicht glich sein knochiges Gesicht einem Totenschädel, in dem nur seine haselnussbraunen Augen lebendig wirkten.
Darko Krasic schlenderte um den Wagen herum, blieb neben Radecki stehen und hob das Handgelenk, um auf das Zifferblatt seiner klobigen goldenen Uhr zu sehen. »Halb zwölf. Der Laster sollte jetzt jeden Augenblick hier sein.«
Tadeusz neigte leicht den Kopf. »Ich denke, wir werden das Päckchen selbst mitnehmen.«
Krasic runzelte die Stirn. »Tadzio, das ist keine gute Idee. Es ist doch alles geplant. Es ist nicht nötig, dass du so nah an die Ware rankommst.«
»Meinst du nicht?« In Tadeusz' Stimme lag eine trügerische Lässigkeit. Dabei wusste Krasic genau, dass er ihm nicht wi-

dersprechen sollte. Bei dem Verhalten, das sein Boss in letzter Zeit an den Tag gelegt hatte, wagten es nicht einmal seine engsten Mitarbeiter, ihm entgegenzutreten und damit einen Wutanfall zu riskieren.
Krasic hob besänftigend eine Hand. »Wie du willst«, sagte er.
Tadeusz entfernte sich vom Auto und fing an, in der Werft umherzustreifen, während seine Augen sich an die Dunkelheit gewöhnten. Einerseits hatte Krasic Recht. Es war nicht nötig, dass er sich selbst direkt in irgendeine Phase seiner Geschäfte einschaltete. Aber gerade jetzt sollte nichts als selbstverständlich vorausgesetzt werden. Seine Wesensart war durch seine Großmutter geprägt worden, die trotz des adeligen Blutes in ihren Adern, das sie immer erwähnte, genauso abergläubisch gewesen war wie nur irgendeiner der Bauern, die sie so verachtet hatte. Aber sie hatte ihre vernunftwidrigen Ansichten mit kunstvollen literarischen Zitaten verbrämt. Statt dem Jungen beizubringen, dass ein Unglück selten allein komme, hatte sie das Shakespearewort herangezogen: »Wenn die Leiden kommen, so kommen sie wie einzle Späher nicht, nein in Geschwadern.«
Katerinas Tod hatte ihm schon Kummer genug gebracht. Tadeusz war stolz darauf, seine Gesichtszüge so zu beherrschen, dass sie ihn nie verrieten, weder bei geschäftlichen Anlässen noch in privaten Beziehungen. Aber diese Nachricht hatte sein Gesicht zu einer heulenden Maske der Verzweiflung verzerrt, während die Tränen ihm in die Augen schossen und ihn ein unterdrückter Schrei zerriss. Er hatte immer gewusst, dass er sie liebte, doch wie sehr – das hatte er nie begriffen.
Aber noch schlimmer war, dass alles so lächerlich erschien. So typisch für Katerina. Sie war in ihrem offenen Mercedes-Kabrio unterwegs gewesen und hatte gerade die Autobahn an der

Ausfahrt Ku'damm verlassen, war also wahrscheinlich zu schnell gefahren, als ein Motorrad vor ihr aus einer Seitenstraße herausschoss. Verzweifelt versuchte sie auszuweichen, um den leichtsinnigen Motorradfahrer nicht zu erfassen. Dabei schoss sie auf den Gehweg zu, verlor die Kontrolle über den mächtigen Sportwagen und raste in einen Zeitungskiosk hinein. Sie war in den Armen eines Sanitäters gestorben, ihre Kopfverletzungen unvorstellbar entsetzlich.
Der Motorradfahrer war längst verschwunden und war sich des Blutbads, das er angerichtet hatte, wohl kaum bewusst. Bei einer Untersuchung des Fahrzeugs hatte man einen Defekt im Antiblockiersystem des Mercedes entdeckt. Das war jedenfalls die offizielle Version.
Aber als die erste Trauer sich gelegt hatte und Tadeusz wieder handlungsfähig war, kamen ihm Zweifel. Krasic, seine ihm stets treu ergebene rechte Hand, hatte berichtet, dass es während Tadeusz' vorübergehender Abwesenheit ein paar mehr oder weniger raffinierte Versuche gegeben hatte, in sein Territorium einzubrechen. Mit stoischer Ruhe war Krasic, unbeirrt von dem schmerzlichen Verlust, den sein Chef erlitten hatte, den Drohungen rücksichtslos entgegengetreten; erst nach den Anzeichen von neuem Lebenswillen bei Tadeusz hatte er diesem die ganze Geschichte unterbreitet.
Von da an galt die Parole: Tadeusz ist hinter dem Motorradfahrer her. Die von ihm geschmierten Polizisten waren keine große Hilfe gewesen, und es gab kaum Zeugenaussagen. Alles war so schnell geschehen. Es hatte gerade angefangen zu nieseln, so dass die vorbeikommenden Fußgänger im Regen die Köpfe gesenkt hielten. In der unmittelbaren Umgebung gab es keine Überwachungskameras.
Der Privatdetektiv, den Tadeusz beauftragt hatte, noch einmal mit den Zeugen zu sprechen, hatte ein bisschen mehr zusam-

menbekommen. Ein Jugendlicher, der selbst gern Biker gewesen wäre, hatte bemerkt, dass es eine BMW-Maschine gewesen war. Tadeusz wartete ungeduldig darauf, dass seine Kontaktleute bei der Polizei eine Liste möglicher Kandidaten lieferten. So oder so, ob der Tod nun ein Unfall oder das Resultat eines grausamen Plans war, würde jemand dafür bezahlen müssen.

Tadeusz wusste, dass er sich in der Wartezeit beschäftigen musste. Normalerweise überließ er die Planung Krasic und dem Kreis kompetenter Organisatoren, mit denen sie sich im Lauf der Jahre umgeben hatten. Er kümmerte sich um die großen Pläne, Details waren nicht seine Sache. Aber er war gereizt. Da draußen im Dunkeln lauerten drohende Gefahren, und es war an der Zeit, alle Glieder der Kette darauf zu überprüfen, ob sie noch so intakt waren wie am Anfang, als das System aufgebaut wurde.

Und es schadete nichts, die Handlanger daran zu erinnern, wer hier das Sagen hatte.

Als er zum Ufer ging und flussaufwärts blickte, konnte er die Buglichter eines riesigen Rheinschiffs ausmachen, dessen stampfendes Motorengeräusch über das Wasser heranzog. Er sah zu, wie das Schiff in den schmalen, tiefen Kanal einbog, in dem es längsseits am Bootskai anlegen wollte. Tadeusz hörte, wie hinter ihm die großen Torflügel wieder aufgingen.

Er drehte sich um und sah einen zerbeulten Transporter herankommen, seitlich einscheren und neben dem Mercedes halten. Sekunden später hörte er das elektronische Warnzeichen eines großen Containerlastzugs, der rückwärts in die Werft einfuhr. Drei Männer sprangen aus dem Transporter. Zwei davon liefen auf die Werft zu, während der dritte, in der Uniform eines rumänischen Zollbeamten, zum hinteren Ende des Lkws ging, wo er auf den Fahrer traf. Zusammen entfern-

ten sie das Zollsiegel vom Container, nahmen die Schlösser ab und machten die Türen weit auf.
In dem Container waren Kartons mit Kirschkonserven aufgestapelt. Tadeusz verzog bei diesem Anblick die Lippen. Wer, der bei rechtem Verstand war, würde auf die Idee kommen, rumänische Kirschen aus der Dose zu essen oder gar komplette Lkw-Ladungen davon zu importieren? Er sah zu, wie der Zollbeamte und der Fahrer anfingen, die Kartons auszuladen. Inzwischen glitt hinter ihm das Schiff längsseits an den Kai heran, wo die beiden Männer fachmännisch beim Vertäuen halfen.
Bald bildete sich ein schmaler Gang zwischen den Kartons. Nach kurzer Pause drängten Menschen durch die Lücke und sprangen auf den Boden hinunter. Verwirrte chinesische Gesichter glänzten schweißüberströmt im matten Licht, das von den Fahrzeugen und dem Schiff auf sie fiel. Der Strom menschlicher Körper wurde langsamer und verebbte. Etwa vierzig chinesische Männer kauerten eng zusammengedrängt, Bündel und Rucksäcke an die Brust gedrückt. Ihre verängstigten Blicke zuckten hier- und dorthin über das fremde Werftgelände, wie von Pferden, die Blutgeruch in der Luft wittern. Sie zitterten in der plötzlichen Kälte, ihre dünne Kleidung bot keinen Schutz vor dem kalten Nebel, der über dem Fluss lag. Ihr unbehagliches Schweigen war beunruhigender, als es jedes noch so laute Geplapper hätte sein können.
Eine leise Brise trug einen Schwall abgestandener Luft vom Lkw zu Tadeusz herüber. Voller Ekel rümpfte er die Nase bei dem Gestank von Schweiß, Urin und Kot, der von einem leicht stechenden chemischen Geruch überlagert war. *Da muss man ganz schön verzweifelt sein, um eine solche Reise machen zu wollen.* Es war eine Verzweiflung, die nicht unwesentlich zu seinem Wohlstand beigetragen hatte, und er hegte

einen gewissen widerwilligen Respekt für alle diejenigen, die den Mut hatten, diesen Weg in die Freiheit, den er ihnen anbot, einzuschlagen.
Flugs organisierten der Lkw-Fahrer, die beiden Männer vom Transporter und die Schiffsmannschaft ihre Ladung. Zwei der Chinesen sprachen genug Deutsch, dass sie dolmetschen konnten, und die illegalen Einwanderer wurden gleich in Dienst genommen. Zuerst luden sie die Kirschkonserven und die Chemie-Toiletten ab, dann spritzten sie die Ladefläche mit Schläuchen ab. Als alles sauber war, bildeten sie eine Menschenkette und luden Kartons mit Obstkonserven vom Schiff auf den Lastwagen. Schließlich kletterten die Chinesen an Bord des Schiffes und begaben sich anscheinend ohne Zögern in den jetzt leeren Container. Tadeusz' Mannschaft errichtete zwischen den Flüchtlingen und den Containertüren eine Wand aus Kartons, dann brachte der Zollbeamte Siegel an, die genau denen glichen, die er vorher abgenommen hatte.
Es lief wie geschmiert, bemerkte Tadeusz nicht ohne Stolz. Die Chinesen waren mit einem Touristenvisum nach Budapest gekommen. Einer von Krasics Leuten hatte sie abgeholt und in ein Lagerhaus gebracht, wo sie in den Container auf dem Lkw geladen wurden. Zwei Tage zuvor war das Schiff vor den Augen der Zollbeamten in der Nähe von Budapest mit ganz legaler Ware beladen worden. Hier, wo Fuchs und Has sich Gute Nacht sagten, trafen sie aufeinander, und die Ladungen wurden ausgetauscht. Das Schiff würde viel länger brauchen, um Rotterdam zu erreichen, aber es war weniger wahrscheinlich, dass es durchsucht wurde, da es gültige Dokumente und Siegel hatte. Wenn neugierige Beamte tatsächlich Zweifel hegten, konnte man auf die zuständigen Behörden verweisen, die das Beladen überwacht hatten. Und der Lkw, der viel eher angehalten und durchsucht wurde, konnte

mit seiner harmlosen Fracht die Fahrt an den Zielort fortsetzen. Wenn irgendjemand am Flughafen oder im Lagerhaus etwas gesehen hatte, das er verdächtig genug fand, um die Behörden zu unterrichten, würden sie nur eine Wagenladung Dosen mit Kirschen finden. Sollten die Beamten bemerken, dass die ungarischen Zollsiegel beschädigt worden waren, konnte der Fahrer dies leicht als Beschädigung durch Dritte oder einen versuchten Diebstahl abtun.

Auf dem Weg des Zollbeamten zurück zum Lkw trat Tadeusz ihm entgegen. »Einen Augenblick, bitte. Wo ist das Päckchen für Berlin?«

Krasic runzelte die Stirn. Er hatte schon gedacht, dass sein Boss es sich noch einmal überlegt hätte und in Bezug auf das chinesische Heroin, mit dem die illegalen Einwanderer einen Teil ihrer Reise bezahlten, eine vernünftigere Entscheidung getroffen hätte. Es gab keinen Grund für Tadzio, den Ablauf zu ändern, den Krasic mit so großer Sorgfalt ausgearbeitet hatte. Keinen anderen Grund außer den albernen, abergläubischen Vorstellungen, denen er seit Katerinas Tod anhing.

Der Zollbeamte zuckte mit den Schultern. »Der Fahrer wird's wohl wissen«, sagte er und grinste nervös. Er hatte den großen Boss noch nie gesehen und legte auch jetzt auf dieses Privileg keinen gesteigerten Wert. Krasic war im Bestechungsnetz von ganz Mitteleuropa für seine Brutalität im Dienst von Tadeusz berüchtigt.

Tadeusz blickte den Fahrer an und zog eine Augenbraue hoch.

»Ich hebe es in meinem Funkgerät auf«, sagte der Fahrer. Er führte Tadeusz um das Führerhaus herum und nahm das Gerät aus seinem Gehäuse. Darin war genug Platz für vier versiegelte Riegel des gepressten braunen Pulvers.

»Danke«, sagte Tadeusz. »Sie brauchen sich auf der Fahrt

nicht darum zu kümmern.« Er fasste hinein und zog die Päckchen heraus. »Das Geld kriegen Sie natürlich trotzdem.«
Krasic sah zu, und ihm sträubten sich die Nackenhaare. Er konnte sich an keine Gelegenheit erinnern, bei der er die Grenze auch nur mit einem Joint passiert hatte. Mit vier Kilo Heroin quer durch Europa zu fahren erschien ihm verrückt. Vielleicht fühlte sein Chef eine Todessehnsucht, aber Krasic hatte keine Lust, sich ihm anzuschließen. Er murmelte ein Gebet zur Jungfrau Maria und folgte Tadeusz zurück zu seinem Wagen.

Kapitel 2

Carol Jordan sah lächelnd in den Spiegel der Damentoilette und boxte vor heimlicher Freude wild in die Luft. Ihr Vorstellungsgespräch hätte nicht besser laufen können, wenn sie selbst den Text dazu geschrieben hätte. Sie hatte alles gewusst, und man hatte ihr die Art von Fragen gestellt, bei denen sie ihr Wissen zeigen konnte. Das Team, das sie befragt hatte, zwei Männer und eine Frau, hatte öfter, als sie in ihren wildesten Träumen hätte hoffen können, genickt und zustimmend gelächelt.

Zwei Jahre hatte sie für diesen Nachmittag gearbeitet. Sie war von ihrer Stelle, der Kripo-Leitung in Seaford, Yorkshire, wieder zur Met in London zurückgekehrt, damit sie die beste Gelegenheit haben würde, als Quereinsteigerin bei der Elitegruppe, dem National Criminal Intelligence Service – dem Kriminalnachrichtendienst NCIS –, mitzuarbeiten. Jeden Kurs in Kriminalistik und Fallanalyse, den es gab, hatte sie belegt und fast ihre ganze Freizeit geopfert, um Fachbücher und Forschungsergebnisse zu studieren. Sogar eine Woche ihres Jahresurlaubs hatte sie für ein Praktikum bei einer privaten Softwarefirma in Kanada hergegeben, die sich auf Programme zur Verbrechensverknüpfung spezialisiert hatte. Carol störte es nicht, dass ihre sozialen Kontakte sehr eingeschränkt waren; sie mochte ihre Arbeit und hatte sich angewöhnt, sich nicht mehr zu wünschen. Sie schätzte, dass es wahrscheinlich keinen Detective Chief Inspector im ganzen Land gab, der die Thematik besser kannte als sie. Und jetzt war sie bereit für den nächsten Schritt.

Sie wusste, dass ihre Referenzen untadelig waren. Ihr früherer Vorgesetzter, Chief Constable John Brandon, hatte sie schon lange angehalten, von der vorderen Front der Polizeiarbeit in den strategischen Bereich von Nachrichtendienst und Fallanalyse überzuwechseln. Anfangs hatte sie sich dagegen gewehrt, weil ihre frühe Bekanntschaft mit dem Bereich ihr zwar einen deutlich besseren Ruf verschafft, sie aber zugleich in emotionale Verwirrung gestürzt hatte, bei der ihre Selbstachtung einen einmaligen Tiefpunkt erreichte. Schon der flüchtige Gedanke daran ließ das Lächeln von ihrem Gesicht verschwinden. Sie blickte in ihre ernsten grauen Augen und fragte sich, wie lange es dauern würde, bis sie an Tony Hill denken konnte, ohne dass ihr im Magen flau wurde.

Carol hatte wesentlich dazu beigetragen, dass zwei Serienmörder zur Strecke gebracht wurden. Sie hatte ein außergewöhnliches Bündnis geschlossen mit Tony, einem Psychologen und Fallanalytiker, der selbst mehr als genug psychische Schäden hatte, um die klügsten Köpfe zu verwirren. Diese Allianz hatte all ihre Abwehrmechanismen überbrückt, die sie in den zwölf Jahren bei der Polizei errichtet hatte, und ihr war der Grundfehler unterlaufen, dass sie sich jemanden zu lieben erlaubte, der es nicht zuließ, dass er ihre Liebe erwiderte.

Seine Entscheidung, sich von der Front zurückzuziehen und nur noch im akademischen Bereich zu arbeiten, war für Carol wie eine Erlösung gewesen. Endlich fühlte sie sich frei, ihrem Talent und ihren Wünschen zu leben und sich auf die Art Arbeit zu konzentrieren, für die sie am besten geeignet war, ohne durch Tonys Anwesenheit abgelenkt zu werden.

Nur war er trotzdem immer präsent; sie hörte seine Stimme in ihrem Kopf, und sein Blick auf die Welt beeinflusste ihre Gedanken.

Carol fuhr sich frustriert durch die struppigen blonden Haare. »Scheiß drauf«, sagte sie laut vor sich hin. »Das ist jetzt meine Welt, Tony.«

Sie wühlte in ihrer Tasche und fand ihren Lippenstift, besserte schnell ihr Make-up aus und lächelte ihrem Spiegelbild wieder zu, diesmal entschieden trotziger. Das Team hatte sie gebeten, in einer Stunde wiederzukommen, um die Entscheidung zu hören. Sie beschloss, in die Kantine hinunterzugehen und zu Mittag zu essen, denn vorher war sie zu nervös zum Essen gewesen.

Mit federndem Schritt kam sie aus der Toilette. Vor ihr bimmelte weiter vorn im Korridor der Aufzug. Die Türen gingen auf, und ein hochgewachsener Mann in Paradeuniform trat heraus und bog nach rechts ab, ohne in ihre Richtung zu blicken. Carol verlangsamte den Schritt; sie hatte Commander Paul Bishop erkannt und fragte sich, was er bei NCIS zu tun hatte. Das letzte Mal, als sie etwas über ihn gehört hatte, war er einer Abteilung im Innenministerium zugeteilt worden. Nach dem dramatischen, chaotischen und peinlichen Debüt der Nationalen Einsatzgruppe zur Erstellung von Täterprofilen, der er vorstand, wollte niemand in prominenter Stellung, dass Bishop in einer irgendwie öffentlich exponierten Position arbeitete. Zu ihrem Erstaunen ging Bishop direkt auf den Raum zu, aus dem sie zehn Minuten zuvor herausgekommen war.

Was war hier bloß los? Warum redeten sie mit Bishop über sie? Er war nie ihr Vorgesetzter gewesen. Sie hatte sich einer Versetzung zu der neu entstehenden Task Force für Täterprofile hauptsächlich widersetzt, weil es Tonys persönlicher Wirkungsbereich war und sie vermeiden wollte, dass sie ein zweites Mal eng mit ihm zusammenarbeiten musste. Aber trotz ihrer guten Absichten war sie in den Sog einer Ermittlung geraten, die sich nie so hätte abspielen sollen, wie sie lief, und hatte dabei gegen Regeln verstoßen und Grenzen überschritten, an die sie lieber gar nicht denken wollte. Jedenfalls wollte sie nicht, dass Paul Bishop ihre Vergangenheit ausgerechnet vor den Befragenden zerpflückte, die entschieden, ob sie die Stelle einer hochgestellten Fallanalytikerin bekam. Er hatte sie nie gemocht, und da Carol die leitende Beamtin bei der Überführung des bekanntesten Serienkillers Englands gewesen war, hatte er den größten Teil seines Ärgers über die eigenwillige Ermittlung auf sie persönlich gerichtet. Sie nahm an, es wäre ihr in seiner Situation genauso gegangen. Aber das machte ihr den Gedanken auch nicht angenehmer, dass Paul Bishop gerade den Raum betreten hatte, wo über ihre Zukunft entschieden wurde. Plötzlich hatte Carol keinen Appetit mehr.

»Wir haben Recht gehabt. Sie ist perfekt«, sagte Morgan und tippte mit dem Bleistift auf den Rand seines Notizblocks, eine wohlüberlegte Geste, die die Geltung betonte, die er unter seinen Kollegen zu haben glaubte.
Thorson runzelte die Stirn. Es war ihr nur allzu klar, was alles schief gehen konnte, wenn unergründliche Emotionen bei einem Einsatz ins Spiel gebracht wurden. »Wieso glauben Sie, dass sie fähig genug ist?«
Morgan zuckte mit der Schulter. »Wir werden es nicht mit Sicherheit wissen, bis wir sie in Aktion sehen. Aber ich sage Ihnen, wir hätten keine Frau finden können, die besser passt, selbst wenn wir überall nach ihr gesucht hätten.« Er schob un-

ternehmungslustig sein Hemd über die muskulösen Unterarme hinauf.
Es klopfte an der Tür. Surtees erhob sich und öffnete, um Commander Paul Bishop hereinzulassen. Seine Kollegen blickten nicht einmal von ihrer angeregten Diskussion auf.
»Das ist auch gut so. Wir würden schön blöd dastehen, wenn wir alles so weit geplant hätten und dann zugeben müssten, keine glaubhafte Person für den Einsatz zu haben. Aber trotzdem ist es sehr gefährlich«, sagte Thorson.
Surtees machte Bishop ein Zeichen, er solle den Stuhl nehmen, den Carol vor kurzer Zeit frei gemacht hatte. Er nahm Platz und zog dabei mit Daumen und Zeigefinger seine Bügelfalten etwas hoch.
»Sie hatte ja vorher auch schon Einsätze in gefährlichen Situationen. Vergessen wir die Sache mit Jacko Vance nicht«, erinnerte Morgan Thorson und schob eigensinnig das Kinn vor.
»Also, Kollegen, Commander Bishop ist hier«, sagte Surtees energisch.
Paul Bishop räusperte sich. »Da Sie es schon erwähnten ... Wenn ich nur kurz etwas über die Vance-Ermittlung sagen dürfte?«
Morgan nickte. »Tut mir Leid, Commander, ich wollte nicht unhöflich sein. Sagen Sie uns, woran Sie sich erinnern. Deshalb haben wir Sie ja gebeten, dazuzukommen.«
Bishop neigte würdevoll seinen schönen Kopf. »Wenn eine Ermittlung als erfolgreich abgeschlossen gilt, ist es leicht, alles, was nicht geklappt hat, unter den Teppich zu kehren. Aber wenn man die Dinge objektiv betrachtet, war die Verfolgung und schließliche Gefangennahme von Jacko Vance der Albtraum eines jeden Polizisten. Ich muss es als die Aktion einer Person bezeichnen, die sich nicht an die Regeln hielt. Ehrlich

gesagt, das Dreckige Dutzend nahm sich dagegen wie eine gut disziplinierte Kampftruppe aus. Alles lief ohne entsprechende Befugnis, man übersprang rücksichtslos die Rangordnung der Polizei, setzte sich mit einem unbekümmerten Mangel an Respekt über die Grenzen zwischen den Zuständigkeitsbereichen hinweg, und es ist ein Wunder, dass es uns überhaupt gelang, einen positiven Ausgang zu erreichen. Wäre Carol Jordan eine meiner Beamtinnen gewesen, dann hätte sie sich einer internen Untersuchung stellen müssen und wäre zweifellos degradiert worden. Ich habe nie verstanden, warum John Brandon sie nicht bestraft hat.« Er lehnte sich auf seinem Stuhl zurück, und die sanfte Glut seiner rechtschaffenen Rache wärmte ihm sichtlich das Herz. Jordan und ihr Haufen selbst ernannter Rächer waren ihn teuer zu stehen gekommen, und dies war die erste richtige Chance, die er bekam, um es ihnen heimzuzahlen. Es war ihm ein Vergnügen.
Aber zu seiner Überraschung schienen alle kaum beeindruckt. Morgan lächelte tatsächlich. »Sie meinen, wenn sie richtig in der Klemme sitzt, dann befreit sich Jordan einfach aus dem ganzen Mist und handelt? Und dass sie kein Problem damit hat, Initiative zu zeigen und mit dem Unerwarteten fertig zu werden?«
Bishop runzelte leicht die Stirn. »Ganz so hätte ich es nicht ausgedrückt. Eher so, dass sie offenbar denkt, die Regeln gelten für sie nicht.«
»Hat sie mit ihrem Handeln sich selbst oder ihre Kollegen gefährdet?«, fragte Thorson.
Bishop zuckte leichthin mit den Schultern. »Schwer zu sagen. Um ehrlich zu sein, die Beteiligten waren nicht gerade gesprächig in Bezug auf manche Aspekte ihrer Ermittlung.«
Surtees, das dritte Mitglied der Runde, blickte auf. Sein Gesicht war so blass, dass es im schwächer werdenden Nachmit-

tagslicht fast zu leuchten schien. »Darf ich zusammenfassen? Nur um sicherzugehen, dass wir uns verstehen. Vance versteckte sich hinter der Fassade der bekannten Fernsehpersönlichkeit und ermordete mindestens acht junge Mädchen. Er hatte bei den Behörden keinerlei Verdacht auf sich gezogen, bis eine theoretische Übung der Task Force zur Erstellung von Täterprofilen ein rätselhaftes Bündel von möglicherweise zusammenhängenden Fällen zutage brachte. Und weiterhin nahm niemand außerhalb der Gruppe den Fall ernst, nicht einmal, nachdem eines der Mitglieder auf brutale Weise umgebracht wurde. Stimmt es, dass DCI Jordan nichts mit dem Fall zu tun hatte, bis Vance anfing, außerhalb seiner Zielgruppe zu morden, und bis es klar war, dass er bestimmt wieder töten würde, wenn ihn nicht jemand aufhielte?«

Bishop schien leicht verlegen. »Diese Betrachtungsweise ist möglich. Aber als sie dazukam, war die Polizei in West Yorkshire schon dabei, den Fall zu untersuchen. Man unternahm dort die richtigen Schritte und führte eine ordentliche Ermittlung durch. Wenn Jordan dazu hätte beitragen wollen, wäre der korrekte Weg der Kontakt zu mir gewesen.«

Morgan lächelte wieder. »Aber Jordan und ihre bunt zusammengewürfelte Truppe lösten den Fall«, sagte er schonungsvoll. »Finden Sie, dass Jordan während der Jacko-Vance-Ermittlung Charakterstärke bewies?«

Bishop hob die Augenbrauen. »Sie war zweifelsohne eigensinnig.«

»Hartnäckig«, sagte Morgan.

»Ich nehme an.«

»Und mutig?«, warf Thorson ein.

»Ich weiß nicht, ob ich es als Mut oder Sturheit bezeichnen würde«, sagte Bishop. »Hören Sie, warum hat man mich eigentlich hierher kommen lassen? Das ist nicht der normale

Verlauf bei der Bestellung eines NCIS-Mitarbeiters, selbst in übergeordneter Position.«
Morgan schwieg. Er verfolgte seinen Bleistift bei seiner kreiselnden Bewegung. Bishop hatte nicht wissen wollen, warum er hier war, als er glaubte, es sei eine Gelegenheit, über Jordan herzufallen. Erst als ihm klar wurde, dass er es mit Leuten zu tun hatte, die seine Sicht nicht teilten, hatte er eine Erklärung haben wollen. Nach Morgans Erachten hieß das, er hatte keine verdient.
Surtees überbrückte die Schwierigkeit. »Wir ziehen DCI Jordan für eine sehr anspruchsvolle Rolle in einer Operation von grundlegender Wichtigkeit in Betracht. Es ist eine hochgradig vertrauliche Angelegenheit, Sie werden also sicher verstehen, dass wir Ihnen keine Einzelheiten mitteilen können. Aber was Sie uns gesagt haben, hat uns sehr geholfen.«
Das hieß wohl, dass man ihn entließ. Er konnte kaum glauben, dass man ihn dafür vom anderen Ende Londons herzitiert hatte. Bishop stand auf. »Wenn das alles ist …?«
»Ist sie beliebt bei ihren Mitarbeitern?« Damit brachte ihn Thorson leicht aus der Fassung.
»Beliebt?« Bishop schien wirklich verwirrt.
»Würden Sie sagen, sie hat Charme? Ausstrahlung?«, beharrte sie.
»Aus persönlicher Erfahrung kann ich dazu nichts sagen. Aber meine Leute in der Einsatzgruppe haben ihr jedenfalls aus der Hand gefressen. Sie folgten ihr, wohin sie sie führte.« Jetzt konnte er den bitteren Unterton nicht mehr verbergen. »Was immer sie an weiblicher List eingesetzt hat, es reichte jedenfalls aus, dass die Leute ihre Ausbildung und Loyalität vergaßen und auf ihr Geheiß überall im Land auf die Jagd gingen.«
»Danke, Commander. Sie haben uns sehr geholfen«, sagte

Surtees. Die Runde saß schweigend da, während Bishop den Raum verließ.
Morgan schüttelte den Kopf und grinste. »Sie hat ihn wirklich gegen sich aufgebracht, was?«
»Aber wir haben herausgefunden, was wir wissen müssen. Sie hat Mumm, sie zeigt Initiative, und sie kann mit ihrem Charme alles erreichen.« Surtees kritzelte auf seinen Notizblock. »Und sie hat keine Angst davor, die Gefahr direkt anzugehen.«
»Aber so etwas wie unsere Sache hier nicht. Wir müssten sie auf eine Art und Weise absichern, wie wir das noch nie zuvor überlegt haben. Zum Beispiel könnte sie nicht mit einem Funkgerät ausgestattet werden. Das könnten wir nicht riskieren. Alle Ergebnisse werden also wegen Mangel an Erhärtung beeinträchtigt sein«, warf Thorson ein.
Surtees zuckte mit den Achseln. »Sie hat ein eidetisches Gedächtnis für akustische Stimuli. Es steht in den Unterlagen. Sie ist von unabhängigen Experten getestet worden. An alles, was sie hört, kann sie sich wortgetreu erinnern. Ihre Berichte werden wahrscheinlich genauer sein als die verrauschten miesen Aufnahmen, die uns die Überwachungen oft liefern.«
Morgan lächelte triumphierend. »Ich hab's ja gesagt, sie ist perfekt. Das Zielobjekt wird ihr nicht widerstehen können.«
Thorson schürzte die Lippen. »Uns allen zuliebe hoffe ich das. Aber bevor wir endgültig entscheiden, möchte ich sie in Aktion sehen. Einverstanden?«
Die beiden Männer blickten sich an. Morgan nickte. »Einverstanden. Sehen wir, was sie unter Druck leistet.«

Kapitel 3

Als Tony Hill den langen Hügel nach St. Andrews hinauffuhr, schienen ihm die Sonnenstrahlen in einem ungünstigen Winkel schräg entgegen. Er klappte die Sonnenblende herunter und sah in den Rückspiegel. Hinter ihm hob sich das Grün des Tentsmuir Forest von dem blauen Glanz des Firth of Tay und weiter hinten der Nordsee ab. Er warf einen Blick auf die zerrissene graue Silhouette der Stadt, Ruinen gleich neben imposanten Gebäuden aus dem neunzehnten Jahrhundert, die aus der Ferne nicht auseinander zu halten waren. In den letzten achtzehn Monaten, seit er die Stelle als Dozent für Verhaltenspsychologie an der Universität angetreten hatte, war ihm der Anblick vertraut geworden, aber er genoss diese friedliche Aussicht immer noch. Die Entfernung gab ihr etwas Zauberisches und verwandelte die Überreste des St.-Regulus-Turms und die Kathedrale in bizarre Disney-Phantasiegebäude. Und das Beste war, dass er hier so weit entfernt war, dass er sich nicht mit seinen Kollegen und Studenten abgeben musste.

Obwohl sein Professor hatte durchblicken lassen, dass er jemanden mit Tonys Ruf als eine wesentliche Bereicherung für ihre Abteilung sehe, war Tony nicht sicher, ob er die hochgesteckten Erwartungen erfüllte. Er hatte immer schon gewusst, dass das Leben als Akademiker eigentlich nicht das Richtige für ihn war. Für die politischen Interessen und Schachzüge an der Universität hatte er kein Geschick, und bei den Vorlesungen hatte er immer noch schweißnasse Hände und zitterte vor Nervosität. Aber als ihm die Stelle angeboten wurde, schien sie eine bessere Wahl als die Arbeit, für die er sich nicht mehr geeignet glaubte. Er hatte als klinischer Psychologe angefangen und in der vordersten Linie einer geschlossenen psychiatrischen Anstalt mit Serientätern gearbeitet. Als das Innenministerium anfing, sich für die Entwicklung von Täterprofilen im Rahmen polizeilicher Ermittlungen zu interessieren, war er einer der nächstliegenden Kandidaten gewesen, um die Machbarkeitsstudie durchzuführen.

Es hatte seinem Ruf fast so viel gebracht, wie es seiner Psyche geschadet hatte, dass er im Lauf der Studie unmittelbar in die Überführung eines psychopathischen Killers hineingezogen wurde, der es auf junge Männer abgesehen hatte. Dabei war er wegen seiner Feinfühligkeit fast selbst vernichtet worden. Die Intensität, mit der er persönlich in diese Sache verwickelt wurde, ließ ihn jetzt noch schreiend und schweißgebadet aus seinen Albträumen erwachen, und er spürte dann tatsächlich noch den Schmerz von damals.

Als aufgrund seiner Empfehlung beschlossen wurde, eine Task Force zur Erstellung von Täterprofilen zu gründen, musste die Wahl unweigerlich auf ihn fallen, an der Spitze einer sorgsam ausgewählten Gruppe junger Polizeibeamter zu stehen, die er in die Erstellung psychologisch fundierter Fallanalysen einzuweihen hatte. Eigentlich hätte es eine einfache Aufgabe sein können, aber für Tony und seine Mitarbeiter wurde es zu einem Ausflug in die Hölle. Zum zweiten Mal war er gezwungen worden, die Regel zu durchbrechen, die besagte, er solle nicht in unmittelbarer Nähe des Geschehens arbeiten. Zum zweiten Mal war er schließlich in blutiges, schuldhaftes Geschehen verstrickt worden und war sich absolut sicher, dass er nie wieder in diese Lage geraten wollte. Seine Mitarbeit in der schattenhaften Welt der Täterprofile hatte ihn so viel gekostet, dass er es gar nicht genau zusammenrechnen wollte. Es war jetzt zwei Jahre her, und immer noch war er ständig mit der Vergangenheit beschäftigt. Jeden Tag, wenn er mechanisch die Abläufe eines beruflichen Lebens hinter sich brachte, an das er nicht wirklich glaubte, dachte er unwillkürlich wieder an das, was er aufgegeben hatte. Er hatte gute Arbeit geleistet, das wusste er. Aber letzten Endes war das nicht genug gewesen.

Er wurde ungeduldig und stellte die Philip-Glass-Kassette ab. Musik gab ihm zu viel Raum für sinnloses Grübeln. Worte brauchte er, die ihn von seiner fruchtlosen Introspektion abhielten. Er hörte das Ende einer Diskussion über das Auftauchen neuer Viren südlich der Sahara und hielt den Blick bei der Fahrt durch die malerische Landschaft des East Neuk auf die Straße gerichtet. Als er zum Fischerdorf Cellardyke abbog, kündigten die vertrauten Piepstöne die Vier-Uhr-Nachrichten an.

Die ruhige Stimme des Sprechers begann mit den Meldungen. »Die Berufungsverhandlung des verurteilten Serienmörders und früheren Fernsehmoderators Jacko Vance hat heute begonnen. Vance, der früher britischer Meister im Speerwerfen war, wurde wegen der Ermordung eines Polizisten vor achtzehn Monaten zu einer lebenslänglichen Haftstrafe verurteilt. Es wird erwartet, dass die Berufungsverhandlung zwei Tage dauern wird.

Die Polizei hat in Nordirland dazu aufgerufen, Ruhe zu bewahren ...« Er sprach weiter, aber Tony hörte nicht mehr zu. Eine letzte Hürde, dann würde es endlich vorbei sein. Die

Angst, so hoffte er inbrünstig, würde sich endgültig legen. Verstandesmäßig wusste er, dass es keine Chance für die Berufung von Vance gab. Aber solange die Entscheidung nicht gefallen war, würde ihm die Unsicherheit keine Ruhe lassen. Er hatte dazu beigetragen, dass Vance hinter Schloss und Riegel kam, aber der arrogante Killer hatte immer weiter behauptet, er würde ein Schlupfloch finden und freikommen. Tony hoffte, dass der Weg in die Freiheit nur ein Hirngespinst im Kopf von Vance war.

Als der Wagen den Hügel hinunter auf das kleine Haus am Meer zufuhr, das Tony vor einem Jahr gekauft hatte, fragte er sich, ob Carol von der Berufungsverhandlung gehört hatte. Er würde ihr heute Abend eine E-Mail schicken, um sicherzugehen. Gott sei gedankt für die elektronische Kommunikation. Dadurch ließen sich so viele peinliche Gelegenheiten vermeiden, die es beim Zusammentreffen oder sogar am Telefon immer wieder gegeben hätte. Es war ihm klar, dass er Carol gegenüber und zugleich auch gegenüber sich selbst versagt hatte. Er dachte fast immer an sie, aber ihr das zu sagen wäre ein Betrug gewesen, den zu begehen er nicht über sich brachte.

Tony hielt auf der schmalen Straße vor dem Häuschen an und parkte das Auto am Gehweg. Im Wohnzimmer brannte Licht. Früher hätte bei diesem Anblick die Angst wie eine kalte Hand sein Herz umklammert. Aber seine Welt hatte sich auf so vielfältige Weise verändert, wie er es sich nie hätte träumen lassen. Jetzt wollte er nur, dass alles so blieb, wie es war: klar, beherrschbar, eingeteilt.

Es war nicht vollkommen, keineswegs. Aber es war besser als nur erträglich. Und für Tony war besser als erträglich so gut, wie es je gewesen war.

Das Klopfen der Motoren beruhigte ihn, so wie es immer gewesen war. Schlimme Dinge ereilten ihn nie auf dem Wasser. Solange er denken konnte, hatten Schiffe ihn geschützt. Es gab Regeln für das Leben an Bord, Regeln, die immer klar und einfach waren und die es aus guten, logischen Gründen gab. Aber selbst als er noch zu jung gewesen war, um das zu verstehen, und unabsichtlich Dinge getan hatte, die er nicht hätte tun sollen, war die Strafe nie erfolgt, bevor sie an Land gingen. Er hatte gewusst, sie würde kommen, aber solange die Motoren dröhnten und ihm der Geruch von ungewaschenen Männerkörpern, altem Fett aus der Küche und dem Dieseltreibstoff in die Nase stieg, hatte er es immer geschafft, die Angst in Schach zu halten.

Die Schmerzen hatten ihn immer erst heimgesucht, wenn sie das Leben auf dem Wasser hinter sich ließen und in die stinkende Wohnung am Fischereihafen in Hamburg zurückkehrten, wo sein Großvater ihm die Macht demonstrierte, die er über den kleinen Jungen in seiner Obhut hatte. Während er noch schwankte, um an Land das Gleichgewicht zu halten, fing die Strafe schon an.

Wenn er daran dachte, schien sich jetzt noch die Luft in seiner Lunge zusammenzupressen, und seine Haut fühlte sich an, als kräusle sie sich auf dem Körper. Jahrelang hatte er versucht, nicht daran zu denken, weil er sich dann so schwach fühlte, wie zerbrochen. Aber nach und nach hatte er begriffen, dass er so nicht entkommen würde. Es war nur ein Aufschieben. Deshalb erinnerte er sich jetzt absichtlich und schätzte die schrecklichen Empfindungen fast, denn sie waren ein Beweis, dass er stark genug war, um seine Vergangenheit zu besiegen.

Kleine Verstöße hatten damals bedeutet, dass er gezwungen wurde, in der Küche in der Ecke zu stehen, während sein Großvater auf dem Herd Wurst mit Zwiebeln und Kartoffeln anbriet. Es roch besser als alles, was der Schiffskoch jemals auf den Tisch brachte. Ob es auch besser schmeckte, erfuhr er nie, denn wenn die Zeit zum Essen kam, musste er in der Ecke warten und zusehen, wie sein Großvater den dampfenden Teller Gebratenes verdrückte. In den köstlichen Duft eingehüllt, stand er da, sein Magen verkrampfte sich vor Heißhunger, und sein Mund war voller Speichel.

Der alte Mann schlang das Essen in sich hinein wie ein Jagdhund, der in seinen Zwinger zurückgekehrt ist, während sein verächtlicher Blick zu dem Jungen in der Ecke hinüberschweifte. Wenn er fertig war, strich er den Teller mit einem Brocken Roggenbrot aus. Dann nahm er sein Schiffer-Klappmesser heraus und schnitt zusätzliches Brot in Stücke, holte eine Dose Hundefutter vom Schrank, kippte den Inhalt in eine Schüssel und vermischte das Fleisch mit dem Brot. Dann stellte er die Schüssel vor den Jungen hin mit den Worten: »Du bist ein Hundesohn. Deshalb verdienst du das hier, bis du endlich lernst, dich wie ein Mann zu betragen. Ich habe Hunde gehabt, die schneller gelernt haben als du. Ich bin dein Herr, und du hast dein Leben so zu führen, wie ich es dir sage.«

Zitternd vor Angst, musste sich der Junge hinknien und auf allen vieren essen, ohne das Futter mit den Händen zu berühren. Auch das hatte er durch bittere Erfahrung gelernt. Jedes Mal, wenn er die Hände vom Fußboden hob und zur Schüssel führte, trat ihm sein Großvater mit der Stahlkappe seines Stiefels in die Rippen. Das war eine Lektion, die er sich schnell zu Herzen nahm.

Wenn seine Vergehen geringfügig waren, durfte er vielleicht auf dem Feldbett im Flur zwischen dem Schlafzimmer seines Großvaters und dem verwahrlosten Bad mit kaltem Wasser schlafen. Aber wenn er dieses Luxus nicht für würdig erachtet wurde, musste er auf dem Küchenboden auf einer schmutzi-

gen Decke liegen, die noch nach dem letzten Hund stank, den sein Großvater besessen hatte, einem Bullterrier, der die letzten paar Tage seines Lebens nichts mehr halten konnte. Oft lag er zusammengerollt da, die Angst ließ ihn nicht schlafen, und die Verwirrung machte ihn gereizt und fahrig.
Wenn die Sünden, die er unabsichtlich beging, schwerer waren, zwang ihn sein Großvater, die Nacht in der Ecke seines Schlafzimmers stehend zu verbringen, den grellen Lichtstrahl einer 150-Watt-Birne auf sein Gesicht gerichtet. Der Teil des Lichts, der zu seinem Großvater schien, störte diesen wohl nicht, denn er schnarchte und grunzte die ganze Nacht wie ein Schwein. Aber wenn der Junge erschöpft in die Knie ging oder stehend eindöste und gegen die Wand sank, ließ ein sechster Sinn den alten Mann immer sofort aufwachen. Nachdem dies ein paarmal geschehen war, lernte der Junge, sich zum Wachbleiben zu zwingen. Alles würde er tun, um nicht wieder den brennenden Schmerz an den Hoden spüren zu müssen.
Wenn befunden wurde, dass er mutwillig ungezogen gewesen sei, wenn er im kindlichen Spiel gegen die Vorschriften verstoßen hatte, die er instinktiv hätte begreifen sollen, dann stand ihm eine noch schlimmere Strafe bevor. Er musste in der Kloschüssel stehen. Nackt und zitternd versuchte er krampfhaft eine Position zu finden, bei der keine Krämpfe seine Beine durchzuckten. Sein Großvater kam ins Bad, als sei der Junge unsichtbar, knöpfte seine Hose auf und entleerte seine Blase, wobei der stinkende, heiße Strahl über die Beine des Jungen floss. Der Großvater schüttelte ab, wandte sich um und ging ohne zu spülen hinaus. Der Junge musste balancierend mit einem Fuß in dem Gemisch aus Wasser und Urin in der Schüssel stehen und sich mit dem anderen Fuß am schrägen Porzellanrand abstützen.
Als dies zum ersten Mal geschah, glaubte er, sich übergeben

zu müssen. Er meinte, schlimmer könne es nicht kommen. Aber natürlich stimmte das nicht. Als sein Großvater das nächste Mal kam und die Hose herunterließ, setzte er sich, um seinen Darm zu entleeren. Der Junge war eingezwängt, der Klositz schnitt in seine weichen Waden, mit dem Rücken stand er gegen die kalte Wand, und das warme Gesäß seines Großvaters legte sich wie ein Fremdkörper an seine Schienbeine. Der scharfe Geruch stieg zwischen ihnen auf und ließ den Jungen würgen. Aber sein Großvater tat immer noch so, als sei er nur ein unsichtbarer Geist. Er kam zum Ende, wischte sich ab und ging hinaus, den Jungen in seinem Unrat zurücklassend. Die Botschaft war laut und deutlich: Er war nichts wert.

Morgens kam sein Großvater ins Bad, füllte, immer noch ohne dem Jungen die geringste Beachtung zu schenken, die Wanne mit kaltem Wasser und spülte endlich die Toilette. Dann – als sehe er seinen Enkel jetzt erst – befahl er ihm, den Schmutz abzuwaschen, hob ihn hoch und warf ihn in die Wanne.

Es war kein Wunder, dass er, sobald er zählen gelernt hatte, die Stunden zählte, bevor sie wieder aufs Schiff kamen. Sie waren nie länger als drei Tage an Land, aber wenn sein Großvater nicht mit ihm zufrieden war, konnten sie ihm wie drei verschiedene Leben voller Demütigungen, Leiden und Elend vorkommen. Trotzdem beschwerte er sich nie bei der Mannschaft. Ihm war gar nicht klar, dass es Grund gab, sich zu beschweren. Vom Leben anderer isoliert, hatte er keine Wahl, als zu glauben, dass alle so lebten.

Dass seine Sicht der Dinge nicht die einzige Wahrheit war, hatte er nur langsam begriffen. Aber als es so weit war, brach diese Einsicht wie eine mächtige Woge über ihn herein, und eine vage Gier nach Befriedigung erfüllte ihn.

Nur auf dem Wasser war er ruhig. Hier hatte er die Kontrolle über sich selbst und seine Umgebung. Aber das war nicht genug. Er wusste, es gab mehr, und er wollte mehr. Und er wusste, bevor er seinen Platz in der Welt finden konnte, musste er dem Bannkreis seiner Vergangenheit entkommen, der ihn jeden einzelnen Tag gefangen hielt. Andere Leute schienen es ohne Anstrengung zu schaffen, glücklich zu sein. Er hatte die meiste Zeit seines Lebens nur die eiserne Klammer der Angst gespürt, die jede andere Möglichkeit ausschloss. Selbst wenn es nichts Konkretes zu fürchten gab, erfüllte ihn immer schwache, zitternde Zaghaftigkeit.

Langsam lernte er, wie er das ändern konnte. Er hatte jetzt eine Mission. Wie lange es dauern würde, sie durchzuführen, wusste er nicht, war nicht einmal sicher, wie er merken würde, ob er am Ziel war, außer dass er dann wahrscheinlich beim Gedanken an seine Kindheit nicht mehr zittern müsste wie ein überstrapazierter Motorblock. Aber was er tat, war nötig, und es war möglich. Er hatte den ersten Schritt einer weiten Reise unternommen. Und schon fühlte er sich besser.

Jetzt, als das Schiff den Rhein durchfurchte und sich auf die holländische Grenze zubewegte, war es Zeit, die Pläne für die zweite Stufe zu konkretisieren. Allein im Cockpit, holte er sein Mobiltelefon heraus und wählte eine Nummer in Leiden.

Kapitel 4

Carol sah ihre drei Gesprächspartner verständnislos an. »Ich soll ein Rollenspiel für Sie machen?«, sagte sie und versuchte, etwas weniger skeptisch zu klingen, als ihr zumute war.
Morgan zog an seinem Ohrläppchen. »Ich weiß, es scheint etwas ... ungewöhnlich.«
Carol konnte nicht umhin, die Augenbrauen zu heben. »Ich war des Glaubens, hier in einem Vorstellungsgespräch zu sein, bei dem es um die Stelle geht, für die ich mich beworben habe. Verbindungsperson zwischen Europol und der NCIS. Jetzt weiß ich nicht genau, was hier eigentlich läuft.«
Thorson nickte verständnisvoll. »Ich kann Ihre Verwirrung nachvollziehen, Carol. Aber wir müssen Ihre Fähigkeiten als Geheimagentin abschätzen können.«
Morgan unterbrach sie. »Wir führen eine grenzübergreifende europaweite Operation durch und sammeln zur Zeit nachrichtendienstliche Fakten. Wir glauben, dass Sie einen ganz eigenen Beitrag dazu leisten könnten. Aber wir müssen sicher sein, dass Sie die Fähigkeiten haben, dies durchzustehen. Und dass Sie sich in die Lage eines anderen Menschen versetzen können, ohne dabei ins Straucheln zu geraten.«
Carol runzelte die Stirn. »Es tut mir Leid, Sir, aber das hört sich nicht sehr nach der Stelle einer Verbindungsbeauftragten

bei Europol an. Ich dachte, meine Rolle würde im Wesentlichen Fallanalysen betreffen, nicht den konkreten Einsatz.«
Morgan sah zu Surtees hin, der nickte und den Ball aufnahm. »Carol, es besteht unter uns kein Zweifel, dass Sie eine hervorragende Verbindungsbeauftragte für Europol wären. Aber bei der Betrachtung Ihrer Bewerbung ist uns klar geworden, dass es eine ganz bestimmte Funktion gibt, die nur Sie im Rahmen dieser einzigartigen, komplizierten Aktion erfüllen könnten. Aus diesem Grund hätten wir gern, dass Sie sich überlegen, ob Sie einen Tag lang an einem Rollenspiel als Agentin teilnehmen würden, damit wir beobachten können, wie Sie unter Druck reagieren. Ich kann Ihnen versprechen, dass diese Sache, wie immer sie auch ausgehen mag, unsere Entscheidung über Ihre Eignung als Verbindungsbeauftragte für Europol nicht nachteilig beeinflussen wird.«
Carol machte sich schnell klar, was Surtees da gesagt hatte. Es klang, als ob sie meinten, sie werde die Stelle auf jeden Fall bekommen. Man sagte ihr, sie hätte nichts zu verlieren, wenn sie dem exzentrischen Vorschlag zustimmte. »Was genau verlangen Sie von mir?«, fragte sie mit unverbindlicher Miene und in nüchternem Ton.
Thorson nahm jetzt die Sache in die Hand. »Morgen werden Sie komplette Anweisungen bekommen, in welche Rolle Sie schlüpfen sollen. An dem angegebenen Tag sollen Sie an einen bestimmten Ort gehen und Ihr Bestes tun, um die in Ihren Anweisungen gesetzten Ziele zu erreichen. Von dem Moment an, in dem Sie Ihre Wohnung verlassen, müssen Sie diese andere Person sein, bis einer von uns Ihnen sagt, dass das Rollenspiel zu Ende ist. Ist das klar?«
»Werde ich mit anderen Menschen zu tun haben oder nur mit Kollegen?«, fragte Carol.
Auf Morgans gerötetem Gesicht erschien ein Lächeln. »Tut

mir Leid, mehr können wir Ihnen jetzt nicht sagen. Morgen früh bekommen Sie die Anweisung. Und ab sofort haben Sie frei. Wir haben das mit Ihren Vorgesetzten abgeklärt. Sie werden Zeit brauchen, um sich kundig zu machen und sich auf Ihre Rolle vorzubereiten. Noch Fragen?«

Carol sah ihn fest mit dem kühlen Blick ihrer grauen Augen an, der bei Vernehmungen oft so gut wirkte. »Bekomme ich den Job?«

Morgan lächelte. »Sie haben *einen* Job, DCI Jordan. Es mag nicht die Stelle sein, die Sie erwartet hatten, aber ich glaube, es ist richtig, zu sagen, dass Sie nicht mehr viel länger bei der Met sein werden.«

Als Carol zu ihrer Wohnung im Barbican zurückfuhr, war sie sich kaum des Verkehrs bewusst, der um sie herum floss. Obwohl sie sich oft sagte, dass ihr in ihrem Beruf immer das Unerwartete bevorstehen könne, hatte der Verlauf dieses Nachmittags sie völlig überrumpelt. Erstens war aus heiterem Himmel Paul Bishop erschienen. Dann hatte das Vorstellungsgespräch eine absonderliche Wendung genommen.

Irgendwo in der Nähe der Überführung am Westway mischte sich langsam Ärger in Carols Verwirrung. Etwas stimmte hier nicht. Die Stelle einer Verbindungsbeauftragten für Europol hatte nichts mit konkreten Einsätzen zu tun. Es ging dort um Analysen, nicht um praktische Arbeit. Sie würde Schreibtischarbeit machen, reisen und Erkenntnisse aus vielen verschiedenen Quellen in der ganzen Europäischen Union durchgehen und sortieren. Organisierte Kriminalität, Drogen, Menschenschmuggel – auf solche Dinge würde sie sich konzentrieren. Ein Europol Liaison Officer, ein ELO, war jemand mit dem Computerwissen und dem ermittlerischen Grips, um Zusammenhänge aufspüren, Verwirrendes und

Nebensächliches herausfiltern und so eine möglichst klare Darstellung der kriminellen Aktivitäten geben zu können, die sich auf Großbritannien auswirken könnten. Ein ELO würde höchstens dann in die Nähe der Praxis kommen, wenn es um Kontakte mit Polizeibeamten aus anderen Ländern ging, um sich zu vergewissern, dass die Informationen, die bei ihm ankamen, ebenso genau wie umfassend waren.

Warum also sollte sie jetzt etwas tun, was sie noch nie zuvor getan hatte? Sie mussten doch aus ihrer Akte ersehen haben, dass sie noch nie als Agentin gearbeitet hatte, nicht einmal in ihrer frühen Zeit bei der Kripo. Es gab nichts in ihrer Vergangenheit, das annehmen ließ, sie eigne sich, in die Rolle eines anderen Menschen zu schlüpfen.

Im stockenden Verkehr auf der Marylebone Road wurde ihr klar, was ihr am meisten Kopfzerbrechen bereitete. Sie wusste nicht, ob sie es konnte. Und wenn es etwas gab, was Carol noch mehr hasste, als den Durchblick nicht zu haben, dann war es der Gedanke daran, zu scheitern.

Wenn sie diese Herausforderung bestehen wollte, würde sie sich wirklich kundig machen müssen, und zwar schnell.

Frances schnitt Gemüse, als Tony hereinkam, und die Stimmen von Radio Four bildeten einen strengen Kontrast zu dem Geräusch des Messers auf dem hölzernen Schneidebrett. Er blieb einen Moment auf der Schwelle stehen, um die so normale, behagliche, aber in seinem Leben relativ fremde Szene einer Frau, die in seiner Küche das Abendessen zubereitete, dankbar zu betrachten: Frances Mackay, 37, eine Französisch- und Spanischlehrerin an der Highschool in St. Andrews, mit dem blauschwarzen Haar, den saphirblauen Augen und der hellen Haut, die für die Hebriden typisch sind, mit der sportlichen Figur einer Golfspielerin und dem scharfen, verschlagenen Humor einer Zynikerin. Sie hatten sich im Bridge-Club kennen gelernt. Tony hatte seit den Anfängen seines Studiums nicht mehr gespielt, aber es war etwas, was er wieder aufnehmen konnte, ein Teil seiner Vergangenheit, der es ihm erlauben würde, ein weiteres Mauerstück in die Fassade einzupassen, die er ständig aufrechterhielt. Insgeheim betrachtete er sie als Hilfsmittel, um sich als Normalmensch darzustellen.

Ihr früherer Bridgepartner war wegen einer neuen Stelle nach Aberdeen gezogen, und genau wie er brauchte sie einen neuen Dauerpartner, mit dem sie eine gemeinsame Taktik beim Reizen aufbauen konnte. Sie verstanden sich am Spieltisch sofort sehr gut. Es folgten Bridge-Partys außerhalb des Clubs, dann eine Einladung zum Essen, um die Feinheiten ihres Spiels vor einem Turnier zu planen. Nach ein paar Wochen gingen sie zusammen ins Byre Theatre, aßen Lunch in den Pubs überall im East-Neuk-Gebiet, gingen in den West Sands beim peitschenden Nordostwind spazieren. Er mochte sie, war aber nicht verliebt, und das hatte den nächsten Schritt möglich gemacht.

Die rein physische Abhilfe für die Impotenz, unter der er fast schon sein ganzes Erwachsenenleben litt, stand seit einiger Zeit zur Verfügung. Tony hatte sich zunächst der Verlockung, Viagra zu nehmen, widersetzt, denn er wollte nicht auf ein pharmazeutisches Mittel wegen eines im Grunde psychischen Problems zurückgreifen. Aber wenn es ihm mit dem Wunsch, sich ein neues Leben aufzubauen, ernst war, dann gab es keinen logischen Grund, weiterhin den Maximen des alten Lebens anzuhängen. Also hatte er die Tabletten genommen.

Schon allein die Tatsache, dass er es schaffte, mit einer Frau ins Bett zu gehen und dabei nicht dauernd mit der trüben Aussicht auf sein Versagen beschäftigt zu sein, war eine neue Erfahrung für ihn. Von der schlimmsten Angst befreit, konnte er die Zaghaftigkeit und Peinlichkeit vermeiden, die das Vorspiel für ihn immer bedeutet hatten. Er war selbstbewusst und konnte fragen, was sie sich wünschte, und traute sich zu, es ihr geben zu können. Sie schien es jedenfalls zu genießen, so sehr, dass sie nach mehr verlangte. Und er hatte zum ersten Mal den Machostolz und das großspurige Auftreten verstanden, das sich einstellt, wenn ein Mann seine Frau befriedigt hat.

Und doch, und doch. Trotz der körperlichen Lust konnte er das Bewusstsein nicht abschütteln, dass diese Lösung eher etwas übertünchte, als es zu beheben. Er hatte die Symptome nicht behandelt, sondern sie nur versteckt, und was er gefunden hatte, war lediglich eine neue und bessere Maske, mit der er seine Unzulänglichkeit als Mensch verdeckte.

Vielleicht wäre es anders gewesen, wenn der Sex mit Frances tiefe Emotionen geweckt hätte. Aber Liebe war eben etwas für andere Menschen. Liebe war etwas für Männer, die der Partnerin etwas geben konnten, die mehr bieten konnten als eine deformierte Psyche und Bedürfnisse. Er hatte sich angewöhnt, die Liebe als etwas für ihn Unerreichbares zu betrachten. Es hatte keinen Sinn, sich nach dem Unmöglichen zu verzehren. Die Grammatik der Liebe war eine Sprache, die er nicht beherrschte, und keine noch so große Sehnsucht danach würde das je ändern. Also verdrängte er seine Angst zusammen mit seiner funktionellen Impotenz und fand mit Frances eine Art Frieden.

Er hatte sogar gelernt, diesen Zustand als selbstverständlich anzusehen. Augenblicke wie dieser, wo er innehielt und die Lage analysierte, waren in dem bedachtsamen Leben, das sie sich zusammen aufgebaut hatten, immer seltener geworden. Er war, so sagte er sich selbst, wie ein Kleinkind gewesen, das die ersten unbeholfenen Schritte tat. Anfangs hatte es ihn extrem viel Konzentration gekostet und eine Menge unerwarteter Schrammen und Stürze mit sich gebracht. Aber nach und nach vergisst der Körper, dass jeder sichere Schritt nach vorn ein verhindertes Fallen ist. Es wird möglich, zu gehen, ohne es als ein kleines Wunder zu betrachten.

So verhielt es sich auch mit seiner Beziehung zu Frances. Sie hatte ihre eigene moderne Doppelhaushälfte am Rand von St. Andrews behalten. Sie verbrachten die meisten Wochen je zwei Nächte bei ihr, zwei Nächte in seinem Haus und den Rest jeweils getrennt. Es war ein Rhythmus, der ihnen beiden zusagte, und in ihrem Zusammenleben gab es bemerkenswert wenig Reibungen. Wenn er darüber nachdachte, schien ihm diese Ruhe die direkte Folge davon, dass es zwischen ihnen keine brennende, heftige Leidenschaft gab.

Jetzt sah sie von den Paprikaschoten auf, die ihre kleinen Hände geschickt in Würfel schnitten. »'n guten Tag gehabt?«, fragte sie.

Er zuckte mit den Achseln, ging zu ihr und drückte sie liebevoll an sich. »Nicht schlecht. Und du?«

Sie verzog das Gesicht. »Es ist um diese Jahreszeit immer furchtbar. Der Frühling lässt die Hormone der Teenager verrückt spielen, und vor den Prüfungen liegt neurotische Angst in der Luft. Es ist, als müsste man einen Sack voll melancholischer Flöhe unterrichten. Ich habe den Fehler gemacht, meine fortgeschrittene Spanischgruppe einen Aufsatz über ›Mein perfekter Sonntag‹ schreiben zu lassen. Die Hälfte der Mädchen hat schmalzige romantische Geschichten abgegeben, gegen die sich Barbara Cartland wie hartgesottener Realismus anhört. Und die Jungs haben alle über Fußball geschrieben.«

Tony lachte. »Es ist ein Wunder, dass die menschliche Spezies sich vermehren kann, so wenig wie Teenager mit dem anderen Geschlecht anzufangen wissen.«

»Ich weiß nicht, wer sehnsüchtiger die Minuten gezählt hat, bis es klingelte, sie oder ich. Manchmal denke ich, das ist doch für intelligente Erwachsene keine Art und Weise, sich den Lebensunterhalt zu verdienen. Man reißt sich die Beine aus, um ihnen die Wunder einer Fremdsprache näher zu bringen, und dann übersetzt jemand *coup de grâce* mit Rasenmäher.«

»Das hast du aber jetzt erfunden«, sagte er, nahm einen halben Champignon und zerkaute ihn.

»Ich wollt, es wäre so. Übrigens, als ich hereinkam, hat gerade das Telefon geklingelt, aber ich hatte zwei volle Einkaufstüten, da hab ich es dem Anrufbeantworter überlassen.«

»Ich sehe nach, wer es war. Was gibt's denn heute?«, fügte er hinzu, während er zu seinem Büro ging, einem winzigen Raum im vorderen Teil des Häuschens.

»*Maiale con latte* mit geschmortem Gemüse«, rief ihm Frances nach. »Für dich: Schweinefleisch gegart in Milch.«

»Hört sich interessant an«, rief er zurück und drückte auf den Wiedergabeknopf des Anrufbeantworters. Ein langes Piepsen, dann hörte er ihre Stimme.

»Hi, Tony.« Es folgte ein langer Augenblick der Ungewissheit. Zwei Jahre Schweigen, nur ab und zu hatten sie in unregelmäßigen Abständen E-Mails ausgetauscht. Aber mehr als die drei kurzen Silben war nicht nötig, um die Schale zu durchbrechen, mit der er seine Gefühle umgeben hatte.

»Hier Carol.« Noch drei Silben, aber die waren völlig unnötig. Er hätte ihre Stimme auch inmitten von Rauschen und Krachen erkannt. Sie musste die Nachrichtenmeldung über Vance gehört haben.

»Ich muss mit dir sprechen«, fuhr sie fort und klang jetzt sicherer, sachlich und nicht so, als gehe es um etwas Persönliches. »Ich habe einen Einsatz vor mir, bei dem ich wirklich deine Hilfe brauche.« Sein Magen wurde bleischwer. Warum tat sie ihm das an? Sie kannte die Gründe, weshalb er die Täterprofile aufgegeben hatte. Ausgerechnet sie sollte ihn doch schonender behandeln.

»Es hat nichts mit Täterprofilen zu tun«, fügte sie hinzu und verhaspelte sich vor Eile, weil sie das Missverständnis aufklären wollte, das sie befürchtet hatte und dem er prompt so schnell erlegen war.

»Es ist etwas für mich. Etwas, was ich tun muss, ich weiß nicht, wie ich es schaffen soll. Und ich dachte, du könntest mir helfen. Ich hätte eine E-Mail geschickt, aber ich meine, es wäre einfacher, es zu besprechen. Kannst du mich bitte anrufen? Danke.«

Tony stand bewegungslos da und starrte aus dem Fenster auf die leeren Fassaden der Häuser, die auf der anderen Straßenseite standen. Eigentlich hatte er nie geglaubt, dass Carol endgültig der Vergangenheit angehörte.

»Willst du ein Glas Wein?«, kam Frances' Stimme aus der Küche und unterbrach sein Träumen.

Er ging in die Küche zurück. »Ich hol die Gläser«, sagte er und zwängte sich an ihr vorbei zum Kühlschrank.

»Wer war's denn?«, sagte Frances harmlos, eher aus Höflichkeit als aus Neugier.

»Eine Kollegin von früher.« Tony versuchte sein Gesicht zu verbergen, während er den Korken zog und Wein in zwei Gläser goss. Er räusperte sich. »Carol Jordan. Von der Polizei.«

Frances runzelte besorgt die Stirn. »Ist das nicht diejenige, die …?«

»Ja, die, mit der ich bei den Fällen der beiden Serienmörder zusammengearbeitet habe.« Sein Tonfall ließ schließen, dies sei kein Thema, über das sie sprechen sollten. Sie kannte die Geschichte in groben Zügen, hatte aber immer gespürt, dass es etwas zwischen ihm und seiner ehemaligen Kollegin gab, was er verschwieg. Jetzt war vielleicht die Gelegenheit gekommen, dieses lang gehegte Geheimnis zu lüften und zu sehen, was sich dahinter verbarg.

»Ihr wart einander wirklich nah, oder?«, drängte sie.

»Die Arbeit an solchen Fällen bringt die Kollegen immer zusammen, solange sie damit zu tun haben. Man hat ein gemeinsames Ziel. Dann hinterher kann man sich nicht mehr ausstehen, weil man sich an Dinge erinnert, die man verdrängen will.« Eine Antwort, die nichts preisgab.

»Hat sie wegen diesem Dreckskerl Vance angerufen?«, fragte Frances, die genau merkte, dass er versuchte, sie vom eigentlichen Thema abzubringen.

Tony stellte ihr Glas neben dem Hackbrett ab. »Du hast davon gehört?«

»Es kam in den Nachrichten.«

»Du hast es nicht erwähnt.«

Frances nahm einen Schluck von dem kühlen, frischen Wein. »Es ist deine Sache, Tony. Ich dachte, du würdest schon noch darauf zu sprechen kommen, wenn du darüber reden wolltest. Wenn nicht, dann eben nicht.«

Er lächelte sarkastisch. »Ich glaube, du bist die einzige Frau, die ich je gekannt habe, der das Gen zur Schnüffelei abgeht.«

»Oh, ich kann so neugierig sein wie jede andere auch. Aber ich habe aus heiklen Erfahrungen gelernt; wenn man seine Nase in Sachen steckt, bei denen das nicht erwünscht ist, hat man ein hervorragendes Rezept, um eine Beziehung kaputtzumachen.« Die Anspielung auf ihre gescheiterte Ehe war so indirekt wie Tonys gelegentliche Erwähnungen seiner Erlebnisse bei der Arbeit als Profiler, aber er verstand sie voll und ganz.

»Ich rufe sie schnell an, bis du hier fertig bist«, sagte er.

Frances hielt inne und sah ihm nach, als er aus der Tür ging. Sie hatte das Gefühl, dass sie eine dieser Nächte vor sich hatte, in denen sie in der kühlen Morgenfrühe, bevor es hell wurde, aufwachte, weil Tony im Schlaf schrie und zwischen den Laken um sich schlug. Nie hatte sie sich darüber beklagt, denn sie hatte genug über Serienmörder gelesen, um sich vorstellen zu können, welche Schrecken sich in seine Erinnerung eingegraben hatten. Was sie gemeinsam hatten, genoss sie, aber das hieß nicht, dass sie sich mit seinen Dämonen herumschlagen wollte.

Sie konnte nicht wissen, wie sehr sie sich dadurch von Carol Jordan unterschied.

Kapitel 5

Carol lehnte sich auf dem Sofa zurück, mit einer Hand hielt sie das Telefon, die andere kraulte ihren schwarzen Kater Nelson. »Bist du sicher, dass es dir nichts ausmacht?, fragte sie, aber es war klar, dass es nur eine rhetorische Frage war. Tony bot nie etwas an, wenn er es nicht wirklich ernst meinte.

»Wenn du meine Hilfe willst, muss ich sehen, was für eine Anweisung sie dir geben. Es ist vernünftiger, wenn du sie mitbringst, damit wir sie zusammen durchgehen können«, sagte Tony in sachlichem Ton.

»Ich bin dir wirklich sehr dankbar dafür.«

»Kein Problem. Im Vergleich zu dem, was wir in der Vergangenheit durchgemacht haben, wird es ein Vergnügen sein.«

Carol schauderte. Die Bemerkung ließ es ihr eiskalt über den Rücken laufen. »Hast du von Vances Berufung gehört?«

»Es kam in den Nachrichten im Radio«, sagte er.

»Er wird nicht damit durchkommen, weißt du«, sagte sie zuversichtlicher, als ihr zumute war. »Er ist wie viele andere im Gefängnis Ihrer Majestät zu Gast, und das hat er uns zu verdanken. In der Verhandlung hat er jeden nur erdenklichen Trick und noch ein paar mehr probiert, und doch haben wir es geschafft, die Geschworenen zu überzeugen, die von vornherein eher auf seiner Seite waren. Es wird ihm nicht gelingen, an

den drei Law Lords des Oberhauses vorbeizukommen.« Nelson protestierte, als sich ihre Finger zu tief in sein Fell gruben.
»Ich würde das auch gerne glauben. Aber ich hatte in Bezug auf Vance immer schon ein ungutes Gefühl.«
»Genug davon. Ich werde morgen, sobald ich die Anweisung habe, sofort zum Flughafen fahren und einen Flug nach Edinburgh nehmen. Dort kann ich ein Auto mieten. Wenn ich genauer weiß, wann ich ankomme, ruf ich dich an.«
»Okay. Du kannst ... du kannst gerne bei mir übernachten«, sagte er. Am Telefon war es schwierig, Zurückhaltung von Widerstreben zu unterscheiden.
So gern Carol auch gewusst hätte, wo sie nach zwei Jahren Trennung standen, war ihr doch klar, dass es vernünftig war, sich den Rückzug offenzuhalten. »Danke, aber ich mache dir doch schon genug Umstände. Reserviere mir in einem Hotel im Ort oder in einem Bed and Breakfast ein Zimmer. Was eben praktischer ist.«
Nach kurzer Pause sagte er: »Ich habe von ein paar Privatquartieren ganz Gutes gehört. Das erledige ich morgen früh. Aber wenn du dir's anders überlegst ...«
»Dann geb ich dir Bescheid.« Es war ein leeres Versprechen, der Anstoß würde von seiner Seite kommen müssen.
»Ich freue mich wirklich darauf, dich zu sehen, Carol.«
»Ich freu mich auch. Es ist zu lange her.«
Sie hörte ein leises Lachen. »Wahrscheinlich nicht. Es ist wahrscheinlich gerade lange genug. Bis morgen dann.«
»Gute Nacht, Tony. Und danke.«
»Ist ja das Mindeste, was ich tun kann. Tschüs, Carol.«
Als er auflegen, drückte sie auf die Taste und ließ den Hörer auf den Teppich fallen. Mit Nelson im Arm ging sie zur Fensterfront und sah auf die alte Kirche hinaus, die allein erhalten geblieben war und fremd inmitten der modernen Betonbauten

stand, die jetzt ihr Zuhause waren. Erst heute früh hatte sie den Blick mit einem melancholischen Gefühl des Abschiednehmens über den Platz schweifen lassen und sich vorgestellt, dass sie packen und nach Den Haag ziehen und ihre Stelle als neu ernannte Verbindungsbeauftragte bei Europol antreten würde. Alles hatte ihr deutlich vor Augen gestanden, so als könne schon die klare Vorstellung bewirken, dass es Wirklichkeit wurde. Aber jetzt war es schwer, sich vorzustellen, was ihr – abgesehen von Schlaf und Frühstück – die Zukunft bringen würde.

Die *Wilhelmina Rosen* hatte Arnhem passiert und machte für die Nacht fest. Die Anlegestelle, die er immer nutzte, wenn sie am holländischen Niederrhein ankerten, war bei den beiden Bootsmännern beliebt, die er beschäftigte. Ein Dorf mit einem sehr guten Lokal war in weniger als fünf Minuten zu Fuß erreichbar. Ihre Arbeiten hatten sie in Rekordzeit erledigt, und eine halbe Stunde, nachdem sie vor Anker gegangen waren, war er allein auf dem großen Schiff. Sie hatten ihn nicht gefragt, ob er mitkommen wolle, denn in all den Jahren der Zusammenarbeit war er nur einmal mit ihnen auf eine Sauftour gegangen, als Manfreds Frau ein Kind bekommen hatte. Der Maschinist hatte darauf bestanden, dass der Kapitän mit ihm und Gunther den Kopf des Babys begießen solle. Er erinnerte sich mit Abscheu daran. Sie waren unten in der Nähe von Regensburg gewesen und tranken in verschiedenen Kneipen, wo man die Bedürfnisse der Schiffer kannte. Zu viel Bier, zu viel Schnaps, zu viel Krach, zu viele Schlampen, die sich ihm anboten und sich über ihn mokierten.
Es war viel besser, an Bord zu bleiben, wo er sich mit seinen Geheimnissen beschäftigen konnte, ohne befürchten zu müssen, dass er unterbrochen wurde. Außerdem gab es immer Ar-

beit, wenn man ein altes Rheinschiff tipptopp in Ordnung halten wollte. Er musste dafür sorgen, dass die Messingteile blitzten und alles immer gepflegt und gut gestrichen aussah. Das alte Steuerhaus und seine Kajüte strahlten vom ständigen Putzen und Polieren vieler Jahre, bei dem seine Hände einer über die Generationen auf ihn gekommenen Tradition folgten. Er hatte das Schiff von seinem Großvater geerbt, das einzig Gute, was der alte Sack für ihn getan hatte.
Nie würde er die Befreiung vergessen, die der Unfall des Alten für ihn bedeutet hatte. Niemand hatte es gemerkt bis zum Morgen. Sein Großvater war an Land gegangen, um den Abend in einer Kneipe zu verbringen, wie er das von Zeit zu Zeit tat. Er trank nie mit der Mannschaft, sondern setzte sich allein in eine stille Ecke eines Bierkellers weit weg von den anderen Schiffern. Er benahm sich, als sei er zu gut, um mit den anderen zu verkehren, obwohl sein Enkel glaubte, er habe wahrscheinlich alle Schiffsleute auf dem Fluss mit seiner eigensinnigen Selbstherrlichkeit verärgert.
Morgens gab es auf dem Schiff keine Spur von dem alten Mann. Das allein war schon bemerkenswert, denn er hatte feste, unerschütterliche Angewohnheiten. Keine Krankheit hatte je vermocht, ihn niederzustrecken, und niemals hatte er sich so weit gehen lassen, dass es ihn auch nur eine Minute nach sechs noch in seiner Koje hielt. Winters wie sommers war der alte Mann um zwanzig nach sechs gewaschen, rasiert und angekleidet, hob die Abdeckungen von den Motoren und inspizierte sie misstrauisch, ob sie in der Nacht auch kein Übel befallen hatte. Aber an diesem Morgen hing eine unheilvolle Stille über dem Kahn.
Er hatte den Kopf gesenkt gehalten und sich im Kielraum mit dem Zerlegen einer Pumpe beschäftigt. So hatten seine Hände etwas zu tun, und er konnte vermeiden, dass seine Nervosität

ihn verriet, falls später jemand Verdacht schöpfen sollte. Aber die ganze Zeit glühte er vor innerer Freude, dass er seine Zukunft selbst in die Hände genommen hatte. Endlich würde er Meister seines eigenen Schicksals sein. Millionen Menschen wollten sich befreien, so wie er es getan hatte, aber nur eine Hand voll würde je den Mut haben, etwas zu unternehmen. Mit selten empfundenem, plötzlichem Stolz wurde ihm klar, dass er etwas Besonderes war, wofür ihn nie jemand gehalten hatte, der alte Mann schon gar nicht.

Gunther war dabei, in der Kombüse das Frühstück zu machen, und hatte nicht bemerkt, dass etwas nicht stimmte. Seine Arbeit verlief notgedrungen genauso routinemäßig wie die seines Kapitäns. Es war Manfred, der Maschinist, gewesen, der Alarm schlug. Beunruhigt, nichts von dem alten Mann zu hören, hatte er es gewagt, die Tür zu seiner Kajüte einen Spalt zu öffnen. Das Bett war leer, die Wolldecke so festgesteckt, dass ein Zweieurostück darauf bis zur Decke gehüpft wäre. Besorgt ging er aufs Deck hinauf und fing an zu suchen. Der Laderaum war leer, am Morgen sollte Schotter geladen werden. Manfred rollte eine Ecke der Zeltbahn zurück und stieg auf der Leiter hinunter, um vom Bug bis zum Heck überall nachzusehen, denn er fürchtete, dass der alte Mann vielleicht einen seiner nächtlichen Rundgänge auf dem Schiff unternommen hatte und entweder gefallen oder ihm übel geworden war. Aber der Laderaum war leer.

Ein sehr ungutes Gefühl beschlich Manfred. Als er wieder an Deck war, ging er langsam am Rand entlang und starrte ins Wasser hinunter. Vorn am Bug sah er, was er befürchtet hatte. Zwischen dem Schiffskörper und den Pfosten der Anlegestelle schwamm der alte Mann mit dem Gesicht nach unten.

Man zog daraus die offensichtlichen Rückschlüsse. Der Alte hatte zu viel getrunken und war über eine der Trossen gestol-

pert, mit denen das Schiff festgebunden war. Laut Obduktionsbericht hatte er sich beim Fall den Kopf angeschlagen und wahrscheinlich das Bewusstsein verloren. Wäre er auch nur benommen gewesen, so war doch durch das Zusammenwirken von Alkohol und Gehirnerschütterung das Ertrinken vorprogrammiert. Als offizielle Todesursache wurde Unfall angegeben. Niemand hatte dies auch nur eine Minute angezweifelt. Genau wie er es geplant hatte. Bis das Ergebnis feststand, hatte er geschwitzt, aber alles war so gelaufen, wie er es sich gewünscht hatte. Er war verwirrt, als er entdeckte, wie sich Freude anfühlte.
Es war für ihn die erste Kostprobe der Macht, die er genoss wie Seide auf der Haut, und sie wärmte ihn wie Cognac, wenn er durch die Kehle rinnt. Endlich hatte er einen winzigen Funken Kraft in sich entdeckt, den die brutalen Demütigungen seines Großvaters nicht hatten auslöschen können. Er nährte diesen Funken mit Einbildungskraft, dann mit bitterem Hass und Abscheu vor sich selbst, bis er hell genug aufflammte, dass er ihn zur Tat drängte. Endlich hatte er dem sadistischen alten Kerl gezeigt, wer der wirkliche Mann war.
Er hatte keine Gewissensbisse, weder unmittelbar danach noch später, als sich die Gespräche nicht mehr um den Tod seines Großvaters drehten, weil die Schiffsleute sich die neuesten Gerüchte erzählten. Wenn er daran dachte, was er getan hatte, ergriff ihn eine Leichtigkeit, die er nie zuvor gekannt hatte. Die Gier nach mehr brannte in seinem Inneren, aber er hatte keine Ahnung, wie er sie befriedigen konnte.
So unwahrscheinlich das war, entdeckte er die Antwort darauf beim Begräbnis, zu dem sich eine erfreulich kleine Menge versammelt hatte. Der alte Mann war sein ganzes Erwachsenenleben Schiffer gewesen, aber er hatte nie ein Talent zur Freundschaft gehabt. Niemand machte sich genug aus seinem Tod,

um eine Ladung mit Frachtgut aufzugeben und ihm vor der Einäscherung die letzte Ehre zu erweisen. Der neue Herr der *Wilhelmina Rosen* erkannte die meisten Trauergäste als Schiffsleute in Rente, die nichts Besseres mit ihrer Zeit anzufangen wussten.

Aber als sie nach dem unpersönlichen Trauergottesdienst herauskamen, zog ihn ein älterer Mann, den er noch nie gesehen hatte, am Ärmel. »Ich kannte Ihren Großvater«, sagte er. »Ich würde Sie gern einladen, etwas mit mir zu trinken.«

Er wusste nicht, was man sagte, um solche unerwünschten Verpflichtungen von sich fernzuhalten. Er war selten irgendwo eingeladen gewesen und hatte das nie lernen müssen. »Gut«, sagte er und entfernte sich mit dem Mann von der dürftigen Trauergemeinde.

»Haben Sie ein Auto?«, fragte der ältere Mann. »Ich bin im Taxi gekommen.«

Er nickte und ging zum alten Ford seines Großvaters voraus. Sobald die Rechtsanwälte ihm mitteilten, dass er über das Geld des alten Mannes verfügen konnte, plante er, dieses Auto loszuwerden. Sein Beifahrer lotste ihn von der Stadt weg aufs Land hinaus. Schließlich hielten sie bei einem Lokal an einer Straßenkreuzung. Der ältere Mann führte ihn in den Biergarten und bestellte zwei Bier.

Sie setzten sich in eine ruhige Ecke, die schwache Frühlingssonne war kaum warm genug, um im Freien zu sitzen. »Ich heiße Heinrich Holtz«, stellte er sich mit einem fragenden Blick vor. »Hat er je von mir gesprochen? Heini?«

Er schüttelte den Kopf. »Nein, nie.«

Holtz atmete langsam aus. »Ich kann nicht sagen, dass mich das überrascht. Was wir gemeinsam erlebt haben, war nichts, worüber wir gern sprachen.« Er nippte bedächtig und langsam an seinem Bier wie jemand, der nur gelegentlich trinkt.

Wer immer Holtz sein mochte, er gehörte offensichtlich nicht in die Welt der Frachtschiffer. Er war ein kleines, runzeliges Männchen, die schmalen Schultern waren nach vorn gebeugt, als blase ihm ständig ein kalter Wind entgegen. Seine wässrigen grauen Augen schauten aus vielen Falten hervor und wichen eher dem Blick aus, als das Gegenüber direkt anzusehen.
»Von woher kannten Sie meinen Großvater?«, fragte er.
Die Antwort und die Geschichte, die dazugehörte, veränderten sein Leben. Endlich verstand er, warum ihm die Kindheit zur Hölle gemacht wurde. Aber Wut kam in ihm auf, nicht Vergebung. Endlich sah er das Licht, endlich hatte er eine Bestimmung, die die eiskalte Klammer der Angst zerbrechen würde, die ihn so lange gelähmt und ihm alles geraubt hatte, was andere Menschen für selbstverständlich halten.
Die Nacht in Heidelberg war einfach das nächste Stadium dieses Vorhabens gewesen. Er hatte alles peinlich genau überlegt, und da er das konnte, hatte er offensichtlich keine schwer wiegenden Fehler gemacht. Er hatte viel aus der ersten Tat gelernt, und es gab nur ein paar Dinge, die er in Zukunft anders machen würde.
Alles plante er weit in die Zukunft voraus.
Er warf den kleinen Kran an, der seinen glänzenden Golf vom Achterdeck der *Wilhelmina Rosen* auf die Kaistraße heben sollte. Dann sah er nach, ob alles wie geplant in seiner Tasche war: Notizblock, Kuli, Skalpell, Extraklingen, Klebeband, dünnes Seil und ein Trichter. Das kleine, fest zugeschraubte Glas mit Formalin. Alles da und in Ordnung. Er sah auf seine Uhr. Genug Zeit, um zu seiner Verabredung nach Leiden zu kommen. Er steckte sein Mobiltelefon in die Jackentasche und fing an, den Wagen an den Kran zu hängen.

Kapitel 6

Der Applaus brandete in Wogen über Daniel Barenboims Kopf hinweg, als er sich wieder dem Orchester zuwandte und ihm bedeutete, sich zu erheben. *Nichts fordert den guten Willen des Menschen so sehr heraus wie Mozart*, sinnierte Tadeusz, der einsam in seiner Loge saß und geräuschlos klatschte. Katerina hatte die Oper geliebt, fast so sehr, wie sie es liebte, sich für einen Abend in ihrer Loge der Staatsoper schön zu machen. Wer fragte, woher das Geld kam? Es zählte nur, wie man es ausgab. Und Katerina hatte verstanden, es mit Stil auszugeben, auf eine Art und Weise, die allen um sie herum das Gefühl gab, etwas Besonderes zu sein. Die erstklassigen Plätze in der Oper waren ihre Idee gewesen, obwohl sie auch ihm vollkommen passend erschienen. Der Opernbesuch heute Abend kam ihm wie eine Mutprobe vor, aber er hatte seine Loge mit niemandem teilen wollen, am wenigsten mit einer der aufgetakelten Frauen, die im Foyer vor der Vorstellung darauf bestanden, ihm ihre Teilnahme auszudrücken.

Er wartete, bis die meisten Zuschauer draußen waren, und starrte mit leerem Blick auf den Feuerschutzvorhang, der die Bühne verdeckte. Dann stand er auf, schüttelte die Falten seines konservativ geschnittenen Smokings zurecht, schlüpfte in seinen Zobelmantel und stellte in der Tasche das Mobiltelefon wieder an. Schließlich verließ er das Opernhaus und ging in die sternklare Nacht hinaus. Er eilte an den plaudernden Gruppen vorbei, passierte Unter den Linden und ging auf das scheinwerferbeleuchtete Brandenburger Tor zu, wo er zur Rechten die Lichter des Reichstags sah. Es waren drei Kilometer bis zu seiner Wohnung in Charlottenburg, aber heute Abend war er lieber auf den Straßen Berlins als isoliert in seinem Wagen. Wie ein Vampir brauchte er eine Infusion von Lebenskraft. Das gesellschaftliche Geplänkel konnte er noch nicht ertragen, aber abends brodelte in der Stadt eine Energie, die ihm Nahrung gab.

Er ging gerade am Anfang vom Tiergarten am Sowjetischen Ehrenmal vorbei, als das Mobiltelefon an seiner Hüfte sich vibrierend meldete. Ungeduldig zog er es heraus. »Hallo?«

»Chef?«

Er erkannte Krasics tiefe Bassstimme. »Ja?«, antwortete er. Keine Namen auf dem Handy. Es gab irgendwo da draußen zu viele »Spezialisten«, die nichts Besseres zu tun hatten, als Telefongespräche abzufangen. Ganz zu schweigen von den verschiedenen staatlichen Behörden, die ihre Bürger ständig genauso eifrig überwachten, wie sie es getan hatten, als sie noch von der Roten Gefahr umzingelt waren.

»Wir haben ein Problem«, sagte Krasic. »Wir müssen etwas besprechen. Wo finde ich dich?«

»Ich geh zu Fuß nach Hause. In fünf Minuten bin ich bei der Siegessäule.«

»Ich hole dich dort ab«, beendete Krasic den Anruf unvermittelt.

Tadeusz seufzte. Er blieb einen Augenblick stehen und sah durch einen Baum mit jungen Knospen zum Himmel hinauf. »Katerina«, sagte er leise, als spreche er tatsächlich zu seiner Geliebten. In solchen Momenten fragte er sich, ob die trostlose Leere, die sie hinterlassen hatte, jemals weichen würde. Gegenwärtig schien es mit jedem Tag nur schlimmer zu werden.

Er straffte die Schultern und ging mit großen Schritten auf das hoch aufragende Monument preußischer Siege zu, das Hitler vom ursprünglichen Standort wie auf eine Insel mitten in den Straßenverkehr hatte versetzen lassen, wo seine Höhe übermächtiger erschien. Die vergoldete, geflügelte Siegesgöttin oben auf der Säule glänzte über den Lichtern der Stadt wie ein Leuchtfeuer in Richtung Frankreich, ein trotziger Protest gegen die Niederlagen des letzten Jahrhunderts. Tadeusz blieb an der Ecke stehen. Krasic war noch nicht zu sehen, und er wollte nicht herumstehen und sich verdächtig machen. Vorsicht zahlte sich seiner Erfahrung nach stets aus. Er ging über die Straße zu der Säule hinüber, schlenderte darunter hin und her und tat so, als studiere er die kunstvollen Mosaiken zur Reichsgründung der Deutschen. *Das polnische Herz meiner Großmutter würde stehen bleiben, wenn sie mich hier sehen könnte,* dachte er. *Ich kann sie praktisch hören, wie sie mich anschreit: »Ich hab dich nicht aufgezogen, damit du der Prinz von Charlottenburg wirst.«* Bei diesem Gedanken trat ein sarkastisches Lächeln auf seine Lippen.

Ein dunkler Mercedes hielt am Gehweg, und die Lichthupe leuchtete kurz auf. Tadeusz ging über die Straße und stieg ein. »Tut mir Leid, dir den Abend zu verderben, Tadzio«, sagte Krasic. »Aber wie ich schon sagte, wir haben ein Problem.«

»Schon gut«, sagte Tadeusz, lehnte sich auf dem Sitz zurück und knöpfte seinen Mantel auf, während der Wagen die Bismarckstraße entlangfuhr. »Mein Abend ist mir von einem

Scheißkerl mit einer BMW verdorben worden, nicht von dir. Also, was ist los?«

»Normalerweise würde ich dich wegen so etwas nicht belästigen, aber ... Das Päckchen Heroin, das wir von den Chinesen bekommen haben. Erinnerst du dich?«

»Das werd ich ja wohl nicht vergessen. Ich hab mit der Ware schon lange genug zu tun. Was ist damit?«

»Sieht aus, als wäre da irgendein Mist drin. Im Bezirk SO 36 hat es vier tote Junkies gegeben, und nach dem, was ich gehört habe, sind noch sieben auf der Intensivstation.«

Tadeusz hob die Augenbrauen. Kreuzberg Ost, hier unter der alten DDR-Postleitzahl bekannt, war das Zentrum der städtischen Jugendkultur. Bars, Clubs und Lokale mit Livemusik sorgten dafür, dass in der Gegend um die Oranienstraße herum jede Nacht bis zum frühen Morgen viel los war. Es war auch das Viertel, wo besonders viele Türken wohnten, aber es gab wahrscheinlich mehr Straßendealer als Dönerstände in dem schmuddeligen, widerborstigen Stadtteil. »Seit wann kümmerst du dich einen Dreck um tote Junkies, Darko?«, fragte er.

Krasic hob ungeduldig die Schultern. »Sie sind mir scheißegal. Morgen stehen vier andere da und nehmen ihre Stelle ein. Die Sache ist die, Tadzio, dass sich niemand um *einen* toten Junkie kümmert. Aber wenn plötzlich vier auf dem Obduktionstisch liegen und es so aussieht, als würden noch welche nachkommen, müssen sogar die Bullen ein bisschen aufmerksam werden.«

»Wie kannst du sicher sein, dass unser Zeug sie umbringt? Wir sind nicht die Einzigen, die für die Straße liefern.«

»Ich hab mich umgehört. Die Toten haben alle Dealer gehabt, die ihre Ware von unserer Kette kriegen. Es wird Druck geben.«

»Wir haben schon öfter Druck gehabt«, sagte Tadeusz geduldig. »Was ist daran so Besonderes?«
Krasic ließ einen gereizten Laut hören. »Dass es nicht auf dem normalen Weg gekommen ist. Erinnerst du dich? Du hast es selbst an Kamal übergeben.«
Tadeusz runzelte die Stirn. Das hohle Gefühl in seinem Magen war wieder da. Er erinnerte sich, welches Unbehagen ihn in Bezug auf diesen Deal in der Werft an der Donau beschlichen hatte. Er hatte versucht, dem Schicksal zu entrinnen, indem er die eingespielte Praxis änderte. Aber die Maßnahmen zur Umgehung der Probleme hatten nur bewirkt, dass es ihn einfach auf direkterem Weg ereilte. »Kamal ist ein ganzes Ende von den Straßendealern weg«, betonte er.
»Aber vielleicht nicht weit genug«, knurrte Krasic. »Bisher hat es nur immer 'n paar Pappfiguren zwischen euch gegeben, er hat niemals sagen können: ›Tadeusz Radecki hat mir persönlich dieses Heroin geliefert.‹ Wir wissen nicht, wie viel die Bullen wissen. Sie könnten ihm eventuell einen oder zwei Schritte voraus sein. Und wenn er eine Vereinbarung angeboten bekommt, die ihm viele Schwierigkeiten erspart, dann denkt er vielleicht daran, dich ans Messer zu liefern.«
Jetzt hörte Tadeusz wirklich aufmerksam zu, sein träges Desinteresse war endgültig vorbei. »Ich dachte, Kamal sei zuverlässig.«
»Niemand ist zuverlässig, wenn der Preis stimmt.«
Tadeusz drehte sich auf dem Sitz um und fixierte Krasic mit dem scharfen Blick seiner blauen Augen. »Nicht mal du, Darko?«
»Tadzio, ich bin zuverlässig, weil sich niemand leisten kann, mich zu bezahlen«, sagte Krasic und legte eine kräftige Hand auf das Knie seines Chefs.
»Was meinst du also?« Tadeusz zog sein Knie weg und mach-

te damit unwillkürlich den Abstand zwischen ihnen deutlich, dessen er sich wohl bewusst war.
Krasic rutschte auf dem Sitz herum und starrte aus dem Fenster an Tadeusz vorbei. »Wir könnten es uns leisten, Kamal zu verlieren.«
Vor zwei Monaten hätte Tadeusz einfach genickt und etwas gesagt wie: »Tu, was nötig ist.« Aber vor zwei Monaten war Katerina noch am Leben. Er hatte seine Haltung zum Verlust eines geliebten Menschen noch nicht überdenken müssen und hing noch nicht dem sentimentalen Gedanken nach, dass Kamal für einen anderen Menschen das sein könnte, was Katerina für ihn gewesen war. Er kannte Kamal, seine Käuflichkeit, seine Machtspielchen, seine erbärmlichen, angeberischen Versuche, sich als jemand darzustellen, mit dem man rechnen musste. Aber der plötzliche Todesschmerz hatte ihn auf ganz unerwartete Weise mitfühlend gemacht. Tadeusz war jetzt nicht wohl bei dem Gedanken, Kamal wegen der entfernten Möglichkeit, dass es ihm zu seinem persönlichen Vorteil gereichen könnte, umbringen zu lassen. Und zugleich war ihm klar, dass er es sich nicht leisten konnte, Krasic, der es bestimmt als Schwäche auslegen würde, dies wissen zu lassen. Es wäre wirklich sehr unklug, einem Mann wie Krasic seine schwache Seite zu deutlich zu zeigen, wie loyal er auch immer sein mochte. All dies schoss Tadeusz durch den Kopf. »Warten wir ab«, sagte er. »Wenn wir uns jetzt gleich von Kamal trennen, würde das nur bei der Polizei Verdacht erwecken. Aber sollte es irgendein Anzeichen geben, dass sie es auf ihn abgesehen haben ... dann weißt du, was zu tun ist, Darko.«
Krasic nickte zufrieden. »Überlass es mir. Ich mache ein paar Anrufe.«
Der Wagen brauste am Schloss Charlottenburg vorbei und bog in die stille Seitenstraße ein, wo Tadeusz wohnte. »Melde

dich morgen früh bei mir«, sagte er, öffnete die Wagentür und schloss sie leise, aber bestimmt wieder hinter sich. Ohne zurückzublicken, verschwand er im Haus.

Obwohl der Himmel grau und bedeckt war, brauchten Carols Augen eine Weile, bis sie sich an das Halbdunkel in dem Pub am Kai gewöhnt hatten, das Tony als Treffpunkt vorgeschlagen hatte. Sie blinzelte, als sie die ruhige Country-Musik im Hintergrund spielen hörte. Der Barkeeper sah von seiner Zeitung auf und lächelte ihr kurz zu. Sie sah sich um und betrachtete die Fischernetze, die mit ihren grellbunten, in langen Jahren voller Zigarettenrauch vergilbten Schwimmern unter der Decke hingen. Aquarelle von Fischerhäfen am East Neuk zierten überall die mit Holz getäfelten Wände. Die einzigen anderen Gäste schienen zwei ältere Männer zu sein, die in ihr Dominospiel vertieft waren. Keine Spur von Tony.

»Was kann ich Ihnen bringen?«, fragte der Barmann, als er zu ihr herüberkam.

»Gibt's bei Ihnen Kaffee?«

»Mhm.« Er wandte sich um und schaltete einen Wasserkocher an, der zwischen den Likör- und Aperitifflaschen unter dem Regal mit Spirituosen deplatziert wirkte.

Hinter ihr ging die Tür auf. Carol drehte den Kopf, und ihr wurde eng um die Brust. »Hi«, sagte sie.

Tony ging die paar Meter zur Bar, und langsam trat ein Lächeln auf sein Gesicht. Er wirkte fehl am Platz wie überall außerhalb seines eigenen Zuhauses. »Tut mir Leid, dass ich zu spät komme. Das Telefon hat einfach andauernd geklingelt.«

Nach einem Moment des Zögerns wandte sich Carol ihm zu, sie umarmten sich, und ihre Finger spürten wieder das vertraute, abgetragene Tweedjackett. Die fünf Zentimeter, die er größer war als sie, waren genau die richtige Größe für ihre

1,67 Meter. »Es ist schön, dich zu sehen«, flüsterte er ihr leise ins Ohr.
Sie lösten sich voneinander und sahen sich an. In seinem Haar bemerkte sie an den Schläfen Silberfäden. Die Fältchen um seine dunkelblauen Augen waren tiefer geworden, aber die Unruhe in seinem Blick schien sich endlich gelegt zu haben. Er sah gesünder aus, als sie ihn je gesehen hatte, war schlank und drahtig geblieben, fühlte sich aber bei der Umarmung fester an, so als sei sein Körper etwas muskulöser geworden. »Du siehst gut aus«, sagte sie.
»Von der vielen frischen Seeluft«, sagte er. »Aber du siehst phantastisch aus. Hast du eine neue Frisur? Dein Haar ist irgendwie anders.«
Sie zuckte mit den Schultern. »Neuer Friseur. Das ist alles. Er schneidet sie ein bisschen schwungvoller, glaube ich.« *Ich kann's nicht glauben, dass ich über Frisuren rede,* dachte sie ungläubig. *Es ist zwei Jahre her, seit wir uns zum letzten Mal gesehen haben, und wir tun so, als wäre nie mehr zwischen uns gewesen als eine flüchtige Bekanntschaft.*
»Was auch immer, es sieht spitze aus.«
»Was darf ich Ihnen bringen?«, unterbrach sie der Kellner und stellte eine Tasse mit einem Kaffeefilter vor Carol hin. »Milch und Zucker sind am Ende der Theke«, fügte er hinzu.
»Ein Ale«, sagte Tony und holte seine Brieftasche heraus. »Ich übernehme das.«
Carol nahm ihren Kaffee und sah sich um. »Irgendeinen bestimmten Platz?«, fragte sie.
»Der Tisch dort hinten in der Ecke, beim Fenster«, sagte er, bezahlte und folgte ihr zu der Stelle, wo eine Sitzbank mit hoher Rückenlehne sie vom Rest des Lokals abschirmte.
Carol rührte langsam in ihrem Kaffee und wusste genau, dass er in seiner üblichen, nüchtern-distanzierten Art dies als Ver-

legenheitsgeste deuten würde, aber sie konnte es trotzdem nicht lassen. Als sie aufblickte, war sie überrascht, dass er nur angestrengt auf sein Glas Bier hinuntersah. Irgendwann im Lauf der zwei Jahre musste er etwas Neues dazugelernt haben: seinem Gegenüber eine Pause zu gönnen und es nicht sofort mit seinem analytischen Blick anzuschauen. »Ich bin dir dankbar, dass du dir dafür Zeit nimmst«, sagte sie.
Er sah auf und lächelte. »Carol, wenn das die Bedingung für deinen Besuch ist, kann ich nur sagen, es ist kein hoher Preis. E-Mails sind ja gut und schön, aber auch eine gute Möglichkeit, sich dahinter zu verstecken.«
»Für dich und für mich.«
»Das will ich nicht abstreiten. Aber die Zeit vergeht.«
Sie erwiderte sein Lächeln. »Willst du also von meiner *Mission Impossible* erfahren?«
»Du kommst gleich zur Sache, wie immer. Pass auf, ich dachte, wenn du nichts dagegen hast, könnten wir dich vorher in deinem Hotel unterbringen und dann zu mir gehen, um durchzusprechen, was sie für dich geplant haben. Es ist nicht so öffentlich wie in einem Pub. Ich habe nur vorgeschlagen, dass wir uns hier treffen, weil es leichter zu finden ist als mein Häuschen.«
Da gab es noch etwas, was er nicht aussprach. Mit Erleichterung stellte sie fest, dass sie immer noch erkennen konnte, was in ihm vorging. »In Ordnung. Ich würde gerne sehen, wo du wohnst. Ich bin noch nie in der Gegend hier gewesen, es ist überraschend malerisch.«
»Oh ja, malerisch ist es schon. Fast zu malerisch. Man vergisst leicht, dass die Leidenschaften in solchen idyllischen Fischerdörfern genauso toben wie auf den Großstadtstraßen.«
Carol nippte an ihrem Kaffee, der erstaunlich gut war. »Ein idealer Ort, um sich zu erholen, also?«

»In mehr als einer Hinsicht.« Er wandte kurz den Blick ab, sah sie dann wieder an, und sein Mund war eine gerade Linie der Entschlossenheit. Sie ahnte ziemlich genau, was kommen würde, und wappnete sich, nach außen nichts als Gelassenheit zu zeigen. »Ich bin ... Ich habe jemanden kennen gelernt«, sagte er.
Carol spürte beim Lächeln jeden Muskel, den sie dazu brauchte. »Ich freue mich für dich«, sagte sie und wünschte, der Stein in ihrem Magen möge sich auflösen.
Tony hob fragend die Augenbrauen. »Danke«, sagte er dann.
»Nein, ich meine das ernst. Ich bin froh.« Ihr Blick senkte sich auf das düstere Braun ihres Kaffees. »Du hast es verdient.« Sie sah auf und zwang sich zu einem munteren Tonfall. »Wie ist sie denn so?«
»Sie heißt Frances, eine Lehrerin. Sie ist sehr ruhig, sehr klug. Und sehr lieb. Ich habe sie im Bridge-Club von St. Andrews kennen gelernt. Ich wollte es dir erzählen. Aber erst wenn ich sicher war, dass etwas daraus wird. Und dann ... na ja, wie ich schon sagte, hinter E-Mails kann man sich gut verstecken.« Er breitete bedauernd die Hände aus.
»Das ist in Ordnung. Du bist mir nichts schuldig.« Sie sahen sich in die Augen und wussten beide, dass das eine Lüge war. Sie wollte fragen, ob er Frances liebte, wollte aber auch nicht die falsche Antwort hören. »Und, werde ich sie kennen lernen?«
»Ich habe ihr gesagt, dass wir zu arbeiten haben, deshalb kommt sie nicht vorbei. Aber ich könnte sie anrufen und fragen, ob sie mit uns zu Abend essen möchte, wenn du willst.« Er war unschlüssig.
»Lieber nicht. Ich brauche wirklich deinen ganzen Sachverstand und muss morgen schon zurückfliegen.« Carol leerte ihre Tasse. Den Wink verstehend, trank auch Tony aus und stand auf.

»Es ist wirklich schön, dich zu sehen, weißt du das?«, sagte er, und seine Stimme war sanfter als zuvor. »Du hast mir gefehlt, Carol.«

Aber nicht genug, dachte sie, sagte aber: »Ich hab dich auch vermisst. Komm, wir haben eine Menge Arbeit vor uns.«

Kapitel 7

Ein gewaltsamer Tod ist immer ein Schock. Aber irgendwie hatte der Mord in einem schönen Haus aus dem 19. Jahrhundert mit Blick auf einen stillen Kanal, einen mittelalterlichen Gelehrtensitz und einen eindrucksvollen Kirchturm in Hoofdinspecteur Kees Maartens eine tiefere Entrüstung ausgelöst, als es dasselbe Ereignis jemals getan hätte, wenn es sich in einem finsteren Rotterdamer Seitengässchen zugetragen hätte. Er hatte sich in der Hafenstadt an der Nordsee hochgearbeitet und es dann endlich geschafft, sich in die Regio Hollands Midden zurückversetzen zu lassen. Bis jetzt hatte die Rückkehr in seine alte Heimat seinem Traum von einem ruhigeren Leben entsprochen. Nicht dass es in diesem Teil Hollands keine Kriminalität gegeben hätte, beileibe nicht. Aber in der Universitätsstadt Leiden gab es weniger Gewalttätigkeit, das stand fest.

Jedenfalls hatte er das bis heute geglaubt. Es war ihm durchaus nicht fremd, was ein Mensch oder mehrere, die sich in derselben blinden Wut zusammentaten, einem anderen antun konnten. Schlägereien im Hafen, Streitigkeiten in Kneipen, wo wirkliche oder eingebildete Beleidigungen zu Zusammenstößen führten, die sich viel mehr hochschaukelten, als es dem Anlass entsprach, und wo Prostituierte Tätlichkeiten und sogar Morden zum Opfer fielen, all das gehörte in Rotterdams

Stadtteilen mit hoher Kriminalitätsrate zum täglichen Brot. Und Maartens glaubte, sich im Lauf der Jahre gegen die verheerenden Folgen der Brutalität ein dickes Fell angeschafft zu haben und unempfindlich gegen dieses Grauen geworden zu sein. Aber auch darin hatte er sich getäuscht.

In seiner dreiundzwanzigjährigen Einsatzpraxis in vorderster Linie hatte ihn nichts auf so etwas vorbereitet. Es war anstößig, und dieser Eindruck wurde durch die so wenig dazu passende Umgebung noch verstärkt. Maartens stand auf der Schwelle eines Zimmers, das aussah, als sei es seit der Erbauung des Hauses kaum verändert worden. Die Wände waren vom Boden bis zur Decke mit Mahagoni-Regalen bedeckt, und die kunstvoll gedrechselten Stäbe besaßen den gedämpften Glanz beharrlicher Pflege über Generationen hinweg. Jedes Regal war voller Bücher und Schachteln, allerdings konnte er von seinem Standpunkt aus keine Details erkennen. Der Boden war mit blankem Parkett ausgelegt und mit zwei abgetretenen, farblosen Teppichen bedeckt. *So etwas hätte ich nie in ein so dunkles Zimmer gelegt*, dachte er und war sich dabei bewusst, dass er mit aller Macht den Blick auf die Mitte des Raums mied. Zwei große Fenster gingen auf den Maresingel und den Kern der Altstadt hinaus. Der Himmel war blassblau, dünne Wolkenstreifen hingen bewegungslos dort oben, als stünde die Zeit still.

Für den Mann in der Mitte dieser Gelehrtenstube galt das auf jeden Fall. Es konnte kein Zweifel bestehen, dass er tot war. Er lag auf dem breiten Mahagoni-Tisch mitten im Zimmer auf dem Rücken. Die Hand- und Fußgelenke waren mit dünner Schnur an die vier gedrechselten Tischbeine gebunden, so dass er ausgestreckt auf der Tischplatte lag. Es sah aus, als hätte der Mörder ihn vollkommen bekleidet festgebunden und ihm dann die Kleider vom Leib geschnitten, um die leicht gebräun-

te Haut und den unter der Badehose etwas blasser gebliebenen Teil zu entblößen.
Diese Entweihung, die Maartens' eigenem nicht mehr jungem Körper hoffentlich erspart bleiben würde, wäre schlimm genug gewesen. Aber was den würdelosen Anblick richtig obszön machte, war der rote Fleck unterhalb des Bauches, eine hässliche Wunde, aus der Rinnsale getrockneten Bluts über die weiße Haut gelaufen und auf den Tisch getropft waren. Maartens schloss einen Moment die Augen und versuchte nicht daran zu denken.
Hinter sich hörte er Schritte. Eine hochgewachsene Frau in einem dunkelblauen Schneiderkostüm, das honigblonde Haar zu einem Pferdeschwanz hochgebunden, erschien auf dem Treppenabsatz. Ihr rundes Gesicht war ruhig und ernst, ihre blauen Augen lagen im Schatten der geraden dunklen Brauen. Sie war auf unspektakuläre Weise hübsch, das bewusst dezente Make-up ließ sie noch sanfter und harmloser aussehen. Maartens wandte sich um und sah Brigadier Marijke van Hasselt, einen seiner zwei Einsatzleiter, an. »Was gibt's, Marijke?«, fragte er.
Sie nahm ein Notizbuch aus ihrer Jackentasche. »Der Besitzer dieses Hauses ist Dr. Pieter de Groot. Er lehrt experimentelle Psychologie an der Universität. Vor drei Jahren geschieden, lebt allein. Seine Kinder im Teenageralter besuchen ihn jedes zweite Wochenende. Sie leben bei seiner Exfrau nicht weit außerhalb von Den Haag. Die Leiche wurde heute früh von seiner Putzfrau entdeckt. Sie betrat das Haus wie immer und sah nichts Ungewöhnliches, putzte das Erdgeschoss und kam dann hier herauf. Als sie einen Blick ins Arbeitszimmer warf, sah sie das …« Marijke zeigte mit dem Daumen auf die Tür. »Sie sagt, sie hätte zwei Schritte ins Zimmer gemacht und sei dann hinuntergerannt, um uns anzurufen.«

»Die Frau, die mit dem Uniformierten an der Haustür gewartet hat, als wir hier ankamen?«
»Ja, das stimmt. Sie wollte nicht im Haus bleiben, was ich ihr kaum verdenken kann. Ich musste mit ihr in ihrem Wagen sprechen. Tom hat einige von unserer Gruppe zusammengetrommelt und sie losgeschickt, damit sie Nachbarschaftsbefragungen machen.«
Maartens nickte zustimmend zu dem, was ihr Kollege unternommen hatte. »Später können Sie zur Uni hinübergehen, um zu sehen, was sie Ihnen über Dr. de Groot sagen können. Ist die Spurensicherung schon hier?«
Marijke nickte. »Sie sind draußen mit dem Pathologen. Sie warten auf Bescheid von Ihnen.«
Maartens wandte sich ab. »Wir sollten sie reinlassen. Bis sie fertig sind, können wir sowieso überhaupt nichts machen.«
Marijke sah an ihm vorbei, als er auf die Treppe zuging. »Irgendeine Ahnung hinsichtlich der Todesursache?«, fragte sie.
»Es gibt nur eine Wunde, soweit ich das beurteilen kann.«
»Ich weiß, aber es kommt einem ...« Marijke unterbrach sich.
Maartens nickte. »Nicht genug Blut. Er muss ungefähr bei Eintritt des Todes kastriert worden sein. Wir werden sehen, was der Pathologe zu sagen hat. Aber man kann jetzt schon sagen, dass es ein Tod unter verdächtigen Umständen ist.«
Marijke blickte in das strenge Gesicht ihres Chefs, um festzustellen, ob er das ironisch meinte. Aber sie sah keine Spur mangelnder Ernsthaftigkeit, was auch im Lauf ihrer zweijährigen Zusammenarbeit mit ihm kaum jemals der Fall gewesen war. Andere Kripobeamte schützten sich durch schwarzen Humor, eine instinktive Reaktion, mit der sie gut klarkam. Aber so etwas wie Trost war eine Sache, die Maartens seiner Einsatzgruppe kaum jemals zukommen lassen würde. Sie ahnte, dass sie mehr brauchen würden als Maartens' Strenge,

um mit einem so schrecklichen Mord wie diesem fertig zu werden. Als er die Treppe hinunterging, sah sie ihm nach, und ihr Herz war so schwer wie seine schleppenden Schritte.

Marijke ging über die Schwelle zum eigentlichen Tatort. Das Spurensicherungsteam hatte eine festgelegte Routine, obwohl Mord in ihrem Revier nicht regelmäßig vorkam. Sie war dafür verantwortlich, den Tatort zu sichern, während Maartens das Team und den Pathologen über den Fall in Kenntnis setzte. Sie nahm Latexhandschuhe und Schutzhüllen für die Schuhe aus dem Lederrucksack, den sie immer bei sich hatte, und streifte sie über. Dann ging sie direkt von der Tür zum Schreibtisch und stand jetzt neben dem Kopf des toten Mannes. Sich den Toten genau zu betrachten war ihre Aufgabe, Maartens vermied das immer. Sie war sich nie sicher, ob er empfindlich war oder ob er nur dachte, er werde an anderer Stelle nötiger gebraucht. Er war gut darin, den Leuten Aufgaben zuzuteilen, die zu ihnen passten, und sie war beim Anblick eines Toten nie zurückgeschreckt. Sie hatte den Verdacht, es könnte etwas damit zu tun haben, dass sie auf einem Bauernhof aufgewachsen war. Seit frühester Kindheit war sie den Anblick toter Tiere gewöhnt. Marijke machte es gar nichts aus, wenn die Lämmer laut schrien.

Ihr war wichtig, was diese Leiche ihr über das Opfer und den Mörder verraten konnte. Sie war ehrgeizig und hatte nicht vor, ihre Karriere als Brigadier in Holland Mitte zu beschließen. Jeder Fall war möglicherweise eine weitere Stufe auf ihrem Weg zu einer der Eliteeinheiten in Amsterdam oder Den Haag, und Marijke war entschlossen, zu glänzen, wann immer sie die Gelegenheit dazu bekam.

Mit kühlem, analytischem Blick starrte sie auf Pieter de Groots Leiche hinunter, eine Fingerspitze wanderte zu dem gewölbten Abdomen. Die Haut fühlte sich kalt an. Er war also schon

eine gewisse Zeit tot. Auf ihn hinuntersehend, runzelte sie die Stirn. Auf der glatten Oberfläche des Schreibtischs war um den Kopf ein runder Fleck, als sei hier etwas verschüttet worden. Marijke merkte sich, es der Spurensicherung gegenüber zu erwähnen. Alles Ungewöhnliche musste untersucht werden.
Trotz ihrer Absicht, jeden Quadratzentimeter der Leiche und ihrer Umgebung systematisch zu erkunden, wurde ihr Blick unaufhaltsam zu dem verkrusteten Blut um die Wunde hingezogen. Das offen zutage liegende Gewebe sah aus wie Fleisch, das man über Nacht ausgepackt auf einem Küchentisch hatte liegen lassen. Als Marijke bewusst wurde, was sie da sah, drehte sich ihr ganz unerwartet der Magen um. Aus der Entfernung hatte sie die gleiche Vermutung gehabt wie Maartens. Aber de Groot war nicht kastriert worden. Seine Geschlechtsteile waren noch am Körper, wenn auch auf groteske Weise mit Blut beschmiert. Sie schnappte nach Luft.
Wer immer den Psychologen getötet hatte, hatte nicht seine Geschlechtsorgane entfernt, sondern der Mörder hatte wie beim Skalpieren sein Schamhaar abgelöst.

Carol lehnte sich auf das Fensterbrett, und der Dampf ihres Kaffees bildete eine runde, beschlagene Stelle auf der Scheibe. Das schlechte Wetter war über Nacht herangezogen, und der Firth of Forth sah aus wie verkrumpelte graue Seide mit ein paar Fleckchen Weiß, wo sich weit vor der Küste hier und da eine Welle brach. Sie sehnte sich nach ihrer vertrauten Londoner Skyline.
Es war ein Fehler gewesen, hierher zu kommen. Was immer ihr die Reise in beruflicher Hinsicht gebracht hatte, wurde durch die schmerzlichen Gefühle wieder aufgehoben, die Tonys Gegenwart in ihr geweckt hatte. Sie musste mit Bitterkeit zugeben, sich immer noch an einen letzten Hoffnungsfaden

geklammert zu haben, dass nach einem angemessenen zeitlichen und räumlichen Abstand doch endlich etwas aus ihrer Beziehung werden würde. Aber diese Hoffnung war wie eine Sandburg in der Sonne zerbröselt, als er ihr gestand, er sei weiter vorangekommen, genauso wie sie es immer erhofft hatte. Nur war nicht sie die Gefährtin, die er sich für diesen Weg erwählt hatte.

Als sie das Pub verließen, zwang sie sich, ihm lächelnd und freundschaftlich zu gratulieren, und hoffte, dass sie ihn nicht hatte merken lassen, wie tief ihre Enttäuschung war. Dann hatte sie sich abgewandt, und der scharfe Nordostwind lieferte ihr einen Vorwand für ihre Tränen. Sie war hinter ihm den Hügel hochgefahren, von dem malerischen Hafen weg zu dem kleinen Hotel, wo er ein Zimmer für sie bestellt hatte. Sie hatte sich trotzig zehn Minuten Zeit für Make-up und Frisur genommen, und statt der Jeans zog sie einen engen Rock an, der mehr sehen ließ, als je irgendjemand bei der Met zu Gesicht bekommen hatte. Eine Schlacht hatte sie wohl verloren, aber das hieß nicht, dass sie jetzt klein und hässlich beigeben musste. *Soll er doch sehen, was er verpasst*, dachte sie und warf damit sich selbst genauso wie ihm den Fehdehandschuh hin.

Auf der Fahrt zu seinem Häuschen hatten sie kaum über etwas Wichtiges gesprochen, sondern nur über das Leben in einer Kleinstadt geplaudert. Das Haus selbst war so, wie Carol es sich vorgestellt hatte. Was immer diese Frau für Tony bedeuten mochte, hatte sie doch seiner Umgebung nicht ihren Stempel aufdrücken können. Carol erkannte die meisten Möbelstücke, die Bilder an der Wand, die Bücher, die im Arbeitszimmer aufgereiht standen. *Sogar der Anrufbeantworter ist da*, dachte sie mit einem leichten Schaudern, als die Erinnerung sie überfiel.

»Hast dich wohl ganz gut eingelebt«, sagte sie nur.

Er zuckte mit den Schultern. »In Inneneinrichtung bin ich

nicht besonders gut. Ich bin mit einem Eimer weißer Farbe durchgegangen, dann habe ich all die alten Sachen reingestellt. Glücklicherweise hat das meiste gepasst.«

Nachdem sie sich bei einer Tasse Kaffee im Arbeitszimmer niedergelassen hatten, verschwand die momentane Befangenheit, und die alte Gelöstheit, die sie von früher kannte, kam zurück. Während Tony die Anweisungen las, die Morgan ihr am Morgen per Kurier geschickt hatte, kauerte sie auf einem abgenutzten Sessel und blätterte in der Auswahl guter Zeitschriften von *New Scientist* bis *Marie Claire*. Er hatte immer eine seltsame Palette von Publikationen gelesen, erinnerte sie sich erfreut. In seiner Wohnung war sie nie ohne interessanten Lesestoff gewesen.

Tony machte sich beim Lesen in einem auf der Sessellehne aufliegenden Block Notizen. Hin und wieder runzelte er die Stirn, und gelegentlich bewegte sich sein Mund, ohne die Fragen auszusprechen. Die Anweisung war nicht besonders lang, aber er las sie langsam und sorgfältig, und am Ende blätterte er wieder zum Anfang zurück und las sie noch einmal durch. Endlich hob er den Blick. »Ich muss zugeben, ich bin ratlos«, sagte er.

»Weswegen hauptsächlich?«

»Weil sie von dir so etwas verlangen. Es ist so weit außerhalb deines Erfahrungsbereichs.«

»Das hab ich auch gedacht. Ich muss wohl annehmen, dass meine Erfahrung oder meine Fähigkeiten irgendetwas aufweisen, das den Mangel an direkter Agentenarbeit ausgleicht.«

Tony strich sich das Haar aus der Stirn, eine vertraute Geste. »Das wäre auch meine Vermutung. Die Anweisungen selbst sind eigentlich relativ einfach. Die Drogen beim Belieferer abholen, das Paket gegen Geld übergeben und dieses Geld deinem ersten Kontaktmann aushändigen. Natürlich werden sie dabei quer schießen, denke ich. Sonst würde es nichts bringen.«

»Es soll ein Test meiner Fähigkeiten sein, es ist also wahrscheinlich, nehme ich an, dass ich mich auf Unerwartetes gefasst machen muss.« Carol ließ die Zeitschrift sinken, die sie las, und zog die Beine an. »Wie soll ich es also anpacken?«

Tony betrachtete seine Notizen. »Es gibt zwei Aspekte – den praktischen und den psychologischen. Was meinst du?«

»Das Praktische ist leicht. Ich habe vier Tage, um mich vorzubereiten. Ich kenne die Adresse, wo ich das Päckchen abholen soll, und die Gegend, wo ich es übergeben soll. Ich werde mich also mit dem Haus vertraut machen, wo ich wegen des Geldes hinmuss. Dann werde ich die verschiedenen Routen von A nach B so gut auskundschaften, dass ich sie kenne wie meine Westentasche. Ich muss in der Lage sein, ohne zu überlegen auf jeden Zufall zu reagieren, der mir in die Quere kommen kann. Und ich muss planen, was ich anziehen werde und wie ich mein Äußeres leicht verändern kann, um einen eventuellen Beobachter zu verwirren.«

Er nickte zustimmend. »Aber manche Aspekte der praktischen Durchführbarkeit hängen von den psychologischen Gegebenheiten ab.«

»Und das ist der Teil, den ich nicht im Griff habe. Deshalb bin ich hier. Um das Orakel zu befragen.« Carol salutierte mit scherzhaft-respektvollem Gruß.

Er lächelte spöttisch. »Ich wünschte, meine Studenten hätten solche Ehrfurcht vor meinen Fähigkeiten.«

»Sie haben dich nicht in Aktion gesehen. Sonst würden sie ihre Einstellung ändern.«

Sein Mund wurde zu einem schmalen, grimmig entschlossenen Strich, und sie sah einen Schatten in seinen Augen, der vorher nicht da gewesen war. »Ja, nur zu«, sagte er nach kur-

zer Pause. »Schließen Sie sich mir an, und Sie werden Höllenkreise sehen, die Dante sich nie hätte vorstellen können.«
»So geht's eben zu in unserem Arbeitsgebiet«, sagte Carol.
»Deshalb halte ich mich da auch nicht mehr auf.« Er sah weg, und sein Blick richtete sich auf die Straße unter dem Fenster. Er holte tief Luft. »Also, du musst wissen, wie du dich in eine andere Person hineinversetzen kannst, stimmt's?« Er wandte sich mit einem gekünstelten Ausdruck der Heiterkeit zu ihr um.
»Ich muss in ihre Haut schlüpfen.«
»Okay. Fangen wir also an: Wir beurteilen Menschen nach dem Aussehen, nach dem, was sie tun und was sie sagen. Alle unsere Eindrücke gründen auf solchen Dingen. Körpersprache, Kleidung, Handlungen und Reaktionen. Sprache und Schweigen. Wenn wir jemanden treffen, beginnt unser Gehirn das, was es wahrnimmt, mit dem zu vergleichen, was es in den Datenbanken der Erinnerung gespeichert hat. Hauptsächlich nutzen wir das, was wir dort aufbewahren, als Kontrolle, um neue, uns noch unbekannte Menschen zu beurteilen. Aber wir können es auch als eine Sammlung von Beispielen nutzen, auf die sich unsere neue Vorgehensweise stützen kann.«
»Du meinst, ich weiß schon alles, was ich wissen muss?«, sagte Carol skeptisch.
»Wenn du es noch nicht weißt, wird selbst jemand, der so klug ist wie du, es bis nächste Woche nicht mehr lernen. Als Erstes möchte ich, dass du an jemanden denkst, den du bereits kennst und der sich in diesem Szenario relativ wohl fühlen würde.« Er tippte mit seinem Kuli auf die Unterlagen. »Nicht übermäßig selbstbewusst, sondern einfach jemand, der auf vernünftige Weise damit klarkäme.«
Carol runzelte die Stirn, während sie die Kriminellen in ihrer Erinnerung durchging, mit denen sie im Lauf der Jahre persönlich zu tun gehabt hatte. Sie hatte nie im Rauschgiftdezer-

nat gearbeitet, war jedoch sehr oft auf Dealer und Kuriere gestoßen, als sie im Nordseehafen von Seaford die Kripo geleitet hatte. Aber niemand schien zu passen. Die Dealer waren zu großspurig und von ihrem eigenen Produkt verkorkst, und die Kuriere hatten keine Energie. Dann fiel ihr Janine ein. »Ich glaube, ich habe jemanden«, sagte sie. »Janine Jerrold.«

»Erzähl mir von ihr.«

»Sie war früher eins von den Mädchen unten am Hafen. Das Außergewöhnliche an ihr war, dass sie nie einen Zuhälter hatte. Sie arbeitete nur für sich selbst, in einem Zimmer über dem Pub, das ihre Tante betrieb. Als ich sie kennen lernte, war sie schon zu etwas aufgestiegen, was ein bisschen lukrativer und körperlich weniger gefährlich war. Sie hatte eine Gruppe von Mädchen, die systematisch Ladendiebstahl begingen. Gelegentlich erwischten wir eine von ihnen, aber Janine konnten wir nie fassen. Jeder wusste, dass sie dahinter steckte. Aber keines ihrer Mädchen verpfiff sie, weil sie sich immer um sie kümmerte. Sie erschien vor Gericht, um ihnen die Geldstrafen zu bezahlen, immer bar auf den Tisch. Und wenn sie einsitzen mussten, sorgte sie dafür, dass sich jemand um ihre Kinder kümmerte. Sie war schlau und hatte echt Courage.«

Tony lächelte. »Okay, jetzt haben wir Janine im Visier. Das ist der einfache Teil. Jetzt musst du Janine für dich aufbauen. Du musst alles gut überdenken, was du sie je hast tun sehen und sagen hören, und musst die Merkmale zusammenstellen, die Kombination von Eigenschaften der Frau, die sie jetzt ist.«

»In vier Tagen?«

»Natürlich wird es nur ein ungefährer Entwurf, aber in der Zeit kannst du schon etwas zusammenkriegen. Dann kommt der wirklich schwierige Teil. Du musst aus Carol Jordans Haut herausschlüpfen und annehmen, du seist Janine Jerrold.«

Carol sah besorgt aus. »Meinst du, das schaffe ich?«

Er legte den Kopf schief und überlegte. »Oh, ich glaube schon, Carol. Ich glaube, du kannst praktisch alles, was du dir in den Kopf gesetzt hast.«
Die folgende Stille war gespannt und energiegeladen, bis Tony aufsprang und sagte: »Noch Kaffee. Ich brauche Kaffee. Und wir müssen planen, was wir als Nächstes tun.«
»Als Nächstes?«, sagte Carol und folgte ihm in den Flur.
»Ja. Wir haben nicht viel Zeit. Wir müssen sofort mit den Rollenspielen beginnen.«
Bevor Carol antworten konnte, war das unverkennbare Geräusch eines Schlüssels im Schloss zu hören. Sie fuhren beide herum und standen mit vor Überraschung starren Gesichtern der Haustür gegenüber. Die Tür flog auf, und eine adrette Spätdreißigerin zeigte sich. Sie zog den Schlüssel heraus und grüßte beide mit einem warmen Lächeln, das ihre Augen aber nicht erreichte. »Hi, Sie sind wohl Carol«, sagte Frances, stieß die Tür hinter sich zu, stopfte die Schlüssel in ihre Tasche und streckte ihr die Hand hin. Sie musterte Carol von Kopf bis Fuß und reagierte mit einem leichten Heben der Augenbrauen auf den kurzen Rock.
Carol schüttelte ihr automatisch die Hand.
»Carol, das ist Frances«, sagte Tony tonlos.
»Warum steht ihr denn bloß hier im Flur herum?«, fragte Frances.
»Wir wollten noch Kaffee machen«, antwortete Tony und ging rückwärts durch die Küchentür.
»Tut mir Leid, dass ich so reinplatze«, sagte Frances und dirigierte Carol ins Wohnzimmer. »Ich komme mir so blöd vor wegen dieser Sache, aber ich habe einen Stoß Hefte der vierten Klasse vergessen, die ich gestern Abend korrigiert habe. Ich war so in Eile heute früh, dass ich sie einfach habe liegen lassen, und ich muss ihnen morgen ihre Aufsätze zurückgeben.«

Ja, ganz bestimmt, dachte Carol und beobachtete mit einem spöttischen Blick, wie Frances einen Stoß Schulhefte nahm, der hinter dem anderen Ende der Couch versteckt war.
»Ich wollte nur schnell hineinhuschen und sie holen. Aber wenn ihr gerade für eine Tasse Kaffee unterbrecht, kann ich euch ja Gesellschaft leisten.« Frances drehte sich um und fixierte Carol mit einem scharfen Blick. »Außer, wenn ich störe?«
»Wir waren sowieso an dem Punkt angelangt, wo wir eine Pause brauchten«, sagte Carol steif. Sie wusste, dass sie etwas in der Art hätte sagen sollen, dass sie erfreut sei, Frances kennen zu lernen. Aber wenn sie auch das Zeug zu einer Agentin haben mochte, so log sie doch in einer solchen Situation im wirklichen Leben nur ungern.
»Tony?«, rief Frances. »Ich bleibe auf eine Tasse Kaffee, wenn du nichts dagegen hast.«
»In Ordnung«, kam die Antwort aus der Küche. Carol war beruhigt, dass er auch nicht begeisterter klang, als sie es war.
»Sie sind überhaupt nicht, wie ich mir Sie vorgestellt hatte«, sagte Frances mit kühl abweisender Stimme.
Carol kam sich vor, als sei sie wieder vierzehn und dem scharfen Sarkasmus ihres Mathelehrers ausgeliefert. »Die meisten Leute haben eigentlich kaum eine Vorstellung, wie Polizisten in Wirklichkeit aussehen. Ich meine, wir sind ja alle zur Schule gegangen, wir wissen, was wir von Lehrern zu erwarten haben. Aber das Image von Polizeibeamten beziehen die Leute aus dem Fernsehen.«
»Ich selbst sehe nicht viel fern«, fuhr Frances fort. »Aber nach dem Wenigen, was Tony mir von Ihnen erzählte, hatte ich eher eine Person erwartet, die ... reifer ist, das wäre wohl das richtige Wort. Aber wenn man Sie ansieht ... Sie sehen ja eher wie eine von meinen Schülerinnen aus der zwölften Klasse aus als wie eine Kripobeamtin in höherer Position.«

Carol blieb weiteres Geplänkel durch Tonys Rückkehr erspart. Sie saßen zwanzig Minuten herum und redeten über Belangloses, dann nahm Frances ihre Hefte und zog ab. Nachdem Tony sie zur Tür begleitet hatte, kam er ins Zimmer zurück und schüttelte bedauernd den Kopf. »Tut mir Leid«, sagte er.

»Man kann es ihr nicht verübeln«, sagte Carol. »Aber wahrscheinlich ist es ganz gut, dass du nicht gerade dabei warst, mir die Aussicht vom Zimmer im oberen Stock zu zeigen.«

Es sollte ein Scherz sein. Aber Tony sah auf den Teppich hinunter und steckte die Hände in die Taschen seiner Jeans. »Sollen wir weitermachen?«, sagte er.

Sie arbeiteten den Rest des Abends an verschiedenen Rollenspielen und machten nicht einmal eine Pause zum Essen. Es war anstrengend, und Carol musste sich voll konzentrieren. Als das Taxi kam, um sie zum Hotel zurückzubringen, war sie erschöpft von der Übung, ihre Phantasie einzusetzen und zugleich ihre Gefühle zu unterdrücken. Sie verabschiedeten sich an der Tür mit einer verlegenen Umarmung, seine Lippen streiften leicht die weiche Haut unterhalb ihres Ohrs. Sie wäre am liebsten in Tränen ausgebrochen, hatte sich aber fest im Griff. Als sie im Hotel ankam, spürte sie nur eine hohle Leere im Magen.

Als sie jetzt aufs Meer hinausstarrte, konnte sie sich selbst eingestehen, dass sie wütend war. Ihr Zorn richtete sich nicht gegen Tony. Sie räumte ein, dass er nie ein ihr gegebenes Versprechen gebrochen hatte. Ihre ganze Wut wandte sich gegen sie selbst. Sie hatte niemanden als sich selbst, auf den sie die Schuld an den quälenden Gefühlen schieben konnte.

Sie wusste, dass es zwei Möglichkeiten gab. Sie konnte die Wut in sich weiterfressen lassen wie ein Gift, das ihr ganzes Inneres verseuchen würde. Oder sie konnte endlich einen

Schlussstrich unter die Vergangenheit ziehen und die daraus erwachsende Energie nutzen, um sich von ihr in die Zukunft hineintragen zu lassen. Sie wusste, welche Wahl sie treffen wollte. Die Frage war nur, ob sie es schaffen würde.

Fallbericht

Name: Pieter de Groot

Sitzung Nummer: 1

Bemerkungen: Auffällig ist bei diesem Patienten der Mangel an Gemütsbewegungen. Er ist zu keiner inneren Teilnahme fähig und zeigt eine beunruhigende Passivität. Nichtsdestoweniger schätzt er seine eigenen Fähigkeiten hoch ein. Das einzige Thema, über das zu sprechen er bereit scheint, ist seine eigene intellektuelle Überlegenheit. Sein Selbstbild ist maßlos übersteigert.
Seine Leistungen, die man bestenfalls als mittelmäßig bezeichnen kann, rechtfertigen diese Haltung nicht. Ein Kreis von Kollegen, in den er eingebunden ist, unterstützt jedoch diese Sicht seiner Fähigkeiten, und aus unerfindlichen Gründen ist dort keinerlei Bereitschaft erkennbar, seine Selbsteinschätzung zu hinterfragen. Er sieht ihre mangelnde Bereitschaft zur Kritik als Beweis dafür an, dass sie seine Ansichten teilen und seinen Status in ihrer Gemeinschaft akzeptieren.
Dem Patienten fehlt jede Einsicht in seine Verfassung.

Therapeutische Maßnahmen: Behandlung zwecks Zustandsveränderung eingeleitet.

Kapitel 8

Das schwer beladene Rheinschiff pflügte weiter in Richtung Rotterdam durch die Wogen, der glatten Bugwelle sah man im breiter werdenden Fluss nicht an, dass der Neder-Rijn unmerklich zum Lek wurde und dann die Fluten der Nieuwe Maas in sich aufnahm. Den größten Teil des Morgens hatte der Mann nichts von der vorübergleitenden Landschaft wahrgenommen. Sie waren durch kleine, blühende Städte mit einer Mischung aus großen Stadthäusern, flachen Industriebauten und Kirchtürmen gekommen, die in den niedrigen grauen Himmel ragten. Aber nichts davon hätte er beschreiben können, höchstens aus der Erinnerung an frühere Fahrten. Er hatte weder die grasbewachsenen Deiche gesehen, die lange Strecken des flachen Landes verbargen, noch die Straßen- und Bahnbrücken, die sich in anmutigen Bögen über den Fluss schwangen und seinen langen Lauf in Teilstücke zerschnitten. Die Bilder, die ihm vor Augen standen, waren ganz anderer Natur. Er sah, wie Pieter de Groot zu Boden gegangen war, als er ihn mit dem selbst gemachten Totschläger – aus fest in weiches Sämischleder eingenähten Schrotkugeln – auf den Hinterkopf geschlagen hatte. Es war für ihn unvorstellbar, sich jemals so verhalten zu können wie de Groot, nämlich einem Fremden so weit zu vertrauen, dass er ihm bereits fünf Minu-

ten nach der ersten Begegnung den Rücken zuwandte. Jemand, der so leichtsinnig war, hatte das verdient, was er bekam.
Weitere aufregende Bilder. Der panische Schrecken in den Augen des herzlosen Dreckskerls, als er zu sich kam und merkte, dass er nackt auf seinem eigenen Schreibtisch festgebunden war. Merkwürdigerweise hatte sich sein Entsetzen gelegt, als der Schiffer zu sprechen begann. »Du wirst hier sterben«, hatte er gesagt. »Du verdienst es. Du hast dich wie Gott persönlich aufgespielt. Und jetzt zeig ich dir mal, was passiert, wenn jemand bei dir den lieben Gott spielt. Du hast schon viel zu lange die Köpfe der Leute verkorkst, und jetzt ist es an der Zeit, dass einer dich abmurkst. Ich mach's kurz, du wirst dir nämlich nicht wünschen, dass es langsam geht, glaub mir. Aber solltest du schreien, wenn ich dir den Knebel aus dem Mund nehme, tu ich dir so weh, dass du mich anbetteln wirst, sterben zu dürfen.« Seine Reaktion hatte ihn überrascht. Sein erstes Opfer hatte sich gewehrt und sich geweigert einzusehen, dass das sinnlos war. Er hielt es für eine natürliche Reaktion, aber es hatte ihn irritiert, weil es die Arbeit erschwerte. Trotzdem hatte er das respektiert. Genau so sollte ein Mann sich benehmen.
Aber der Professor in Leiden war anders gewesen. Es war, als hätte er sofort erkannt, dass die Person, die auf ihn hinunterstarrte, nicht für Argumente zugänglich war, was immer er auch gegen sein Schicksal vorbringen mochte. Er hatte sich auf der Stelle geschlagen gegeben, seine Niederlage stand in seinen stumpfen Augen geschrieben.
Vorsichtig nahm er den Knebel aus dem Mund des Mannes. Der Psychologe hatte nicht einmal versucht, um sein Leben zu betteln. In diesem Moment fühlte er sich seinem Opfer auf schreckliche Weise verwandt. Er wusste nicht, was der Mann

erlebt hatte, was ihm diese Fähigkeit zur Resignation gab, aber sie erinnerte ihn an sein eigenes angelerntes Verhalten, und er hasste de Groot deshalb noch mehr. »Verdammt vernünftige Entscheidung«, sagte er schroff und wandte sich ab, um sein Unbehagen zu verbergen.

An diesen Moment wollte er nicht denken.

Noch mehr schöne Bilder. Die sich hebende Brust, das verkrampfte Zucken und Beben eines Körpers, der kämpfte, um im Diesseits zu verharren. Es gab ihm ein gutes Gefühl, seine neu gewonnenen Erinnerungen auf diese Weise noch einmal durchzuspielen. Er konnte sich nicht erinnern, jemals etwas getan zu haben, nach dem er sich so unbeschwert gefühlt hatte.

Und später das andere unerwartete Vergnügen, das er entdeckt hatte. Jetzt war er endlich in der Lage, diesen Nutten zu zeigen, wer das Sagen hatte. Nachdem er den Professor in Heidelberg getötet hatte, stellte er auf der Rückfahrt zum Schiff erstaunt fest, dass er eine Frau brauchte. Er traute dem Bedürfnis nicht, bei dem er in der Vergangenheit solche Demütigungen erfahren hatte, aber er sagte sich, er sei jetzt ein anderer und könne verdammt noch mal tun, was er wolle.

Also hatte er einen Umweg durch kleine Seitenstraßen gemacht und sich eine Hure geholt. Sie hatte ihn in eine Wohnung mitgenommen, und er hatte extra für das Vergnügen bezahlt, sie an Händen und Füßen auf dem verfleckten Bett festbinden zu können, wie er es mit seinem Opfer auf dem Schreibtisch gemacht hatte. Und diesmal gab es keine Demütigung. Er war steinhart und hatte sie brutal und schnell genommen, hatte sie zum Stöhnen gebracht und um mehr bitten lassen, aber er sah nicht sie vor sich, sondern den verstümmelten Körper, den er hinterlassen hatte. Er fühlte sich wie ein

Gott. Als er fertig war, band er sie los und zwang sie, sich umzudrehen, damit er seine neue Stärke auch beim Analverkehr feiern konnte. Dann war er gegangen und hatte ihr voll Verachtung eine Hand voll Münzen hingeworfen.
In einer völlig neuen Hochstimmung, die er noch nicht einmal gefühlt hatte, nachdem er den alten Mann umgebracht hatte, war er zum Schiff zurückgefahren.
Was er nach dem Begräbnis von Heinrich Holtz erfahren hatte, half ihm nicht, den dunklen Vorhang in seinem Inneren wegzuziehen oder seinem Großvater zu vergeben. Manchmal fragte er sich, ob er überhaupt jemals fähig sein würde, zu vergeben. So viele, für andere Menschen selbstverständliche Reaktionen waren in ihm erstickt worden. Falls sie überhaupt jemals da gewesen waren.
Aber er hatte jetzt begriffen, wen er benutzen konnte, um sich eine neue Bibliothek von Erinnerungen zu schaffen, die ihm Freude und Licht bringen würden. Lange hatte er gebrütet und überlegt, wie er seine Peiniger bestrafen konnte. Was ihm schließlich den Weg zu seiner Erlösung wies, war die schreckliche Demütigung, die ihm von diesem Weibsstück, der ungarischen Hure, zugefügt worden war. Es war nicht das erste Mal, dass er verspottet wurde, aber es war das erste Mal, dass jemand sich dabei genau so wie sein Großvater anhörte. Da hatten Schwindel und Dunkelheit alles außer seiner unermesslichen Wut verdeckt. Und er hatte seine Hände einen Augenblick so fest um ihren Hals gelegt, dass ihr Gesicht rot und blau anlief und ihre Zunge wie die eines Wasserspeiers herausstand. Aber in dem Moment, als er ihr Leben buchstäblich in Händen hielt, war ihm plötzlich klar geworden, dass er sie nicht töten wollte.
Keuchend und schwitzend hatte er von ihr abgelassen, hatte aber ganz klar den neuen Weg vor sich gesehen, den seine

Füße einschlagen wollten. Er war als ein anderer Mensch in die Nacht hinausgetaumelt. Jetzt hatte er eine Mission.
Seine Freude über die Erinnerung an diese vergangenen Dinge wurde von Manfred unterbrochen, der eine dampfende Tasse Kaffee brachte. Aber die Unterbrechung verstimmte ihn nicht. Es war Zeit, dass ihn etwas in die Realität zurückholte. Er hatte den ganzen Morgen wie in Trance und fast automatisch funktioniert, aber das war für den nächsten Flussabschnitt nicht genug. Die viel befahrenen Gewässer um Rotterdam waren eine Todesfalle für unaufmerksame Kapitäne. Wo die Nieuwe Maas in weiten Schleifen auf die verschiedenen Seitenkanäle zufloss, die zu den Kais und Anlegeplätzen führten, waren ständig Schleppdampfer, Lastkähne und Barkassen unterwegs. Sie konnten jederzeit unbekümmert mit hoher Geschwindigkeit aus toten Winkeln herausschießen. Um Zusammenstöße zu vermeiden, musste er beim Beobachten sowohl des Radarschirms als auch der Wasserwege um ihn herum seine ganze Aufmerksamkeit aufbieten. Vorn am Bug hielt Gunther ein zweites Augenpaar auf die Fahrrinne und auf das gerichtet, was vor ihnen der Sicht des Kapitäns entzogen war.
Jetzt musste er sich darauf konzentrieren, sie sicher in den Hafen zu bringen. Das Schiff, ohne das er ein Nichts und seine Mission ruiniert wäre, war das Wichtigste, worauf es ankam. Außerdem war er stolz auf seine Fahrkunst als Rheinschiffer. Er hatte nicht vor, im Hafen zur Zielscheibe des Spotts zu werden.
Später würde er genug Zeit haben, sich gehen zu lassen, der Dunkelheit zu entkommen und sich im Licht zu sonnen. Während sie die Fracht löschten, würde er zu seinen Erinnerungen zurückkehren können. Und vielleicht konnte er auch planen, wie sich sein Erinnerungsschatz erweitern ließ.

Brigadier Marijke van Hasselt rümpfte die Nase. Nichts gegen Leichen zu haben war eine Sache. Aber bei einer Obduktion die verschiedensten Gerüche und grässlichen Anblicke zu ertragen war etwas, für das man doch mehr Kraft brauchte. Zu Anfang ging es noch. Nichts störte sie beim Wiegen und Messen, Abnehmen der Plastiktücher von Kopf und Händen, beim Auskratzen unter jedem einzelnen Fingernagel, kurz bei allem, was von Wim de Vries, dem Pathologen, genauestens als Ton- und Videoaufnahme festgehalten wurde. Aber sie wusste, was noch vor ihnen lag, und das war nichts für empfindliche Mägen.
Wenigstens war de Vries keiner von denen, die sich einen Spaß aus der Demütigung von Polizeibeamten machten, die bei der Obduktion dabei sein mussten. Nie hantierte er mit inneren Organen wie ein Metzger, der Innereien feilbietet. Stattdessen war er ruhig und effizient und brachte den Toten so viel Respekt entgegen, wie es die Entschlüsselung der Rätsel in ihren Körpern es ihm gestattete. Und wenn er etwas fand, was der anwesende Polizeibeamte erfahren musste, drückte er sich klar und deutlich aus. Über all dies war Marijke sehr erleichtert.
Behutsam fuhr er mit der äußerlichen Untersuchung fort. »Spuren von Schaum in den Nasenlöchern«, sagte er. »Passt zum Ertrinken. Jedoch keine im Mund, was mich überrascht«, fügte er hinzu, während er mit einer Lampe in de Groots Mund leuchtete. »Aber warten Sie ...« Er sah genauer hin und nahm eine Lupe zu Hilfe. »Hinten im Rachen und an der Innenseite von Wangen und Lippen sind Quetschungen und Prellungen.«
»Was bedeutet das?«, fragte Marijke.
»Es ist zu früh, um genaue Aussagen zu machen, aber es sieht aus, als wäre ihm etwas mit Gewalt in den Mund gesteckt wor-

den. Später werden wir mehr wissen.« Zügig machte er Abstriche von den verschiedenen Körperöffnungen und fing dann an, die äußeren Verletzungen zu untersuchen.

»Das Schamhaar ist sehr sauber entfernt worden«, sagte er. »Nur hier am Nabel sind ein paar vorsichtig ansetzende Schnitte.« Er zeigte mit seiner latexbedeckten Fingerspitze darauf. »Sehen Sie das? So etwas habe ich noch nie gesehen. Schamhaarskalpierung müsste man das nennen, schätze ich. Ihr Täter hat sich bemüht, die Genitalien selbst nicht zu beschädigen.«

»War er noch am Leben, als das geschah?«

De Vries zuckte mit den Schultern. »Das Abziehen der Haut geschah etwa bei Eintritt des Todes. Entweder war er gerade schon tot oder dabei zu sterben.« Er fuhr mit der Untersuchung der Leiche fort und hielt an der linken Kopfseite inne. »Mächtige Beule hier.« Er betastete die Schwellung. »Leichte Abschürfung. Verletzung durch einen stumpfen Gegenstand. Einige Zeit vor dem Tod wurde ihm ein Schlag auf den Kopf versetzt.« Er nickte dem Sektionsgehilfen zu. »Drehen wir ihn um.«

Marijke starrte auf die blassen Stellen auf de Groots Rücken. Der Nacken, das Kreuz, die Schenkel über dem Knieansatz waren von dem Blut, das, dem unerbittlichen Gesetz der Schwerkraft folgend, dorthin geflossen war, lila gefleckt wie ein Bluterguss. Wo die Haut gegen die Oberfläche des Tisches gepresst worden war – an den Schultern, dem Gesäß und den Waden –, war sie gespenstisch weiß geblieben. Es erinnerte Marijke an ein merkwürdiges abstraktes Gemälde. De Vries presste einen Daumen gegen die Schulter der Leiche. Als er ihn wegnahm, war keine Veränderung festzustellen. »Also«, sagte er, »Hypostase im zweiten Stadium. Er hat mindestens zehn oder zwölf Stunden tot in dieser Position gelegen. Und er ist nach Eintreten des Todes nicht bewegt worden.«

Jetzt kam der Teil, den Marijke hasste. Die Leiche wurde wieder auf den Rücken gelegt, und das Sezieren begann. Sie ließ ihre Augen zur Seite wandern. Für den unachtsamen Beobachter würde es aussehen, als verfolge sie aufmerksam, was de Vries tat, aber in Wirklichkeit starrte sie so auf das Instrumententablett, als hinge ihr Leben davon ab, sich wie bei einem perversen Gedächtnisspiel alle Instrumente einzuprägen. Das Seziermesser mit dem zweiteiligen Stahlgriff und den einen Zentimeter langen einsetzbaren Klingen diente für Einschnitte und das Entfernen von Organen. Das 12er-Skalpell mit seiner dünnen langen Klinge, mit dem feine Einschnitte in empfindliches Gewebe gemacht wurden. Die Scheren, Messer und Zangen für Dinge, an die sie lieber gar nicht denken mochte. Die Stryker-Säge mit der vibrierenden Klinge zum Zersägen von Knochen, wenn das umliegende Gewebe nicht zerstört werden durfte. Ein T-förmiger Meißel, der eine extra starke Hebelkraft hatte, um die Knochen des Schädels auseinander zu brechen.

So also verpasste sie den Moment, in dem de Vries den Brustkorb öffnete und die blasse, aufgeblähte Lunge aus ihrer Höhle quoll. »Das habe ich mir gedacht«, sagte er, und Zufriedenheit klang bei aller Professionalität in seinem nüchternen Ton mit, als er wie eine schmeichelnd um die Beine streichende Katze versuchte, ihre Aufmerksamkeit zu fesseln.

»Was ist das?« Sie löste widerstrebend den Blick von den chirurgischen Instrumenten.

»Sehen Sie sich seine Lunge an.« Er drückte mit einem Finger auf das graue Gewebe, das zwischen den Rippen hervorquoll, und hinterließ eine deutliche Delle. »Er ist ertrunken.«

»Ertrunken?«
De Vries nickte. »Kein Zweifel.«
»Aber Sie sagten doch, er sei in der Position gestorben, in der er gefunden wurde.«
»Ja, das stimmt.«
Marijke runzelte die Stirn. »Aber da war doch kein Wasser. Er war auf seinem Schreibtisch festgebunden. Es war ja nicht im Bad oder in der Küche. Wie konnte er ertrinken?«
»Auf sehr unangenehme Art und Weise«, sagte de Vries mit unbewegter Stimme, den Blick auf seine arbeitenden Hände gerichtet. »Aus dem Zustand des Mundes und der Luftröhre lässt sich schließen, meine ich, dass eine Art Trichter oder ein Schlauch in seine Atemwege gesteckt und dann Wasser hineingeschüttet wurde. Sie sagten, er sei festgebunden gewesen, und ich kann die Spuren der Schnur selbst sehen. Er konnte sich kaum wehren.«
Marijke schauderte. »Mein Gott, wie kaltblütig.«
De Vries zuckte mit den Achseln. »Das ist Ihr Gebiet, nicht meins. Ich lese nur ab, was die Leiche uns sagt. Gott sei Dank muss ich mich nicht damit befassen, was in dem Kopf hinter der Tat vorging.«
Aber ich schon, dachte die Kripobeamtin. *Und das ist eine sehr üble Sache.* »Die Todesursache wäre also Ertrinken?«, fragte sie.
»Sie wissen ja, dass es in diesem Stadium zu früh ist, es mit Sicherheit sagen zu können. Aber es sieht jedenfalls danach aus.« De Vries wandte sich wieder der Leiche zu, schob eine Hand in die Bauchöffnung und hob einen Klumpen innerer Organe heraus.
Ertrunken, dachte sie. *Auf so etwas kommt man nicht im Eifer des Gefechts. Wer immer das getan hat, hat es sehr sorgfältig geplant. Er kam ausgerüstet mit allem, was er brauchte.*

Wenn dies ein Verbrechen aus Leidenschaft war, dann musste es in der Tat eine sehr merkwürdige Leidenschaft gewesen sein.

Carol schloss die schwere Tür zu ihrer Wohnung, lehnte sich dagegen und schlüpfte aus den Schuhen. Sie legte ein Bein übers andere und bückte sich, um die endlich befreiten Zehen zu massieren. Den ganzen Tag hatte sie damit verbracht, auf den kleinen Straßen von Stoke Newington, Dalston und Hackney herumzustreifen und die Welt mit den Augen einer Kriminellen zu betrachten. Sie unterschied sich gar nicht so sehr von der Welt aus polizeilicher Sicht. Bei beiden suchte man ständig nach Fluchtwegen, möglichen Opfern oder Zielobjekten und eventuellen Sicherheitslücken. Aber sie war bisher immer auf der Seite der Jäger gewesen. Jetzt musste sie versuchen, die Bedürfnisse des gejagten Wilds vorauszusehen.

Sie prägte sich die Gassen, unbebauten Grundstücke und Verstecke ein. Sie hatte Pubs mit Hintereingängen, Dönerlokale, deren Hintertür vielleicht für jemanden mit schneller Kombinationsgabe und spitzen Ellbogen als Zugang interessant war, sowie unangemeldete Taxiunternehmen ausfindig gemacht, deren Fahrer für eine schnelle Flucht in der Nähe großer Straßen irgendwo um die Ecke bereitstanden. Auch, welche Häuser mit leicht zugänglichen Gärten als Fluchtweg dienen konnten, hatte sie herausgefunden. Drei Tage hatte sie im Abgasdunst des Verkehrs, zwischen abgestandenen Kochgerüchen und den billigen Parfüms auf den Straßen zugebracht und sich unter die heterogene Menge derer gemischt, die sich auf der sozialen Leiter als Aufsteiger sahen, und derer, die mit dem Wissen lebten, dass es mit ihnen nur noch abwärts gehen konnte. Sie hatte bei Gesprächen Akzente aus allen fünf Kontinenten belauscht und herausgefunden, wer im Vorübergehen auffiel oder nicht beachtet wurde.

Es war bei weitem nicht genug, aber es musste reichen. Morgen würde sie ihre Taktik noch verfeinern, und dann war es Zeit für ihren wirklichen Auftritt in dieser Welt.

Kapitel 9

Es war wie das Herumkratzen an einem Schorf, das man nicht lassen kann. Die Qual war heftig, aber unwiderstehlich. Tadeusz saß an der glänzenden, knorrigen Eichenholzplatte, die ihm in seinem Büro zu Hause als Schreibtisch diente, und ging seine Fotos von Katerina durch. Es gab die Bilder von öffentlichen Anlässen, das Paar bei einer Filmpremiere, bei der die Fotografen sie wegen ihres strahlenden Aussehens für einen Nachwuchsstar gehalten hatten. Dann ein Benefizdiner, bei dem Katerina ihn mit einem Stückchen Hummer fütterte. Katerina bei der feierlichen Einweihung der Kindertagesstätte, die sie durch Sammeln von Geldmitteln unterstützt hatte. Es gab eine Reihe von Porträtfotos, zu denen er sie damals überredet hatte, weil er sie sich als einziges Geburtstagsgeschenk von ihr wünschte. Die sinnliche Qualität der Bilder zeigte, welches Vergnügen es gewesen war, sie aufzunehmen.

Dann gab es noch ein Dutzend Schnappschüsse, die er von ihr teils spontan, teils sorgfältig arrangiert gemacht hatte. Katerina in Paris mit schräg gelegtem Kopf, so dass sich der Eiffelturm in den Gläsern ihrer Sonnenbrille spiegelte. Katerina in Prag vor dem Wenzelsplatz als dramatischem Hintergrund. Katerina auf dem Marktplatz in Florenz, wo sie die glänzende

Bronzeschnauze des Wildschweins rieb, was Glück bringen sollte. Und Katerina in einem Bikini auf einem Liegestuhl, ein Bein angewinkelt und in die Lektüre eines billigen Schmökers vom Flughafen vertieft. Er konnte sich nicht einmal mehr erinnern, ob diese letzte Aufnahme von Capri oder Grand Cayman stammte. Irgendwie war es in die Serie der Pragfotos geraten. Es war also nicht weit her damit, dass jedes Bild eine Geschichte zu erzählen hatte.

Immer hatte er vorgehabt, die Bilder in einem Album zu ordnen, aber solange Katerina noch am Leben war, hatte er nie Zeit gefunden, und die Sammlung war immer weiter gewachsen. Jetzt hatte er alle Zeit der Welt, um die Bilder von Katerina in der Reihenfolge zu arrangieren, die er sich wünschte. Tadeusz seufzte und griff nach einem der Lederalben, die er diese Woche bei einem Großhändler für Fotobedarf ausgesucht hatte. Er schlug noch eine Mappe mit Schnappschüssen auf und fing an, sie durchzusehen. Landschaftsbilder und interessante architektonische Details schied er aus, suchte die besten Aufnahmen von Katerina heraus und arrangierte die ersten drei auf einer Seite. Peinlich genau klebte er sie auf und schrieb dann in seiner ordentlichen Schrift daneben: »Katerina in Amsterdam. Unser erstes gemeinsames Wochenende«. Er würde das Datum in seinem Terminkalender nachsehen müssen, eine Erkenntnis, die ihn ärgerte. Es erschien ihm falsch, dass nicht jede Einzelheit in seine Erinnerung eingegraben war, es kam ihm wie ein Zeichen von Respektlosigkeit vor, die Katerina nicht verdient hatte.

Das Summen des Video-Überwachungsgeräts an der Pforte unterbrach ihn, und er schlug das Album zu, stand auf und ging durch den Flur zu dem kleinen Bildschirm, der diskret neben der Wohnungstür angebracht war. Draußen stand halb zur Straße hin gewandt Darko Krasic, dessen stets wachsamer Blick hin und her ging. Sogar hier auf den vornehmen Straßen Charlottenburgs hielt sein Helfer seine Sicherheit nicht für selbstverständlich. Krasic zitierte immer seinen Vater, einen Fischer: »Eine Hand fürs Boot und eine für dich selber.« Tadeusz störte das, was manche für übertriebene, fast krankhafte Vorsicht gehalten hätten, nicht im Geringsten. Seiner Meinung nach ging es Krasic ebenso sehr um Tadeusz' wie um seine eigene Sicherheit, und deshalb sah er darin eher einen Bonus als einen Anlass zur Sorge.

Er drückte auf den Türöffner, ließ die Tür eingeklinkt und ging in die Küche, um Kaffee zu machen. Kaum hatte er die Kaffeebohnen aus dem Gefrierfach genommen, als Krasic mit gesenktem Kopf hereinkam, ein breitschultriger Mann, der aussah, als sei er nach etwas auf der Suche, an dem er seine Streitlust auslassen konnte. Aber er wusste nur allzu gut, dass er sie nicht gegen seinen Chef richten sollte. »Wir haben ein Problem«, sagte er überraschend ruhig.

Tadeusz nickte. »Ich habe die Nachrichten gehört. Schon wieder zwei tote Junkies in irgendeinem beschissenen Nachtclub in der Oranienstraße.«

»Sieben also, wenn man den mitzählt, der auf der Intensivstation gestorben ist.« Krasic knöpfte seinen Mantel auf und nahm ein Zigarrenetui aus der Innentasche.

»Ich weiß.« Tadeusz schüttete die Kaffeebohnen in eine Mühle und machte dadurch ein Gespräch für ein paar Sekunden unmöglich. »Zählen kann ich selbst, Darko.«

»Die Medien können das auch. Sie machen ein Mordstheater, Tadzio. Das wird nicht einfach so vorbeigehen. Die Bullen stehen mächtig unter Druck.«

»Dafür werden sie ja von uns bezahlt, oder? Um den Druck auszuhalten und unsere Leute in Ruhe zu lassen.« Er gab den gemahlenen Kaffee in den Kaffeebereiter und schüttete heißes Wasser darüber.

»Manches können sie nicht einfach ignorieren. Sieben Tote zum Beispiel.«

Tadeusz runzelte die Stirn. »Was willst du damit sagen, Darko?«

»Der Punkt ist überschritten, wo unser normaler Schutz die Sache regeln kann. Sie werden heute Nacht Kamal verhaften. Wir sind vorgewarnt, weiter kann sich unser Mann im Moment nicht aus dem Fenster lehnen.« Er zündete seine Zigarre an und paffte genüsslich.

»Scheiße. Können wir Einfluss auf das nehmen, was passieren wird?«

Krasic zuckte die Schultern. »Es kommt darauf an. Wenn Kamal siebenfacher Mord vorgeworfen wird, findet er vielleicht, dass sich das Risiko lohnt, mich hochgehen zu lassen. Oder sogar dich. Wenn sie ihm Straffreiheit zusichern, sieht er vielleicht seine beste Chance darin, dass wir nicht mehr frei herumlaufen. Das würde ihm eine Verschnaufpause verschaffen, und er könnte den Zeugenschutz in Anspruch nehmen.«

Tadeusz drückte behutsam das Sieb im Kaffeebereiter hinunter, während er schnell die Möglichkeiten erwog. »So weit lassen wir es nicht kommen«, sagte er. »Es ist Zeit für ein Bauernopfer, Darko.«

Darko lächelte schwach. Wenigstens hatte Tadzio die Sache noch im Griff. »Soll ich dafür sorgen, dass er überhaupt nicht bis zur Polizeiwache kommt?«

»Ich will, dass du tust, was nötig ist. Aber so, dass es gut aussieht, Darko. Gib der Presse etwas zu tun, damit sie all die toten Penner vergisst.« Er goss zwei Tassen Kaffee ein und schob dem Serben eine hin.

»Ich hab schon die eine oder andere Idee dafür.« Er hob die Tasse, als trinke er Tadeusz zu. »Überlass das nur mir. Du wirst nicht enttäuscht sein.«
»Nein«, sagte Tadeusz bestimmt. »Das werde ich nicht. Aber wenn wir Kamal verlieren, haben wir eine Lücke. Wer füllt die aus, Darko? Wer hat das Zeug, in die Fußstapfen eines Toten zu treten?«

Es war ein langer Tag gewesen, aber Brigadier Marijke van Hasselt war zu aufgekratzt, um zu schlafen. Sie hatte bei einem Treffen mit ihrem Chef, Maartens, und ihrem Kollegen, Tom Brucke, die Obduktionsergebnisse übermittelt: Tod durch Ertrinken, wie de Vries schon vorläufig vorausgesagt hatte. Obwohl keiner es ausdrücklich aussprach, war klar, dass sie keine einzige Spur hatten.
Die dadurch entstandene unvermeidliche Unsicherheit hatten sie mit Hilfe der vertrauten polizeilichen Maßnahmen verdeckt, die ihnen alle in Fleisch und Blut übergegangen waren. Schnell hatte Maartens die wichtigsten Richtlinien für die Ermittlung festgelegt, dieser oder jener Gruppe Aufgaben übertragen und so getan, als sei dies eine zielgerichtete Untersuchung, deren Eckpunkte schon klar feststanden. Aber alle wussten, dass sie auf der Suche nach Pieter de Groots Mörder im Dunkeln tappten.
Die meisten Morde waren einfach zu lösen. Es gab drei große Kategorien: häusliche Streitigkeiten, die sich einen Tick zu stark aufheizten, Krach im Suff, der über die anfängliche Absicht hinausging, oder kriminelle Vorfälle, die gewöhnlich etwas mit Drogen oder Raubüberfällen zu tun hatten. Der Mord in Leiden passte in keine dieser Kategorien. Niemand im unmittelbaren Umkreis des Opfers hatte ein erkennbares Motiv, noch war dies die Art von Mord, die sich aus den

dumpfen, verbitterten Leidenschaften familiärer Beziehungen ergab. Außerdem hatten die Exfrau und die jetzige Freundin beide Alibis, die eine war bei ihren Kindern zu Hause und die andere bei einem Besuch ihrer Schwester in Maastricht gewesen.

Maartens hatte betont, dass sie sich das berufliche Umfeld des Opfers ansehen müssten. Er konnte sich nicht vorstellen, dass jemand an der Universität sich eines Mordes bedient hatte, um einen wissenschaftlichen Streit zu entscheiden. Aber da es so wenige Fährten gab, die man verfolgen konnte, mussten sie sicher sein, dass sie nicht etwas Wichtiges übersahen. Er hatte gehört, dass Fanatismus in der exklusiven Atmosphäre wissenschaftlicher Forschung sehr heftig sein konnte und dass es an den Universitäten recht merkwürdige Leute gab, besonders in Bereichen wie Psychologie.

Marijke hatte nichts dazu gesagt, denn sie wollte bei ihrem Chef nicht weitere Vorurteile gegen Universitätsabsolventen wie sie selbst schüren. Obwohl Maartens genauso viel über die modernen Methoden der Polizei wusste wie alle seine Kollegen, hing er doch manchen Einstellungen der alten Schule aus seiner Jugend an, und sie wollte die sowieso schon schwierige Ermittlung nicht noch mühevoller machen. Sie hatte die ihr zugeteilte Aufgabe, die Verbindung der Universität zu ihrer Gruppe aufrechtzuerhalten, mit einem schnellen Nicken bestätigt. Es würde fast mit Sicherheit Zeitverschwendung sein und bis nach dem Wochenende verschoben werden müssen, aber sie würde dafür sorgen, dass alles gründlich gemacht wurde.

Tom Bruckes Ermittlergruppe war damit beschäftigt, die Nachbarschaft nach Zeugen zu durchkämmen, aber bis jetzt hatten sie keine gefunden. Niemand hatte etwas gesehen oder gehört, das irgendeinen ersichtlichen Zusammenhang mit dem

Mord hatte. Es war keine Gegend, wo ein fremdes Auto sofort von den Nachbarn bemerkt wurde, und nur wenige Leute achteten auf einer Straße mit regelmäßigem Fußgängerverkehr auf einzelne Passanten. Wer immer Pieter de Groot getötet hatte, war nicht aufgefallen.

Marijke hatte den Rest des Tages damit verbracht, eine Durchsuchung von de Groots Haus zu überwachen. Gab es etwas, das sich als Hinweis auf die bizarre Szene auslegen ließ, die sich in dem Zimmer im oberen Stockwerk abgespielt hatte? Aber sie fand nichts. Allerdings vermisste sie etwas. Es gab kein Anzeichen von einem Terminkalender, einem Kalender auf dem Schreibtisch oder einem elektronischen Notizbuch. Sie konnte sich nicht vorstellen, dass ein Mann wie de Groot nicht irgendeine Art von Gedächtnisstütze für seine Termine in seinem Arbeitszimmer hatte. Einen der Techniker hatte sie sogar in seinem Computer nachsehen lassen, ob er dort einen elektronischen Terminkalender führte, aber auch er hatte nichts gefunden.

Manchmal ergab das Fehlen von etwas einen Hinweis. Für Marijke bedeutete dieses Fehlen, dass wer immer Pieter de Groot umgebracht hatte, kein zufälliger Besucher war. Er war erwartet worden und hatte dafür gesorgt, dass alle Spuren des Termins beseitigt waren. Wenn sie Recht hatte, gab es vielleicht eine zweite Notiz zu dieser Verabredung in de Groots Terminkalender in der Universität. Sie nahm sich vor, unbedingt dabei zu sein, wenn ihre Mitarbeiter das Universitätsbüro betraten, und gab einem davon den Auftrag, sich darum zu kümmern, dass sie gleich am nächsten Morgen Zutritt bekämen.

Schließlich musste sie widerwillig zugeben, dass es nichts mehr für sie zu tun gab. Ihre Gruppe widmete sich der langweiligen Aufgabe, Material und Informationen durchzugehen, die sich wahrscheinlich als unnütz erweisen würden. Man brauchte sie nicht. Sie konnte der Ermittlung jetzt am besten dienen, indem sie nach Hause ging und sich das Wenige, was sie wusste, im Kopf herumgehen ließ. Sie fand manchmal, dass Schlafen das Sinnvollste war, was sie tun konnte, weil sich beim Aufwachen am ehesten neue Ansatzpunkte entdecken ließen.

Aber Marijke war klar, dass sie nicht so bald würde schlafen können. Sie goss sich ein Glas Wein ein und setzte sich vor ihren Computer. Einige Wochen zuvor hatte sie sich bei einer Online-Newsgroup für lesbische Polizeibeamtinnen angemeldet. Es war kein Problem, Lesbierin und zugleich niederländische Polizistin zu sein, und sie fühlte sich auch keineswegs wie in einem Ghetto. Aber manchmal half es ihr, etwas zu haben, was ihr ureigenster Bereich war. Und über die Newsgroups waren enge Freundschaften mit ein paar anderen Frauen bei der Polizei entstanden, deren Weltsicht erfreulich mit ihrer übereinstimmte. Ja, zu einer deutschen Kollegin hatte sie eine besonders herzliche Beziehung. Petra Becker war bei der Kriminalpolizei in Berlin, und wie Marijkes war auch ihre Stellung gehoben genug, dass sie nicht mit rückhaltloser Offenheit und im Vertrauen mit ihren Kollegen sprechen konnte. Wie Marijke lebte Petra allein, ebenfalls ein Opfer der aufreibenden Auswirkung ihres Berufs auf zwischenmenschliche Beziehungen. Zuerst waren sie sehr vorsichtig und setzten sich von der Newsgroup in Extra-Chatrooms ab, wo sie offener über ihre Gedanken und Gefühle schreiben konnten. Sie waren sich beide bewusst, dass sie einen besonders guten Draht zueinander hatten, scheuten sich aber doch, zu schnell ein persönliches Treffen anzustreben, das vielleicht das zerstören konnte, was sie schätzten.

Und so hatten sie die Gewohnheit entwickelt, an mehreren Abenden der Woche miteinander eine Stunde oder so in der virtuellen Realität zu verbringen. Heute Abend hatten sie nichts abgesprochen, aber Marijke wusste, dass Petra, wenn sie zu Hause war und nicht schlief, in einem der öffentlichen Chatrooms der Website lesbischer Polizistinnen sein würde und dass sie sie zu einer privaten Unterhaltung weglocken könnte.

Sie rief die Website auf und klickte auf »chat«. Es gab eine Themenliste, und sie ging gleich zum Diskussionsforum, wo man oft über die Auswirkungen der Politik auf die Polizeiarbeit sprach. Ein halbes Dutzend Leute war in eine hitzige Debatte über Aufträge als Agentinnen verwickelt, und die Meinungen flogen so schnell durch die Gegend, wie die Finger tippen konnten, aber Petra war nicht dabei. Marijke verließ den Chatroom und klickte das Thema Lesbenprobleme an. Diesmal hatte sie Glück. Petra war eine der drei Frauen, die einen Fall besprachen, der kürzlich in Dänemark passiert war, wo eine lesbische Vergewaltigung vorgekommen sein sollte. Aber sobald sie Marijkes Namen auf dem Bildschirm sah, klinkte sie sich dort aus und ging mit ihr in einen abgelegenen Bereich, wo sie ihre Botschaften austauschen konnten, ohne dass alle mitlasen.

Petra: Hallo, Schatz, wie geht's dir heute Abend?

Marijke: Ich bin gerade erst gekommen. Wir hatten heute einen Mord.

Petra: Das ist ja nie besonders spaßig.

Marijke: Stimmt. Und es war wirklich ein besonders gruseliger.

Petra: Familienkrach? Oder auf der Straße?

Marijke: Weder noch. Die allerschlimmste Sorte. Ritualmord, sorgfältig ausgeführt, bis jetzt keine Verdächtigen. Eine persönliche

Sache, aber in der Durchführung eher unpersönlich, wenn du verstehst, was ich meine.

Petra: Wer ist das Opfer?

Marijke: Ein Professor der Universität Leiden, Pieter de Groot. Seine Reinigungskraft hat die Leiche gefunden. Er war zu Hause in seinem Studierzimmer nackt auf dem Tisch festgebunden. Wurde ertränkt – mit einem Trichter oder einem Schlauch, der ihm in den Mund gesteckt und in den dann Wasser geschüttet wurde.

Petra: Grässlich. Gehörte er zu den Wissenschaftlern, die Tierexperimente machen?

Marijke: Er war experimenteller Psychologe. Ich weiß nicht viel über sein Forschungsgebiet. Aber ich nehme nicht an, dass die Sache mit Tierschützern zu tun hat. Ich schätze, es war eine persönliche Abrechnung. Es gibt nämlich noch mehr Informationen. Der Täter, wer immer es war, hat es nicht beim Mord bewenden lassen. Es liegt auch Verstümmelung vor.

Petra: Der Genitalien?

Marijke: Ja und nein. Der Killer hat das Glied und die Hoden unverletzt gelassen, hat aber das Schamhaar entfernt. So etwas habe ich noch nie gesehen. Es war fast schlimmer, als sei er kastriert worden. Was bei einem sexuell motivierten Mörder verständlicher und typischer gewesen wäre.

Petra: Weißt du, das erinnert mich an irgendwas. Ein Rundschreiben, in das ich mal kurz reingesehen habe. Keins von unseren, ein Hilferuf aus einem anderen Polizeibezirk.

Marijke: Meinst du damit, dass es in Deutschland einen ähnlichen Fall gegeben hat?

Petra: Ich kann's nicht genau sagen. Aber irgendwas steckt mir da im Kopf. Ich werde im Büro-Computer mal eine Suche starten.

Marijke: So was Tolles wie dich verdiene ich gar nicht.

Petra: Nein, du verdienst noch viel Besseres. Also, wir haben das berufliche Getratsche erledigt, willst du jetzt über was Persönlicheres reden?

Marijke lächelte. Petra hatte sie bereits daran erinnert, dass es im Leben noch mehr gab als Mord. Endlich sah sie eine Möglichkeit, zum Schlaf zu finden.

Kapitel 10

Die *Wilhelmina Rosen* lag ungewöhnlich hoch im Wasser. An diesem Morgen war sie ihr Frachtgut losgeworden, aber wegen eines Versehens der Agentur war die Ladung der neuen Fracht vom Nachmittag auf den folgenden Tag verschoben worden. Er war nicht übermäßig unruhig. Den Tag konnte er wahrscheinlich auf der Weiterfahrt wieder aufholen, selbst wenn das bedeutete, dass er die Vorschriften über die Länge ihrer Dienststunden leicht übertrat. Und der Mannschaft war es mehr als recht. Sie würden sich nicht beklagen, eine Extranacht in Rotterdam an Land zu sein, da sich ihre Heuer durch die Verzögerung nicht verringerte.

Allein in seiner Kajüte, schloss er eine kleine, mit Messing beschlagene Kiste auf, die seinem Großvater gehört hatte, und betrachtete den Inhalt: zwei Schraubgläser, die ursprünglich Gewürzgurken enthalten hatten; aber was jetzt in ihnen herumschwamm, war sehr viel schauriger. Im Formalin, das er von einem Bestattungsunternehmen entwendet hatte, schwamm die Haut, die ihre helle Fleischfarbe verloren und jetzt einen Farbton wie Tunfisch aus der Dose angenommen hatte. Einige kleine Muskeln waren dunkler und zeichneten sich auf der Haut ab wie ein Querschnitt durch ein leicht gegrilltes Tunfischsteak. Die Haare waren noch gekräuselt, hatten aber jetzt die raue Stumpfheit einer schlechten Perücke. Trotzdem konnte kein Zweifel bestehen, was er da betrachtete.

Als er sich früher in Phantasien darüber ergangen hatte, war ihm klar, dass er ein Andenken brauchen würde, das ihn daran erinnerte, wie gut er seine Sache gemacht hatte. Er hatte Bücher über Mörder gelesen, die Brüste herausgeschnitten, Genitalien entfernt und die Haut ihrer Opfer abgezogen und zu Kleidung verarbeitet hatten. Aber all dies schien nicht das Richtige zu sein. Sie alle waren merkwürdige, perverse Typen, wogegen er von einem reineren Motiv angetrieben wurde. Er wollte etwas, das eine besondere Bedeutung für ihn allein besaß.

Er dachte an die Demütigungen, die er unter den Händen des alten Mannes hatte erleiden müssen. Seine Erinnerung daran hatte keine undeutlichen Stellen. Selbst regelmäßig wiederholte Quälereien waren nicht zu einem großen Bild zusammen geflossen. Alle Details jeder einzelnen Kränkung fühlte er spitz und scharf wie Nadelstiche. Was konnte er nehmen, das seinem Ziel Schärfe, Klarheit und Bedeutsamkeit verleihen würde?

Und dann erinnerte er sich an die Rasur. Es war bald nach seinem zwölften Geburtstag gewesen, ein Tag, der sich nicht durch Geschenke oder Glückwunschkarten von anderen abhob. Er wusste überhaupt nur, dass es sein Geburtstag war, weil er ein paar Monate zuvor seine Geburtsurkunde gesehen hatte, als der alte Mann beim Sortieren von Unterlagen saß. Bis dahin hatte er kein Datum sein Eigen nennen können. Es hatte für ihn niemals auch nur eine Geburtstagskarte, schon gar keine Geschenke, Kuchen oder Feste gegeben. Wen hätte er auch zu einer Geburtstagsparty einladen können? Er hatte keine Freunde und keine weitere Familie. Soweit er wusste, kannte niemand außer der Mannschaft der *Wilhelmina Rosen* auch nur seinen Namen.

Er hatte gewusst, dass er irgendwann im Herbst geboren war, weil die ewigen Wutausbrüche, die an seine Ohren drangen, in der Zeit, wenn sich die Blätter färbten, eine Änderung erfuhren. Statt »Du bist acht, aber du benimmst dich immer noch wie ein kleines Kind« knurrte der alte Mann dann: »Jetzt bist du neun. Es ist Zeit, dass du lernst, Verantwortung zu übernehmen.«

Ungefähr zu der Zeit, als er zwölf wurde, hatte er die Veränderungen an sich bemerkt. Er war gewachsen, seine Schultern sprengten fast die Nähte seines Flanellhemds. Seine Stimme war unzuverlässig geworden und sprang zwischen den Tonlagen hin und her, als sei er von einem Dämon besessen. Und um seinen Schwanz herum fingen dunkle, dicke Haare an zu wachsen. Er hatte sich gedacht, dass dies irgendwann geschehen würde. Denn er hatte lange genug auf engstem Raum mit drei erwachsenen Männern gelebt und begriff, dass sein Körper irgendwann wie ihre werden würde. Aber die Wirklichkeit war einfach nur eine weitere Quelle der Angst. Er ließ die Kindheit hinter sich, ohne ein klares Bild davon, wie er jemals zum Mann werden würde.

Auch sein Großvater hatte die Veränderungen bemerkt. Es war schwer vorstellbar, dass er noch brutaler sein könnte, und doch schien er eine Herausforderung darin zu sehen, neue Möglichkeiten der Erniedrigung zu finden. Die Dinge hatten einen neuen Höhepunkt des Schreckens erreicht, als sie im Hamburger Hafen lagen und eines Morgens eine Trosse riss. Es war einer jener Vorfälle, an denen niemand Schuld hatte, aber der alte Mann war entschlossen, jemanden dafür büßen zu lassen.

Als sie in die Wohnung kamen, hatte er dem Jungen befohlen,

sich auszuziehen. Er stand zitternd in der Küche und fragte sich, welche der bekannten Qualen ihn erwartete, während sein Großvater fluchte, ihn beschimpfte und wütend ins Bad lief. Als der alte Mann zurückkam, hatte er sein mörderisches Rasiermesser dabei, die aufgeklappte Klinge glänzte silbern im dämmrigen Nachmittagslicht. Entsetzen stieg wie Galle in ihm hoch. Er war überzeugt, dass er zumindest kastriert werden würde, trat dem alten Mann mit geballten Fäusten entgegen und versuchte verzweifelt, dem zu entkommen, was ihn erwartete.
Er hatte den Schlag nicht einmal gesehen, der ihn wie ein Hammer an der Schläfe traf. Nur einen Moment lang spürte er einen vernichtenden Schmerz, dann war er bewusstlos. Als er die Augen öffnete, war es dunkel. Etwas getrocknetes Erbrochenes war über seine Wange auf den Boden geflossen, und ein brennender Schmerz in der Leistengegend machte ihm solche Angst, dass das dumpfe Pochen im Kopf dagegen unwichtig war. Zusammengekrümmt lag er einige lange Minuten still auf dem kalten Linoleum und hatte Angst, seine Hände tasten zu lassen, weil er sich vor dem fürchtete, was sie vielleicht finden würden.
Schließlich wagte er es. Seine Finger fuhren langsam und vorsichtig über den Bauch nach unten. Zuerst fühlte er nur die kalte, glatte Haut seines Bauchs. Dann, gerade über dem Schambein, fühlte es sich plötzlich anders an, und ein durchdringender, stechender Schmerz ließ ihn die Luft anhalten. Er biss die Zähne zusammen und drückte sich auf einem Ellbogen hoch. Es war zu dunkel, um etwas zu sehen, und er beschloss, das Risiko einzugehen und das Licht anzumachen. Das mochte neuen Zorn über ihn bringen, aber er konnte es nicht ertragen, nicht zu wissen, was mit ihm passiert war.
Fast weinend wegen der verschiedenen Schmerzen, die ihm

diese Bewegung bereitete, gelang es ihm, sich hinzuknien und innezuhalten, bis die Übelkeit und der Schwindel vorbeigingen. Am Tisch zog er sich auf die Füße hoch und taumelte die paar Schritte zum Schalter der Küchenlampe. Er lehnte sich gegen die Wand und drückte mit zitternden Fingern den Schalter hoch. Mattes, gelbes Licht erfüllte den schmuddeligen Raum, und er machte sich auf den Anblick gefasst.
Die Haut um die Geschlechtsorgane war rot und wund. Zusammen mit der oberen Hautschicht war jede Spur des Schamhaars entfernt. Wo das Rasiermesser tiefer eingedrungen war, waren kleine Blutstropfen, aber das grausame Abschaben der empfindlichen Haut war die Ursache des brennenden Schmerzes, der in seinen Lenden raste. Es war mehr als eine Rasur, ihm war die Haut abgezogen worden. Er war gewaltsam daran erinnert worden, dass er sich nicht für einen Mann halten sollte. Damals hasste er sich, die Schmach verschluckte ihn wie eine schwarze Woge.
Als er jetzt zurückblickte, wurde ihm klar, dass sein panisches Aufbegehren ein Wendepunkt war. Von da ab war sein Großvater weniger darauf aus gewesen, ihm Qualen zuzufügen. Der alte Mann begann einen gewissen Abstand zu ihm zu halten und erniedrigte ihn nur mit Worten, die den Jugendlichen immer noch in ein zitterndes, ohnmächtiges Häufchen Elend verwandelten. Er dachte daran, wegzulaufen, aber wohin? Die *Wilhelmina Rosen* war seine Welt, und er glaubte nicht daran, in einer anderen Welt überleben zu können. Nach und nach, als er in die Zwanziger kam, begriff er, dass es vielleicht eine andere Möglichkeit geben könnte, die Freiheit zu erringen. Es war ein langsamer, schmerzlicher Prozess gewesen, und am Ende hatte er gewonnen.
Aber dieser Sieg hatte ihm nicht genügt. Er wusste das schon, bevor Heinrich Holtz im Biergarten seine Geschichte erzähl-

te. Doch Holtz hatte ihn auf eine Idee gebracht, wie er sich endlich rächen konnte. Er hatte ihm einen Weg gewiesen, ein Mann zu werden.
Er nahm eines der Gläser, schwenkte es herum und beobachtete den Inhalt bei seinem makabren, langsam kreisenden Tanz. Lächelnd öffnete er den Reißverschluss seiner Jeans.

Tadeusz Radecki war viel zu klug, um nichts weiter als ein Gangster zu sein. Er hatte eine ordnungsgemäße Kette von Läden mit Videoverleih aufgebaut, die ihn nicht nur mit einem vorzeigbaren Einkommen versorgte, um das Finanzamt bei guter Laune zu halten, sondern die ihm auch den Spielraum gab, beträchtliche Geldbeträge waschen zu können. Hätten seine Konkurrenten jemals die Geschäftsbücher seiner Firma gesehen, dann hätten sie sich gefragt, wie er es schaffte, so hohe Leihgebühren pro Video einzustreichen, und hätten wahrscheinlich vor lauter Ärger ihre eigenen Marketingleute hinausgeworfen. Aber das würde nicht passieren. Tadeusz achtete darauf, dass sein offizielles Gewerbe über jeden Tadel erhaben war. Die Videoläden in den zwielichtigen Gassen mit ihren Hardcore-Pornos unter dem Ladentisch oder den Drogenpäckchen, die in den Videohüllen weitergegeben wurden, das war nichts für ihn. Es mochte seine Ware sein, mit der sie handelten, aber offiziell wollte er auf keinen Fall mit ihnen in Verbindung gebracht werden.
An diesem Nachmittag hatte er seinen besten Laden, sein Flaggschiff oben am Ku'damm, besucht, wo sie genauso viele Videos verkauften, wie ausgeliehen wurden. Er war hingegangen, um die Renovierung zu begutachten, die die elegantesten Ladenausstatter der Stadt durchgeführt hatten, und war von dem Ergebnis beeindruckt. Klare Linien, stimmungsvolle Beleuchtung und ein Stehcafé mitten im Geschäft schufen das

perfekte Ambiente, in dem man sich gemütlich umsehen und Geld ausgeben konnte.
Nach der Besichtigung der Räume ging der Geschäftsführer mit ihm zu seinem Büro hinauf, wo sie die Renovierung mit einem Glas Wein begossen. Als sie eintraten, war im Fernsehen ein Nachrichtensender eingestellt. Ein Reporter stand auf einer Straße, die Tadeusz sofort als die Friesenstraße in Kreuzberg erkannte. Hinter ihm war unverkennbar das vierstöckige Gebäude zu sehen, in dem das Untersuchungsgefängnis, die Gefangenen-Sammelstelle oder so genannte GeSa, untergebracht war. Tadeusz kannte den Ort nicht aus eigener Erfahrung, sondern nur, weil er nebenan in der Krimibuchhandlung Hammett immer seine Lektüre kaufte.
Der Mund des Reporters ging geräuschlos auf und zu, sein besorgtes Gesicht zeigte, wie ernst das war, was er der wartenden Welt zu sagen hatte. Dann wechselte das Bild zu einem Stück Amateurvideo, auf dem ein Mann zu sehen war, der aus einem Auto gezerrt und, flankiert von zwei Polizisten in Uniform, auf die schwere graue Tür der GeSa zugeführt wurde. Plötzlich duckte sich eine Frau unter der Absperrung durch, die die Autos davon abhielt, direkt von der Straße in den Hof zu fahren. Die Polizisten, die im Wachhäuschen Dienst taten, kamen nichts ahnend erst heraus, als die Frau hinter dem Gefangenen und seinen Begleitern herrannte und etwas vor sich in der Luft schwenkte. Sie blieb etwa zwei Meter entfernt von ihnen direkt hinter dem Gefangenen stehen. Im nächsten Augenblick war sein Kopf blutrot wie ein Klecks auf dem Küchentisch verschütteter Spaghettisauce. Die Polizisten traten zur Seite, als er zusammenbrach. Sie warfen sich zu Boden und drehten die blassen Gesichter der Frau zu. Selbst aus der großen Entfernung konnte man die vor Panik weit aufgerissenen Augen erkennen.

Tadeusz starrte entsetzt auf den Bildschirm. Er hatte das Opfer der Scharfschützin nur ein paar Sekunden und auch nur im Dreiviertelprofil gesehen. Aber er wusste, wer der Tote war. Dann merkte er, dass der Geschäftsführer etwas zu ihm gesagt hatte, und wandte sich ihm zu. »Bitte?«, fragte er.

»Ich sagte, es ist komisch, dass die wirklichen Schießereien nie auch nur halb so dramatisch sind wie die von uns verkauften.« Er nahm die offene Flasche Rotwein von seinem Schreibtisch und goss zwei Gläser ein.

»Ich glaube nicht, dass ich jemals eine wirkliche Schießerei gesehen habe«, log Tadeusz. »Ich bin ziemlich schockiert, dass man das so ausführlich in den Abendnachrichten zeigt.«

Der Geschäftsführer lachte und reichte seinem Chef das Glas. »Ich bin sicher, dass die Moralapostel der Nation augenblicklich, während wir hier noch sprechen, die Telefonleitungen des Senders mit Beschwerden überrennen werden. Prost, Tadeusz. Es war eine gute Entscheidung, diese Typen zu beauftragen. Sie haben den Laden wirklich gut hergerichtet.«

Automatisch hob Tadeusz sein Glas und griff mit der anderen Hand nach dem Mobiltelefon. »Ja. Jetzt muss ich eine Möglichkeit finden, die Kosten für die Renovierung der anderen Geschäfte zu rechtfertigen. Entschuldige mich.« Mit zwei Tasten wählte er Krasics einprogrammierte Nummer. »Ich bin's«, sagte er. »Wir müssen uns treffen. Ich sehe dich in einer halben Stunde bei mir.« Er beendete das Gespräch, ohne auf Krasics Antwort zu warten, und nippte dann an seinem Wein. »Köstlich, Jürgen, aber ich fürchte, ich muss los. Meine Hausmacht ausbauen, neue Geschäftsbereiche erobern, du weißt ja, wie es ist.«

Zwanzig Minuten später ging er vor seinem Fernseher auf und ab und schaltete von Kanal zu Kanal auf der Suche nach einem Lokalsender, der die Aufnahmen von Kamals Ermordung

zeigte. Endlich erwischte er das Ende des Videos und stellte sofort lauter. Der Nachrichtensprecher berichtete: »Der Tote, dessen Name noch nicht bekannt gegeben wurde, war im Zusammenhang mit sieben Todesfällen durch Heroin festgenommen worden, die sich diese Woche in der Stadt ereigneten. Aus gut unterrichteten Kreisen ist zu hören, dass die Frau, die den tödlichen Schuss abgab, die Freundin eines der Süchtigen war, die starben, nachdem sie sich das verunreinigte Heroin gespritzt hatten. Jetzt schon wurden Forderungen laut, dass untersucht werden soll, auf welchem Weg die Frau von der geplanten Verhaftung erfuhr, bevor der Mann überhaupt festgenommen wurde.« Er warf einen Blick auf seine Unterlagen. »Und jetzt schalten wir zu unserem Korrespondenten im Reichstag, wo die Bundestagsabgeordneten neue Maßnahmen gegen die Ausbreitung von BSE diskutiert haben …«
Tadeusz stellte den Ton ab. Er hatte gehört, was er wissen wollte. Als Krasic fünf Minuten später sich über den Verkehr beklagend hereinkam, legte er gleich los. »Was zum Teufel hast du vor?«
»Was meinst du, Tadzio?«, drückte sich Krasic. Sein besorgter Blick ließ erkennen, dass er genau wusste, wovon sein Chef sprach.
»Verdammt, Darko, lass deine blöden Spielchen. Was ist denn in dich gefahren, Kamal auf den Stufen des Polizeigebäudes umlegen zu lassen? Ich dachte, wir wollten die Scheinwerfer von der Ermittlung ablenken, statt in allen Zeitungen Schlagzeilen zu machen? Herrgott, du hättest keinen Platz finden können, wo es auffälliger gewesen wäre.«
»Was hätte ich denn sonst tun sollen? Es war nicht genug Zeit, um einen brauchbaren Autounfall einzufädeln …« Er brach ab, als er merkte, was er gerade gesagt hatte.
Die Farbe wich aus Tadeusz' Gesicht. Im Schatten der dezen-

ten Beleuchtung im Raum sah er furchterregend aus. »Du gefühlloser Kerl«, knurrte er. »Glaub bloß nicht, dass du mich von diesem Fiasko ablenken kannst, indem du mich an Katerina erinnerst.«

Krasic wandte sich mit finsterem Gesichtsausdruck ab. »Das habe ich nicht gewollt. Ich meinte nur, dass ich nicht genug Zeit hatte, etwas wie einen Unfall zu organisieren. Also dachte ich, wenn es schon wie ein Mord aussieht, muss es wie ein privater Streit und nicht wie etwas Geschäftliches wirken . Deshalb hab ich Marlene für die Drecksarbeit eingesetzt. Sie arbeitet seit zwei Jahren für uns, verteilt die Ware in Mitte. Sie selbst nimmt nichts. Und sie ist clever genug, die Freundin zu spielen, die vor Kummer außer sich ist. Sie wird kaum eine Strafe kriegen, wenn es vor Gericht kommt. Und sie wird uns nicht verpfeifen. Sie hat eine sechsjährige Tochter – ich hab versprochen, dass wir uns um sie kümmern werden. Sie weiß gut genug, was das bedeutet. Ein falsches Wort, und wir kümmern uns um das Kind, aber nicht so, wie sie es sich wünscht. Chef, es war die einzige Möglichkeit. Es musste erledigt werden, und es musste so gemacht werden.« In Krasics Stimme war keine Bitte um Verständnis zu hören, nur felsenfeste Überzeugung.

Tadeusz starrte ihn an. »Alles läuft schief«, klagte er. »Die ganze Sache sollte erledigt sein. Stattdessen wird Kamals Leben jetzt unter die Lupe genommen.«

»Nein, Boss, da irrst du dich. Sie werden sich Marlene vornehmen. Bevor wir fertig sind, haben wir sie zur Heldin gemacht, die die Stadt von einem gemeinen Drogenschieber befreit hat. Ich hab dir ja schon gesagt, dass sie nichts nimmt. Ihr Leben sieht sauber aus. Und wir können jede Menge Leute beibringen, die so über sie reden, dass sie sich wie die verdammte Mutter Teresa in Person anhört. Fotos von dem kleinen Mädchen, allein und verloren. Und irgendwas darüber, dass sie ihren Freund vom Stoff wegbringen wollte. Außerdem wird jetzt, wo sie gesehen haben, wie wir mit Kamal umgesprungen sind, niemand mehr etwas zu den Bullen sagen. Glaub mir, Tadzio, es ist so am besten.«

»Hoffentlich, Darko. Wenn nämlich alles den Bach runtergeht, dann weiß ich genau, wem ich die Schuld dafür zu geben habe.«

Kapitel 11

Tony sah auf die Uhr, als er den Seminarraum verließ. Fünf nach elf. Carol hatte sicher ihre Aufgabe schon in Angriff genommen. Er fragte sich, wo sie war, wie es ihr ging und was sie fühlte. Ihr Besuch hatte ihn mehr durcheinander gebracht, als er zugeben wollte, und nicht nur in persönlicher Hinsicht aufgewühlt. Das hatte er sowieso erwartet und getan, was er konnte, um sich gegen die Turbulenzen zu wappnen, die, wie er wusste, bei jedem Treffen mit ihr unter der Oberfläche rumoren würden.

Aber er hatte nicht vorausgesehen, wie sehr sie ihn in Bezug auf das Berufliche aus der Ruhe bringen würde. Das Vergnügen, das ihm die gemeinsame Vorbereitung gemacht hatte, war wie eine erfrischende Dusche für sein Inneres gewesen. Es hatte seine Synapsen auf eine Art und Weise aktiviert, die bei der Arbeit mit seinen Studenten nie vorkam. Es hatte ihn daran erinnert, dass er hier an der Universität seine Kapazität nur halb nutzte. Und wenn es auch vernünftig und eine Art Erholung von dem Schrecken sein mochte, den er wegen Jacko Vance erlebt hatte, konnte er so doch nicht den Rest seines Lebens verbringen. Hätte er eine weitere Bestätigung gebraucht, so war sie ihm gerade in den Schoß gefallen.

Er hatte immer Angst vor diesem Moment gehabt. Tief im Innern hatte er wieder den flüsternden Lockruf vernommen, er solle aus dem gemächlichen Leben, für das er sich entschieden hatte, erwachen und das tun, was er am besten konnte. Dabei hatte er alles getan, was in seiner Macht stand, um sich vor diesem Augenblick zu hüten. Aber das Zusammentreffen der Nachricht von Jacko Vances Berufung und von Carol Jordans Auftauchen war zu stark für seine Gegenwehr.

Die Dinge hatten sich geändert, seit er letztes Mal in der Kampfzone gestanden hatte, das wusste er. Das Innenministerium war heimlich, still und leise davon abgekommen, sich bei komplizierten Ermittlungen gegen Serienmörder von professionellen Psychologen beraten zu lassen. Die Publicity, die man dort aufgrund der früheren Politik bekommen hatte, brachte so viele nervenaufreibende Krisen mit sich, dass man diesen Kurs nicht unbegrenzt beibehalten wollte. Nicht alle hatten ein so großes Talent wie Tony, und wenige hielten so gut dicht. Obwohl es immer noch eine Hand voll Experten gab, die man bei Bedarf zu Hilfe rief, hatte die Polizei insgeheim ihre eigene Spezialisten-Abteilung bei der National Crime Faculty in Bramshill aufgebaut. Jetzt gab es eine neue Sorte von Fallanalytikern: Polizeibeamte, die eine eindrucksvolle Kombination von psychologischen Fähigkeiten und Computer-Fachwissen hatten. Wie der FBI und die Royal Canadian Mounted Police war das Innenministerium zu der Ansicht gekommen, dass es besser wäre, sich auf Polizeibeamte verlassen zu können, die in diesen Fachgebieten ausgebildet waren, als auf die manchmal fragwürdigen Fähigkeiten der klinischen Psychologen und Akademiker zu bauen, die schließlich keine konkrete Erfahrung damit hatten, was nötig war, um einen Kriminellen zu fassen. In gewisser Hinsicht gab es also keinen Platz mehr für Tony, um das zu tun, für das er ein einzigartiges Talent zu haben glaubte. Und nach dem letz-

ten Desaster würde gewiss kein Politiker seine Zustimmung geben, ihn bei der Ausbildung oder der Entwicklung der Einsatzgruppe einzusetzen.
Aber vielleicht konnte er etwas anderes bieten. Vielleicht konnte er eine Nische finden, die es ihm erlaubte, gelegentlich sein analytisches Können einzubringen, wenn man hinter den hochgradig gestörten Individuen her war, die die rätselhaftesten Verbrechen begingen.
Und vielleicht konnte er diesmal, da Carol mit ziemlicher Sicherheit bald eine neue Rolle bei der Europol einnehmen würde, dem Chaos entgehen, in das seine letzten beiden Fälle von Serienmördern und die Arbeit an den Täterprofilen ihn gestürzt hatten. Es war jedenfalls eine Überlegung wert.
Die Frage war jetzt nur, wen er versuchsweise in dieser Sache ansprechen konnte. Vances Berufung hatte die Leute wieder an ihn erinnert. Vielleicht war dies der perfekte Zeitpunkt, ihrer Erinnerung noch etwas nachzuhelfen und sie zu überzeugen, dass er etwas zu bieten hatte, was sonst niemand besaß. Denn er verstand nicht nur, wie das Innenleben von Serientätern funktionierte, sondern er war auch einer der wenigen Menschen auf dieser Erde, die tatsächlich wesentlich dazu beigetragen hatten, einige von ihnen dorthin zu bringen, wo sie keinen Schaden mehr anrichten konnten.

Auch Petra Becker in Berlin dachte an diesem Montagmorgen über Serientäter nach. Es würde ihrer Karriere phantastischen Auftrieb geben, wenn es ihr gelänge, die Zusammenhänge aufzuzeigen und zu beweisen, dass ein Serienkiller über die europäischen Grenzen hinweg am Werk war.
Aber vorher musste sie den Fall finden, an den sie sich erinnert fühlte. Petra saß stirnrunzelnd vor ihrem Computer, und ihr ernster Gesichtsausdruck stand in scharfem Gegensatz zu ih-

rem frechen Schopf kurz geschnittener, dunkler Haare. Querfalten auf ihrer breiten Stirn ließen ihre blauen Augen im Schatten der Brauen dunkler erscheinen. Sie wusste, sie hatte vor relativ kurzer Zeit etwas Entsprechendes gelesen, aber sie war darüber hinweggegangen, weil sie es für irrelevant hielt.
Petra arbeitete beim Nachrichtendienst. Ihre Gruppe war verantwortlich für das Sammeln von Informationen zum organisierten Verbrechen, stellte dann alles zu einem Fall zusammen und leitete ihn an die entsprechenden juristischen Organe weiter. Da seit dem Schengener Abkommen die europäischen Grenzen für Kriminelle genauso passierbar waren wie für unbescholtene Bürger, hieß dies oft, dass die Informationen an Kollegen in anderen Ländern weitergegeben wurden, wobei Europol als Leitstelle diente. In den letzten drei Jahren hatte Petra in so verschiedenen Bereichen ermittelt wie Produktfälschungen, Drogenhandel, Kreditkartenbetrug und Menschenhandel. Mord war normalerweise nicht ihr Fach, außer wenn die Ermittler dachten, es könne eine Verbindung zum organisierten Verbrechen vorliegen. Alle schwierigen Fälle, die auch nur entfernt wie Mord unter Kriminellen aussahen, dachte sie spöttisch, reichte man gern weiter – als eine der dreckigen Geschichten, bei denen die Polizei es nicht schwer nahm, wenn kein Schuldiger dingfest zu machen war.
Der Fall, den sie suchte, wäre also möglicherweise als ein Mord in der Unterwelt hereingekommen. Aber wenn er ausgeschieden worden war, weil er nicht ins Schema passte, wäre er nicht mehr in den aktuellen Dateien gespeichert. Vielleicht war er sogar mit der Begründung, nur unnötig Platz wegzunehmen, aus der Datenbank gelöscht worden.
Petra war jedoch zu gewissenhaft, um Informationen zu einem Fall ohne jede Spur zu tilgen. Man wusste ja nie, ob etwas, das von allen anderen abgeschrieben worden war, doch für

eine spätere Ermittlung von Nutzen sein konnte. So hatte sie sich angewöhnt, auch zu den anscheinend unwichtigsten Dingen kurze Notizen zu machen. Auf diese Weise konnte sie immer die Ermittler finden, die den Fall ursprünglich untersucht hatten, und die Einzelheiten wiederbekommen.

Sie öffnete einen Ordner, der ihre Notizen enthielt, und sah sich die Dateien der letzten Zeit an. Vier Mordfälle in den letzten sieben Wochen. Einen Vorfall in einer kleinen Stadt zwischen Dresden und der polnischen Grenze, wo aus einem vorbeifahrenden Auto geschossen wurde, und die Ermordung eines Türken in Stuttgart schloss sie aus. Er war verblutet, nachdem ihm mit einer Machete beide Hände abgehackt worden waren. Petra hielt dies eher für einen Racheakt im Familienumfeld als für eine Tat des organisierten Verbrechens, da die Polizei vor Ort absolut nichts Schlimmeres als ein abgelaufenes Visum finden konnte, was den Toten mit Gesetzeswidrigkeit in Verbindung gebracht hätte.

Zwei Fälle blieben also übrig. Ein sehr merkwürdiger Mord in Heidelberg und die Kreuzigung eines bekannten Drogendealers in Hamburg. Ihre Notizen erwähnten kein Skalpieren der Schamhaarzone, aber sie glaubte sich zu erinnern, dass es in einem dieser beiden Fälle vorgekommen war. Sie sah die Fallnummern nach und schickte E-Mails an die beiden Abteilungen der dortigen Polizei. Wenn sie Glück hatte, würde sie bis am Abend eine Antwort haben.

Als Petra zum Kaffeeautomaten ging, war sie sehr zufrieden mit sich. Sie leerte gerade ein Tütchen Zucker in ihre Tasse, als ihre Chefin Hanna Plesch dazukam und sagte: »Sie sehen gut gelaunt aus.«

»Und das werden Sie ändern?« Sie sah sie mit hochgezogener Augenbraue an.

»Die Schießerei drüben bei der GeSa in der Friesenstraße, for-

schen Sie da mal ein bisschen nach, sehen Sie mal, was Sie rauskriegen können.« Plesch streckte an ihr vorbei den Arm aus und drückte auf den Knopf für schwarzen Kaffee.
Petra rührte gedankenverloren in ihrem Becher. »Es ist eigentlich nicht unser Gebiet, oder? Ich habe gehört, dass es ein persönliches Motiv geben soll. Die Freundin von einem der Opfer, die durch das vermurkste Heroin umkamen, hat geschossen, stimmt's?«
Plesch warf ihr ein spöttisches Lächeln zu. »Das ist der offizielle Text. Ich glaube, da stimmt was nicht. Wir haben sie in unseren Akten, wissen Sie, die Frau, die geschossen hat. Marlene Krebs. Wir hatten Kenntnis davon, dass sie in Berlin Mitte gedealt hat. Ein kleiner Fisch, deshalb haben wir sie in Ruhe gelassen. Aber sie soll mit Darko Krasic in Verbindung stehen.«
»Und das bedeutet, dass es über sie einen Kontakt zu Radecki gibt«, fuhr Petra fort. »Wollen Sie also, dass ich mit ihr rede?«
Plesch nickte. »Es könnte der Mühe wert sein. Sie meint wahrscheinlich, dass sie eine leichte Strafe erwartet, wenn sie auf die Tränendrüsen drückt. Frau, die vor Kummer ganz außer sich ist, rächt sich an gemeinem Drogenhändler, der ihren Geliebten erledigt hat. Wenn wir sie überzeugen können, dass das nicht so laufen wird …«
»Vielleicht sagt sie uns etwas, was wir nutzen können, um gegen Krasic und Radecki genug Erkenntnisse zusammenzubekommen.« Petra nippte am Kaffee und zuckte zurück, weil er so heiß war.
»Genau.«
»Überlassen Sie es mir«, sagte sie. »Ich schätze, sobald sie herausfindet, wer ich bin und was ich über sie weiß, wird ihr klar werden, dass sie nicht die geringste Chance hat, die Nummer mit der verwirrten Geliebten bei der Verteidigung durchzukriegen. Können Sie mir alles geben, was wir über sie haben?«

»Liegt schon auf Ihrem Tisch.« Plesch ging weiter.
»Oh, und Hanna ...«
Sie hielt inne und sah über die Schulter zurück. »Wir brauchen noch was. Noch *jemand*. Wir sollen jemanden losschicken, der in Berlin Mitte herumfragt. Wir müssen nachweisen, dass der Tote gar nicht Marlenes Typ war.«
»Dürfte schwer sein, das zu belegen.«
»Vielleicht, ja. Aber wenn wir feststellen, mit wem Marlene sich wirklich abgegeben hat, könnte das eine Verbindung zu dem Erschossenen ausschließen. Und wenn wir andererseits herausfinden können, ob er mit jemandem eine längere Beziehung hatte ...«
Plesch zuckte mit den Schultern. »Ist wahrscheinlich einen Versuch wert. Der Hai hat im Moment nichts Dringendes zu tun. Schicken Sie ihn raus auf die Jagd.«
Petra war ernüchtert, als sie zu ihrem Schreibtisch zurückging. »Hai« war der ironische Spitzname für den unerfahrensten Ermittler der Gruppe, den er sich erworben hatte, weil er mit gruseligen, blutigen Fällen nichts anzufangen wusste und auch nicht in der Lage war, vorliegenden Fakten nachzugehen, um sie mit Hilfe neuer Daten zu beurteilen. Niemand glaubte, dass er lange bei der Gruppe sein würde. Ihn hätte sie wirklich nicht ausgewählt, um die Bars und Cafés in Berlin Mitte durchzukämmen, ihre Kontaktleute auszuquetschen und alles über Marlene Krebs in Erfahrung zu bringen. Das zeigte, dass Plesch das Ganze für Zeitverschwendung hielt. Aber trotzdem war es besser als nichts. Und sie konnte ja auch selbst noch am Abend losgehen, sollte es ihr nicht gelingen, im Austausch für einen Deal beim Urteilsspruch etwas Brauchbares von Krebs herauszukriegen.
Sie hatte ja nichts Besseres vor.

Es war ein rauer, nasser Tag, aber Carol schwitzte trotzdem. Sie hatte den ersten Teil ihres Auftrags reibungslos ausgeführt, wusste aber, es war noch ein ganzes Ende, bis sie sicher am Ziel sein würde. Die ausführlichen Anweisungen waren per Kurier gleich nach sieben Uhr morgens gekommen. Sie hatte das dünne Kuvert so hastig aufgemacht, dass sie fast den Inhalt mit zerrissen hätte. Es war nur ein einzelnes Blatt Papier, auf dem ihr mitgeteilt wurde, sie solle vormittags um zehn zu der Adresse gehen, die ihr früher schon genannt worden war. Dort werde sie den Rest ihrer Anweisungen erhalten.
Ihr erster Impuls war, genau pünktlich am Treffpunkt, irgendeinem Reihenhaus in Stoke Newington, zu erscheinen. Ob das wohl schon der erste Test war? Vielleicht sollte sie nicht genau das tun, was von ihr erwartet wurde. Schnell duschte sie und zog etwas an, das ihrer Meinung nach Janine Jerrold bei einem solchen Auftrag wohl getragen hätte. Einen kurzen Lycra-Rock, ein weißes T-Shirt mit langen Ärmeln und U-Ausschnitt unter einer taillierten Kunstlederjacke. In ihrer Tasche mit Schulterriemen war alles, was sie brauchte, um ihr Äußeres zu verändern. Eine Baseballmütze, Fliegerbrille mit Klarsichtglas, ein Paar Jeans-Leggings und eine leichte Regenjacke in einem widerlichen, blassen Blauton. Ebenfalls in der Tasche befand sich ein nicht erlaubtes Tränengasspray und ein Metallkamm mit einem angespitzten Ende. Beide stammten noch aus ihren Tagen bei der Kripo im Hafen von Seaford, Gegenstände, die sie jemandem abgenommen und dann abzuliefern vergessen hatte. Sie war nicht sicher, wie ihre Beobachter darauf reagieren würden, falls sie sie benutzen musste, aber sie sollte ja Initiative zeigen und sich benehmen wie ein richtiger Drogenkurier. Dies konnte sie immer noch hinterher vorbringen.
Nachdem Carol sich entschlossen hatte, früher aufzutauchen,

verließ sie ihre Wohnung kurz nach acht und machte einen Umweg. Sie war sicher, dass ihr jemand folgen würde, hatte aber nicht die Absicht, es ihm leicht zu machen. Den Verkehr der Rushhour mit den vielen Pendlern zu nutzen, konnte nur von Vorteil für sie sein. Trotzdem sprang sie erst im letzten Moment aus der U-Bahn und fuhr drei Haltestellen zurück, bevor sie zur Straße hinaufstieg und einen Bus nahm.

Als sie in die stille Seitenstraße einbog, war niemand hinter ihr. Aber das hieß keineswegs, dass ihr nicht doch scharfe Augen folgten. Sie ging die drei Stufen zur Haustür hinauf, die ihr angegeben worden war. Die Farbe war vom Londoner Schmutz bedeckt, aber in relativ gutem Zustand. Sie drückte auf den Klingelknopf und wartete. Lange Sekunden gingen vorbei, dann öffnete sich die Tür ein paar Zentimeter. Ein blasses Gesicht mit dunklen Bartstoppeln und einem Schopf stacheliger schwarzer Haare sah sie an. »Ich will zu Gary«, sagte sie, wie ihr aufgetragen war.

»Wer bist du?«

»Jasons Freundin.« Wieder befolgte sie ihre Anweisung.

Die Tür wurde aufgemacht, und der Mann achtete darauf, dass er, als er sie eintreten ließ, von der Straße aus nicht zu sehen war. »Ich bin Gary«, sagte er und führte sie ins vordere Zimmer. Er war barfuß, trug verwaschene 501-Jeans und ein überraschend sauberes weißes T-Shirt. Schmuddelige Stores hingen am Fenster und versperrten den Blick auf die Straße. Der Teppich hatte einen undefinierbaren Farbton zwischen Braun und Grau und war vor der durchgesessenen Couch, die vor einem großen NICAM-Fernseher mit DVD-Player stand, fast bis auf das Gewebe der Rückseite abgetreten. »Setz dich«, sagte Gary und zeigte auf das Sofa. Es war nicht gerade ein verlockendes Angebot. »Ich bin gleich wieder da.«

Er ließ sie mit der Unterhaltungselektronik allein. Bei dem

Spieler lag ein Stoß DVDs, aber das war die einzige persönliche Note im Raum, der sonst etwa so einladend wie ein Vernehmungsbüro der Polizei war. Wenn man nach den Titeln ging, war Gary wohl ein Fan gewalttätiger Actionfilme. Es gab keinen einzigen Film, den zu sehen Carol Geld ausgegeben hätte, und um einige von ihnen nicht sehen zu müssen, hätte sie gern mit barer Münze gezahlt.

Gary war weniger als eine Minute weg. Er kam mit einer in Plastik verpackten Tüte mit weißem Puder zurück und hielt in der anderen Hand eine selbst gedrehte Zigarette, deren Rauch unverkennbar nach Gras roch. »Das ist die Ware«, sagte er und warf ihr das Päckchen zu. Carol fing es auf und dachte erst danach daran, dass jetzt überall ihre Fingerabdrücke drauf waren. Sie merkte sich, dass sie die Oberfläche abwischen musste, sobald sich eine Gelegenheit bot. Sie hatte keine Ahnung, ob sie jetzt den echten Artikel mit sich herumtragen würde, bezweifelte es allerdings. Aber was sie nun wirklich nicht brauchen konnte, wäre ein pflichteifriger Polizist, der nichts mit dieser Aktion zu tun hatte, sie anhielt und aufgrund ihrer Fingerabdrücke mit einem Pfund Kokain überführte.

»Und wo soll ich es abgeben?«

Gary setzte sich auf die Sofalehne und nahm einen tiefen Zug aus dem dünnen Joint. Carol betrachtete sein schmales Gesicht genau und merkte sich die einzelnen Züge, wie sie es gewohnt war. Nur für alle Fälle. Dünne, lange Nase, hohle Wangen. Tief sitzende braune Augen. Ein einfacher silberner Ring an der linken Augenbraue. Vorspringendes Kinn mit deutlichem Überbiss. »In der Dean Street ist eine Café-Bar«, sagte er. »Damocles heißt sie. Der Typ, den du treffen sollst, sitzt am Ecktisch hinten bei den Toiletten. Du gibst ihm das Zeug und bekommst ein Bündel Noten von ihm. Du bringst die Kohle hierher zu mir. Klar?«

»Woher weiß ich, dass es der richtige Typ ist? Ich meine, was ist, wenn er den Tisch nicht kriegen kann?«

Gary rollte mit den Augen. »Er liest eine Q. Und er raucht Gitanes. Reicht das? Oder willst du seine Schrittlänge haben?«

»Eine Beschreibung würde helfen.«

»Träum ruhig weiter.«

»Oder ein Name?«

Gary lächelte mit schiefem Mund und zeigte seine geraden Zähne, die wie fleckiges Elfenbein aussahen. »Na, da kannst du lange warten. Pass auf, tu's einfach, ja? Ich erwarte dich hier bis spätestens zwei.«

Carol steckte das Päckchen in ihre Schultertasche zwischen die Leggings und wischte es damit ab. Es war ihr egal, wenn Gary es sah. Es würde nicht schaden, einen Zeugen für ihre Umsicht zu haben, wenn er, wie sie vermutete, einer von Morgans Beobachtern war. »Bis später dann«, sagte sie und versuchte ihre Abneigung zu verbergen, die zu zeigen unvernünftig gewesen wäre. Denn es war ziemlich sicher, dass er wie sie Polizist war, der zu einem bestimmten Zweck, den sie beide nicht kannten, in eine fremde Rolle geschlüpft war.

Sie kehrte auf die Straße zurück und zitterte, als ein kalter Windstoß durch ihre dünne Kleidung fuhr. Der kürzeste Weg nach Soho wäre, dass sie links einbog und zur Hauptstraße zurückging, wo sie einen Bus nehmen konnte. Und sie würden erwarten, dass sie das tat. Also wandte sie sich nach rechts und ging flink auf das Ende der Straße zu. Von ihren Erkundungen her wusste sie, dass sie durch das Labyrinth von Seitenstraßen gehen und auf einer kleinen Gasse zwischen den Läden herauskommen konnte, die sie zur anderen Seite von Stoke Newington führen würde, und von dort konnte sie eine

U-Bahn nehmen. Das würden sie wahrscheinlich nicht erwarten, schätzte sie.
An der Ecke beschleunigte sie ihre Schritte und fing an zu laufen, wobei sie hoffte, dass sie die nächste Ecke erreichen würde, bevor wer immer ihr folgte sie einholen konnte. Sie ging in die nächste Querstraße hinein und zog im Gehen die Regenjacke aus ihrer Tasche. Schon fast an dem Punkt, wo sie abbiegen musste, trat sie schnell in eine Einfahrt, zog die Jacke über und setzte sich die Baseballmütze auf die blonden Haare. Dann kehrte sie zur Straße zurück und schlenderte diesmal langsam weiter, als habe sie alle Zeit der Welt.
Als sie die Kreuzung erreichte, schaute sie über die Schulter zurück. Niemand war in Sicht außer einem älteren Mann, der eine Supermarkttüte trug und auf der anderen Straßenseite entlangschlurfte. Was nichts zu bedeuten hatte, wie sie wusste. Sie konnte sich nicht erlauben, so zu handeln, als hätte sie ihren Verfolger abgeschüttelt.
Jetzt war der Eingang zu der Gasse in Sicht. Es war ein schmaler Durchgang zwischen hohen Backsteinmauern, leicht zu verpassen, wenn man nicht wusste, dass er da war. Von dem Adrenalinstoß angespornt, den die Erleichterung auslöste, bog Carol in den düsteren Eingang ein.
Sie hatte etwa ein Drittel der Gasse hinter sich, als ihr klar wurde, dass sie einen großen Fehler gemacht hatte. Zwei junge Männer kamen auf sie zu. Es war nicht genug Platz für die beiden, um Seite an Seite gehen zu können, aber sie waren so nahe beisammen, dass sie unmöglich einfach an ihnen vorbeigehen konnte. Sie sahen aus wie Schläger, aber heutzutage war das bei den meisten Männern um die zwanzig der Fall. Carol dachte plötzlich über die dämliche Frage nach, seit wann genau es eigentlich für nette Jungs schick war, wie potentielle Straßenräuber auszusehen. Die beiden hier passten perfekt in

die Schablone. Geschorene Stoppelköpfe, wasserdichte Nike-Jacken über Fußballhemden, Chinos und Doc-Martens-Stiefel. Nichts unterschied sie von Tausenden anderer. *Vielleicht ist das gerade die Absicht*, dachte sie, während sie unaufhaltsam näher kamen.

Sie hätte sich sehr gern kurz umgedreht, um ihre Fluchtroute zu überblicken, aber sie wusste, dass dies sofort als Schwäche ausgelegt würde. Der Abstand zwischen ihr und den beiden Männern wurde jede Sekunde kleiner, und sie sah, dass ihr Gang sich fast unmerklich veränderte. Jetzt bewegten sie sich vorsichtig auf den Fußballen wiegend, wie zwei Räuber, die ihre Beute beäugten. Sie musste annehmen, dass sie mit zum Plot gehörten, was hieß, dass sie sie nicht ernstlich verletzen würden. Etwas anderes zu denken war auch zu beunruhigend. Carol war eine Frau, die zu sehr daran gewöhnt war, ihre Umgebung unter Kontrolle zu haben. So stellte sie die Überlegung nicht an, wie schnell sie zum potentiellen Opfer hatte werden können.

Plötzlich waren sie da, drängelten von beiden Seiten an sie heran und drückten sie gegen die Wand. »Na, was haben wir denn da?«, sagte der Ältere mit dem spöttischen, rauen Akzent Nordlondons.

»Ja, wie heißt du denn, Schätzchen?«, meinte der andere anzüglich grinsend.

Carol wagte einen Blick ans andere Ende der Gasse. Es war frei. Nur die beiden waren hier.

Der kurze Moment, in dem sie den Blick abgewandt hatte, gab ihnen ihre Chance. Der Größere riss an ihrer Tasche. »Gib sie her«, verlangte er. »Dann sparst du dir die Prügel.«

Carol hielt eisern daran fest, stützte sich gegen die Wand und verlagerte ihr Gewicht. Ihr linker Fuß schoss heraus und versetzte ihm einen brutalen Tritt gegen die Innenseite seines

Knies. Er heulte vor Wut und Schmerz auf, taumelte zurück, und während er zu Boden ging, ließ er den Riemen der Tasche los, um sein Knie zu umfassen.
»Verdammte Mistkuh«, sagte der andere mit leiser Stimme, was viel erschreckender war als Schreien. Er sprang auf sie zu, mit dem rechten Arm zum Schlag ausholend. Carol sah alles so langsam und klar wie in Zeitlupe. Als seine Faust auf sie zufuhr, ließ sie sich fallen, und er rannte mit dem ganzen Schwung gegen die Wand.
Dadurch gewann sie zwei kostbare Sekunden, um die Spraydose aus der Tasche zu nehmen. Als der erste Angreifer wieder auf die Füße kam, sprayte sie ihm das Tränengas direkt ins Gesicht. Jetzt heulte er wirklich und schrie wie ein Tier in der Falle.
Sein Kumpel fuhr herum und war zu einem zweiten Angriff bereit. Als er sie wie eine Verrückte grinsen sah, die Spraydose nach vorn gestreckt und genau auf ihn gerichtet, hob er beide Hände hoch, die Handflächen ihr zugewandt, die überall gültige Geste des Aufgebens. »Elendes Weibsstück, brauchst nicht gleich auszurasten«, rief er.
»Geh mir aus dem Weg, verdammt noch mal«, fauchte Carol. Gehorsam drückte er sich flach an die Wand. Sie schob sich an ihm vorbei und achtete darauf, dass sie das Spray die ganze Zeit auf ihn gerichtet hielt. Sein Freund jammerte immer noch mit tränenden Augen und schmerzverzogenem Mund. Carol ging rückwärts in Richtung zur Straße und ließ sie nicht aus den Augen. Derjenige, der an die Wand geknallt war, hatte seinen Arm um den anderen gelegt, und sie stolperten auf das andere Ende der Gasse zu, nachdem ihre Großtuerei wie die Luft aus einem Luftballon verpufft war. Sie erlaubte sich insgeheim ein kurzes Lächeln. Wenn dies das Beste war, was Morgan ihr entgegenstellen konnte, würde sie einen glänzenden Erfolg erringen.

Sie wandte ihren Angreifern den Rücken zu und trat auf die belebte Straße hinaus. Es war kaum zu glauben, dass sie nur ein paar Meter vom geschäftigen Treiben der Einkaufenden und Spaziergänger entfernt wirklicher Gefahr für Leib und Leben ins Auge gesehen hatte. Als die Adrenalinwirkung nachließ, merkte sie, in welchem Zustand sie war. Ihr Oberkörper war in der Lederjacke und der Regenjacke darüber feucht wie in einer Sauna. Ihr Haar unter der Baseballmütze fühlte sich wie an den Kopf geklebt an. Und sie hatte einen Riesenhunger. Wenn sie die Mission zu Ende führen wollte, wäre es verrückt, die Signale ihres Körpers zu missachten.

Weiter vorn sah sie die goldenen Bögen eines McDonald's. Sie konnte dort etwas essen, dann zur Toilette gehen, sich wieder herrichten und den Rock gegen die Leggings vertauschen. Wenn sie Glück hatte, gab es dort einen funktionierenden Handtrockner mit Heißluft. Vielleicht könnte sie dank ihres panischen Schweißausbruchs sogar mit veränderter Frisur weitermachen.

Zwanzig Minuten später war Carol wieder auf der Straße. Ihr Haar war mit etwas Haargel nach hinten gekämmt. Die Fliegerbrille veränderte leicht ihre Gesichtsform. Ihre Jacke war geschlossen und ihr T-Shirt darunter nicht zu sehen. Sie unterschied sich so sehr von der Frau, die an Garys Tür geklingelt hatte, dass die meisten oberflächlichen Beobachter verwirrt sein würden. Sie wusste, dass das nicht ausreichte, um den Scharfsinn zu täuschen, dem sie ausgesetzt sein würde, aber es genügte vielleicht, ein paar Extrasekunden zu gewinnen, wenn es darauf ankam. Auf dem Weg zur U-Bahn nahm sie sich Zeit, betrachtete Schaufenster, als gehe sie gemütlich einkaufen und überlege sich, was sie fürs Abendessen mitnehmen könne. Aber als sie dort war, lief sie die Stufen zum Gleis hinauf, gerade noch rechtzeitig, um die Bahn zu erwischen. Gut, dass ich mir den Fahrplan angesehen habe, beglückwünschte sie sich und ließ sich in dem nach Staub riechenden Wagen auf einen Ecksitz fallen. Es war eine Verschnaufpause. Zeit zu überlegen, was als Nächstes kommen würde.

Kapitel 12

Petra betrat das Büro der GeSa. Es war so deprimierend wie alle anderen Polizeibüros, die sie kannte. Die Stores, die die Gitter an den drei Fenstern verdeckten, sahen schmutzig nikotingelb und wie aus zweiter Hand aus. Wände und Fußboden waren in demselben abgestuften Grauton gehalten, der für den ganzen Rest der GeSa charakteristisch war. *Diese faszinierende Palette von Taubenblau bis Anthrazit,* dachte Petra sarkastisch. Die Wachpolizisten, die bei der GeSa arbeiteten, hatten versucht, den Raum mit der üblichen Sammlung kitschiger Postkarten, Cartoons und Fotos von ihren Haustieren aufzupeppen. Ein paar verwelkte Pflanzen gaben sich Mühe, mit dem Mangel an direktem Sonnenlicht zurechtzukommen. Aber das machte alles nur noch deprimierender.

Das Büro war leer bis auf eine einzelne Wachpolizistin, die gerade eine Plastikkiste mit den persönlichen Sachen eines Gefangenen auf eines der Regale stellte. Als Petra an den Schalter trat und sich räusperte, drehte sie sich um. »Ich bin Petra Becker vom Nachrichtendienst. Ich bin gekommen, um mit Marlene Krebs zu sprechen«, sagte sie. »Sie haben sie doch noch hier, oder?«

Die Wachpolizistin nickte. »In zwei Stunden soll sie dem

Richter vorgeführt werden, dann wird sie verlegt, nehme ich an. Wollen Sie nicht solange warten?«

»Ich muss jetzt mit ihr sprechen. Ich kann doch einen Anwaltsraum benutzen, oder?«

Die Wachpolizistin war sich nicht sicher. »Da sollten Sie besser mit dem Chef reden. Er ist im Schreibzimmer.«

»Das ist da hinten am Ende der Zellen, nicht wahr?«

»Hinter dem Fingerabdruckbüro, ja. Sie werden Ihre Waffe hier lassen müssen.«

Petra nahm ihre Pistole aus dem Halfter an der Hüfte und schloss sie in eines der Schließfächer für besuchende Polizisten ein. Dann trat sie aus dem Büro auf den Flur mit den Zellen. Sie warf einen Blick auf das elektronische Alarmsystem, dem die Polizisten den sarkastischen Namen Zimmerservice gegeben hatten. Keine der Alarmlampen war an. Im Moment benahmen sich also die Gefangenen gut und trieben die Besatzung der GeSa nicht durch ständige Anfragen zum Wahnsinn.

Der Gebäudeteil mit den Zellen war überraschend steril und modern. Das sonst überall übliche Linoleum wurde auf den Fußböden und Wänden von rotem Backstein abgelöst. Die meisten Türen waren geschlossen, was bedeutete, dass die Zellen besetzt waren. Ein paar standen offen, und man konnte einen kleinen Vorraum sehen. Dahinter liefen Gitter von einer Wand zur anderen an einer vier Quadratmeter großen Zelle entlang, in der ein Bett stand. Ein viereckiges Loch im Boden war mit einem Chromgitter bedeckt, falls die Insassen nicht klingelten, wenn sie zur Toilette gehen mussten, und einfach die Zelle verunreinigten. Es war ein Fehler, den die meisten von ihnen nur einmal machten. Denn die Kosten für die Reinigung der Zelle wurde den Gefangenen in Rechnung gestellt.

Petra fragte sich, hinter welcher Tür Marlene Krebs saß und wie sie zurechtkam. Nicht gut, hoffte sie. Denn das würde ihre Aufgabe erleichtern.
Sie fand den Vorgesetzten, der die Schichten einteilte, im Schreibzimmer stirnrunzelnd vor einem der Computer sitzen. Sie erklärte, was sie vorhatte, und er bat sie zu warten, bis er die Unterredung in die Wege geleitet hätte. »Wir sollten sie im Grunde gar nicht hier haben«, nörgelte er. »Sie hätte eigentlich gleich zur Kripo gehen sollen, aber weil es genau vor unserer Tür passiert ist, haben sie uns gesagt, wir sollten sie hier behalten.«
»Es ist ja nur für höchstens 24 Stunden«, betonte Petra.
»Das sind 23 Stunden zu viel für mich. Sie jammert, seit sie angekommen ist. Sie will einen Rechtsanwalt haben, sie will aufs Klo, sie will etwas zu trinken. Sie glaubt wohl, wir sind hier ein Hotel, keine Vollzugsanstalt. Sie benimmt sich, als sollten wir sie wie eine Heldin behandeln statt wie eine Kriminelle.« Er stand auf und ging zur Tür. »In ein paar Minuten schicke ich jemanden. Sie können sich den Papierkram ansehen – alles ist da drüben in der Ablage.« Er zeigte mit dem Daumen auf einen dicken Stoß von Schriftstücken, die über den Rand einer Ablage hinausragten.
Er hielt sein Wort. Innerhalb von zehn Minuten saß sie im Anwaltsraum an einem am Boden festgeschraubten Tisch und sah Marlene Krebs an. Krebs' Alter hätte irgendwo zwischen dreißig und vierzig sein können, allerdings hatte Petra in dem Bericht gelesen, dass die Frau erst achtundzwanzig war. Ihr Haar war tiefschwarz gefärbt und von der Nacht in der Zelle zerzaust und ihr Make-up wahrscheinlich aus demselben Grund verschmiert. Krebs' Gesicht und Hände waren angeschwollen wie die einer Trinkerin, und das Weiß ihrer blassgrünen Augen war gelblich. Aber gleichzeitig besaß sie eine

träge, Männer anziehende Sinnlichkeit und war sich dessen wohl bewusst.
»Marlene, ich bin Petra Becker vom Nachrichtendienst.« Petra lehnte sich zurück und ließ ihre Worte erst einmal wirken. Marlene Krebs' Gesichtsausdruck verriet nichts, und sie fragte: »Haben Sie Zigaretten?«
Petra nahm eine halb leere Schachtel aus ihrer Tasche und schob sie Krebs hin. Sie schnappte sie und steckte sich eine Zigarette zwischen die vollen Lippen. »Und wie wär's mit Feuer?«, forderte sie.
»Die Zigarette war umsonst. Das Feuer musst du dir verdienen.«
Krebs warf ihr einen finsteren Blick zu. »Biest«, sagte sie.
Petra schüttelte den Kopf. »Das ist kein guter Anfang.«
»Was soll'n das überhaupt? Was hab ich denn mit dem Nachrichtendienst zu tun?«
»Bisschen spät, Marlene, das erst jetzt zu fragen. Das hätte deine erste Frage sein sollen.«
Krebs nahm die Zigarette aus dem Mund und klopfte darauf, als ob sie die Asche wegstippen wolle. »Passen Sie auf, ich geb ja zu, dass ich Kamal, den verdammten Dealer, umgelegt hab.«
»Daran gibt's kaum Zweifel.«
»Aber ich hatte auch einen guten Grund. Er hat meinem Danni den Stoff verkauft, der ihn umgebracht hat. Was soll ich dazu sagen? Ich war weggetreten vor lauter Kummer.«
Petra schüttelte langsam den Kopf. »Als Schauspielerin wirst du's nie zu was bringen, Marlene. Für den Auftritt musst du noch viel üben, bevor du ihn einem Richter vorspielst. Schau, wir wissen beide, dass deine Geschichte geschwindelt ist. Lassen wir doch den Quatsch, und ich überleg mir lieber, was ich für dich tun kann, ja?«
»Ich weiß nicht, von was Sie reden. Ich hab's Ihnen doch ge-

sagt. Kamal hat Danni umgebracht. Ich habe Danni geliebt. Irgendwie bin ich ausgerastet, als ich gehört habe, dass Kamal verhaftet worden war, und ich wollte mich dafür rächen, was er mir genommen hat.«
Petra lächelte. Es war das Eidechsen-Lächeln eines Raubtiers, das den ersten Hauch von Blut riecht. »Siehst du, Marlene, das ist schon das erste Problem. Die Typen, die Kamal festgenommen haben, standen nicht erst lange rum. Sie sind direkt zu seinem Restaurant gegangen und haben ihn durch die Tür und ins Auto gezerrt. Dann sind sie hierher gefahren. Ich hab die Unterlagen gesehen. Es war kaum genug Zeit, dass du davon hättest erfahren können, schon gar nicht, dir 'ne Pistole zu besorgen und es rechtzeitig bis zur Friedrichstraße zu schaffen und ihm dort 'ne Kugel in den Kopf zu jagen.« Petra ließ Marlene darüber nachdenken. »Außer natürlich, wenn jemand dir 'nen Hinweis gegeben hätte, dass die Verhaftung geplant war. Aber warum sollte jemand das tun, doch höchstens, wenn er gewollt hätte, dass Kamal stirbt. Wie hast du also von Kamals Verhaftung erfahren?«
»Ich muss Ihnen nicht antworten.«
»Stimmt. Aber zuhören musst du mir, weil nämlich alles, was ich dir sage, deine strafmildernden Umstände wie Dynamit in der Luft zerreißen wird. Marlene, die Sache wird nicht so laufen, wie derjenige, der es dir gesagt hat, es ausgemalt hat. Deine Geschichte wird sich auflösen, sobald die Kripo sie unter die Lupe nimmt. Ich weiß, dass du meinst, sie werden sich nicht besonders darum kümmern, weil es ihnen den Zirkus erspart hat, gegen Kamal eine schwierige Anklage führen zu müssen, gar nicht davon zu reden, dass sie einen schäbigen kleinen Dealer weniger auf den Straßen haben. Aber mir ist es wichtig, weißt du. Weil ich an den Leuten über Kamal interessiert bin.«

»Ist mir trotzdem alles schleierhaft«, sagte Krebs eigensinnig. »Zünden Sie mir jetzt die verdammte Zigarette an, oder was?«

»Ich hab's dir ja gesagt, nicht umsonst. Na los, Marlene, sieh's doch ein, du wirst für lange Zeit verschwinden. Es war kein Verbrechen aus Leidenschaft, es war vorsätzlicher Mord. Und wir werden es beweisen. Du wirst Großmutter sein, bevor du die Freiheit wiedersiehst.«

Zum ersten Mal zuckte es in Marlene Krebs' kalten Augen. »Sie können nicht beweisen, was nicht wahr ist.«

Petra lachte laut heraus. »Ach bitte, Marlene. Ich dachte, so jemand wie du glaubt sowieso nur, dass Bullen nichts anderes als genau das tun. Na gut, etwas zu beweisen, was nicht passiert ist, kann manchmal ... schwierig sein. Aber verglichen damit ist es eine Lappalie, das zu beweisen, was wir tatsächlich wissen. Ich weiß, dass du darauf angesetzt wurdest. Und ich weiß, dass die Leute, die das getan haben, damit rechneten, dass es uns nicht übermäßig wichtig ist, wer Kamal erledigt hat und warum. Aber sie haben nicht mit ihrem eigenen Einsatz gespielt, sie haben *deine* Chips gesetzt. Wir haben also schon eine Lücke in deiner Geschichte, was den Zeitablauf betrifft. Ich glaube, die nächste Lücke wird sein, woher du die Waffe hast.«

»Es war Dannis Pistole«, sagte sie schnell. »Er hat sie bei mir in der Wohnung gelassen.«

»Und das ist im Auto ungefähr zehn Minuten von Kamals Lokal und gute zwanzig Minuten von hier entfernt. Aber die Polizisten haben nur 13 Minuten gebraucht, um von Kamals Lokal hierher zu kommen. Du konntest es unmöglich rechtzeitig schaffen, selbst wenn dich jemand sofort, als sie Kamal festnahmen, angerufen hätte. Wenn du also sagst, es ist Dannis Pistole, haben wir damit die zweite Lücke in deiner Aussage.«

Petra nahm die Schachtel Zigaretten und steckte sie wieder in die Tasche.

»Im Moment«, fuhr sie fort, »lasse ich eine ganze Ermittlergruppe in Berlin Mitte mit allen reden, die dich und Danni kennen. Ich wette, dass wir nicht eine einzige Person finden, die euch als Paar sieht. Na ja, vielleicht finden wir einen oder zwei. Aber ich würde wetten, dass sie Darko Krasic genauso nahe stehen wie du.«

Krasics Name löste bei Krebs eine Reaktion aus. Ihr Daumen schnippte so fest gegen die Spitze der Zigarette, dass der Filter abbrach. Einen kurzen Moment funkelten ihre Augen. Petra triumphierte heimlich. Der erste Riss hatte sich gezeigt. Jetzt brauchte sie das Stemmeisen.

»Gib ihn auf, Marlene. Er hat dich den Wölfen vorgeworfen. Wenn du mit mir redest, kannst du dich retten. Du kannst dein Kind aufwachsen sehen.«

Etwas an Marlene Krebs' Blick änderte sich, und Petra war klar, dass sie ihr nicht mehr zuhörte. Es war, weil sie ihre Tochter erwähnt hatte. *Natürlich*, dachte sie, *Krasic hat die Kleine in seiner Gewalt. Das ist seine Garantie.* Sie würden also die Tochter finden müssen, bevor sie Krebs knacken konnte. Trotzdem war es einen letzten Versuch wert. »Du wirst bald dem Richter vorgeführt werden«, sagte sie. »Und du wirst in Untersuchungshaft bleiben müssen. Ganz egal, wie schlau dein Anwalt ist, egal, wie oft er das Argument bringt, dass du keine Gefahr für die Öffentlichkeit darstellst, sie werden dich nicht auf Kaution rauslassen. Weil ich nämlich dem Staatsanwalt sagen werde, dass wir dich in unseren Akten als eine Person führen, die Verbindung zum organisierten Verbrechen hat. Du wirst zu den normalen Gefangenen gehören. Hast du eine Ahnung, wie leicht es für mich ist, es so einzufädeln, dass es aussieht, als würdest du mit uns zusammenarbeiten? Und hast du eine Ahnung, wie bald Darko Krasic dafür sorgen wird, dass du mit überhaupt niemandem mehr sprichst? Ich meine, überleg doch mal, Marlene, wie schnell er die Falle für Kamal gestellt hatte.« Petra stand auf. »Denk darüber nach.« Sie ging zur Tür und klopfte, um anzuzeigen, dass das Gespräch zu Ende war.

Als der Wachposten aufmachte, sah sie über die Schulter zurück. Marlene Krebs beugte sich vor, das Haar hing ihr lose ums Gesicht. »Ich werde wieder auf dich zukommen, Marlene.«

Marlene Krebs sah auf und warf Petra einen hasserfüllten Blick zu. »Verpiss dich«, sagte sie.

Während Petra zur Wache zurückging, um ihre Dienstwaffe abzuholen, dachte sie triumphierend: *Das verstehe ich als Zustimmung*. Endlich hatte sie eine kleine Flamme unter Darko Krasic entzündet, die vielleicht letzten Endes Tadeusz Radecki ausräuchern würde.

Soho hatte Carol schon immer gefallen. Sie hatte beobachtet, wie es in den neunziger Jahren vom Mittelpunkt der heruntergekommenen Pornoindustrie zu der schicken Gegend der Schwulencafés wurde, aber immer hatte sie es faszinierend gefunden. Chinatown auf Tuchfühlung mit den Theaterleuten, Lederschwule trafen auf Freier, die mit unstetem Blick an den Prostituierten vorbeistrichen, Mediengurus schlugen sich mit Möchtegerngangstern um ein Taxi. Obwohl sie sich in diesen engen, von Autos verstopften Straßen nie beruflich aufgehalten hatte, war sie doch oft hier gewesen, als sie in einem Club in der Beak Street verkehrte, den einer ihrer ältesten Freunde, der jetzt für Feuilletons schrieb, mit begründet hatte.

Aber heute war alles anders. Sie sah die Welt durch eine andere Brille. Aus der Perspektive des Drogenkuriers war nichts mehr so wie zuvor. Jedes Gesicht auf der Straße bot Anlass zur Sorge. Jeder unübersichtliche Hauseingang konnte eine unbekannte Gefahr bedeuten. Die Old Compton Street entlangzugehen hieß, sich mit ausgefahrener Antenne auf Zehenspitzen durch eine Gefahrenzone zu bewegen, während jeder ihrer fünf Sinne vor Wachsamkeit bebte. Sie fragte sich, wie Kriminelle mit so viel Adrenalin fertig wurden. Nur ein Vormittag davon, und sie war bis tief im Inneren zittrig, ihr Magen verkrampft und ihre Haut verschwitzt. Schon der Versuch, ihr Tempo auf ein langsames Schlendern zu reduzieren, verlangte ihr alle Anstrengung ab, die sie aufbringen konnte. Sie bog in die Dean Street ein, ihre Augen suchten die Gehwege und die Straße ab und überprüften ständig, ob jemand sie beobachtete. Bestimmt stand ihr etwas Schwieriges bevor, und sie versuchte vorauszuahnen, was es sein könnte.

Carol erblickte das Damocles auf der anderen Straßenseite. Es sah wie eine typische Café-Bar in Soho aus, Designerstühle und Marmortische, exotische Blumen-Arrangements, die durch das dunkel getönte Fensterglas zu erkennen waren. Sie ging bis zur nächsten Ecke weiter und dann um den Block herum, so dass sie aus der anderen Richtung in die Dean Street zurückkam.

Sie war fast auf der gleichen Höhe mit ihnen, als sie sie sah. Sie hatte nie im Rauschgiftdezernat gearbeitet, aber sie kannte die Autos, die sie fuhren. Dieses hier sah wie ein stinknormaler Ford Mondeo aus, aber der Doppelauspuff verriet es. Es hatte einiges mehr unter der Haube als den normalen Motor. Und die kurze Antenne, die aus dem Rückfenster ragte, war eine weitere Bestätigung, wäre eine solche nötig gewesen. Der Fahrer saß am Steuer, gab vor, die Zeitung zu lesen, und trug eine tief heruntergezogene Baseballmütze, um sein Gesicht zu verbergen.

Wo einer war, da würde es auch noch andere geben. Jetzt, wo Carol schon eher wusste, wonach sie Ausschau halten sollte, schlenderte sie gemächlich die Straße entlang. Da war ein weiteres Auto, von dem sie ziemlich sicher war, dass es zum Rauschgiftdezernat gehörte, und auch dieser Fahrer saß hinter einer Zeitung versteckt. Genau gegenüber vom Damocles putzten zwei Männer besonders gründlich das Fenster eines Zeitungsladens. Ein dritter Mann stand über ein Fahrrad gebeugt, pumpte sehr langsam den Hinterreifen auf und drückte alle paar Sekunden auf den Reifen, um den Reifendruck zu überprüfen.

Zwei Autos voll, dachte sie. Das hieß also, sechs oder acht Männer. Sie hatte fünf aufgespürt, das hieß, es gab drei weitere, die sie noch nicht entdeckt hatte. Wenn sie es auf sie abgesehen hatten, dann waren die anderen wahrscheinlich schon im Café. Gut. So war es dann also.

Es war an der Zeit, ein wenig zu improvisieren.

Carol hatte den verbeulten weißen Van nicht bemerkt, der hinter dem Mondeo parkte. Innen war er mit einem hochmodernen Überwachungssystem ausgestattet. Morgan, Thorson und Surtees saßen auf Drehstühlen und hatten Kopfhörer auf.

»Das ist sie doch, oder?«, sagte Thorson. »Sie hat ihr Aussehen verändert, aber das ist sie.«

»Man sieht es immer am Gang«, sagte Surtees und griff an ihr vorbei, um sich eine Thermosflasche zu nehmen, die er sich in seiner Lieblingsbar in der Old Compton Street mit Caffè Latte hatte füllen lassen. »Der lässt sich als Einziges fast unmöglich verbergen.«

Morgan sah konzentriert auf einen der Video-Monitore. »Sie geht weiter zur Ecke. Zweimal vorbei, beim nächsten Mal wird sie einbiegen.«

»Die Sache mit den Schlägern hat sie gut geregelt«, sagte Surtees, goss sich Kaffee ein und bot seinen Kollegen bewusst nichts davon an. Er wusste, dass Morgan immer irgendwo seine unvermeidliche Flasche San Pellegrino versteckt hatte, und Thorson hatte er nie genug gemocht, um etwas mit ihr teilen zu wollen.

Thorson starrte ihn an, als sie das starke Kaffeearoma roch. Sie schaffte es einfach nie, so gut vorbereitet zu sein wie der knauserige Mistkerl Surtees. Er gab ihr immer ein Gefühl des Unvermögens. Sie hatte den Verdacht, dass Morgan dies wusste, und das war einer der Gründe, weshalb sie immer noch zusammenarbeiteten. Er hatte die Leute schon immer gern auf Trab gehalten. So erreichte er einiges, aber sie konnte sich des Eindrucks nicht erwehren, dass es manchmal auf Kosten der Nerven seiner Ermittlergruppe ging. Sie reckte den Hals, um über Morgans Schulter auf den Bildschirm zu sehen. »Alle an Ort und Stelle, Subjekt kommt«, hörte sie zwischen dem Rauschen ihres Kopfhörers. »Auf meinen Befehl, nicht früher.«

Carol war jetzt wieder zu sehen, diesmal ging sie entschlossen auf die schweren Türen aus Glas und Chrom des Damocles zu. Morgan klickte mit der Maus auf das Videobild, und die Ansicht zeigte jetzt den Innenraum des Cafés. Noch ein Klick, und der Bildschirm teilte sich in zwei Ansichten auf. Eine zeigte den Innenraum, die andere war auf einen Mann gerichtet, der lesend an einem Tisch im hinteren Teil saß und rauchte. Sie beobachteten, wie Carol hereinkam und direkt zur Bar ging. Sie setzte sich auf einen Hocker ziemlich weit hinten, in der Nähe des Mannes, mit dem sie Kontakt aufnehmen sollte. Aber sie machte keinen Versuch, ihn auf sich aufmerksam zu machen, sondern sagte nur etwas zu dem Barmann, der ihr ein Mineralwasser brachte.

»Schade, dass wir keinen Ton haben«, sagte Surtees.

»Viel zu viele Hintergrundgeräusche«, sagte Thorson. »Wir haben ein Mikro unter dem Tisch probiert, aber der Marmor blockt alles ab, was sich zu hören lohnen würde.«
Carol griff in ihre Tasche, zog ein Päckchen Zigaretten heraus, nahm eine und steckte sie sich in den Mund.
»Ich habe gedacht, sie raucht nicht«, sagte Thorson.
»Tut sie auch nicht.« Morgan sah stirnrunzelnd auf den Bildschirm. »Was hat sie vor?«
Carol suchte umständlich in ihrer Tasche, machte ein ärgerliches Gesicht, sah sich um, und ihr Blick fiel auf den Mann am Ecktisch. Sie ließ ihre Tasche an der Bar, rutschte vom Hocker und ging zu ihm hinüber. Jetzt war sie zwischen dem Mann und der Kamera, und sie konnten nicht sehen, was sich abspielte. Sie beugte sich hinunter, richtete sich schließlich wieder auf und hatte die angezündete Zigarette in der Hand.
»Ziemlich lange, um eine Zigarette anzuzünden«, sagte Morgan misstrauisch. »Sie hält sich nicht an den Plan.«
»Gut für sie«, sagte Thorson leise, als Carol zu ihrem Barhocker zurückkehrte. Sie nippte an ihrem Glas, spielte mit der Zigarette herum und drückte sie aus, bevor sie halb heruntergebrannt war. Dann stand sie ganz plötzlich auf, schnappte sich ihre Tasche und ging zur Toilette. Als sie die Tür aufmachte, sprang ihr Kontaktmann auf, ließ seine Zeitung liegen und folgte ihr.
»Oh Mist«, sagte Morgan. »Ist da hinten ein Ausgang?«
Surtees zuckte mit der Schulter. »Keine Ahnung. Mary hat das Lokal ausgekundschaftet.«
Thorson lief rot an. »Es gibt einen Notausgang. Mit einem Alarm …«
Während sie noch sprach, fing die Sirene an zu heulen, und im selben Moment erfüllte der chaotische Lärm ihre Ohren.

Carol rannte den schmalen Zufahrtsweg zwischen den hohen Gebäuden entlang. Sie musste nicht über die Schulter sehen, um festzustellen, ob ihr Kontaktmann hinter ihr war. Sie hörte, wie sich seine schweren Schritte näherten. Sie kamen auf eine schmale Seitenstraße hinaus, auf deren Fußgängersteigen sich Menschen drängten, die nach der Mittagspause zu ihren Büros zurückkehrten. Carol reduzierte ihren Schritt auf ein flottes Gehtempo, und ihr Kontaktmann holte auf und lief jetzt neben ihr. »Verdammt«, sagte er. »Willst du mich umbringen?«

»Ich hab'n Typ vom Rauschgiftdezernat vor dem Café im Auto sitzen sehen«, sagte sie, immer noch ihre Rolle beibehaltend. »Vor'n paar Monaten war er mit seiner Sturmtruppe bei einem Kumpel von mir und hat seine Bude durchsucht. Dort haben sie nichts gefunden, und ich wär ja beknackt, wenn ich sie jetzt etwas finden lassen würde.« Irgendwo in der Nähe war eine Polizeisirene zu hören. »Wir müssen von der Straße verschwinden.«

»Mein Auto ist drüben in der Greek Street«, sagte er.

»Vielleicht haben sie es beobachtet«, sagte Carol ungeduldig. Sie rannte zwischen den haltenden und anfahrenden Autos geschickt ausweichend über die Straße auf ein schmuddeliges Pub an der Ecke zu und stieß die Tür auf. Es war voll, denn die Lunchgäste waren zum Teil noch da; sie schlängelte sich zum hinteren Teil des Raums durch und sah sich um, ob der Kontaktmann ihr gefolgt war. Sie quetschten sich in eine Ecke zwischen der Bar und der hinteren Wand. Carol steckte die Hand in ihre Tasche. »Hast du das Geld?«

Er zog die Hand aus seiner Jackentasche und hielt einen Umschlag, der auf die Größe einer Zwanzig-Pfund-Note gefaltet und so dick wie ein Londoner Stadtplan war. Sie hielten die Hände relativ weit unten, so dass er neugierigen Blicken die

Sicht verstellte. Carol gab ihm das Drogenpäckchen und nahm das Geld. »Nett, mit dir 'n Geschäft zu machen«, sagte sie sarkastisch und schob sich dann an ihm vorbei. Sie sah sich nach der Damentoilette um, drängelte sich durch die Menschenmenge und stürzte schließlich in eine Kabine, wo sie sich aufs Klo setzte, den Kopf in den Händen hielt und zitterte. Was für 'ne verdammte Aufgabe hatten sie wohl für sie im Sinn, wenn sie sich eine solche Vorübung ausgedacht hatten? Allmählich kam sie zu Atem und hatte ihren Herzschlag wieder unter Kontrolle. Sie stand auf und fragte sich, ob es sinnvoll wäre, ihre Erscheinung wieder zu verändern. Sie zog die Leggings aus, stattdessen den Rock an und stülpte sich die Baseballmütze auf den Kopf. Versuchen konnte sie es jedenfalls. Jetzt musste sie es nur noch unverletzt nach Stoke Newington zurück schaffen. Das dürfte zu bewältigen sein, dachte sie grimmig.

Auf der Straße draußen gab es kein Anzeichen für einen Verfolger. Sie ging auf einem Umweg zur U-Bahn-Station in der Tottenham Court Road und versuchte die Gedanken an alles, was noch schief gehen konnte, zu verdrängen. Wenigstens hatte sie jetzt keine Drogen mehr bei sich. Geld konnte man immer erklären. Außer der Tränengasdose hatte sie nichts Verdächtiges in ihrem Besitz. Als sie einen Moment unbeobachtet war, steckte sie die Dose zwischen Sitz und Seitenwand des Wagens. Nicht gerade verantwortungsbewusst, aber sie dachte nicht mehr wie Carol Jordan, sondern hundertprozentig wie Janine Jerrold.

Fünfundvierzig Minuten später bog sie wieder in die Straße ein, wo ihre Mission heute begonnen hatte. Kein Anzeichen davon, dass irgendetwas nicht stimmte. Es war komisch, wie sich das Normale innerhalb von ein paar Stunden so mit potentieller Bedrohung aufladen konnte. Aber wenigstens war jetzt das Ende in Sicht. Sie atmete tief durch und schritt auf die Haustür zu.

Diesmal machte nicht Gary auf. Der Mann auf der Schwelle hatte den muskulösen Oberkörper eines Gewichthebers. Sein rötliches Haar war ganz kurz geschnitten und der Blick seiner vorstehenden hellblauen Augen entnervend. »Ja? Was willst du?«, fragte er gereizt.

»Ich suche Gary«, sagte sie. Ihre Nerven waren wieder zum Zerreißen gespannt. Er sah nicht wie ein Polizist aus, aber das konnte eine weitere Falle sein.

Er schob die Lippen vor und rief dann über die Schulter: »Gary, erwartest du irgend 'ne Tussi?«

Ein gedämpftes »Ja, lass sie rein« war von dem Zimmer zu hören, in dem sie zuvor gewesen waren.

Der Athlet trat zur Seite und machte die Tür auf. Im Flur bemerkte sie nichts, das sie beunruhigte, also unterdrückte sie ihre Zweifel und trat ein. Er war gleich hinter ihr und schlug die Tür zu.

Das war offensichtlich ein Signal. Drei Männer kamen aus den Türen, die auf den Flur mündeten. »Polizei, bleiben Sie stehen, wo Sie sind«, sagte der eine, der die Tür geöffnet hatte.

»Was soll das?«, brachte sie noch heraus, bevor sie sie fassten. Hände packten sie und stießen und zogen sie ins Wohnzimmer. Einer von ihnen wollte nach ihrer Tasche greifen. Sie hielt sie erbittert fest und versuchte, die empörte verletzte Unschuld zu geben. »Nehmen Sie die Pfoten weg«, rief sie.

Sie drückten sie auf die Couch hinunter. »Wie heißen Sie?«, wollte der Gewichtheber wissen.

»Karen Barstow«, sagte sie, der Deckname war ihr in den Anweisungen gegeben worden.

»Also gut, Karen. Was haben Sie mit Gary zu tun?«

Sie versuchte, verwirrt zu wirken. »Hören Sie mal, was soll

das eigentlich? Woher soll ich wissen, ob Sie von der Polente sind?«

Er zog eine Brieftasche aus seiner Jogginghose und zeigte einen Ausweis vor, aber so schnell, dass sie den Namen nicht lesen konnte. Er war allerdings echt, das wusste sie. »Zufrieden?«

Sie nickte. »Ich kapier's aber immer noch nicht. Was ist hier los? Was wollen Sie von mir?«

»Tun Sie nicht so unschuldig. Wir wissen, dass Sie zu Garys Kurieren gehören. Sie haben Drogen für ihn ausgetragen. Wir wissen Bescheid.«

»Das ist Quatsch. Ich bin nur vorbeigekommen, weil ich ihm seinen Gewinn geben wollte. Ich weiß überhaupt nichts von Drogen«, sagte sie trotzig. Sie hielt ihm die Tasche hin und war erleichtert, dass sie das Tränengas weggeworfen hatte. »Hier, sehen Sie doch. Da ist überhaupt nichts drin.«

Er nahm die Tasche und schüttete ohne weitere Umstände den Inhalt auf den Boden, nahm gleich den Umschlag und riss ihn auf. Er blätterte mit dem Daumen das Bündel Banknoten durch. »Das müssen zweitausend sein«, sagte er.

»Ich weiß nicht. Ich hab nicht nachgesehen. Sie werden meine Fingerabdrücke auf keinem einzigen Schein finden. Ich weiß nur, dass meine Freundin Linda mich gebeten hat, bei Gary den Gewinn abzugeben.«

»Muss ja 'ne Superwette gewesen sein«, sagte einer der anderen Polizisten, der lässig an die Wand gelehnt stand.

»Ich weiß nichts darüber. Sie müssen mir glauben, ich weiß gar nicht, wovon Sie reden. Ich nehme ja nicht mal Drogen, und dealen tu ich schon gar nicht.«

»Wer hat denn was von Dealen gesagt?«, fragte der Gewichtheber und stopfte das Geld in den Umschlag zurück.

»Dealen, Kurier, was immer. Ich hab nichts damit zu tun. Ich

schwöre es beim Grab meiner Mutter. Ich hab nur Gary seinen Gewinn gebracht.« Jetzt war sie zuversichtlich, denn sie hatten nichts gegen sie in der Hand. Niemand hatte sie die Drogen übergeben sehen, da war sie sich ganz sicher.
»Gary sagt, er hätte Sie heute früh mit einem Päckchen losgeschickt«, behauptete der Gewichtheber.
»Ich weiß nicht, warum er das sagen sollte, es stimmt nicht.« Sie war sich fast sicher, dass er bluffte. Sie brauchte nur an ihrer Version des Geschehens festzuhalten. Sollten sie doch erst mal etwas Konkretes vorweisen.
»Sie sind mit den Drogen weggegangen, und Sie sollten mit dem Geld wiederkommen. Und dann kommen Sie hier tatsächlich mit einem Umschlag Bargeld an.«
Sie zuckte mit den Achseln. »Ich habe Ihnen ja gesagt, es ist sein Gewinn vom Pferderennen. Wenn Gary lügt, ist es mir egal, das ist die Wahrheit, und Sie können das Gegenteil nicht beweisen.«
»Das wollen wir doch mal sehen, was? Ein kurzer Besuch auf der Wache, eine Polizistin macht Leibesvisitation, und wir werden sehen, ob Sie noch an Ihrem Schwindel festhalten.«
Carol musste fast lächeln. Wenigstens wusste sie auf diesem Gebiet besser Bescheid. Sie kannte ihre Rechte. »Ich geh mit euch Bullen nirgends hin, außer wenn ihr mich verhaftet. Und falls ihr das tut, halt ich die Klappe, bis ich meinen Anwalt sprechen darf.«
Der Athlet sah seine Kollegen an. Mehr brauchte sie nicht. Sie hatten offenbar nichts gegen sie in der Hand. Was sie über Gary gesagt hatten, war gelogen, denn wenn er sie wirklich ausgeliefert hätte, würde das genügen, um sie wegen Tatverdachts zu verhaften. Sie stand auf. »Also, was haben Sie vor? Wollen Sie mich verhaften, oder geh ich hier durch die Tür raus? Mit Garys Geld, nebenbei, Sie haben nämlich kein Recht

darauf.« Sie bückte sich und sammelte alles wieder in ihre Tasche ein.
Bevor irgendjemand antworten konnte, ging die Tür auf, und Morgan kam herein. »Danke, meine Herren«, sagte er. »Ich danke Ihnen für die Unterstützung. Hier übernehme ich jetzt.«
Der Athlet sah aus, als wolle er protestieren, aber einer seiner Kollegen legte ihm die Hand auf den Arm und hielt ihn zurück. Die vier, die Carol aufgelauert hatten, verschwanden durch die Tür. Auf dem Weg nach draußen wandte sich derjenige um, der sich an die Wand gelehnt hatte, und sagte: »Um das festzuhalten, Sir, wir sind ziemlich unzufrieden damit, wie die Sache gelaufen ist.«
»Habe ich zur Kenntnis genommen«, sagte Morgan kurz. Er zwinkerte Carol zu und hielt einen Finger an die Lippen, bis sie hörten, wie sich die Haustür hinter ihnen schloss. Dann lächelte er. »Sie haben das Rauschgiftdezernat ganz schön verärgert«, sagte er.
»Tatsächlich?«
»Das war ein echter Deal, der sich hier abgespielt hat«, sagte er, ging zum Sofa und setzte sich. »Die Absicht des Rauschgiftdezernats war, den Typ festzunehmen, dem Sie die Drogen verkauft haben. Das Ganze sollte eine ziemlich haarige Angelegenheit für Sie werden, aber Sie sollten die Chance haben, zu entkommen. Leider haben Sie die Sache nicht so angefasst, wie wir alle erwartet hatten. Und der Gauner ist mit den Drogen, die bis heute Abend wieder in unserem Besitz sein sollten, davongekommen.«
Carol schluckte. Genau diese Art von Desaster hatte sie vermeiden wollen. »Es tut mir Leid, Sir.«
Morgan zuckte mit den Schultern. »Das braucht es nicht. Jemand hätte genug Grips haben sollen, den Notausgang zu

überwachen. Sie haben jedenfalls unter dem Druck der Situation Initiative gezeigt und Ihre Rolle durchgehend gut gespielt. Mit den beiden Hooligans von der Nationalen Einsatzgruppe sind Sie intelligent und stilsicher umgegangen, Sie haben alles getan, was Ihnen möglich war, um Ihre Spuren zu verwischen und Ihr Äußeres zu verändern, und dabei waren Sie noch schlauer als Ihre Gegenspieler. Wir hätten uns keinen besseren Beweis Ihres Talents wünschen können, DCI Jordan.«

Carol richtete sich ein bisschen auf. »Danke, Sir. Bekomme ich also die Stelle?«

Morgans sonst offene Gesichtszüge verfinsterten sich etwas. »Oh ja, Sie bekommen die Stelle.« Er griff in seine Jackentasche und nahm eine Karte heraus. »In meinem Büro, morgen früh. Wir werden Ihnen die vollständigen Anweisungen geben. Jetzt würde ich vorschlagen, dass Sie nach Hause gehen und veranlassen, was immer während Ihrer Abwesenheit nötig ist. Sie werden eine Weile von hier weg sein. Und Sie werden nicht nach Hause gehen können, bis der Auftrag ausgeführt ist.«

Carol runzelte die Stirn. »Ich werde nicht bei Europol arbeiten?«

»Noch nicht.« Er beugte sich vor und stützte sich mit den Ellbogen auf die Knie. »Carol, wenn Ihnen dieser Auftrag gelingt, dann können Sie mehr oder weniger selbst bestimmen, wie es weitergeht.«

Ihr fiel auf, dass er sie beim Vornamen nannte. Ihrer Erfahrung nach wurden höhere Vorgesetzte außerhalb der eigenen Gruppe nur dann so vertraulich, wenn alles vollkommen schief zu laufen drohte und sie hofften, dass man sie davor bewahren würde. »Und wenn ich es nicht schaffe?«

Morgan schüttelte den Kopf. »Denken Sie besser gar nicht daran.«

Kapitel 13

Auf der *Wilhelmina Rosen* gab es immer genug Arbeit, so dass keine Hand ruhte. Der alte Mann hatte den Maßstab gesetzt, und er war entschlossen, ihm gerecht zu werden. Die Mannschaft hielt ihn bestimmt für einen Besessenen, aber das war ihm gleichgültig. Wozu war man schon Besitzer eines der schönsten Rheinschiffe, wenn man es nicht tipptopp wartete und in Ordnung hielt. Sonst konnte man ja gleich auf einer der modernen Stahlkisten herumschippern, die ungefähr so originell waren wie eine Cornflakes-Packung.

Heute Abend hatte er es sich zur Aufgabe gemacht, den Messingteilen auf der Kommandobrücke ihre glänzende Patina zurückzugeben. Verständlicherweise war er mit seinen privaten Plänen beschäftigt, hatte aber trotzdem am Morgen bemerkt, dass sie stumpf zu werden begannen. Also hatte er sich vorgenommen, den Abend mit ein paar Lappen und einem Messingpoliermittel zu verbringen, denn er war entschlossen, jede etwa bei ihm aufkommende Nachlässigkeit im Keim zu ersticken, bevor sie zur Gewohnheit wurde.

Es war nicht zu vermeiden, dass seine Gedanken bei der monotonen Arbeit zu Angelegenheiten abschweiften, die ihm mehr am Herzen lagen. Morgen würden sie rheinabwärts wieder auf den Ort zufahren, wo alles angefangen hatte. Schloss

Hohenstein, das ein Stück flussaufwärts von Bingen hoch oben auf einem Felsvorsprung stand. Mit seinen gotischen Fenstern, die auf die Strudel der Rheinenge hinuntersahen, und seinen grauen Steinmauern wirkte das Vermächtnis eines fast vergessenen mittelalterlichen Raubritters drohend wie eine Gewitterwolke. Jahrelang hatte die *Wilhelmina Rosen* diesen Flussabschnitt stromauf und -ab befahren, und sein Großvater hatte am Steuer gestanden und mit keinem einzigen Seitenblick verraten, dass dieses Schloss ihm etwas bedeutete. Hätte es an einem weniger schwierigen Stück des Flusses gelegen, dann wäre sein geflissentliches Übersehen eines so außergewöhnlichen Bauwerks vielleicht aufgefallen und hätte auf eine besondere Bewandtnis hingewiesen. Aber beim Durchfahren der Rheinenge mussten die Schiffer sich mit allen Sinnen auf die Fahrrinne konzentrieren. Mit ihren scharfen Windungen, den felsigen Untiefen vor den Uferbänken, den unerwarteten Wirbeln und Strudeln und der starken Strömung war sie schon immer eine Herausforderung für das Geschick gewesen. Heutzutage war es leichter, weil man tiefe Rinnen ausgehoben hatte, um die eigenwillige Strömung zu zähmen. Aber es war trotzdem noch eine Strecke, von der ein Tourist auf einer einzigen Fahrt stärkere Eindrücke von der umgebenden Landschaft mit sich nahm als ein Rheinschiffer, der die Fahrt schon Hunderte Male hinter sich hatte. Und so hatte er nie bemerkt, dass sein Großvater sich hartnäckig weigerte, einen Blick auf Schloss Hohenstein zu werfen.

Seit er den Grund kannte, warum sein Großvater dem Anblick auswich, hatte das Schloss eine tiefe und fortdauernde Faszination für ihn gewonnen. Als sie eines Abends ein paar Kilometer flussaufwärts angelegt hatten, war er sogar hinaufgefahren. Er kam zu spät dort an, um noch eine Karte für eine Führung kaufen zu können, aber er stand draußen vor dem kunstvoll geschnitzten Türsturz des Haupteingangs, durch den sein Großvater vor sechzig Jahren gegangen war. Wie konnte jemand die düstere Fassade betrachten und nichts von den Schrecken spüren, die diese hohen, schmalen Fenster gesehen hatten? Er stellte sich vor, dass in den Steinmauern an diesem Ort der Furcht und des Grauens noch die Schreie und das Weinen Hunderter von Kindern nachklangen. Beim bloßen Anblick brach ihm der Schweiß aus, die Erinnerung an die eigenen Qualen spürte er genauso grausam und bitter wie an dem Tag, als sie ihm zugefügt wurden. Das Schloss hätte dem Erdboden gleich- und nicht zur Touristenattraktion gemacht werden sollen. Er fragte sich, ob irgendeiner der Reiseführer auf den Touristenbooten in der Schlucht jemals die jüngere Geschichte erwähnte, die Schloss Hohenstein so unauslöschlich gebrandmarkt hatte. Er glaubte es eigentlich nicht. Niemand wollte an diesen Abschnitt der Vergangenheit erinnert werden. Man wollte so tun, als sei es nie geschehen. Und deshalb hatte nie jemand dafür bezahlen müssen. Nun gut, er würde die verdammten Kerle zur Kasse bitten, das stand fest.

Während er an dem Messing herumrieb, rief er sich die Unterhaltung mit Heinrich Holtz im Biergarten ins Gedächtnis. Eigentlich war es keine Unterhaltung, eher ein Monolog gewesen. »Wir gehörten zu denen, die angeblich ›Glück‹ hatten«, hatte er gesagt, während seine wässrigen Augen ständig von einer Seite zur anderen zuckten und sein Blick nie lange auf einem Fleck ruhte. »Wir haben es überlebt.«

»Was überlebt?«, fragte der jüngere Mann.

Holtz fuhr fort, als habe er die Frage nicht gehört. »Alle wissen Bescheid über die Konzentrationslager. Alle reden über die Gräuel, die man den Juden, den Zigeunern und den Homosexuellen angetan hat. Aber es gab noch andere Opfer, die vergessen wurden. Ich und Ihr Großvater, wir waren zwei

dieser Vergessenen. Weil wir in einer so genannten Krankenanstalt waren, nicht in einem Lager.
Wussten Sie, dass in Deutschland im Jahr 1939 300 000 Patienten in psychiatrischen Anstalten saßen, aber 1946 nur noch 40 000 davon lebten? Der Rest starb von der Hand der Psychiater und Psychologen. Und dabei sind all die Kinder und Babys noch nicht mitgezählt, die im Namen der Rassenhygiene umgebracht wurden. Es gab sogar eine so genannte Krankenanstalt, wo man die Verbrennung des zehntausendsten Geisteskranken mit einer besonderen Zeremonie feierte. Ärzte, Krankenschwestern, Aufseher und die Verwaltungsangestellten, alle machten mit. Jeder bekam eine Flasche Bier, um auf die Gelegenheit anzustoßen.
Aber man musste nicht verrückt sein, um in ihre Klauen zu geraten. Wenn man taub oder blind, zurückgeblieben oder behindert war, musste man der Herrenrasse zuliebe vernichtet werden. Ein Stottern oder eine Hasenscharte reichten aus, dass man weggebracht wurde.« Er hielt inne und nippte behutsam an seinem Bier, und seine Schultern zogen sich höher hinauf, als man es für möglich gehalten hätte.
»Ich und Ihr Großvater, wir hatten keine körperliche oder geistige Behinderung. Wir waren nicht verrückt. Wir waren einfach flegelhafte Jungs. Sie nannten uns asozial. Ich hatte immer Streiche im Sinn und tat nie, was meine Mutter von mir verlangte. Mein Vater war tot, und sie schaffte es nicht, mich zu disziplinieren. Also tat ich, was ich wollte. Ich stahl, warf Steine, machte mich über die Soldaten lustig, die im Stechschritt durch die Stadt marschierten.« Er schüttelte den Kopf. »Ich war erst acht und völlig ahnungslos.
Jedenfalls kam eines Morgens der Arzt mit zwei Männern in weißen Kitteln und SS-Stiefeln zu uns nach Haus. Ich kämpfte wie ein Löwe, aber sie verprügelten mich einfach und warfen

mich hinten in ein Fahrzeug, das früher ein Krankenwagen gewesen war. Jetzt war es eher ein Polizeitransporter. Sie banden mich an der Seitenwand fest, und wir fuhren los. Bis abends war ein ganzes Dutzend von uns im Wagen, völlig verängstigt saßen wir in unseren eigenen Exkrementen. Ihr Großvater war einer davon. Wir saßen nebeneinander, und so fing unsere Freundschaft an. Ich schätze, wir haben überlebt, weil wir es schafften, eine Art menschlichen Kontakt aufrechtzuerhalten, trotz all der Dinge, die passierten.« Holtz sah dem Schiffer endlich in die Augen. »Das ist das Schwierigste, sich daran zu erinnern, dass man ein Mensch ist.«

»Wohin haben sie euch gebracht?«, fragte der Schiffer. Er wusste, dass dies wahrscheinlich die unwichtigste Frage war, die er stellen konnte, aber er spürte, dass Holtz' Geschichte keineswegs angenehm sein würde, und alles, was ihn ablenken konnte, schien eine gute Idee.

»Zum Schloss Hohenstein. Ich werde nie vergessen, wie ich es zum ersten Mal sah. Man brauchte es nur anzuschauen, und schon stieg die Angst in einem hoch und nahm einem die Luft. Ein riesiges Schloss wie aus einem Horrorfilm. Drinnen war es immer dunkel und kalt. Steinböden, winzige Fenster hoch oben und Wände, die immer feucht waren. Nachts lag man zitternd auf seinem Bett und fragte sich, ob man morgens noch am Leben sein werde. Aber man weinte nie, denn wenn man Theater machte, bekam man Spritzen. Und wenn man Spritzen bekam, starb man. Man lebte wie in einem Albtraum, aus dem man nicht erwachen kann.

Die Regierung hatte das Schloss requiriert und es zu dem so genannten Institut für Entwicklungspsychologie gemacht. Sie wollten uns, die unangepassten Kinder, nicht einfach umbringen, verstehen Sie. Sondern sie wollten uns benutzen, tot oder lebendig. Die Gehirne der Toten wurden konserviert und zerlegt. Auch die Gehirne der Lebenden wurden manipuliert, nur mussten wir mit den Folgen weiterleben.« Holtz fasste in die Innentasche seines Mantels und nahm eine Packung dünner, dunkler Zigarren heraus. Er ließ eine aus der Packung gleiten und bot sie dem jüngeren Mann an, der aber den Kopf schüttelte und mit einer Handbewegung ablehnte. Holtz wickelte die Zigarre aus und zündete sie gemächlich an.

»Sie wissen ja, wie Wissenschaftler Experimente mit Ratten und Affen machen. Na ja, auf Schloss Hohenstein nahmen sie für die Versuche uns Kinder.« Holtz spielte mit seiner Zigarre und nutzte sie eher, um sich daran festzuhalten, als zum Rauchen.

»Die klugen Kinder wie ich und Ihr Großvater, wir lernten schnell, deshalb überlebten wir. Aber es war die Hölle. Auf welche Weise, glauben Sie, entwickelten die Nazis ihre Verhörmethoden? Wir waren ihr Übungsmaterial. Wochenlang wurde uns der Schlaf entzogen, bis wir halluzinierten und so durcheinander waren, dass wir unseren eigenen Namen nicht mehr sagen konnten. An den Geschlechtsteilen bekamen wir Elektroschocks, um festzustellen, wie lange wir ein Geheimnis für uns behalten konnten. Die Mädchen wurden vor und nach der Pubertät vergewaltigt, um zu untersuchen, welche emotionale Wirkung das hatte. Manchmal wurden die Jungen gezwungen, an den Vergewaltigungen teilzunehmen, damit man ihre Reaktion beobachten konnte. Sie steckten Gummischläuche durch unsere Kehlen und gossen Wasser direkt in die Lunge. Ihr Großvater und ich, wir haben das überlebt, Gott weiß wie. Tagelang konnte ich nichts essen, meine Speiseröhre schmerzte wie eine einzige lange Wunde. Aber es gab viele, die es nicht schafften und ertranken.

Manchmal organisierten sie Vorführungen. Sie luden Ärzte von anderen Anstalten ein, SS-Offiziere und Honoratioren des Ortes. Irgendwelche Schwachsinnigen, Kinder mit

Down-Syndrom oder Spastiker wurden ausgesucht. Die Ärzte führten sie dann dem Publikum vor und verkündeten, sie müssten zum Wohle des Volkes ausgerottet werden. Wir wurden nur als Bürde für das Staatssäckel betrachtet. Sie sagten zum Beispiel Dinge wie: ›Ein Dutzend Soldaten kann ausgebildet werden für die Kosten, die die Pflege einer dieser Kreaturen in einem Anstaltsmonat verursacht.‹

Und es gab kein Entkommen. Ich erinnere mich an Ernst, einen Jungen, der mit uns eingeliefert wurde. Seine einzige Sünde bestand darin, dass sein Vater wegen seiner Faulheit zum Staatsfeind erklärt worden war. Ernst dachte, er könnte sie überlisten. Er versuchte, dadurch ihr Vertrauen zu gewinnen, dass er so fleißig arbeitete, wie er nur konnte. Er fegte immerzu den Boden, putzte die Toiletten, machte sich überall nützlich. Eines Tages gelang es ihm, aus dem Hauptgebäude in den Hof hinauszukommen, und er rannte weg.« Holtz schauderte bei der Erinnerung daran.

»Natürlich erwischten sie ihn. Wir waren im Speisesaal und aßen das labberige Zeug, das sie uns zum Abendessen gaben, als sie ihn an den Haaren hereinzerrten. Dann zogen sie ihn nackt aus. Vier Krankenschwestern hielten ihn auf einem Tisch fest, während zwei Ärzte ihm mit Stöcken auf die Fußsohlen schlugen und laut die Schläge zählten. Ernst schrie wie am Spieß. Sie schlugen weiter, bis seine Füße nur noch Klumpen rohen Fleisches waren und das Blut auf den Boden tropfte. Schließlich wurde er ohnmächtig. Und der Institutsdirektor stand mit einem Klemmbrett da und schrieb auf, wie viele Stockschläge man gebraucht und wie lange es gedauert hatte, um dies zu erreichen. Dann wandten sie sich zu uns um und sagten so ruhig, als kündigten sie an, was es zum Nachtisch gab, dass wir alle daran denken sollten, was mit jedem Teil unseres Körpers passieren würde, der sich nicht so benahm, wie es sich gehörte.« Holtz fuhr sich mit der Hand übers Gesicht und wischte sich den Schweiß von der Stirn. »Wissen Sie, dass dieses sadistische Schwein ein Mitglied der Deutschen Gesellschaft für Psychiatrie geblieben ist, bis er im Jahr 1974 starb? Niemand will zugeben, was uns angetan wurde.

Die Schuld ist zu groß, verstehen Sie? Es war schwer für Deutschland, zuzugeben, was sie mit den Juden gemacht hatten. Aber was uns zugefügt wurde, war noch schlimmer. Denn unsere guten deutschen Eltern ließen es geschehen. Sie erlaubten dem Staat – meistens ohne Gegenwehr –, dass er uns ihnen wegnahm. Sie akzeptierten einfach, was ihnen gesagt wurde: Wir müssten dem Gemeinwohl zuliebe beseitigt werden. Und später wollte niemand unsere Stimmen hören.

Um ehrlich zu sein, ich habe mich selbst bemüht, vieles zu vergessen, was damals passiert ist. So bin ich damit fertig geworden. Aber tief im Inneren sind die Wunden noch da.«

Ein langes Schweigen trat ein. Schließlich leerte der junge Schiffer sein Glas und sagte: »Warum erzählen Sie mir das?«

»Weil ich weiß, dass Ihr Großvater es Ihnen nicht gesagt hat. Wir haben uns hin und wieder getroffen und etwas zusammen getrunken, und er hat zugegeben, dass er es Ihnen nie erzählt hat. Ich meinte, damit täte er Unrecht. Ich glaube, Sie verdienen zu wissen, was ihn zu dem Mann gemacht hat, der er war.«

Holtz streckte seine Hand mit den knochigen Fingern aus und legte sie auf die Hand des anderen. »Ich weiß es nicht mit Sicherheit, aber ich nehme an, es war nicht leicht, von ihm großgezogen zu werden. Doch Sie müssen wissen, wenn er streng mit Ihnen war, hat er es zu Ihrem eigenen Schutz getan. Er wollte nicht riskieren, dass Sie so ein Junge wie er wurden, mit all den Folgen, die das mit sich bringen konnte.

Männer wie ich und Ihr Großvater wissen vielleicht mit dem Verstand, dass die Nazis nicht zurückkommen, dass niemand unseren Kindern und Enkeln das antun wird, was man mit uns gemacht hat. Aber tief innen drin haben wir immer noch schreckliche Angst, dass es irgendwo solche Kerle geben könnte, die den Menschen, die wir lieben, das Gleiche antun würden. Diese Ärzte sind ja nicht aus dem Nirgendwo gekommen. Diese Scheusale gab es nicht nur in einer Generation. Sie haben nie den Preis gezahlt für das, was sie taten, wissen Sie? Sie haben weitergemacht, geachtet und anerkannt stiegen sie auf der Karriereleiter ihres so genannten Berufs nach oben und nutzten, was sie gelernt hatten, um die, die nach ihnen kamen, zu lehren. Es gibt immer noch Unmenschen da draußen, nur haben sie sich jetzt besser versteckt. Oder sie sind woanders hingegangen. Sie sollten deshalb wissen, dass er, was immer er mit Ihnen gemacht hat und was Ihnen vielleicht grausam und gefühllos erschien, es nur aus den besten Motiven getan hat. Er wollte Sie retten.«

Dann hatte er seine Hand zurückgezogen. Der Jüngere konnte die Berührung der trockenen, alten Haut, die sich wie Papier anfühlte, nicht mehr auf seiner Hand ertragen. Sein Kopf tat weh, ein stumpfer Schmerz, der sich vom Schädelansatz her ausbreitete und wie Stahlfinger sein Gehirn umspannte. Er spürte, wie der vertraute dunkle Schmerz in ihm aufstieg und all seine Zufriedenheit aufsaugte, die er beim letzten Abschied von seinem Großvater empfunden hatte. Er wusste nicht, wie er mit dem, was ihm gerade erzählt worden war, umgehen sollte, und der körperliche Kontakt mit diesem entkräfteten alten Mann half ihm überhaupt nicht. »Ich muss gehen«, sagte er. »Meine Mannschaft wartet auf mich.«

Holtz starrte auf den Tisch. »Ich verstehe«, sagte er.

Auf der Rückfahrt in die Stadt schwiegen sie und schauten auf die Straße hinaus. Als sie die Außenbezirke erreichten, sagte Holtz: »Sie können mich hier absetzen. Ich kann den Bus neh-

men. Ich will Ihnen keine Umstände machen.« Er griff in seine Tasche und zog einen Zettel heraus. »Ich habe meine Adresse und Telefonnummer aufgeschrieben. Rufen Sie mich an, wenn Sie mehr darüber sprechen wollen.«
Holtz stieg in der hereinbrechenden Dämmerung des Nachmittags aus und ging davon, ohne sich umzusehen. Sie wussten beide, dass sie sich nicht wiedersehen würden.
Er rieb sich die Schläfen und versuchte, die trüben Gedanken durch die Freude zu vertreiben, die er gefühlt hatte, als er den alten Mann ins Wasser stieß. Aber es gelang ihm nicht. Er legte den Gang ein und fuhr mit dem klapprigen Ford zurück zum Hafen. Er hatte immer geahnt, dass es einen Grund für das geben musste, was ihm geschehen war. Die Brutalität, das Fernhalten von anderen Kindern, die Verweigerung von mehr als nur der grundlegendsten Erziehung und Ausbildung, weil einem Klugheit nur Probleme brachte, all das war irgendwoher gekommen. Aber was immer er sich auch vorgestellt hatte, dies war es nicht gewesen. Jetzt hatte er endlich jemanden, dem er die Schuld dafür geben konnte.

Tony fuhr in die Einfahrt von Frances' Doppelhaushälfte und hielt an. Alles am Haus war viereckig und ordentlich. Da es vor der Zeit gebaut wurde, als Bauunternehmer anfingen, allen möglichen Schnickschnack an den Mittelklasse-Eigenheimen anzubringen, war es ganz schlicht, und anders als einige ihrer Nachbarn war Frances standhaft geblieben und hatte alles vermieden, was die geraden Linien der Türen und Fenster, der Giebelwand und des Gartens unterbrochen hätte. Keine nachgemachten alten Butzenscheiben, keine aufwändige Haustür mit Paneelen und Zierleisten. Keine ausgefallenen Blumenbeete oder Brunnen im Garten, nur einfache, rechteckige Rabatten mit Rosen, die so weit heruntergeschnitten

waren, wie es möglich war, ohne ihnen zu schaden. Zuerst hatte Tony die Ordnung als Kontrast zu den Unklarheiten und Wirren seines eigenen Lebens gefallen.
Aber jetzt musste er zugeben, dass er nicht ohne gute Gründe ein altes Häuschen gewählt hatte, das keine einzige völlig gerade Wand und einen kleinen Garten mit wuchernden Geranien und übergroßen Strauchveroniken hatte. Als er Frances besser kennen lernte, hatte er sich daran erinnert, dass Menschen, die ihre Umgebung einer so strengen Ordnung unterwerfen, dazu neigen, auch ihrem inneren Leben Einschränkungen und Grenzen zu setzen, aus lauter Angst, dass ihr ungebärdiges Innenleben hervorbrechen und ein unbeherrschbares Chaos verursachen könnte.
Und es gab Zeiten, wo er sich nach Chaos sehnte.
Heute Abend sollten sie drüben in Cupar mit ein paar Bekannten Bridge spielen. Tony wusste, dass Frances ein Abendessen machte, das ein paar Minuten nach seiner Ankunft serviert werden konnte, damit sie auf jeden Fall früh genug in Cupar ankommen würden. Er hätte gerne mit Carol gesprochen, um herauszufinden, wie ihre Agentenübung gelaufen war, aber er wusste, dass es später keine Gelegenheit dazu geben würde. Bevor er sein Büro verließ, hatte er schon versucht, sie anzurufen, aber sie war noch nicht zu Hause gewesen. Vielleicht war sie in den zehn Minuten, die er für die Fahrt nach St. Andrews gebraucht hatte, zurückgekommen.
Er gab ihre Nummer auf seinem Handy ein und wartete. Dreimal klingelte es, und er hatte Verbindung mit ihr. »Hi, Carol, hier ist Tony. Ich wollte nur wissen, wie …«
»Tony? Ich bin gerade durch die Tür gekommen. Moment.«
Er hörte das elektronische Piepsen, als sie den Anrufbeantworter abschaltete, dann wieder ihre Stimme. »Wie schön, dass du anrufst.«

»Sagen wir, aus beruflicher Neugier. Es interessiert mich, wie es gegangen ist.«
»Ich wollte dir später eine E-Mail schicken, aber so ist es noch besser.«
Sogar aus der Entfernung von einigen hundert Kilometern nahm er die freudige Erregung in ihrer Stimme wahr. »Du hörst dich an, als seist du wirklich aufgedreht. Wie war's denn?«
Ihr leises Lachen war ansteckend. Er spürte, wie ein Lächeln auf sein Gesicht trat. »Ich nehme an, das hängt von der Perspektive ab.«
»Fang damit an, wie du es siehst.«
»Es lief hervorragend. Es gab hier und da einen Augenblick, wo ich ziemlich Bammel hatte, aber es ist nie außer Kontrolle geraten. All das gemeinsame Üben hat mich zuversichtlich gemacht, alles bewältigen zu können, was sie mir vorsetzen würden, und so war es auch.«
»Da bin ich froh«, sagte er. »Also, wer war dann nicht der Meinung, dass es hervorragend lief?«
»Oh Gott«, stöhnte sie. »Ich war ganz oben auf der Abschussliste des Rauschgiftdezernats heute Abend.«
»Warum? Was ist passiert?«
Als sie Tony das Fiasko beschrieb, musste sie dazwischen immer wieder lachen. »Ich weiß, ich sollte mich schämen, aber ich bin einfach zu zufrieden mit mir selbst.«
»Ich kann's kaum glauben, dass sie dir so wenig zugetraut haben«, sagte Tony. »Es hätte ihnen klar sein sollen, dass du clever genug bist, eine Überwachung zu entdecken. Schließlich hast du doch oft genug selbst welche durchführen lassen. Von da ist es kein großer Schritt zu der Annahme, dass du eine Möglichkeit finden würdest, der Festnahme zu entgehen. Und womit haben sie dich noch konfrontiert?« Er lehnte sich auf

dem Fahrersitz zurück und ließ Carol weiter berichten. Als ihr endlich der Stoff ausging, sagte er: »Hey, du solltest stolz sein. Ein Tag im Einsatz, und schon hast du nicht mehr wie die Jägerin gedacht, sondern wie das gejagte Wild. Ich bin beeindruckt.«

»Ohne dich hätte ich es nicht geschafft.«

Er lächelte. »Du kannst dir nicht vorstellen, wie ich es genieße, wieder mitzuspielen, wenn auch nur am Rand. Mein Leben ist dieser Tage so berechenbar, es hat großen Spaß gemacht, wieder mit dir zu arbeiten. Eigentlich war es noch schöner als früher, weil diesmal kein Leben auf dem Spiel stand.«

»Vielleicht solltest du dir überlegen, ob du nicht wieder einsteigen willst«, sagte Carol.

Tony seufzte. »Bei den heutigen Strategien für die Profilerstellung gibt es keinen Platz für Leute wie mich.«

»Es müsste ja nicht ganz vorn an der Front sein. Du könntest ausbilden. Denk darüber nach, Tony. Wenn das Innenministerium das Risiko nicht eingehen will, solltest du vielleicht an Europol denken. All die Leute im Nachrichtendienst dort müssen doch lernen, wie man Profile zu Verbrechen und Tätern erstellt, damit sie die Zusammenhänge ermitteln können. Da muss es doch einen Platz geben für jemanden mit deinen Fähigkeiten«, sagte Carol eindringlich.

»Ja gut, na ja, schaun wir mal. Also haben sie dir dann gesagt, dass du den Job kriegst?«

»Ja. Ich hab ihn. Aber ich weiß immer noch nicht, worum es genau geht. Sie werden mir morgen alles erklären. Hier ist das Beste: Wenn ich meine Sache gut mache, kann ich selbst wählen. Die Welt wird mir zu Füßen liegen.«

Tony konnte das Kribbeln einer bösen Vorahnung nicht unterdrücken, bei der sich ihm die Nackenhaare sträubten. Wenn sie Carol ein so großzügiges Versprechen gemacht hatten, würde die Aufgabe, die vor ihr lag, bestimmt sehr riskant sein. Es musste die Art von Unternehmung sein, die instinktive Abwehr hervorrufen würde. Wenn die Zuckerschicht so dick war, musste die Pille, die es zu schlucken gab, notwendigerweise sehr bitter sein. »Das ist toll«, sagte er. Sein Blick fiel auf die Uhr am Armaturenbrett. Er würde sich beeilen müssen, wenn er noch essen wollte, bevor sie nach Cupar losfahren mussten.

»Hör zu, Carol, ich muss jetzt Schluss machen. Aber versprich mir, dass du anrufst, sobald du weißt, was sie von dir wollen. Ich sage das nicht, weil ich Zweifel an deinen Fähigkeiten habe. Es ist nur ... es klingt so, als würdest du alle Hilfe brauchen können, die du kriegen kannst, und sie werden dich wahrscheinlich in eine Lage bringen, in der du nicht leicht an Hilfe kommen kannst. Ich will, dass du weißt, ich bin für dich da. Was immer du von mir brauchst, du bekommst es.«

Es war eine Weile still, dann sagte sie: »Du kannst dir nicht vorstellen, wie viel mir das bedeutet. Danke. Ich melde mich wieder.«

»Mach's gut.«

»Du auch. Danke, dass du angerufen hast.«

Er legte auf, steckte das Handy in die Tasche und stieg aus. Als er eintrat, roch er das köstliche Aroma von Tomaten- und Fleischsoße. Er ging an der offenen Tür des dunklen Wohnzimmers vorbei und hörte Frances sagen: »Ich bin hier drin.«

Tony folgte dem Klang ihrer Stimme. Er konnte kaum Details erkennen, sah aber Frances als Silhouette vor dem Fenster stehen. »Ich habe das Auto gehört und konnte mir nicht denken, warum du nicht hereinkamst«, sagte sie. »Deshalb hab ich nachgesehen, um sicher zu sein, dass alles in Ordnung ist.«

»Das Handy hat gerade, als ich anhielt, geklingelt.« *Manche Lügen sind nötig zum Übertünchen*, dachte er traurig.

»Du hast ewig gebraucht«, sagte Frances.

Ihr Gesicht konnte er nicht sehen, aber in ihrer Stimme war etwas, das ihn betroffen machte. »Tut mir Leid, ich hoffe, das Abendessen ist nicht verdorben.«

»Ich glaube, die Sachen, die ich koche, halten ein bisschen mehr aus.« Frances drehte sich um, so dass sie mit dem Rücken zur Straße stand. Jetzt lag ihr Gesicht noch mehr im Dunkel. »War es Carol?«

»Wieso meinst du das?« Sobald er die Worte ausgesprochen hatte, war ihm klar, wie viel sie verrieten. Einesteils war es eine professionelle Antwort. Auf eine Frage mit einer Gegenfrage reagieren, das Gegenüber nicht die Oberhand beim Verhör gewinnen lassen. Aber es war auch die intuitive Reaktion von jemandem, der etwas zu verbergen hat. Ein unschuldiger Mann hätte gesagt: »Ja, es war Carol, sie freut sich sehr, weil sie die Stelle bekommen hat, die sie wollte.« Wenn es um Carol ging, war Tony jedoch nie unschuldig gewesen.

»Sie ist der einzige Mensch, mit dem du dich zu sprechen scheust, wenn ich im Hintergrund zuhöre.«

Tony wurde rot. »Was soll das denn heißen?«

»Es bedeutet, dass du in Bezug auf Carol Jordan etwas zu verbergen hast.«

»Da liegst du ganz falsch. Sie hat über ihren geheimen Auftrag gesprochen, das ist der einzige Grund, weshalb ich den Anruf im Auto angenommen habe.«

Frances lachte höhnisch. »Hältst du mich für blöd? Du hast den Anruf im Auto entgegengenommen, weil du wusstest, dass ich sofort auf das Offensichtliche kommen würde.«

Tony ging zwei Schritte auf sie zu. »Ich habe keine Ahnung, wovon du sprichst, Frances.«

»Lass diese Spielchen. Du bist in sie verliebt. Herrgott, ich brauchte nur fünf Minuten mit euch zu verbringen, um das zu begreifen.«
»Nein«, sagte er. »Da irrst du dich.«
»Recht habe ich. Und ich habe viel zu viel Respekt vor mir selbst, als dass ich mir das unter die Nase reiben ließe.«
»Pass auf, Carol ist eine Kollegin von früher, wir sind befreundet. Wie kannst du auf eine Frau eifersüchtig sein, mit der ich nie geschlafen habe?«
»Na, das ist ja noch alberner. Du hättest die kleinen blauen Pillen ein bisschen früher probieren sollen, oder? Offensichtlich lechzt sie ja danach.«
Ihre Worte trafen ihn wie eine Ohrfeige. »Lass Carol aus dem Spiel. Was immer du dir da ausgedacht hast, es geht nur dich und mich etwas an.«
»Das ist ja das Problem, Tony. Es ist eben nicht nur eine Sache zwischen dir und mir. Es war immer schon etwas zwischen dir und Carol, nur hast du es mich vorher nie merken lassen. Du hast es versteckt und so getan, als wolltest du bei mir sein, wenn du in Wirklichkeit sie haben wolltest.«
»Das stimmt überhaupt nicht, Frances. Es gibt keine Zukunft für mich und Carol. Das Einzige, was es zwischen uns gibt, ist eine schwierige Vergangenheit. Ich bin mit dir zusammen, weil ich mit dir zusammen sein will.«
Plötzlich nahm Frances eine kleine Kristallvase vom Fensterbrett und warf damit nach ihm. »Du verdammter Lügner«, rief sie, während er zur Seite wich. Mit dem merkwürdigen, hellen Klirren von zerschmettertem Glas prallte die Vase an die Wand. »Ich bin keine Masochistin, Tony«, keuchte sie atemlos vor Ärger. »Das Leben ist zu verteufelt kurz, um es auf die Gefühle für einen Mann zu verschwenden, der sich nach einer anderen verzehrt. Mach, dass du fortkommst.«

Ihm fiel nichts zu sagen ein. Es überraschte ihn, wie wenig es ihm ausmachte, dass offensichtlich Schluss war. Er drehte sich um und ging auf die Tür zu.

»Leg die Schlüssel auf den Tisch in der Diele«, rief Frances ihm nach.

Tony ging weiter. Zu seinem Erstaunen war er hauptsächlich erleichtert. Er fühlte Erleichterung und eine plötzlich aufkeimende Hoffnung. Seit Jahren war er nicht mehr so zuversichtlich gewesen.

Kapitel 14

Manchmal wünschte Petra, dass Marijke van Hasselt nicht so weit weg wohnte. Heute Abend wäre es schön gewesen, sich mit einer Flasche Wein zusammenzusetzen und mit jemandem, der dabei nichts riskierte, aber andererseits die komplizierte Polizeiarbeit verstand, die Ereignisse des Tages zu besprechen. Als sie sah, dass Marijke heute Abend wenigstens auch online war, hob sich sofort ihre Stimmung. Sie gingen in einen Extra-Chatroom, und Petra wandte sich gleich der Frage zu, die sie am meisten interessierte. Außerdem war ihr alles recht, was sie von der hoffnungslosen Kamal/Marlene-Ermittlung ablenkte.

Petra: Und, wie läuft's mit der Mordermittlung?

Marijke: Viel Arbeit und kaum Fortschritte. Ich war heute an der Uni und habe seine Kollegen und Studenten befragt, aber wir haben keine einzige Spur gefunden, die zu verfolgen sich lohnt.

Petra: Was, du hast endlich ein Opfer gefunden, das alle mögen?

Marijke: Viele mochten de Groot nicht, aber niemand hatte etwas, das auch nur entfernt wie ein Motiv aussieht. Man bringt doch nicht jemanden um, weil er eine Doktorarbeit nicht angenommen oder eine Beförderung blockiert hat.

Petra: Ach Gott, ihr Niederländer seid ja so zivilisiert …

Marijke: Und noch ärgerlicher ist es, dass wir nicht mal seinen Terminkalender gefunden haben. Offenbar hatte er einen dieser Organizer, den er immer mit sich herumtrug. Aber keine Spur davon.

Petra: Wahrscheinlich hat der Mörder ihn mitgenommen, um seine Spuren zu verwischen.

Marijke: Ist dir eingefallen, was du im Hinterkopf hattest, als ich dir von de Groot erzählt habe?

Petra: Ich habe es auf zwei Möglichkeiten eingeschränkt, aber bis jetzt ist noch zu keinem der beiden Fälle eine Antwort gekommen. Du weißt ja, wie die in der Provinz sind, die haben es nie eilig.

Marijke: Was immer man davon halten mag, in unseren Unterlagen gibt es nirgends in den Niederlanden etwas, das dem De-Groot-Mord entspricht.

Petra: Ihr tappt also im Dunkeln? Keine Hinweise von der Gerichtsmedizin?

Marijke: Bis jetzt nicht. Es ist ziemlich frustrierend, einfach weiterzumachen, ohne dass wir wissen, wonach wir eigentlich suchen sollen.

Petra: Das ist am allerschwierigsten, diese Art von Mord.

Marijke: Ich weiß. Lenk mich ab, erzähl mir, wie's bei dir heute war.

Petra: Frustrierend. Ich versuche, etwas zu widerlegen. Eine Frau behauptet, dass sie die Geliebte eines Mannes war, der jetzt tot ist, aber ich glaube nicht, dass sie einander überhaupt gekannt haben. Ich meine, wir könnten das vielleicht als Ansatz nutzen, um einen wichtigen Mitspieler beim organisierten Verbrechen hochzunehmen. Der Typ hat seine Weste immer sauber und sich von der Action fern gehalten. Wir sind nie an ihn rangekommen, und ich würde ihn gern persönlich schnappen. Das Problem ist allerdings, dass sie ein Kind hat, und ich habe den Verdacht, dass unser Mann das Mädchen irgendwo hat verschwinden lassen, um sie unter Druck setzen zu können. Ich muss also auch das Kind finden.

Marijke: Irgendwas Erfreuliches?

Petra: Bis jetzt nicht. Wenn sie morgen nicht in der Schule erscheint, sage ich Plesch, wir sollten sie landesweit als vermisst suchen lassen und so tun, als könnte sie einem Kinderschänder zum Opfer gefallen sein. Es wird die Mutter zum Wahnsinn treiben und die Leute, bei denen das Kind ist, sehr, sehr nervös machen.

Marijke: Wenn ihr sie nur nicht so nervös macht, dass sie irgendeine Dummheit begehen.

Petra: Ich glaube, die Typen würden niemand für so eine heikle Sache einsetzen, der panisch reagiert. Wenn dem Kind etwas passiert, haben sie kein Druckmittel mehr gegen die Mutter. Und außerdem werden sie sie damit zum Racheengel machen, der auf ihr Blut aus ist.

Marijke: Aber wie sicher wird die Mutter sein, wenn ihr das Kind findet?

Petra: Ihr Leben wird kaum etwas wert sein. Das heißt also, sobald wir das Kind finden, werden wir die Mutter gesondert und sehr abgesichert unterbringen.

Marijke: Hört sich an, als würdest du in der Sache wirklich alles versuchen.

Petra: Ich will den Kerl unbedingt kriegen. Aber dazu kommt noch, dass ich gehört habe, es soll irgendeine große Aktion gegen ihn geplant sein, so dass man uns den Fall wegnehmen würde. Die Zeit arbeitet also gegen mich.

Marijke: Sei vorsichtig. Es ist schwer, richtig gute Arbeit zu leisten, wenn man so gehetzt ist. Da machen wir dann Fehler, oder?

Petra: Ich weiß. Einerseits ist mir klar, dass es eigentlich egal sein sollte, wer ihn kriegt, wenn er nur gefasst wird. Aber ich bin gierig.

Marijke: Als ob ich das nicht wüsste.

Petra: Also, willst du meine Gier befriedigen?

Marijke: Ich hab schon gedacht, du würdest überhaupt nicht mehr danach fragen ...

Petra lächelte. Manchmal machte die Entfernung doch nicht so viel aus.

Morgans Büro war genau so wie in Carols Vorstellung, hätte sie sich davon ein Bild machen sollen. Es war eine von einem Großraumbüro abgetrennte Ecke. Die Mattglaswände, die die Illusion eines Privatbereichs vermitteln sollten, hatte man zu einem Schwarzen Brett umfunktioniert. Landkarten, Fotos und Zettel mit einzelnen Worten und Sätzen, in Großbuchstaben und mit dickem Filzstift geschrieben, waren mit Tesafilm am Glas befestigt und schirmten den im Büro Arbeitenden vollständig von draußen ab.
Auf den Aktenschränken und den Regalen an den Wänden waren Akten und Nachschlagewerke aufgetürmt. Der Computer auf dem Tisch war eine einsame Insel klarer Linien in einem Meer durcheinander liegender Papiere. Alles sah chaotisch aus, aber Carol vermutete, dass Morgan in der Lage war, jederzeit ein bestimmtes Blatt herauszuziehen, sollte er es brauchen. Es gab nichts Persönliches im Raum, keine Fotos der Familie oder von Morgan selbst, wie er reichen oder bekannten Persönlichkeiten die Hand schüttelte. Der einzige persönliche Gegenstand war seine Jacke, die ohne Kleiderbügel lose an einem Türhaken hing.
Er war ihr bis zum Aufzug entgegengekommen und führte sie so eilig durch das äußere Büro, dass sie nur einen ganz flüchtigen Eindruck von der Reihe der zum größten Teil unbesetzten Schreibtische bekam. Die Angestellten an den restlichen

Tischen hoben kaum den Kopf, als sie vorbeigingen, und kehrten dann gleichgültig zu ihren Bildschirmen oder Telefongesprächen zurück. Er hatte seine Bürotür schwungvoll aufgestoßen, war zurückgetreten und hatte gesagt: »Geben Sie mir fünf Minuten, ich muss etwas erledigen. Tee oder Kaffee?«

Sie wartete fünfzehn Minuten auf dem Besucherstuhl, dann kam Morgan, seitwärts mit der Hüfte die Tür aufstoßend, mit einem Becher in jeder Hand herein. »Hier, bitte«, sagte er und stellte einen Becher auf einen Papierstoß neben Carol. »Tut mir Leid, dass ich Sie habe warten lassen.«

Er ging hinter seinen Schreibtisch und zog den Stuhl zur Seite, damit der Computer ihr nicht die Sicht nahm. Sein beengtes Büro unterstrich noch, wie groß er war, bestimmt gut über einsachtzig, und er hatte auch die entsprechende kräftige Statur. Aber obwohl Mitte vierzig, war er schlank geblieben. Sie sah seine Schultermuskeln sich unter dem Hemd abzeichnen, das über der Magenpartie weder zu stramm saß noch die Knöpfe aus den Knopflöchern platzen ließ. Sein Gesicht war offen und kantig, die weit auseinander liegenden Augen ließen es harmlos erscheinen, was absolut irreführend war, wie Carol wusste. Jetzt lächelte er ihr zu, und um die Augen erschienen tiefe Fältchen. »Erstklassige Arbeit gestern«, sagte er. »Das Rauschgiftdezernat hat natürlich Gift und Galle gespuckt, aber es ist ihre eigene Schuld, dass alles schief gelaufen ist. Der Dezernatsleiter hat mir gestern Abend in den Ohren gelegen, bis ich Kopfweh hatte, aber ich sagte ihm, man dürfe eben die Konkurrenz nicht unterschätzen, besonders wenn jemand von meinen Leuten im gegnerischen Team mitspielt.«

»Stört es Sie nicht, dass ein Päckchen Koks auf der Straße zirkuliert, das nicht dort sein sollte?«, fragte Carol – teils, weil sie nicht selbstgefällig erscheinen, aber hauptsächlich, weil sie

Morgan daran erinnern wollte, dass sie schließlich doch noch Polizistin war.
»Manchmal muss man eben einen schädlichen Nebeneffekt in Kauf nehmen. Ich habe eine viel umfassendere Perspektive.« Morgan nahm einen Schluck Kaffee und warf einen schnellen, prüfenden Blick über den Tassenrand, wurde dann aber wieder lockerer. »Außerdem haben sie den Kerl gestern Abend gefasst. Sie wussten, er würde nicht genug Zeit haben, das Zeug zu verscheuern, also haben sie etwa eine halbe Stunde, nachdem ich sie weggeschickt hatte, seine Tür eingetreten. Er war gerade dabei, es zu strecken, um dann das Doppelte dafür einzustreichen. Sie brauchen also kein schlechtes Gewissen zu haben, DCI Jordan.« Er grinste verständnisvoll. »Schön, dass durch die Agentenarbeit Ihr Polizei-Instinkt nicht abgestumpft ist.«
Carol sagte nichts, sondern nahm ihren Becher und probierte den Kaffee. Er war fast so gut, wie sie ihn selbst hätte machen können, das hieß, etwa 300 Prozent besser als alles, was sie je in Polizeibüros getrunken hatte. Ihr Respekt vor Morgan wuchs. Er beugte sich über den Tisch und zog einen Hefter unter einem Stoß mit handschriftlichen Notizen hervor, schlug ihn auf und schob ihn nach einem kurzen Blick auf den Inhalt zu Carol hinüber. »Hier«, sagte er, als sie nach dem unbeschrifteten Deckel griff. »Schauen Sie sich's mal an.«
Carol klappte den Hefter auf und sah sich mit dem Schwarzweißfoto eines bemerkenswert gut aussehenden Mannes konfrontiert. Es war kein Studio-Porträt, sondern es wirkte wie eine Momentaufnahme, die gemacht worden war, ohne dass der Fotografierte es bemerkt hatte. Im Dreiviertelprofil aufgenommen, war sein Blick mit leicht gerunzelter Stirn und einer Falte zwischen den Augenbrauen auf etwas rechts vom Fotografen gerichtet. Sein glänzendes, dunkles, bis zum Kragen

reichendes Haar war aus der hohen Stirn zurückgekämmt und fiel leicht wellig über die kleinen Ohren. Die Augen saßen tief über breiten slawischen Backenknochen. Er hatte eine Adlernase, und die vollen Lippen waren leicht geöffnet, so dass das Weiß der Zähne zu sehen war. Er sah so glatt und glänzend aus wie ein Diamant.

»Tadeusz Radecki, seine Freunde nennen ihn Tadzio«, sagte Morgan. »Er stammt aus Polen, obwohl er in Paris geboren wurde und in England und Deutschland aufgewachsen ist. Zur Zeit lebt er in einem Edelappartement in Berlin. Seine Großmutter war irgendeine Gräfin. Jede Menge blaues Blut, aber sein Vater war ein Spieler, und bis Tadeusz das Studium hinter sich hatte, waren nicht mehr viele Moneten übrig. Auf dem Papier nennt er eine sehr erfolgreiche Kette von Video-Verleihen sein Eigen. Nach dem Fall der Mauer ist er groß rausgekommen und hat all die Ossis abkassiert, die es nach der Hollywood-Kultur dürstete.«

Carol wartete. Sie wusste, es würde noch mehr kommen, viel mehr. Aber sie hatte nie einen Sinn darin gesehen, Fragen zu stellen, nur einfach um die eigene Stimme zu hören. Morgan lehnte sich auf seinem Stuhl zurück und verschränkte die Hände hinter dem Kopf. »Das ist natürlich nicht die ganze Geschichte. Unser Mann Tadzio merkte, dass es auf der illegalen Seite mehr Geld zu machen gab als auf der ehrlichen. Mit Hilfe seiner familiären Beziehungen fing er an, für die Kriegsherren im früheren, zerfallenen Jugoslawien Waffen zu schmuggeln. Er besaß Kontakte zur alten Sowjetunion, um das Kriegsmaterial liefern zu können, und etablierte sich als Mittelsmann. Auch damals behielt er eine reine Weste. Es funktionierte prima. Er machte einen Haufen Geld und legte sich eine rechte Hand zu, einen mörderischen kleinen Serben, der Darko Krasic heißt.

Die Gewinne aus dem Waffenhandel investierten Tadzio und Darko im großen Stil in Erpressung von Schutzgeldern und fingen an, große Mengen von Drogen umzusetzen. Sie achteten immer darauf, dass sie weit genug von der Straße wegblieben, damit sie sich die Hände nicht schmutzig machten, aber doch nahe genug an der Action waren, um absahnen zu können. In den letzten paar Jahren lag der Löwenanteil des Handels mit harten Drogen in Deutschland in ihrer Hand, und außerdem finanzierten sie große internationale Geschäfte, einschließlich der Versorgung Großbritanniens mit Heroin. Sie haben sich halten können, weil Darko den Ruf hat, ein vollkommen skrupelloser Kerl zu sein. Versucht man ein falsches Spiel mit ihm zu spielen, ist man tot. Und wie das abläuft, ist nicht angenehm.«

Morgan richtete sich auf und deutete an, Carol solle in den Unterlagen weiterblättern. Das nächste Foto zeigte einen Rangierbahnhof. Die Türen eines Containers standen offen, und man sah ein Dutzend Tote auf einem Haufen liegen. »Können Sie sich daran erinnern?«, fragte er.

Carol nickte. »Acht irakische Kurden wurden in Felixstowe in einem Container gefunden. Das war letzten Sommer, oder?«

»Stimmt. Es gab drüben überm Kanal beim Beladen der Fähre eine Verzögerung, und die armen Schweine wurden sozusagen bei lebendigem Leib gegrillt, während ihnen zugleich die Luft ausging. Sie fielen einer der letzten Unternehmungen Radeckis zum Opfer. Man kann sich fragen, was mehr zur Vergrößerung des menschlichen Leids beiträgt, seine Drogengeschäfte oder sein Handel mit Menschen. Aber es interessiert uns nicht, wie viele Süchtige auf sein Konto gehen, um die müssen sich unsere deutschen Kollegen kümmern. Uns ist es wichtig, seine Aktivitäten zu unterbinden, durch die er illegale

Einwanderer ins Land bringt. Wie viele es sind, können wir nur schätzen.«

Carol fing an, zum nächsten Bild umzublättern. »Warten Sie«, sagte Morgan mit einer Stimme, der man kaum widersprechen konnte. Sie ließ die Hand sinken. »Er ist also ein großer Fisch?«, fragte sie.

»Einer der größten. Er hatte das Kapital, um von Anfang an ganz oben mitzuspielen, und er verfügte bereits über die Infrastruktur. Wenn man Bürokraten besticht und ungestraft Drogen transportieren darf, braucht es nicht mehr viel, dass sie auch Lkws mit menschlichem Strandgut übersehen. Er bringt sie von China herein, vom Nahen Osten, vom Balkan und aus Afghanistan. Wenn sie nur das Geld oder die Drogen haben, um ihre Reise zu bezahlen, bringt er sie hin, wohin sie wollen. Und die meisten wollen hierher.«

»Und was geschieht mit ihnen, wenn sie hier ankommen? Steht er in Verbindung mit einem organisierten Netz? Oder lädt man sie einfach ab, und sie müssen selbst weitersehen?«

Morgan lächelte. »Gute Frage. Wir glauben, es hängt davon ab, wie viel Geld sie auftreiben konnten. Für einen gewissen Preis bekommen sie Papiere und manche sogar Arbeit. Aber wenn sie nicht genug Geld haben, um dafür zu bezahlen, lädt man sie irgendwo ab, wo sowieso schon alles von Asylsuchenden überfüllt ist, und sie schließen sich den anderen an.«

»Ich nehme an, es wäre naiv zu fragen, warum die deutsche Polizei Radecki nicht verhaftet hat?«

»Aus dem üblichen Grund. Mangel an Beweisen. Wie ich schon sagte, er hält einen gewissen Abstand zum Geschäft auf der Straße. Und in den Videoläden lässt sich wunderbar ein beträchtlicher Anteil der Erträge waschen. So hat er ein anscheinend rechtmäßiges Einkommen für sein Leben in Saus und Braus. Das Dezernat für organisiertes Verbrechen in Ber-

lin versucht schon lange, etwas über Krasic und Radecki herauszufinden, aber man hat sie nie festnageln können. Es gibt wahrscheinlich nur vier oder fünf Leute, die Radecki tatsächlich mit diesen Dingen belasten könnten, und sie haben zu große Angst, auszusagen. Sehen Sie sich das nächste Foto an.«
Carol blätterte um zum folgenden Bild. Es zeigte die Leiche eines Mannes, der auf einer kurzen Steintreppe lag. Der größte Teil seines Kopfes fehlte. Es war kein schöner Anblick.
»Das war nach Meinung der Deutschen einer der Leute, die es so hätten drehen können, dass Radecki etwas nachzuweisen gewesen wäre. Er ist vor zwei Tagen aufgrund der Tatsache, dass er eine Ladung Stoff geliefert hatte, die nicht in Ordnung war und ein halbes Dutzend Süchtiger umbrachte, verhaftet worden. Auf den Stufen der Polizeiwache schossen sie ihm eine Kugel in den Kopf. So wenig Angst haben diese Typen.«
Carol fühlte so etwas wie eine Mischung aus Furcht und Erregung, die sich immer bei der Aussicht auf eine Jagd einstellte. Sie hatte keine Ahnung, was Morgan mit ihr vorhatte. Aber was immer es sein würde, es war klar, dass sie jetzt in die Spitzenklasse aufstieg. »Also, was ist meine Aufgabe?«
Morgan fand den Inhalt seiner Tasse offenbar plötzlich sehr interessant. »Radecki hatte eine Geliebte, Katerina Basler. Sie waren seit vier Jahren zusammen. Wenn er einen Schwachpunkt hatte, dann war es Katerina.« Er sah Carol an. »Er war auf jeden Fall verrückt nach ihr.«
»War?«
»Katerina starb vor zwei Monaten bei einem Autounfall. Radecki war am Boden zerstört. Und ist es immer noch, haben wir gehört. Nachdem sie starb, ist er zusammengebrochen, hat sich in seiner feinen Wohnung eingeschlossen, und Krasic musste sich um das Tagesgeschäft kümmern. Aber jetzt ist er

wieder da. Und an diesem Punkt greife ich ein. Sehen Sie sich das nächste Bild an.«

Carol blätterte gehorsam um. Als sie auf ihr Ebenbild hinunterstarrte, bekam sie an den Armen Gänsehaut. Die Frau auf dem Foto hatte langes Haar, aber davon abgesehen war der erste Eindruck, dass es eine Zwillingsschwester von ihr hätte sein können. Sich ihrer Doppelgängerin in einer Polizeiakte gegenüberzusehen, war eines der beunruhigendsten Dinge, die sie je erlebt hatte. Ihre Hände wurden feucht, und sie merkte, dass sie die Luft angehalten hatte. Vorsichtig atmete sie aus, als könne die ausgeatmete Luft die Illusion wegblasen.

»Mein Gott«, protestierte sie gegen diese sichtliche Verletzung ihrer eigenen Individualität.

»Es ist unheimlich, nicht wahr?«

Carol studierte das Bild jetzt eingehender und sah Unterschiede. Katerinas Augen waren etwas dunkler. Ihre Münder waren unterschiedlich geformt. Ihr Kinn war stärker als das Katerinas. Unmittelbar nebeneinander hätte man sie problemlos auseinander halten können. Und doch bestand bei Carol der erste Eindruck fort. »Es ist merkwürdig, zu denken, dass es jemanden mit demselben Gesicht gibt. Was für ein sonderbarer Zufall.«

»Das kommt vor«, sagte Morgan. »Sie können sich vorstellen, wie baff ich war, als mir Ihr Gesicht von einem Bewerbungsbogen entgegensah. Da kam uns die Idee für diese Operation.«

Carol schüttelte ungläubig den Kopf. »Sie könnte meine Schwester sein.«

Morgans Lächeln erinnerte Carol an das Gähnen eines Löwen. »Lassen Sie uns hoffen, dass Tadzio auch so denkt.«

Kapitel 15

Die *Wilhelmina Rosen* zog ihre Bahn durch das trübe Wasser. Es war eine Strecke ohne Schleusen oder andere Hindernisse, deshalb hatte er Gunther ans Steuer geschickt und hatte Zeit, sich in seiner Kajüte mit einem Stoß Unterlagen zu beschäftigen. Frachtbriefe, Quittungen für Treibstoff und Gehaltsabrechnungen lagen bereit. Aber in Gedanken schweifte er immer wieder von dieser Aufgabe ab.
Heinrich Holtz' Geschichte hatte so viele Fragen aufgeworfen. Seine Mannschaft mochte ihn wohl für ein schlichtes Gemüt und für ganz normal halten, aber in seinem Kopf hatte sich immer sehr viel mehr abgespielt, als er erkennen ließ. Immer schon hatte er in seiner eigenen Gedankenwelt gelebt, auch weil er ja keinen Umgang mit Gleichaltrigen hatte. Das Einzige, was die innere Düsternis gemildert hatte, war das Lesen gewesen, obwohl sein Großvater versucht hatte, ihm sogar das zu verweigern. Als Teenager hatte er gelernt, Lesestoff an Bord zu schmuggeln, zerfledderte Taschenbücher, die er von Secondhand-Läden und Bücherständen kaufte. Oft las er allein in seiner winzigen Koje im Bug und verschlang Abenteuerromane, Biografien und Bücher über Kriminalfälle, die er über Bord warf, wenn er fertig war, damit der alte Mann ihn nicht bei etwas ertappte, was er bestenfalls als Zeitverschwen-

dung gerügt hätte. Das Lesen hatte ihn gelehrt, unter die Oberfläche zu sehen und den Dingen auf den Grund zu gehen.
So wurde das Geheimnis von Schloss Hohenstein der Schlüssel, der ihm zur verschlossenen Stätte seiner Vergangenheit Zugang gewährte. Er musste immer wieder durch die Korridore wandern und die Zimmer erforschen, bevor er begreifen konnte, was sich wirklich darin verbarg. Einige dieser Räume blieben beharrlich im Dunkel, es gab keine Möglichkeit, Licht darauf zu werfen. Zum Beispiel seine Großmutter, die gestorben war, bevor er geboren wurde. Er hatte keine Ahnung, ob sie der Hauptlast des Sadismus seines Großvaters ausgesetzt gewesen war, oder ob, solange sie am Leben war, ihre Liebe ausgereicht hatte, um seine Wut zu besänftigen. Es war nicht möglich, das herauszufinden.
Auch über seine Mutter wusste er fast nichts. Sein Großvater hatte sie immer nur ein Luder genannt, oder ein Weibsstück, das sein Haus beschmutzt hätte. Es gab nicht einmal ein Foto von ihr in den Papieren des alten Mannes. Er hätte hundertmal auf der Straße an ihr vorbeigehen können, ohne sie zu erkennen. Er redete sich gerne ein, dass er in seinem Hass wie von einem Stromschlag getroffen auf das Weibsbild aufmerksam werden würde, wenn sie auftauchte, wusste aber, dass dies eine Illusion war.
Der Geburtsurkunde entnahm er einige wenige Tatsachen. Sie hieß Inge. Bei seiner Geburt war sie neunzehn gewesen, und als Beruf war Sekretärin angegeben. An der Stelle für den Namen seines Vaters war nichts eingetragen. Entweder hatte sie nicht gewusst, wer es war, oder sie hatte Gründe für ihr Schweigen gehabt. Vielleicht war er verheiratet gewesen oder ein grüner Junge, an den sie nicht ihr ganzes Leben lang gebunden sein wollte. Vielleicht wollte sie ihn vor dem Zorn ih-

res eigenen Vaters schützen. All diese Möglichkeiten gab es, da er nichts darüber wusste, was für ein Mensch sie gewesen war oder ob sie von dem alten Mann so brutal unterdrückt worden war wie er. Aber trotzdem verachtete er sie dafür, dass sie ihn dem Schicksal überlassen hatte, dem sie selbst entkommen war.

Nach dem Begräbnis des alten Mannes hatte er die Männer auf dem Schiff gefragt, was sie über seine Mutter wüssten. Solange der Alte lebte, hatten sie nie gewagt, den Mund aufzumachen, aber als er endgültig fort war, hatte Gunther ihm das Wenige, das er wusste, erzählt.

Inge war sehr streng erzogen worden. Ihre Mutter passte gut auf sie auf und hatte sie in die Schablone der anständigen deutschen Frau gezwungen. Aber als sie starb, hatte Inge ihre Chance ergriffen. Wann immer der alte Mann nach Hause kam, war sie denkbar sittsam, servierte ihm das Essen und kümmerte sich darum, dass die Wohnung sauber und in Ordnung war, zog sich anständig an und sprach nur, wenn sie gefragt wurde. Aber es war ganz anders, sobald die *Wilhelmina Rosen* unterwegs war.

Gunther hatte von anderen Schiffern gehört, dass Inge oft in Hafenbars gesehen wurde, wo sie mit Matrosen bis zum frühen Morgen trank. Natürlich gab es Liebhaber, so viele, dass sie den Ruf eines Mädchens hatte, mit dem man Spaß haben konnte, wenn auch nicht den, eine Nutte zu sein.

Sie musste gewusst haben, wie riskant das war. Die Welt der Leute, die auf Schiffen arbeiten, ist begrenzt, und sie haben einen starken Sinn für ihre Gemeinschaft und das, was dort vorfällt. Ihr Benehmen konnte ihrem Vater nicht verborgen bleiben. Aber bevor das geschah, wurde sie schwanger. Jetzt, wo er darüber nachdachte, überraschte es ihn, dass seine Mutter nicht abgetrieben hatte. Mitte der siebziger Jahre war es nicht schwer gewesen, in Hamburg eine Abtreibung zu bekommen. Wenn sie bereit gewesen war, dem Zorn ihres Vaters standzuhalten, hatte sie ihr Kind wohl wirklich unbedingt behalten wollen.

Gunther erzählte, sie habe die ersten fünf oder sechs Monate die Schwangerschaft mit schlabberigen Pullovern geheim halten können. Als ihr Vater es herausfand, war er über alle Maßen empört. Einige Wochen war das Leben an Bord die reine Hölle, der alte Mann in miserabler Laune, und die Mannschaft konnte nie etwas recht machen. Er konnte sich nur zu gut vorstellen, wie das gewesen sein musste, und war dankbar, dass er es nicht miterlebt hatte.

Eine bedrohliche Stille trat die nächsten zwei Monate ein. Dann kam der alte Mann eines Morgens nach einem dreitägigen Stopp in Hamburg mit einem beladenen Auto an den Kai. Die Mannschaft hatte mit offenen Mündern zugesehen, wie er gelassen ein Kinderbettchen mit zwei vollständigen Sets Bettzeug, mehrere Plastiktüten mit Babykleidung und eine Schachtel mit Flaschen, Säuglingsnahrung und Tabletten zum Sterilisieren auslud. Schließlich hatte der alte Mann einen Kinderwagen die Gangway hinaufgefahren. Er enthielt einen Säugling.

Niemand wagte es, den Alten zu fragen, was aus Inge geworden war, und sie hatten abgelegt, bevor Gerüchte zu ihnen drangen. Aber als sie das nächste Mal im Heimathafen waren, ging Gunther sofort in die Bars, um sich so viel Tratsch wie möglich anzuhören. Wie er vermutet hatte, war der alte Mann nach Hause gekommen und hatte Inge mit dem Kind vorgefunden. Er hatte sie buchstäblich aus der Wohnung gejagt und warf ihre Kleider hinter ihr die Treppe hinunter. Er hatte die Schlösser auswechseln lassen und sich darangemacht, das Kind selbst großzuziehen.

Inge, so wurde berichtet, hatte die Stadt verlassen. Einer ihrer Exfreunde arbeitete auf einem Kreuzfahrtschiff und hatte ihr eine Stelle als Bedienung besorgt. Als das Schiff nach Hamburg zurückkam, war Inge nicht mehr dabei. Sie hatte in Bergen gekündigt und war in die norwegische Nacht hinausgegangen, ohne eine Postadresse dazulassen. Soweit er wusste, war das das Letzte, was man in Hamburg von ihr gehört hatte.
Er fragte sich, was wohl aus ihr geworden war, aber nur auf eine vage, gefühlsmäßig unbeteiligte Art und Weise. Schon als Kind hatte er sich nie phantasievolle Rettungsgeschichten ausgedacht. Es war ihm nie eingefallen zu träumen, seine Mutter käme im Nerzmantel und diamantenbehängt aufs Schiff geschwebt, um ihn aus seinem höllischen Alltag zu erlösen und ihn mit einem luxuriösen Leben zu verwöhnen.
Wenn er heutzutage an sie dachte, stellte er sich vor, dass sie sich schließlich auf die eine oder andere Art und Weise verkauft hatte, entweder direkt als Prostituierte oder indirekt als Frau von jemandem, den sie als Beschützer ansehen konnte. Es war, so meinte er, ein viel besseres Schicksal, als sie verdient hatte.
Aber die Geschichte von Heinrich Holtz hatte ihm klar gemacht, dass es sinnlos war, seiner Mutter oder seinem Großvater die Schuld zu geben. Da konnte man genauso gut eine Kugel oder ein Gewehr des Mordes beschuldigen. Der Finger, der abgedrückt hatte und für sein Schicksal verantwortlich war, hatte nicht dem alten Mann gehört. Schuld waren die Psychologen, die es für richtig gehalten hatten, Menschen als Material für ihre Experimente zu benutzen.
Alle taten so, als sei das mit der Nazizeit zu Ende gegangen. Aber er wusste es besser, er hatte sich kundig gemacht. Aus der Erfahrung mit seinem Großvater hatte er gelernt, dass es

nicht sinnvoll war, sich unbedacht in einen Rachefeldzug zu stürzen. Man musste den Feind gut kennen, musste seine Stärken und Schwächen studieren. Nach dem Begräbnis hatte er sich bemüht, alles zu lesen, was er über Theorie und Praxis der Psychologie herausfinden konnte. Zuerst war es wie eine Fremdsprache gewesen. Er musste es immer wieder lesen, bis die Worte verschwammen und sein Kopf schmerzte, aber er kämpfte weiter. Jetzt konnte er sie mit ihren eigenen Waffen schlagen. Jetzt kannte er ihre Wahrheiten fast so gut wie seine eigenen. Er konnte seine Ideen mit ihrer Geheimsprache ausdrücken. Wer von denen hätte geglaubt, dass ein einfacher Schiffer in ihre Welt eindringen konnte?

Er wusste, dass sie immer noch Menschen als Versuchskaninchen benutzten. Sie spielten immer noch mit der Psyche ihrer Opfer und versteckten sich weiter hinter ihrer beruflichen, wissenschaftlichen Wissbegier, um Schaden anzurichten. Selbst wenn sie angeblich halfen, machten sie alles nur noch schlimmer. Solange sie frei herumliefen, würde sein Los kein Einzelschicksal sein. Andere arme Kerle würden genauso vermurkst sein, wie er es gewesen war. Seine Aufgabe war klar. Er musste eine Botschaft ausschicken, die nicht unbeachtet bleiben konnte.

Es brachte nichts, an einem oder zweien ein Exempel zu statuieren. Er musste eine Schneise durch die ganze Zunft schlagen. Indem er sich durch zahllose Stöße der in den Fachzeitschriften der experimentellen Psychologie veröffentlichten Arbeiten kämpfte, hatte er seine Opfer mit akribischer Sorgfalt ausgewählt. Er war nur an denen interessiert, die man als die direkten Erben seiner Verfolger ansehen konnte – die Deutschen natürlich und ihre verräterischen Kollaborateure, die Franzosen, Belgier, Österreicher und Holländer. Er ließ alle unbeachtet, die Tierexperimente machten, und suchte nur

nach den Scheusalen, die Menschen nicht nur als Sprungbrett für ihre eigene Karriere benutzten, sondern sich dessen in ihren Veröffentlichungen auch noch rühmten. Ihre ausführlichen Schilderungen, wie sie ihre Versuchsobjekte manipulierten und deren Psyche und Verhalten beschädigten, waren verabscheuungswürdig. Es überraschte ihn, dass es nicht noch mehr von ihnen gab, aber er nahm an, dass nicht alle dumm genug waren, ihre eigenen Grausamkeiten zu enthüllen. Es dauerte eine Weile, aber schließlich hatte er zwanzig Namen beisammen. Er hatte sich entschlossen, mit denen anzufangen, die möglichst nahe an den Wasserwegen lebten, aber notfalls konnte er für seinen Feldzug auch weiter reisen.
Er musste sehr, sehr behutsam vorgehen und jeden Schritt mit der Präzision einer Militäraktion planen. Und bis jetzt hatte sich das ausgezahlt.
Er schaute aus dem Bullauge auf das braune, vorbeisprudelnde Wasser. Bremen war das nächste Ziel. Das Schraubglas stand bereit.

Petra Becker war so ungehalten wie eine Katze, der ein zimperlicher Mensch ihre Maus weggenommen hat. Sie hatte einen weiteren frustrierenden Tag damit verbracht, den Gegenbeweis zu liefern. Zwar hatte sie einen Mann ausfindig gemacht, mit dem Marlene Krebs ins Bett ging, aber er hatte ihnen nichts Brauchbares gesagt. Marlene könne über sich selbst bestimmen, meinte er achselzuckend. Ja, er hätte gehört, dass sie sich mit Danni getroffen hatte, aber das sei ihm egal gewesen, wenn sie nur Safer Sex praktizierte, was sie mit ihm immer tat. Mit Junkies wolle man ja nichts riskieren, fügte er selbstgerecht hinzu.
Dannis Freundin hatte jede Kenntnis seiner angeblichen Affäre mit Marlene abgestritten, aber sie hatten nicht zusammen-

gelebt, und sie konnte nicht mit Sicherheit angeben, wo er sich in den Nächten aufgehalten hatte, in denen er nicht bei ihr war.
Petra und der Hai hatten zusammen drei Leute gefunden, die behaupteten, sie hätten von der Affäre Kenntnis gehabt. Die Kripobeamten gaben sich damit zufrieden, aber Petra nicht. Einer der drei war vorbestraft, weil er kleinere Mengen Drogen gedealt hatte, ein anderer arbeitete in einem von Radeckis Videoläden. Und die Dritte schuldete den Kredithaien in der Gegend so viel, dass sie zugegeben hätte, mit dem Bundeskanzler geschlafen zu haben, wenn nur der Preis stimmte. Sie glaubte keinem von den dreien. Aber das hieß noch lange nicht, dass sie die Geschichte widerlegen konnte, an der Marlene so hartnäckig festhielt.
Sie war mit dem festen Entschluss ins Büro zurückgekommen, die nächste Phase ihrer Strategie zu starten. Keine ihrer sonst nützlichen Quellen hatte ihr einen Hinweis auf den Verbleib von Marlenes Tochter geben können. Das Einzige, was sie feststellen konnte, war, dass Tanja an dem Tag nach dem Mord mit einem großen schwarzen Mercedes von der Schule abgeholt worden war. Niemand hatte den Fahrer oder sonst ein nützliches Detail wie das Kennzeichen bemerkt. Bei Radeckis verzweigtem Netzwerk konnte sie überall sein, vielleicht sogar außerhalb Deutschlands.
Aber sie mussten es versuchen. Sie war also zu Hanna Plesch gegangen und hatte ihr ihren Plan vorgelegt. Plesch hatte sie stirnrunzelnd angehört. Dann hatte sie den Kopf mit den rotbraunen Haaren geschüttelt und gesagt: »Es ist zu riskant.«
»Es ist die einzige Möglichkeit. Wenn wir es groß als Vermisstenanzeige rausbringen, bekommen wir bestimmt eine Reaktion. Wo immer das Kind festgehalten wird, irgendjemand muss es gesehen haben. Oder zumindest etwas Verdächtiges

bemerkt haben. Wir müssen das Mädchen finden, damit es für Marlene ungefährlich ist, uns zu sagen, was sie weiß.«

»Und was ist, wenn sie beschließen, die Sache abzubrechen und das Kind umzubringen? Was sagen wir dann den Medien? Meinen Sie wirklich, Krebs wird noch mit Ihnen reden, wenn sie glaubt, dass Sie diejenige sind, die am Tod ihrer Tochter schuld ist?« Plesch hielt ihrem Blick stand. Sie war offensichtlich genauso entschlossen wie Petra.

»Wir haben keine andere Wahl«, sagte Petra starrköpfig.

»Petra, wir erreichen damit nichts. Dann stecken wir eben wieder in einer Sackgasse. Wir arbeiten weiter an dem Fall, aber ich werde nicht das Leben eines Kindes aufs Spiel setzen.«

»Das Kind ist schon in Gefahr.«

»Krebs weiß das. Und sie weiß, was sie zu tun hat, damit das Kind am Leben bleibt. Daran werden Sie nichts ändern. Petra, Sie werden es lassen müssen. Es wird andere Möglichkeiten geben.«

Petra starrte ihre Chefin an. »Nach dem, was ich höre, nicht.«

»Was heißt das?«

»Es soll eine große Aktion gegen Radecki gestartet werden. Und zwar nicht unsere eigene. Chefin, ich reiß mir seit Jahren den Arsch auf und versuche, gegen den Dreckskerl genug Material zusammenzukriegen. Und wenn das unsere letzte Chance ist, ihn festzusetzen, dann will ich nichts unversucht lassen.«

Plesch wandte den Blick ab. »Petra, das ist keine Aufgabe für Sie persönlich. Sie haben nicht irgendwie ein besonderes Recht, diejenige zu sein, die schließlich Radeckis Organisation kassiert. Es spielt keine Rolle, wer ihn sich holt, solange es irgendjemand tut.«

»Sie bestätigen also, dass etwas läuft, was ihn uns wegnehmen kann?« Jetzt war sie wirklich aufgebracht und machte sich nichts daraus, dass sie zu weit ging. Ihre Augen wurden zu schmalen Schlitzen, und auf Wangen und Hals erschienen rote Flecken.

»Hören Sie auf zu drängeln«, sagte Plesch und stand auf. »Gehen Sie einfach und machen Sie Ihren Job. Wir müssen noch darüber reden, aber nicht jetzt. Hören Sie zu, Petra. Wir haben doch lange genug zusammengearbeitet. Sie sollten begreifen, dass Sie mir manchmal einfach vertrauen müssen. Im Moment ist es nicht günstig, einen großen Aufstand zu machen. Sie sollten kein so großes Risiko eingehen. Es ist nicht nötig und nicht erstrebenswert.« Sie zwang sich zu einem Lächeln. »Das ist übrigens ein Befehl. Sie setzen das Kind auf keinen Fall einer Gefahr aus.«

Petra hatte stinkwütend mit geballten Fäusten das Büro verlassen. Erst später, als ihr erster Ärger sich gelegt hatte, überlegte sie sich, was Plesch gesagt hatte. Sie hatte, wenn auch nur indirekt, bestätigt, dass es im Fall Radecki eine drastische Veränderung geben würde. Aber sie schien anzudeuten, dass Petra dabei eine Rolle spielen konnte, wenn sie sich nicht zu einem Fehler hinreißen ließ. Es war noch lange kein Versprechen, aber es tröstete sie etwas über die Ablehnung ihres Plans hinweg.

Sie warf sich auf ihren Stuhl und öffnete das Programm für ihre internen E-Mails. Zwar erwartete sie nichts Interessantes, aber es war immerhin besser, als die Wand anzustarren. Sie überflog die kurze Liste der neuen Mails. Das Einzige, was ihre Aufmerksamkeit erregte, war eine Antwort auf ihre Anfrage bei der Polizei Heidelberg. Da alles in den letzten zwei Tagen so mies gelaufen war, erlaubte sie sich keine freudige Spannung, öffnete aber die E-Mail trotzdem. Ihre Augen liefen über den Bildschirm und nahmen die wichtigsten Einzel-

heiten auf: *Walter Neumann, 47, Dozent an der Heidelberger Universität Ruperto Carola.*
Petras innere Radarüberwachung reagierte. Wieder ein Akademiker, wieder ein Psychologe. Das war vielversprechend. Sie ließ den Text nach unten rollen. Drei Wochen zuvor war er in seiner Wohnung in der Nähe der Uni in der Altstadt gefunden worden. Sein Computer war auf dem Boden zerschmettert, und er lag rücklings mit ausgestreckten Gliedmaßen auf seinem Schreibtisch. Die Einzelheiten waren die gleichen, die ihr Marijke über den Mord an de Groot in Leiden gegeben hatte, bis hin zur Todesursache, Ertrinken, und zum Abschneiden des Schamhaars mit der darunter liegenden Haut.
»Volltreffer«, sagte sie leise. Gut, die Regel war, es mussten drei Vorkommnisse sein, damit man von einer Serie sprechen konnte, aber zwei Morde nach einem so ausgefallenen Muster, das konnte kein Zufall sein. Es wunderte sie jedoch, dass diese Information das Dezernat für organisiertes Verbrechen durchlaufen hatte. Als sie weiterlas, fand sie die dürftige Erklärung ganz am Ende des Dokuments.

Bei der ursprünglichen Untersuchung dieses Mordes fand sich kein persönliches Motiv. Neumann war jedoch nach unseren Erkenntnissen in der Drogenszene aktiv. Er konsumierte angeblich seit langer Zeit Cannabis und Amphetamine, und die Gruppe des Rauschgiftdezernats, die sich mit dem Umfeld der Universität beschäftigt, hat Gerüchte gehört, dass Neumann Drogen an Studenten verkauft hätte. Obwohl wir nicht eindeutig nachweisen können, dass er sich mit Dealen beschäftigt hat, scheint es möglich, dass dieser absonderliche Mord geschah, weil das Opfer sich mit dem organisierten Verbrechen eingelassen hatte, das in der Drogenszene existiert. Kurz, wir haben es hier vielleicht mit einer Hinrichtung zu tun, die eine uns unverständliche Botschaft für andere enthält, die in Versuchung sein könnten, gegen die ungeschriebenen Regeln solcher Leute zu verstoßen.

»Aufgeblasenes Gefasel«, murmelte Petra, als sie den letzten Abschnitt las. »Übersetzung: Wir haben keine Ahnung, also laden wir die Sache auf andere ab.« Trotzdem war sie dieses eine Mal dankbar dafür, dass die Kollegen in der Provinz den Schwarzen Peter weitergaben. Ohne deren Faulheit und Unvermögen hätte sie niemals die Verbindung zwischen diesem Mord und Marijkes Fall in Leiden herstellen können.

Die Frage war nun, was sollte sie jetzt tun? Es gab keine effektive Zusammenarbeit beim Einsatz zwischen den Polizeikräften der verschiedenen Länder der Europäischen Union. Interpol spielte hier keine Rolle. Europol war für die Zusammenarbeit der Nachrichtendienste und die Entwicklung polizeilicher Strategien da, nicht für grenzüberschreitende Operationen. Wenn sie diese Sache bekannt gab, würde sie im bürokratischen Papierkrieg und den politischen Querelen zwischen den einzelnen Abteilungen untergehen.

Aber wenn sie und Marijke die zwei Fälle zusammen untersuchten, sich gegenseitig die Informationen mitteilten und die Hinweise sammelten … Da der Fall Radecki ihr entrissen zu werden drohte, musste sie einen anderen Weg zur Anerkennung finden. Vielleicht war's das.

Petra drückte die Antwort-Taste. *Bitte schicken Sie den vollen pathologischen und forensischen Befund zu Walter Neumann. Wir würden Papier vorziehen, wenn das möglich ist. Die Sache ist sowohl dringend als auch absolut vertraulich.*

Sie schickte diesen Text und setzte sich wieder mit einem

zufriedenen Lächeln auf ihrem Stuhl zurück. Wenn es so war, wie Plesch andeutete – dass sie bei der Aktion gegen Radecki eine Aufgabe hatte –, dann war alles gut. Aber falls Plesch nur versuchte, sie bei Laune zu halten, wäre das hier ihr Pfand.

Kapitel 16

Drei Tage reichten wirklich nicht aus. Carol blickte stirnrunzelnd in ihren Kleiderschrank. Manche ihrer Sachen würden gehen, aber die meisten nicht. Morgan hatte ihr eine Summe für neue Kleidung zur Verfügung gestellt, bei der sie erstaunt die Augenbrauen hob, aber das Einkaufen würde den größten Teil des Tages in Anspruch nehmen. Dann musste sie packen und darauf achten, dass sie nichts mitnahm, was an ihre wahre Identität erinnerte.

Ihr Bruder Michael hatte sich schon bereit erklärt, für Nelson zu sorgen. Er wollte am Abend von Bradfield herunterfahren und den Kater in seine elegante Wohnung unter dem Dach mitnehmen, die sie sich früher geteilt hatten. Wenigstens hatte Michael keine unbequemen Fragen gestellt, wie zum Beispiel, warum seine Schwester ihn bat, für eine unbestimmte Zeitspanne auf den Kater aufzupassen, während sie an einen unbekannten Ort verschwand. Sobald sie gesagt hatte, sie könne es aus dienstlichen Gründen nicht erklären, hatte er das Thema fallen lassen.

Was sie sich allerdings wünschte, war eine Gelegenheit, mit Tony zu sprechen. Sie wusste, dass seine Einsichten nützlich wären, und seine Unterstützung würde darüber hinaus ihr Selbstvertrauen stärken. Aber eine so heikle Aufgabe konnte sie nicht dem Telefon oder der elektronischen Kommunikation anvertrauen. Sie hatte ihn nach ihrem Treffen mit Morgan angerufen und fand es schrecklich, dass sie ihm alles verheimlichen musste. Sie hatte deutlich gemacht, dass ihre Zurückhaltung lediglich mit ihren Befürchtungen wegen der Sicherheit der Kommunikationskanäle zu tun hatte, und wie Michael hatte er sie nicht bedrängt.

Carol ging ihre Kleider durch, wählte Sachen aus, die sie möglicherweise mitnehmen konnte, und warf sie hinter sich aufs Bett. Sie war dankbar, dass sie das meiste, was sie besaß, hier lassen musste, weil es Ausdruck ihrer eigenen Persönlichkeit war. Der Gedanke, dass Carol Jordan etwas mit diesem neuen Geschöpf, Caroline Jackson, zu tun haben könnte, sei es auch nur auf ganz oberflächliche Weise, war ihr nicht angenehm. Es wurmte sie etwas, dass die Namen so ähnlich waren, obwohl Morgan ihr erklärt hatte, dass dies aus einsatztechnischen Gründen so sein müsse. »Wir lassen den Vornamen gern immer so ähnlich wie möglich, damit Sie nicht diese schrecklichen Momente erleben, wenn jemand Ihren Namen sagt, und Sie bringen ihn überhaupt nicht mit sich selbst in Verbindung. Und wir haben festgestellt, dass es hilft, wenn die Initialen gleich sind. Leute, die über diese Dinge Bescheid wissen, sagen, dass es psychologisch alles einfacher macht und man sich nicht so leicht verheddert.«

Carol war am Ende der Auswahl angelangt und schloss die Doppeltür ihres Kleiderschranks. Sie ging langsam im Schlafzimmer umher und strich über die vertrauten Gegenstände auf ihrer Frisierkommode und in den Bücherregalen, als ob die Berührung mit den Fingern sie ihrem Gedächtnis so fest einprägen könnte, dass sie wenn nötig immer präsent wären und sie mit der Person, die sie wirklich war, verbinden würden. Sie betrachtete drei gerahmte Fotos, die an ihrem Bett standen. Michael, offen und gut gelaunt, hatte den Arm um die Frau gelegt, mit der er die letzten beiden Jahre gelebt hatte. Ihre Eltern bei der Silberhochzeit, ihre Mutter hatte den Kopf mit einem Blick nachsichtiger Zärtlichkeit an die Schulter ihres Vaters gelegt. Ihr Vater sah direkt in die Kamera, und sein kauziges Lächeln hob seine Augenwinkel. Schließlich ein Schnappschuss von ihr, Tony und John Brandon, ihrem früheren Chef, aufgenommen bei der Büro-Party, mit der man die Lösung des ersten Falls feierte, an dem sie zusammen gearbeitet hatten. Alle hatten den leicht verschleierten Blick derer, die auf einen Schwips zusteuern, aber noch nicht ganz so weit sind.

Ihr Träumen wurde unsanft durch die Klingel unterbrochen. Carol runzelte die Stirn. Sie erwartete niemanden, ging aber durchs Wohnzimmer, nahm den Hörer der Sprechanlage und sagte: »Hallo?«

Es krachte und rauschte, dann hörte sie eine blecherne Stimme sagen: »Carol? Ich bin's, Tony.« Sie nahm den Hörer vom Ohr und starrte ihn an wie einen unbekannten Gegenstand. Die freie Hand drückte automatisch auf den Knopf des Türöffners, während sie zu begreifen versuchte, was sie gerade gehört hatte. Wie eine Schlafwandlerin legte sie den Hörer auf und öffnete die Wohnungstür. Außerhalb ihrer Wohnung mit der hervorragenden Schalldämpfung hörte sie das Quietschen des Aufzugs.

Die Aufzugtür ging auf, und sie wappnete sich für die übliche Erregung, in die Tonys Anblick sie immer versetzte. In dem kalten Licht sah seine Haut blass wie Holzasche aus, er war wie eine Erscheinung aus einem Schwarzweißfilm. Dann trat er näher und gewann sein gewohntes Aussehen zurück. Sie bemerkte, dass er sein Haar hatte schneiden lassen, seit sie ihn zuletzt gesehen hatte, und als er auf sie zuging, schien er besonders mit sich zufrieden. »Ich hoffe, ich störe nicht«, sagte er.

Carol trat zurück und ließ ihn ein. »Was machst du denn hier?«, fragte sie und konnte das Lachen nicht ganz unterdrücken.

Tony kam herein, berührte sie leicht am Ellbogen und beugte sich vor, um ihr einen braven Kuss auf die Wange zu geben. »Verzeih mir, wenn ich überheblich erscheine, aber am Telefon hast du dich angehört, als könntest du ein bisschen moralische Unterstützung brauchen. Und so wie ich dich kenne, glaubte ich nicht, dass du versuchen würdest, sie anderswo zu bekommen.« Er breitete die Hände aus – eine Geste der Großzügigkeit. »Hier bin ich also.«

»Aber … solltest du nicht bei der Arbeit sein? Wie bist du hergekommen? Wann bist du eingetroffen?« Bevor er antworten konnte, erschien Nelson, von der vertrauten Stimme angelockt. Er schmiegte sich an Tonys Beine und ließ überall an seinen Jeans schwarze Haare zurück. Tony ging in die Hocke und kraulte den Kater zwischen den Ohren. »Hallo, Nelson. Du siehst noch genauso gut aus wie immer.« Nelson schnurrte, und seine Augen wurden schmal und sahen zu Carol hin, als wolle er sagen, er könne ihr das eine oder andere beibringen. Tony schaute hoch. »Ich bin heute früh mit dem Pendelflug von Edinburgh gekommen. Ich habe heute kaum Veranstaltungen, da dachte ich, ich gehe das Risiko ein und sehe mal, ob ich dich antreffe.«

»Ziemlich teures Risiko«, sagte Carol. »Du hättest mich anrufen können, ob ich zu Hause bin.«

Tony richtete sich auf. »Manchmal hab ich es satt, immer nur vernünftig zu sein.«

Bevor sie es wieder zurücknehmen konnte, hatte Carol schon gesagt: »Und was hält Frances davon?« Sobald ihre Worte he-

raus waren, veränderte sich sein Gesicht völlig. Es war geradezu, als sei eine Sperre hinter seinen Augen zugefallen.
»Was ich tue, geht Frances nichts mehr an«, sagte er. Sein Tonfall hielt jede Diskussion so wirksam ab wie ein Panzer.
Carol konnte ein kurzes Glücksgefühl in der Magengegend nicht unterdrücken. Es konnte kein Zufall sein, dass Frances so bald nach ihrem Besuch ins Reich der Geschichte verbannt wurde. Was hieß ... es konnte alles Mögliche bedeuten, das sie sich noch lange nicht auszudenken erlauben durfte. Es sollte ihr genügen, dass er jetzt hier war, bei ihr. Und zwar aus eigenem Antrieb, nicht auf ihren Wunsch. »Komm und setz dich«, sagte sie. »Kaffee, ja?«
»Oh, bitte. Sie können das menschliche Genom entschlüsseln, aber eine anständige Tasse Kaffee im Flugzeug, das kriegen sie nicht hin.«
»Mach dir's gemütlich«, sagte Carol und wies auf die über Eck stehende Couchgarnitur, wo der Blick aus den Fenstern am besten war. »Ich bin gleich wieder da.« Sie war schon unterwegs in die Küche.
Statt sich zu setzen, ging Tony im Raum umher. Vieles war ihm vertraut, einige Dinge waren neu. Zwei große Drucke von Jack Vetrianos *Film noir*-Serie in schweren Goldrahmen im Antik-Look, die in dem Häuschen, wo Carol früher gewohnt hatte, völlig fehl am Platz gewesen wären, konnten hier an diesen hohen weißen Wänden ihre starke, düstere Wirkung entfalten. Die CD-Sammlung war gewachsen und umfasste jetzt eine Reihe neuerer Gitarrenbands, deren Namen er erkannte, deren Musik ihm aber vollkommen fremd war. Den Gabbeh in bunten Farben im Mittelpunkt des Zimmers hatte er auch noch nie gesehen.
Aber es gab nichts, das sich mit seiner Erinnerung an Carol nicht vertrug. Sie war noch der Mensch, den er gekannt hatte.

Er stand am Fenster und sah auf die alte Kirche hinunter, die mitten in diese moderne Umgebung nicht hineinpasste. Er war nicht sicher, ob er damit, dass er einfach hergekommen war, das Richtige getan hatte. Manchmal musste man jedoch ein Risiko eingehen. Wie würde er sonst überhaupt merken, dass er noch am Leben war?
Carols Stimme unterbrach sein Grübeln. »Kaffee«, sagte sie und stellte einen Kaffeebereiter und zwei Becher auf den niedrigen Glastisch.
Er wandte ihr das Gesicht zu und lächelte. »Danke.« Er zog seine Jacke aus, unter der er einen feinen schwarzen Wollpullover trug, modischer als das, was er früher getragen hatte, dachte Carol. Sie setzten sich mit ihrem Kaffee jeder auf eine Couch, aber nah genug an der Ecke, dass sie sich auch hätten berühren können. »Also«, sagte er, »willst du darüber sprechen?«
Carol zog ihre Beine hoch und nahm ihren Becher in beide Hände. »Ich kann's kaum abwarten, darüber zu sprechen. Sie lassen mich einfach ins kalte Wasser springen. Total ins Agentendasein eingetaucht.«
»Bei Europol?«, fragte er.
»Nicht direkt. Es ist eine britische Aktion. Um ehrlich zu sein, die Abgrenzungen sind nicht ganz klar. Ich weiß nicht genau, wo in der Sache die Staatssicherheitspolizei aufhört und die Zuständigkeit der Zollbehörde anfängt. Und ich würde mich nicht wundern, wenn die Geheimdienste da auch noch die Hand im Spiel hätten.« Sie lächelte sarkastisch. »Klar ist nur, dass ich Superintendent Morgan verantwortlich bin, der ja zu NCIS gehört. Und mehr soll ich auch gar nicht wissen.«
Tony war durch seine Arbeit bei Verhören von Serienmördern geübt genug, dass sie ihm sein Unbehagen nicht anmerkte. Aber es gefiel ihm nicht, wie die Sache sich anhörte. Aus

seinen begrenzten Erfahrungen mit der britischen Polizeiarbeit wusste er, dass solche Grauzonen immer ein Anzeichen dafür waren, dass die Zuständigkeit nicht genau feststand. Wenn die Zeit für das Trommelfeuer kam, würde Carol auf weiter Flur allein dastehen. Dass sie dies nicht einmal vor sich selbst zugab, machte ihm Sorgen. »Was ist dein Auftrag?«

Carol berichtete ihm alles, was Morgan ihr über Tadeusz Radecki erzählt hatte. »Morgan sagte, als er mich auf der Europol-Bewerbung sah, hätte er kaum seinen Augen getraut«, fuhr sie fort. »Katerina war tot, aber hier war ihr Double und bewarb sich um Arbeit ganz vorn beim Nachrichtendienst. Und so kam ihm die Idee, eine Aktion aufzuziehen, bei der ich der Köder sein soll, auf den Radecki hereinfällt.«

»Du wirst Agentin, um Radecki zu verführen?« Tony schien der Boden unter den Füßen zu schwinden. Er hatte gedacht, diese Art Falle sei mit dem Kalten Krieg verschwunden.

»Nein, nein, es ist raffinierter. Es gibt einen Trick. Laut Morgan hatte Radecki einen netten kleinen Deal mit einem Gangster in Essex laufen, Colin Osborne. Osborne schleuste über einige Textilbetriebe im East End Radeckis illegale Einwanderer ein. Alle paar Monate gab er einem Kontaktmann bei der Einwanderungsbehörde einen Wink, und sie wurden abgeholt und in Strafanstalten gesteckt. Dann füllte er sie mit Radeckis nächster Ladung wieder auf. Er konnte sich selbst raushalten, weil er bei der Anmeldung der Betriebe immer falsche Namen und gefälschte Angaben zu finanziellen Details machte.«

»Guter Trick«, sagte Tony.

»Sehr guter Trick. Jedenfalls kam Osborne vor ungefähr sechs Wochen bei einer Schießerei unter den Gangstern um. Und alle streiten sich immer noch darum, wer welches Stück von seinem dreckigen kleinen Imperium bekommt. In der Zwischenzeit gibt es niemanden, der Radeckis Illegalen eine Zuflucht bietet.«

»Und hier trittst du in Aktion?«

»Genau.« Sie grinste. »Ich tauche in Berlin auf und mache Radecki einen Vorschlag. Ich bin Caroline Jackson.« Sie zeigte mit dem Daumen auf das kleine Büro, das sich an das Wohnzimmer anschloss. »Ich habe eine dicke Akte mit Carolines Vorgeschichte. Wo sie zur Schule ging, wann sie ihre Jungfräulichkeit verlor, wann und wie ihre Eltern starben, wo sie die ganzen Jahre lebte, wie sie ihren Unterhalt verdiente. Jetzt ist sie eine wohlhabende Geschäftsfrau mit sehr zweifelhaften Kontakten.«

Tony hob mahnend einen Finger. »Nicht ›sie‹, Carol. Von jetzt ab heißt es ›ich‹.«

Carol verzog entschuldigend die Lippen. »Ich habe eine ehemalige US-Airbase in East Anglia gepachtet und habe dort eine Fabrik für Holzspielzeug, das in Handarbeit hergestellt wird, dazu die ehemalige Kaserne. Auch eine Quelle für gefälschte italienische Pässe steht mir zur Verfügung. Ich kannte Colin Osborne und wusste, dass er Arbeiter von Radecki bekam. Und jetzt, wo Colin tot ist, kann ich die Leute übernehmen. Ich brauche Arbeiter und kann ihnen ein besseres Angebot machen als Colin. Sie arbeiten bei mir ein Jahr umsonst und erhalten ordnungsgemäße, in der EU gültige Papiere. Und Radecki bekommt einen Markt für seine illegalen Einwanderer.«

Tony nickte. »Ich sehe ein, dass das attraktiv für ihn wäre. Warum brauchen sie als zusätzlichen Anreiz eine Person, die wie seine verstorbene Freundin aussieht?«

»Na ja, Morgan sagte, dass sie nicht zum ersten Mal daran gedacht hätten, jemanden für die Masche einzusetzen, die ich jetzt übernehmen soll. Aber es gab Bedenken, weil sie eventuell nur Beweise zu dem letzten Abschnitt des Geschäfts würden erbringen können. Wenn sie also vielleicht Radecki zu fassen bekämen, würden sie wahrscheinlich doch nicht das ganze Netzwerk zerschlagen können. Dann kam ich. Der Grundgedanke ist, dass er mir gegenüber offener sein und sich mir schneller anvertrauen wird als jemand anderem. Wenn wir annehmen, dass ich sein Vertrauen gewinnen kann, sollte ich genau herausfinden können, wie seine Unternehmungen laufen. Wenn ich meine Sache gut mache, könnten wir seine Drogendeals, seinen Waffenschmuggel und seine Schleusergeschäfte platzen lassen. Und das wäre ein Ergebnis, für das es sich lohnen würde.«

Ihr Eifer machte Tony Sorgen. Er wusste, dass Carol, um bei einem so schwierigen Auftrag Erfolg zu haben, die ganze Zeit ein sehr starkes Selbstbewusstsein haben müsste. Sie würde die meiste Zeit auf sich selbst gestellt sein und ohne den festen Glauben an sich selbst gnadenlos untergehen. Aber es passte nicht zu ihr, vor den Gefahren einer Aufgabe mit einem so hohen Risiko die Augen zu verschließen. »Sicher haben sie psychologisch gesehen Recht«, sagte er. »Radecki wird sich bestimmt zu dir hingezogen fühlen. Und dieser emotionale Aspekt wird es dir leichter machen, deine Agentenidentität zu wahren. Es wird schwerer für ihn sein, dir gegenüber so misstrauisch zu sein, wie er es bei einem anderen fremden Menschen wäre. Aber trotzdem begibst du dich wirklich in eine riskante Situation. Wenn deine Geschichte platzt, wird er für dich viel gefährlicher sein, als wenn du nur irgendeine x-beliebige Agentin wärst. Es würde nicht ausreichen, dich zu eliminieren, er würde dich leiden lassen. Das weißt du?«

»Ja, ich habe schon mal daran gedacht. Aber du weißt ja, dass ich nicht zum Grübeln neige.«

»Du musst dir der möglichen Fallstricke bewusst sein. Es

würde nichts bringen, wenn du nur hier sitzt und mich beruhigst und mir versicherst, wie toll du deine Sache machen wirst. Agentenarbeit ist die schwerste Aufgabe bei der Polizei.« Er beugte sich mit ernstem Gesicht vor. »Du hast nie dienstfrei. Du kannst dir nicht erlauben, dich nach dem Menschen zu sehnen, der du wirklich bist. Du musst diese andere Person leben, und dabei ist man einsamer als bei sonst irgendwas. Und du wirst in einem fremden Land sein, was dieses Gefühl der Isolation nur noch verstärken wird.«

Seine Worte hingen zwischen ihnen in der Luft und waren so eindringlich, als wolle er etwas ausdrücken, was über ihre oberflächliche Bedeutung hinausging. Carol begriff plötzlich, dass er von sich selbst und von dem Leben sprach, das er für sich gewählt hatte. »Du klingst, als hättest du es erlebt«, sagte sie leise.

Als normaler Mensch gelten, dachte er. Aber jetzt war nicht die rechte Zeit für dieses Thema. »Schon so lange her, dass ich mein T-Shirt von damals in die Kleidersammlung gegeben habe«, sagte er, bemüht, locker zu klingen. »Das akademische Leben ist keine natürliche Umgebung für mich.« Carol sah enttäuscht aus, was er für durchaus berechtigt hielt. Sie hatte Besseres verdient. »Und Frances war es auch nicht«, fügte er hinzu. »Aber ich bin nicht gekommen, um über mich zu reden. Wird es möglich sein, dass wir in Kontakt bleiben?«

»Das hoffe ich. Morgan sagte, sie würden einen Weg finden, mir einen sicheren E-Mail-Zugang zu organisieren.«

Tony trank seinen Kaffee aus und goss sich nach. »Das würde ich gut finden. Nicht, dass ich viel praktische Hilfe leisten kann, aber es wäre schön zu wissen, dass es dir gut geht. Und du wirst vielleicht froh sein, einen Ort zu haben, wo du jeden Tag ein paar Minuten Carol Jordan sein darfst. Andererseits wirst du vielleicht finden, dass das nur dabei stört, die Rolle aufrechtzuerhalten. Mach's also, wie es dir am besten passt. Sieh zu, wie du dich in der Rolle fühlst.«

Carol stellte ihren Becher auf den Tisch und stand auf. Sie ging zum Fenster hinüber und blickte hinaus. Er sah sie im Profil mit den Flächen und Kanten, die er stets klar in Erinnerung hatte. Ein paar Fältchen um die Augen waren ein wenig ausgeprägter, aber sonst hatte sie sich nicht verändert, seit er sie kennen gelernt hatte. Obwohl die Linien um ihren Mund trotzig und entschlossen wirkten, lag jetzt Besorgnis in ihrem Blick. »Ich habe Angst, Tony. Ich bemühe mich, keine zu haben, weil ich weiß, dass Ängstlichkeit schadet, wenn man eine solche Aktion unternimmt. Aber ich habe wirklich richtige Angst.«

»Du solltest nicht vergessen, dass Angst auch hilfreich ist«, sagte Tony. »Im Lauf dieses ganzen Auftrags wird Adrenalin die Quelle deiner Energie sein. Angst ist eine gute Voraussetzung dafür. Und sie schützt einen vor Selbstzufriedenheit. Was immer du jetzt denken magst, du wirst Radecki irgendwie mögen müssen. Zunächst wirst du bewusst so tun, als fühltest du dich zu ihm hingezogen, aber allein schon das über eine gewisse Zeit durchhalten zu müssen, führt meistens dazu, dass gespielte zu echter Zuneigung wird. Es ist eine Variante des Stockholm-Syndroms, bei dem Geiseln sich mit den Leuten identifizieren, die sie gefangen genommen haben. Ob du willst oder nicht – du wirst finden, dass du ihm näher kommen und ihn wahrscheinlich gern haben wirst. Dagegen ist Angst ein gutes Gegenmittel.«

Carol rieb sich mit Daumen und Zeigefinger die Augen. »Ich will das, was mir dieser Auftrag bringen könnte, so sehr, dass ich fürchte, ich werde alles tun, was dazu nötig ist. Was ist, wenn ich mich in den Typ verknalle?« Sie wandte sich ihm mit besorgtem Gesicht wieder zu.

»Da wärst du nicht die Erste. Und es gibt keine einfache Strategie, es zu vermeiden.« Er ging zu ihr hinüber und nahm ihre Hände in seine. »Wenn er nett zu dir ist – und es gibt keinen Grund, warum er das nicht sein sollte –, könnte es dir sehr gefallen, den Geschehnissen ihren Lauf zu lassen. Du musst dir dann vor Augen führen, was du an diesem Menschen vollkommen verabscheuungswürdig findest. Ich weiß nicht, was das für dich sein könnte. Aber es muss in seiner Akte etwas geben, was dir wirklich unter die Haut gegangen ist. Versuch dich zu erinnern, was es war, und halte dich daran fest wie an einem Mantra.« Er drückte ihre Hände und spürte, wie viel kühler als seine sie waren. Er versuchte, die Vorstellung zu unterdrücken, wie sie sich auf seinem Rücken anfühlen würden.

»Das ist nicht schwer«, sagte sie. »Seine Gefühllosigkeit. Die Art und Weise, wie er dies alles einfädelt und sich dabei nie die Hände schmutzig macht. Ich kann das Bild des toten Dealers auf den Stufen der Polizeiwache und sein Gehirn auf dem Gehweg nicht vergessen. Derweil sitzt Radecki in seiner teuren Wohnung in Charlottenburg, von all dem Mist abgeschottet, und hört Verdi oder Mozart, als habe er nichts damit zu tun. Das empört mich.«

»Führe dir jedes Mal, wenn du dich zu sehr zu ihm hingezogen fühlst, diese beiden gegensätzlichen Bilder vor Augen. Das wird dich fest in dem Ziel bestärken, um dessentwillen du dort bist.« Er ließ ihre Hände los und trat zurück. »Du kannst es, Carol. Du bist gut genug, und du hast genug Kraft dafür. Und du hast etwas, wohin du zurückkehren kannst.« Er hielt ihrem Blick stand. Zum ersten Mal, seit sie sich kannten, versprach er ihr etwas, das er einhalten zu können glaubte.

Hätte Frau Dr. Margarethe Schilling gewusst, dass es der letzte Nachmittag war, den sie erlebte, dann hätte sie sich wahrscheinlich dafür entschieden, ihn anders zu verbringen. Vielleicht damit, dass sie noch einmal mit ihrem Geliebten ihren Lieblingswaldspaziergang gemacht hätte. Oder vielleicht hätte sie mit ihren besten Freunden bei gutem Essen und Wein und lockerer Unterhaltung am Küchentisch gesessen. Oder – das war am wahrscheinlichsten – sie hätte zusammen mit ihrem achtjährigen Sohn Hartmut ein Computerspiel gespielt. Selbst der schreckliche Kerl, ihr gefühlloser Exmann, hätte nicht darauf bestanden, dass sie die festgelegte Zeit einhielt, die sie mit ihrem Sohn verbringen durfte, wenn er gewusst hätte, dass sie sterben würde.

Da sie aber nicht wusste, was ihr bevorstand, betrachtete sie stattdessen die Zeit in der Universitätsbibliothek als gut angelegt. Ihr akademisches Interesse galt hauptsächlich den psychologischen Auswirkungen religiöser Glaubenssysteme, und vor einiger Zeit hatte ein Besuch im Römisch-Germanischen Museum in Köln sie auf Überlegungen darüber gebracht, wie es sich auf die germanische Bevölkerung ausgewirkt haben mochte, dass ihr nach der Besetzung die römischen Götter aufgezwungen wurden. Sie war auch fasziniert von der Frage, ob das Aufeinandertreffen zweier verschiedener religiöser Systeme einen Einfluss auf die römischen Besatzer hatte.

Ihre Forschung war noch im Anfangsstadium, wo sie nur Information sammelte, bevor sie beginnen konnte, Theorien zu formulieren. Es war ein ermüdender und langweiliger Teil der Arbeit. Stunden, die sie in staubigen Archiven verbrachte, um irgendwelche Spuren zu verfolgen, die sich oft in einer Sackgasse verloren. Sie hatte von Forschern gehört, die sich tatsächlich beim Hantieren mit alten Materialien, die seit Jahrhunderten kaum je angerührt worden waren, mit alten Krankheiten ansteckten, aber bis jetzt war ihr selbst nichts so Drastisches passiert.

Die Risiken, die ihre Arbeit normalerweise mit sich brachte, waren ganz anderer Art. Margarethe hatte jahrelang mit lebenden Versuchspersonen gearbeitet und bei ihnen die Verbindung zwischen religiösem Glauben und Persönlichkeit untersucht. Zu ihrer Arbeit hatte auch gehört, dass sie diesen Glauben zu unterlaufen versuchte, und manchmal waren die Ergebnisse, milde ausgedrückt, beunruhigend gewesen. Es hatte ihren Versuchspersonen wenig Trost gebracht, sie daran zu erinnern, dass sie informiert worden waren und ihre Zustimmung zu den klinischen Experimenten gegeben hatten, und sie war verschiedentlich starken Angriffen gegen ihre Person ausgesetzt gewesen. Trotz ihrer Ausbildung fand Margarethe solche Konflikte anstrengend und musste zugeben, dass die Idee, über längst Verstorbene zu forschen, klare Vorteile hatte.

Kurz nach vier Uhr, als sie von zu viel intensiver Konzentration auf unklares Material Kopfschmerzen bekam, verließ sie die Bibliothek. Als sie in den bewölkten Nachmittag hinaustrat, war das ein richtiger Segen, selbst bei dem feuchten Wetter, das Regen ankündigte. Sie hatte keine Lust, eher als nötig in ihre leere Wohnung nach Hause zu gehen, denn sie hatte sich immer noch nicht daran gewöhnt, allein zu leben. Die Zimmer, die von der Erinnerung an ihren Sohn widerhallten, schienen zu groß.

Die bitterste Ironie ihrer Scheidung war für Margarethe, dass das, was ihre Ehe vergiftet hatte, sich auch gegen sie gewandt hatte, als es um das Sorgerecht für ihren Sohn ging. Sein Vater war ein fauler Parasit, der den Vorwand, für das Kind sorgen zu müssen, dazu nutzte, um sich vor den Anforderungen einer Berufsausübung zu drücken. Obwohl er für die Hausarbeit keinen Finger gerührt und es ihr überlassen hatte, zwischen dem Beruf und der mit Hartmut verbrachten Zeit das Kochen, Putzen und Einkaufen zu erledigen, und obwohl er sich in der Zeit, in der sein Sohn in der Schule war, eine Affäre geleistet hatte, brachte er das perfekte Argument, er sei Hartmuts hauptsächliche Bezugsperson und wolle diese Rolle weiter einnehmen. Es wäre nicht so schlimm gewesen, hätte er dies aus Liebe zu dem Jungen getan. Aber sie hatte den Verdacht, dass es ihm mehr darum ging, einen letzten Rest von Macht über sie auszuüben.

Deshalb fuhr sie lieber nicht nach Hause, bevor sie unbedingt musste. Sie arbeitete bis spät, nahm am kulturellen Leben der Stadt teil, besuchte Freunde und verbrachte Zeit in der Wohnung ihres Liebhabers. Es war jedoch mehr als der Wunsch, nicht nach Hause zu fahren, der sie an diesem Tag ins Bremer Stadtzentrum führte. Sie genoss es immer, im Schnoor durch die schmalen, kopfsteingepflasterten Gassen zu bummeln, eine Enklave mittelalterlicher, schön hergerichteter Fischerhäuser, und die Antiquitäten in den Schaufenstern zu bewundern, obwohl sie die Preise unerschwinglich fand. Während die Universität, ihr Arbeitsplatz, und der Vorort, wo sie wohnte, dem Auge wenig ästhetische Genüsse boten, war die Altstadt eine schöne Entschädigung dafür.

Sie sah auf ihre Uhr. Zwei Stunden hatte sie noch Zeit, bevor sie den Journalisten des neuen Internetmagazins treffen sollte. Die Unternehmung hörte sich interessant an, und es schadete nie, eine andere Plattform für seine Arbeit zu finden, vor allem da heutzutage die berufliche Tüchtigkeit nicht mehr danach bemessen wurde, wie gut man seine Studenten lehrte. Margarethe ging durch den Schnoor und bog in eine der Gassen ein, die an die breite Weser mit dem schlammbraunen, rauschenden Frühjahrshochwasser führte. Ein paar Minuten ging sie

am Fluss entlang, dann bog sie in die merkwürdigste Straße der Stadt, die Böttcherstraße, ein, die ganz verschiedene Elemente von Jugendstil und reiner Phantasie in sich vereinte, ein Produkt der Kreativität von Künstlern und Architekten der Stadt aus den zwanziger Jahren, das vom Erfinder des koffeinfreien Kaffees finanziert wurde. Es amüsierte Margarethe immer, wenn sie daran dachte, welch lebendige Vielfalt aus einem so blutleeren Produkt entstanden war.
Am Ende der Straße bog sie links ab und ging auf ihr Lieblingslokal im Stadtkern, den Kleinen Ratskeller, zu. Zwei Gläser Bremer Weiße und ein dampfender Teller mit herzhaftem Knipp konnten ihr wieder Kraft für alles geben, was ihr der Journalist beim Interview an Fragen vorlegen würde.
Die anderen Gäste, die sie sahen, hatten keine Ahnung, dass sie am nächsten Morgen Zeugen in einem Mordfall sein würden.

Kapitel 17

Seine Hände bedienten geschickt die Hebel des kleinen Krans, der seinen Golf vom Achterdeck der *Wilhelmina Rosen* hob. Dies war der Moment, in dem er von einem Leben ins andere wechselte und sich schließlich vom Besitzer eines schönen Rheinschiffs in einen gnadenlosen Hinrichtungsvollstrecker verwandelte. Heute Abend würde er wieder sternhagelvoll sein und seinen jüngsten Sieg zwischen den Schenkeln eines Bremer Weibsstücks feiern. Er verschränkte die Arme über der breiten Brust und umfasste seine Schultern. Wenn sie doch wüssten, was sie in sich aufnahmen, wenn sie die Beine für ihn breit machten! Er war derjenige, der Licht in die Finsternis brachte. Er hatte die Dunkelheit in seinem Inneren in etwas verwandelt, das wie ein Juwel glühte und diese Helligkeit jetzt auf die düsteren Geheimnisse der Vergangenheit fallen ließ, so dass alle Welt sie sehen konnte.

Es würde nicht lange dauern, bis jemand von der Polizei darauf kam, dass all seine Opfer ihren egoistischen Zielen zuliebe Menschen in Laborratten verwandelt hatten. War diese Verbindung erst einmal erkannt worden, war der nächste Schritt unvermeidlich. Polizeibüros haben immer undichte Stellen. Es würde überall in der Presse erscheinen. Sobald die Allgemeinheit von den Verbrechen erfuhr, die im Namen der

Wissenschaft begangen wurden, würden die Manipulationen der menschlichen Seele aufhören müssen. Es würde einen öffentlichen Aufschrei geben, und alles würde sich ändern müssen. Erst dann würde er aufhören.
Es würde ihm nichts ausmachen, aufzuhören, weil seine Arbeit dann getan war. Er war kein Killer, weil er den Nervenkitzel liebte, keiner, dem das Morden Spaß machte. Es stimmte, dass seine Rache endlich die dunklen Wolken in seinem Gemüt aufgelöst und ihm erlaubt hatte, seinen Platz in der Welt als richtiger Mann einzunehmen, aber das war nur ein zufälliger, glücklicher Nebeneffekt. Wenn er aufhörte, würde er immer noch Geschlechtsverkehr haben können, denn es war ja nicht der Mord, der ihn in Fahrt brachte. Er war nicht anormal, sondern einfach ein Mann mit einer Aufgabe. Die Tat selbst brachte ihm keinen Genuss, es ging ihm nur um das, wofür sie stand. Freude empfand er, wenn er mit der *Wilhelmina Rosen* auf dem Wasser war. Sein eigentliches Leben war die Arbeit, sonst nichts. Das Schiff gab ihm Befriedigung.
Sie waren pünktlich an ihrem Zielort angekommen und erreichten den Kai an der Weser so früh, dass sie genug Zeit hatten, um die Fracht am Nachmittag noch zu löschen. Die nächste Ladung würden sie erst am folgenden Morgen aufnehmen. Alles lief genau nach Plan. Sie hatten die *Wilhelmina Rosen* zu dem Schienenkopf gebracht, wo sie sie mit Kohle beladen sollten, und jetzt gab er das Kommando an Gunther ab, damit er seine persönlichen Angelegenheiten an Land erledigen konnte.
Er ließ den Wagen behutsam auf die Kaistraße hinunter, lockerte die Greifer und sagte zu Gunther: »Ich fahre jetzt.«
»Hast du was Interessantes vor?«, fragte Gunther und sah nicht einmal von seinem Taschenbuch mit den Eselsohren auf.

»Ich muss mit ein paar Schiffsagenten reden. Ein bisschen mehr Arbeit hier oben wäre mir recht.«
Gunther brummte unverbindlich: »Wir kommen dieser Tage nicht oft genug nach Hause.«
»Was gibt es in Hamburg so Besonderes? Du bist geschieden und siehst deine Kinder nie, selbst wenn wir im Hafen liegen.«
Gunther blickte von seinem Buch auf. »Meine Kumpel sind in Hamburg.«
»Du hast doch überall Kumpel«, sagte er und ging über die Brücke davon. Er wollte Gunther nicht verlieren, aber einen neuen Mann zu finden war nicht das Schwierigste auf der Welt. Wenn Gunther die Routen nicht mochte, die seine Mission ihnen vorschrieb, brauchte er nicht zu bleiben. Natürlich gab es nicht mehr viele gute Jobs auf den Schiffen, und eigentlich glaubte er nicht, dass er sich bald nach einem Ersatz würde umsehen müssen. Aber er wünschte, Gunther hätte nicht gerade jetzt von Hamburg angefangen. Seine Äußerung glich zu sehr einem Haken, der ihn in die Vergangenheit zurückziehen wollte, wo es ihm doch so wichtig war, sich vorwärts in die Zukunft zu bewegen.
Jetzt lag diese Zukunft hier in Bremen, ein paar Kilometer entfernt. Er hatte sich eine gute Geschichte ausgedacht, das musste er zugeben. Er hatte lange und intensiv daran gearbeitet. Zuerst hatte er daran gedacht, sich als Kollege zu präsentieren, erkannte dann aber, dass man ihm zu leicht auf die Schliche kommen würde. Akademiker trafen sich oft bei Konferenzen und Kongressen. Das Risiko war zu hoch, dass das Opfer die Person tatsächlich kannte, als die er sich ausgab. Und heutzutage, wo die Kommunikation mit E-Mail so leicht war, würde eine Überprüfung zu einfach sein. Aber was sonst würde sie dazu bewegen, auf seinen Wunsch nach einem Treffen einzugehen?

Eitelkeit, das war der Schlüssel. Sie sprachen alle furchtbar gern über sich selbst und ihre Arbeit. Sie waren total von sich eingenommen und glaubten fest, alles am besten zu wissen. Wie konnte er sich das zunutze machen?
Die Antwort lag in den neuen Technologien. Es war leicht, sich dort hinter einer Maske zu verstecken. Sie hatten natürlich sowieso schon einen Computer an Bord. Heutzutage kamen viele ihrer Lieferaufträge und Fahrtanweisungen auf diesem Weg. Es faszinierte ihn, wie viele Möglichkeiten die Technologie ihm zur Unterstützung seiner Mission eröffnete. Er hatte also die Jungs nach Hamburg geschickt, das Schiff eine Woche im Hafen liegen lassen, hatte sich einen Laptop gekauft und einen Intensivkurs für das Surfen im Internet und das Entwerfen von Internetseiten gemacht. Er hatte den Domainnamen psychodialogue.com eintragen lassen und schuf eine Website, die das Erscheinen von *PsychoDialogue* ankündigte, einer neuen elektronischen Fachzeitschrift, die der Verbreitung aktuellen Gedankenguts auf dem Gebiet der experimentellen Psychologie diente. Er glaubte, dass er sich bei seinen eigenen Nachforschungen über die Opfer genug Fachterminologie angeeignet hatte, um dem Ganzen einen echt aussehenden Anstrich geben zu können.
Dann ließ er Geschäftskarten drucken, auf denen er sich als Hans Hohenstein, Chefredakteur von *PsychoDialogue*, auswies. Er hatte E-Mails an seine Opfer geschickt, um Termine zu vereinbaren, bei denen sie über ihre Arbeit sprechen sollten, und der Rest hatte sich wie von selbst ergeben. Einer der Dozenten beim Computerkurs, nach eigener Aussage ein früherer Hacker, hatte ihm sogar gezeigt, wie man E-Mails verschicken konnte, in die eine logische Bombe integriert war, damit die Mail sich nach einer vorher festgelegten Zeit im Zielcomputer automatisch löschen würde. So könnte also

selbst dieser potentielle Überrest eines Beweises verschwinden.

Heute Abend würde Dr. Margarethe Schilling für ihre Grausamkeit und Eitelkeit büßen. Er überflog die Wegbeschreibung, die sie ihm gegeben hatte, und genoss die Ironie, dass sie so willig zu ihrem eigenen Untergang beitrug. Dann fuhr er los.

Die Straße, in der sie wohnte, lag am Stadtrand, wo kümmerliche Ausläufer der ländlichen Umgebung noch bis in die Straßen reichten und nur eine einsame Baumgruppe und verkommene Grasflächen an das erinnerten, was früher hier einmal gewesen war. Diese letzten Überreste freier Natur lagen unerschlossen zwischen bebauten Gebieten und gaben den Hausbesitzern die Illusion, auf dem Land zu wohnen. Sie konnten in der Dämmerung auf den Wald hinausschauen, sich dabei als Herr über alles fühlen, was vor ihnen lag, und sich so darüber hinwegtäuschen, dass ihre Häuser nur hässliche Klötze mit je zwei Wohn- und drei Schlafzimmern, anderthalb Bädern und einer Einbauküche waren. Das wiederholte sich die ganze Straße entlang wie nach einem grotesken, geklonten Bauplan. Er begriff nicht, was daran attraktiv sein sollte. Er hätte lieber in einer winzigen Wohnung mitten in der Stadt gewohnt, als neben der Geräumigkeit auf diese Weise die Hässlichkeit zu vervielfältigen. Noch besser war es, eine Kajüte auf einem Schiff zu haben, eine mobile Welt, die mit einem mitreiste und einem jeden Tag eine andere Aussicht bescherte.

Langsam fuhr er die Straße entlang, im diesigen Nieselregen mit eingeschalteten Scheinwerfern, und sah nach den Hausnummern. Nichts unterschied Margarethe Schillings Haus von denen ihrer Nachbarn. Obwohl die Farben der Türen und die Stoffmuster der Stores unterschiedlich waren, verschmolz alles irgendwie zu einem formlosen Einerlei. Ihr Auto stand vor der Garage, bemerkte er. Er fragte sich, ob sein eigener Wagen zu sehr auffallen würde, wenn er ihn auf der Straße parkte, während alle anderen Fahrzeuge in Garagen oder Einfahrten standen. Hinter dem älteren Audi war noch Platz für seinen Golf, so beschloss er, ihn dort abzustellen.

Mit einer Tüte in der Hand ging er auf die Haustür zu und hoffte, dass die Leute hier im Vorort zu sehr mit den eigenen Dingen zu tun hatten, um ihn zu bemerken. Nicht etwa, dass sie sich an jemand so Belanglosen erinnern würden. An ihm war ja nur sein Inneres bemerkenswert. Er klingelte an der Tür und wartete. Die Tür ging auf und ließ eine Frau mittlerer Statur sehen. *Nicht zu schwer zum Hochheben*, dachte er zufrieden. Ihr blondes, schon ergrauendes Haar war zu einem Pferdeschwanz zurückgebunden, das Gesicht wirkte müde und abgehärmt. Die Mascara war etwas verschmiert, als hätte sie sich gedankenlos die Augen gerieben. Sie trug eine maßgeschneiderte, anthrazitfarbene Hose und einen kastanienbraunen Chenillepullover, der ihre Figur verbarg. »Herr Hohenstein?«, sagte sie.

Er neigte den Kopf. »Dr. Schilling, ich freue mich sehr, Sie kennen zu lernen.«

Sie trat zurück und ließ ihn mit einer einladenden Handbewegung eintreten. »Hier geradeaus«, sagte sie. »Ich hoffe, es macht Ihnen nichts aus, wenn wir uns in der Küche unterhalten, aber das ist der gemütlichste Raum im Haus.«

Er hatte gehofft, dass sie ins Arbeitszimmer gehen würden. Aber als sie in die Küche kamen, sah er, dass sie für seinen Zweck ideal war. Ein zerkratzter Tisch aus Kiefernholz stand mitten im Raum, an perfekter Stelle für die Zeremonie, die bevorstand. Später würde er das Arbeitszimmer ausfindig machen und seine Visitenkarte in ihren Unterlagen hinterlassen. Fürs Erste würde jedoch die Küche genügen.

Er wandte sich zu Margarethe um und sagte lächelnd: »Es ist sehr gemütlich hier.«
»Ich bin meistens hier drin«, sagte sie und ging an ihm vorbei zum Herd. »Also, was möchten Sie trinken? Tee, Kaffee? Oder etwas Kräftigeres?«
Er maß die Abstände mit dem Blick. Der Kühlschrank war am günstigsten. »Ein Bier wäre gut«, sagte er, weil er wusste, dass sie ihm dann den Rücken zudrehen musste.
Und so fing alles wieder an. Hände und Hirn funktionierten in reibungsloser Folge und hielten sich ohne Zögern oder Stocken an einen eingeübten Ablauf. Er beugte sich gerade hinunter, um ihren linken Knöchel an das Tischbein zu binden, als ihn das grelle Klingeln an der Tür hochfahren ließ und ihm vor Schreck die Schnur aus der Hand fiel. Sein Herz raste, und er spürte, wie die panische Erregung ihm wie ein Kloß in der Kehle saß. Jemand war da, nur zwanzig Meter entfernt von ihm. Jemand, der erwartete, dass Margarethe Schilling die Tür öffnete. Sie konnte es nicht geplant haben, sagte er sich. Sie wusste, dass er kam, und hatte also niemanden eingeladen. Es musste jemand sein wie die Zeugen Jehovas oder ein Hausierer, versuchte er sich zu beruhigen. Entweder das oder einer der Nachbarn, der Schillings Auto in der Einfahrt gesehen hatte und deshalb erwartete, dass sie zu Hause war. So musste es doch sein, oder?
Es klingelte wieder, diesmal länger. Er wusste nicht, was tun, und trat vom Tisch zurück, wo Margarethe mit ausgestreckten Gliedmaßen und noch ganz angezogen lag. Was, wenn der Besucher so hartnäckig war, um das Haus herum zur Hinterseite zu kommen? Er brauchte nur einen Blick in die hell erleuchteten Küchenfenster zu werfen. Hastig suchte er nach dem Lichtschalter. Gerade als seine Finger ihn berührten, hörte er ein Geräusch, das ihn noch mehr erstarren ließ als die

Türglocke. Das unmissverständliche Klicken eines Schlüssels im Schloss.
Er stand unbeweglich mit trockenem Mund und überlegte, wie er entkommen konnte. Die Haustür ging auf, und eine Männerstimme rief: »Margarethe?« Die Tür schloss sich, dann kamen Schritte auf die Küche zu. »Ich bin's«, hörte er.
Er packte eine schwere gusseiserne Pfanne vom Herd und drückte sich flach gegen die Wand neben der Tür. Sie öffnete sich, und der Schatten eines großen Mannes erschien auf der Schwelle. Von draußen kam genug Licht, dass der Umriss von Margarethes Körper auf dem Tisch zu erkennen war. »Margarethe?«, sagte der Mann wieder und hob die Hand zum Lichtschalter.
Die Pfanne krachte auf seinen Hinterkopf hinunter, und der Mann ging in die Knie wie ein niedergestreckter Stier. Sein Oberkörper schwankte einen Moment, dann sackte er zusammen und landete mit dem Gesicht nach unten auf dem Boden.
Mit lautem Klappern ließ er die Pfanne fallen und schaltete das Licht wieder an. Der Eindringling lag ausgestreckt auf dem Boden, ein Rinnsal Blut kam aus der Nase. Es war ihm egal, ob er tot oder bewusstlos war, solange ihm genug Zeit blieb, das zu Ende zu bringen, was er angefangen hatte. Er trat ihm wütend in die Rippen. Scheißkerl. Wofür hielt er sich eigentlich, dass er einfach so hereinstürmte?
Jetzt beeilte er sich, zu seiner Aufgabe zurückzukehren. Er brachte das Anbinden zu Ende und riss der Frau dann hastig das Klebeband vom Mund. Wiederholt musste er nachsehen, ob der Mann noch bewusstlos war, was ihn noch mehr Zeit kostete. Er machte sich nicht die Mühe, dem Weib zu erklären, warum er an ihr ein Exempel statuierte. Sie hatte seine gewohnte Prozedur gestört und ihm die Freude an seiner guten

Arbeit verdorben, sie verdiente nicht zu wissen, dass es einen triftigen Grund für das gab, was mit ihr geschah.
Es machte ihn wütender, als er es für möglich gehalten hatte, dass er sich jetzt beeilen musste. Es gelang ihm, das Hautabziehen ziemlich gut hinzukriegen, aber er arbeitete nicht so exakt, wie er es sich gewünscht hätte. Unter heftigem Fluchen, schließlich war er Schiffer, beendete er die Arbeit in der Küche, wischte jede Oberfläche ab, die er möglicherweise berührt haben konnte, und gab im Vorbeigehen dem Fremden obendrein noch einen brutalen Tritt in die Nieren.
Jetzt musste er nur noch den Hefter unterbringen. Er rannte nach oben und ging, ohne Licht einzuschalten, durch die Zimmer, damit er nicht noch mehr auf sich aufmerksam machte. Der erste Raum mit einem großen Bett und einer ganzen Wand eingebauter Kleiderschränke war eindeutig ihr Schlafzimmer. Der zweite sah nach dem Zimmer eines Kindes aus, mit Fußballer-Postern von Werder Bremen und einer Playstation auf dem Tisch am Fenster.
Das hintere Zimmer war das, was er suchte, es war als Büro eingerichtet. Er zog die Schublade des altmodischen Aktenschranks auf und steckte den Hefter hinein. Es war ihm inzwischen schon egal, ob es die richtige Stelle war. Er wollte nur fertig sein und raus, bevor alles noch schlimmer wurde.
Ein letzter Blick auf den Fremden zeigte, dass er immer noch bewusstlos war, dann öffnete er vorsichtig die Haustür einen Spalt. Nichts regte sich. Er sah, dass ein VW Passat vor dem Haus parkte, aber Gott sei Dank stand er nicht vor der Einfahrt. Mit gesenktem Kopf verließ er Margarethe Schillings Haus und eilte zum Auto.
Seine Hände am Steuer waren schweißnass und glatt und seine Finger kribbelig und zittrig. Schweiß rann ihm an den Schläfen herab und ins Haar. Er musste sich zurückhalten, in den

stillen Vorstadtstraßen nicht zu schnell zu fahren. In seinem Kopf hörte er immer wieder das schreckliche Geräusch der sich öffnenden Tür, und jedes Mal verkrampfte sich sein Herz von neuem vor Panik. Die Angst fing an, sich in seinem Inneren einzunisten, und er kämpfte stöhnend dagegen an. Bevor er spürte, dass er wieder regelmäßig atmete, war er schon auf der Straße zum Hafen. Seit er seinen Feldzug begonnen hatte, war er zum ersten Mal direkt auf die Gefahren gestoßen, die es auf dem eingeschlagenen Weg gab. Und das mochte er ganz und gar nicht.

Aber es war kein Grund einzuhalten, sagte er sich. Jetzt musste er vor allem vermeiden, dauernd an die panische Angst zu denken. Er brauchte eine Frau. Als er an einigen Bars vorbeikam, deren matte Lichter in der Nacht gelb schimmerten, hielt er an. Hier würde er finden, was er suchte. Er würde sich irgendeine Schlampe nehmen und es ihr besorgen, bis es Morgen würde.

Fallbericht

Name: Margarethe Schilling

Sitzung Nummer: 1

Bemerkungen: Die Patientin hat einen Gotteskomplex. Sie glaubt, dass sie das göttliche Recht besitzt, den gerechten Glauben anderer zu zerstören, um ihr eigenes Ansehen zu fördern. Sie hat keinerlei Sinn für das Angemessene.

Ihr Wertesystem ist hoffnungslos verzerrt durch ihren irrigen Glauben an ihre eigene Unfehlbarkeit. Aber trotzdem versucht sie, ihre Weltsicht anderen aufzuzwingen, und weist die Möglichkeit, Unrecht zu haben, weit von sich.

Offensichtlich überkompensiert sie unerkannte Minderwertigkeitsgefühle. Wie viele beruflich selbständige Frauen erkennt sie ihre ureigenen Schwächen im Vergleich zu den Männern nicht an und reagiert darauf, indem sie sie mental kastriert.

Therapeutische Maßnahmen: Behandlung zwecks Zustandsveränderung eingeleitet.

Kapitel 18

Tadeusz ging über das Trottoir auf den schwarzen Mercedes zu und setzte sich auf den Rücksitz. Hätten ihn irgendwelche Nachbarn gesehen, dann hätten sie sich vielleicht über seinen Anblick gewundert. Statt seiner üblichen tadellosen, exklusiven Kleidung trug er eine alte Hose aus Englischleder, abgetragene Stiefel und einen ausrangierten Armeeparka über einem dicken Norwegerpullover. Aber man trug keinen Armani-Anzug, wenn man einen Nachmittag lang in unwegsamem Gelände Vögel schießen wollte, und genau das war es, was er vorhatte.

Darko Krasic saß zurückgelehnt auf der anderen Seite des Rücksitzes. Er trug eine rissige Lederweste über einem wattierten, karierten Hemd, dessen Zipfel über seine alte, auf den Oberschenkeln schon ganz abgewetzte Cordhose heruntерhingen. »Ein guter Tag dafür«, sagte er.

»Hoffentlich. Ich hab Lust, jemanden abzuknallen, nach dessen Verschwinden die Welt besser dran ist«, sagte Tadeusz. Er klang angeekelt wie jemand, der in eine Frucht gebissen hat und entdeckt, dass sie innen faul ist. Apathie und Zynismus hatten sich seit Katerinas Tod abgewechselt. Alles, was er jetzt tat, war ein Versuch, sich aus diesen lähmenden Emotionen zu lösen, und bis jetzt hatte nichts geholfen. Er war nicht überzeugt, dass dieser Nachmittag eine Änderung bringen würde. »Und da uns keine Verkehrspolizisten zur Verfügung stehen«, machte er einen matten Versuch, zu scherzen, »werde ich mich wohl mit irgendeiner kleinen, wehrlosen Beute zufrieden geben müssen. Etwas mit Fell oder Federn. Hast du die Gewehre dabei?«

»Sie sind im Kofferraum. Wo fahren wir hin?«

»Zu einem schönen Waldstück am Rand der Schorfheide. Das ist das Tolle an Naturschutzgebieten. Die Viecher wissen nicht, wo die Grenze verläuft. Ein alter Freund von mir hat ein Stück Land genau neben einem geschützten Gebiet. Und die Enten vom Feuchtgebiet fliegen ahnungslos über sein Waldstück. Wir dürften schon ein paar nette Sachen mitnehmen. Er leiht uns zwei von seinen Jagdhunden, damit wir's richtig machen können.« Tadeusz griff in seine Jacke und zog eine flache, blanke Flasche aus Zinn heraus. Er schraubte den Deckel ab, nahm einen Schluck Cognac und hielt sie Krasic hin. »Willst du auch einen?«

»Du weißt ja, ich hab immer lieber 'n klaren Kopf beim Hantieren mit Schusswaffen.«

»Apropos klarer Kopf und Schusswaffen, was gibt es Neues von Marlene?«

»Irgend'ne Tussi von der Kripo hat herumgeschnüffelt. Sie hat in der Untersuchungshaft mit ihr geredet und sie auch im Knast besucht. Marlene hat sich dumm gestellt und den Mund gehalten, aber es regt sie auf.«

»Du bist sicher, dass wir ihr vertrauen können?«

Krasic setzte ein phlegmatisches Lächeln auf. »Solange wir ihr Kind haben, macht Marlene alles richtig. Komisch, wie Frauen sich benehmen, wenn's um ihre Kinder geht. Man könnte denken, sie kriegten nur eins, so wie sie sich damit anstellen. Sie scheinen zu vergessen, dass sie ihnen doch nichts als Kummer bringen. Besonders so jemand wie Marlene. Sie sollte doch vernünftig genug sein, einzusehen, dass jede Tochter, die sie zur Mutter hat, später entweder Drogen nehmen oder auf den Strich gehen wird. Aber das scheint für sie keine Rolle zu spielen. Sie meint trotzdem, dass es ein Goldkind ist.«

»Ist ja gut für uns«, sagte Tadeusz. »Wo haben wir sie untergebracht?«

»Ich habe einen Cousin mit einem kleinen Bauernhof außerhalb von Oranienburg. Der nächste Nachbar ist einen Kilometer weg. Er hat selbst zwei Kinder, er weiß also, wie man mit den Bälgern umgeht.«

»Und Marlene glaubt, dass wir nicht nur bluffen?«

Krasic grinste höhnisch. »Marlene glaubt, dass ich zu allem fähig bin. Sie wird das Leben ihres Kindes nicht aufs Spiel setzen. Mach dir keine Sorgen, Tadzio, alles ist unter Kontrolle.«

»Ich wollte, ich könnte das auch von der Sache in England sagen. Die Leute, die an Colins Stelle treten wollen, sind lauter Einfaltspinsel. Sie haben nicht das Format für die reibungslose Durchführung eines Projekts. Ich traue ihnen nicht zu, dass sie die Sache schaukeln, und inzwischen staut sich alles in Rotterdam. Wir können die Illegalen nicht endlos immer nur aufbewahren.«

»Können wir sie nicht einfach nach England bringen und dort irgendwo abladen?«, sagte Krasic wie ein quengelndes Kind, das nicht begreift, warum die Welt sich nicht nach seinen Wünschen richtet.

»Nicht bei den Mengen, die wir angesammelt haben. Es würde auffallen, dass wir etwas im großen Stil laufen haben. Wir dürfen auf keinen Fall die Einwanderungsbehörde auf uns aufmerksam machen. Nur weil ich gerade das immer vermieden habe, bin ich schon so lange erfolgreich«, betonte Tadeusz.

»Wir hatten uns so angenehm mit Colin arrangiert. Ich kann es kaum fassen, dass er sich in eine Schießerei mit irgendwelchen zweitrangigen Gangstern hat verwickeln lassen.«

»Das sollte dir eine Warnung sein«, sagte Krasic. »So etwas kann passieren, wenn du zu nah an die Action rankommst. Du hättest letzte Woche nicht diese Reise machen sollen. Es gefällt mir gar nicht, wenn du dich so frei und ungeschützt bewegst.«

Tadeusz sah finster aus dem Fenster. Er wusste, dass Krasic Recht hatte, aber er wollte nicht, dass ihm jemand sagte, was er tun sollte, nicht einmal, wenn es sein vertrauter Gehilfe war. Jetzt wurde er böse. »Manchmal ist es ganz gut, die Leute daran zu erinnern, wer der Chef ist.«

»Tadzio, die Sache hätte wirklich schief laufen können. Wenn sie Kamal dazu gekriegt hätten, auszusagen ... Na ja, nächstes Mal haben wir vielleicht nicht so viel Glück.«

»Es hatte nichts mit Glück zu tun. Wir haben alles abgesichert.« Er wandte sich um und sah Krasic scharf an. »Stimmt doch, oder, dass wir alles abgesichert haben?«

»Natürlich. Dazu haben wir ja Bullen auf unserer Lohnliste.«

»Und wenn wir schon von denen reden, wieso haben wir nichts mehr über die Untersuchung von Katerinas Unfall gehört? Es läuft schon viel zu lange. Ich will über dieses verdammte Motorrad Bescheid wissen. Mach ihnen Druck, Darko. Lass sie nicht denken, dass sie mich in der Sache einfach links liegen lassen können.«

Krasic nickte. »Ich werd mich dahinter klemmen, Boss.«

»Also, dann tu's auch, und erinnere sie daran, dass wer bezahlt auch den Ton angeben kann. Sie sollen den Mann finden, der Katerina umgebracht hat. Es ist mir scheißegal, wie das normalerweise rechtlich laufen muss. Ich will ihn so dafür büßen lassen, dass er den Rest seines Lebens daran denkt. Sag den

Kerlen, sie sollen aufhören herumzutüfteln und endlich Resultate bringen.«
Krasic seufzte verstohlen. Er hatte das Gefühl, dass diese spezielle Ermittlung früher oder später sowieso eingestellt werden würde. Und er sah dem Augenblick nicht gerade freudig entgegen, wenn er Tadzio dies mitteilen müsste. Aber fürs Erste musste er so tun, als gehe alles seinen Gang. »Ich werde heute Abend mit jemand reden«, versprach er.
»Gut. Ich habe die Probleme satt. Zur Abwechslung hätte ich gerne mal Lösungen. Tu, was immer dazu nötig ist.« Er lehnte sich gegen das weiche Leder zurück und schloss zum Zeichen, dass die Unterhaltung beendet sei, die Augen. Es lag ihm nicht, den starken Mann zu markieren, aber seit Katerinas Tod fand er sich beklagenswert oft in dieser Rolle. Er konnte den Gedanken nicht ertragen, dass der Rest seines Lebens so verlaufen würde, nichts als eine ständige Abfolge von Krisen und Problemen. Es war, als hätte ihr Tod seinem Leben alle Leichtigkeit genommen, und er fragte sich, ob er sich in seiner Haut je wieder entspannt und wohl fühlen könnte. Vielleicht würde ihm Rache helfen.
Sie war das Einzige, was ihm als mögliche Abhilfe einfiel.

Es war Petra Beckers erster Besuch in Den Haag, und sie war überrascht, dass die Stadt im Vergleich zu Amsterdam so wenig spektakulär war. Die Häuser an den Kanälen waren Muster spröder klassischer Gesetztheit, denen die reichen Ornamente fast ganz fehlten, die einen Spaziergang durch Amsterdam zu einem Fest fürs Auge werden ließen. Dies war eine Spesenstadt ohne die bohemehafte Farbigkeit, die Amsterdam so abwechslungsreich machte. Hier herrschte eine Atmosphäre gelassenen Wohlstands, Ausdruck einer steifen Wohlerzogenheit, die auf Petras Berliner Seele bedrückend wirkte. Sie

war noch keinen Tag hier und sehnte sich schon nach etwas weniger Spießigem.
Sie wusste nicht genau, wie sie dem kommenden Tag entgegensehen sollte. Um elf würde sie die britische Polizeibeamtin treffen. Carol Jordan, ein Detective Chief Inspector, was immer das bedeuten mochte. Petra sollte ihr alles über Tadeusz Radecki berichten, und das fiel ihr schwer. Sie fand es unfair, dass sie ihre mühsam erworbenen Erkenntnisse einfach so an jemanden weitergeben sollte, der sich nicht durch Verdienste in diesem Fall ausgezeichnet hatte. Als Hanna Plesch sie informierte, ihre neue Rolle sei die einer Verbindungsperson für die Agentin eines anderen Polizeidienstes, fühlte sie sich übervorteilt. Natürlich war ihr Gesicht in Berlin zu bekannt, als dass sie selbst diese Agentin hätte sein können, aber es ärgerte sie, dass ihre Vorgesetzten sich zur Seite drängen ließen und den ganzen Fall den Briten überlassen hatten. Was wussten die vom organisierten Verbrechen in Deutschland? Wofür hielten sie sich eigentlich, dass sie sich einfach in ein fremdes Gebiet hineindrängten? Und wieso glaubten sie, da Erfolg haben zu können, wo ihre eigene Abteilung es nicht geschafft hatte?
Plesch hatte ihr diese Reaktion angesehen, obwohl sie sich anstrengte, es sich nicht anmerken zu lassen. Sie hatte Petra gesagt, sie hätte nur zwei Möglichkeiten. Sie könne entweder mit Jordan zusammenarbeiten oder sich von der ganzen Untersuchung in Sachen Radecki fern halten. Zögernd hatte Petra den Auftrag angenommen, was aber nicht hieß, dass sie über die Sache erfreut sein musste.
Sie tröstete sich mit dem Wissen, dass die Festnahme von der deutschen Polizei durchgeführt werden müsste. Die Briten würden ihn nicht strafrechtlich verfolgen. Am Ende der Operation, wenn sie Radecki gefasst hatten, würde Carol Jordan längst von der Bildfläche verschwunden sein, und sie, Petra

Becker, würde diejenige sein, an die man sich erinnern würde, da sie einen wesentlichen Beitrag dazu geleistet hatte, dass man Radecki bei seinen einträglichen Geschäften schließlich doch auf die Schliche gekommen war.
Sie fand ein Café, holte sich Kaffee und zwei warme Brötchen, trug sie zu einem Tisch am Fenster hinüber, zog einen dünnen Hefter aus ihrer abgetragenen Ledermappe und begann zu lesen.
Detective Chief Inspector Carol Jordan hatte ihr Studium an der Universität von Manchester abgeschlossen und war sofort danach in die Metropolitan Police eingetreten. Sie wurde schnell befördert und hatte den Rang eines Detective Sergeant in der kürzesten Zeit erreicht, die möglich war. Sie hatte bei der Kripo gearbeitet und war auch einige Zeit in der Spezialabteilung gewesen, die sich mit Verbrechen wie Mord und anderen schweren Delikten befasste. Als sie ihr Inspektorexamen bestanden hatte, verließ sie die Met und ging in den Norden, in die Industriestadt Bradfield. Dort hatte ihre Karriere wohl einen echten Sprung getan.
DI Jordan fungierte bei einer Mordserie in Bradfield als Verbindungsbeamtin zu Dr. Tony Hill, einem vom Innenministerium anerkannten Fallanalytiker. Sie trug mit ihrer Arbeit wesentlich dazu bei, dass der Täter gefunden und Dr. Hills Leben gerettet werden konnte. Petra las die dürren Worte und nahm sich vor, sich im Internet über den Fall kundig zu machen, wenn sie Gelegenheit dazu hatte. Serientäter kamen im Netz immer groß raus.
Sie las weiter. *Jordan ging dann zur East Yorkshire Police, wo sie zum Detective Chief Inspector befördert wurde und die Kriminalpolizei des Nordseehafens Seaford leitete. Während ihrer Zeit in Seaford erneuerte sie ihre professionelle Zusammenarbeit mit Dr. Hill und spielte eine wichtige Rolle in einer*

Ermittlung, die zur Festnahme des Serienmörders Jacko Vance führte. DCI Jordan leistete einen maßgeblichen Beitrag zur Verurteilung von Vance, der mindestens acht junge Mädchen getötet haben soll. Wieder eine Ermittlung in einer Mordserie, dachte Petra. Sie würde sich auch deren nähere Umstände ansehen. Vielleicht könnte Carol Jordan ihre Karriere, von Radecki abgesehen, noch auf andere Weise hilfreich voranbringen. Es gab nicht viele Beamte, die mit dem Aufspüren von Serienmördern Erfahrung hatten. Petra konnte Jordan vielleicht darüber ausholen und eine Strategie entwickeln, mit der sie den Killer fassen konnte, der in Leiden und Heidelberg zugeschlagen hatte. Wenn Jordan als Ermittlerin so gut war, wie sie auf dem Papier aussah, war das eine Überlegung wert.

Petra kehrte zur Akte zurück. *Vor zwei Jahren kam DCI Jordan zur Metropolitan Police zurück, wo sie neben Einsätzen bei der Abteilung für Schwerverbrechen eine umfassende Schulung in der Erfassung nachrichtendienstlicher Information und in Fallanalyse absolvierte. Für diesen Einsatz als Agentin wurde sie zeitlich begrenzt der nationalen Kriminalpolizei zugewiesen.*

Das war das Ende des Berichts. In der Akte stand nichts darüber, dass Jordan irgendwelche Erfahrung als Agentin hatte. Vielleicht war man einfach nicht ins Detail gegangen. Petra konnte sich nicht vorstellen, dass sie jemanden für einen so gefährlichen Einsatz verpflichten würden, der nicht sehr gut war. Radecki war viel zu schlau, als dass er jemandem unbesehen glaubte. Er würde jedem, der bei ihm mit einem so passenden, seine aktuellen Probleme lösenden Vorschlag auftauchte, mit höchstem Misstrauen begegnen. Jordan würde bei ihrem Einsatz hervorragende Arbeit leisten müssen, um zu überleben, ganz zu schweigen davon, dass sie ihn überraschen und Dinge erkunden sollte, die aufzuspüren sich lohnte.

Es gab noch ein Blatt in dem Hefter. Petra blätterte um und sah, dass es eine kopierte Fotografie war. Sie konnte einen kleinen Laut des Erstaunens nicht unterdrücken. Wenn die Beschriftung ihr nicht gesagt hätte, dass es Carol Jordan war, wäre sie überzeugt gewesen, dass sie ein Bild von Tadeusz Radeckis ehemaliger Freundin vor sich hatte.
Was lief hier? Die Ähnlichkeit war so unheimlich, dass Petras Nackenhaare sich sträubten. Wo zum Teufel hatten sie diese Polizeibeamtin aufgetrieben? Mit diesem Aussehen war Carol Jordan in jedem Fall für den Einsatz prädestiniert, ganz egal, was ihr Werdegang war. Die Typen dachten vermutlich, wenn irgendjemand Radecki dazu bringen könnte, aus sich herauszugehen, dann wäre es genau diese britische Polizistin. Und sie hatten damit wahrscheinlich Recht, obwohl sie selbst bei dieser Art Zufall und einer solchen Zumutung ausflippen würde. Jedenfalls würde es Radeckis Kumpel misstrauisch machen, aber der Mann selbst wäre wahrscheinlich nicht imstande, Katerinas Doppelgängerin zu widerstehen. Sie starrte auf das Bild, und langsam erschien ein Lächeln auf ihrem Gesicht. Zum ersten Mal, seit Plesch ihr den Auftrag gegeben hatte, freute sie sich darauf.
Als sie wieder im Hotel war, hatte sie noch etwas Zeit und beschloss, ihre E-Mails zu überprüfen. Es gab nichts besonders Interessantes oder Dringendes, also ging sie auf ihre Lieblings-Website, um zu sehen, was seit ihrem Aufbruch in Deutschland passiert war. Sie ging die Liste der Tagesereignisse durch, und ganz unten fiel ihr etwas ins Auge. DOZENTIN IN BREMEN BRUTAL ERMORDET, las sie mit zunehmender Betroffenheit.
Hastig klickte sie den Link an, über den sie zu dem vollständigen Bericht kommen würde.

Gestern Abend wurde eine brutal ermordete Psychologiedozentin in ihrer Wohnung am Rand von Bremen aufgefunden. Der Freund des Opfers, der den Mörder überraschte, wurde auch angegriffen und wohl liegen gelassen, weil der Täter ihn für tot hielt.

Johann Weiss (46), ein Architekt, wurde von seinem Angreifer bewusstlos geschlagen, als er Margarethe Schillings (43) Haus betrat. Nachdem er das Bewusstsein wiedererlangt und die Leiche seiner ermordeten Lebensgefährtin entdeckt hatte, rief er die Polizei.

Dr. Schilling war Dozentin für experimentelle Psychologie an der Universität Bremen und Mutter eines acht Jahre alten Sohnes aus einer früheren Ehe. Der Junge lebt mit seinem Vater in der Nähe von Worpswede.

Die Polizei hat keine Einzelheiten zu dem Verbrechen freigegeben, aber aus gut unterrichteter Quelle verlautet, dass Dr. Schilling festgebunden und entkleidet war. Ihre Leiche war wie bei einem Ritualmord verstümmelt worden.

Ein Sprecher der Polizei sagte: »Die Untersuchung zu Dr. Schillings Tod wird fortgesetzt. Wir stellen Ermittlungen in verschiedene Richtungen an. Es handelt sich um einen besonders brutalen und kaltblütigen Täter, und wir sind fest entschlossen, Dr. Schillings Mörder dingfest zu machen. Wir bitten etwaige Zeugen, die gestern Abend in der Nachbarschaft von Dr. Schillings Haus Personen gesehen haben, sich sofort bei der Polizei zu melden. Wir suchen vor allem den Fahrer eines dunklen Golf, mit dem wir sprechen möchten.«

Petra starrte entsetzt und erregt auf den Bildschirm. Es sah so aus, als hätte der Mörder wieder zugeschlagen, und dazu noch auf deutschem Boden. Und vielleicht gab es diesmal sogar eine Spur, die sie verfolgen konnte.

Carol folgte Larry Gandle, dem britischen Verbindungsmann bei Europol, der sie vom Flughafen abgeholt hatte, durch die Korridore des Hauptquartiers von Europol am Raamweg. Mit seinem eleganten Anzug und dem kurzen, schütteren Haar glich er eher einem höheren Bankangestellten als einem Polizeibeamten. Aber an etwas Undefinierbarem war er, abgesehen von seinem Black-Country-Akzent, sofort als Engländer zu erkennen.
Er führte sie zu einem kleinen Besprechungszimmer im dritten Stock des Hauptgebäudes. Das einzige Fenster ging auf einen zentralen Hof hinaus, so dass man von draußen nicht gesehen werden konnte. Als Carol an der einen Ecke des langen, hellen Holztisches Platz nahm, ging die Tür auf, und eine große, langgliedrige dunkelhaarige Frau kam herein. Sie hatte den lockeren Gang einer Sportlerin, die sich in ihrem Körper wohlfühlte. In Jeans, einem dunkelgrauen Pullover und einer zerknitterten Lederjacke wirkte sie lässig, hatte einen schwarzen Rucksack über die Schulter geworfen, der für das Berliner Filmfestival warb, und glich eher einer Fernsehproduzentin als einer Polizistin. Ihr Haar war kurz geschnitten und zu einem modischen Struwwelkopf gestylt. Sie hatte ein dreieckiges Gesicht mit breiter Stirn, das unter dem dünnlippigen Mund in einem spitzen Kinn zulief. Sie sah deprimierend ernst aus, aber als sie lächelnd grüßte, ließen die Fältchen um ihre blauen Augen Kompromisse ahnen, die ihr ernsthafter Gesichtsausdruck nicht vermuten ließ. »Hi«, sagte sie. »Ich bin Petra Becker.« Sie kam direkt auf Carol zu und beachtete Gandle nicht. »Sie müssen Carol Jordan sein.« Sie sprach Englisch mit einem schwachen amerikanischen Akzent, der ihren deutschen überlagerte. Petra hielt Carol, die aufstand und sie begrüßte, die Hand hin. »Ich freue mich, Sie kennen zu lernen. Larry Gandle, einer der britischen Verbindungsleute bei Europol.«

Petra nickte bestätigend und zog einen Stuhl direkt neben Carol heraus, so dass sie im rechten Winkel zueinander saßen. Gandle war damit gleich aus ihrer Gemeinschaft ausgeschlossen, obwohl er es nicht merkte. Er saß Carol, durch die breite Tischplatte von ihr getrennt, gegenüber.

»Nett, Sie kennen zu lernen, Petra«, sagte Gandle herablassend. »Ich bin nur hier, um Ihnen bei dem Treffen hilfreich zur Seite zu stehen und um Fragen zu beantworten, für die wir vielleicht zuständig sind. Aber in der Hauptsache ist dies ein gemeinsames Unternehmen von Briten und Deutschen, und es ist Ihre Sache, zusammen die Dinge so anzupacken, wie Sie sie am besten bewältigen können.«

»Danke, Larry«, sagte Carol, überging ihn damit zwar nicht direkt, konzentrierte sich aber jetzt offensichtlich nur auf Petra, die Frau, die für sie die Verbindung zu ihrem wirklichen Leben darstellen würde und ihr die Rückkehr aus der kalten Ungewissheit des Agentendaseins ermöglichen konnte. Petra würde dabei ihre erste Verteidigungsstellung, aber paradoxerweise auch die Person sein, die sie in die größte Gefahr bringen konnte. Für Carol war es wichtig, bei Petra mindestens eine Haltung von Respekt herzustellen, damit sie sich auf sie verlassen konnte. Sollte Petra sie sympathisch finden, wäre das ein Extrabonus. »Ich danke Ihnen, dass Sie hier heraufgekommen sind, damit wir ein paar Dinge außerhalb des Zuständigkeitsbereichs besprechen können«, sagte sie. »Ich bin sicher, dass Sie in Berlin genauso beschäftigt sind, wie ich es in London war. Es ist nie leicht, von der alltäglichen Arbeit an den Fällen wegzukommen.«

Petra zog einen Mundwinkel hoch und lächelte. »Tadeusz Radecki ist schon seit langer Zeit der Hauptgegenstand meiner Arbeit, und der Aufenthalt hier gibt mir nicht das Gefühl, dem zu entfliehen, das können Sie mir glauben.«

»Natürlich, ich verstehe. Mir fällt ein Stein vom Herzen, dass man mir eine Verbindungsperson zugeteilt hat, die so viel über die Hintergründe dieses Falls weiß. Ich bin ganz ohne Vorbereitung eingestiegen und werde alle Hilfe brauchen, die ich kriegen kann. Wenn Ihnen das recht ist, würde ich gern die praktischen Schritte festlegen, wie wir die Sache angehen wollen – solange Larry noch hier ist und uns sagen kann, was möglich ist und was nicht. Dann, dachte ich, könnten wir beide uns ins Hotel zurückziehen und alles durchgehen, was ich über Radecki und seine Geschäfte wissen muss. Was halten Sie davon?«
Gandle sah aus, als wolle er widersprechen, aber Petra nahm es aus dem Augenwinkel wahr und kam ihm zuvor, indem sie sagte: »Prima. Diese offiziellen Besprechungsräume sind psychologisch so demotivierend, oder?«
»Genau. Und ich muss Radecki nicht nur mit dem Kopf, sondern auch gefühlsmäßig verstehen. Ich verlasse mich also darauf, dass Sie mir sein Inneres offenbaren können.«
Petra hob die Augenbrauen. »Ich werde mein Bestes tun.« Sie hielt inne und studierte mit zur Seite geneigtem Kopf Carols Gesicht. »Wissen Sie, man hat mir gesagt, dass Sie wie Basler aussehen, und es stimmt, auf dem Foto sehen Sie ihr ähnlich. Aber wenn man Sie persönlich sieht, ist es direkt unheimlich. Sie könnten ihre Zwillingsschwester sein. Es wird Radecki umwerfen. Ich schwöre, er wird ausflippen, wenn er Sie sieht.«
»Hoffen wir, dass es sich positiv auswirkt«, sagte Carol etwas befangen unter dem prüfenden Blick der anderen Frau.
»Ach, ich denke schon. Ich glaube kaum, dass er widerstehen kann«, lächelte Petra. »Ich meine, es wird gut laufen.«
»Es wird laufen«, sagte Gandle zuversichtlich. »DCI Jordan ist eine phantastische Agentin.«

Petra beachtete ihn nicht und konzentrierte sich weiter auf Carol. »Wir müssen also festlegen, wo Sie in Berlin wohnen werden, wie wir Sie in Tadzios Umgebung einschleusen und wie Sie und ich dann in Kontakt bleiben können.«

»Fürs Erste, ja.«

Petra öffnete ihren Rucksack und nahm ein schickes Ringbuch mit regenbogenfarbenem Rand heraus, auf dessen schwarzen Plastikdeckeln ein Drahtzaunmotiv eingeprägt war. Sie schlug es bei den grün geränderten Seiten auf und riss eine heraus. »Ich meine, ein Hotel ist keine gute Idee. Zu viele Personen haben Zugang zum Zimmer, und es wäre zu leicht für Radeckis Leute, ein Zimmermädchen zu bestechen, damit es ihnen Zugang verschafft. Radecki mag Ihre Ähnlichkeit mit Katerina vielleicht umwerfen, aber ich glaube, die Menschen in seiner Umgebung, besonders seine rechte Hand, Krasic, werden misstrauisch sein. Krasic wird Sie so gründlich wie nur möglich unter die Lupe nehmen. Ich halte Folgendes für besser: Es gibt ein Haus in einer ruhigen Straße zwischen dem Ku'damm und dem Olivaer Platz, das früher ein Hotel war und in Apartments mit Reinigungsservice umgewandelt wurde. Sie werden hauptsächlich von Geschäftsleuten genutzt, wozu sie auch gedacht sind. Jede Wohnung hat ein Wohnzimmer, ein Schlafzimmer, ein Bad und eine kleine Küche. Man mietet sie jeweils für eine Woche, und zweimal pro Woche kommt ein Mädchen, wechselt die Bettwäsche und putzt. Es wird sicherer sein, aber außerdem werden Sie sich auch mehr zu Hause fühlen. Das macht es weniger anstrengend, nicht wahr?«

Carol nickte. »Klingt gut.«

Petra gab ihr das Blatt Papier, auf dem Adresse und Telefonnummer standen. »Ich habe heute früh nachgefragt, ob Wohnungen frei sind. Ich habe so getan, als hätte ich Geschäftskontakt mit Ihnen, und habe gebeten, eine zu reservieren. Man erwartet dort Ihren Anruf. Sie haben doch eine Kreditkarte auf Ihren Decknamen?«

»Alles vorhanden: Pass, Führerschein, Kreditkarten, zwei alte Stromrechnungen und Bankauszüge. Von Carol Jordan habe ich überhaupt keine Papiere bei mir. Ich habe alles Larry zur Aufbewahrung gegeben.« Sie lächelte ihm zu. »Aber verkaufen Sie meinen Dienstausweis nicht auf dem Schwarzmarkt, Larry.«

Er zog eine Augenbraue hoch. »Bringen Sie mich nicht auf dumme Gedanken.«

»Und dann, wie wir den Kontakt halten«, fuhr Petra fort.

»Ich habe da etwas, das helfen könnte«, mischte sich Gandle ein. »Carol, Sie haben doch einen Laptop dabei, oder?«

»Stimmt. Die Kollegen in London haben ihn mir eingerichtet. Alles auf den Namen Caroline Jackson. Ein paar alte E-Mails, verschiedene geschäftliche Dateien und Briefe. Jede Menge Dinge, die meine Tarnung unterstützen, und nichts, was nicht da hingehört.«

Gandle stellte seinen protzigen Aluminium-Businesskoffer auf den Tisch und ließ die Schlösser aufschnappen. Dann zog er ein flaches schwarzes Rechteck mit einem Kabel an einer Seite heraus. »Das ist eine Zusatzfestplatte, die Sie direkt an Ihren Laptop anschließen können. Sie passt auf alle Codes, die Sie fürs TECS brauchen.«

»TECS?«, fragte Petra.

»Das Europol-Computer-System. Es enthält das gleiche Programm für Fallanalysen wie das, auf dem Sie eingeübt sind, Carol, und dazu noch ein Stichwortverzeichnis. Und wir haben das Informationssystem gerade eingerichtet, so dass Sie alles abrufen können, was wir über Radecki und seine bekannten Partner gespeichert haben. Alles, was Petra und ihre Kollegen uns weitergegeben haben, ist darin enthalten und auf Tastendruck abrufbar. Es gibt auch ein Chiffriersystem, das es Ihnen ermöglicht, sicher an alle Personen E-Mails zu verschicken, die den Schlüssel dazu haben. Petra, wir werden es auch Ihnen zugänglich machen, damit Carol risikolos mit Ihnen per E-Mail Verbindung halten kann, das ist viel ungefährlicher als per Telefon. Und um es zu kaschieren ...« Aus der einen Ecke des Businesskoffers zog er eine blaue Gummibox mit einer kurzen Antenne heraus. »Das coolste Radio aller Zeiten«, sagte er. »Die gibt es in den schicksten Läden, aber dieses hier ist anders. Die Techniker haben alles rausgenommen und ein Miniaturradio eingebaut. Es funktioniert genauso wie das Original, aber wenn man es aufmacht«, er drückte unten einen Metallschieber zur Seite, und es fiel in zwei Teile auseinander, »bietet es ein Versteck für Ihre zweite Festplatte.«

Carol und Petra warfen sich einen Blick zu und brachen in Gelächter aus. »Männer und ihr Spielzeug«, rief Carol.

Gandle schien etwas beleidigt. »Aber es funktioniert, glauben Sie mir. Niemand wird es untersuchen.«

»Tut mir Leid, Larry, es ist wirklich sehr raffiniert«, sagte Carol, die ihren britischen Ratgeber und Beschützer nicht verärgern wollte. »Und Sie haben Recht, es sieht völlig harmlos aus.« Sie nahm das Radio, schob die Festplatte an den vorgesehenen Platz und machte es zu. Als sie auf einen kleinen blauen Gummiknopf drückte, kam Rauschen aus dem Lautsprecher. »Sehr gut. Es ist genau das, was ich brauche, auch wenn es mir ein bisschen wie James Bond vorkommt.«

»Das löst also Ihr Kommunikationsproblem«, sagte Gandle und machte mit einem selbstzufriedenen Lächeln seinen Businesskoffer zu.

»Nur im technischen Sinn«, sagte Petra.

»Bitte?«, fragte Gandle.
»Das ist nicht genug. Agentenarbeit ist furchtbar. Sie ist unheimlich, und man ist vollkommen isoliert. Und dazu kommt als zusätzliche Gefahr noch das Zelig-Syndrom.«
»Zelig-Syndrom?« Gandle runzelte die Stirn.
»Wie in Woody Allens Film *Zelig*. Zelig ist so unsicher, dass er zu einem menschlichen Chamäleon wird und sich nicht nur in Stil und Benehmen anpasst, sondern sich auch im Äußeren den Leuten angleicht, mit denen er umgeht. Das ist eine große Gefahr für den Agenten. Man verbringt so viel Zeit mit diesen Leuten und ist von seiner eigenen Kultur so abgeschnitten, dass man anfängt, sich mit ihnen zu identifizieren.«
»Man wird wie die Eingeborenen«, sagte Carol.
»Genau. E-Mail ist schön und gut für den Informationsaustausch, aber es schützt niemanden vor sich selbst. Dafür brauchen wir den direkten menschlichen Kontakt.«
Gandle schien skeptisch. »Sie sagten schon, dass Radeckis Leute Carol gegenüber misstrauisch sein werden. Sie werden sie beobachten. Und, Petra, bei allem Respekt, schließlich sind Sie bei der Berliner Polizei. Jemand wird Sie ganz sicher erkennen. Wir wollen auf keinen Fall das Risiko regelmäßiger Treffen zwischen Ihnen eingehen.«
»Ich glaube, wir können das ohne Gefahr für Carol regeln«, sagte Petra bestimmt. »Ein paar Straßen von der Wohnung entfernt ist ein sehr luxuriöser Wellnessclub für Frauen. Es gibt dort einen Trainingsraum, ein Schwimmbad und separate Saunakabinen, die die Mitglieder für jeweils eine halbe Stunde buchen können. Das ist ein Ort, wohin Krasic und sein Kreis von Vertrauten uns nicht folgen können. Glauben Sie mir, Larry, ich würde nichts planen, was Carol gefährden könnte.«
Gandle sah ungläubig drein, aber Carol nickte. »Ich finde auch, es ist wichtig, dass ich Kontakt mit der realen Welt habe.

Außerdem muss man manches wirklich persönlich besprechen. Ich mag Dinge sehen und hören, deren Bedeutung ich nicht verstehe, Dinge, die ich in einem geschriebenen Bericht nicht erwähnen würde, weil mir ihre Wichtigkeit nicht klar ist. Aber Petra kennt die richtigen Fragen, mit denen man mir Informationen entlocken kann. Ich glaube, sie hat Recht, Larry. Wir brauchen diesen regelmäßigen, direkten Kontakt.«

Gandle spielte mit seiner Seidenkrawatte. »Ich weiß nicht, Carol. Sie werden Berlin alle sieben bis zehn Tage verlassen, und wir dachten, Sie könnten dann Ihre Einsatzbesprechungen machen. In London oder hier.«

»Zehn Tage können vorn an der Front eine sehr lange Zeit sein«, sagte Petra. »Natürlich ist es Carols Entscheidung ...« Erwartungsvoll fing sie Carols Blick auf.

Carol nickte fast unmerklich. »Sie dürfen nicht vergessen, dass ich noch nie Agentenarbeit gemacht habe. Ich will jede Absicherung haben, die ich kriegen kann. Wenn ich erwischt werde, muss ich mich schnellstens absetzen können. Beim besten Willen werden Sie, Larry, mir hier oben in Den Haag nicht viel nützen können. Wenn alles in die Binsen geht, wird sich Petra vor Ort damit auseinander setzen müssen. Wir brauchen einen Plan, um diese Möglichkeit abzudecken. Sie wird ja nicht rund um die Uhr vor ihrem Computer hocken. Und wenn die Sache auffliegt, werde ich vielleicht nicht einmal mehr in die Wohnung und an meinen Computer zurückkönnen. Ich brauche eine Absicherung, und ich meine, Petra bietet mir das.«

Gandle schob die Lippen vor. »Das passt mir nicht so recht. Vielleicht sollte ich auch nach Berlin kommen. Dann könnten Sie direkt mit mir Verbindung haben.«

Carol schüttelte den Kopf. »Sie kennen den Hintergrund des Falls nicht so gut wie Petra, und ganz bestimmt kennen Sie die

Stadt nicht so genau wie sie.« Er schien immer noch ablehnend. Es war Zeit, ihre beste Karte auszuspielen.
»Morgan sagte mir, ich solle die Dinge so organisieren, dass ich mich dabei wohl fühle. Und für mich passt es so am besten. Wenn Sie damit nicht zufrieden sind, wäre mein Vorschlag, es ihm zu sagen.«
Gandle wurde rot. »Ich glaube, das wird nicht nötig sein. Wenn Sie es so machen möchten, bin ich bereit, Sie dabei zu unterstützen. Aber, um das mal festzuhalten, ich habe meine Bedenken.«
»Danke«, sagte Carol betont nett. Es war gut zu wissen, dass Morgans Name so viel bewirken konnte, wie sie vermutet hatte. »Das ist dann also geklärt. Petra, Sie sagten, Sie wollten darüber sprechen, wie ich mich in Radeckis Umgebung einschleusen kann. Woran hatten Sie gedacht?«
»Wenn Sie so etwas tun, sollte es mit Stil geschehen. Ich habe einen Plan, der das, glaube ich, ermöglicht und der auch darauf angelegt ist, Radecki an seiner schwächsten Stelle zu treffen«, sagte Petra.
Carol grinste. »Ich kann's kaum erwarten, etwas darüber zu erfahren.«

Kapitel 19

Als Tony nach einer Vorlesung, die seine Studenten fast so sehr gelangweilt haben mochte wie ihn selbst, in sein Büro zurückkam, klingelte das Telefon. Er nahm ab und ließ sich dabei auf seinen Stuhl fallen. »Tony Hill«, sagte er und verbarg seine Langeweile hinter einer Fassade von Munterkeit.

»Dr. Hill? Hier ist Penny Burgess. Ich weiß nicht, ob Sie sich an mich erinnern ...«

»Ich erinnere mich«, sagte er knapp. Penny Burgess war Gerichtsreporterin bei der *Bradfield Sentinel Times* gewesen, als Tony mit der dortigen Polizei an seinem ersten Serienmordfall gearbeitet hatte. Sie hatte ihn ständig verfolgt und alles getan, damit sein Name in aller Munde war.

»Folgendes, Tony. Ich dachte, wir könnten uns mal kurz unterhalten. Über das, was heute Nachmittag im Revisionsgericht geschehen ist.«

Warnzeichen blinkten in Tonys Kopf auf. Wenn die Berufung von Vance gescheitert wäre, würde es niemanden interessieren, was er dachte. »Tut mir Leid«, sagte er ausweichend. »Ich habe heute noch keine Nachrichten gehört. Was meinen Sie damit?«

»Hat niemand Sie angerufen?« Penny klang überrascht.

»Ich hatte Vorlesung und bin buchstäblich gerade durch die

Tür gekommen, als Sie anriefen. Was ist los gewesen im Revisionsgericht?«

»Die Richter kamen zu dem Ergebnis, dass die Verurteilung von Vance wegen des Mordes an Shaz Bowman unhaltbar war.«

Tony hatte das Gefühl, ein Abgrund tue sich unter ihm auf. Ein plötzlicher Schwindel ergriff ihn, und er klammerte sich mit der freien Hand an den Schreibtisch. Durch das Summen in seinen Ohren hörte er Penny Burgess' Stimme. Er zwang sich, ihr zuzuhören. »Es ist nicht so schlimm, wie es scheint«, sagte sie. »Er wurde sofort wegen des Mordes an Barbara Fenwick von neuem verhaftet. Er ist wieder hinter Gittern, in Untersuchungshaft. Nach einer Quelle der Polizei gab es in der ursprünglichen Verhandlung die Zeugenaussage eines Markthändlers, die die Beschuldigungen völlig untergrub und den Crown Prosecution Service damals veranlasste, auf dieser Grundlage nicht gegen Vance vorzugehen.«

»Ich erinnere mich«, bestätigte Tony.

»Also, offenbar hat eine Mitarbeiterin der BBC den Fall untersucht und konnte dabei eine Tonaufnahme von dem Zeugen machen, in der er zugibt, dass er diese Aussage nur gemacht hatte, weil Vance ihn darum bat. Jetzt hat er seine frühere Aussage widerrufen. Es könnte also einen weiteren Prozess geben und ich habe gehört, dass man beim Crown Prosecution Service, wo ja die Entscheidung über zu verhandelnde Fälle getroffen wird, insgeheim recht zuversichtlich ist. Ich würde gern wissen, was Sie von der Sache halten.«

»Ich kann dazu keinen Kommentar abgeben«, sagte er müde.

»Meine Bitte ist nicht, dass Sie sich zu den neuen Anschuldigungen äußern, da das Verfahren offensichtlich noch anhängig ist. Aber es muss Ihnen doch nahe gegangen sein, dass er für den Mord an jemandem, dessen Mentor Sie waren, nicht bestraft wurde.«

»Wie ich schon sagte, ich möchte keinen Kommentar abgeben.« Tony legte behutsam den Hörer auf. Er hätte ihn gern so hingeknallt, dass das ganze Plastikgehäuse zersprungen wäre, aber die Angewohnheit, sich zu beherrschen, war zu tief in ihm verwurzelt. Er schloss die Augen und atmete tief durch. Dieser Dreckskerl Vance hatte damals gedroht, ihm das Leben zur Hölle zu machen, und es sah aus, als halte er sein Versprechen. Er konnte vielleicht wegen der anderen Morde verurteilt werden, aber er kam ohne den einen Schuldspruch davon, der für Tony wirklich wichtig war. Nicht nur das, sondern die relative Anonymität, die Tony sich mühsam erkämpft hatte, war durch einen einzigen Anruf wieder zerstört.
Bevor er irgendetwas tun konnte, klingelte das Telefon schon wieder. Diesmal beachtete er es gar nicht. Er fragte sich, wie lange er das durchhalten würde, bevor irgendein junger Schlaumeier von der Presseabteilung der Universität zu der Ansicht käme, dass ein Interview mit Tony Hill genau das bringen würde, was man brauchte. Er sprang auf und ging zur Tür. Es war an der Zeit, abzutauchen.

Manchmal war es ein großer Vorteil, einen Bruder zu haben, der Computerfachmann war. Carol hatte genug von Michael gelernt, um erkennen zu können, wie ein Programm aussah. Und das hieß, dass sie in der Lage sein würde, die Chiffriersoftware auf der externen Festplatte zu finden, die Gandle ihr gegeben hatte. In ein paar Minuten hatte sie das Programm an ihren Bruder in Manchester geschickt und ihn gebeten, es an Tony weiterzugeben, inklusive der Anweisung für die Installierung. So konnten sie jetzt E-Mails in vollkommener Sicherheit austauschen. Natürlich war das alles völlig vorschriftswidrig – zumindest ein Bruch des Gesetzes zum Schutz geheimer offizieller Dokumente. Sie hatte kurz gezweifelt, ob sie es

tun solle, da sie nur zu gut wusste, wie ihre anscheinende Unbekümmertheit in Bezug auf Sicherheitsdinge von jemandem ausgelegt werden würde, der Tony nicht kannte. Aber das dauerte nur einen Moment. Sie kannte niemanden, der Vertraulichkeit mehr achtete und in konkreten Situationen einer komplizierten Ermittlung eine größere Hilfe sein konnte als Tony. Und Carol hatte ihrer Neigung, sich auf sich selbst zu verlassen und einfach zu tun, was sie für am besten hielt, schon immer vertraut. Michael hatte sie bei Todesstrafe verboten, die Software an jemand anders weiterzugeben, und sie war sicher, dass sie ihm vertrauen konnte. Wenn es jemals herauskäme, würde sie sich auf Morgans Anordnung berufen, dass sie tun solle, was immer nötig war, damit sie sich sicher fühlte.
An diesem Abend war sie dankbarer denn je, dass es diese Kommunikationsmöglichkeit zwischen ihnen gab. Denn sie hatte jetzt etwas, was Tony vielleicht aus seiner selbst verhängten Zurückgezogenheit locken konnte. Mehr als das, es würde ihn vielleicht auf ihre Seite bringen. Carol saß stirnrunzelnd vor ihrem Bildschirm. Diese Sache musste sie unbedingt absolut richtig hinkriegen. Ungeduldig schob sie den Stuhl vom Schreibtisch zurück, ging im Zimmer auf und ab und versuchte, ihre Gedanken zu ordnen.
Das Apartment in Berlin bot wirklich alles, was Petra versprochen hatte. Es war bequem, ohne protzig zu sein, ruhig und sicher, und die Anonymität war irgendwie weniger unpersönlich als in einem Hotelzimmer. Sie war sicher, dass Caroline Jackson gerade diese Eigenschaften zu schätzen wissen würde. Die wenigen persönlichen Dinge in dem Zimmer machten es zum Bereich ihres Alter Ego. Für sich selbst hätte sie diese Bücher, diesen Bilderrahmen oder diese extravaganten, auffälligen Blumen nie ausgesucht. Aber heute Abend musste sie sich daran erinnern, dass sie Carol Jordan war. Caroline Jackson

würde ihr nicht dabei helfen, die sorgsam ausgewogene E-Mail zu verfassen, die sie schicken musste. Dafür brauchte sie ihren eigenen Verstand mit all seinen Qualitäten.
Die letzten paar Tage waren mit fieberhafter Kopfarbeit ausgefüllt gewesen. Sie war erstaunt, wie viele Informationen Petra Becker über Tadeusz Radecki besaß, und konnte sich gut vorstellen, wie frustriert ihre deutsche Kollegin sich fühlte, weil ihr Team anscheinend unfähig war, seine Machenschaften zu unterbinden und ihn hinter Gitter zu bringen. Er schien in völliger Straffreiheit zu operieren, vor allem deshalb, weil er nie den Fehler gemacht hatte, der den meisten Kriminellen unterläuft, nämlich am Ende an seine Unbesiegbarkeit zu glauben. Carol wusste, dass diese Überheblichkeit meistens zur Katastrophe führte. Aber Radecki hatte nie sein Prinzip ständiger Vorsicht außer Acht gelassen. Dies war sein Rezept für den Erfolg: Er vertraute nur wenigen, kannte den Unterschied zwischen gutem Profit und Habgier und hatte offenbar immer die Grenzen zwischen seiner täuschend untadeligen öffentlichen Person und den schmutzigen Geschäften, die ihm seinen Lebensstil ermöglichten, aufrechterhalten. Das Sahnehäubchen war Krasic, ein Mann, der anscheinend seinen Ruf brutaler Skrupellosigkeit kultivierte.
Aber obwohl es Radecki gelungen war, sich dem Zugriff der Strafverfolgung zu entziehen, war er doch nicht immun gegen Petra Beckers hartnäckige Nachforschungen. Sie hatte ein beträchtliches Aktenbündel über ihn angelegt. Alles war hier verzeichnet, von seinem Geschmack in puncto Musik bis hin zu den Geschäften, in denen er seine Garderobe kaufte. Sich all dies anzueignen, war Carols erste Aufgabe gewesen, und damit erhielt sie den ersten echten Eindruck von ihrer Arbeit als Agentin. Sie musste versuchen, so viele dieser Informationen wie möglich im Gedächtnis zu behalten, und ihnen zu-

gleich in ihrem Kopf einen Platz im Hintergrund zuweisen. Denn Caroline Jackson würde fast nichts über Radeckis Leben und Vorlieben wissen, und Carol empfand die Notwendigkeit, ihr Gehirn in zwei Teile aufzuteilen, als zutiefst verwirrend. Da hatte sie beschlossen, sich nicht um die Vorschriften zu kümmern, denn sie brauchte unbedingt eine Verbindung zu Tony.

Wenn sie noch Zweifel hegte, ob ihr Vorgehen klug war, verschwanden diese im Lauf des zweiten Abends, den sie mit Petra Becker verbrachte. Sie hatten den Vormittag darauf verwendet, alles zu besprechen, was Petra über Radeckis kriminelles Netzwerk bekannt war, und der Nachmittag diente dazu, an Carols neuer Identität zu arbeiten, auszuprobieren, wo sich Lücken zeigen könnten, die möglichen Gefahrenzonen zu testen und sie die Persönlichkeit prüfen zu lassen, als die sie in der nahen Zukunft leben musste. Schließlich hatte Petra die zwanzigste Zigarette ausgedrückt und lehnte sich auf dem Sessel zurück. »Ich glaube, es ist Zeit, dass wir uns ein wenig entspannen«, sagte sie. »Wenn wir nach Berlin kommen, dürfen wir nicht mehr zusammen gesehen werden, wir sollten also die Anonymität hier nutzen und jetzt zusammen schön essen gehen, um den erfolgreichen Abschluss dieser Phase eins zu feiern.«

Carol dehnte stöhnend ihren verkrampften Rücken. »Darauf gehen wir einen trinken.«

Eine halbe Stunde später saßen sie an dem ruhigen Tisch eines matt erleuchteten indonesischen Restaurants. Mitten im Raum stand unter hellen Wärmelampen ein reichhaltiges Büfett. Aber zunächst gaben sie sich damit zufrieden, nur mit ihren Gläsern dazusitzen und sich zu entspannen. Carol nahm einen gesunden Schluck von ihrem Gin Tonic, und Petra hob ihr Glas. »Es war ein Vergnügen, in den letzten paar Tagen mit dir zu arbeiten, Carol«, sagte sie. »Ich muss zugeben, ich hatte sehr negative Erwartungen in Bezug auf diese Aufgabe, aber du hast mich beruhigt.«

»Warum hast du es so negativ gesehen? Dachtest du, ich würde es nicht packen?«

Petra spielte mit dem langstieligen Glas ihres Margarita-Cocktails und sah zu, wie die Flüssigkeit am Rand des Glases auf- und abstieg. »Zum Teil ja. Aber hauptsächlich, weil ich fand, dass wir uns wahnsinnig angestrengt hatten, Radecki zu kriegen, und dass es nicht fair war, uns das wegzunehmen.«

»Das kann ich verstehen. Ich hätte an deiner Stelle genauso empfunden. Wenn man so lange an einem Fall arbeitet, hat man eine persönliche Beziehung dazu.«

Petra warf Carol einen kurzen, nachdenklichen Blick zu. Dann entschied sie sich, stützte die Ellbogen auf den Tisch und beugte sich zu ihr hinüber. »Hast du den Fall Jacko Vance so gesehen? Und davor den des Schwulenkillers in Bradfield?«

Carols ungezwungener Gesichtsausdruck wich sofort einer gewissen Wachsamkeit. »Du hast dich gut vorbereitet«, sagte sie, und ihr distanzierter Tonfall zerstörte die Intimität, die sie in den letzten zwei Tagen aufgebaut hatten.

Petra hielt Carol beschwichtigend die Handflächen entgegen. »Natürlich hab ich meine Hausaufgaben gemacht. Ich wäre ja keine tolle Ermittlerin, wenn das nicht so wäre. Aber ich habe diese beiden Fälle nicht aus purer Neugier angesprochen. Ich habe einen triftigen Grund, sie zu erwähnen.«

Carol war nicht so leicht zu besänftigen. »Ich spreche nicht über diese Fälle«, sagte sie knapp. *Darüber sprechen? Ich versuche nicht einmal daran zu denken. Ich wollte, ich würde auch nicht davon träumen.* Sie trank ihr Glas aus und winkte der Bedienung, um einen weiteren Gin Tonic zu bestellen.

»Das geht in Ordnung. Ich will keine gruseligen Details. Ich bin nicht auf Sensationen aus. Aber ich kenne sonst niemanden mit so viel Erfahrung bei Ermittlungen zu Serientätern. Und ich brauche deinen Rat.«

Carol fragte sich matt, ob sie je imstande sein würde, diesen Teil ihrer Vergangenheit hinter sich zu lassen. Sie hatte gedacht, sie wäre bei diesem Job weit genug davon entfernt, so dass nur zählte, wie sie hier und jetzt handelte. »Pass auf, Petra, ich bin keine Expertin. Beim ersten Mal war ich nur zufällig Kripobeamtin in einer Stadt, wo ein Serienmörder umging. Und beim zweiten Mal ... na ja, ich nehme an, man müsste es einen Gefallen für einen Freund nennen.«

»Das wäre Dr. Tony Hill?« Petra gab nicht so schnell auf.

Carol rieb sich mit Daumen und Zeigefinger die Stirn und verdeckte die Augen mit dem Rest ihrer Hand. »Ja, das wäre Tony Hill«, sagte sie resignierend. Sie senkte die Hand und warf Petra einen kalten, trotzigen Blick zu. Es war, als fordere sie die andere Frau heraus, sich doch ihre eigenen Gedanken darüber zu machen.

Petra ahnte, dass die Erwähnung von Tonys Namen etwas tief in Carols Innerem berührt hatte, konnte aber nicht erraten, ob es positiv oder negativ war. »Es tut mir Leid, Carol. Ich will dich mit den Fragen zu diesen Fällen nicht verstimmen und wirklich keine schlechten Erinnerungen wachrufen. Aber wenn ich erklären darf ...?«

Carol zuckte mit den Schultern. Sie würde mit Petra bei der schwierigsten Aufgabe ihres bisherigen Berufslebens zusammenarbeiten müssen. Schon jetzt mochte und respektierte Petra sie, und sie war sich im Klaren, dass das so bleiben musste. Es würde nicht schaden, sich anzuhören, was sie zu sagen hatte. »Ich höre«, sagte sie, nachdem die Bedienung ihr das zweite Glas gebracht hatte. »Willst du vielleicht noch etwas trinken?«

Petra schüttelte den Kopf. »Später. Also, zuallererst, ich bin Lesbe.«
Carol hatte sich diese Frage schon gestellt, aber es war ihr nicht wichtig genug gewesen, um lange darüber nachzudenken. »Macht für mich keinen Unterschied.«
»Hab ich auch nicht gedacht, aber deshalb sage ich es dir auch nicht. Ich versuche nur zu erklären, wie alles angefangen hat. Ich besuche oft eine private Website für Schwule und Lesben bei der Polizei in der EU und habe dort Marijke kennen gelernt. Sie ist bei der niederländischen Polizei, Brigadier in Leiden. Wir sprechen drei- oder viermal in der Woche miteinander in einem privaten Chatroom und sind uns im Lauf der Zeit näher gekommen.« Petra lächelte ironisch. »Ja, ich weiß, was man über Leute sagt, die sich über das Netz kennen lernen, aber es steht fest, dass sie wirklich die ist, die sie zu sein behauptet, und keine Betrügerin, die sich Informationen erschleichen will, oder eine Neurotikerin, die es genießt, wenn sie so tun kann, als sei sie eine von uns. Also ich und Marijke, wir haben beide über das Internet die Resonanz gefunden, die uns im täglichen Leben fehlte.«
»Das macht ja noch kein armes Schwein aus dir«, sagte Carol mit beruhigendem Lächeln.
»Eben. Jedenfalls, Marijke und ich, wir erzählen uns oft allerhand Vertrauliches. Vor ungefähr einer Woche hatte sie einen Mord in Leiden. Sie hat mir davon erzählt, weil es so ein merkwürdiger Fall war, ohne offensichtliche Verdächtige und ohne irgendeinen Ermittlungsanhalt. Der Tote, Pieter de Groot, war Psychologieprofessor an der Uni dort. Er wurde nackt aufgefunden, auf seinem Schreibtisch festgebunden. Der Mörder hat ihm eine Art Rohr in die Kehle gesteckt und Wasser hineingegossen, bis er ertrank.«
Carol schauderte. »Das ist wirklich hässlich.«

»Es geht noch weiter. Der Mörder hat sein Opfer auch skalpiert. Aber nicht die Kopfhaut, sondern die Haut mit dem Schamhaar.«
Carol sträubten sich die Nackenhaare. Sie wusste genug über Psychopathen, um die Tat einer gestörten Persönlichkeit erkennen zu können, wenn sie darauf stieß. »Na ja«, sagte sie, »es hört sich an, als gäbe es da Elemente von Sexualmord. Was bedeutet, dass euer Mann möglicherweise zuvor getötet hat und auch wahrscheinlich wieder morden wird.«
»Beides, glaube ich. Als Marijke mir von dem Fall erzählte, erinnerte es mich vage an irgendwas. Und ich habe den Mord an Dr. Walter Neumann gefunden.« Petra erklärte kurz, was sie bei dem Heidelberger Fall entdeckt hatte. »Also habe ich angefangen zu vermuten, dass wir es mit einem Serienkiller zu tun haben könnten, der sich über die nationalen Grenzen hinweg betätigt.« Sie sah Carol an und wartete auf ihre Reaktion.
»Ein vernünftiger Schluss. Nach dem, was du mir erzählt hast, enthalten diese Verbrechen Elemente persönlicher Merkmale.« Sie sah Petra fragend an, ob sie das weiter erklären musste.
Petra nickte zuversichtlich. »Okay, ich fand also, dass wir ein großes Problem hatten. Wie du weißt, gibt es keine formelle Verknüpfung bei Einsätzen der nationalen Polizeikräfte der EU, trotz Europol und Interpol. Ja, wir sollen Informationen austauschen und bei transnationalen Verbrechen zusammenarbeiten, und manchmal funktioniert das auch, wie bei dem, was wir jetzt gegen Radecki unternehmen. Aber wir wissen beide, wie eifersüchtig Polizisten ihren eigenen Bereich abschirmen. Bei so einer aufsehenerregenden Sache wie Serienmorden wird niemand dazu beitragen, eine Ermittlung in Gang zu bringen, die ihn vielleicht Punkte kosten wird. Sie dazu zu bringen, die Informationen mit uns zu teilen, wird ein harter Brocken werden.«

Es hörte sich nach Sarkasmus an, aber Carol wusste, dass Petra Recht hatte. Außerdem hatte sie den Verdacht, dass für Petra Becker in diesem Fall das Prestige ein wichtiger Faktor war, aber das war nicht von vornherein schlecht. Sie wusste von sich selbst, dass sie sich bei Fällen, die sie besser dastehen ließen, mehr einbrachte. Es war nichts, worauf sie stolz war, aber sie musste es als Realität anerkennen. »Du hast also beschlossen, die Info für dich zu behalten und selbst zu ermitteln?«

Petra schien dies etwas unangenehm zu sein. »Ich weiß nicht, ob ich schon so weit bin, diese Entscheidung zu treffen«, gab sie zu. »Es stimmt, dass ich persönlich mit dieser Neuigkeit herauskommen wollte, und deshalb habe ich Marijke gebeten, mir alle Einzelheiten zu dem Fall zu schicken. Wenn ich Recht habe, hat er nämlich in Deutschland angefangen zu töten, und das würde uns ein gewisses Recht geben, die Ermittlung in die Hand zu nehmen.« Petra hielt plötzlich inne und nahm ihre Zigaretten. »Aber dann, vor zwei Tagen, gab es einen dritten Mord; ich habe noch nicht viele Einzelheiten dazu bekommen können, aber es scheint, dass Dr. Margarethe Schilling von der Universität Bremen dem gleichen Mörder zum Opfer gefallen ist.«

»Sicher werden das andere doch auch mitkriegen, oder?«, sagte Carol.

Petra zuckte mit den Achseln. »Nicht unbedingt. Die Polizeikräfte der verschiedenen Bundesländer haben keine enge offizielle Verbindung untereinander. Es gibt keine zentrale Informationsstelle für Gewaltverbrechen wie Mord, außer wenn es das organisierte Verbrechen betrifft. Wir sind ein großes Land, und, ehrlich gesagt, die meisten Polizeibeamten sind zu beschäftigt mit ihrer eigenen Arbeit, um sich darum zu kümmern, was sich in zwei Städten in 160 Kilometer Entfernung voneinander tut. Und es ist nicht wie in Amerika, wo Serienkiller schon fast ein Teil der Kultur sind. Hier in Europa erwarten wir noch nicht, dass so etwas außer in Büchern oder Filmen passiert. Nein, Carol, die einzige Möglichkeit, dass jemand diese Verbindung herstellt, wäre, wenn jemand von der Kripo wie ich es bemerkt. Und wer wird schon den Mord an einem Mann in Heidelberg und einer Frau in Bremen zusammenbringen, nur weil sie beide Psychologiedozenten waren?«

»Also wirst *du* es jetzt an die Öffentlichkeit bringen müssen«, sagte Carol.

»Ja, schon«, antwortete Petra und blies den Rauch durch die Nase. »Aber es ist etwas verwickelt. Ich war nie zuständig für den ersten deutschen Fall, und wenn ich einen Bericht an Europol schicke, damit sie mir bei der Koordination der Ermittlung helfen, werde ich erklären müssen, dass Marijke ihre Schweigepflicht gebrochen hat, als sie mir von dem Fall in Leiden erzählte. Und dann hat sie bei ihren Chefs Dreck am Stecken.«

»Das sehe ich auch so«, sagte Carol nachdenklich. »Gibt es eine Möglichkeit, dass du über den Fall in Leiden gelesen und Ähnlichkeiten zu dem in Heidelberg bemerkt haben könntest? Und dann die Verbindung zu Bremen hergestellt hast?«

Petra schüttelte den Kopf. »In den Medien gab es kaum Einzelheiten. Jedenfalls nicht genug, um es als etwas hervorzuheben, das meinem Gedächtnis nachgeholfen hätte.«

»Marijke hat wohl keine Meldung bei Europol eingegeben, um zu sehen, ob es andere, ähnliche Fälle gab?«

»Ich bezweifle, ob man das überhaupt in Betracht gezogen hat. Die meisten Polizeibeamten, besonders die aus der Provinz, halten Europol wirklich nicht für eine Stelle, die etwas mit ihnen zu tun hat. Sie ist im Sinne einer funktionierenden Behörde noch nicht lange genug aktiv, als dass sie automatisch daran denken würden. Ich würde natürlich darauf kommen, weil meine Arbeit nachrichtendienstlich orientiert ist. Aber jemandem wie Marijkes Chef würde diese Möglichkeit überhaupt nicht einfallen.«

»Tja, wenn du wirklich Marijke schützen willst, dann ist das vielleicht die Vorgehensweise der Wahl. Sie soll eine Suchmeldung an Den Haag schicken, auf der Grundlage, dass dieser Fall die Kennzeichen eines Mörders trägt, der wahrscheinlich wiederholt und eventuell auch irgendwo anders in der EU zuschlagen wird. Das würde dann mit dem normalen Europol-Mitteilungsblatt rausgehen, das du bestimmt routinemäßig liest.«

Petra nickte und sagte sarkastisch: »Ich glaube, wir in meinem Team sind eine der wenigen Abteilungen, die tatsächlich lesen, was aus Den Haag kommt.«

»Prima. Dann kannst du das mit deiner Erinnerung an den Heidelberger Fall verknüpfen. Und den Fall in Bremen als eine Möglichkeit dazunehmen.«

Petra starrte gedankenverloren in die Ferne und überdachte alle möglichen Aspekte von Carols Vorschlag. Es würde funktionieren, dachte sie. Sie würde nicht das ganz große Aufsehen erregen, das sie erhofft hatte, aber sie würde trotzdem die Anerkennung dafür bekommen, dass sie den ersten bekannten Fall aufgegriffen hatte. Und sie würde vielleicht sogar die Koordination der Ermittlung übertragen bekommen, da es dann als deutscher Fall gelten und niemand ihn den Holzköpfen in Heidelberg überlassen würde. Aber obwohl man in Heidelberg vielleicht nicht besonders schlau war, waren die Leute dort nicht komplett beschränkt. »Es gibt nur ein Problem«, sagte sie.

»Sprich nur.«

»Ich habe letzte Woche die Einzelheiten des Heidelberger

Falls noch einmal angefordert. Wenn es eine neue Ermittlung gibt, werden sie sich wahrscheinlich daran erinnern.«

»Mist«, sagte Carol. »Du hast Recht, sie werden das nicht vergessen haben. Hör zu, lass uns erst mal etwas essen und dann weiter darüber nachdenken. Vielleicht kommen wir auf eine Lösung, wenn wir erst mal unseren Geschmackssinn aktivieren.«

Sie gingen zum Büfett und beluden ihre Teller mit einer Auswahl von Vorspeisen. Eine Zeit lang aßen sie praktisch schweigend und hielten nur inne, um etwas über das Essen zu sagen. Als Petra einen Saté-Spieß mit Hühnchen halb vertilgt hatte, strahlte sie plötzlich. »Ich glaube, ich hab's. Sie haben uns diesen Fall ursprünglich geschickt, weil sie dachten, er könnte etwas mit dem organisierten Verbrechen zu tun haben. Radeckis Netz erstreckt sich inzwischen bis zum Rhein und Neckar. Ich könnte sagen, dass ich bei der Vorbereitung dieser Aktion alles gesichtet habe, was irgendwie mit Radecki in Verbindung stehen könnte. Es ist bekannt, dass ich praktisch von dem Fall besessen bin. Niemand wird sich etwas dabei denken, wenn ich mich noch an den letzten Strohhalm klammere.«

Carol dachte darüber nach. Die Erklärung war nicht sehr stichhaltig, aber sie musste auch keiner eingehenden Überprüfung standhalten. Wenn die Untersuchung der Serienmorde erst einmal im Gespräch war, würde sich niemand mehr ernsthaft fragen, wie die Sache überhaupt ins Rollen gekommen sei.

»Es könnte gehen«, sagte sie, einen Mundwinkel zu einem boshaften Lächeln hochgezogen. »Irgendwie hab ich das Gefühl, dass du ganz gut darin bist, dich an deinen Chefs vorbeizumogeln.«

»Ich habe jede Menge Übung darin. Danke für deine Hilfe.«

Carol zuckte mit den Schultern. »Keine Ursache. Du hast nur

einen Blick auf die Situation aus einer anderen Perspektive gebraucht, das ist alles.«

Petra schob ihren leeren Teller zur Seite. »An der Geschichte stört mich aber noch etwas anderes.«

Schlaues Köpfchen, dachte Carol. *An deiner Stelle würde ich durchdrehen, statt mich nur gestört zu fühlen*. Sie nickte. »Der Mörder wird nicht aufhören. Man sieht schon voraus, wie die Sache sich in einem Niemandsland der Revierkriege und des Streits über Zuständigkeiten hinschleppt. Und inzwischen läuft der Kerl frei herum und kann weitermorden.« Als Carol Einverständnis auf Petras Gesicht las, bemerkte sie verwundert, dass sie wie Tony gesprochen, sich in die Gedankenwelt eines anderen Menschen versetzt und dessen Ängste ausgesprochen hatte.

»Ja, das muss ganz genau analysiert werden. Dieser Killer plant alles voraus. Alles, was er macht, ist perfekt, und es gibt keinen Grund für ihn, aufzuhören, bis er gefasst wird. Inzwischen werden die Bürokraten ihre Spielchen weiterspielen, und den Ermittlern sind die Hände gebunden. Es ist so frustrierend.«

»Mehr als frustrierend. Es verstößt direkt gegen alle Instinkte, die einem Ermittler sagen, was zu tun ist.«

»Genau. Also was würdest *du* an meiner Stelle tun, Carol?«

Die Preisfrage, die nur eine Antwort zuließ.

»Ich würde einen Freund anrufen«, sagte sie mit ironischem Unterton. Petra runzelte die Stirn. Vielleicht war *Wer wird Millionär?* noch nicht nach Deutschland gekommen, dachte Carol. »Ich würde nicht lockerlassen. Ich würde alles tun, was mir möglich ist, um die Ermittlung selbst voranzubringen, und würde auf die offiziellen Kanäle pfeifen. Und das Erste, was ich täte, wäre, mir ein Täterprofil machen zu lassen.«

Petras Gesicht erhellte sich. »Aha«, sagte sie, »ich verstehe. Du würdest Dr. Hill anrufen?«
»Er ist der Beste. Ja, ich würde ihn anrufen und versuchen, ihn aus seiner Zurückgezogenheit herauszulocken – zurück in die Arena.«
»Er ist im Ruhestand?« Petras Enttäuschung war augenfällig. »Ich dachte nicht, dass er so alt ist.«
Jetzt wurde Carol langsam klar, dass die ganze Sache ein einziges langes Vorspiel gewesen war, um sich Tonys Hilfe für eine inoffizielle Jagd auf einen Serienkiller zu sichern. Klar, Petra hatte tatsächlich praktische Hilfe dabei gebraucht, wie sie die Sache offiziell machen sollte, aber das eigentliche Ziel war, Carol und Tony für ihr Team zu gewinnen. Merkwürdigerweise hatte sie nicht das Gefühl, dass man sie ausnutzen wollte. Es amüsierte sie richtig, weil sie die Strategie als etwas erkannte, was sie ganz sicher auch versucht hätte. »Er ist nicht alt. Aber er macht keine Täterprofile mehr. Nach dem Fall Vance beschloss er, nicht mehr praktisch zu arbeiten.«
Petra sah bestürzt aus. »Mist«, sagte sie. »Ich dachte, vielleicht ...« Sie schüttelte den Kopf, offensichtlich verärgert über sich selbst.
»Du hast genau das gedacht, was ich an deiner Stelle auch gedacht hätte«, sagte Carol ruhig. Da sie wusste, wie entmutigt sie in der gleichen Lage wäre, tat ihr Petra Leid. Ganz spontan traf sie eine Entscheidung. »Pass auf, überlass das mir. Ich habe Tony erst vor ein paar Tagen gesehen, und ich habe das Gefühl, dass er sich vielleicht auf so etwas einlassen könnte. Er genießt sein zu ruhiges Leben nicht so sehr, wie er es sich erhofft hatte. Dies könnte ihn so faszinieren, dass er sich in den Kampf zurückwagen wird. Sorge inzwischen dafür, dass Marijke die Sache offiziell ins Rollen bringt. Je eher, desto besser. Und ich werde tun, was ich kann, um zu helfen.«

»Ich glaube, du hast genug Sorgen ohne diese Sache«, sagte Petra halbherzig.

»Es wird mir etwas zum Nachdenken geben, und dabei kann ich mich auf das stützen, was ich wirklich bin«, sagte Carol. »Es gibt nichts Besseres als die Realität, um das Zelig-Syndrom zu überwinden.«

So musste sie jetzt also ihr Versprechen Petra gegenüber einlösen. Sie musste die richtigen Worte finden, die Tony reizen würden, seine Hilfe anzubieten. Sie hatte das Gefühl, eine halb offene Tür einzurennen, aber sie würde trotzdem alle Kräfte aufbieten müssen, um ihn zu überzeugen. Carol ging in die kleine Küche und öffnete eine Flasche Rotwein. Es war Zeit, sich ein bisschen Mut anzutrinken. Zuerst musste sie Tony eine E-Mail schicken. Dann galt es, sich auf den morgigen Tag vorzubereiten, an dem sie Tadeusz Radecki endlich persönlich kennen lernen würde.

Kapitel 20

Tony streckte die Arme, dass die Gelenke in Nacken und Schultern knackten. Er wurde zu alt, um den ganzen Abend vor einem Bildschirm zu hocken. Aber es war eine gute Möglichkeit, der komplizierten Reaktion auszuweichen, die die Nachricht über Vance in ihm ausgelöst hatte. Er hatte den Telefonstecker herausgezogen und sich in Arbeit gestürzt, damit vermied er das Grübeln und ging zugleich den Anrufen der Journalisten aus dem Weg.

Er schloss die Datei, die er gelesen hatte, die Dissertation einer seiner Studentinnen. Es war keine schlechte Arbeit, obwohl die Beweisführung hier und da an wichtigen Stellen mit der Theorie nicht mithalten konnte. Bei der nächsten Besprechung würde er ein ernstes Wort mit ihr reden müssen. Diese Probleme musste sie jetzt aufarbeiten, bevor sie sich so verfestigten, dass sie nicht mehr leicht zu beheben waren.

Bevor er den Computer ausschaltete, öffnete er sein E-Mail-Programm. Es lohnte sich immer, spätabends seine Mailbox zu überprüfen. Er war ja schon dabei, zu Bett zu gehen, aber große Teile Amerikas waren noch mitten im Arbeitstag, und er hatte regelmäßig Kontakt mit Freunden und Kollegen auf der anderen Seite des Atlantiks.

Heute gab es nur eine einzige Nachricht. Er aktivierte die Chiffriersoftware, die Carols Bruder ihm geschickt hatte, und öffnete die E-Mail.

Hi, Tony,
jetzt bin ich also in Berlin. Es ist allerhand los hier, die Stadt scheint zu florieren. Und das ist, wie wir wissen, immer ein guter Nährboden für ausgefeilte Kriminalität!
Ich bin noch nicht auf TR getroffen, das ist für morgen Abend angesetzt, da werden wir sehen, ob Petras Strategie aufgeht oder mit Pauken und Trompeten durchfällt. Ich weiß, du hältst die Idee von der psychologischen Seite her für brauchbar, aber ich bin trotzdem sehr nervös. Jetzt, wo es so kurz bevorsteht, bin ich nur noch ein Nervenbündel. Ich kann nichts essen und weiß, dass ich heute Nacht bestimmt nicht schlafen werde. Ich trinke ein paar Gläser Wein, um es ein bisschen abzumildern, aber ich bin nicht überzeugt, dass das einen Unterschied machen wird. Petra hat intensiv mit mir gearbeitet, und das sollte mich wohl zuversichtlich machen. Aber ich kann nicht behaupten, dass es wirkt. Obwohl ich das Gefühl habe, TR ganz gut zu kennen, bin ich nicht sicher, ob ich weiß, wer Caroline Jackson ist … Hoffen wir, dass ich mich nicht bei der ersten Schwierigkeit fürchterlich blamiere.
Darüber zu reden macht mich allerdings nur noch nervöser. Der eigentliche Grund, weshalb ich dir heute Abend schreibe, hat tatsächlich nichts mit meiner Aufgabe als Agentin zu tun.
Als wir uns kürzlich gesehen haben, schien anzuklingen, dass du froh wärst, deine Fertigkeiten als Profiler wieder einzusetzen, wenn sich die richtige Gelegenheit ergäbe. Und ich glaube, ich habe genau das Richtige für dich.

Die Grundsituation ist folgende: zwei Morde, von denen wir wissen, möglicherweise drei. Zwei Männer, eine Frau. Alle Opfer sind Psychologen, die an der Universität tätig waren. Sie wurden alle auf dem Rücken liegend gefunden, Hände und Füße am Schreibtisch festgebunden. Ihre Kleidung war weggeschnitten, und sie wurden nackt liegen gelassen. Die Todesursache war Ertrinken, ein Schlauch wurde ihnen in die Kehle gesteckt, durch den Wasser gegossen wurde, bis sie starben. Und es gibt eine interessante, nach dem Tod zugefügte Verstümmelung: Der Mörder hat die Haut der Leistengegend abgezogen. Die Geschlechtsteile wurden nicht verletzt, nur die Haut mit dem Schamhaar entfernt.
Das Problem: Der erste Mord, den wir kennen, wurde in Heidelberg, Deutschland, verübt, der zweite in Leiden in Holland, der dritte (der möglicherweise dazugehört) wieder in Deutschland, in Bremen. Der Zusammenhang ergab sich durch Zufall. Petra hatte Einzelheiten über den ersten Fall erfahren, und eine Freundin von ihr, Marijke, die bei der Polizei in Holland ist, erzählte ihr von dem zweiten Fall. Petra fand das Bindeglied. Dann, als über den dritten Mord an einem Psychologiedozenten berichtet wurde, fiel es ihr wie Schuppen von den Augen, obwohl sie nicht genug Einzelheiten hat, um ganz sicher zu sein, dass alles zusammenpasst. Wie du siehst, ist also ein Albtraum zu erwarten, was die Zuständigkeiten betrifft. Außerdem hat sie die Sache noch nicht öffentlich gemacht, weil wir zuvor einen Weg finden mussten, wie Petra die Verbindungen zwischen den Fällen entdeckt haben kann, ohne dass Marijke großen Ärger bekommt, weil sie nicht dichtgehalten hat. Irgendwann in den nächsten Tagen wird der Leidener Fall aber an Europol durchgegeben, was die Sache ins Rollen bringen dürfte.
Allerdings brauche ich dir nicht zu schildern, wie das Ganze

in der Bürokratie stecken bleiben wird. Petra meint, es sei nicht wahrscheinlich, dass irgendjemand sonst diese Zusammenhänge hergestellt hat, da es wenig Austausch zwischen den deutschen Polizeikräften untereinander gibt (hört sich irgendwie bekannt an, oder???). Petra glaubt aber auch, und ich stimme mit ihr überein, dass der Kerl noch mehr Morde begehen wird, bevor eine korrekt eingesetzte internationale Task Force mit der Arbeit beginnen kann. Sie will also diesen ganzen Prozess mit einer inoffiziellen Ermittlung umgehen. Bis jetzt tappen sie offenbar völlig im Dunkeln. Dieser Täter scheint seine Spuren sehr geschickt zu verwischen. Es liegt wohl für sämtliche Fälle fast nichts von der Rechtsmedizin vor.

Warum Petra es riskiert hat, dies auszuplaudern? Na ja, vergessen wir nicht, dass sie im Nachrichtendienst ist. Und sie hatte sich über mich kundig gemacht, was unvermeidlich zu dir führte.

Offensichtlich wollen, nein BRAUCHEN die Kolleginnen ein Täterprofil. Und – wie es im Song heißt – »Nobody does it better«.

Und Petra will die beste Arbeit.

Es ist eine Chance, wieder einzusteigen, Tony. Und du könntest in einem sicheren Umfeld arbeiten, weil es ganz inoffiziell wäre. Du wärst nicht der Öffentlichkeit ausgesetzt, und niemand würde dir über die Schulter schauen und sofort Ergebnisse fordern. Keine Artikel in der Presse, die dich unter Druck setzen. Nur ein unauffälliger Auftrag, mit dem du vielleicht Leben retten könntest.

Wenn die beiden es schaffen, etwas zu erreichen, würdest du natürlich die Anerkennung bekommen, was dir vielleicht auf dem europäischen Festland einige Möglichkeiten eröffnen könnte.

Bitte glaube nicht, dass du meinetwegen zustimmen musst. Ich habe Petra gesagt, dass ich keine große Hoffnung habe. Aber ich wäre deinetwegen froh, wenn du einwilligen würdest, weil ich nicht glaube, dass das, was du jetzt tust, dich sehr befriedigt. Und wenn du das tust, was du am besten kannst, wärst du vielleicht zufriedener mit dir selbst.

Überleg es dir.

Mach's gut

CJ

Tony scrollte zum Anfang der Nachricht zurück und las sie noch einmal langsam durch, wobei gelegentlich ein ironisches Lächeln seine Mundwinkel umspielte. Sie war gut, das musste er zugeben. Sie war schon immer flink gewesen und hatte inzwischen ein paar nette kleine Tricks dazugelernt. Er fragte sich, wie lang sie gebraucht hatte, etwas auf den ersten Blick so Lockeres zu verfassen, das trotzdem ganz klar darauf angelegt war, die richtigen Saiten bei ihm anzuschlagen. Sie hatte genug Information zu den Fällen angedeutet, dass sein Appetit auf mehr geweckt wurde, aber nicht so viel, dass er sie als uninteressant abtun konnte.

Ja, es war sehr gut gemacht. Bis hin zu dem Köder, es wie eine Trockenübung aussehen zu lassen, die nirgends offiziell erfasst war und die man, ob es nun gut oder schlecht lief, jederzeit ableugnen konnte. »Und du könntest in einem sicheren Umfeld arbeiten.« Das Kalkül war natürlich, dass niemand die Blamage mitbekommen würde, wenn er mit seinen etwas eingerosteten Fertigkeiten Mist baute. Er glaubte zwar nicht, dass Carol dies erwartete, begriff aber, dass sie vermutete, er könne dies befürchten. Und damit hatte sie auch Recht.

Es war verlockend. Aber er war sich nicht sicher, ob es ihn aus den richtigen Gründen interessierte. Der Gedanke drängte sich ihm immer wieder auf, dass es ihm einen triftigen Grund geben würde, in ein Flugzeug nach Berlin zu steigen, weil er sich natürlich eingehend mit Petra unterhalten müsste, die bei dieser geheimnisvollen Operation die entscheidende Rolle zu spielen schien. Und für ihn bedeutete Berlin im Moment Carol, der er damit helfen konnte und an die er ständig dachte, seit sie London verlassen hatte.

Es wäre also ein unredlicher Grund, diese Gelegenheit zu ergreifen. Wenn er Carols wegen nach Berlin flöge, wären seine Gedanken nicht auf die Arbeit konzentriert, die er zu erledigen hatte. Noch schlimmer war, dass seine Gegenwart sich als das Gegenteil von hilfreich für Carol erweisen könnte. Sie musste so konsequent wie möglich ihre Rolle spielen, und wenn er dauernd wie Hansdampf in allen Gassen auftauchte, konnte ihr das die Beibehaltung von Caroline Jacksons Identität erschweren. Es war eine Sache, ihr aus der Ferne Einsichten und Unterstützung anzubieten. Persönlich vor Ort zu sein, könnte sie dagegen in Versuchung führen, sich zu stark auf ihn zu verlassen. Wenn sie dann im kritischen Moment ganz auf sich selbst gestellt wäre, würde ihr vielleicht das nötige Vertrauen fehlen, durchzuhalten.

Aber trotzdem, dachte er, *es könnte nicht schaden, mal im Netz nachzusehen.* Er rief seine Suchmaschine auf und gab »Bremen + Mord + Psychologie + Dozent« ein, um sich erst einmal den neuesten Fall anzusehen. Sekunden später hatte er einen deutschen Zeitungsbericht vor sich. Zum Glück hatte er in der Schule Deutsch gelernt und sich so auf dem Laufenden gehalten, dass er wissenschaftliche Artikel lesen konnte. Aber selbst wenn er ihn nicht verstanden hätte, wäre ihm etwas darin wie ein Feuerwerk am Nachthimmel sofort aufgefallen.

Tony starrte auf den Bildschirm und glaubte, seinen Augen nicht zu trauen. Es musste ein Irrtum sein. Er ballte die Fäuste

und runzelte die Stirn, rieb sich die Schläfen mit den Knöcheln und versuchte, das einzuordnen, was er da las.
Aber es war kein Zweifel möglich. Es konnte keine zweite Margarethe Schilling geben, die an der Universität Bremen Psychologie lehrte. Es war jenseits jeder Glaubwürdigkeit. Aber genauso unmöglich erschien ihm der Gedanke, dass Margarethe Schilling von einem Serienmörder getötet worden sein sollte.
Er sah ihr Gesicht jetzt genau vor sich. Der Mund lächelte breit wegen irgendeiner Äußerung, Lachfältchen erschienen in den Augenwinkeln. Es war kaum zu glauben, dass irgendein Psychologe auf dieser Welt so viel Grund zum Lachen fand, dass sich die Falten so tief eingruben. Offenes blondes Haar, ungeduldig hinter die Ohren geschoben, wenn sie beim Diskutieren ein Argument vorbrachte. Lebhaft, intelligent und so streitlustig, dass es einen fast auf die Palme brachte.
Sie hatten sich drei Jahre zuvor bei einem Symposium in Hamburg kennen gelernt. Tony hatte sich für den Zusammenhang zwischen Religiosität und bestimmten Typen von Serientätern interessiert, und Margarethes experimentelle Arbeit faszinierte ihn. Er hatte ihren Vortrag gehört und hätte gern einige Probleme näher mit ihr besprochen. Sie waren mit ein paar Kollegen in ein Lokal gegangen und hatten das offizielle Essen verpasst, weil sie so in ihre Diskussion vertieft waren.
Margarethe und er hatten viele Gemeinsamkeiten entdeckt. So viele, dass sie ihn überredet hatte, seinen Flug umzubuchen und für zwei Tage mit nach Bremen zu kommen, damit er sich mit ihren Forschungsergebnissen aus erster Hand vertraut machen konnte. Es war eine faszinierende Erfahrung gewesen, und der Austausch von Informationen und Ideen hatte ihn angeregt. Sie hatte ihn sogar im Gästezimmer ihrer urigen,

umgebauten Scheune aus dem neunzehnten Jahrhundert untergebracht, wo sie zusammen mit ihrem Mann Kurt und ihrem Sohn Hartmut in einem kleinen Dorf in der Nähe einer Künstlerkolonie etwa fünfzehn Kilometer außerhalb der Stadt wohnte.

Kurt hatte er nicht sympathisch gefunden, denn dieser hatte aus der Not keine Tugend, sondern eine Märtyrerrolle gemacht. Er beklagte sich über das langweilige Leben als Hausmann und darüber, dass er jetzt nach dem Verlust seiner Stelle bei der Forschungsabteilung einer pharmazeutischen Firma arbeitslos geworden war und auf das Kind aufpassen musste. »Wenn ich mich den ganzen Tag um ein Kind kümmern muss, ist es natürlich unmöglich, mich beruflich auf dem aktuellen Wissensstand zu halten«, jammerte er beim Essen. »Margarethe hat's gut, sie kann die Höhen der akademischen Welt erklimmen, aber ich stecke hier in der Provinz fest, wo mein Geist verkümmert.«

Tony war klar, dass Kurt diese Rolle nicht aus purer Notwendigkeit, sondern aus Trägheit spielte. Laut Margarethe hatten seine Eltern ihm so viel Geld hinterlassen, dass er das Haus kaufen konnte und noch etwas übrig hatte. Also hatte Kurt die Chance der Arbeitslosigkeit mit der Absicht ergriffen, von jetzt ab zu privatisieren. Als Margarethe Tony davon erzählte, lächelte sie boshaft. »Als er mir sagte, wie er sich entschieden hatte, entließ ich sofort das Kindermädchen. Dagegen konnte er nicht viel sagen, weil es bedeutet hätte, dass er keine Zeit mit seinem Sohn verbringen wollte. Aber er hat mir das nie verziehen.«

Damals hatte Tony dies bei einer Frau, die sich beruflich mit dem Labyrinth des menschlichen Seelenlebens befasste, als psychologisch außergewöhnlich ungeschickt empfunden. Es sei denn, sie wünschte sich das Scheitern ihrer Ehe. Was mit deprimierender Unvermeidbarkeit auch eingetroffen war, wie er der Weihnachtspost und ihren gelegentlichen E-Mails entnahm. Aber sie hatte nicht erwartet, dass Kurt Hartmut nicht aufgeben wollte, und Tony konnte zwischen den Zeilen lesen, dass der Verlust ihres Sohnes Margarethe tief getroffen hatte. Und wenn er jetzt diesem Bericht Glauben schenken durfte, hatte Margarethes Sohn sie nun für immer verloren. Tony konnte es nicht fassen. Ein solcher Tod hatte etwas so schrecklich Zufälliges.

Für Margarethe war es zu spät. Aber für andere vielleicht noch nicht. Wenn ihm dies auch die Gelegenheit gab, der Hetzjagd der Presse zu entkommen, die nach Kommentaren über Jacko Vance lechzte, wenn seine Arbeit ihn auch fürchterlich langweilte und er in Carols Nähe sein wollte, war das Ausschlaggebende für ihn doch, dass er Leben retten wollte.

Was auch geschehen mochte, er hatte seine Entscheidung getroffen.

In der halben Stunde, bevor sie Marijke im Chatroom erwarten konnte, surfte Petra im Netz und sah sich mehrere Websites zu Serienmördern daraufhin an, ob sie Ähnlichkeiten zwischen den beschriebenen Fällen und den besonderen Eigenheiten ihres eigenen Mörders entdecken konnte. Aber ihre Suche war ergebnislos. Die abartigen Gemüter, deren Taten mit grausiger Detailtreue geschildert wurden, hatten weder diese Art des Ertränkens als Mordmethode gewählt, noch konnte sie Fälle von Schamhaarskalpierung finden; aber sie hatte den medizinischen Namen dafür entdeckt: Gynälophismus. Allerdings half ihr das nicht weiter bei der Suche nach dem Motiv des Mörders.

Wie meistens beim Surfen war Petra überrascht zu sehen, wie schnell die Zeit vergangen war. Zu dem Treffen mit Marijke kam sie schon vier Minuten zu spät. Hastig wechselte sie in den Diskussionsraum hinüber, wo Marijke versuchte, sich aus einer Debatte zwischen zwei Schwulen und einer bisexuellen Frau über die europäischen Menschenrechtsgesetze herauszuhalten. Sie kündigte sich mit einem Doppelklick auf Marijkes Namen an, um sie in den privaten Chatroom zu rufen.

Petra: Tut mir Leid, dass du warten musstest, ich war im Netz unterwegs.

Marijke: Macht nichts. Ich bin selbst eben gerade gekommen. Also, wie ist Carol Jordan?

Petra: Sehr professionell. Sehr klug. Sie fasst alles sehr schnell auf, und ich glaube, sie hat den Mut, diese Aufgabe zu bewältigen.

Marijke: Und kann man gut mit ihr klarkommen?

Petra: Sehr leicht. Man merkt, dass sie in der Praxis gearbeitet hat, nicht im Büro, wo man nur hinter dem Schreibtisch sitzt und vergisst, wie das Leben für uns da draußen ist. Ich glaube, wir werden ein gutes Team sein. Sie scheut sich nicht, auf Ratschläge zu hören.

Marijke: Ich halte dir die Daumen. Hast du Gelegenheit gehabt, mit ihr über die Morde zu sprechen?

Petra: Ja, Jordan hatte eine gute Idee. Sie meint, du solltest deinen Chef überreden, die Details dieses Mordes an Europol zu schicken, mit der Anfrage, ob es irgendetwas über ähnliche Fälle gibt. Dann wird Europol es an die Polizeikräfte aller anderen Mitglieder weiterleiten, und ich kann dann ganz offiziell die Fälle von Heidelberg und Bremen melden. Was sagst du dazu?

Marijke: Meinst du, das wird funktionieren?

Petra: Ich glaube, es ist die einzige Möglichkeit, uns abzusichern. Wenn es erst mal bekannt ist, wird es Wochen dauern, bis sie eine richtige Task Force zusammenhaben, weil niemand seine Zuständigkeit aufgeben und alle sich darüber streiten werden, welches Land die Führung bei den Ermittlungen übernimmt. Inzwischen können wir mit unserer eigenen Ermittlung vorankommen. Jordan wird ihren Dr. Hill bitten, für uns ein Profil zu erstellen, da haben wir schon mal einen Vorsprung. Dann haben wir immer noch die Möglichkeit, uns einen Vorteil zu sichern, aber niemand kann uns Vorwürfe machen, etwas getan zu haben, was wir nicht hätten tun sollen.

Marijke: Ich glaube, du hast Recht. Aber es wird nicht leicht sein, Maartens zu überreden, sich bei Europol Hilfe zu holen. In puncto Organisation hat er sehr altmodische Ansichten. Er ist gegen alles, was die Arbeit der Polizei von der Straße ins Büro verlegt.

Petra: Dann musst du es so darstellen, dass es ihm etwas zu bringen scheint. Vielleicht würde es ihm gefallen, der Erste zu sein, der da draußen einen Serienkiller vermutet? Es wird doch sein Name auf dem Bericht stehen, nicht deiner, oder?

Marijke: Gute Idee. Er könnte es wie einen Triumph traditioneller Polizeiarbeit hinstellen, wenn ich es ihm richtig überzeugend einimpfe. Ich werd's morgen früh versuchen.

Petra: Lass mich dann wissen, wie es läuft.

Marijke: Morgen Abend?

Petra: Ich werd's versuchen. Aber ziemlich spät. Gegen Mitternacht. Wenn alles gut geht, wird Jordan Überstunden machen, und das kann bedeuten, dass ich das auch tun muss. Schlaf gut, Schatz.

Marijke: Slaap ze, liefje. Tot ziens.

Tadeusz Radecki entschuldigte sich bei der Runde am Restauranttisch, als er Darko Krasics Nummer auf seinem Mobiltelefon aufleuchten sah. Im Flur zu den Toiletten, wo er von seinen ehrenwerten Tischgenossen nicht gehört werden konnte, antwortete er auf das beharrliche Klingeln. »Ja?«

»Wann bist du zu Hause, Boss?«, fragte Krasic. »Ich habe Neuigkeiten für dich.«
»Gute oder schlechte?«
»Nichts, worauf man sofort reagieren muss.«
»Kann es nicht bis morgen warten?«
»Ich glaube, du wirst es erfahren wollen.«
Tadeusz sah auf seine Uhr. »Triff mich dort in einer Stunde.«
»Okay. Bis dann.« Krasic legte auf, und Tadeusz ging in das laute Restaurant zurück. Sie waren schon beim Kaffee angelangt, so dass die Gesellschaft sowieso in einer halben Stunde aufbrechen würde. Und da er ohnehin nicht die Absicht hatte, die Frau nach Hause zu bringen, die seine Freunde, alle in angenehmer weiblicher Begleitung, für ihn eingeladen hatten, würde es kein Problem sein, in einer Stunde in seiner Wohnung zu sein. Darko hatte ziemlich rätselhaft geklungen. Aber sich Gedanken über etwas zu machen, was er nicht erraten konnte, war verschwendete Energie, und Tadeusz hatte nie dazu geneigt, sich früher als nötig Sorgen zu machen. Er beteiligte sich an der Unterhaltung am Tisch, als habe der Anruf keinerlei Bedeutung gehabt, aber genau dreißig Minuten später schob er seinen Stuhl zurück und verkündete, er müsse morgens früh raus. Er legte für seinen Teil der Rechnung ein Bündel Banknoten auf den Tisch, küsste alle drei Frauen auf beide Wangen, umarmte seine Freunde und ging.
Der vertraute schwarze Mercedes stand vor seinem Haus, als er um die Ecke kam. Als Tadeusz auf die Haustür zusteuerte, stieg Krasic aus dem Auto und ging neben ihm her. »Was gibt es denn für mysteriöse Neuigkeiten?«, fragte Tadeusz, während sie in den Aufzug stiegen.
»Es kann noch ein paar Minuten warten«, antwortete Krasic.
Tadeusz lachte. »Du bist so vorsichtig, Darko. Ich kann dir versichern, in diesem Aufzug gibt's keine Wanzen.«

»Es ist nicht deswegen. Vielleicht willst du etwas trinken, wenn du hörst, was ich dir zu sagen habe.«
Tadeusz hob die Augenbrauen, sagte aber nichts mehr, bis sie in seiner Wohnung waren. Er goss zwei Gläser Armagnac ein und gab Krasic eins. »Jetzt sag mir, was es so Schreckliches gibt, dass ich einen Cognac brauche, bevor ich es hören kann.«
Krasic sah seinem sonst so unerschütterlichen Selbst gar nicht ähnlich. »Es ist verdammt komisch.« Er ging zu einem Regal hinüber, wo drei Fotos von Katerina in Silberrahmen standen. »Ich habe endlich etwas über das Motorrad in Erfahrung bringen können.«
Tadeusz drehte sich der Magen um, er spürte ein merkwürdiges Rumoren, das seine inneren Organe durcheinander zu bringen schien. Er hatte alles andere als so etwas erwartet. »Hast du einen Namen?«
»Nein, so einfach ist es nicht. Unser Mann hat mit dem Jungen gesprochen, der das Motorrad als BMW erkannte. Der Bursche war ganz begeistert. Er bot immer wieder an, unter Hypnose auszusagen, um zu sehen, ob er noch weitere Einzelheiten liefern könnte.«
»Und?«
»Es dauerte eine Weile, die Sitzung zu organisieren, aber schließlich ließ unser Beamter eine Frau kommen und den Jungen in Trance versetzen. Und der nannte tatsächlich noch mehr Details.«
»Was zum Beispiel?« Tadeusz saß jetzt vornübergebeugt, begierig wie ein Jagdhund, der Witterung aufgenommen hat.
»Zum Beispiel, dass man das Nummernschild nicht lesen konnte, weil es ganz schlammverschmiert war. Er sagte, irgendetwas an dem Nummernschild sei komisch gewesen. Klarer konnte er es nicht ausdrücken, aber er war ganz sicher, dass etwas damit nicht stimmte.« Krasic wandte sich von Ka-

terinas Fotos ab und setzte sich auf die Couch. »Und er konnte das Motorrad viel besser beschreiben als vorher. Sachen wie die Form des Auspuffs, all so 'n Zeug. Jedenfalls, unser Mann hat alles aufgeschrieben. Dann hat er sich mit BMW in Verbindung gesetzt und gefragt, welches Modell zu der Beschreibung passt. Und hier wird es verdammt merkwürdig.«
Tadeusz trommelte mit den Fingern an die Wand. »Wie merkwürdig?«
»Laut BMW passt die Beschreibung, die unser Mann ihnen gab, auf kein Motorrad, das je für den deutschen Markt hergestellt wurde. Unser Mann meinte also, es sei alles eine verdammte Zeitverschwendung gewesen, den Jungen zu hypnotisieren und auszufragen. Dann rief ihn der Typ von BMW zurück.«
»Herrgott, Darko, jetzt mach mal voran«, knurrte Tadeusz.
»Schon gut, schon gut, ich hab's gleich. Der BMW-Typ hatte seine Spezialisten gefragt, und es ergab sich, dass sie einmal ein Motorrad produziert haben, auf das die Beschreibung passt. Es war nur eine begrenzte Anzahl, dreihundertfünfzig Stück, Hochleistungsräder. Nur für den Export. Sie verkauften sie in Großbritannien und Skandinavien. Und – jetzt pass auf. Fast alle wurden an die Polizei verkauft. Für die Verkehrspolizei und für Sondereinsätze.«
Tadeusz sah verwirrt aus. »Was? Das ist doch Unsinn.«
»Das hat unser Mann auch gesagt. Er fragte, wieso ein Motorrad, das nur für den Export bestimmt war, in einem Unfall in Berlin auftauchte. Sie hatten keine Ahnung, aber sie gaben ihm alle technischen Daten des Motorrads. Und als er sie mit der Liste der Zulassungen abgleichen ließ, ergab sich, dass es tatsächlich kein einziges verdammtes Motorrad mit diesen Daten gibt, das in Deutschland zugelassen ist.«
»Du meinst also, dass wer immer Katerina umgebracht hat da-

bei wahrscheinlich ein ausländisches Polizeimotorrad fuhr?«
Tadeusz nahm einen großen Schluck Cognac und ging auf und ab. »Das ist doch verrückt. Es ist total unlogisch.«
Darko zuckte die Schultern. »Ich weiß nicht. Ich habe länger darüber nachgegrübelt als du, und es gibt eine Erklärung, die einigermaßen zu den Tatsachen passt. Du weißt ja, wie diese Motorradfreaks sich mit ihren Maschinen aufführen. Es ist, als wären sie drangeschweißt. Man kann sich vorstellen, dass einer von ihnen einen kleinen Urlaub machen wollte – mit seinem Dienst-Motorrad. Also nehmen wir an, nur um es durchzuspielen, er sei Engländer. Für den Bruchteil einer Sekunde vergisst er, dass er auf der falschen Straßenseite fährt, verursacht einen schweren Unfall, gerät total in Panik und tritt einfach aufs Gas. Ich meine, er hätte das Motorrad ja nicht einmal hier rüberbringen dürfen, und jetzt hat er noch jemanden total zusammengefahren. Natürlich macht er sich davon, so schnell es geht.«
»Und du meinst, das macht *Sinn*?«, fragte Tadeusz unmutig.
Krasic rutschte auf seinem Stuhl herum und spreizte die kräftigen Schenkel, um mit dem Eindruck körperlicher Stärke seine Unsicherheit zu überspielen. »Ich kann mir keine andere Erklärung vorstellen.«
»Ich auch nicht. Und genau das gefällt mir nicht.« Er schlug mit der flachen Hand gegen die Wand. »Es ist Quatsch, egal wie man es betrachtet.«
»Tadzio, es war ein Unfall. Das passiert andauernd. Du musst es einfach aufgeben.«
Tadeusz fuhr herum, sein Gesicht war eine starre Maske der Wut. »Scheiß drauf. Ob es ein Unfall war oder nicht, jemand muss dafür büßen.«
»Dagegen sage ich ganz bestimmt nichts. Und wenn es eine Möglichkeit gäbe, herauszufinden, wer das Motorrad gefah-

ren hat, wäre ich der Erste, der den Scheißkerl bezahlen lassen würde. Aber man kriegt ihn unmöglich zu fassen.«

Plötzlich verließ Tadeusz alle Kraft. Er sank auf einem Sessel zusammen und ließ den Kopf zurückfallen. Eine einzelne Träne rann aus seinem Augenwinkel über die Wange herab. Krasic stand beim Anblick dieses tiefen Gefühls verlegen auf. »Es tut mir Leid, Tadzio«, sagte er schroff.

Tadeusz wischte die Träne mit dem Handballen weg. »Du hast dein Bestes getan, Darko«, sagte er. »Du hast Recht, es ist Zeit, loszulassen. Zeit, nach vorn zu sehen.« Ein schwaches Lächeln gelang ihm. »Ich sehe dich morgen. Es ist Zeit, dass wir über die Zukunft nachdenken.«

Obwohl es Krasic schmerzte, seinen Chef so bedrückt zu sehen, verließ er mit federnden Schritten die Wohnung. Es sah aus, als könnten sie sich allmählich wieder auf die Geschäfte konzentrieren. Er hatte selbst die eine oder andere Idee und vermutete, dass die Zeit bald reif sein würde, sich damit zu befassen. Wenn ihm das geheimnisvolle Motorrad, das Katerinas Tod verursacht hatte, noch im Kopf steckte und Sorge bereitete, wollte er jedenfalls jetzt nicht mehr daran denken. Paranoia war etwas für schwache Gemüter, und zu denen gehörte Krasic nicht.

Kapitel 21

Tony betrat die Ankunftshalle des Flughafens Tegel und ließ den Blick über die versammelte Menge schweifen, die zum Abholen gekommen war. Auf der einen Seite sah er eine große, schlanke Frau mit hochgestyltem schwarzem Haar, die ein kleines Schild mit der Aufschrift »Hill« hielt. Er ging auf sie zu, ein vorsichtiges Lächeln auf den Lippen. »Petra Becker?«, fragte er.

Sie streckte die Hand aus, und sie begrüßten sich. »Dr. Hill. Es ist mir ein Vergnügen, Sie kennen zu lernen.«

»Tony, bitte«, sagte er. »Danke, dass Sie hergekommen sind, um mich abzuholen.«

»Kein Problem. Sie haben mir das Gespräch mit einem meiner Kollegen erspart, der sich über die unmögliche Aufgabe beklagt, eine vermisste Sechsjährige zu finden.«

Er hob fragend die Augenbrauen. »Ich dachte nicht, dass Sie für diese Art Fälle zuständig sind.«

Petra lachte leise. »Normalerweise nicht. Diese besondere Sechsjährige wird aber von Carols Freund Radecki als Geisel festgehalten, um von ihrer Mutter ein bestimmtes Verhalten zu erzwingen. Und ich will, dass die Mutter mit mir zusammenarbeitet, deswegen muss ich das Kind finden. Aber darüber brauchen Sie sich nicht den Kopf zu zerbrechen. Es gibt

Wichtigeres, mit dem Sie sich befassen werden. Und wenn es irgendwas gibt, wobei ich helfen kann, fragen Sie einfach.«

Sie hatte schon allerhand getan, dachte er, als er ihr zum Auto folgte. Nachdem er Carols E-Mail gelesen hatte, buchte er den ersten Flug nach Berlin, teilte der Abteilungssekretärin mit, es gebe einen plötzlichen Todesfall in seiner Familie und er nehme ab sofort Sonderurlaub. Carol konnte er nicht anrufen, das wusste er, aber er hatte Petra Beckers Namen und die Information, dass sie für den Nachrichtendienst arbeitete. Nach einigen Anrufen hatte er sie gefunden, und sie reagierte begeistert auf die Nachricht, dass er nach Deutschland kommen würde. Er gab den Grund für seine plötzliche Entscheidung erst gar nicht an, denn er wollte nicht, dass sie ihren Entschluss revidierte und ihn vielleicht nicht mit an Bord haben wollte, weil er zu einem der Opfer eine zu enge Beziehung hatte.

»Ich brauche eine Unterkunft«, hatte er zu Petra gesagt. »Es würde helfen, wenn Sie mir im selben Haus, in dem Carol wohnt, etwas buchen könnten. Ich weiß, dass ihr wahrscheinlich immer jemand folgt. Deshalb wäre es wichtig, dass wir uns an einem Ort treffen können, wo wir nicht gesehen werden. Im gleichen Gebäude zu wohnen dürfte uns das erleichtern.«

Nachdem sie den Flughafen hinter sich gelassen hatten, sagte Petra: »Ich habe Ihnen ein Apartment in Carols Haus besorgen können. Sie sind zwei Stockwerke unter ihr, aber es wird leicht sein, zu kommen und zu gehen, ohne dass jemand Sie sieht.«

»Danke«, sagte er. »Ich höre, dass Sie sich zu den Nachbesprechungen in einem Fitnesscenter für Frauen treffen?«

»Ja, das stimmt. Aber ich fürchte, dort werden Sie nicht dazukommen können«, sagte Petra mit einem Grinsen.

»Nein, aber ich kann Carol im Apartment treffen und Sie vermutlich in Ihrem Büro? Ich werde auf alle Unterlagen der Fälle Zugriff brauchen, die Sie mir besorgen können, das wäre also wahrscheinlich der beste Treffpunkt.«
Petra verzog das Gesicht. »Das wird vielleicht etwas problematisch, Tony. Offiziell habe ich noch nichts mit den Fällen des Serienmörders zu tun, verstehen Sie? Wenn Sie also in meinem Büro auftauchen, wird meine Chefin mir recht schwierige Fragen stellen. Was würden Sie von meiner Wohnung halten? Sie ist eigentlich ganz zivilisiert. Und ich habe sowieso alle Unterlagen dort.«
»Das geht in Ordnung, solange ich Sie dort nicht störe. Ich arbeite meistens bis spätabends. Und jetzt bin ich darauf versessen, mich gleich an das Täterprofil zu machen.«
»Ich habe die Informationen zu den Fällen in Heidelberg und Leiden vorliegen. Und die Ermittlungsberichte von Bremen habe ich angefordert, wir dürften also bald das Material von dort bekommen. Ich habe ihnen gesagt, dass ich vermute, ihr Fall könne mit einer unserer laufenden Untersuchungen zusammenhängen. Ich glaube, sie waren ziemlich erleichtert bei dem Gedanken, die Last teilen zu können. Es ist eine kleine Gruppe, und sie haben nicht viel Erfahrung mit Dingen, die über das Alltägliche hinausgehen.«
»Gut. Ich brauche so viele Informationen, wie ich bekommen kann.«
»Ich freue mich, dass wir Sie aus dem Ruhestand gelockt haben.«
Er warf ihr einen schnellen Seitenblick zu. Wenn sie sich von ihrem Ehrgeiz so antreiben ließ, dass sie sich außerhalb der offiziellen Regeln bewegte, glaubte er, es würde sie nicht stören, wenn auch er in dem Fall seine eigene Vorgehensweise verfolgte. »Es war mehr als das. Ich kannte Margarethe Schilling.«

»Mist«, sagte Petra. »Das tut mir Leid. Carol hat das nicht erwähnt.«
»Carol weiß es nicht. Hatten Sie Gelegenheit, ihr zu sagen, dass ich herkomme?«, fügte er hinzu, denn er wollte von dem schmerzlichen Thema, Margarethes Tod, abkommen.
»Ich hoffe, das macht Ihnen nichts aus, aber ich habe es ihr noch nicht gesagt. Sie hat heute Abend ihr erstes Zusammentreffen mit Radecki, und es ist wichtig, dass sie sich darauf konzentriert.«
»Sie haben Recht. Vielleicht können wir uns morgen treffen.«
»Sie wird sich freuen, Sie zu sehen. Sie spricht mit viel Achtung von Ihnen.«
»Ich freue mich auch darauf.«
»Es ist gut für sie, dass sie jemanden hat, der sie an ihr wirkliches Leben bindet«, sagte Petra und machte einen Schlenker, um einem Auto auszuweichen. »Arschloch«, murmelte sie.
»Wenn ich sie nur nicht zu sehr aus ihrer Rolle heraushole«, sagte er.
»Ich sorge mich eher, dass sie zu sehr in Caroline Jacksons Rolle aufgeht. Radecki ist ein charmanter Typ. Es ist schwer, ihm zu widerstehen, wenn man sich einsam fühlt. Ich glaube, es wird ihr in dieser Hinsicht helfen, dass Sie da sind.«
»Das hoffe ich. Und Carols Einsichten werden auch für mich beim Entwerfen meines Profils wertvoll sein. Sie hat eine sehr ausgefallene Begabung. Sie nähert sich den Dingen aus ungewöhnlichen Richtungen und sieht Sachen, die ich nicht immer erkennen kann.«
»Wann werden Sie mit der Arbeit beginnen?«
»So bald wie möglich. Wenn es Ihnen nichts ausmacht, werde ich nur mein Gepäck abstellen und gleich mit Ihnen zu Ihrer Wohnung fahren.«
»Okay. Ich gebe Ihnen einen Schlüssel, damit Sie kommen

und gehen können, wie es Ihnen behagt. Machen Sie sich keine Gedanken darüber, dass Sie mich stören könnten. Ich bin fast nie da und schlafe wie ein Klotz.« Petra bog vom Ku'damm ab in die stille Seitenstraße mit den Apartments. »Hier wären wir. Lassen Sie mich Ihnen helfen.«

Er folgte Petra in das kleine Büro neben dem Haupteingang, sie kümmerte sich um seine Anmeldung und führte ihn dann durch die Eingangshalle. »Sie wohnen im ersten Stock. Carol zwei Stockwerke höher, in 302. Ich warte hier, bis Sie Ihre Sachen abgestellt haben.«

Tony nickte und drückte auf den Knopf am Aufzug. Diesmal hatte er alle Brücken hinter sich abgebrochen. Zu lange hatte er sich eingeredet, er könne wie ein Chamäleon die Farben seiner Umgebung annehmen und sich anderen Lebensweisen anpassen, weil er in seinem eigenen Leben im Grunde keine Orientierungspunkte hatte. Aber langsam kam ihm die Einsicht, dass er sich selbst belogen hatte. Es gab doch einen Kern, der ihn einzig und allein als Tony Hill ausmachte. Und je intensiver er versuchte, diesem zu entkommen, desto mehr hielt der Kern ihn fest. Er sollte Artigkeiten und konventionelle Etikette vergessen. Dies hier war sein wirkliches Ich: ein Jäger, der die Witterung seiner Beute aufnahm. Er war wieder da, wo er hingehörte, und es war ein wunderbares Gefühl.

Carol erfasste nur zu deutlich den ironischen Hintersinn der Oper, Janáceks *Das schlaue Füchslein,* die sie von einem Platz in einer der hinteren Parkettreihen der Berliner Staatsoper aus sah. Die dramatische Handlung, die sie bei einer anderen Oper zerstreut hätte, bewirkte, dass ihre gefährliche Aufgabe ihr noch klarer vor Augen trat. Der erste Akt nahm seinen Lauf: Der Förster fängt die kleine Füchsin, sie wehrt die sexuellen Avancen des Hundes ab und wird von den Kindern gequält.

Sie lockt die Hühner an, beißt den Hahn tot und flieht, bevor die Vergeltung sie ereilen kann.
Ich bin das schlaue Füchslein, dachte Carol. Sie würde Tadeusz Radecki sich in dem Glauben wiegen lassen, sie sei auf seinen Befehl hin in seinem Lager. Der Versuchung, sich ködern zu lassen und ihre wahre Natur zu zeigen, würde sie widerstehen, und sie rechnete auch damit, dass sie sich Radecki vom Leib halten musste. Dann würde sie sich in sein Hühnerhaus schleichen, sich seiner Hühner bemächtigen und sich davonmachen, bevor sie dafür bezahlen musste.
Als der Akt ausklang, verließ Carol unauffällig ihren Platz am Ende der Sitzreihe und den Zuschauerraum. Ihr Herz raste, und ihr Magen war schmerzhaft verkrampft. Obwohl der Stoff ihres nachtblauen, engen langen Seidenkleids ganz leicht war, spürte sie den Schweiß auf ihrem Rücken. Adrenalin schoss ihr in die Adern. Hinter ihr begann man zu klatschen. Jetzt oder nie, sagte sie sich und ging auf die Treppe zu, die zu den Logen führte. Linker Hand, wie Petra ihr gesagt hatte.
Petra hatte ihre Hausaufgaben gemacht. Radecki, so hatte sie gesagt, hatte kürzlich wieder angefangen, in die Oper zu gehen, und war immer allein in seiner Loge, wo er auch während der Pausen blieb, weil er seine Freunde oder Bekannten nicht treffen wollte. Er ging nie ans Büfett und ließ sich stattdessen vom Personal des Opernhauses vor Beginn der Vorstellung Champagner bringen. »Es ist ein aufregender Ort für dein erstes Treffen«, hatte Petra gesagt. »Er ist immer mit Katerina in die Oper gegangen, er wird also sowieso in Gedanken bei ihr sein.« Tony hatte zugestimmt, dass es aus psychologischer Sicht ein packender Augenblick sei, den Carol für sich nutzen konnte. Radecki würde völlig überrascht und für ihre Erscheinung anfälliger sein als bei jeder denkbaren geschäftlichen Begegnung.

Carol ging die Treppe hinauf, der schwere Teppich fing ihre Schritte auf. Die Türen des Saals wurden geöffnet, und das Publikum strömte plaudernd und lachend heraus. Sie schob sich durch die Menge und ging weiter in einen Seitenkorridor. Zweite Loge rechts, hatte Petra ihr gesagt. Carol starrte auf die Tür und ließ ein Stoßgebet zu einem Schutzengel aufsteigen, der sie hoffentlich auch hörte. Sie klemmte ihr Abendtäschchen unter den Arm und pochte leicht an die Tür.
Keine Antwort. Sie klopfte wieder, diesmal lauter. Nach einem Moment wurde die Tür plötzlich aufgerissen. Tadeusz Radecki stand im Türrahmen, von schlanker Gestalt und gut 15 Zentimeter größer als sie. *Das Foto wurde ihm nicht gerecht*, dachte Carol beiläufig. Obwohl sein finsterer Blick ihm nicht schmeichelte, sah er in natura phantastisch aus. Sein gut geschnittener Smoking betonte seine breiten Schultern, schmalen Hüften und langen Beine. »*Was ist?*«, stieß er hervor, ehe er sie richtig angesehen hatte.
Bevor sie irgendwie antworten konnte, kam das Bild, das seine Augen wahrnahmen, in seinem Gehirn an. Carol hatte noch nie jemanden so unmittelbar körperlich zurückschrecken sehen, aber es gab kein besseres Wort, um seine Reaktion zu beschreiben. Tadeusz richtete sich zu seiner vollen Größe auf und trat zugleich einen Schritt nach hinten. Seine Augen wurden groß, und sein Mund war eine dünne Linie, durch die er den Atem einsog.
»Es tut mir Leid, ich wollte Sie nicht erschrecken«, sagte sie auf Englisch und machte ein verwirrtes Gesicht.
Eine ganze Serie von Gefühlen veränderten nacheinander seinen Gesichtsausdruck. Sie konnte sich vorstellen, was in seinem Kopf vorging. Sah er einen Geist? Nein, Geister konnten nicht reden. War es eine Halluzination? Nein, eine Halluzination würde nicht Englisch mit ihm sprechen. Aber wenn sie

weder ein Geist noch eine Halluzination war, wer war sie dann, die hier in der Logentür stand, wo er früher mit Katerina gesessen hatte?
Carol nutzte seine Verwirrung, um über die Schwelle zu treten. Er wich noch einen Schritt zurück und stieß an einen der Stühle, ohne sich auch nur nach dem umzusehen, woran er gestoßen war. Seine Augen waren starr auf ihr Gesicht geheftet, voll Bestürzung und mit tiefen Falten zwischen den Brauen.
»Wer *sind* Sie?«, sagte er, und seine Stimme war nur noch ein leises Krächzen im Vergleich zu der lauten Frage, die er ihr gestellt hatte, als er die Tür öffnete.
Carol behielt ihre verwirrte Miene bei und sagte: »Sie sind doch Tadeusz Radecki? Bin ich hier richtig?«
»Ich weiß, wer ich bin. Aber ich möchte wissen, wer *Sie* sind.« Radecki hatte einen Teil seiner Fassung zurückgewonnen, und der Tonfall seiner Worte ließ einen Anflug kultivierten Benehmens erkennen.
»Caroline Jackson«, sagte sie und streckte ihm vorsichtig eine Hand hin.
Er nahm ihre Hand sehr behutsam in seine, als befürchte er, sie könne bei der Berührung verschwinden. Seine Finger waren kühl und trocken, aber sein Händedruck merkwürdig schlaff, wie der eines Politikers, der viel öfter Hände schütteln muss, als ihm lieb ist. Er verbeugte sich leicht, und seine Vertrautheit mit anerzogenen guten Umgangsformen verschaffte ihm eine Pause, um sich zu erholen. »Tadeusz Radecki, wie Sie richtig vermutet haben.« Er ließ ihre Hand los und trat immer noch leicht stirnrunzelnd weiter von ihr zurück, doch seine strengen Gesichtszüge entspannten sich vorsichtig. »Also, würden Sie mich vielleicht freundlicherweise aufklären, was Sie in meiner Loge machen?«
»Ich wollte Sie kennen lernen. Es tut mir Leid, dass ich so he-

reingeplatzt bin, aber ich musste sicher sein, dass ich Sie allein antreffe und wir unter vier Augen reden können. Stört es Sie, wenn ich mich setze?« Carol wollte weiter vorn in der Loge sein, wo sie von den Sitzreihen der Ränge aus gesehen werden konnte. Sie wusste, dass Petra irgendwo da draußen war, wollte aber auch die zusätzliche Sicherheit, dass man sie sah. Wenn sie es gleich am Anfang vermasselte, wollte sie sich nicht auch noch Gewalttätigkeiten aussetzen. Allerdings schien es nicht so, als würde er darauf zurückgreifen.

Tadeusz zog einen Stuhl für sie heran, setzte sich selbst aber nicht. Stattdessen lehnte er sich mit dem Rücken zum Publikum gegen die Brüstung der Loge. Hinter ihm stieg das Murmeln leiser Unterhaltung vom Parkett herauf. Er verschränkte die Arme vor der Brust und betrachtete sie genau, als sie auf dem Samtpolster Platz nahm. »Also, Ms. Jackson, wir sind allein. Warum sind Sie hier?«

»Ich kenne, das heißt, ich kannte Colin Osborne von früher.«

Radecki hob die Augenbrauen, und sein Mund zuckte, als wolle er sagen: Na und? »Sollte mir das etwas sagen?«, fragte er dann.

Carol lächelte breit und genoss, welch starke Reaktion dies in Radeckis Augen auslöste. Sie hatte ihn, sie wusste es. Er sah Katerina vor sich, und trotz seiner Anstrengung, eine gelassene Fassade beizubehalten, war er aus dem seelischen Gleichgewicht geraten. Und genau das wollte sie. »Wenn man in Betracht zieht, wie viele gemeinsame Geschäfte Sie gemacht haben, glaube ich, er wäre sehr gekränkt, dass Sie ihn so schnell vergessen haben.«

»Sie müssen sich irren, Ms. Jackson. Ich erinnere mich nicht, jemals Geschäfte mit einem Mr. … Osborne, sagten Sie? – gemacht zu haben.« Er wollte heiter und nachsichtig klingen, traf aber nicht ganz den rechten Ton. In seiner Haltung war eine gewisse Vorsicht, die vielleicht vielen Beobachtern entgangen wäre. Aber Carol hatte von Tony und anderen gelernt und spürte sein Unbehagen. Jetzt war sie mittendrin und fing an, es zu genießen, denn sie wusste, welche Macht sie hatte, die Situation zu lenken.

»Hören Sie, ich verstehe, warum Sie vorsichtig sind. Sie wissen ja, wie Colin gestorben ist, und da macht es Sie natürlich nervös, wenn eine fremde Frau hereinspaziert und anfängt, über ihn zu reden. Aber ich weiß, dass Sie zusammen eine Menge Geld gemacht haben, und darüber möchte ich mit Ihnen sprechen.«

Er schüttelte den Kopf, das angespannte Lächeln konnte seinem Gesicht keinen gelösten Ausdruck verleihen. »Sie müssen die falsche Person erwischt haben, Ms. Jackson. Mein einziges Geschäftsinteresse ist eine Ladenkette, die Videos verleiht und verkauft. Also, Ihr Mr. Osborne mag ja einer unserer Händler gewesen sein, von denen wir beziehen, aber ich habe Angestellte, die mit diesen Leuten zu tun haben. Sie glauben doch nicht, dass ich die laufenden Bestellungen für unseren Bestand selbst mache, oder?« Seine milde herablassende Haltung war gut gespielt. Er gewann seine Gelassenheit offenbar in Sekundenschnelle zurück. Sie konnte es sich nicht leisten, dies geschehen zu lassen. Noch nicht.

Carol lehnte sich auf ihrem Stuhl zurück und bemühte sich, entspannt auszusehen. »Sie machen das sehr gut«, sagte sie. »Nein, wirklich, es stimmt«, fügte sie hinzu, als er einen Blick leichter Überraschtheit versuchte. »Wenn ich es nicht wüsste, würde mich die Masche ›ehrenhafter Geschäftsmann‹ glatt überzeugen. Aber ich habe nicht die weite Reise nach Berlin gemacht, um über Videos zu sprechen, Tadzio.«

Dass sie ihn mit der Verkleinerungsform seines Namens ansprach, war ein weiterer überlegter Schachzug Carols, um ihn durcheinander zu bringen. An seinen schmal zusammengekniffenen Augen ließ sich ablesen, dass es funktioniert hatte. Er versuchte jetzt, über seine anfängliche Reaktion hinwegzukommen und sie einzuschätzen, kam aber gegen die Macht der Erinnerung nicht an. »Dann haben Sie Ihre Zeit verschwendet, Ms. Jackson«, sagte er.

Sie schüttelte den Kopf. »Ich glaube nicht. Hören Sie, es ist doch klar, dass Colin Ihnen sehr fehlen muss. Ich bin gekommen, um die Lücke zu füllen.«

Er zuckte die Schultern. »Ich weiß nicht, was Sie meinen.« Die Glocke läutete und kündigte das baldige Ende der Pause an. »Wenn Sie mich jetzt entschuldigen, ich glaube, Sie sollten zu Ihrem Platz zurückgehen.«

»Man sieht von hier viel besser, wissen Sie. Ich glaube, ich würde lieber hierbleiben.« Carol stellte ihre Tasche auf den Boden, schlug die Beine übereinander, neigte den Kopf zur Seite und lächelte ihm zu. Sie sah, wie instinktive Neigung und kalte Berechnung in seinem zweifelnden Blick gegeneinander ankämpften.

»Ich glaube nicht«, sagte er.

Carol seufzte genervt. »Hören Sie, Tadzio, lassen Sie doch diese Spielchen. Sie brauchen mich.«

Er schien schockiert, machte den Mund auf, aber keine Worte kamen. »Colin hat gute Arbeit für Sie geleistet«, fuhr sie fort. »Aber Colin ist längst Vergangenheit. Sie brauchen jemanden, der Ihnen die Illegalen abnimmt, wenn sie auf den britischen Inseln ankommen. Ich kann das übernehmen. Können wir aufhören, um den heißen Brei herumzuschleichen, und offen miteinander reden? Natürlich macht es Sie nervös, diese Dinge mit einer Fremden zu besprechen, aber im Moment, fürchte ich, bin ich die einzige Möglichkeit, Sie aus einer sehr misslichen Lage zu befreien. Was muss ich tun, um Ihnen zu beweisen, dass ich glaubwürdig bin?«

»Ich weiß immer noch nicht, wovon Sie sprechen.« Sein Kinn erschien jetzt energisch und kantig. »Illegale? Was meinen Sie damit? Wir verkaufen keine Pornofilme in meinen Läden. Und wir importieren sie schon gar nicht nach England.«

Carol lächelte wieder und war wirklich begeistert, dass sie sich für diese Sache so anstrengen musste. Wenn es gleich am Anfang zu leicht war, musste sie später härter arbeiten. So kam sie langsam in Schwung und ließ Caroline Jacksons Persönlichkeit ihr einen Weg zeigen zu einem Argument, das es schaffen würde, ihr sein Inneres zu öffnen. »Ach, bitte«, sagte sie mit einer Stimme, in der etwas stählerne Härte mitklang, »die Masche wird jetzt langsam alt. Passen Sie auf, ich weiß genau, was Sie und Colin laufen hatten. Ich kann Ihnen die Adressen seiner Fabriken in Essex nennen, wo die illegalen Einwanderer schließlich für einen Hungerlohn gearbeitet haben. Ich kann Ihnen sagen, wie viele Ihrer Importe er letztes Jahr abgenommen hat. Ich weiß, wo Colin wohnte, mit wem er öfter mal einen trinken ging, mit wem er schlief – und bevor Sie voreilige Schlüsse ziehen, ich war es nicht. Ich weiß, wer ihn umgebracht hat, und ich habe eine ziemlich genaue Ahnung, warum – glücklicherweise hatte es nichts mit Ihnen oder Ihrer Art von Geschäften zu tun.«

Er setzte zum Sprechen an, aber sie überrannte ihn einfach. »Sie kommen gleich an die Reihe, Tadzio, ich bin nicht hier, um Ihnen Probleme zu verursachen, sondern ich will Ihnen helfen, sie zu lösen. Wenn Sie Ihre Probleme lieber behalten wollen, wenn Sie wollen, dass alles schwierig bleibt, gut. Dann gehe ich. Aber ich glaube nicht, dass Sie das wollen. Nach dem, was ich gehört habe, müssen Sie unbedingt auf meiner Seite des Kanals etwas auf die Reihe kriegen. Jetzt setzen Sie sich doch, und hören Sie sich den zweiten Akt an, dabei können Sie über das nachdenken, was ich gesagt habe, ja?«

Er sah sie an, als könne er nicht glauben, was sie gesagt hatte. »Wer hat Sie hergeschickt?«, fragte er.
Carol runzelte die Stirn. »Niemand hat mich geschickt. Ich arbeite nur für mich selbst. Wenn wir ein Geschäft abschließen, werde ich auch nicht für Sie arbeiten. Wir werden zusammenarbeiten. Das sollte Ihnen von Anfang an klar sein.«
Auf seiner Stirn glänzte ein dünner Schweißfilm. »Vielleicht mögen Sie zum zweiten Akt bleiben?«, sagte er.
Carol klopfte leicht auf den Stuhl neben sich und lächelte keck. »Ich dachte schon, Sie würden sich nie zu dieser Frage durchringen.«

Petra schien das Klischee deutscher Tüchtigkeit zu verkörpern, dachte Tony, als er die ordentlich mit Etiketten versehenen Schachteln auf dem Boden des Wohnzimmers sah. Die drei Fälle waren in chronologischer Reihenfolge geordnet, obwohl die Menge des Materials ganz unterschiedlich war. In der dritten Schachtel war fast nichts.
Bevor er an das Profil des Mörders denken konnte, musste er die Opfer analysieren. Sie mochten scheinbar zufällig ausgewählt sein, aber hinter ihrem Tod steckte Sinn und Zweck. Der Außenwelt, die von hysterischen Schlagzeilen angestachelt wurde, kamen Leute, die es auf irgendwelche Fremden abgesehen hatten, einfach nur wie durchgedrehte Verrückte vor. Aber Tony wusste, dass das nicht stimmte. Serienmörder, die systematisch vorgingen, bedienten sich ihrer eigenen Logik, es waren Männer mit einer Mission, die nach einem nur für sie hörbaren Trommelschlag marschierten. Es war Tonys Aufgabe, sich in das Leben der Opfer hineinzudenken in der Hoffnung, dass er dann den schwachen Widerhall dieses Trommelschlags hören würde. Nur wenn er den geheimen Rhythmus im Vorgehen des Mörders erkannte, konnte er an-

fangen zu verstehen, warum diese Taten für den Mörder eine Bedeutung hatten. Wenn er sich ganz in den Kopf des Täters hineinversetzen und die Welt so umformen konnte, dass sie für den Mörder Sinn machte, erst dann konnte Tony hoffen, genug Schlüsselerlebnisse im Leben des Mörders zu erfassen und zu ermöglichen, dass man ihn zur Strecke brachte.

Gleich am Anfang gab er dem Mörder immer einen Spitznamen, damit er zu einer konkreten Person wurde. Es war ein Schritt auf dem langen Weg, ihm ein menschliches Gesicht zu geben, das seine Psyche mit ihren eigenen besonderen Regeln verbarg. »Du bringst Leute um, die davon besessen sind, das Funktionieren der menschlichen Psyche zu ergründen«, sagte Tony leise. »Es geht dabei um Spiele mit der Seele. Du ertränkst sie. Ist das wörtlich oder metaphorisch zu verstehen? Du skalpierst ihr Schamhaar, rührst aber die Geschlechtsorgane nicht an. Du glaubst, dass es hier nicht um Sex geht. Aber natürlich geht es trotzdem darum. Du streitest es einfach ab. Du glaubst, einen höheren Zweck zu verfolgen. Du führst einen Krieg und bist der Anführer in der Schlacht. Du bist Geronimo, nicht wahr?« Er erinnerte sich an eine merkwürdig passende Zeile aus Kyds *Spanischer Tragödie*. »Hieronimo ist wieder voller Zorn.«

»Geronimo, das ist es«, sagte Tony. Jetzt hatte er einen Namen und konnte einen Dialog mit ihm aufbauen, sich behutsam in die Rolle seines Zielobjekts versetzen, seine Schritte nachvollziehen und seine Gangart lernen. Er konnte sein Vorgehen darstellen und seine Träume erkunden. Geronimo konnte, wie so viele andere, keine Befriedigung in der Wirklichkeit finden. Aus welchem Grund auch immer hatte er nie gelernt, sich in die Gemeinschaft einzufügen. Er war nie zu einem wie auch immer gestörten, aber reifen Individuum geworden, sondern er war an dem Punkt stecken geblieben, wo

die ganze Welt sich um ihn drehte und wo Träume die Wünsche erfüllen konnten, die die reale Welt ihm verwehrte.
Tony verstand diesen psychologischen Zustand nur allzu gut. Er hatte sich in seinem eigenen Leben als Erwachsener nie in der Welt zu Hause gefühlt. Er hatte mit einem Minderwertigkeitsgefühl gelebt, das es ihm unmöglich machte zu lieben, denn zur Liebe gehört, dass man überzeugt ist, verdientermaßen wiedergeliebt zu werden. Aber er war nie imstande gewesen, dies von sich selbst zu glauben, und hatte sich eine ganze Reihe von Masken gebastelt, hinter denen er sich verstecken und der Gemeinschaft anpassen konnte. *Als Mensch wahrgenommen werden!* In anderen Lebensumständen wäre er, wie er immer geglaubt hatte, vielleicht selbst ein Räuber geworden, der auf Beutefang ging, statt ein Jäger. Dieses Bewusstsein lag allem, was er tat, zugrunde. Es machte ihn ganz besonders geeignet, die Psyche von geistig Gestörten und Kriminellen auseinander zu nehmen.
Aber es machte ihn auch besonders ungeeignet für Beziehungen, die über das Oberflächliche hinausgingen. Meistens hatte er dies als Preis für seine recht nützliche und hilfreiche Begabung akzeptiert. Carol Jordan war der einzige Mensch, der ihn je fühlen ließ, dass dies nur eine weitere Lüge in seinem Leben war.
Er wusste, dass er Carol nicht verdient hatte. Aber je mehr er sich bemühte, sich von ihr zu lösen, desto stärker fühlte er sich zu ihr hingezogen. Eines Tages würde er das Risiko eingehen müssen, das zu werden, was er nie hatte sein können, jedoch bei diesem Versuch die Fähigkeit zu verlieren, die seine besten Leistungen zeitigte. Ein Mensch zu sein, statt nur eine Rolle zu spielen, könnte ihn so grundlegend verändern, dass er sich durch die Labyrinthe schmutziger Phantasien nicht mehr hindurchlavieren konnte.

Aber damit musste er sich ein andermal befassen. Er raffte sich auf und machte sich daran, die Fährte zu lesen, die Geronimo hinterlassen hatte; er fing an, die Akten durchzugehen und dabei Notizen zu machen. Das Material aus Heidelberg und Leiden war umfassend, die Schachteln enthielten alles, von Zeugenaussagen bis zu Tatortfotos und Hintergrundberichten zu den Opfern. Glücklicherweise waren die holländischen Akten für Petra ins Englische übersetzt worden, so dass er, von merkwürdigen Wendungen des Übersetzers hier und da abgesehen, keine Probleme hatte, sie zu lesen. Es gab fast nichts aus Bremen, einfach weil die Ermittlung im Anfangsstadium war und Petras Anfrage noch nicht mehr zutage gefördert hatte.

Als er erst einmal angefangen hatte, machte Petra keinen Versuch, sich mit ihm zu unterhalten, sondern stellte einfach eine frische Kanne Kaffee auf den Esszimmertisch, wo er arbeitete. Sie goss sich selbst eine Tasse ein und sagte: »Ich gehe bald. Ich muss mich um Carol kümmern.«

Er nickte geistesabwesend, ohne richtig zuzuhören. Er war zu vertieft in das Studium der Opfer. Es war nach Mitternacht, als er, einen Stoß Notizen neben sich, die vorläufige Lektüre des Materials beendete. Er musste die Beziehung, in der die drei Fälle zueinander standen, in einer Tabelle aufzeichnen, musste aber zuerst mehr über die Spezialgebiete der Zielobjekte wissen. Er stand auf und streckte sich, die Nacken- und Rückenmuskeln sträubten sich gegen die plötzliche Bewegung. Es war Zeit für einen Szenenwechsel.

Er packte seine Notizen zusammen und verließ die Wohnung. Eine kurze Taxifahrt brachte ihn zu seinem Apartmenthaus. Auf der Straße sah er zum Fenster im dritten Stock hinauf. Alles lag im Dunkeln. Wenn Carol zu Hause war, war sie wahrscheinlich im Bett. Ihr Treffen konnte warten.

Oben ließ Tony seine noch geschlossenen Gepäckstücke ste-

hen und stellte seinen Laptop auf dem kleinen Schreibtisch auf. Er ging ins Internet und rief die Metasuchmaschine auf, mit der sich am besten wissenschaftliche Quellenangaben ausfindig machen ließen. Innerhalb einer Stunde hatte er eine brauchbare Übersicht über die Forschungsgebiete von Walter Neumann, Pieter de Groot und Margarethe Schilling. Ratlos durchsuchte er das Material, das er sich heruntergeladen hatte. Er hatte erwartet, eine offenkundige Gemeinsamkeit der drei toten Psychologen zu finden. Aber ihre Spezialgebiete erstreckten sich von Margarethes Interesse an religiösen Glaubenssystemen über de Groots Studien zu emotionalem Missbrauch bis zu Neumanns Arbeiten über die Psychodynamik des Sadomasochismus.
Er ging in die Küche und machte sich eine frische Kanne Kaffee, während er das, was er herausgefunden hatte, noch einmal überflog und es mit dem verglich, was ihn die Erfahrung gelehrt hatte. Jeder Serientäter hatte ein Profil seiner Opfer im Kopf. Normalerweise waren die verknüpfenden Faktoren rein körperlicher Natur. Waren die Opfer alle Männer, alle Frauen oder eine Mischung aus beiden Kategorien, fast immer ließen sich daraus Schlüsse ziehen, auf welchen Typ Tony sich einzustellen hatte. Es gab zum Beispiel die älteren weiblichen Opfer eines bestimmten Vergewaltigertyps, die verwundbaren Kinder, die eine bestimmte Art von Mördern anzogen, die selbst als Kind missbraucht worden waren, die blonden Schönheiten, die ausgelöscht werden mussten, weil sie dem unzulänglichen, erbärmlichen Geschöpf, das sie verfolgte, niemals auch nur einen zweiten Blick gönnen würden. Obwohl die Einzelheiten der Verbrechen ganz verschieden sein konnten, stellten die Opfer selbst gewöhnlich ebenso sehr ein Merkmal dar wie die Handlungen, die der Täter vornahm und die das Verbrechen zu der einzigartigen, für ihn typischen Tat machten.

In diesem Fall war es beim ersten Blick auf die Polizeiberichte klar gewesen, dass das in Bezug auf Geronimo nicht stimmte. Ausnahmsweise war hier nur das Ritual konstant geblieben. Auf einen eventuellen Mangel an Befriedigung durch frühere Taten folgte keine Steigerung oder Veränderung. Die Opfer waren physisch ganz unterschiedlich, von de Groots sportlichem, muskulösem Körper bis zu Margarethes adretter Schlankheit und Neumanns gemütlicher Rundlichkeit. Dies hieß, dass bei der Auswahl ein anderes Element im Spiel sein musste, und Tony war völlig überzeugt gewesen, dass es in dem gemeinsamen beruflichen Interesse liegen musste, da dies das einzige Bindeglied zwischen den Toten war. Und das zeigte nur, wie töricht es war, sich Theorien zu bilden, bevor man die Tatsachen kannte, erinnerte er sich selbst, als er seine Tasse ins Wohnzimmer trug.

»Was regt dich an den Psychologen so auf, Geronimo?«, fragte er, laut vor sich hin sprechend. »Hasst du sie? Hat ein Psychologe Entscheidungen getroffen, die sich nachteilig auf dein Leben ausgewirkt haben? Oder glaubst du, man muss sie von ihrem Elend erlösen? Ist es eine persönliche Sache, oder siehst du dich als Helfer der Menschheit? Tust du ihnen oder der Welt einen Gefallen?« Er blätterte noch einmal die Informationen durch, die er im Netz gefunden hatte. »Wenn es um etwas geht, das jemand dir angetan hat, warum holst du dir dann die Wissenschaftler? Wenn du durch einen Schulpsychologen oder durch einen Gutachter bei Gericht vermurkst worden bist, warum gehst du dann nicht direkt gegen die praktizierenden Psychologen vor? Was machen diese Akademiker anders als die Kliniker?«

Wenn irgendjemand diese Frage beantworten konnte, dann wäre er selbst es. Er hatte schließlich auf beiden Seiten gearbeitet, hatte als Kliniker angefangen und war erst vor relativ kurzer Zeit an die Universität gegangen. Was war dieser Tage an seinem Arbeitsleben so anders, außer dem einen offensichtlichen Unterschied, dass er keine Patienten mehr hatte? War es das? »Rächst du dich an den Wissenschaftlern, weil sie ihre Ausbildung nicht richtig einsetzen, Geronimo?«, fragte er das unbestimmte Wesen in seinem Kopf, das keine rechte Form annehmen wollte.

»Nein, ich glaube nicht«, fuhr er fort. »Das ist zu lächerlich. Niemand bringt Menschen um, weil sie *nicht* die Köpfe der Leute verwirren.« Er rieb sich mit den Knöcheln die müden Augen und lehnte sich auf dem Stuhl zurück. Was taten Universitätsdozenten? Sie hielten Vorlesungen. Sie berieten Examenskandidaten und Doktoranden. Sie forschten.

»Forschung«, sagte er leise und richtete sich kerzengerade auf. Hastig überflog er noch einmal die Artikel und Aufsätze der drei Opfer. Diesmal sah er es. »Experimente«, rief Tony zufrieden aus. Das Einzige, was alle drei Opfer miteinander verband und was sich im weitesten Sinn als Pfuscherei am menschlichen Gemüt bezeichnen ließ, waren Experimente mit lebenden menschlichen Versuchsobjekten.

»Du glaubst, dass du aufgrund psychologischer Experimente gelitten hast«, sagte er jetzt zuversichtlich. »Etwas ist in deinem Leben anders gelaufen als im Leben anderer Menschen, und du gibst den Psychologen die Schuld daran. Du siehst sie als Forscher am lebenden Objekt, als Vivisektoren der Seele an. Das ist es, Geronimo, nicht wahr?« Instinktiv war ihm klar, dass er auf das verborgene Motiv dieser Mordserie gestoßen war.

Jetzt war er bereit, das Entwerfen eines Profils ins Auge zu fassen. Aber es war spät, und er wusste, dass er es besser auf den Morgen verschieben sollte. Zögernd schaltete er den Computer ab und zog den Reißverschluss seiner Reisetasche auf. Er bezweifelte, dass er ruhig schlafen würde, aber wenigstens konnte er so tun. Und morgen würde er nicht nur die Möglichkeit haben, das zu tun, worin er Meister war, sondern er würde auch Carol wiedersehen. Der Gedanke ließ ihn lächeln. Diesmal fingen die positiven Seiten ihrer Beziehung an, im Vergleich zu den bitteren Erinnerungen an die Vergangenheit zu überwiegen. Er mochte sich vielleicht täuschen, aber wenigstens wollte er diese Theorie austesten.

Kapitel 22

Der zweite Akt schien endlos. Carol konnte sich nicht auf die Musik konzentrieren, in Gedanken wiederholte sie immer wieder ihre Unterhaltung und kritisierte alles, was und wie sie es gesagt hatte. Sie wünschte, sie hätte Gelegenheit gehabt, dies vorab mit Tony durchzuspielen. Wenigstens wäre sie dann zuversichtlicher gewesen, dass sie die richtigen Saiten bei ihm anschlug. Zwar hatte sie von Radecki keine sofortige Kapitulation erwartet. Aber sie hatte sich doch mehr erhofft, als seine hartnäckige Weigerung, zuzugeben, dass ihm klar war, wovon sie sprach.

Sie war sich seiner Blicke, die auf ihr ruhten, nur allzu bewusst. Sein Platz war schräg hinter ihrem, und aus dem Augenwinkel bekam sie mit, dass er sie oft und lange ansah. Sie konnte seinen Gesichtsausdruck nicht erkennen und fühlte sich wehrlos ausgeliefert und beunruhigt. Was dachte er wohl? Welche Wirkung hatte sie auf ihn?

Carol unterdrückte einen Seufzer der Erleichterung, als der zweite Akt mit der Hochzeit der Füchsin und ihrem Freund den Höhepunkt erreichte. *Da gibt es keine Anklänge*, dachte sie dankbar. Bevor die Beleuchtung anging, sah sie Tadeusz sich vom Platz erheben und an die hintere Wand zurücktreten. Sie wandte sich um und ertappte ihn dabei, dass er in die

Tasche des an einem Haken neben der Tür hängenden Mantels griff. Er hielt ein Mobiltelefon in der Hand. »Ich muss ein paar Anrufe machen«, sagte er laut, so dass seine Stimme trotz des Beifalls zu hören war. »Ich bin gleich wieder zurück.«

»Ja«, flüsterte sie triumphierend, als die Tür hinter ihm zufiel. Er hatte beschlossen, Erkundigungen über sie einzuziehen. Morgan hatte ihr gesagt, sie solle sich keine Sorgen über die Absicherung ihrer falschen Identität in England machen. Sie hatten, so versicherte er ihr, geraume Zeit daran gearbeitet. Ihr Deckname war von zwei verschiedenen Seiten im Milieu verbreitet worden. V-Leute hatten sie als eine Frau erwähnt, die sich im Hintergrund hielt, mit der man aber nichtsdestotrotz rechnen musste. Und die Leute, die man nach Colin Osbornes Tod vorlud, waren alle intensiv zu Caroline Jackson befragt worden. »Wir haben sie wirklich unter Druck gesetzt«, hatte Morgan erklärt. »Alle, die die Verhöre führten, wurden angewiesen, so zu tun, als könnten sie nicht glauben, dass die Verdächtigten nie von Ihnen gehört hatten. Sie schleusten den Gedanken ein, dass Sie mit Colin in Verbindung standen, dass Sie im gleichen Geschäftszweig tätig waren und dass er und Sie große Pläne für die Zukunft hatten. Wenn also Radecki anfängt, über Sie Erkundigungen einzuziehen – und das wird er, davon können Sie ausgehen –, werden Sie als ein Name erscheinen, den die Leute gehört haben. Die Tatsache, dass niemand Sie persönlich kennt, kann sich zu Ihrem Vorteil auswirken. Es lässt Sie als Unternehmerin mit nach außen hin völlig weißer Weste wie Radecki selbst erscheinen.«

Morgan hatte zumindest damit Recht gehabt. Sie war sicher, dass Radecki jetzt diese ersten Anrufe machte. Und sie hatte später am Abend noch eine Trumpfkarte auszuspielen, die den Ausschlag geben und sein Interesse an ihr als potentieller

Geschäftspartnerin genauso steigern würde, wie er offensichtlich von ihr als Frau fasziniert war.
Tadeusz blieb die ganze zweite Pause über verschwunden und kehrte erst zurück, als der dritte Akt schon zehn Minuten lief. Carol drehte sich absichtlich nicht um, als er hereinkam, und tat so, als sei sie ganz in die Musik vertieft. Als die Oper zu Ende ging, fragte sich Carol, ob Radecki Parallelen zwischen dem Geschehen auf der Bühne und dem sah, was er an diesem Abend erlebte. Da war das sterbende Füchslein, das mehr zufällig als aus Vorsatz getötet wurde, und der Förster, der, mit einem der Kinder der Füchsin konfrontiert, es der Mutter wie aus dem Gesicht geschnitten fand. Rief all dies bei ihm provozierende Assoziationen hervor? Das konnte sie nur hoffen. Je mehr ihm ihre Ähnlichkeit mit Katerina eingehämmert wurde, desto besser war es für ihre Erfolgschancen.
Als das Publikum am Ende in Applaus ausbrach, zog er seinen Stuhl nach vorn, so dass er direkt neben ihrem stand, und beugte sich zu ihr hinüber. Sie nahm einen schwachen Zigarrengeruch und eine raffinierte Nuance von Kölnischwasser wahr. »Es war sehr interessant, Sie kennen zu lernen. Obwohl ich immer noch nicht verstehe, wovon Sie gesprochen haben.«
Carol wandte den Kopf und sah ihm in die Augen. »Sie sind schwer zu überzeugen. An Kollegen gefällt mir das. Leute, die zu vertrauensselig sind, reden oft zu freiheraus, was in unserer Branche nicht klug ist. Wissen Sie was, rufen Sie mich doch morgen mal an. Wir können uns treffen und Dinge von beiderseitigem Interesse besprechen.«
Er hob die Augenbrauen. »Ich glaube nicht, dass wir beiderseitige Interessen haben, jedenfalls keine geschäftlichen. Aber ich glaube, ich würde Sie gern wiedersehen.«
Carol schüttelte den Kopf. »Für mich ist dies eine Geschäfts-

reise. Ich kann meine Zeit nicht mit privaten Verpflichtungen verschwenden.«

»Das ist schade«, sagte er jetzt mit zurückhaltendem Gesichtsausdruck.

Der Applaus verklang, und sie bückte sich nach ihrem Abendtäschchen. »Schauen Sie, Colin hatte Probleme mit seiner Seite Ihres gemeinsamen Unternehmens. Er versprach immer viel, aber er konnte seine Versprechen oft nicht einlösen. Wahrscheinlich ist er deshalb jetzt tot. Die Leute, die Sie ihm geschickt haben, erwarteten, dass er ihnen Pässe verschaffen würde. Dafür hatten sie schließlich so kräftig geblutet. Aber er hatte niemanden, der das zuverlässig liefern konnte. Deshalb sorgte er immer dafür, dass sie erwischt wurden.«

Tadeusz' Augenbrauen hoben sich leicht. »Soll mir das etwas sagen?«

»Ich weiß nicht. Ich habe keine Ahnung, ob Ihnen bekannt war, wie er mit den Illegalen verfuhr, nachdem Sie sie weitergaben, aber er trieb ein gefährliches Spiel. Schließlich musste die Einwanderungsbehörde doch seine Verbindung zu all den kleinen Ausbeutungsbetrieben entdecken, die immer wieder durchsucht wurden.« Carol warf ihm einen fragenden Blick zu. »Besonders da die Razzien von Colin selbst geplant wurden, was immer er auch Gegenteiliges behauptet haben mag.«

Sie sah, dass sie ihn jetzt in ihren Bann gezogen hatte. Er mochte noch so herablassend lächeln, doch in seinem Blick lag Verwirrung, und er wollte nicht, dass sie abbrach.

»Ich bin da ganz anders«, fuhr sie fort. »Ich verspreche nie etwas, was ich nicht liefern kann.« Als die Beleuchtung im Haus anging, öffnete sie ihre Abendtasche und nahm das heraus, was sie für ihre geheime Trumpfkarte hielt. Es war ein italienischer Pass. Als sie Morgan gefragt hatte, ob er echt oder gefälscht sei, hatte er nur gelächelt und gesagt: »Sie werden deshalb keine Schwierigkeiten bekommen. Welche Nachforschungen Radecki auch anstellen mag, es wird alles glatt gehen.«

Sie hielt ihm den Pass hin. »Ein Akt des Vertrauens. Ich kann so viele von diesen bekommen, wie ich brauche, in vernünftigem Rahmen. Sie bringen mir Leute, die den Preis zahlen können, und ich garantiere, dass ich meinen Teil der Abmachung einhalten werde.«

Endlich war seine Neugier stärker als die Vorsicht. Er nahm den Pass und schlug ihn auf der Seite mit dem Bild auf. Sein eigenes Gesicht mit einem leichten Lächeln auf den Lippen sah ihn an. Der Pass wies ihn als Tadeo Radice aus, geboren in Triest. Er studierte ihn aufmerksam und bewegte ihn hin und her, damit das Licht darauf fiel. Dann blätterte er zum Anfang zurück und betrachtete alle Seiten. Endlich sah er Carol mit ernstem Blick an. »Woher haben Sie das Foto?«

»Das war nicht schwer. Eine Zeitschrift hat letztes Jahr ein Interview mit Ihnen gemacht, erinnern Sie sich? Als Teil einer Serie über Berliner Geschäftsleute, die die Gelegenheit ergriffen, sich nach der Wiedervereinigung ein neues Imperium aufzubauen. Ich habe es aus ihrem Online-Archiv geholt und eines der Bilder verkleinert. Also, morgen? Rufen Sie mich am Vormittag an, ja?« Sie suchte in ihrer Tasche und gab ihm eine Karte, auf der einfach ihr Name und ihre Mobiltelefonnummer standen. »Ich meine wirklich, wir sollten miteinander sprechen.« Mit ihrem strahlendsten Lächeln gab sie ihm die Karte und sah wieder das Wechselspiel der Gefühle in seinen Augen.

Er hielt ihr den Pass hin. »Sehr interessant.«

Carol schüttelte den Kopf. »Ich brauche ihn nicht. Behalten Sie ihn. Man weiß nie, wann man ihn verwenden kann.« Sie stand auf und zog ihr Kleid mit einer bewusst verführerischen

Geste über den Hüften zurecht. »Rufen Sie mich an«, sagte sie und ging auf die Tür zu. Als sie schon den Griff in der Hand hatte, drehte sie sich noch einmal um. »Andernfalls werden Sie mich nie wiedersehen.«

Als Carol auf den Flur hinaustrat, wurde sie sich wieder ihres Körpers bewusst. Der Adrenalinspiegel, der in der Loge ihre Selbstbeherrschung aufrechterhalten hatte, begann jetzt abzusinken, sie fühlte sich erschöpft, und ihre Knie wurden weich. Aber sie konnte es sich noch nicht leisten, sich zu entspannen. Wenn Radecki wirklich so gut war, wie man ihm nachsagte, hatte er jemanden beauftragt, sie abzuholen, wenn sie die Loge verließ, und ihr nachzugehen. Sie und Petra hatten besprochen, wie sie mit dieser Situation umgehen würden. Petra würde ein Stück zurückbleiben, aber nahe genug sein, um abzusichern, dass Carol in ein Taxi steigen und Petra sehen konnte, wer ihr folgte. Petra würde dann versuchen, den Verfolgern zu folgen, würde es aber nicht riskieren, entdeckt zu werden.

Obwohl sie erschöpft war, gab sie sich so locker wie möglich und ging zur Garderobe hinunter, um sich anzustellen und ihren Mantel zu holen, oder vielmehr Caroline Jacksons Mantel, der aus luxuriösem, weichem Lammfell war und modische Eleganz mit der Kuscheligkeit verband, die man im Frühling in Berlin brauchte. Ohne sich nach dem Beobachter umzusehen, den sie erwartete, schlenderte sie aus der Staatsoper, blieb am Gehwegrand stehen und hielt nach einem Taxi Ausschau.

Ich und halb Berlin, dachte sie müde nach fünf Minuten, nachdem alle Versuche, ein Taxi zu erwischen, fehlgeschlagen waren. Als sie eine Hand auf ihrem Arm spürte, wirbelte sie mit weit aufgerissenen Augen und in voller Alarmbereitschaft – zu Kampf oder Flucht bereit – herum. Radecki stand

hinter ihr, ob beabsichtigt oder nicht, in einem gebührenden Abstand, ohne sie zu bedrängen. Selbst in diesem Zustand erhöhter Angst registrierte Carol das als ungewöhnlich für einen Mann. »Es tut mir Leid, ich habe Sie wohl erschreckt«, sagte er.
Sie fasste sich schnell. »Ja«, sagte sie lächelnd. »Sie sollten dankbar sein, dass ich mein Pfefferspray nicht in der Hand hatte.«
Er senkte reumütig den Kopf. »Als ich herauskam, konnte ich nicht übersehen, dass Sie Probleme haben, eine Taxe zu bekommen. Vielleicht kann ich helfen?« Er nahm sein Mobiltelefon. »Mein Fahrer kann den Wagen innerhalb von fünf Minuten hier haben. Er kann Sie fahren, wohin Sie möchten.«
Das ist auch viel leichter, als mir zu folgen, dachte Carol bewundernd, sagte aber: »Das wäre sehr nett. Ich habe eiskalte Füße.«
Er warf einen Blick auf ihre sexy hochhackigen, dünnsohligen Schuhe, die sie für diese Gelegenheit gewählt hatte. »Das wundert mich nicht. Es ist offensichtlich, dass Sie nicht aus Berlin sind. Kommen Sie doch ins Foyer, hier ist es wärmer.« Er nahm ihren Ellbogen und führte sie auf das Opernhaus zu, im Gehen schnell ins Telefon sprechend. Carol bemerkte mehrere neugierige Blicke von anderen Theaterbesuchern, als sie vorbeigingen. Das war kaum überraschend. Wenn sie den Anblick von Tadeusz und Katerina gewöhnt waren, wäre Carol an seiner Seite Anlass für heftige Klatschgeschichten. Sie konnte es sich schon vorstellen. »Oh, haben Sie in der Oper Tadeusz Radecki mit dieser Frau gesehen? Sie könnte Katerinas Schwester sein. Das ist merkwürdig. Was für ein perverser Typ geht mit einer Frau aus, die so sehr wie seine verstorbene Freundin aussieht?«
Sie standen drinnen an der Tür, einen gewissen Abstand zwi-

schen sich, und schwiegen. Sie wollte das Schweigen nicht mit falschen Worten brechen, manchmal war es besser, zu warten, bis der Fisch von selbst anbiss. Ein paar Leute nickten Tadeusz grüßend zu, während sie das Gebäude verließen, aber niemand blieb stehen, um mit ihm zu sprechen.

Er hielt sein Wort. Nur ein paar Minuten vergingen, dann zeigte er mit einer Kopfbewegung auf einen schwarzen Mercedes, der am Gehweg anhielt. »Mein Wagen«, sagte er, ging zum Randstein und öffnete die hintere Tür.

»Ich danke Ihnen wirklich dafür«, sagte Carol und stieg ein. Er beugte sich hinter ihr in den Wagen und sprach mit dem Fahrer.

»Gern geschehen«, sagte er und zog den Kopf aus der Tür zurück. »Sagen Sie ihm einfach, wohin Sie möchten.« Er machte Anstalten, die Tür zuzuschlagen.

»Warten Sie«, sagte Carol. »Kommen Sie nicht mit?«

»Nein.«

»Aber wie kommen Sie denn nach Hause?«

»Ich wohne hier in der Nähe. Außerdem gehe ich lieber zu Fuß.« Diesmal war das Lächeln anscheinend unkompliziert. »Ich rufe Sie an«, sagte er und schloss die Tür mit einem sanften Geräusch.

Carol gab dem Fahrer ihre Adresse und lehnte sich in das feste Lederpolster zurück. Es war ein schlaues Manöver von ihm, dass er ihr einen Gefallen tat, ohne in irgendeiner Weise zudringlich zu werden. Sie hätte am liebsten einen Teil des Freudentaumels laut herausgeschrien, den sie empfand. Aber nicht vor seinem Fahrer, der bestimmt über jede Nuance ihres Benehmens berichten würde. Stattdessen legte sie den Kopf nach hinten und schloss die Augen. Phase eins war geschafft. Und es war besser gegangen, als sie zu hoffen gewagt hatte.

Vielleicht konnte sie diese Aufgabe doch bewältigen. Vielleicht konnte sie sich wirklich in einen anderen Menschen hineinversetzen.

Brigadier Marijke van Hasselt kam mit einem Pappbecher Kaffee und einer Tüte Smoutebollen, dem runden, in schwimmendem Fett gebackenen, mit Puderzucker bestreuten Gebäck, das ihr einziges Zugeständnis an süße, sündige Kalorienbomben war, in die Ermittlungszentrale der Polizeidirektion Regio Leiden. Kohlenhydrate, Koffein und Zucker, nur so konnte man den Tag beginnen.

Obwohl sie früh dran war, war Tom Brucke ihr um einiges voraus. Er saß stirnrunzelnd über einen Stoß Berichte gebeugt, und sein lockiges, braunes Haar war schon von dem ständigen Daranherumzupfen zerzaust. Er sah bei dem Geräusch ihrer Schritte auf, sein jungenhaftes Gesicht war angespannt und müde, und er hatte schwere Falten unter den Augen. »He, Marijke«, sagte er. »Ich fress 'n Besen, wenn wir für diesen Fall 'n Täter finden.«

Sie traf eine spontane Entscheidung. Zwei Köpfe konnten, wie sie schon bewiesen hatte, sehr viel mehr ausrichten als einer. »Komisch, Tom, aber gestern Abend hatte ich dazu eine Idee.« Sie schob ihren Stuhl ans Ende seines Schreibtischs und zog einen Fuß unter sich auf die Sitzfläche.

Tom schlang eine Locke um seinen Zeigefinger. »Ich seh so viele Sackgassen vor mir, dass ich mir fast überlege, ob wir eine Hellseherin fragen sollten«, sagte er. »Ich weiß nicht, wie's dir geht, aber dieser Fall macht mich ganz wirr im Kopf.«

»Ich wache manchmal nachts auf und denke, ich ertrinke«, gab Marijke zu.

Tom prustete. »Ertrinken in einem Meer von Papier«, sagte er und wies mit der Hand auf die Stöße von Berichten auf seinem

Schreibtisch. »Da wir gerade davon reden, dass man für die Arbeit lebt: De Groot scheint in jedem Komitee gewesen zu sein, für das er ernannt werden konnte. Auch eine jährliche Wochenendkonferenz für Psychologen aus seinem Umkreis hat er organisiert. ›Psychodynamik des emotionalen Missbrauchs‹, was immer das heißen soll. Das Resultat ist, dass ihn wohl so gut wie jeder kannte. Es ist ein Albtraum. Was ist also deine tolle Idee?«

»Ich sagte nicht, dass sie toll ist, aber zumindest ist es etwas Neues, das man probieren könnte. Wir glauben doch beide, dass es hier um einen Mord an einem Fremden geht, oder?«

»Es gibt nichts im Leben des Opfers, was dagegen spricht. Andererseits gibt es auch keine Anzeichen dafür, dass jemand eingebrochen ist. Das Wahrscheinlichste ist aber wohl: Er kannte seinen Mörder nicht.«

Marijke hob den Deckel von ihrem Kaffee und nahm einen Schluck. »Aus allem, was ich gelesen habe, geht hervor, dass Leute, die so töten – keine ersichtliche Beziehung zum Opfer, Mord mit sexuellem Hintergrund –, nicht bei einem Toten aufhören. Einverstanden?«

»Oh ja, ich glaube, wir haben alle das Gefühl, dass er wieder morden wird. Besonders weil wir nicht das Geringste tun können, um ihn zu stoppen«, sagte Tom pessimistisch. »Sind das Smoutebollen, was du da hast?« Er zeigte auf ihre Tüte.

»Nimm dir.« Sie schob ihm die Tüte hinüber. »Dann kann ich mich etwas zurückhalten.« Tom machte die Tüte auf und nahm eines der Gebäckstückchen heraus. Puderzucker fiel auf sein hellblaues Hemd, und er wischte ihn ungeduldig mit der freien Hand weg. »Aber ich habe gedacht, was wäre, wenn dies nicht der Anfang seiner Serie wäre?«

Tom hörte plötzlich auf zu kauen und schluckte heftig. »Du meinst, du glaubst, er hat es vorher schon einmal getan?«

Marijke zuckte mit den Schultern. »Es sieht nicht wie die Tat eines Anfängers aus. Wenn ich raten sollte, würde ich sagen, er macht das, oder etwas sehr Ähnliches, schon eine ganze Weile.«
Brucke schüttelte ungläubig den Kopf. »Wir hätten davon gehört. Das Schamhaar abzuziehen kommt ja nicht jeden Tag vor, Marijke.«
»Wir hätten es vielleicht nicht erfahren, wenn es in einem anderen Zuständigkeitsbereich passiert wäre. Sagen wir, in Frankreich. Oder in Deutschland.«
Tom kratzte sich am Kopf. »Da hast du schon Recht. Aber daran können wir kaum etwas ändern.«
»Doch. Es gibt ja Europol.«
Tom prustete. »Das ist doch nur ein verdammter Haufen Bürohengste.«
»Vielleicht schon, aber immerhin schicken sie die internationalen Mitteilungsblätter herum.«
»Noch mehr Papierkrieg. Wer liest denn den Mist?«
Marijke nahm sich die Tüte, zog eine der Servietten heraus, die sie am Smoutebollen-Stand eingesteckt hatte, holte sorgsam eins der Gebäckstücke heraus und achtete darauf, dass kein Zucker auf ihre Kleidung fiel. »Ich zum Beispiel«, sagte sie. »Und ich wette, ich bin nicht die Einzige.«
»Willst du also den Fall an die Bürokraten in Den Haag abgeben?«, sagte er ungläubig.
»Nein, davon spreche ich nicht. Ich schlage vor, dass wir eine Anfrage mit den Details des Falls an Europol schicken und sie bitten, sie an die Mitgliedstaaten weiterzuschicken, ob irgendjemand vor Ort von etwas Vergleichbarem gehört hat. So können wir wenigstens herausfinden, ob er es vorher schon einmal getan hat. Und wenn ja, und wenn wir die Information des dortigen Ermittlerteams mit unseren Unterlagen zusammenlegen, könnten wir vielleicht vorankommen.«

Tom sah sie nachdenklich an. »Das ist vielleicht gar keine schlechte Idee, weißt du.«
»Ich kann also damit rechnen, dass du mich unterstützt, wenn ich es Maartens vorschlage?«
Er lachte. »Du bist so verdammt diplomatisch, Marijke.«
»Das verstehe ich als Zustimmung.« Sie stand auf und sammelte die Reste des Frühstücks ein. Sie war gerade an ihrem eigenen Schreibtisch angelangt, als Hoofdinspecteur Kees Maartens mit einer Coladose durch die Bürotür hereinstürmte, die in seiner kräftigen Hand ganz klein aussah und die er schon halbwegs zum Mund geführt hatte. Er nahm beim Gehen einen großen Schluck und warf die leere Dose im Vorbeigehen in den nächsten Papierkorb.
Mülltrennung war etwas für Leute, die Zeit genug hatten, aber nichts für vielbeschäftigte Männer wie ihn, schien seine Geste zu sagen.
»Was gibt's Neues?«, fragte er und blieb vor Toms Tisch stehen.
»Nichts Wichtiges«, sagte Tom.
Maartens wandte sich an Marijke. »Wie läuft's bei Ihnen, Marijke? Ist irgendwas Brauchbares von der Rechtsmedizin reingekommen?«
Sie schüttelte den Kopf. »Alles negativ. Nichts, das uns weiterbringt.«
Maartens rieb sich das Kinn. »Ich hasse diesen Fall«, murmelte er. »Er lässt uns dastehen, als seien wir blöd.«
»Marijke hat 'ne gute Idee«, bemerkte Tom.
Na danke, dachte sie, als Maartens sich ihr wieder zuwandte und seine buschigen Augenbrauen fragend zusammenzog.
»Was gibt's, Marijke?«, sagte er.
»Ich hab mir überlegt, wie akribisch genau de Groots Mörder vorgegangen ist. Wie methodisch und diszipliniert. Es war ge-

plant. Es erinnert mich an die Tat eines Serienkillers. Ich weiß, wir machen uns alle Sorgen, dass er wieder töten könnte und wir ihn nicht kriegen, aber dann kam mir die Idee, dass er vielleicht schon vorher jemanden ermordet haben könnte.«

Maartens nickte, den Kopf zur Seite geneigt. Er ging zum Schreibtisch hinüber und ließ sich auf einen Stuhl fallen, der ihr gegenüber stand. »Gegen diese theoretischen Überlegungen kann ich nichts einwenden«, sagte er gewichtig. »Aber haben wir nicht schon überprüft, ob es etwas Ähnliches in den Akten gibt?«

»Wir können ja nur niederländische Unterlagen einsehen«, sagte Marijke. »Was wäre, wenn die früheren Opfer nicht aus Holland waren? Was ist, wenn er in Belgien oder Deutschland oder Luxemburg gemordet hat? Wir hätten keine Möglichkeit, das zu erfahren.«

»Und heutzutage, nach Schengen, sind wir alle europäische Bürger«, sagte Maartens bissig. »Ich weiß, was Sie meinen, Marijke. Aber wie bringt uns das weiter?«

»Also, ich habe bemerkt, dass die Europol-Mitteilungsblätter aus Den Haag in letzter Zeit viel genauer sind. Früher waren sie ziemlich allgemein, aber jetzt bringen sie detailliertere Anfragen nach Information zu bestimmten wichtigen Themen. Ich habe mich gefragt, ob es sich vielleicht lohnen könnte, Europol anzusprechen und zu bitten, dass eine Anfrage nach Information über eventuelle ähnliche Fälle in anderen Gebieten der EU aufgenommen wird?«

Maartens schien sehr skeptisch. »Meinen Sie nicht, das ist ein bisschen zu praxisnah für die? Sie sind doch nur an dem Zeug interessiert, was sie dann in ihre schicken Computer-Datenbanken eingeben und damit herumspielen können. Mit so was Vulgärem wie Mord wollen die sich nicht die Hände schmutzig machen.«

»Aber es ist doch kein Feld-Wald-Wiesen-Mord. Und Mord kann Teil ihres Aufgabengebietes sein. Ich habe es auf ihrer Website nachgesehen. Wenn es um internationale Zusammenhänge geht, sind sie als zentrale nachrichtendienstliche Sammelstelle sowohl für Mord als auch für das organisierte Verbrechen zuständig.«
Maartens rutschte auf seinem Stuhl hin und her. »Sie werden denken, dass wir zu blöd sind, mit unseren eigenen Fällen klarzukommen«, brummte er.
»Ich glaube nicht. Ich schätze, sie werden uns dafür respektieren, herausgetüftelt zu haben, dass wir es mit einem Serienmörder zu tun haben könnten. Wir könnten stolz darauf sein. Man würde sich an uns als diejenigen erinnern, die genug Grips hatten, zu erkennen, dass hinter allem, was wir vor uns sehen, etwas anderes stecken kann. Und dass wir den Mut hatten, zu sagen: ›Wir wollen Information aus anderen Zuständigkeitsbereichen.‹ Sie werden uns als Beispiel nennen können, wie die Zusammenarbeit im neuen Europa über die Grenzen hinweg funktionieren sollte.« Marijke ließ all ihren Charme spielen, denn sie wollte unbedingt, dass Maartens sich den Plänen anschloss, die sie und Petra sich längst ausgedacht hatten.
Maartens überlegte einen Moment, drehte sich dann um und sah Tom an. »Und Sie glauben auch, dass es eine gute Idee ist, ja?«
Tom wies mit der Hand auf den Papierwust auf seinem Schreibtisch. »Wir haben alles Menschenmögliche getan und haben überhaupt nichts in der Hand. Ich sehe es so, dass wir nichts zu verlieren haben. Und vielleicht kommt eine Menge dabei raus.«
Maartens zuckte mit den Schultern. »Gut, probieren wir's. Marijke, setzen Sie es auf, und ich werde dann sehen, ob wir es noch heute rausschicken.«

»Es wird innerhalb einer Stunde auf Ihrem Tisch sein.«
Maartens stand auf und ging schwerfällig zu seinem Büro. »Das heißt aber nicht, dass wir die Arbeit an dem Fall unterbrechen«, knurrte er, während er hinter seiner Tür verschwand.
»Gut gemacht«, sagte Tom. »Du bist glatt, aalglatt.«
»Ja, na ja. Wir wissen beide, dass es Maartens angerechnet wird, wenn es funktioniert. Aber wenn wir am Schluss blöd dastehen, haben wir es mir zu verdanken.«
»Es ist doch gut, zu wissen, dass manche Dinge auch in unserer Welt, die sich so schnell verändert, immer gleich bleiben«, sagte Tom lächelnd.
Und bei manchen Dingen können wir etwas nachhelfen, damit sie sich ändern, dachte Marijke vergnügt, als sie ihren Computer hochfuhr. Das war's. Die große Chance. Und sie war fest entschlossen, sie nicht zu vermasseln.

Carol war so aufgeregt wie ein Teenager beim ersten Rendezvous. Er war tatsächlich nach Berlin gekommen! Sie war am Morgen nach ihrem dramatischen Abend in der Oper aufgewacht und hatte eine verschlüsselte E-Mail von Petra vorgefunden, die ihr mitteilte, dass Tony im gleichen Gebäude logierte und ein Profil des Serienmörders entwarf. Und dass er sie heute Vormittag erwartete. Aber mehr konnte Petra nicht sagen. Sie hatte keine Ahnung von dem komplizierten Muster des Beziehungsgeflechts zwischen Carol und Tony und wusste nicht, dass seine Ankunft für Carol die Rettung bedeutete.
Eilig trocknete sie sich nach dem Duschen ab und zog frische Jeans und eine lockere Bluse an, das einfachste Outfit in Caroline Jacksons Garderobe. Sie wollte Carol Jordan so ähnlich sein, wie sie konnte. Sie knetete ihre Haare mit den Fingern

durch und legte hastig etwas Lippenstift auf. Für mehr war keine Zeit.

Ihr Herz klopfte heftig, als sie auf den Aufzug wartete. *Beruhige dich*, sagte sie sich. *Er ist nicht deinetwegen gekommen.* Aber tief drinnen war sie überzeugt, dass es doch so war. Die Ermittlungen zu dem Mordfall waren vielleicht ein perfekter Vorwand, aber die letzten zwei Jahre hatte er sich geweigert, wieder einzusteigen. Das Einzige, was sich geändert hatte, war, dass dies eine Ermittlung war, die eine Chance bot, sie zusammenzubringen.

Sie klopfte an die Tür, und da war er plötzlich, sein Gesicht so vertraut wie immer. Spontan trat Carol auf ihn zu. Sie umarmten sich, ihr Kopf lag an seiner Schulter, seine Hand auf ihrem Haar. »Danke, dass du gekommen bist«, flüsterte Carol.

Sanft löste sich Tony aus der Umarmung und schloss die Tür hinter ihr. »Ich kannte Margarethe Schilling«, platzte er heraus.

Es traf sie, als hätte er ihr ein Glas Wein ins Gesicht geschüttet, nahm ihr den Atem und ließ ihre Augen brennen. »Was?«, sagte sie und kam sich dumm dabei vor.

Tony fuhr sich durchs Haar. »Das Opfer in Bremen. Ich kannte die Frau.«

»Du bist also … weswegen bist du gekommen? Aus Rachegefühlen?«, fragte Carol, folgte ihm und setzte sich in den einzelnen Sessel, achtete aber darauf, vom Fenster wegzubleiben. Obwohl sie niemanden gesehen hatte, der ihr folgte, hieß das nicht, dass ihr nicht doch jemand bei jeder Bewegung, die sie machte, auf den Fersen war. Und sie wollte sich nirgends zeigen, wo sie nicht sein sollte.

Tony hatte ihr den Rücken zugewandt und schaute aus dem Panoramafenster auf die Straße. »Teils ja. Teils bin ich eingebildet genug, dass ich meine, ich kann vielleicht dabei helfen,

Leben zu retten. Und teils auch, weil …« Er hielt inne und suchte nach den richtigen Worten. »Weil das, was Margarethe passiert ist, mir Sorgen macht wegen der Gefahr, in der du dich befindest.« Er wandte sich um, die Arme über der Brust verschränkt. »Ich will nicht überheblich sein. Ich kenne niemanden, der den Job besser machen würde, unabhängiger und stärker wäre als du.« Er sah zu Boden. »Aber ich würde mir nie verzeihen, wenn dir etwas passieren würde, das ich hätte verhindern können.« Er lachte kurz auf. »Ich weiß nicht einmal, was ich damit meine, und das ist sehr merkwürdig, wenn ein Psychologe so etwas zugeben muss. Ich bin nur … Ich weiß nicht. Ich nehme an, ich möchte in der Nähe sein, falls irgendetwas passiert und ich etwas tun kann, um dir zu helfen.«

Seine Worte waren für Carol Gold wert. Gerade als sie gedacht hatte, er verpasse ihr eine Ohrfeige, hatte er es in eine Liebkosung verwandelt. Sie wartete schon jahrelang auf diese persönliche Sorge um sie, und jede Minute des Wartens hatte sich gelohnt. Das Wissen, dass es ihm so wichtig war, genügte fast schon. Das allein war bereits eine Garantie für etwas in der Zukunft. Es machte ihr Hoffnung auf die Chance, alles langsam angehen zu können, ohne dass sie die Sache zu forcieren brauchte. »Du weißt ja gar nicht, wie viel es mir bedeutet, dass du da bist. Aus welchem Grund auch immer«, sagte sie. »Ich habe mich so einsam gefühlt bei dieser Aufgabe. Petra ist toll, aber sie kennt sich in Carol Jordans Leben nicht aus. Sie wird nicht bemerken, ob ich mich von mir selbst entferne, weil sie nicht wirklich weiß, wer dieses Ich ist. Aber du weißt es. Du kannst die Messlatte für Carol Jordan sein, mein Notanker. Und du kannst mir bei der Entscheidung helfen, wie ich am besten mit Radecki umgehe.«

»Ich kann's versuchen. Wie ist es gestern Abend gelaufen?«

Carol berichtete ihm über das erste Treffen mit ihrem Zielobjekt. Tony saß auf der Couch, das Kinn auf die Fäuste gestützt, hörte aufmerksam zu und stellte hin und wieder Fragen. »Es hört sich an, als hättest du deine Sache gut gemacht. Ich hatte befürchtet, dass er wegen der Ähnlichkeit mit Katerina so misstrauisch sein könnte, dass er überhaupt nichts mit dir zu tun haben will. Aber diese Hürde hast du offenbar überwunden.«
»Vielleicht. Aber er hat noch nicht angerufen.«
»Er wird sich melden.«
»Hoffen wir's. Aber wir sollten nicht unsere ganze Zeit auf mich verwenden. Ich will dich nicht bei der Arbeit am Profil stören. Deshalb bist du ja hier. Das ist das Wichtigste. Wenn der Kerl nicht gestoppt wird, tut er es immer wieder. Er muss überführt werden. Und wenn irgendjemand es fertig kriegen kann, dass das passiert, dann bist du es.«
»Ich hoffe es. Dieser Dreckskerl schuldet mir ein Leben. Oder zumindest den Rest seines Lebens hinter Gittern.« Tony schüttelte den Kopf. »Ich kann es immer noch nicht fassen, dass Margarethe tot ist.«
»Wart ihr alte Freunde?«
»Ich würde es eigentlich nicht Freundschaft nennen. Wir waren Kollegen mit gemeinsamen Interessen. Einmal habe ich ein paar Tage bei ihr übernachtet. Wir hatten vor, zusammen einen Aufsatz zu schreiben, aber wir sind nie dazu gekommen. Ein paarmal jedes Jahr tauschten wir E-Mails und zu Weihnachten Karten aus. Wir waren nicht befreundet, aber mehr als nur Bekannte. Ich mochte sie. Ich mochte sie sehr. Sie hatte Phantasie, war intelligent und leistete gute Arbeit. Und sie hatte einen Sohn, den sie sehr liebte.« Er schüttelte den Kopf. »Wie wirkt sich das auf das Gemüt eines Kindes aus? Er muss etwa sieben oder acht sein. Und er wird mit dem Wissen auf-

wachsen müssen, dass jemand mit seiner Mutter wie mit einem Stück Fleisch umgegangen ist.«

»Lässt du mich dir helfen?«

Tony war überrascht. »Hast du nicht schon genug am Bein?«

»Ich werde wahrscheinlich jede Menge freie Zeit haben. Außer wenn ich bei Radecki bin oder meine Berichte schreibe, habe ich sonst nichts zu tun.«

Er runzelte die Stirn und überlegte. »Ich arbeite in Petras Wohnung. Natürlich kannst du dort nicht hinkommen, falls du beobachtet wirst. Aber wenn ich meine Ideen mit dir durchsprechen kann, das wäre mir eine große Hilfe. Du hast ein Talent für außergewöhnliche Ideen, denen sonst niemand eine Chance geben würde.«

»Prima.« Carol lächelte. »Also, wann geht's los?«

»Ich habe gestern Abend schon angefangen.« Er sah auf seine Uhr.

»Eigentlich sollte ich zu Petras Wohnung rübergehen, damit ich damit beginnen kann, ein paar Ideen zu skizzieren.«

»Sollen wir uns später treffen?«, fragte sie und stand auf.

»Wir können ohne Gefahr E-Mails schicken, oder? Machen wir's doch so.« Er erhob sich, ging zu ihr hin und legte zögernd die Arme um sie. »Ich bin froh, dass ich hier bin.«

»Ich auch.« Sie wandte ihm das Gesicht zu. Sie lächelten sich an und lösten sich dann voneinander. Zum ersten Mal, dachte Carol, hatten sie das Gefühl, alle Zeit der Welt zu haben.

Kapitel 23

Tadeusz Radecki kam nicht zur Ruhe. Nachdem er von der Oper zurückgekommen war, konnte er stundenlang nicht schlafen. Die Begegnung in seiner Loge wäre in jeder Situation beunruhigend gewesen, da sie bewies, dass jemand ihn so gründlich überprüft hatte, wie er selbst sonst jeden unter die Lupe nahm, mit dem er sich einließ. Aber außer dem natürlichen Unbehagen darüber, dass man über seine Person recherchiert hatte, gab ihm dieses Zusammentreffen mit dem Ebenbild des Menschen, den er erst vor so kurzer Zeit verloren hatte, das Gefühl, die Welt sei völlig durcheinander.

Beim ersten Anblick Caroline Jacksons hatte sein Herzschlag ausgesetzt. Ihm war eng um die Brust geworden, und seine Beine zitterten. Er hatte seinen Augen kaum getraut und war überzeugt, dass er unter einer Art Psychose litt, zu der diese Halluzination gehörte. Aber sobald sie zu sprechen anfing, begriff er, dass sie Wirklichkeit und keine sentimentale Projektion seiner geheimsten Wünsche war. Dass er sich niemals eine Katerina vorgestellt hätte, die ihn auf Englisch ansprach, war ihm trotz seiner Verwirrung und Bestürzung klar.

Glücklicherweise hatte er durch jahrelange Übung Gesicht und Zunge unter Kontrolle, so dass er seine schlimmste Verwirrung verbergen konnte. Zumindest glaubte er das. Vielleicht war es ihm gelungen oder auch nicht, sie hatte jedenfalls mit keinem Anzeichen verraten, dass sie sich der Wirkung bewusst war, die ihre Erscheinung auf ihn hatte. Er war nervös, verwirrt und bestürzt von der Ähnlichkeit, die eine ganze Welt von Erinnerungen heraufbeschwor.

Und als wäre es nicht genug gewesen, sich einem weiblichen Wesen gegenüberzusehen, das die Zwillingsschwester der Frau hätte sein können, die er so sehr geliebt hatte, wandte sich die Unterhaltung fast von Anfang an dem gefährlichsten Thema zu. Diese Frau, die ihn dazu brachte, dass sich sein Magen verkrampfte und ihm der kalte Schweiß ausbrach, wusste, wer er tatsächlich war und womit er sich wirklich beschäftigte. Entweder hatte sie genug über seine Geschäfte herausgefunden, um zu wissen, was er gerade jetzt brauchte, oder dies war ein weiteres Beispiel des exzentrischen Zufalls, der ihm schon Katerinas Double zugeführt hatte. So oder so war es eine so sonderbare Verkettung von Umständen, dass es alles, was er über den Lauf der Welt wusste, auf den Kopf stellte.

Er hatte keine Ahnung, wie er es während der folgenden Unterhaltung geschafft hatte, die Fassung zu bewahren, er wusste nur, dass er noch nie so erleichtert gewesen war wie in dem Moment, als die scheinbar unendlich lange erste Pause schließlich vorbei war. Er saß im nächsten Akt da und hörte nichts von der Musik, denn er war vollkommen von dem eigenen Drama erfüllt, das sich in und um ihn abspielte. Seine Muskeln schmerzten vor Anspannung, aber er konnte den Blick nicht von ihr wenden.

Er hatte jeden Gesichtszug studiert und alles mit der Datenbank der Bilder in seinem Kopf verglichen. Bei näherem Hinsehen hatte er Unterschiede festgestellt. Natürlich war die Frisur anders. Das lange, seidige, weizenfarbene Haar seiner Geliebten war viel schöner gewesen als der kurze Blondschopf dieser Fremden, obwohl die Farbe offensichtlich genauso echt war wie bei Katerina. Ihre Profile waren auf so unmerkliche Art verschieden, dass er nicht klar feststellen konnte, worin der Unterschied bestand. Aber Katerinas Augen waren tief dunkelblau gewesen, und sogar bei der schwachen Theaterbeleuchtung sah er, dass Carolines grau waren. Auch ihr Mund war anders. Katerinas Lippen waren sinnlich, voll und schön geformt gewesen und schienen immer zum Küssen bereit. Diese Engländerin hatte dünnere Lippen, und ihr Mund versprach viel weniger als das, was Katerinas ihm immer geschenkt hatte. Aber als Caroline lächelte, verschwand der Kontrast, und die Ähnlichkeit wurde noch verblüffender. Diesen Mund das vertraute »Tadzio« aussprechen zu hören, hatte ihn mehr als alles andere aus der Fassung gebracht.

Als er ihr Gesicht studierte, war das Merkwürdigste, dass die kleinen Unterschiede nur dazu dienten, die Wirkung dieser Fremden, die in seine Welt eingedrungen war, noch zu verstärken, obwohl er ganz klar sah, dass sie nicht Katerina war. Einerseits war das eine Enttäuschung, andererseits eine Erleichterung. Aber sie war eine Frau, die emotional auf ihn wirkte, wie es niemand seit Katerinas Tod vermocht hatte. Das war strapaziös, eröffnete aber auch ungeahnte Möglichkeiten. Der Gedanke, mit ihr zusammenzuarbeiten, hatte ihn besorgt gemacht und zugleich aufgeregt.

Aber er war nicht so erregt, dass er die Grundregeln des Spiels vergaß. Sobald der zweite Akt zu Ende war, hatte er die ersten Schritte unternommen, um so viel über Caroline Jackson herauszufinden, wie er konnte. Er erinnerte sich an einen Mann, dem er zweimal begegnet war, als er die Geschäfte mit Colin Osborne in die Wege geleitet hatte. Nick Kramer war auch aus Essex und hatte schon früher mit Colin zusammengearbeitet. Offensichtlich war er kein so vertrauter Partner, wie Darko es für ihn war, und Tadeusz schätzte, dass Colin ihn hauptsächlich mitgebracht hatte, damit die Teams gleichgewichtig aussahen. Tadeusz, der sich immer in allen Einzelheiten absicherte, hatte Kramers Nummer noch in seinem Mobiltelefon gespeichert.

Kramer hatte beim zweiten Klingeln abgenommen. »Ja?«, brummte er.

»Hier ist Colins deutscher Freund«, sagte Tadeusz. »Wir haben uns in London kennen gelernt.«

»Ach ja, stimmt, ich erinnere mich. Wie läuft's?«

»Ich habe eine Frau getroffen, die sagt, sie sei eine Bekannte von Colin. Ich wollte wissen, ob Sie sie kennen.«

»Wie heißt sie?«

»Caroline Jackson. Sie sagt, sie und Colin wollten miteinander Geschäfte machen.«

Eine kurze Pause trat ein. »Den Namen kenne ich. Aber ich habe sie nie persönlich kennen gelernt. Ich habe gehört, dass sie in der gleichen Branche arbeitet wie Sie und Colin. Irgendwo in East Anglia hat sie einen Betrieb. Nach allem, was man hört, hat sie kaum mit jemandem Kontakt. Ach, und dann habe ich ihren Namen gehört, nachdem Colin ... gestorben ist und einige zum Verhör vorgeladen wurden. Das ist alles, was ich weiß, tut mir Leid, dass ich nicht weiterhelfen kann, Kollege.«

»Kennen Sie irgendjemanden, der sie persönlich kennt?«

Er atmete tief aus. »Bei Chelmsford draußen gibt es einen Typen. Einen Freund von Charlie, wenn Sie wissen, was ich meine.«

Ein Kokaindealer, übersetzte Tadeusz. »Haben Sie eine Nummer, wo ich ihn erreichen kann?«

»Moment mal ...« Eine gedämpfte Unterhaltung, dann war Kramer wieder da und gab eine Mobiltelefonnummer durch. »Sagen Sie ihm, ich hätte gesagt, Sie sind in Ordnung.«

»Danke.«
»Aber bitte. Hören Sie, wenn Sie Geschäfte machen wollen – nicht die mit Lebendware, die andere Sorte –, rufen Sie mich doch an. Ich kann da einsteigen.«
»Ich merke es mir.« Tadeusz legte auf. Er glaubte nicht, dass er in naher Zukunft mit Nick Kramer Drogen- oder Waffengeschäfte machen würde. Er hatte den Mann nicht besonders gemocht, und nach dieser Unterhaltung schien es, dass Diskretion nicht seine Sache war. Er wählte die Nummer, die Kramer ihm gegeben hatte, und wartete, bis sich jemand meldete.
Er wollte schon aufgeben, als eine Stimme vorsichtig sagte: »Hallo?«
Tadeusz traf eine schnelle Entscheidung. »Mein Name ist Darko Krasic. Nick Kramer hat mir Ihre Nummer gegeben.«
»Kenne ich ihn?«
»Na ja, er hat Ihre Nummer.«
»Die hat mein Pizzaservice auch.«
»Mein Boss und ich hatten geschäftlich mit Colin Osborne zu tun.«
Er lachte. »Der kann Sie jetzt kaum mehr empfehlen, oder? Passen Sie auf, ich mach keine Geschäfte übers Telefon.«
»Klar, ich verstehe, ich will ja nur eine allgemeine Referenz. Eine Frau hat sich beworben, mit uns zu arbeiten, und Kramer denkt wohl, dass Sie sie kennen.«
»Ich kenne 'ne Menge Leute.« Die Stimme klang wieder vorsichtig.
»Sie heißt Caroline Jackson.«
Eine lange Pause. »Ich kenne Caroline. Was wollen Sie wissen?«
»Was immer Sie mir sagen können.«
»Verdammt noch mal. Sie sind ja bescheiden, was? Hören Sie, wenn Sie daran denken, mit Caroline zusammenzuarbeiten,

brauchen Sie nur zu wissen, dass sie als Partnerin ernst zu nehmen ist. Aber sie ist eine Einzelgängerin. Sie traut niemandem bei ihren Geschäften. Sie ist klug, verschwiegen und macht verdammt gute Arbeit. Wenn sie mit Ihnen zusammenarbeiten will, sollten Sie sofort zugreifen, Sie kriegen nämlich die Gelegenheit, mit 'ner absoluten Topfrau zu kooperieren. Alles klar?«

»Okay.«

»Jetzt haben Sie also gekriegt, was Sie wollten. Gute Nacht.«

Der Anruf fand ein abruptes Ende, aber Tadeusz fühlte sich besser als zehn Minuten zuvor. Dass er mit einem von Morgans V-Leuten gesprochen hatte, der angewiesen war, Caroline Jackson in den leuchtendsten Farben als potentielle Geschäftspartnerin darzustellen, wusste er nicht.

Tadeusz saß während des dritten Akts da und grübelte, was zu tun sei. Als *Das schlaue Füchslein* ausklang, fasste er einen Entschluss. Er musste die Tatsache, dass Katerina praktisch wiedererschienen war, als ein gutes Omen verstehen. Er würde seinem Instinkt folgen und prüfen, was sie ihm zu bieten hatte.

Im kalten Morgenlicht fand er diesen Entschluss immer noch richtig. Er wünschte, er hätte die Sache mit Darko besprechen können, aber seine rechte Hand würde erst am Nachmittag aus Belgrad zurückkommen. Und die Sache war zu wichtig, um sie am Telefon zu besprechen. Also musste er sich auf seine Intuition verlassen. Er griff nach dem Telefon und wählte die Nummer, die auf ihrer Karte stand.

»Hallo?« Ihre Stimme klang schon vertraut.

»Guten Morgen, Caroline. Hier ist Tadeusz.«

»Ich freue mich, von Ihnen zu hören.«

Sie schien entschlossen, keine Freude zu zeigen, die er vielleicht nicht erwidern würde. »Ich wollte fragen, ob Sie zum Lunch frei sind«, sagte er.

»Das kommt darauf an.«
»Worauf?«
»Ob Geschäftliches oder Vergnügen auf der Tagesordnung steht«, erwiderte sie kühl.
»Ich glaube, Geschäftliches dürfte zusammen mit Ihnen immer irgendwie auch ein Vergnügen sein«, sagte er mit amüsiertem Unterton. Er war überrascht, wie leicht ihm ein dezenter Flirt mit ihr fiel.
»Sie haben meine Frage nicht beantwortet.«
»Ich glaube, wir werden über Geschäftliches reden können«, sagte er. »Aber vorher müssen wir uns ein bisschen besser kennen lernen. Wissen Sie, ich gebe mich nur mit Menschen ab, wenn mein Instinkt mir sagt, dass sie verlässlich sind.«
»Wirklich?«, fragte sie ungläubig. »Und trotzdem haben Sie sich für Colin entschieden?«
Seine Quelle hatte Recht gehabt. Sie war clever. »Wenn das eine so schlechte Entscheidung war, dann fällt nach Ihrem eigenen Eingeständnis der Tadel genauso auch auf Sie zurück, Caroline«, betonte er.
»Eins zu null für Sie«, sagte sie.
»Also, gehen wir zusammen essen?«
»Ja, aber lieber etwas früher als so spät. Ich habe heute Nachmittag einige wichtige Anrufe zu erledigen.«
»Wie wäre es mit zwölf Uhr?«
»Das geht.«
»Ich schicke Ihnen den Wagen um Viertel vor zwölf. Ich freue mich.«
»Danke, ich muss heute Vormittag noch ausgehen. Ich weiß nicht, wo ich um Viertel vor zwölf sein werde. Sagen Sie mir einfach, wo wir uns treffen, dann komme ich um zwölf dorthin.«

Er gab das Restaurant und die Adresse an. »Ich freue mich darauf, Sie zu sehen«, fügte er hinzu.
»Ganz meinerseits. Bis später dann.« Das Gespräch war zu Ende. Klug und verschwiegen, und jetzt konnte man noch hinzufügen: selbständig und wachsam. Caroline Jackson fing an, ihn zu faszinieren. Und nicht nur als Geschäftspartnerin. Er hatte Lust auf diesen Lunch, und das hatte nichts mit dem Essen zu tun.

Tony starrte auf den Bildschirm. Petra hatte ihr Versprechen gehalten. Die Berichte zu der Ermittlung in Bremen waren schon da, als er in ihrer Wohnung ankam, und er zwang sich, seine Gefühle für Margarethe zur Seite zu schieben und die Berichte so unvoreingenommen wie möglich zu lesen. Die Tatsache, dass der Mörder überrascht wurde, hatte ein paar neue Informationen gebracht, die ihm später helfen könnten, aber die aufschlussreichsten Einzelheiten, die er direkt in seine Fallanalyse integrieren konnte, stammten von Margarethes Freund.
In diesem Stadium konnte es nur eine grobe Skizze sein. Es gab Dinge, die er noch tun und sich ansehen musste. Er wollte nach Bremen fahren, zum Teil um seinen Frieden mit Margarethe zu machen, hauptsächlich aber, um das Haus zu sehen, wo sie gestorben war, um herauszufinden, ob der Tatort ihm etwas über seine Beute sagen konnte. Außerdem brauchte er bessere Tatortfotos. Aber er konnte jetzt schon einmal anfangen.
Er öffnete sein Textverarbeitungsprogramm und rief seine persönliche Vorlage für Profile auf. Sie begann mit der üblichen Absicherungsklausel. Diese Sache war zwar informell, nur eine inoffizielle Ermittlung, aber es gab keinen Grund, die Dinge nicht korrekt zu handhaben.

Das folgende Täterprofil ist nur zur Orientierung gedacht und sollte nicht als ein identisches Porträt betrachtet werden. Es ist unwahrscheinlich, dass der Täter in allen Einzelheiten dem Profil entspricht, obwohl ich eine hohe Übereinstimmung zwischen den unten aufgeführten Charakteristika und der Realität erwarte. Alle Aussagen dieser Profilanalyse sind Wahrscheinlichkeiten und Möglichkeiten, nicht erhärtete Tatsachen.
Ein Serienmörder hinterlässt beim Begehen seiner Verbrechen Signale und Indizien. Alles, was er tut, bewegt sich bewusst oder unbewusst innerhalb eines Musters. Eine Analyse des zugrunde liegenden Musters lässt die Logik des Mörders erkennen. Uns mag das Muster nicht logisch erscheinen, aber für ihn ist es zwingend. Mit einfachen Fallen ist er nicht zu fangen, weil seine Logik so eigenwillig ist. Und da er so einzigartig ist, müssen die Mittel, ihn zu fassen, zu verhören und seine Taten nachzuvollziehen, genauso außergewöhnlich sein.

Dann stellte Tony eine kurze Übersicht über die drei Fälle zusammen, mit besonderem Nachdruck auf dem jeweiligen Forschungsgebiet der Ermordeten. Davon ausgehend fuhr er auf der Basis seiner neuen Informationen wie folgt fort:

Alle theoretischen Psychologen, die experimentell arbeiten, können durch diesen Mörder in Gefahr sein. Angesichts der Tatsache, dass Margarethe Schilling ihrem Partner sagte, sie habe einen Termin und treffe den Journalisten einer neuen elektronischen Zeitschrift, scheint es ratsam, Psychologiedozenten zu bitten, bei entsprechenden Anfragen mit den Fahndern Kontakt aufzunehmen. Dabei ist klar, dass dies eventuell gewisse Probleme mit sich bringen kann.

Wenn der Mörder Verbindung zu wissenschaftlichen Kreisen hat, wird er solche Warnungen mitbekommen und seine Strategie entsprechend ändern. Zudem kann eine solche Warnung unter denen, die gefährdet sind, eine Panik auslösen. Darüber hinaus gibt es die Schwierigkeit, in welchem Rahmen die Ermittlung laufen soll. Der Mörder ist, soweit wir wissen, schon in zwei EU-Ländern aufgetreten, Deutschland und Holland, und es gibt keinen Grund anzunehmen, dass er seinen Wirkungsbereich darauf beschränken wird.
Was wissen wir bis jetzt aufgrund seiner Taten über den Mörder?

1. Obwohl bei der Durchführung dieser Verbrechen fast mit Sicherheit ein Element sexueller Stimulierung mitspielt, ist die Motivation nicht ausgesprochen sexuell. Die Opfer sind keiner bestimmten körperlichen Kategorie zuzuordnen und schließen beide Geschlechter ein. Es ist also unmöglich, aufgrund einer oberflächlichen Beschreibung der äußeren Erscheinungsmerkmale vorherzusagen, wo er nächstes Mal zuschlagen wird. Daraus und aus der Skalpierung der Schamhaargegend (mit der er seine Opfer in eine Art präpubertären Zustand versetzt) würde ich schließen, dass die Sexualität des Täters relativ wenig entwickelt ist. Ich meine damit, dass er nie eine erfolgreiche sexuelle Beziehung mit einer erwachsenen Partnerin hatte. Er mag relativ jung sexuelle Demütigungen erfahren haben und wollte sich dem danach nicht mehr aussetzen. Auf irgendeine Weise gibt er der Gruppe seiner Opfer die Schuld an seiner Unfähigkeit, normale sexuelle Kontakte zu knüpfen. Ich halte es für sehr unwahrscheinlich, dass er verheiratet ist oder in einer lang dauernden Beziehung lebt. Wahrscheinlich ist er allein und

hat keine emotionalen Beziehungen zu Personen des anderen oder des eigenen Geschlechts.

So viele Gründe für die Verfälschung des Sexualtriebs, dachte Tony traurig. Seine eigene Erfahrung mit Impotenz und seine Entdeckungsreisen durch die Gefilde der Seele, die daraus entstanden waren, hatten ihm ein seltenes Einfühlungsvermögen für Menschen gegeben, deren natürliche Sehnsüchte sich so deformiert hatten, dass sie der Welt als Perversion erschienen. Es gab eine Erklärung, eine Sequenz so einzigartig wie die DNA, die unter dieser befremdlichen Oberfläche wirkte, und es war eine der vielen Paradoxien in Tonys Leben, dass das, was ihm so viel persönliches Leid verursacht hatte, beruflich einen Vorsprung brachte. Vielleicht suchte er genauso wie die Täter selbst nach etwas, was ihm eindeutig das Gefühl nahm, ein Versager zu sein.

2. Die Auswahl seiner Opfer gibt ihm ein Gefühl der Überlegenheit. Solche Menschen haben in ihm schon immer das Empfinden ausgelöst, langsam und naiv zu sein. Aber jetzt kann er sich in ihrer Welt bewegen, in ihren Bereich eindringen, und sie können nichts tun, um ihn aufzuhalten. Damit beweist er sich selbst, dass er nicht so unfähig ist, wie er glaubt. Es ist sehr unwahrscheinlich, dass er eine akademische Ausbildung hat – ich glaube, nicht einmal das Abitur –, obwohl er gar nicht dumm ist. Bei der Strategie, die er, wie ich vermute, bei der Auswahl seiner Opfer anwendet (siehe unten), ist es wahrscheinlich, dass er sich selbst auf ihrem Fachgebiet gebildet hat. Er hat vermutlich viel über Psychologie und ihre Anwendung gelesen, sowohl in Büchern als auch online. Vielleicht hat er sogar Kurse an der Volkshochschule in diesem Fach besucht. Wahrscheinlich hält er sich

für einen Experten auf seinem Gebiet, obwohl sein Wissen notwendigerweise oberflächlich sein muss.

3. Er ist sehr wohl zu großer Selbstbeherrschung und geordneter Planung in der Lage. Um sein Vorhaben auszuführen, hat er eine Strategie entwickelt, die raffiniert genug ist, um Opfer zu überzeugen, die im Umgang mit der Welt bewandert sind. Um dabei Erfolg zu haben, muss er in der Lage sein, seinen Mangel an Erfahrung mit ihrer Welt zu verbergen.

4. Er muss diese Serie von Angriffen schon lange vorausgeplant haben, da die Auswahl dieser Opfer vorbereitende Recherche erforderte, anders als bei der zufälligen Wahl eines Kandidaten nach gewissen körperlichen Merkmalen. Da die beiden letzten Morde so kurz aufeinander folgten, ist es klar, dass ihm eine Liste von Opfern vorliegen muss. Die Tatsache, dass die Zeiträume kürzer werden, deutet darauf hin, dass er selbstbewusster wird, aber auch, dass er mehr Morde braucht, um seinem Plan, was immer der sein mag, gerecht zu werden.

5. Worin mag dieser Plan bestehen? Die Antwort ergibt sich aus seinen Zielpersonen. Alle drei haben gemeinsam, dass sie als Psychologen an Universitäten tätig sind und Forschungsergebnisse veröffentlicht haben, die sich auf (mit Zustimmung der Versuchspersonen durchgeführte) Experimente stützen. Ich glaube, er ist überzeugt, dass sein Leben als Folge von Experimenten eines oder mehrerer Psychologen zerstört worden ist. Er könnte selbst ein direktes Opfer gewesen sein, aber ich bezweifle das. Wenn dies der Fall wäre, hätte er ein bestimmtes Objekt für seine Rache gehabt, und es hätte ihm wahrscheinlich genügt, diesen bestimmten Therapeuten zu töten. Vielleicht hat er in der Kindheit Missbrauch durch einen Elternteil oder einen an-

deren Erwachsenen erlitten, der selbst Opfer von Psychoterror war? Betrachtet man zum Beispiel den Missbrauch der Psychologie durch die Stasi, dann scheint dies nicht so unwahrscheinlich, wie es zu anderen Zeiten und an einem anderen Ort scheinen mag.

Tony las das, was er bis jetzt eingegeben hatte. Im Kontext dessen, was er aus den Akten hatte ersehen können, war es schlüssig. Aber es brachte sie der Frage nicht näher, wer der Täter sein könnte. Jetzt musste er sich von dem, was er gesichert annehmen und durch logische Rückschlüsse bestätigen konnte, lösen und in einen Bereich vorstoßen, in dem er hervorragend bewandert war. Er musste vom Verbrechen rückwärts auf den Mann schließen, der es begangen hatte.

Was sagt uns all dies über den Täter?
1. Er ist intensivem Stress ausgesetzt, was den Menschen in seiner unmittelbaren Umgebung nicht verborgen bleiben wird. Sein Benehmen wird sprunghafter als gewöhnlich sein.
2. Er gibt sich als Journalist einer Internet-Zeitschrift aus, um sich privaten Zutritt zu denen zu verschaffen, die er aufs Korn genommen hat. Ich glaube, er hat die Verabredungen zu diesen Treffen mit seinen Opfern über E-Mail getroffen, da er wahrscheinlich nicht die Fertigkeit im Umgang mit Menschen hat, um mit seinen darin geübten Opfern entweder persönlich oder telefonisch Termine zu vereinbaren. Deshalb können wir mit einiger Sicherheit sagen, dass er einen Computer besitzt. Er würde diese Kommunikation nicht einem System anvertrauen, das anderen zugänglich ist. Außerdem können Spuren dieser Korrespondenz vielleicht aufgespürt werden, wenn man die Computer der Opfer durch Experten untersuchen lässt.

3. Es ist unwahrscheinlich, dass er arbeitslos ist. Er kann sich einen Computer und Reisen leisten. Er scheut sich nicht, sich in mehr als einem Land zu bewegen, was nahe legt, dass er damit vertraut ist. Meines Erachtens ist es wahrscheinlich, dass er einen mit Reisen verbundenen Beruf hat, der aber keine Fähigkeiten im Umgang mit Menschen erfordert. Es kann eine Arbeit sein, die eine bestimmte Intelligenz und Verantwortung voraussetzt, aber als Tätigkeit im Allgemeinen nicht sehr hoch eingeschätzt wird. Vielleicht ein Fernfahrer oder ein Wartungstechniker für irgendwelche speziellen Geräte. Er fährt einen Wagen der Mittelklasse, der gut gepflegt, aber unauffällig ist. Es ist unwahrscheinlich, dass er öffentliche Verkehrsmittel benutzt, um zum Tatort zu kommen, und das mag bedeuten, dass er entweder in der Nähe der Städte, wo er getötet hat, oder direkt vor Ort Autos mietet, oder dass ihm bei seiner Arbeit auch Firmenwagen zur Verfügung stehen.
4. Das erste Verbrechen eines Serientäters findet oft an einem Ort statt, der seinem Wohnort am nächsten liegt. Da das erste Verbrechen dieser Serie in Heidelberg begangen wurde, glaube ich, dass er wahrscheinlich in Süddeutschland zu Hause ist.
5. Sehr wahrscheinlich geht er auf die dreißig zu oder ist etwas darüber. Es ist typisch für Serienmörder, dass sie langsam ihrem ehrgeizigen Ziel näher kommen. Wenn sie es schaffen, bis Ende dreißig nicht getötet zu haben, werden sie vermutlich nicht mehr damit anfangen, weil sie alternative Möglichkeiten gefunden haben, ihre Wünsche zu sublimieren.
6. Es ist wahrscheinlich, dass ein Mitglied seiner engeren Familie wegen einer Geisteskrankheit behandelt wurde oder durch amtliche Stellen psychischen Qualen ausge-

setzt war. Trifft Letzteres zu, ist es gut möglich, dass die Familie ursprünglich aus der ehemaligen DDR kommt.

7. Wenn er vorbestraft ist, würde ich glauben, dass zu den Delikten auch heimliches Verfolgen von Personen und Spannen gehört. Die meisten Serienmörder haben eine Vorgeschichte der Terrorisierung von Schwächeren, von Tierquälereien, weniger schwerer Sachbeschädigung und Brandstiftung. Aber in diesem Fall glaube ich, dass er eher wegen Gewalttätigkeit gegen Personen verurteilt wurde. Welches Ereignis auch immer seine Psyche geschädigt hat, es muss einen immensen unterdrückten Zorn hervorgebracht haben, der sich in ihm anstaute. Bis er ein (für ihn) passendes Zielobjekt zum Abreagieren seines Zornes fand, mag er zu Ausbrüchen von Gewalttätigkeit gegen jeden geneigt haben, von dem er annahm, er verspotte ihn. Er mag Prostituierte oder andere Männer angegriffen haben, die sich darüber lustig machten, dass er keine Freundin hatte.

Tony starrte düster auf den Bildschirm. Das war letzten Endes nicht viel. Wie immer fühlte er sich wie ein Zauberer, der einen Elefanten aus seinem Zylinder holen soll, aber nur immer dasselbe alte Kaninchen hervorzieht. Er sagte sich, er solle bedenken, dass dies ja nur der erste Entwurf war. Er brauchte mehr Daten und wollte ein paar Ideen mit Carol besprechen, bevor er sie niederschrieb.

Tony packte seinen Laptop zusammen und kritzelte einen Zettel für Petra:

Danke für die Hilfe. Ich habe mit dem Profil angefangen, aber ich muss nach Bremen fahren. Können Sie mir einen Zug oder einen Flug buchen, sobald Sie dazu kommen? Und gibt es eine Möglichkeit, dass Sie die entsprechenden

Vorbereitungen treffen, damit ich dort mit der Polizei reden kann? Außerdem würde es mir sehr helfen, wenn Sie mich mit jemandem zusammenbringen könnten, der mit mir über die Methoden psychiatrischer Behandlungen bei der Stasi sprechen kann. Ich fahre jetzt in meine Wohnung zurück und erwarte dort Ihren Anruf.

Er verließ die Wohnung und ging müde auf die Straße hinunter. Es war ein schöner Frühlingstag, die Luft war feucht und kühl, vom Himmel schien hell die Sonne. *Nur ein unsensibler Klotz könnte an einem solchen Tag von den Annehmlichkeiten des Lebens ungerührt bleiben*, dachte Tony. Aber irgendwo plante ein Mörder unabhängig von der Witterung seinen nächsten Coup. Und es war Tonys Aufgabe, alles zu tun, dass er diesmal schachmatt gesetzt wurde.

Die Wahl des Restaurants überraschte sie. Sie hatte Ecken und Nischen erwartet, wo sie sprechen konnten, ohne belauscht zu werden. Aber hier war nichts intim. Hohe Decken mit Trägern und Lampen aus Stahl, Tische und Stühle, die Designermodelle darstellten. Alles war elegant und laut, die Art von Lokal, wo jeder automatisch die anderen Gäste beäugte, um sich zu vergewissern, dass die Schickeria nicht woandershin abgewandert ist, seitdem man das letzte Mal hier war.

Er saß schon an einem Tisch mitten im Saal, als sie kam, rauchte eine kleine Zigarre und betrachtete die Speisekarte. Carol bemerkte, dass sie einige neugierige Blicke auf sich zog, als der Kellner sie an seinen Tisch führte. Damit würde sie sich befassen müssen, je eher, desto besser.

Als sie an den Tisch kam, stand Tadeusz auf und machte eine höfliche kleine Verbeugung. »Danke, dass Sie gekommen sind«, sagte er.

»Danke für die Einladung.« Der Kellner hielt ihren Stuhl bereit, und Carol nahm Platz. »Sagen Sie, sind Sie eine Art Berühmtheit in Berlin?«
Er runzelte die Stirn. »Was meinen Sie damit?«
»Ich habe es gestern Abend bemerkt und jetzt wieder. Die Leute starren uns an. Und da niemand in Berlin eine Ahnung hat, wer ich bin, müssen Sie es sein.«
Er wurde rot und schaute auf den Tisch hinunter. Dann spielte er mit seiner Gabel, sah zu ihr hinüber und presste den Mund zu einer dünnen Linie zusammen. Sie sah, dass er sich bemühte, keine Emotion zu zeigen. »Ich bin keine Berühmtheit, obwohl manche Leute wissen, wer ich bin. Aber deshalb starren sie nicht.«
»Nein?«
»Es ist Ihretwegen.«
Carol lachte kurz und spöttisch auf. »Ich bin enttäuscht. Ich dachte, Ihre Schmeicheleien würden raffinierter sein.«
Tadeusz holte tief Luft. »Nein, das war keine Schmeichelei. Was nicht heißen soll, dass Sie nicht so schön sind, dass man sich nach Ihnen umdreht.« Er stieß einen Seufzer aus. »Das wird sich verrückt anhören.«
»Ja?« Carol schätzte, dass Caroline Jackson inzwischen misstrauisch wäre, und versuchte sich mit ihrem Gesichtsausdruck danach zu richten.
Tadeusz betrachtete angestrengt seine Zigarre. Dann drückte er sie ungeduldig im Aschenbecher aus. »Sie haben eine bemerkenswerte Ähnlichkeit mit jemandem.«
»Was? Ich habe ein Double, das in Deutschland berühmt ist?«
Er schüttelte den Kopf. »Nein, das nicht.« Er rutschte verlegen auf seinem Stuhl hin und her. »Sie sind einer Frau wie aus dem Gesicht geschnitten, die Katerina Basler heißt. Sie war meine Geliebte. Deshalb starren die Leute Sie an.«

Carol hob die Augenbrauen. »Man glaubt, dass Sie Katerina durch eine Doppelgängerin ersetzt haben?«
Er zuckte mit den Schultern. »Ich nehme an.«
»Wie lange ist es her, seit Sie sich getrennt haben?«
Er räusperte sich. Sie sah den Schmerz in seinem Gesicht, konnte es sich aber nicht leisten, ihn merken zu lassen, dass sie wusste, warum er Mitgefühl verdiente. Also wartete sie. »Wir haben uns nicht getrennt«, sagte er schließlich, nahm sein Weinglas und leerte es mit einem langen Schluck. »Sie ist umgekommen, Caroline.«
Carol hatte gewusst, dass dieser Moment kommen würde, und hatte sich lange und gründlich überlegt, wie sie reagieren sollte. Schockiert, natürlich. Und sie würde erstaunt tun müssen, sogar entsetzt. Und auch beleidigt, das müsste in die Gleichung auch irgendwie mit hinein. Sie sah ihn fassungslos und mit vor Erstaunen offenem Mund an.
Diesen Moment hatte der Kellner gewählt, um zu erscheinen und zu fragen, was sie trinken wollten. Zerstreut breitete Tadeusz mit einer verwirrten Geste die Hände aus.
»Scotch«, sagte Carol entschlossen. »Groß, mit Eis.«
»Cognac«, sagte Tadeusz und winkte dem Kellner zu gehen.
Carol konzentrierte sich darauf, das Aussehen mitfühlenden Entsetzens beizubehalten. »Sie ist umgekommen?«
Er nickte und schlug wieder die Augen nieder. »Vor zwei Monaten. Bei einem Unfall. Ein dummer, blöder Unfall.«
»Oh Gott, das tut mir Leid«, sagte sie. Und das war jetzt nicht gespielt. Sie hätte ein härteres Herz haben müssen, um von seinem offensichtlichen Kummer nicht gerührt zu sein.
Er schüttelte den Kopf. »Ich sollte mich entschuldigen. Ich wollte Ihnen das nicht zumuten.«
Spontan streckte sie die Hand aus und legte sie auf seine. »Es ist keine Zumutung. Ich bin froh, dass Sie es mir gesagt haben.

Ich fing schon an, mich ganz merkwürdig zu fühlen. Aber, Tadzio, das ist ja schrecklich für Sie. Ich kann mir nicht vorstellen, wie ich mich fühlen würde, wenn jemandem, den ich liebe, das passieren würde.«

»Man kann es sich nicht vorstellen.« Er sah sie schmerzlich lächelnd an. »Ich glaube, jeder, der einen anderen Menschen wirklich liebt, hat schreckliche, schuldhafte Vorstellungen, wie es wäre, wenn der oder die Geliebte sterben würde. Ich glaube, das ist sehr verbreitet, wahrscheinlich ganz natürlich. Aber es gibt nichts, was einen auf die Wirklichkeit vorbereitet. Alle Sicherheit verschwindet. Wenn einem das geschehen kann, dann kann einfach alles passieren. Es ist, als verlöre man den Halt, mit dem man in der Wirklichkeit verankert ist.«

»Es tut mir so Leid«, sagte sie. »Und Sie sagen, ich bin Katerina sehr ähnlich?«

Er kniff die Augen zu. »Ja. Sie könnten ihre Schwester sein.«

»Kein Wunder, dass Sie fast ausgeflippt sind, als Sie mich gestern Abend gesehen haben«, sagte Carol leise. »Ich hatte keine Ahnung, Tadzio. Sie müssen mir glauben, ich hatte keine Ahnung.«

»Warum sollten Sie? Sie konnten es ja nicht wissen. Colin ist Katerina nie begegnet, er hätte es Ihnen nicht sagen können.« Er atmete tief und langsam durch. »Es tut mir Leid. Als ich vorschlug, dass wir uns besser kennen lernen sollten, hatte ich mir das nicht so vorgestellt.«

»Ja, das ist mir klar.«

Bevor sie weitersprechen konnte, kam der Kellner mit ihren Getränken. Carol war nicht daran gewöhnt, mitten am Tag Scotch zu trinken, aber Caroline Jackson würde nach Tadeusz' Bombe eine Stärkung brauchen, und so nahm sie gleich einen gesunden Schluck.

Tadeusz nippte an seinem Cognac und lächelte ihr müde zu.

»Jetzt wissen Sie also, was mir im Moment am wichtigsten ist. Erzählen Sie mir doch etwas über sich.«

Carol zuckte mit den Achseln. »Ich habe nichts zu sagen, was dem gleichkäme.«

»Ich will nicht, dass dies ein ernstes, betrübtes Treffen wird«, sagte er. »Wie ich schon sagte, glaube ich, wir können vielleicht miteinander Geschäfte machen, aber ich muss Sie besser einschätzen können, bevor ich bereit bin, mich zu irgendetwas zu verpflichten. Also, erzählen Sie von sich.« Er hob einen Finger. »Aber lassen Sie uns vorher etwas zu essen bestellen.«

Sie studierten die Speisekarte, und Carol bat ihn, etwas zu empfehlen. Sie entschied sich für ein traditionelles deutsches Fischgericht, und Tadeusz bestellte Steak. Als der Kellner den Tisch verließ, hatte Tadeusz sich wieder gefasst. »Okay«, sagte er. »Erzählen Sie mir von Caroline Jackson.«

Sie hob ihr Glas und stieß mit ihm an. »Es war einmal ...«, sagte sie und verzog einen Mundwinkel zu einem scherzhaften Lächeln. Schließlich erzählte sie ja wirklich eine Geschichte. Und auf jeden Fall musste sie sehr überzeugend klingen.

Kapitel 24

Petra kam mit einem Rucksack über der Schulter in den Wellnessclub. Dass sie diesen Ort als Treffpunkt ausgesucht hatte, war eine ihrer besten Ideen gewesen. Die Mitgliedschaft war ab mindestens drei Monaten möglich, und sie war entschlossen, sie voll auszuschöpfen. Eine Stunde hatte sie schon gleich am Morgen im gut ausgestatteten Trainingsraum verbracht. Plesch hatte sie gesagt, sie wolle dort vorbeigehen, um die Sauna für die nachmittägliche Nachbesprechung zu buchen, aber sie nahm sich genug Zeit, um alle Geräte nutzen zu können. Dieser Job als Verbindungsperson ließ sie auf den Geschmack am angenehmen Leben kommen. Gestern Abend die Oper, Lunch in einem Restaurant, das weit über ihrer Gehaltsstufe lag, und die Möglichkeit, einen der besten Freizeitclubs der Stadt zu nutzen. All dies und die beste Chance, Radecki zu überführen.

Aber natürlich war es nicht nur Spaß und Spiel. Als Carol ihr per E-Mail mitgeteilt hatte, wo sie sich zum Lunch mit Radecki traf, musste Petra all ihren Charme einsetzen, um in einem solchen Edelschuppen in letzter Minute noch einen Tisch zu bekommen. Und noch schlimmer war es, dass sie zur Tarnung den Hai hatte mitnehmen müssen. Er war das einzige Mitglied ihres Teams, das nicht zu beschäftigt war, um zum

Mittagessen auszugehen. Es war wirklich schade, dass Marijke keine Berliner Polizistin war, dachte sie bedauernd und nicht zum ersten Mal. Der Hai hatte sie mit dummen Geschichten darüber gelangweilt, wie er versuchte, an Informationen über Marlene Krebs und ihre vermisste Tochter heranzukommen, aber wenigstens hatte sie ihn ausblenden und dabei ein Auge auf Carol haben können. Und als er vorgeschlagen hatte, sie auch am Nachmittag zu begleiten, hatte sie ihn weggeschickt, damit er wieder seiner Aufgabe nachginge. Sie vermutete, dass es nicht viele Leute gab, denen Darko Krasic Marlenes Kind anvertrauen würde, deshalb sagte sie dem Hai, er solle Marlene erst mal vergessen und sich darauf konzentrieren, bei wem Krasic Tanja untergebracht hatte. Er würde natürlich nichts erreichen, aber wenigstens war er ihr dann nicht im Weg.

Petra holte den Saunaschlüssel von der Rezeption und ging zu den Umkleidekabinen. Da sie Carol erst in zwanzig Minuten erwartete, dachte sie, sie könnte die Zeit für ein paar Runden im Schwimmbecken nutzen. Sie pflügte ein dutzend Mal auf und ab und dachte dabei an den Fall des Serienmörders. Immer noch nichts von Europol, aber realistisch gesehen konnte sie frühestens morgen etwas erwarten. Wenigstens hatte Bremen wegen ihrer Anfrage nach Kopien des Materials keine Schwierigkeiten gemacht. Manchmal war es eben ein klarer Vorteil, wenn man für den Nachrichtendienst arbeitete. Die Dienststellen vor Ort mochte es schon manchmal ärgern, aber sie konnte immer mit der Begründung »Wir müssen das wissen« kommen, wenn sie wirklich Zugriff haben wollte. Sie hoffte, dass Tony das Material nützlich gefunden hatte. Ein Profil würde ihnen einen Vorsprung geben, das wusste sie.

Als sie zu den Umkleidekabinen zurückkam, saß Carol in ein Badetuch gewickelt auf einer Bank. Zwei andere Frauen zogen sich gerade um, so taten die zwei Polizeibeamtinnen, als seien sie einander unbekannt. Aber als Petra ihren Schrank abschloss und dann zur Dusche ging, ließ sie unauffällig den Saunaschlüssel in Carols Schoß fallen.

Fünf Minuten später saßen sie nackt und mit einem Schimmer von Schweißtröpfchen auf der Haut nebeneinander auf der Holzbank. Petra bewunderte unwillkürlich Carols geschmeidigen Körper, die wohlgeformten Schultern und Schenkel und den flachen Bauch. Es war keine Verlockung für sie, aber sie sagte sich, es wäre pervers, es nicht zu bemerken. »Ist dir nach dem Essen jemand gefolgt?«, fragte sie.

»Ich glaube nicht«, sagte Carol. »Ich hatte erwartet, beschattet zu werden, aber ich habe niemanden entdeckt. Du bist hinter mir rausgekommen, oder? Hast du jemanden gesehen?«

»Nein. Und das hat mich auch überrascht. Ich war sicher, dass sie dich inzwischen überwachen. Er ist normalerweise so vorsichtig, ich kann kaum glauben, dass er dich in Ruhe lässt.«

»Vielleicht ist er immer noch geblendet von meiner Ähnlichkeit mit Katerina.«

Petra wischte sich die Stirn ab. »Selbst wenn Radecki in Trance herumliefe, kann ich mir nicht vorstellen, dass Krasic nicht auf Draht ist.«

Carol zuckte mit den Schultern. »Vielleicht hat er Krasic noch nichts über mich erzählt.«

Petra schien skeptisch. »Das ist unwahrscheinlich. Und ich glaube nicht, dass Radecki durch dein Aussehen völlig blind geworden ist. Ich habe heute Nachmittag mit eurem Mann Gandle gesprochen, und er sagte mir, dass einer eurer V-Leute in England gestern Abend einen Anruf von Radecki bekommen hat. Anscheinend hat er sich für Krasic ausgegeben, aber nach dem, was der Typ sagte und wie gut sein Englisch war, hörte er sich wie Radecki selbst an.«

»Das muss gewesen sein, als er die Loge in der zweiten Pause verließ.« Carol beugte sich vor und schöpfte mehr Wasser auf die heißen Kohlen. Der Dampf zischte, und die Temperatur schoss hoch und ließ ihr etwas schwindelig werden.
Petra nickte. »Radecki suchte nach jemandem, der für dich persönlich einstehen kann. Es wurde ihm gesagt, dass du sehr Gutes leistest, dass du aber auch eine Einzelgängerin und in Bezug auf Leute, mit denen du zusammenarbeitest, sehr vorsichtig seist. Ich muss sagen, deine Kollegen haben genau ausgetüftelt, was Radecki anzieht.«
»Wir hätten es nicht ohne deine Hilfe geschafft, Petra.«
Sie grinste erfreut über das Kompliment. »Und wie war der Lunch?«
Carol erzählte, wie Tadeusz ihre Ähnlichkeit mit Katerina bestätigt hatte. »Er tat mir fast Leid«, sagte sie. »Es ist offensichtlich, dass er sie geradezu angebetet hat.«
»Selbst wenn das stimmt, hält es ihn doch nicht davon ab, die Art von Machenschaften zu betreiben, die anderen Menschen ihre Lieben nimmt.«
»Oh, ich weiß. Ich meine nicht, dass das irgendetwas entschuldigt, nur dass es schwer ist, von jemandem nicht gerührt zu sein, der so leidet. Sogar wenn man alles andere an ihm abstoßend findet.«
»Hast du es geschafft, mit ihm über Geschäfte zu reden?«
Carol wischte sich den Schweiß vom Gesicht. »Nein. Und ich habe nicht darauf bestanden. Er sagte immer wieder, er wolle mehr über mich wissen, bevor er eine geschäftliche Verbindung in Betracht ziehen könne. Offensichtlich hat er deshalb ein Lokal gewählt, in dem alles so öffentlich vor sich geht. Niemand, der bei klarem Verstand ist, würde versuchen, dort vertrauliche Dinge zu besprechen. Wenn ihm gesagt wurde, dass ich vorsichtig bin, muss er ja außerdem gewusst haben,

dass ich etwas so Heikles nicht ansprechen würde, wo man alles mithören kann.«

»Hast du ihm deine Tarngeschichte erzählt?«

»Er musste sich schon ein bisschen anstrengen. Aber ja, ich habe dafür gesorgt, dass er genug Information hat, um Auskünfte über mich einziehen zu können. Morgans Leute haben eine Menge falscher Unterlagen erstellt und das Zeug dort eingeschleust, wo es ohne allzu große Schwierigkeiten zu finden ist. Wenn er dem nachspürt, was ich ihm heute gesagt habe, wird Caroline Jackson bei Nachforschungen überall auftauchen.«

»Hast du ein weiteres Treffen mit ihm vereinbart?«

»Er hat herausgefunden, dass ich Boote mag. Morgen fährt er mit mir auf die Spree hinaus. Er hat ein kleines Boot, sagt er. Dann heißt das wahrscheinlich, er hat einen vierzig Meter langen schwimmenden Palast.«

»Nein, ich kenne sein Boot. Es ist ein ziemlich schnelles, kleines Motorboot mit einer kleinen Kajüte. Er wird wahrscheinlich eine Stadtrundfahrt auf dem Fluss und den Kanälen mit dir machen. Wir dürften vom Land aus in der Lage sein, ein Auge auf dich zu haben, die Geschwindigkeitsbegrenzung und die Schleusen werden dafür sorgen, dass ihr nicht allzu schnell vorwärts kommt.« Petra stöhnte. »Ich wette, ich werde den Nachmittag auf einem Fahrrad verbringen müssen.«

Carol stand auf. »Bewegung ist doch gut. Ich muss mich abduschen«, fügte sie hinzu. »Ich geh hier ein. Kommst du mit?« Petra folgte ihr aus der Sauna hinaus unter die kalten Duschen an der gegenüberliegenden Wand. Beide Frauen schnappten nach Luft, als der Strom des eisigen Wassers wie feine Nadeln auf ihre Haut prasselte und mit einem Schock die offenen Poren schloss. Carol gab schneller auf und rannte in die Sauna

zurück, und Petra kam ein paar Augenblicke später nach.
»Donnerwetter, das war kalt«, sagte Carol, eher bewundernd als sich beschwerend.
»Es ist gut fürs Herz.«
»Ja, wenn's einen nicht umbringt, ist es gesund. Wichtig ist, dass wir auf Tadeusz' Boot allein sein werden«, sagte sie, gleich wieder zur Sache kommend. »Dort wird er über Geschäfte reden können.«
»Es ist schade, dass wir dich nicht verkabeln können«, sagte Petra.
Carol warf ihr einen merkwürdigen Blick zu. Hatte sie endlich einen schwachen Punkt in der Vorbereitung der deutschen Kollegin gefunden? »Ich brauche keine Aufnahmen.«
»Ja, ich weiß, wir können das nicht riskieren.«
»Nein, ich meine, es ist nicht nötig.« Carol sah Petras verwirrten Gesichtsausdruck. »Sie haben es dir wohl nicht gesagt, was?«
»Was gesagt?«
Carol trocknete sich mit dem Handtuch die feuchten Schultern ab und lehnte sich an die heiße Holzwand. »Ich habe ein eidetisches Gedächtnis für Worte.«
»Das verstehe ich nicht – eidetisch?«
»Ich kann mich genau an alles erinnern, was ich höre. Ich kann eine Unterhaltung wortgetreu aufschreiben, wenn ich es innerhalb von ein paar Tagen tue. Ich brauche kein Aufnahmegerät, weil ich mich an alles erinnern kann.« Als sie Petras skeptischen Blick sah, fuhr Carol fort: »Es ist wissenschaftlich getestet worden, kein Partytrick, es ist wirklich so.« Sie schloss die Augen. »›Wissen Sie, man hat mir gesagt, dass Sie wie Basler aussehen, und es stimmt, auf dem Foto sehen Sie ihr ähnlich. Aber wenn man Sie persönlich sieht, ist es direkt unheimlich. Sie könnten ihre Zwillingsschwester sein. Es wird

Radecki umwerfen. Ich schwöre, er wird ausflippen, wenn er Sie sieht.‹
›Hoffen wir, dass es sich positiv auswirkt‹«, sagte Carol mit ihrer eigenen Stimme. Dann kehrte sie zu Petras Kommentar zurück: »›Ach, ich denke schon. Ich glaube kaum, dass er widerstehen kann‹.«
Petra wischte den Schweiß ab, der über ihre Augenbrauen herunterzufließen drohte, und runzelte die Stirn. »Wie ist das möglich?«
Carol zuckte mit den Achseln. »Es ist irgendeine merkwürdige Fähigkeit, dass mein Gehirn sich Unterhaltungen wortgetreu merkt und ich sie Wort für Wort abrufen kann. Ich weiß nicht, warum das so ist. Niemand sonst in der Familie kann es. Nur ich.«
»Das ist für jemanden bei der Polizei eine tolle Gabe«, sagte Petra.
»Ja, es ist sehr praktisch«, gab Carol zu. »Man braucht also nie Angst zu haben, verstehst du, dass ich mit einem Draht oder einem Mikro erwischt werde, weil ich so was nicht brauche.«
»Ich *dachte* noch, dass dein geschriebener Bericht sehr ausführlich war«, sagte Petra.
»Das einzige Problem ist, es dauert sehr lange, bis ich alles aufgeschrieben habe.« Carol rollte sich auf den Bauch. »Danke, dass du für Tony eine Wohnung im gleichen Haus arrangiert hast.«
»Das war ja das Mindeste, was ich tun konnte, nachdem du dich darum gekümmert hast, dass er hier herüberkommt und uns hilft. Er verschwendet wohl keine Zeit, was?«
Carol lächelte. »Er verbeißt sich sehr in die Sache. Wenn er sich mit so etwas beschäftigt, ist er immer dabei – beim Schlafen, Essen und Atmen.«

»Ich hoffe, dass wir gemeinsam etwas zusammenkriegen, bevor es wieder einen Mord gibt.« Petra ballte die Fäuste. »Ich fange an, diese Dinge sehr persönlich zu nehmen.«

Krasic betrat das Café Einstein ganz in der Nähe von Unter den Linden und überblickte den Raum. Er sah Tadeusz allein in einer der Nischen auf der anderen Seite des Tresens sitzen. Er drängte sich an Bedienungen und Gästen vorbei und glitt auf die Sitzbank seinem Chef gegenüber. Tadeusz blickte auf und lächelte gedankenverloren. »Hallo, Darko«, sagte er, »wie war die Reise?«

Im Café herrschte ein Geräuschpegel, der ihnen die gleiche Vertraulichkeit garantierte wie Tadeusz' Wohnzimmer. Krasic streifte seinen Mantel ab und machte mit Daumen und Zeigefinger der rechten Hand einen Kreis. »Super«, sagte er. »Ich weiß nicht, man könnte denken, jeder Döskopp auf dem Balkan, der eine Waffe haben will, hätte jetzt schon ein Dutzend, aber ihr Appetit ist grenzenlos.« Der Kellner näherte sich, und Krasic bestellte schwarzen Kaffee und einen großen Jack Daniels. »Es gibt ein paar Spinner, die auf etwas Ernsteres aus sind. Ich hab gesagt, ich würde mal sehen, was wir tun können.«

»Wir bekommen nächste Woche die Lieferung von unseren Freunden im Osten. Da sollte etwas dabei sein, was sie zufrieden stellt«, sagte Tadeusz. »Gute Arbeit, Darko.«

»Ach, und ich habe bei meinem Cousin nachgefragt, Marlenes Kleine ist dort immer noch gut versteckt. Kein Anzeichen von jemandem, der da draußen nach ihr sucht. Ist hier alles friedlich?«, fragte der Serbe, der sich überlegte, woran sein Chef wohl denken mochte, und hoffte, dass in seiner Abwesenheit nicht noch etwas anderes schief gegangen war.

»Ja, überhaupt keine Probleme.« Tadeusz rührte in seiner heißen Schokolade, die Falten zwischen seinen Augenbrauen wurden tiefer. »Aber gestern Abend ist mir etwas sehr Seltsames passiert.«

Krasic merkte plötzlich auf wie ein Wachhund, der etwas in der Luft wittert. »Was denn?«

»Ich war in der Oper. Und eine Frau ist in der ersten Pause in meine Loge gekommen.«

»Die meisten Kerle würden das als willkommene Ablenkung von dem Geträller ansehen.«

»Ich glaube kaum, dass es Anlass zum Witzemachen gibt, Darko«, wies Tadeusz ihn zurecht. »Diese Frau war Engländerin. Sie heißt Caroline Jackson und behauptet, sie hätte Colin Osborne gekannt und sei kurz davor gewesen, mit ihm Geschäfte zu machen, als er starb. Außerdem sagt sie, sie könne an seine Stelle treten und unsere Illegalen besser unterbringen als er.«

»Das hört sich nach guten Neuigkeiten an, wenn sie wirklich die Person ist, die sie zu sein behauptet. Hast du genug über sie erfahren, dass wir sie überprüfen können?«

»Ich habe gestern Abend schon zwei Anrufe gemacht, und es scheint, dass man ihr trauen kann. Heute hab ich sie noch einmal getroffen und noch viel mehr über sie erfahren. Aber ich will sie komplett durchgecheckt haben, bevor wir auch nur daran denken, geschäftliche Beziehungen mit ihr aufzunehmen.«

»Traust du ihr nicht?«, fragte Krasic mit finsterem Blick.

»Ich vertraue ihr viel zu sehr, Darko. Das ist das Gefährliche daran.«

Krasic war verwirrt. »Da komme ich nicht mit.«

Tadeusz öffnete das silberne Etui, das vor ihm stand, und nahm eine Zigarre heraus. Er knipste gemächlich die Spitze ab und zündete sie an. Krasic wartete; im Lauf der Jahre hatte er

gelernt, dass es keinen Sinn hatte, seinen Chef zu drängen, bevor er selbst so weit war. Ein rätselhafter Ausdruck lag auf seinem Gesicht, dann sagte er: »Sie ist Katerinas Double.«
Der Kellner brachte Krasics Bestellung, was ihn kurz verstummen ließ. Während er überlegte, wie er reagieren sollte, nahm er einen Schluck Jack Daniels. War sein Chef übergeschnappt? »Was meinst du damit?«, fragte er zögernd.
»Genau das, was ich sage. Sie könnte Katerinas Zwillingsschwester sein. Mich hat fast der Schlag getroffen, als sie gestern Abend meine Loge betrat. Ich dachte, ich sehe einen Geist, bis sie den Mund aufmachte und Englisch sprach. Du siehst also, Darko, dass ich nicht die Verantwortung dafür übernehmen kann, ob wir dieser Frau trauen oder nicht. Denn jedes Mal, wenn ich sie ansehe, bleibt mir das Herz stehen.«
»Scheiße.« Krasic goss den Rest seines Whiskys in den Kaffee und trank die halbe Tasse mit einem Schluck aus. »Du bist sicher, dass du nicht irgendeine Wahnvorstellung hast?«
»Nein. Deshalb habe ich das Treffen heute vereinbart, um mir zu bestätigen, dass ich nicht träume. Aber sie bringt ja nicht nur mich aus der Fassung. Ich habe gestern Abend vor der Staatsoper und heute beim Lunch gesehen, wie die Leute sich nach ihr umdrehten. Als könnten sie ihren Augen nicht trauen. Es ist einfach total irrsinnig, Darko.«
»Du willst also, dass ich sie unter die Lupe nehme?«
»Bis zum Gehtnichtmehr.« Tadeusz holte einen Umschlag aus seiner Brusttasche. »Hier drin ist ein italienischer Pass. Den hat sie mir gegeben, um zu beweisen, dass sie dem Geschäft gewachsen ist. Außerdem ihre Adresse in Berlin. Ich habe sie gestern Abend im Wagen nach Hause bringen lassen und mir alles gemerkt, was sie über sich erzählte. Ich möchte, dass du alles, was möglich ist, über sie herausfindest. Entweder ist dies der abstruseste aller Zufälle, oder es läuft hier etwas

sehr Gefährliches ab. Sieh zu, dass du herausbekommst, worum es geht, Darko.«
»Schon dabei, Boss.« Krasic trank aus, rutschte ans Ende der Bank und nahm beim Gehen seinen Mantel. »Wenn sie falsch spielt, nageln wir sie fest. Da mach dir keine Sorgen.«
Tadeusz nickte zufrieden. Er sah Krasic nach, der sich wie ein zu allem entschlossener Bulle durch die Menge drängte. Darko würde die Sache aufklären. Entweder hatte Caroline Jackson etwas Zwielichtiges vor, oder sie war möglicherweise wirklich seine Rettung.

Der Rhein hatte Hochwasser. Der Kapitän der *Wilhelmina Rosen* stand auf den wuchtigen Stufen des Deutschen Ecks, wo Rhein und Mosel zusammenfließen, und starrte in die rauschende, braune Flut, die jetzt für den Schiffsverkehr gesperrt war. Ehrlich gesagt hatte er das erwartet. Heutzutage kam das im Frühjahr regelmäßig vor, anders als damals in seiner Kindheit. Der Treibhauseffekt, vermutlich. Aber es kam ihm wie ein weiteres Teilstück der großen Verschwörung vor, die seine Pläne durchkreuzte.
Er hatte vorgehabt, am Nachmittag in Köln zu sein und in dem Hafenbecken direkt neben der Hauptfahrrinne anzulegen. Stattdessen saßen sie jetzt hier in Koblenz fest. Zum ersten Mal im Leben fühlte er sich durch das Zusammensein mit zwei anderen Männern auf so engem Raum bedrängt. Er hatte Manfred und Gunther vorgeschlagen, dass sie eigentlich für ein paar Tage nach Hause fahren könnten, da es keine Anzeichen dafür gab, dass der Wasserstand fallen würde, und es an Bord nichts für sie zu tun gab. Er hatte ihnen sogar angeboten, sie für die Tage, an denen sie weg waren, zu bezahlen. Aber beide hatten keine Lust, auf seinen Vorschlag einzugehen.
Gunther wies auf die verdammt lange Strecke zwischen Ko-

blenz und Hamburg hin, von wo sie, kaum angekommen, wieder los müssten, und überhaupt wäre das alles nicht so schwierig, wenn sie auf der Elbe, also praktisch vor der eigenen Haustür, arbeiten würden.

Manfred wollte nicht fort, weil er zu viel Spaß hatte. Er war hier, wo so viele Schiffe angelegt hatten, in seinem Element. Er konnte den ganzen Tag und die halbe Nacht mit anderen Schiffern beim Geschichtenerzählen in Kneipen herumhocken. Weit und breit war er dafür bekannt, wie viel er vertrug, und bekam nicht oft die Chance, dem Laster so zu frönen wie jetzt, weil seine Frau fand, wenn ihr Mann im Heimathafen war, sollte er zu Hause sein.

Jetzt saß er also mit den beiden hier fest, und sie trieben ihn mit ihrem Geschwätz zum Wahnsinn, wenn sie verglichen, wo sie gewesen waren, was sie gesehen hatten, welchen Tratsch sie aufgeschnappt hatten und wo sie demnächst hingehen würden. Er wollte nur seine Ruhe haben und wünschte sich, nach der Sache in Bremen wieder ins Gleichgewicht zu kommen. Er wollte allein sein, damit ihn niemand fragen konnte, warum er jeden Tag alle Zeitungen kaufte und die Seiten auf der Suche nach einer bestimmten Geschichte überflog. Mit Gunther und Manfred an den Hacken hatte er nur eine einzige Möglichkeit, die Nachrichten zu verfolgen und herauszufinden, ob er gesehen und seine Beschreibung herausgegeben worden war, indem er die Zeitungen online las. Denn als seinen Angestellten klar geworden war, dass er seine Zeit nicht mit Pornoseiten im Internet verbrachte, verloren sie jegliches Interesse.

Aber trotz dieses Zugangs zu den Nachrichten machte er sich noch immer Sorgen. Manchmal kamen solche Geschichten eben nicht in die Internetausgaben der Zeitungen. Manchmal wurde nur eine gekürzte Version des Artikels im Netz gebracht. Und selbst wenn er alles auffing, was veröffentlicht wurde, hieß das noch nicht, dass sie nicht nach ihm suchten, sondern nur, dass sie es nicht veröffentlicht hatten. Vielleicht suchten sie schon im ganzen Land mit Steckbrief nach ihm. Zumindest mussten sie wissen, was für einen Wagen er fuhr. Er fragte sich, ob er seinen schwarzen Golf sofort verkaufen und ihn gegen eine andere Marke eintauschen sollte. Aber falls sie nach einem schwarzen Golf mit Hamburger Nummer fahndeten, würde er nur auf sich aufmerksam machen, wenn er versuchte, ihn abzustoßen.

Er war in einem schrecklichen Zustand und konnte nicht länger als eine Stunde am Stück schlafen. Das Essen blieb ihm im Halse stecken. Der Vorfall in Bremen hatte ihn erstarren lassen, nicht zuletzt weil er den Gedanken, er könnte gefasst werden, niemals ernstlich erwogen hatte. Er war klüger gewesen als diese cleveren Kerle mit ihren Titeln und Diplomen, er hatte ihnen gezeigt, dass er Herr der Lage war. Und er konnte kaum glauben, dass er so nahe daran gewesen war, geschnappt zu werden.

Wo er doch alles bis ins letzte Detail vorausgeplant hatte. Schließlich würde seine Botschaft verloren gehen, wenn seine Aktion ein vorzeitiges Ende fände, und alles wäre umsonst gewesen. Dieses dumme Weib hätte fast alles kaputtgemacht, weil sie ihrem Freund nicht gesagt hatte, er solle wegbleiben. Blöde Ziege. Wahrscheinlich hatte sie sich mit der Tatsache großtun wollen, dass sich in ihrem Alter noch ein Mann für sie interessierte. Die dämliche Kuh hätte fast alles ruiniert, und jetzt hatte er keine Ahnung, ob er verdächtigt wurde oder nicht.

In guten Augenblicken beruhigte er sich, der Freund könne der Polizei nichts gesagt haben, was sie zu ihm führen würde. Er war sicher, dass er nicht gesehen worden war, und es muss-

te überall in Deutschland Hunderttausende dieser Autos geben, selbst wenn der Freund sich erinnerte, was für ein Wagen in der Einfahrt der Schlampe gestanden hatte.
Aber in schlimmen Momenten lag er in seiner Koje, und scharf riechender Angstschweiß brach ihm am ganzen Körper aus. Vor dem Gefängnis hatte er keine Angst. Nichts, was dort mit ihm passieren würde, konnte schlimmer sein als das, was er schon erlebt hatte.
Angst hatte er davor, was das Versagen ihm über sein Inneres verraten würde.
Um also die Panik, die ihn umtrieb, zu bekämpfen, erlaubte er sich nicht, das Hochwasser als Vorwand zu nehmen. Er hatte wie üblich per E-Mail eine Verabredung mit Dr. Marie-Thérèse Calvet getroffen, hatte ihr allerhand Schmeichelhaftes mitgeteilt und unterstrichen, wie wichtig sie für das Ansehen seiner Internet-Zeitschrift sei.

Ihre Arbeit über die manipulative Beeinflussung des Gedächtnisses durch Suggestion in Tiefenhypnose sucht in Europa ihresgleichen. Ihre Studie von 1999 zur Veränderung der Erinnerung an frühe sexuelle Erfahrungen war bahnbrechend. Ich bin sehr interessiert daran, etwas über Ihre Folgestudien zu hören. Es könnte ein wunderbarer Spezialbericht für unsere Startausgabe werden.

Nein, er hatte nicht viel Überzeugungskraft gebraucht, damit sie dem Interview zustimmte. Wie alle anderen war auch sie vollkommen narzisstisch, was er als Waffe gegen sie einsetzen konnte.
Aber jetzt musste er seinen Plan für den heutigen Abend erfolgreich durchführen. Dr. Marie-Thérèse Calvet hatte ihn in einem Restaurant treffen wollen, vielleicht weil sie davor zurück-

schreckte, einem fremden Mann allein den Zutritt in die Privatsphäre ihres Hauses zu gestatten, oder vielleicht einfach nur, so seine spöttische Vermutung, weil sie sich von ihm ein Essen bezahlen lassen wollte. Mit der Vereinbarung, das Interview in ihrem Büro in der Universität zu führen, hatten sie einen Kompromiss gefunden. Dies hatte er durch den Hinweis erreicht, dass sie vielleicht ihre Forschungsergebnisse zur Hand haben wolle. Es war nicht ideal, aber wenigstens würden am Abend nicht so viele Leute da sein, die ihn bemerken konnten.

Das Einzige, worüber er sich Sorgen machte, war, ob er dort Wasser zur Verfügung haben würde. Es war möglich, dass Dr. Calvet kein Waschbecken in ihrem Büro hatte. Und er konnte ja wirklich nicht mit wassergefüllten Eimern durch ein Universitätsinstitut wandern. Aus Erfahrung wusste er jedoch, dass er nur bemerkenswert wenig Wasser brauchte, um seine Opfer zu ertränken. So hatte er also vier Anderthalb-Liter-Flaschen mit Mineralwasser in seiner Tasche untergebracht. Dadurch war sie schwer, aber Jahre harter körperlicher Arbeit hatten ihn ja stark gemacht. Und als er Dr. Calvet nach einer Parkmöglichkeit gefragt hatte, sagte sie, dass er zu dieser Zeit am Abend leicht auf einer der Straßen parken könne, die auf beiden Seiten des Psychologischen Instituts entlangführten. Es dürfte nicht allzu schwierig sein.

Die Fahrt war schneller vorbei, als er für möglich gehalten hätte. Wenn er seine Pläne überdachte, verging die Zeit immer schnell, das hatte er in den vergangenen Monaten herausgefunden. Die Vorstellung, was er mit Marie-Thérèse Calvet machen würde, war unterhaltender als jede andere Zerstreuung, die im Wageninneren möglich war. Unversehens befand er sich schon in den Randbezirken Kölns, und eine der größten Straßen brachte ihn direkt auf die innere Ringstraße, wo er nicht mehr weit von der Universität entfernt war. Er suchte auf seinem Stadtplan den Weg zur Robert-Koch-Straße. Von dort brauchte er nur ein paar Minuten, um das Institutsgebäude zu erreichen. Glücklicherweise hatte ihm Calvet eine gute Beschreibung gegeben, so dass er niemanden nach dem Weg zu ihrem Büro fragen musste.

Der Flur war nicht ganz leer. Zwei Studenten kamen ins Gespräch vertieft auf ihn zu. Aber mit der Selbstvergessenheit junger Leute warfen sie nicht einmal einen Blick auf ihn, als er an ihnen vorbeiging und mit gesenktem Kopf zur Seite blickte, um die Chance, dass sie ihn hinterher beschreiben konnten, auf ein Minimum zu reduzieren. Nach Bremen genügte schon eine derart harmlose Begegnung, dass sein Puls raste und seine Atmung sich beschleunigte.

Er zählte die Türen. Die vierte links, hatte sie gesagt. Vor der einfachen Holztür blieb er stehen und las das Namensschild: DR. M.-T. CALVET. Er holte tief Luft, hielt den Atem an und versuchte, seine frühere Gelassenheit wiederzugewinnen. Dann hob er die Hand und klopfte einmal kräftig an. »Herein«, hörte er eine hohe, leicht gedämpfte Stimme sagen.

Er öffnete die Tür und streckte zuerst den Kopf mit einem so breiten Lächeln hinein, dass er es nicht lange hätte durchhalten können. »Dr. Calvet? Ich bin Hans Hohenstein.« Er betrat den Raum und richtete den Blick auf die Frau, die hinter dem Schreibtisch hervorkam. Sie war sehr klein, konnte nicht größer als etwas über einsfünfzig sein, und ihr Gesicht war zart und knabenhaft. Das kastanienbraune Haar war kurz geschnitten. Passend zu ihrer Kleidung, einem schicken legeren Top und einer Caprihose, wie er sie aus den alten Filmen kannte, die sich Gunther aus Verehrung für Audrey Hepburn so gern anschaute. Leider fehlten ihr die dazu passenden Augen. Dr. Calvets dunkle Augen waren klein und lagen dicht beieinander, was den Eindruck erweckte, als schiele sie leicht, anstatt ihr einen unbeschwerten und ausdrucksvollen Blick zu verleihen. Sie hielt ihm ihre schmale, knochige Hand entgegen, und er umschloss sie sanft mit seiner Pranke, die sich plötzlich wie ein großer Lappen feuchter, schweißnasser Haut anfühlte.

»Ich freue mich, Sie kennen zu lernen, Herr Hohenstein. Bitte, nehmen Sie doch Platz.« Sie wies auf zwei Sessel, die zu beiden Seiten eines gasbeheizten Kamins standen. Er würde schnell handeln müssen, denn man wusste nicht, wie lange sie allein wären. Er wich mit einer knappen, höflichen Verbeugung zur Seite aus, damit er hinter sie zu stehen kam. »Nach Ihnen, Dr. Calvet.«

Ihr Mund und ihre Augenbrauen verzogen sich zu einem ironischen Lächeln, und sie ging vor ihm her. Er fuhr schnell mit der Hand in seine Jackentasche und zog einen schweren Totschläger heraus. Sie musste irgendeine Bewegung wahrgenommen haben und hatte sich schon halb umgedreht, als er blitzschnell ihren Kopf traf. Er hatte sie mit einem kräftigen Schlag am Hinterkopf treffen wollen, erwischte jedoch ihre Schläfe. Sie taumelte und stöhnte, brach aber nicht zusammen. Stattdessen stolperte sie auf ihn zu. Voller Panik riss er die Waffe noch einmal hoch und ließ sie auf ihren Scheitel niedersausen. Diesmal sank sie ungelenk vor seinen Füßen zusammen. Er keuchte erleichtert, und ihm wurde schwindelig. Nach dem, was mit Schilling passiert war, genügte schon der geringste Fehlgriff, dass sich der Schreck fest wie eine Klammer um seine Brust legte. Aber es war in Ordnung, sagte er sich. Alles war in Ordnung.

Er ging zur Tür und schob den Riegel vor, so dass sie eingeschlossen waren. Dann eilte er zum Schreibtisch und fegte Bücher und Papiere weg, die alle durcheinander auf dem Boden landeten. Er wandte sich Dr. Calvet zu und bückte sich, um sie aufzuheben. Sie war in seinen Armen leicht wie ein Kind, eine willkommene Abwechslung im Vergleich zu seinen drei ersten Opfern. Er legte sie mit dem Rücken auf den Schreibtisch und nahm die Stricke aus seiner Tasche. Es dauerte nur ein paar Augenblicke, Handgelenke und Knöchel an den Stahlbeinen des Tisches festzubinden. Mit dem Daumen hob er ein Augenlid. Sie war noch bewusstlos, er brauchte sie also nicht zu knebeln und hatte wieder alles unter Kontrolle.

Er nahm das mörderische Rasiermesser seines Großvaters aus der Tasche und schnitt sorgfältig ihre Kleider weg. Es war kaum Fleisch an ihren Knochen. Wenn er Lust gehabt hätte, hätte er mit den Fingern über ihre Rippen fahren können wie über die Kugeln eines Abakus. Er trat kurz zurück und genoss ihre absolute Hilflosigkeit.

Plötzlich spürte er Begierde in sich aufbrechen, eine Schwere im Blut, die ihm fast schwarz vor Augen werden ließ. Bis jetzt hatte er sich immer geweigert, zuzugeben, dass das zwanghafte, durch Adrenalin genährte Gefühl, das ihn durchfuhr, wenn er sich seinen Opfern gegenübersah, etwas mit Sex zu tun hatte. Für fleischliche Gelüste gab es hier keinen Raum. Sex war etwas für hinterher.

Aber vielleicht hatte er sich geirrt. Er atmete tief ein und nahm den Hauch von Zitrone in ihrem Parfüm wahr, den der Körpergeruch ihrer nackten Haut überlagerte. Warum sollte er sich mit ordinären Huren abgeben, wenn er von seinen Opfern nehmen konnte, was er wollte? Hatten sie etwa diese letzte Demütigung nicht verdient, dass man ihnen Gewalt antat, so übel wie sie ihren eigenen Opfern mitgespielt hatten?

Seine Hand stahl sich zum Hosenschlitz, die Finger zögerten am Reißverschluss. Plötzlich ertönte in seinem Kopf die laute Stimme seines Großvaters, sein Spott, der jeden anderen Gedanken blockierte. *»Du nennst dich einen Mann? Worauf* *wartest du, Junge? Hast du sogar vor einer Frau Angst, die sich nicht einmal wehren kann? Du bist doch nur gut genug für die Hafenschlampen, wie deine Mutter eine war.«* Er unterdrückte ein Schluchzen. Jetzt wurde seine Begierde dringender, unmöglich, sie nicht zu beachten. Er würde es dem alten Mann zeigen. Er griff in seine Jackentasche und zog eine Packung Kondome heraus, die er eigentlich für später bei sich trug. Fieberhaft – seine Gier machte ihn unbeholfen – riss er die Folie auf und zog sich das Kondom über das steife Glied. Dann lag er auf ihr und drang, gehindert von ihrer Trockenheit, unbeholfen in sie ein.

Sie bewegte sich leicht. Ihre Augenlider zitterten, ließen das Weiße ihrer Augen sehen. Das war jetzt egal. Er hatte sie unter Kontrolle, sie konnte nichts machen. Er umschloss ihre Kehle und keuchte; er schien schneller zum Orgasmus zu kommen, als er für möglich gehalten hätte. Er sah ihre Speiseröhre sich verkrampfen, als sie nach Luft rang, aber er hielt sie schonungslos weiter fest.

Jetzt hob sich ihre Brust, die Lunge kämpfte um Sauerstoff, damit das Herz weiterpumpen konnte. Ihre Augäpfel traten mit winzigen roten Pünktchen im Weißen hervor. Ihre tierhafte Angst zu sehen war wundervoll, denn er bewirkte dies alles. Plötzlich wurde ihr Körper schlaff, er kam sofort, und sein Rückgrat krümmte sich in einer gewaltigen Zuckung. Beim Erguss war es, als höbe sich ein Schleier von seinem Bewusstsein.

Was hatte er getan? Er hatte es vermasselt, hatte sie schon getötet, bevor seine Aufgabe erledigt war.

Wütend über sich selbst rollte er vom Tisch und stand schwer atmend mit aufgestemmten Fäusten da. Was hatte er sich nur dabei gedacht? Er hatte einen Plan, eine Mission, und er hatte versagt. Jetzt hatte er sie getötet, aber nicht auf die richtige Art und Weise. Eine Welle der Verzweiflung erfasste ihn. Der alte

Mann hatte Recht gehabt. Er war ein jämmerlicher Versager, ein armseliger Schwächling von einem Mann.
Er starrte auf die Leiche hinab und verfluchte sich selbst als verdammten Dummkopf. Dann bemerkte er den Hauch einer Bewegung an ihrer Kehle. War das ein Puls? Er berührte sie zögernd. Seine Finger fühlten das schwache Pochen des Blutes. Alles würde in Ordnung kommen.
Hastig griff er in seine Tasche und traf die letzten Vorbereitungen. Nachdem er die dritte Flasche durch den Trichter in ihre Kehle geschüttet hatte, überprüfte er den Puls. Keine Frage. Sie hatte den Preis gezahlt.
Er nahm das Rasiermesser und betrachtete sein Operationsfeld. Dichtes, dunkles Haar, durch das sich hier und da kräftige, graue Fäden zogen. Vor Margarethe Schilling hatte er es noch nie bei einer Frau getan, und die Schnitte hatten etwas mehr Überlegung erfordert. Aber jetzt war seine Hand schon geübt. Den ersten Einschnitt machte er oben, wo die blasse Haut ihres flachen Bauches unter dem Haar verschwand. Dann führte er zwei weitere Schnitte an den Seiten des Venushügels entlang. Behutsam schob er die Klinge unter die Haut und zog diese sanft von dem darunter liegenden Gewebe ab. Jedes Mal ging es leichter, und seine Bewegungen waren sicherer. Wo ihre Haut weiter unten auf die Schamlippen traf, machte er einen geraden Querschnitt und hob den Skalp mit der Klinge des Rasiermessers hoch. Zurück blieb eine trapezförmige Wunde, aus der das Blut rann. Er schraubte das mitgebrachte Glas auf, ließ seine Trophäe in das Formalin gleiten und betrachtete zufrieden, wie der rote Wirbel sich rosa färbte, als das Blut sich verteilte. Er lächelte glückselig und schraubte dann das Glas zu. Daraufhin begann er aufzuräumen. Ganz zuletzt nahm er ein Taschentuch und rieb alles ab, was er berührt hatte, auch ihre Haut. Am Schluss umwickelte er seine Finger mit einem Taschentuch,

zog einen dünnen Hefter aus seiner Tasche, ging zum Aktenschrank hinüber und schob ihn unter dem Buchstaben C an den richtigen Platz. Sein Fallbericht zu dem Weibsstück war jetzt sicher an Ort und Stelle.
Es war geschafft. Und er hatte es besser gemacht als jemals zuvor. Jetzt war er der Herr und Meister, keine Frage.

Fallbericht

Name: Marie-Thérèse Calvet
Sitzung Nummer: 1

Bemerkungen: Die Patientin zeigt einen Mangel an Respekt für andere Menschen. Ihre Art, sich wichtig zu nehmen, macht sie blind für die Bedürfnisse und Rechte ihrer Mitmenschen. Sie sieht sich als das Zentrum ihres eigenen Universums, vor dem sich alle anderen beugen sollen. Die Existenz anderer Menschen dient lediglich der Erfüllung ihrer eigenen Wünsche.
Dass sie auf ihrem ausgewählten Wissensgebiet diese Position erreicht hat, ist der rücksichtslosen Verfolgung ihrer eigenen Interessen zum Schaden anderer zuzuschreiben. Sie versucht, ihre Weiblichkeit zu verleugnen, indem sie ihrer Arbeit mit einer aggressiv männlichen Haltung nachgeht. Sie gibt nur ungern zu, dass andere zu ihrem Werk beigetragen haben, und verlangt immer nur Anerkennung für sich selbst. Gefühl oder Einfühlungsvermögen sind ihr fremd.

Therapeutische Maßnahmen: Behandlung zwecks Zustandsveränderung eingeleitet.

Kapitel 25

Darko Krasic fand, er hätte eigentlich Besseres zu tun, als vor einem Wohnblock zu sitzen und auf eine Frau zu warten. Andererseits war die Zeit gut angelegt, die er brauchte, um seinen Chef daran zu hindern, dass er sich blamierte. Es war schlimm genug gewesen, dass Tadzio unbedingt direkt hatte vor Ort sein wollen. Man sah ja, was dabei herauskam. Krasic hatte einen Mord inszenieren *und* noch dazu ein Kind unterbringen müssen und wusste kaum, welches von beiden schwieriger zu bewerkstelligen war.

Dass man ein bisschen von der Action des eigenen Geschäfts mitkriegen wollte, war ja eigentlich verständlich, aber irgendwelche phantastischen Halluzinationen zu haben, das brachte einen in Verruf, besonders in ihrer Branche. Ein bisschen Größenwahn, das ging noch, und eine gewisse Neigung zur Paranoia gehörte in den Kreisen, in denen Krasic und sein Chef ihr Geld verdienten, fast dazu. Aber die Züge der Toten im Gesicht einer Fremden wiederzufinden, das fiel definitiv in die Kategorie durchgeknallt. Wenn Krasic das nicht gleich im Keim erstickte, würden sie demnächst an spiritistischen Sitzungen teilnehmen. Lächerlich machen würden sie sich. Und das konnte er so wenig brauchen wie ein Loch im Kopf, jetzt, wo die verrückten Albaner Boden-Luft–Raketen

wollten und die chinesischen Schlangenkopfbanden wegen der Ladungen von illegalen Einwanderern und Heroin anfragten.
Er rutschte auf dem Sitz des unauffälligen Opels herum, den er für die Überwachung ausgewählt hatte. Für einen Mann mit breiten Schultern war er nicht gerade gebaut, dachte er. Für dürre Intellektuelle war er in Ordnung, aber nicht für richtige Männer. Halb elf, und kein Anzeichen von irgendeiner Frau, auf die Tadzios Beschreibung passte. Er war seit halb acht da, und keine Frau, die auch nur entfernt wie Katerina aussah, war herausgekommen.
Schade um Katerina, dachte er. Sie war ja schon etwas Besonderes gewesen. Bestimmt keine hirnlose Puppe, aber auch keine von diesen scharfzüngigen Tussis, die es für besonders schlau hielten, einem Mann wie ihm Contra zu geben. Und außerdem ein Mädel, das großartig aussah. Aber das Beste an ihr war, dass sie Tadzio bei guter Laune hielt. Und wenn Tadzio gut gelaunt war, dann war er auf Draht. Im Moment war der Boss ganz sicher weder lebensfroh, noch hatte er die Dinge im Griff. Irgendwann würde er akzeptieren müssen, dass der Unfall eben nichts weiter gewesen war als einfach ein Unfall. Aber Krasic sah voraus, dass er noch eine Menge Zeit verschwenden musste, bis es so weit war.
Als er noch diesem Gedanken nachhing, ging die Tür des Apartmenthauses auf, und Krasics Kinnlade fiel herunter. Hätte er nicht Katerinas Leiche mit eigenen Augen gesehen, hätte er geschworen, dass sie es war, die jetzt auf die Straße trat. Gut, das Haar war anders, und er meinte auch, diese Frau sei etwas kräftiger, als Katerina je war, aber aus der Entfernung hätte er sie kaum unterscheiden können. »Mist«, sagte er empört. Das zeigte nun doch, dass Tadzios Worte ernst zu nehmen waren.

Was er sah, verblüffte ihn so, dass er fast vergaß, weshalb er hier wartete. Sie war schon ein ganzes Stück an ihm vorbei, als er zu sich kam und aus dem Wagen stieg. Mit den praktischen, flachen Pumps an den langen Beinen waren ihre Schritte flink und sicher. Krasic musste eine andere Position einnehmen, um sie weiter im Auge zu behalten, als sie die Ecke am Olivaer Platz erreichte und rechts einbog.
Als er dort ankam, sah er, dass sie an einem Zeitungskiosk angehalten hatte. Während sie eine englische Zeitung kaufte, mischte er sich unter eine Gruppe an einer Ampel wartender Fußgänger. Dann ging sie die Straße entlang zu dem Café weiter unten. Der optimistische Besitzer hatte ein paar Tische auf den Gehweg gestellt, aber für die meisten Berliner war es noch zu früh im Jahr, um im Freien zu sitzen. Wie sie ging auch Caroline Jackson ins Innere des Cafés.
Krasic zögerte. Vielleicht wollte sie jemanden treffen oder telefonieren. Er hatte nicht vor, schon so früh die Aufmerksamkeit auf sich zu ziehen, aber er konnte nicht loslassen. Schnell ging er an dem Café vorbei und sah, dass ungefähr die Hälfte der Tische besetzt war. Wahrscheinlich genug Gäste, um sich verstecken zu können. Er stand da und starrte trübsinnig in ein Schaufenster, nach seiner Uhr fünf Minuten lang, dann ging er zum Café zurück. Er setzte sich an den Tresen, wo er sie von hinten sehen konnte. Der Gedanke, ihr Gesicht nicht anschauen zu müssen, gefiel ihm. Es war verdammt unheimlich, jemanden anzublicken, der einer Person so ähnlich sah, von der man genau wusste, dass sie tot war.
Sie tat nichts Schlimmeres, als ihre Zeitung zu lesen und schwarzen Kaffee zu trinken. Er bestellte einen Espresso und einen Jack Daniels und trank sie extra langsam. Fünfunddreißig Minuten später faltete sie ihre Zeitung zusammen, steckte sie in die Tasche, bezahlte und ging. Krasic, der

seine Rechnung schon beglichen hatte, war nahe genug hinter ihr, um zu sehen, wohin sie wollte. *Auf den Ku'damm zu*, dachte er unlustig. Frauen und Geschäfte. Was hatten sie nur davon?

Zwei Stunden später verfolgte er sie immer noch. Sie war in einem halben Dutzend Textilgeschäften gewesen und hatte sich die Designermodelle angesehen. In einem Schallplattenladen hatte sie zwei CDs mit klassischer Musik gekauft und mit niemandem außer den Verkäufern gesprochen. Das hatte ihn vollends fertig gemacht. Gar nicht zu reden davon, dass er sich so fehl am Platz fühlte wie eine Kirsche auf einem Misthaufen. Er würde eine andere Person finden müssen, um sie zu observieren, das war auf jeden Fall klar. Ideal wäre eine Frau. Und wenn das nicht klappte, dann einer von den Kerlen, die sich mehr für Armani als für Armalites und andere automatische Waffen interessierten.

Als sie in die Straße einbog, wo sie wohnte, schlenderte er hinter ihr her und beobachtete, wie sie in ihr Apartmenthaus zurückging. Na ja, das war ein komplett verschwendeter Vormittag gewesen. Sie sollte Tadzio in einer Stunde treffen, und er schätzte, bis dann würde wohl kaum noch viel passieren. Zeit genug, jemand anderen auf sie anzusetzen. Krasic stieg wieder in den alten Opel und nahm sein Mobiltelefon heraus. Wenn mit Caroline Jackson etwas nicht stimmte, würde er es herausfinden. Aber jemand anders konnte von jetzt an die Arbeit auf der Straße erledigen.

Petra Beckers Ansehen stieg in Tonys Augen ständig. Sie hatte ihn um 9 Uhr 17 angerufen und ihm gesagt, dass ein Auto unterwegs sei, das ihn zum Flughafen Tempelhof bringen würde, von wo er die kurze Strecke nach Bremen fliegen und dort einen der Kripobeamten treffen könne, die an der Ermittlung des Falls Schilling arbeiteten. »Wie haben Sie das nur hingekriegt?«, sagte er noch ganz fertig, weil er so wenig geschlafen hatte.

»Ich habe gelogen«, sagte sie gelassen. »Ich habe gesagt, Sie seien ein führender Profilanalytiker des Innenministeriums, der jetzt zufällig mit Europol zusammenarbeitet, und dass wir ihnen sehr dankbar wären, wenn sie Ihnen auf alle erdenkliche Weise entgegenkommen könnten.«

»Sie sind eine erstaunliche Frau, Petra«, sagte er.

»Das haben schon andere gesagt, aber normalerweise nie Männer«, meinte sie trocken.

»Habe ich Recht mit der Annahme, dass noch niemand in Bremen diesen Fall mit dem Mord in Heidelberg in Verbindung gebracht hat?«

»Die Heidelberger hatten es so eilig, ihren ungelösten Mordfall an uns weiterzugeben, dass sie ihn der Presse als schäbigen Tod im Drogenmilieu statt einen Ritualmord verkauft haben. Außerhalb der Region hat er keine Schlagzeilen gemacht. Ich würde mich sehr wundern, wenn jemand in Bremen auch nur einen Zeitungsbericht über den Fall gelesen hätte.«

»Kommt man sich nicht komisch vor, wenn man die einzige Polizistin im ganzen Land ist, die diese Verbindung hergestellt hat?« Er konnte es nicht lassen, nachzubohren. So war es schon immer gewesen.

»Wollen Sie ehrlich hören, wie es ist?«

»Natürlich.«

»Es macht mich an. Klar, ich weiß, ich muss mich bei diesen Fällen letztendlich an die Regeln halten. Ich kann nicht weiter so tun, als seien wir in einem Film. Trotzdem macht es mir Spaß. Allerdings haben wir keine Zeit, über so etwas zu plaudern. Sie müssen Ihren Flug noch erwischen.«

Tony lächelte. Es war offensichtlich eine Ausflucht, aber

das machte ihm nichts aus. »Danke, dass Sie alles organisiert haben.«
»Gern geschehen. Einen schönen Tag noch. Wir reden, wenn Sie wieder zurück sind, ja?«
»Ich dürfte ziemlich bald etwas für Sie haben, aber Wunder sollten Sie nicht erwarten«, sagte er zurückhaltend.
Sie lachte. »An Wunder glaube ich sowieso nicht.«
Der Beamte, der ihn in Bremen abholte, war ein untersetzter blonder Mann in den frühen Dreißigern mit schlechter Haut, der hervorragend Englisch sprach und sich als Berndt Haefs vorstellte: »Nennen Sie mich Berndt.« Er wirkte leicht gelangweilt, wie jemand, den nichts schockieren kann. Tony hatte das bei der Polizei schon öfter angetroffen. Besorgt machte ihn daran, dass das meistens weder als Pose noch als Abwehrmechanismus anzusehen war, sondern auf eine abgestumpfte Sensibilität hinwies, die jedes Einfühlungsvermögen vermissen ließ.
Und Berndt zeigte tatsächlich kein Anzeichen von Rücksichtnahme für die Frau, deren Tod er aufklären sollte, denn er nannte sie während der ganzen Fahrt nach Bremen nur »Schilling«. Tony bestand dagegen stur darauf, Margarethe ihren Doktortitel zuzugestehen.
Sie näherten sich der Stadt auf einer breiten Brücke über die angestiegene Weser, die als reißender Strom von der Farbe abgestandenen Biers dahinschoss. »Der Pegel ist sehr hoch«, sagte Tony, um die Stille zu überbrücken, die nach dem Versiegen von Berndts meistens irrelevantem, bruchstückhaftem Bericht zu dem Mord entstanden war.
»Es ist hier nicht so schlimm wie am Rhein oder an der Oder«, sagte Berndt Haefs. »Ich glaube nicht, dass es Hochwasser gibt.«
»Was ist mit den Schiffen? Wie kommen sie damit klar?«

»Na ja, überhaupt nicht. Sie haben nicht die nötigen PS bei dieser Strömung. Wenn das Wasser noch höher steigt, wird der Fluss gesperrt, bis der Wasserstand wieder fällt. Am Rhein ist es schon so weit. Die Schiffe liegen alle in den Hafenbecken und Seitenarmen. Die Schiffer werden sich die Haare ausreißen bei dem Gedanken an das verlorene Geld, und die Mannschaften betrinken sich.«

»Also nicht besonders lustig für die Polizisten vor Ort.«

Berndt Haefs zuckte mit den Schultern. »Dann machen sie wenigstens keine Dummheiten«, sagte er kichernd in einer hohen Tonlage, die überhaupt nicht zu seinem untersetzten Körperbau passte. »Das da drüben ist der Dom«, fügte er unnötigerweise hinzu. Es war unmöglich, die beiden gleich hohen Türme zu übersehen. »Schilling war an dem Nachmittag, bevor sie starb, im Stadtzentrum. Sie aß allein in einem kleinen Lokal in der Nähe des Marktplatzes.«

»Sind wir hier weit von Dr. Schillings Haus entfernt?«, fragte Tony.

»Ungefähr zehn Minuten.«

»Konnte ihr Partner sich an den Angreifer erinnern, an irgendeine Einzelheit?«

»Der Freund? Ungefähr an so viel wie ein Eunuch nach einem Bordellbesuch. Er hat nichts gesehen und nichts gehört. Er weiß nur, dass ein fremder Wagen in der Einfahrt stand. Ein Golf, entweder schwarz oder dunkelblau. Also, er hat nicht einmal bemerkt, ob er eine Bremer Nummer hatte. Haben Sie eine Vorstellung davon, wie viel schwarze oder dunkelblaue Golfs es allein in Bremen gibt?«

»Ziemlich viele, würde ich annehmen.«

Berndt lachte. »So viele, dass wir uns überhaupt nicht zu überlegen brauchen, ob wir in diese Richtung ermitteln sollen.« Er bog in eine stille, mit Bäumen gesäumte Straße ein. »Hier fängt

der Vorort an, wo sie lebte. Unser Mann muss hier entlanggekommen sein, es ist der einzig vernünftige Zufahrtsweg herein und hinaus.«
Tony sah aus dem Fenster und stellte sich die Straßen in der Dunkelheit vor. Die Häuser hatten kleine Vorgärten mit gepflegten Rasenstücken. Hinter den geschlossenen Haustüren spielte sich das Privatleben ab. Es bestand kein Grund dafür, dass jemand auf die dunklen Umrisse eines Wagens hätte achten sollen, der auf sein verhängnisvolles Ziel zufuhr. Er fragte sich, ob der Mörder die Gegend vor dem Verbrechen ausgekundschaftet hatte. Oft taten sie das, steckten ihr Gebiet ab, beobachteten ihr Opfer, machten sich kundig, wie es lebte und welche Lücke sein Tod reißen würde. Aber er hatte das Gefühl, dass Geronimo nicht diese Art von Täter war. Seine Bedürfnisse waren anderer Art.
Tony stellte ihn sich vor, wie er langsam die dämmerigen Straßen abfuhr, um sicherzugehen, dass er an den richtigen Stellen abbog. Es war eine komplizierte Route mit vielen Möglichkeiten, in einer Sackgasse zu landen. »Ich frage mich, ob er sich vielleicht verfahren und jemanden verärgert hat, weil er in seiner Einfahrt wendete?«
Berndt sah ihn an, als sei er übergeschnappt. »Sie meinen, wir sollen von Tür zu Tür gehen und nachfragen, ob sich jemand aufgeregt hat?«
»Wahrscheinlich sinnlos«, gab Tony zu. »Aber man weiß nie. Die Leute können sehr pedantisch sein, wenn es um ihr Grundstück geht, vor allem wenn Ortsfremde ihre Einfahrt öfter zum Wenden benutzen.«
Tony hatte Berndts Gesichtsausdruck schon bei anderen Polizisten gesehen. Es war die mimische Ausprägung des Gedankens, der ungefähr beinhaltete: *Verdammte Seelenklempner, haben doch keine Ahnung von der Arbeit der Polizei.* Er be-

schloss, den Mund zu halten und seine Ideen für Petra und Carol aufzuheben.

Der Wagen fuhr in eine kleine Straße mit einem Dutzend Häusern ein, die als Sackgasse in einem geteerten Halbkreis endete. Sie hielten in der Einfahrt eines Hauses an, das genau wie die anderen aussah, außer dass die Polizei es mit einem Absperrband über der Haustür versehen hatte. »Hier ist es.« Berndt stieg aus und ging auf das Haus zu, ohne abzuwarten, ob Tony hinter ihm war.

Tony blieb einen Moment beim Auto stehen und betrachtete die anderen Häuser in der Straße. Hätte jemand aus einem der Dutzend Fenster geschaut, so hätte er ihn gut sehen können. »Du hast also keine Angst, dich sehen zu lassen, Geronimo? Es macht dir nichts aus, wenn jemand einen Blick auf dich wirft. Du glaubst, so unbedeutend zu sein, dass sie sich an nichts erinnern werden.« Er nickte zufrieden und folgte Berndt Haefs, der an der Tür stand und mit verschränkten Armen ungeduldig mit dem Fuß auf den Boden klopfte.

Sie gingen hinein und versuchten beide automatisch die Schuhe an der Matte abzustreifen, die nicht da war. »Die Spurensicherung hat sie mitgenommen. Als ob sie irgendeinen seltenen Dreck daran finden würden, den es nur in einem bestimmten Steinbruch irgendwo im Ruhrpott gibt«, sagte Berndt sarkastisch. »Hier drin ist es passiert.« Er ging voraus in die Küche.

Unter der Staubschicht, die noch vom Abnehmen der Fingerabdrücke stammte, sah alles überraschend zivilisiert aus. Tony erinnerte sich sogar noch an den Tisch. Sie hatten dort gesessen und die Möglichkeit besprochen, gemeinsam einen Aufsatz zu schreiben, und dabei unzählige Tassen Kaffee und billigen Rotwein getrunken. Der Gedanke, dass dieser Tisch zur Bühne für Margarethes Tod geworden war, ließ ihm übel werden. Er ging im Raum umher und bemerkte, wie sauber und ordentlich alles war. Es sah nicht wie der Tatort eines brutalen Mordes aus. Weder gab es sichtbare Spuren von Blut noch Gerüche, die er sonst mit Gewalttaten in Verbindung brachte. Es war unmöglich, sich diese prosaische Küche als den Ort vorzustellen, wo eine so überlegte und zugleich grausame Tat verübt worden war.

»Nicht viel zu sehen«, sagte Berndt. »Bei den meisten Morden sieht es aus wie im Schlachthaus. Aber hier? Wenn man das Pulver abwischt, könnte man ohne weiteres Gäste bewirten.«

»Gibt es irgendwelche Hinweise, dass er noch irgendwo anders im Haus war?«

»Nach der Aussage des Freundes war nichts in Unordnung. Also, nein, er hat nicht ihre Wäscheschublade durchwühlt und sich auf dem Bett einen runtergeholt, wenn Sie das meinen.«

Tony fiel darauf keine höfliche Erwiderung ein. Statt zu antworten, ging er zum Fenster und blickte über den Garten auf den Wald dahinter hinaus.

»Dort war er auch nicht«, warf Berndt ein. »Wir haben nachgesehen, ob er sie vom Wald aus beobachtet hat, aber es gab kein Anzeichen, dass jemand in der Nähe des Zauns war.«

»Ich glaube nicht, dass er sie verfolgt und beobachtet hat. Nicht auf so direkte Art und Weise jedenfalls. Es war nicht ihre körperliche Anwesenheit, die ihn interessierte, sondern ihr Denken.« Er wandte sich um und lächelte Berndt zu. »Danke, dass Sie mit mir hier herausgekommen sind. Sie haben Recht, es gibt nicht viel zu sehen.«

»Kollegin Becker sagte, Sie wollten die Tatortfotos haben. Stimmt das?«

Tony nickte. »Wenn es möglich ist.«

»Sie bekommen noch Abzüge davon. Wir werden beim Präsidium vorbeigehen müssen, um sie abzuholen. Und wenn es dann nichts anderes mehr zu tun gibt, kann ich Sie zum Flughafen zurückfahren. Kurz nach zwei geht ein Flug, und wenn Sie den nicht schaffen, gibt es eine Stunde später wieder einen.« Kein Angebot, dass man zusammen zu Mittag essen könnte, vermerkte Tony. Die Zusammenarbeit mit Europol reichte offenbar nur bis zu einem gewissen Punkt.

»Das wäre schön.« Er lächelte. »Ich freue mich, wenn ich vor dem Tee wieder in Berlin sein kann.«

Berndt sah ihn an, als habe er gerade alles bestätigt, was er über diese exzentrischen Engländer dachte. Und genau das hatte Tony beabsichtigt. Wenn Berndt überhaupt etwas über diesen Besuch im Gedächtnis behalten sollte, war dies besser als irgendetwas anderes.

Petra kam mit federndem Schritt ins Büro. Bis jetzt lief die Operation gegen Radecki nach Plan. Und sie war sehr gespannt, was dieser Vormittag bringen würde. Selbst der Anblick des Hais, der düster auf seinen Bildschirm starrte, konnte ihre gute Laune nicht dämpfen.

»Was machst du?«, fragte sie und ging zu seinem Schreibtisch hinüber. »Ich dachte, ich hätte dir gesagt, du solltest Krasics Kumpel aufspüren.«

Er sah auf, und sein schmales, spitzes Gesicht war empört. »Das tu ich ja«, sagte er. »Jemand hat mir erzählt, Krasic hätte Verwandte in der Stadt, und ich versuche, sie über die offiziellen Verzeichnisse zu finden. Bei so etwas traut Krasic seiner Familie vielleicht mehr als seinen kriminellen Komplizen.«

Das war kein schlechter Einfall. Petra war überrascht und beeindruckt. Vielleicht konnten sie doch noch einen Ermittler aus ihm machen. »Gute Idee«, sagte sie. »Schon was Erfreuliches?«

»Bis jetzt nicht. Ich muss alles Mögliche durchchecken, es dauert eine Ewigkeit. Wie läuft deine Sache?«

»Gut.« Sie fuhr ihren Computer hoch und ging gleich in den Europol-Teil ihrer Datenbank. Hier kamen offizielle Bekanntmachungen aus Den Haag an. Zu ihrer Zufriedenheit gab es eine neue Nachricht von heute früh.
»Willst du Kaffee?«, fragte der Hai.
»Machst du welchen?«
»Werd ich wohl tun.«
»Dann nehme ich einen.« Sie öffnete die Mitteilungen. Am Anfang ging es um langweiligen Verwaltungskram. Sie ließ den Text weiterrollen, und auf der zweiten Seite fand sie, was sie suchte. BITTE UM INFORMATION VON DER POLIZEI IN REGIO LEIDEN, HOLLAND, las sie. »Ja«, zischte sie leise.
Kurz und bündig wurde mitgeteilt:

> Die Ermittler in Leiden, Holland, untersuchen einen Mord, bei dem sie die Möglichkeit gegeben sehen, dass es sich um einen Serientäter handeln könnte. Wir wurden gebeten, die Einzelheiten der Tat an alle Polizeidienststellen weiterzugeben, damit eventuelle ähnliche Verbrechen in anderen Zuständigkeitsbereichen damit verglichen werden können.
> Das Opfer war Pieter de Groot, ein Psychologieprofessor der Universität Leiden. Seine Leiche wurde in seinem Haus gefunden. Er war in seinem Arbeitszimmer gefesselt, nackt und auf dem Rücken liegend auf einem Schreibtisch festgebunden. Seine Kleidung war weggeschnitten. Die Todesursache war Ertrinken. Der Täter scheint so vorgegangen zu sein, dass er einen Trichter oder ein Rohr in den Mund einführte, durch den er Wasser goss. Nach dem Tod wurde die Leiche verstümmelt, die Haut der Schamhaargegend wurde abgetrennt. Die Geschlechtsteile selbst blieben intakt.
> Alle Polizeidienststellen, die zum Bereich von Europol ge-

hören, werden aufgefordert, ihre Unterlagen zu ungelösten Tötungsdelikten zu überprüfen, ob es ähnliche ungelöste Verbrechen in ihrem Bereich gibt. Die Information sollte direkt an Hoofdinspecteur Kees Maartens, Regio Leiden, gesandt werden, mit einer Kopie an den Nachrichtendienst der Europol.

Petra musste unwillkürlich lächeln. Zufrieden las sie den Text noch einmal durch, während der Hai ihr über die Schulter guckte. »Was ist das?«, fragte er und stellte den Kaffeebecher neben ihre linke Hand.

»Mitteilungen von Europol«, sagte sie.

»Du bist die Einzige, die ich kenne, die sich mit dem Papierkram abgibt.«

»Deshalb bin ich auch die Einzige hier, aus der etwas wird, Hai.«

Er beugte sich über ihre Schulter und las den Text. »Wow. Das hört sich schlimm an. Aber typisch holländisch. Zu blöd, um ihre eigenen Morde zu lösen, und dann geben sie sie eben weiter.«

Petra warf ihm einen finsteren Blick zu. »Da irrst du dich aber gewaltig. Es ist äußerst intelligent von den Holländern, zu begreifen, dass bei diesem Mord hier alle Merkmale eines potentiellen Serienmörders vorliegen. Und es ist sehr mutig von ihnen, um Hilfe zu bitten.«

»Meinst du?«

Sie tippte auf eine Taste, um die entsprechende Seite der Mitteilungen auszudrucken. »Ich meine nicht nur, ich weiß es. Und ist dir klar, was an diesem Mord das Interessanteste ist, Hai?«

»Du wirst es mir gleich sagen, stimmt's?« Er trat zur Seite und setzte sich auf die Schreibtischecke.

»Du solltest es bereits wissen, weil wir nämlich *alle* die Sachen lesen sollten, die uns von unseren Kollegen aus anderen Teilen Deutschlands zugeschickt werden. Genauso wie wir *alle* Sachen lesen sollten, die Europol uns schickt.«
Er rollte mit den Augen und stöhnte. »Jaa, jaa. Ich überfliege sie ja auch kurz, okay?«
»Sicher, wir alle tun das manchmal. Aber da sind Dinge dabei, die wir schon aufmerksam lesen sollten. Wie zum Beispiel das über den Mord vor fünf Wochen in Heidelberg. Erinnerst du dich?«
Er runzelte die Stirn. »Irgend'n kleiner Drogendealer, oder?«
»Das war der Vorwand, unter dem sie es an uns weitergegeben haben. Aber es war offensichtlich, dass es kein Mord im Drogenmilieu war.«
»Das wäre dann auch der Grund, weshalb ich nicht besonders darauf geachtet habe«, verteidigte sich der Hai. »Das ist ja nicht von Interesse für uns.«
»Ein Mord sollte jemanden von der Polizei immer interessieren. Ich hab es gelesen, Hai. Und deshalb glaube ich auch, dass der Täter von Leiden vorher in Heidelberg einen Mord verübt hat. Und seitdem hat er es in Bremen noch einmal getan.« Sie nahm die Maus und rief den Bericht über Leiden auf, dann ließ sie ihn ausdrucken. »Und deshalb werde ich Punkte machen, indem ich der Chefin darüber berichte.« Sie stand auf, nahm ihren Kaffee und ging zum gemeinsam genutzten Drucker hinüber, wo sie die diversen Blätter herausnahm und dem Hai fröhlich zuwinkte. »Aber ich will dich nicht von deinen Recherchen zu Krasic abhalten«, warf sie ihm zum Abschied zu.
Sie fand Plesch, die die Spesenlisten durchging, in ihrem Büro. Sie lächelte Petra dankbar zu. »Petra, Sie bringen mir hoffentlich harte Tatsachen statt bloßer Vermutungen?«
Achselzuckend setzte sie sich auf den Stuhl, der Plesch gegen-

über stand. »Mehr Spekulationen als harte Fakten, befürchte ich.«

»Na ja, das ist nicht schlimm. Es ist jedenfalls eine willkommene Abwechslung. Was beschäftigt Sie also?«

Sie legte ihrer Chefin die ausgedruckten Berichte vor. »Die Mitteilungen von Europol von heute früh. Die holländische Polizei sucht nach möglichen Verbindungen zu einem Mord, der in Leiden begangen wurde. Letzte Woche habe ich zufällig im Vorfeld für diese verdeckte Aktion ungelöste Mordfälle durchgesehen. Nur um zu checken, ob es welche gibt, die wir vielleicht mit Radecki und Krasic in Verbindung bringen könnten. Da stieß ich auf einen Fall in Heidelberg, der relevant aussah, deshalb bat ich um einen kompletten Bericht. Beim Lesen erwies sich, dass der Fall offensichtlich nicht in unser Ressort gehörte. Aber als ich dann die Einzelheiten des Mordes in Holland las, fiel mir einiges wieder ein. Ich sah nach und stellte fest, dass es ein paar sehr auffällige Übereinstimmungen gibt.«

Plesch nahm die Papiere und las sie durch, wobei ihr Gesichtsausdruck immer ernster wurde und sie schließlich die Stirn runzelte, als sie die Gemeinsamkeiten der beiden Fälle bemerkte. »Mein Gott«, sagte sie, als sie am Ende angekommen war.

»Das ist noch nicht alles«, fuhr Petra fort. »In Bremen hat es einen weiteren Mord gegeben. Ich habe mir die Dateien geholt, weil er mich an den Fall in Heidelberg erinnerte. Der Modus Operandi ist identisch.«

Plesch hob die Augenbrauen. »Der gleiche aberwitzige, verkorkste Kerl?«

»Sieht so aus. Was sollen wir also tun?«

Plesch zuckte mit den Schultern. »Wir setzen uns mit Heidelberg in Verbindung. Sieht so aus, als sei das der Fall null gewesen. Dort in der Pampa haben sie wahrscheinlich die Mitteilungen von Europol nicht gelesen. Sie werden diesen holländischen Kollegen über Europol kontaktieren und mit den Leuten in Bremen reden müssen.« Sie blies die Luft durch die geschürzten Lippen. »Lieber die als ich. Was für ein Albtraum. Der ganze bürokratische und diplomatische Aufwand.«

»Könnten wir die Sache nicht hierbehalten?«, fragte Petra.

»Mit welcher Begründung? Es hat nichts mit organisiertem Verbrechen zu tun, es ist nicht unsere Aufgabe.«

»Wir haben den Zusammenhang hergestellt. Wir sind Experten für das Erstellen nachrichtendienstlicher Analysen. Wir sind daran gewöhnt, mit Europol zusammenzuarbeiten.«

»Sie machen wohl Witze? Als hätten Sie mit Radecki nicht genug zu tun. Na kommen Sie, Petra, das ist nicht unser Ding, und das wissen Sie ganz genau. Lassen Sie mich den Ermittlungsleiter des Falls in Heidelberg anrufen und den Ball ins Rollen bringen. Sie haben gute Arbeit geleistet, indem Sie das herausgetüftelt haben. Aber jetzt müssen Sie loslassen.«

Bevor Petra weitere Argumente vorbringen konnte, flog mit einem Mal die Tür auf, und der Hai stand mit rotem Gesicht und glänzenden Augen da. »Tut mir Leid, dass ich hier so reinplatze«, rief er. »Aber zu dem Fall, den Petra mir in den Mitteilungen gezeigt hat, dazu ist jetzt gerade etwas über den Ticker reingekommen. Es scheint noch einen Mord zu geben. Nur diesmal in Köln.«

Kapitel 26

Petra hatte Recht gehabt mit dem, was sie über das Boot gesagt hatte, dachte Carol. Es war nicht das Partyspielzeug eines reichen Mannes. Es war eine Motorbarkasse aus Holz, die mittschiffs eine Kajüte mit schrägem Dach hatte. Tadeusz erzählte ihr, er hätte das Boot praktisch als Wrack gekauft, weil er sich in seine elegante Bauweise verliebt hatte. Dann hatte er es in all seinem früheren Glanz wieder herrichten lassen, und jetzt war es ein vollendetes Museumsstück, das in allen Einzelheiten so gut funktionierte wie in den dreißiger Jahren, als es gebaut worden war. Messingglanz und poliertes Mahagoniholz warfen das Licht zurück, wo immer Carol in der kleinen Kabine hinsah. Kein Platz war verschwendet. Die an drei Seiten entlanglaufende Bank hatte Schlitze, in die der Tisch versenkt werden konnte, so dass ein schmales Doppelbett entstand. In die Wände war Stauraum eingebaut, in dem jeder Winkel und jedes Eckchen ausgenutzt wurde, ohne den eleganten Stil der Kajüte zu beeinträchtigen.

Hinter der Kajüte lehnte ein hochgewachsener, mürrischer Mann am Steuerrad, der auf Tadeusz' Befehl zum Ablegen wartete. »Er spricht kaum ein Wort Englisch«, hatte Tadeusz gesagt, als er ihr an Bord half. »Er ist Pole, genau wie ich. Wir sind die besten Seeleute der Welt, wissen Sie.«

»Ich glaube, wir Engländer hätten dagegen etwas einzuwenden«, sagte Carol.
Er neigte entschuldigend den Kopf. Heute sah er überhaupt nicht wie der seriöse Geschäftsmann aus, den sie bis jetzt zu Gesicht bekommen hatte. In Jeans, einem dicken Fischerpullover und einer über die Haare gezogenen Wollmütze ähnelte er den anderen Männern, die sie auf dem kurzen Gang vom Wagen zum Schiff auf ihren Booten gesehen hatte. Nur seine Hände verrieten ihn, denn sie waren glatt und hatten keine Schwielen von harter Arbeit. »Ich zeige Ihnen die Kajüte«, beharrte er und führte sie hinunter. Er trat zurück und wartete, bis sie sich umgesehen hatte.
»Das ist ja ein Gedicht von einem Boot«, sagte Carol ehrlich.
»Ich habe den Verdacht, dass es für jemanden gebaut wurde, der als Nazi in der Partei ganz oben war«, gab er zu. »Aber ich habe nie weiter nachgeforscht. Ich glaube, ich wüsste es lieber nicht so genau. Es würde mir alles verderben, wenn ich die Vergangenheit zu gut kennen würde.«
»Ein bisschen wie bei einer Geliebten also«, sagte Carol mit einem herben Lächeln, das der Bemerkung die Koketterie nahm. Sie verstand die Ironie in seiner Feststellung sehr wohl. Dass er sein Geld verdiente, indem er die Not anderer Menschen ausnutzte, schien nur allzu offensichtlich. Sie fand es widerwärtig, dass Tadeusz sich als dem mutmaßlichen Vorbesitzer moralisch so überlegen darstellte. Aber eine solche falsche Selbsteinschätzung würde es ihr leichter machen, ihr hinterhältiges Spiel mit ihm zu treiben.
»Vermutlich ja«, antwortete er amüsiert. »Also, ein Drink? Dann gehen wir an Deck, und ich kann den Reiseführer spielen.« Er öffnete eine der hölzernen Halbtüren, und ein winziger Kühlschrank mit Bier und Sekt kam zum Vorschein. »Er ist zu klein für normale Flaschen«, sagte er bedau-

ernd und hielt eine Miniflasche Perrier-Jouët hoch. »Ist das recht?«

Ein paar Minuten später saßen sie mit Sektgläsern in der Hand auf der Bank am Heck, während der Steuermann gemächlich aus dem Rummelsburger See hinaus auf die breiten Wasserflächen der Spree zulenkte. »Sprechen wir heute über Geschäfte, oder lernen wir uns nur besser kennen?«, fragte Carol.

»Von beidem ein bisschen. Ich wollte Ihnen die Stadt aus einer anderen Perspektive zeigen und dachte, vielleicht könnten Sie mir noch etwas über Ihre Pläne erzählen.«

Carol nickte. »Hört sich gut an.«

Das Boot steuerte nach links und fuhr in eine Schleuse ein. Während sie warteten, bis sie passieren konnten, erzählte ihr Tadeusz allerhand über die Frachtschiffe. Wie sie während des Aufbaus am Potsdamer Platz zwanzigtausend Tonnen Bauschutt umschlugen. Wie eine routinemäßige Zollkontrolle die tote Frau eines Kahnführers zutage gebracht hatte, die in einem Kohlenbunker lag. Dass die Wasserschutzpolizei Entenwache genannt wurde.

»Sie scheinen sich gut auszukennen mit dem Leben auf den Flüssen«, sagte Carol, als sie weiter durch Kreuzberg und auf den Tiergarten zufuhren. Die Bäume am Kanal waren blütenschwer und verliehen der Strecke, die ja ein Transportweg der Schlepper war, eine gewisse Romantik.

»Ein Teil meiner Geschäfte steht mit den Wasserwegen in Verbindung«, sagte er vorsichtig. »Wie Sie selbst schon herausgefunden haben, weiß ich gerne, mit wem ich es zu tun habe, deshalb habe ich im Lauf der Jahre oft mit den Schiffern gesprochen. Das Boot macht es mir leichter, mich aus unverdächtigen Gründen unter ihnen aufzuhalten.«

»Aber sicher fahren Sie doch nicht überall in Europa herum? Das würde ja eine Ewigkeit dauern.«

»Gewöhnlich lasse ich das Boot über Land dorthin transportieren, wo ich es haben will. Dann fahre ich ein bisschen Boot und bin auch ein bisschen geschäftlich unterwegs.« Er lächelte. »Alles sehr harmlos, was?«

»Sehr clever«, gab sie zu und freute sich, dass ihr Rollenspiel endlich anfing, Ergebnisse in Form von Information zu bringen.

Als sie weiter den Kanal entlang- und dann zurück in die Spree fuhren, machte Tadeusz sie auf verschiedene Wahrzeichen der Stadt aufmerksam. Im Westhafenkanal wies er auf das rechte Ufer hin. »Das ist Moabit. Nicht unbedingt der netteste Teil von Berlin, fürchte ich. Es hat dort Revierkämpfe zwischen den Albanern und den Rumänen gegeben, die darum stritten, wer seine Prostituierten wo arbeiten lassen darf. Kleine Gauner, nicht die Art von Leuten, die uns interessieren.«

»Was mich interessiert, ist Angebot und Nachfrage«, sagte Carol. »Sie können mich mit dem beliefern, was ich brauche, und ich kann die Papiere besorgen, für die die Kunden zahlen. Für einen gewissen Preis, natürlich.«

»Alles hat seinen Preis.« Tadeusz stand auf. »Zeit, noch etwas Sekt nachzuschenken«, sagte er und verschwand nach unten.

Verdammt, dachte Carol. Sie hatte es satt. Er war ja ein netter und unterhaltsamer Gesellschafter, aber hätte sie eine Stadtrundfahrt von Berlin machen wollen, wäre sie in einen der Doppeldeckerbusse gestiegen. Es war nicht leicht, sich entspannt zurückzulehnen und die Architektur zu bewundern, wenn ihr Überleben davon abhing, dass sie jeden Augenblick auf der Hut war. Sie wollte zur Attacke übergehen, denn je früher sie zum Geschäftlichen kamen, desto eher würde diese ganze Operation vorbei sein, und sie konnte zum normalen Leben zurückkehren.

Tadeusz kam mit einer weiteren kleinen Flasche Sekt zurück.

»Okay. Wir haben noch ein Stück, bevor wir zur nächsten schönen Strecke kommen, und Sie können mir sagen, was Sie meinen für mich tun zu können.«
Carol setzte sich aufrecht hin, von ihrer Körperhaltung ließ sich ablesen, dass sie zu einem ernsthaften Gespräch bereit war. »Es geht eher darum, was wir füreinander tun können. Werden Sie diesmal offen mit mir sprechen, oder behaupten Sie immer noch, nicht zu wissen, wovon ich rede?«
Er lächelte. »Ich werde ehrlich sein. Ich habe tatsächlich einige vorbereitende Anfragen gemacht, um zu sehen, ob Sie diejenige sind, die Sie zu sein behaupten.«
»Genau wie ich mit Ihnen«, unterbrach ihn Carol. »Ich hätte Sie nicht angesprochen, wenn ich mir Ihren beruflichen Werdegang nicht lange und gründlich angesehen hätte. Also, bin ich die Frau, als die ich mich darstelle?«
»Bis jetzt haben sich die Dinge bestätigt. Meine Mitarbeiter fragen noch herum, aber ich bin jemand, der viel Wert auf intuitive Reaktionen legt. Und bei Ihnen, Caroline, verspüre ich eine gute Reaktion. Sie sind klug, Sie sind vorsichtig, aber Sie können auch unerschrocken sein, um damit etwas zu erreichen.«
Carol hob scherzhaft ihr Glas zum Toast. »Danke, mein Herr. Ich bin froh, dass wir beide den gleichen Ansatz haben. Obwohl ich viel Gutes über Sie gehört habe, wäre ich in der Nacht verschwunden, und Sie hätten mich nie wiedergesehen, wenn ich Sie beim ersten Treffen nicht sympathisch gefunden hätte.«
Er legte einen Arm auf die Reling, wobei er Carol nicht direkt berührte, aber doch eine körperliche Nähe schuf. »Das wäre sehr schade gewesen.«
»Es hätte Sie eine Menge Mühe gekostet, die ich Ihnen ersparen kann«, sagte sie und brachte das Gespräch energisch zum

rein Geschäftlichen zurück. Es würde ihrer Unternehmung nicht schaden, wenn Radecki anfing, sich in sie zu verlieben, aber sie musste ihm den Eindruck vermitteln, sie sei schwer zu erobern, und musste ihn sich vom Leib halten. Sie konnte es sich nicht leisten, die Romanze so weit gehen zu lassen, dass es merkwürdig aussehen würde, wenn sie nicht mit ihm schlief. Selbst wenn sie dies gewollt hätte – und sie ermahnte sich eindringlich, dass sie das nicht wollte –, würde es ihre Mission ruinieren und alles wertlos machen, was sie über ihn und seine Geschäfte herausgefunden hatte. Wenn Radecki beweisen konnte, dass sie miteinander ins Bett gegangen waren, wäre das ein Geschenk für seinen Verteidiger. Der würde ihre Zeugenaussage nicht als zuverlässigen, von einer achtbaren Polizeibeamtin erbrachten Beweis, sondern als die bittere Rache einer verschmähten Frau werten. Außerdem wäre das äußerst unprofessionell. Und Carol tat nichts Unprofessionelles.

»Glauben Sie?«

»Ich weiß es. Sie haben im Monat zwanzig bis dreißig illegale Einwanderer an Colin Osborne geliefert. Das einzige Problem war, dass Colin Ihnen vorgespiegelt hat, er könnte Papiere beschaffen. Aber er kam an die Art Papiere nicht ran, für die Ihre Kunden zahlten. Deshalb musste er ein doppeltes Spiel mit den Illegalen treiben, bis ihnen klar wurde, dass er bluffte.«

»Das habe ich nicht gewusst«, sagte Tadeusz.

»Davon gehe ich aus. Es ist nicht die Art von Geschäft, bei der die unzufriedenen Kunden zum Serviceschalter gehen und ihr Geld zurückverlangen«, sagte Carol sarkastisch. »Wenn sie erst einmal in den Händen der Einwanderungsbehörde waren, wurden sie entweder abgeschoben oder in Haftanstalten gesteckt. Es gab für sie keine Möglichkeit, sich an die Leute zu wenden, denen sie das Geld gezahlt hatten. Und Colin war immer schlau genug, dafür zu sorgen, dass die Betriebe, für die sie arbeiteten, nicht bis zu ihm zurückverfolgt werden konnten. Er gab falsche Namen an, wenn er die Gebäude mietete, und er sah immer zu, dass die Lager leer waren, bevor die Razzien durchgeführt wurden. Er verlor nicht einmal die Nähmaschinen dabei. Es war eine miese Masche.«

Tadeusz zuckte mit den Schultern. »Ich nehme an, er fand, er tue das, was er tun musste, um zu überleben.«

»Glauben Sie? Ich mache solche Geschäfte nicht. Wenn man außerhalb des Gesetzes arbeitet, muss man ehrlicher sein als die normalen Leute.«

Er runzelte die Stirn. »Was meinen Sie damit?«

»Wenn man sich in der normalen Welt umtut und das nicht liefern kann, was man verspricht, kann man seine Arbeit verlieren, oder vielleicht geht die Ehe kaputt, doch meistens passiert einem nichts wirklich Schreckliches. Aber wenn man in unserer Welt aktiv ist und lässt die Leute im Stich, kostet es einen mehr, als man zu zahlen bereit ist. Wenn man an der Straßenecke gestreckte Drogen verkauft, wird man von angeschmierten Kunden oder von anderen Dealern zusammengeschlagen. Wenn man seine Kumpel bei einem Bankraub versetzt, fühlt man sich für den Rest seines Lebens verfolgt. Colin zum Beispiel. Wenn er bei *einem* Teil des Geschäfts beschissen hat, ist es gut möglich, dass er es auch bei anderen Gelegenheiten gemacht hat. Und sehen Sie sich doch an, was mit ihm passiert ist. Auf 'nem Feldweg mitten in den Sümpfen von Essex wurde ihm in den Kopf geschossen. Also, ich will nicht, dass mir das passiert, wenn ich Geschäfte mache, ich bin lieber ehrlich. Und ich erwarte das Gleiche von den anderen.«

Als sie die Hälfte dieser Rede hinter sich hatte, zog Tadeusz seinen Arm zurück. Er sah sie mit merkwürdiger Betroffenheit an, als spreche sie seine tiefsten Überzeugungen aus. »Sie

haben sich dazu offenbar eine Menge Gedanken gemacht«, sagte er.
»Ich weiß, wie man überlebt«, war ihre einfache Antwort.
»Das ist mir klar.«
»Schauen Sie, Tadzio, ich bin eine kluge Frau. Ich hätte in der normalen Welt einigermaßen akzeptable Einkünfte erzielen können. Aber ich wollte richtig viel Geld verdienen. Genug Geld, dass ich aufhören kann, wenn ich noch jung genug bin, um es zu genießen. Also habe ich eine Möglichkeit gefunden, außerhalb des Systems zu arbeiten. Und ich bin verdammt gut. Ich versuche, mich von anderen Kriminellen fernzuhalten, außer wenn es nicht anders geht. Ich verwische meine Spuren, und ich halte, was ich versprochen habe. Also, wollen wir miteinander Geschäfte machen?«
Er zuckte mit den Achseln. »Das kommt darauf an.«
»Worauf?«
»Darauf, wer Colin Osborne umgelegt hat.« Er hob die Augenbrauen.
Das hatte sie nicht erwartet, und sie fürchtete, er werde ihr ansehen, wie bestürzt diese Frage sie machte. »Was meinen Sie damit?«
»Colins Tod passte Ihnen sehr gut in den Kram. Und niemand scheint zu wissen, was ihm genau passiert ist. Niemand hat die Verantwortung dafür übernommen. Wenn ein Schurke einen anderen wegputzt, ist er normalerweise darauf aus, das für sich zu nutzen. Respekt, Angst. Sie wissen ja, wie das funktioniert. Also, Caroline, haben Sie Colin umgebracht?«
Sie wusste nicht, was die richtige Antwort war. Er könnte bluffen. Er könnte mehr wissen, als er sich anmerken ließ, und dies konnte ein Test sein, um zu sehen, wie weit sie gehen würde, um bei ihm gut angesehen zu sein. Er wünschte sich vielleicht, dass sie es getan hätte, als Beweis dafür, dass sie bereit war,

skrupellos zu handeln. Oder er konnte vor Geschäften mit ihr zurückschrecken, wenn sie behauptete, den Mord verübt zu haben, weil er befürchtete, dass ihre Art, mit der Konkurrenz umzugehen, vielleicht aufs Schlimmste auf ihn zurückschlagen würde. »Warum hätte ich das tun sollen?«, wich sie aus.

»Um sich in seine Branche hineinzudrängen.«

Sie zuckte mit den Achseln. »Warum sollte ich es auf diese Art und Weise tun? Ich hätte ja nur zu Ihnen kommen und Ihnen bessere Konditionen anzubieten brauchen. Ich vermute, Sie hätten genug Subjekte liefern können, um uns beide zufriedenzustellen.«

»Aber das haben Sie nicht getan, oder? Sie sind nicht in meine Nähe gekommen, bis Colin aus dem Weg war.« Seine Stimme klang jetzt scharf, und sein Blick hatte jegliche Wärme verloren. »Das macht mich misstrauisch, Caroline. Das und die Tatsache, dass Sie Katerina so ähnlich sehen. Okay, Colin hat Katerina nie kennen gelernt. Aber wenn er seine Sache nur halbwegs gut machte, dann hätte er mich überprüft. Er hätte zumindest Fotos von Katerina gesehen. Und dann, als sie starb, dachte er vielleicht, dies sei eine Chance, ein Ding zu drehen, bei dem er Sie einsetzen konnte, um mir auf die Nerven zu gehen. Nur haben Sie beschlossen, den Mittelsmann auszusparen.«

Carol war genervt. Er hatte mit fast jedem Detail Unrecht, aber er irrte sich auf die richtige Art und Weise. Plötzlich waren sie von lockerer Kameraderie zu gereiztem Misstrauen übergewechselt. Sie wusste sich keinen Rat.

Sie stellte ihr Glas ab, wich vor ihm zurück und verschränkte die Arme über der Brust. »Lassen Sie mich aussteigen.«

Er runzelte die Stirn. »Was?«

»Diesen Mist brauche ich mir nicht anzuhören. Ich bin in gutem Glauben hergekommen, um Geschäftsbeziehungen aufzunehmen. Ich lasse mir hier von Ihnen nicht Mord und Verschwörung anhängen. Sagen Sie Ihrem Mann, er soll mich aussteigen lassen, jetzt. Außer wenn Sie wollen, dass ich anfange zu schreien.«

Tadeusz fand dies amüsant. »Jetzt übertreiben Sie aber.«

Carol zeigte ihren aufflammenden Zorn. »Wagen Sie es nicht, mich herablassend zu behandeln. Sie sind auch nur ein Gangster, Tadzio, Sie haben kein Recht, mir gegenüber den Moralischen zu geben. Ich muss Ihnen in keiner Weise Rechenschaft ablegen. Und ich will bestimmt nicht mit jemandem Geschäfte machen, der das denkt. Ich verschwende hier nur meine kostbare Zeit. Also, lassen Sie mich von Bord gehen.«

Offensichtlich von der Heftigkeit ihrer Reaktion verunsichert, trat er einen Schritt zurück, sagte etwas zum Steuermann, und das Boot drehte in Richtung auf einen schmalen Kai, wo ein paar Boote festgemacht waren. »Caroline, ich wollte Sie nicht beleidigen«, sagte er, als sie zur Seite des Boots ging, die dem Kai am nächsten war.

»Und das soll mich trösten?« Das Boot lag jetzt parallel zum Kai, und ohne zu warten, bis der Steuermann es vertäut hatte, sprang Carol an Land. »Rufen Sie mich nicht an«, rief sie über die Schulter zurück, als sie den Kai entlang auf eine Steintreppe zumarschierte. Als sie die Straße erreichte, zitterte sie am ganzen Körper. Sie vergewisserte sich, dass er ihr nicht folgte, und trat dann an den Randstein, um ein Taxi anzuhalten.

Sie hoffte, dass sie nicht die ganze Operation ruiniert hatte. Aber es war ihr nichts anderes eingefallen. Sein Misstrauen war so unerwartet gekommen, und sie hatte sich erlaubt, in Selbstgefälligkeit zu verfallen, und war deshalb nicht schnell genug in der Lage gewesen, ihn zu überzeugen. Sie lehnte sich auf dem Sitz des Taxis zurück und betete, dass sie richtig gehandelt hatte.

Die kleine Maschine nach Berlin war auf einer Seite nur mit Einzelsitzen ausgestattet, so dass Tony ungestört die Tatortfotos betrachten konnte, die Berndt Haefs ihm im Polizeipräsidium in Bremen gegeben hatte. Er nahm sie mit einigem Widerstreben aus dem Umschlag. Er freute sich nicht gerade darauf, die verstümmelte Leiche einer Frau zu sehen, die er persönlich gekannt hatte. Es hatte immer etwas merkwürdig Intimes, sich über die Bilder von Toten zu beugen, und er mochte diese Art von Vertrautheit nicht bei jemandem, den er im Leben gekannt hatte.

In diesem Fall war es nicht so schlimm, wie er befürchtet hatte. Das grelle Blitzlicht der Aufnahmen machte es unmöglich, die Bilder von Margarethes Leiche mit der Frau in Verbindung zu bringen, die er lebend in Erinnerung hatte. Er studierte die Fotos im Einzelnen und wünschte, er hätte ein Vergrößerungsglas mitgebracht. Mit bloßem Auge betrachtet, schien es keine wesentlichen Unterschiede zwischen Margarethes Leiche und Geronimos anderen Opfern zu geben. Alle lagen in ähnlicher Stellung auf ihren weggeschnittenen Kleidern wie auf einem bizarren Tischtuch, und die absurde Wunde sah nach dem Herausschneiden der Haut bei allen fast gleich aus.

Er wollte die Überprüfung der Fotos gerade aufgeben, als etwas seine Aufmerksamkeit erregte. An einer Stelle, wo Margarethe an den Tischbeinen festgebunden war, fiel ihm etwas auf. Er schaute genauer hin und versuchte die Einzelheiten zu erkennen. Der Knoten unterschied sich von den anderen.

Tony wurde ganz aufgeregt. Es mochte nicht nach viel aussehen, aber in diesem Stadium der Ermittlungen konnte jedes Abweichen vom Muster eine enorme Bedeutung haben. Und in diesem Fall konnte es umso wichtiger sein, weil es hier um eine Tat ging, bei der es eine Unterbrechung gegeben hatte. Unter dem Stress der Störung hatte Geronimos Vorsicht viel-

leicht so nachgelassen, dass ein Riss in seinem bombensicheren Sicherheitssystem entstanden war.
Tony fieberte vor Ungeduld, mit seinem Laptop in Petras Wohnung zurückzukehren. Natürlich schien das Taxi von Tempelhof aus eine Ewigkeit zu brauchen und jeden Verkehrsstau in der Berliner Stadtmitte mitzunehmen. Er betrat die leere Wohnung und ging sofort ins Arbeitszimmer zu Petras Scanner. Während er wartete, bis der Computer bereit war, nahm er das Vergrößerungsglas aus seinem Laptopkoffer und studierte das Bild eingehender. Dann ging er ins Esszimmer zurück und holte die anderen Tatortfotos heraus. Ein paar Minuten mit der Lupe, und sein Herz schlug höher. Er hatte Recht gehabt. Alle Knoten schienen ganz einfach zu sein, gewöhnliche Kreuzknoten, nur mit der einen entscheidenden Ausnahme auf dem Bremer Foto.
Er ging ins Arbeitszimmer zurück und steckte das Scannerkabel in den USB-Stecker seines Laptops. Minuten später hatte er einen vergrößerten und qualitativ besseren Ausschnitt des Schlüsselbildes vor sich. Tony wusste nichts über Knoten, nur dass dieser hier sich von den anderen unterschied. Er ging ins Internet und gab »Knoten« in eine Suchmaschine ein. Innerhalb von Sekunden hatte er eine Liste der Websites, die sich der Kunst des Knotenknüpfens widmeten. Die erste, die er ausprobierte, bot ihm einen Link zu einer Online-Newsgroup von Knotenspezialisten an. Tony rief die Newsgroup auf und schickte eine Botschaft:

Ich bin ein Ignorant, was Knoten angeht, und möchte Hilfe, einen Knoten auf einem Foto zu erkennen. Außerdem brauche ich Information, wo er wahrscheinlich verwendet wird und von wem. Gibt es irgendjemanden, dem ich das Bild als JPEG-Datei schicken kann?

Eine Antwort würde mindestens ein paar Minuten dauern, selbst wenn man annahm, dass ein Knoten-Enthusiast genau in diesem Moment online war. Um sich zu beruhigen, ging Tony in die Küche und machte sich eine Kanne Kaffee. Zum ersten Mal seit Stunden fragte er sich, wie Carol wohl klarkam. Er erinnerte sich an ihre lockere Vereinbarung, sich irgendwann zu treffen, aber er wusste nicht, wann er wegkonnte, jetzt wo es richtig zur Sache ging.

Als er an den Schreibtisch zurückkam, schickte er ihr eine E-Mail und schlug vor, dass sie sich später am Abend treffen sollten. In seinem Briefkasten war eine Nachricht von einem Absender, der sich Monkey's Fist nannte. Tony wusste genug, um den Namen eines bestimmten Knotens zu erkennen, und öffnete die Nachricht mit einem leisen Gefühl der Hoffnung.

Hallo, Knoten-Neuling. Schick mir deine JPEG-Datei, und ich seh zu, was ich tun kann.

Innerhalb von zehn Minuten sah Tony eine zweite Nachricht von seinem neuen Partner vor sich.

Gar kein Problem, Neuling. Es ist kein bekannter Knoten, aber auch kein wirklich ausgefallener. Es ist ein Slipstek. Er wurde traditionell von Matrosen verwendet, um ein Seil unten an ein Rahsegel zu binden. Es ist im Grunde ein Webeleinstek, der um sich selbst geschlungen ist. Er ist sicherer als die gebräuchlicheren zwei halben Schläge, aber unter Druck kann er blockieren. Du wolltest wissen, welche Leute ihn benutzen würden, ja? Also, wie ich schon sagte, es ist ein Seemannsknoten. Am ehesten

würden ihn wohl Leute nutzen, die mit Schifffahrt zu tun haben ...
Kipp dir einen hinter die Binde.
Monkey's Fist.

Tony lehnte sich zurück und starrte mit gesenkten Augenbrauen konzentriert auf den Bildschirm. Nach ein paar Minuten stand er auf und suchte die Bücherregale ab, die an einer Wand in Petras Arbeitszimmer standen. Auf dem untersten Regalbrett zwischen anderen extragroßen Bänden wurde er fündig. Er öffnete den Atlas und blätterte die Seiten durch. Aber die Karten waren nicht detailliert genug für das, was er wissen wollte.
Ungeduldig wandte er sich wieder dem Computer und der Suchmaschine zu. Zuerst betrachtete er die Stadtpläne aller Orte, wo die Morde vorgekommen waren. Dann studierte er verschiedene topographische Karten der Länder, in denen die Städte lagen. Schließlich verließ er das Internet und kehrte zu seinem Täterprofil zurück.

8. Bei dem Mord an Margarethe Schilling gibt es eine entscheidende Abweichung. Wir wissen, dass der Mörder bei dieser Tat überrascht wurde, und jegliche Veränderung dieser Art ist von großer Bedeutung, da wir unter Stress zu Handlungen zurückkehren, auf die wir spontan zugreifen. In diesem Fall besteht die Abweichung vom Muster in der Form des Knotens, mit dem der linke Fußknöchel an den Tisch gebunden wurde. Alle anderen Knoten sind einfache Kreuzknoten, für die man kein spezielles Wissen braucht. Aber der abweichende Knoten ist ein Slipstek, ein relativ seltener Schifferknoten.
Es ist bemerkenswert, dass alle Städte, in denen die Morde

verübt wurden, an wichtigen Wasserwegen liegen. Heidelberg und Köln sind an großen, schiffbaren, für den Frachtverkehr genutzten Flüssen, dem Neckar und dem Rhein. Obwohl Leiden keinen Industriehafen mehr hat, gibt es ein zentral gelegenes, ausgedehntes Kanalnetz im Zentrum, und in der Nähe kommen mehrere wichtige Routen in Rotterdam zusammen. Aufgrund der früheren Schlussfolgerung, dass unser Täter sich problemlos innerhalb von Europa bewegt, und aufgrund der Tatsache, dass er einen Knoten verwendet, den die meisten Laien nicht kennen würden, wage ich folgende Vermutung: Es ist gut möglich, dass der Mörder ein gewerblicher Schiffer ist, der vielleicht zu der Mannschaft eines Lastkahns gehört. Natürlich könnte er auch einfach jemand mit guten Kenntnissen über Schiffe und Seefahrt sein, der in einem anderen Bereich arbeitet, aber ich glaube, die Faktorenkombination deutet mit ziemlicher Wahrscheinlichkeit auf einen Schiffer hin.

Vorschlag: Ich habe keine Ahnung, welche Unterlagen es zur Binnenschifffahrt gibt, aber wenn es möglich ist, würde ich empfehlen, festzustellen, ob bestimmte Schiffe sich an den in Frage kommenden Tagen in der weiteren Umgebung all dieser Tatorte befanden.

Tony gönnte sich einen Moment der Zufriedenheit. Er hatte in dieser Sache ein gutes Gefühl. Endlich, fand er, ging es vorwärts. Er wusste nicht, wie weit Petra und ihre holländische Freundin mit ihren begrenzten Mitteln den Fall voranbringen konnten. Aber wenigstens war er zuversichtlich, ihnen die richtige Richtung weisen zu können. Er warf einen Blick auf seine Uhr. Er hatte keine Ahnung, wann Petra zurück sein würde, und war müde und schmutzig von der Reise. So beschloss er, sich auf den Rückweg zu seiner eigenen Wohnung zu machen, und hinterließ ihr eine Nachricht, sie solle ihn bei Gelegenheit anrufen. Wenn sie Glück hatten, würden sie sich später zusammensetzen und besprechen können, was er bis jetzt gesammelt hatte. Und wenn die Götter wirklich gnädig waren und der Europol-Plan Früchte getragen hatte, würde sie auch für ihn Neuigkeiten haben.

Marijke betrachtete stirnrunzelnd die Notizen, die sie gemacht hatte. Hartmut Karpf von der Kripo in Köln hatte sie gleich angerufen und ihr über Europol auch seine ursprünglichen Notizen gesandt, weil es Unterschiede zwischen den beiden Fällen gab, über die er mit ihr reden wollte. »Ich habe mit meinen Kollegen in Heidelberg und Bremen gesprochen und hege keine Zweifel, dass wir es mit demselben Mann zu tun haben«, hatte er gesagt. »Aber ich dachte, Sie sollten wissen, dass es sich hier meiner Meinung nach um eine beachtliche Eskalation handelt.«

»Ich danke Ihnen für den Anruf«, hatte sie gesagt. »Also, was genau liegt Ihnen vor?«

»Wollen Sie die ganze Geschichte hören?«

»Alles, was Sie haben, von Anfang an.«

Es raschelte im Hörer, dann begann er zu sprechen. »Okay. Dr. Marie-Thérèse Calvet, sechsundvierzig, Dozentin für experimentelle Psychologie an der Universität Köln. Sie kam heute früh nicht zur Arbeit, und ihre Sekretärin konnte sie zu Hause nicht erreichen. Da sie ein Seminar geben sollte, wurde einer ihrer Kollegen gebeten, für sie einzuspringen. Aber die Dias, die zu dem Text gehörten, waren in Dr. Calvets Büro eingeschlossen. So borgte sich der Kollege den Universalschlüssel vom Hausmeister und ging in ihr Büro. Dr. Calvet lag nackt und tot auf ihrem Schreibtisch festgebunden.« Karpf räusperte sich. »Ihr Kollege hat uns nicht gerade weitergeholfen. Er übergab sich direkt am Tatort.«

»Wenn es Sie beruhigt, das hat wahrscheinlich keinen Unterschied gemacht. Dieser Mörder hinterlässt uns nichts für die Spurensicherung«, tröstete ihn Marijke.

»Das habe ich gehört. Unsere Spurensicherungsgruppe war sehr verärgert. Um dies festzuhalten, Dr. Calvets Leiche lag jedenfalls mit ausgestreckten Armen und Beinen an die Tischbeine gebunden – übrigens mit vier normalen Kreuzknoten – rücklings auf ihren Kleidern, die er nach dem Festbinden weggeschnitten hatte. Und es war offensichtlich, dass das Schamhaar zusammen mit der Haut abgetrennt wurde.«

»Bis jetzt alles genau nach dem Muster«, sagte Marijke.

»Außer der Tatsache natürlich, dass er hier zum ersten Mal jemanden in der Universität getötet hat«, korrigierte sie Karpf. »Alle anderen Opfer sind in ihren Wohnungen gefunden worden.«

»Das stimmt«, sagte Marijke und hätte sich wegen ihrer dummen Bemerkung am liebsten geohrfeigt. Aber wenigstens wusste sie jetzt, dass sie es mit einem Ermittler zu tun hatte, der so scharfsinnig war, wie es dieser Fall erforderte. »Was haben Sie sonst noch gefunden?«

»Ich habe dringend eine Obduktion verlangt. Dr. Calvet hatte zwei stumpfe Kopfwunden. Zumindest eine dürfte von einem Schlag stammen, der sie für eine Weile bewusstlos machen sollte. An der Kehle waren Druckstellen, die zu manueller Strangulation passen.«

»Das ist etwas Neues«, bestätigte Marijke.

»Die Todesursache war jedoch Ertrinken. Eine Art Rohr war ihr unter Anwendung von Gewalt in den Rachen gestoßen und Wasser hineingeschüttet worden. Wie in den anderen Fällen auch, glaube ich. Aber der wirklich bedeutsame Unterschied ist der, dass Dr. Calvet vor dem Mord vergewaltigt wurde.«

»Oh nein«, flüsterte Marijke. »Das ist schlimm. Das ist sehr schlimm.«

»Finde ich auch. Töten allein ist ihm nicht mehr genug.«

Dazu war nicht mehr viel zu sagen gewesen. Marijke hatte versprochen, Karpf einen kompletten Bericht über den Mord an Pieter de Groot zu schicken, und er versicherte ihr, dass ihr das gesamte, für seinen Fall wichtige Material sofort über Europol zugesandt würde. Das Einzige, was Marijke ihm nicht verriet, war das, was sie als Nächstes vorhatte. Sie rief ihr E-Mail-Programm auf und begann eine Nachricht zu schreiben. Eskalation konnte ein Profil erheblich verändern. Dr. Hill musste so bald wie möglich erfahren, was sie herausgefunden hatte. Marijke mochte zwar nicht viel über Serienmörder wissen, aber ihr war auf jeden Fall klar, dass, wenn ein so beherrschter Typ wie dieser Mörder die Kontrolle zu verlieren schien, ein Leben wirklich nicht mehr sehr viel zählte.

Kapitel 27

Das Séparée sah aus wie die Nachbildung eines Jagdzimmers aus dem neunzehnten Jahrhundert. Die Holzverkleidung an den Wänden war nur durch schwere Ölgemälde mit ländlichen Motiven aufgelockert. Ein Hirschgeweih hing an der einen Wand, an der anderen der Kopf eines Wildschweins, dessen Glasaugen im Kerzenlicht glänzten. Ein Holzfeuer loderte in einer Kaminecke, die von zwei Clubsesseln mit Lederbezug eingerahmt wurde. Mitten im Raum stand ein kleiner runder Tisch mit glänzendem Kristall und Tafelsilber auf blendend weißer Tischwäsche. Aber alles war nur eine elegante Fälschung.

Ein bisschen wie ich, musste Carol unwillkürlich denken. Sie hatte nicht erwartet, Tadeusz so bald nach ihrem plötzlichen Abgang von seinem Boot wiederzusehen. Aber kaum eine Stunde nach ihrer Rückkehr in das Apartment stand eine Frau vom Lieferservice eines Floristen vor ihrer Tür, die von einem riesigen Blumenstrauß fast verdeckt wurde. Auf der Karte stand: *Es tut mir Leid. Meine Manieren sind unmöglich. Ich rufe bald an – bitte hängen Sie nicht auf. Tadzio.*

Sie fühlte sich körperlich erleichtert, senkte die Schultern, und ihre Rückenmuskeln entspannten sich. Sie hatte es also doch nicht verbockt. Gott sei Dank hatte die von ihr ausgeknobelte

Reaktion sich als die richtige erwiesen, um ihn zu entwaffnen. Als er anrief, gelang es ihm, sich freundlich zu entschuldigen, ohne zu Kreuze zu kriechen. Und deshalb hatte sie seine Einladung zum Abendessen angenommen. Sie hätte gern mit Tony ihre Strategie besprochen, konnte ihn aber nicht erreichen. Sie würde sich mit einem nachträglichen Gespräch am späten Abend begnügen müssen.

Um in dieses Séparée zu gelangen, waren sie im Aufzug zum siebzehnten Stock eines der modernsten Hochhäuser am Potsdamer Platz gefahren und durch den Rezeptionsbereich eines modernen Hotels gegangen. Als sie dann die Schwelle überschritten, betraten sie eine andere Welt. Carol konnte ein perlendes Lachen nicht unterdrücken. »Das ist ja absurd«, sagte sie.

Tadeusz strahlte. »Ich hatte gehofft, dass Sie so reagieren würden. Ich kann das hier nicht ernst nehmen, aber das Essen ist außergewöhnlich gut, und ich meine, es ist eine Erfahrung, die man mindestens einmal machen sollte.«

Sie saßen am Feuer, und ein Kellner, der nur für sie da war, sie aber in Ruhe ließ, brachte Sekt und sagte, sie könnten ihn per Knopfdruck rufen, wenn sie bestellen wollten. »Es tut mir wirklich Leid wegen heute Nachmittag, ich glaube, Ihre Ähnlichkeit mit Katerina hat mich ganz verwirrt. Da konnte ich nicht klar denken. Und in unserer Branche stellt sich natürlich immer leicht übertriebenes Misstrauen ein.«

»Ich will nicht abstreiten, dass ich wütend war. Schließlich bin ich nicht daran gewöhnt, dass man mir einen Mord vorwirft«, sagte Carol und klang absichtlich leicht verärgert.

Er senkte den Kopf und nickte bedauernd. »Es ist keine gute Basis, um Vertrauen aufzubauen. Ich schäme mich, wenn das ein Trost ist.«

»Lassen Sie uns versuchen, es zu vergessen. Ich verspreche,

dass ich nicht wieder plötzlich weggehen werde, wenn Sie versprechen, mich nicht mehr zu fragen, ob ich meine Geschäftspartner umbringe.« Sie lächelte.
»Ich verspreche es. Vielleicht kann ich meine guten Absichten beweisen, indem ich mir die Einzelheiten Ihres Vorschlags anhöre?«, sagte Tadeusz.
In Carols Magen tanzten Schmetterlinge. Sie wusste, dass dies einer der Punkte war, auf die es bei der Operation wirklich ankam. Sie atmete tief durch und fing an, wieder ihr fiktives Unternehmen in East Anglia zu beschreiben. »Für ein Dach über dem Kopf und Essen arbeiten sie ein Jahr lang für mich, ohne Löhne zu erhalten. Am Ende dieser Zeit bekommen sie einen italienischen Pass und sind frei. Und das ist die Vereinbarung«, schloss sie resolut.
Er zog die Augenbrauen hoch. »Also eine Art Sklaverei?«
»Ich sehe es eher als einen Arbeitsvertrag«, sagte sie. »Natürlich will ich nur Erwachsene haben. Keine Familien – Kinder bringen mir nichts.« Carol staunte selbst, wie leicht es ihr fiel, die Rolle der kompromisslosen Geschäftsfrau zu spielen, die sie angeblich war. Sie schien eine Seite ihres Charakters einzusetzen, von deren Existenz sie selbst nichts gewusst hatte. Sie war nicht sicher, dass sie diese kalte, berechnende Person mochte, aber es kostete sie erstaunlich wenig Anstrengung, die Persönlichkeit zu sein, die sie sich für Caroline Jackson ausgedacht hatte.
»Ich handle nicht mit Kindern.«
Carol hob die Brauen. »Ich hatte keine Ahnung, dass Sie so eine sentimentale Ader haben.«
»Es hat nichts mit Sentimentalität oder Zimperlichkeit zu tun«, sagte er. »Kinder sind schwer unter Kontrolle zu halten. Sie sind laut. Sie weinen. Und sie verleiten ihre Eltern dazu, törichte, waghalsige Heldentaten zu begehen. Es ist besser,

auf sie zu verzichten. Wenn wir also zu einer Vereinbarung kommen, können Sie beruhigt sein, dass Sie von mir keine Kinder geschickt bekommen werden.«

Jetzt sprach er offen und klar, stellte Carol insgeheim begeistert fest. Irgendwie war es ihr gelungen, seine Abwehrmechanismen zu durchbrechen. Sie kam nicht darauf, dass der Grund für seine Offenheit teilweise darin lag, dass sie sich auf seinem Territorium befand. Wenn sie sich als gefährlich erwies, konnte er sie, ohne Spuren zu hinterlassen, für immer zum Schweigen bringen. Hätte sie an diese möglichen Konsequenzen gedacht, hätte sie wahrscheinlich nicht den Mut gehabt, den Einsatz zu erhöhen, wie sie es jetzt tat. »Ich bin froh, dass wir uns verstehen. Aber bevor wir über Bedingungen und Einzelheiten reden, will ich sehen, wie Ihr Betrieb läuft. Sie könnten mich ja jederzeit mit einem Anruf bei den britischen Behörden preisgeben, wenn es Ihnen passt. Ich muss also sicher sein, dass ich es hier mit einer Firma zu tun habe, die genauso professionell ist wie meine.«

Das war eine Herausforderung, ein Fehdehandschuh. Tadeusz sah sie lange scharf an und beobachtete das wechselnde Kaminlicht auf ihren Gesichtszügen, die ihm so fremd und doch zugleich so vertraut wie seine eigenen waren. »Woher weiß ich, dass ich Ihnen vertrauen kann?«

»Wie ich schon sagte. Sie werden etwas über mich in der Hand haben. Ich zeige Ihnen mein Unternehmen, und Sie zeigen mir Ihres. Nehmen Sie sich Zeit. Entscheiden Sie nicht jetzt. Denken Sie darüber nach. Schlafen Sie darüber. Tun Sie, was Sie tun müssen, um sich zu vergewissern, dass man mir trauen kann. Aber wenn Sie nicht bereit sind, mich sehen zu lassen, dass Sie eine ernst zu nehmende Aktion leiten können, riskiere ich es nicht mit Ihnen.«

Er sah sie mit undurchdringlichem Gesicht an. Carol fragte sich, ob sie ihn zu heftig bedrängt hatte und zu schnell vorgegangen war. Hatte sie ihn verloren, bevor er angebissen hatte? Schließlich trat ein Lächeln auf seine Lippen. »Ich werde zusehen, was sich machen lässt. Aber jetzt wollen wir uns doch lieber amüsieren.«

Eine Welle purer Heiterkeit ergriff Carol. Sie kam wirklich voran, es war ein tolles Gefühl. Sie zog ihre Beine auf den großen Ledersessel hoch, schlug die Speisekarte auf und sagte: »Warum nicht?«

Als Tony die ausführliche Nachricht von Marijke las, fand er, das Schlimmste am Erstellen von Täterprofilen seien die Morde, die er nicht verhindern konnte. Seine Arbeitsweise war intensiv, er vertiefte sich in die Persönlichkeit des Täters und suchte nach einem Sinn hinter seinem Verhalten, das der Rest der Welt als monströs und pervers verdammte. Es war, als führe er einen Dialog mit den Toten, der ihm einen Weg zu einer Art Interaktion mit der Psyche des Mörders wies. Theoretisch sollte dies der Polizei als Wegweiser auf ihrer eigenen Landkarte der gesammelten Informationen dienen, ein Wegweiser, der sie in die richtige Richtung führen würde. Als aber jetzt ein zusätzlicher Name auf der Liste der Opfer erschien, war es unmöglich, dies nicht gewissermaßen als persönliches Versagen zu deuten.

Er wusste, es war wichtig, nicht zuzulassen, dass diese tiefe Enttäuschung sein Vertrauen in das, was er schon erreicht hatte, aushöhlte. An dem, was Marijke ihm mitgeteilt hatte, war nichts, was irgendeine seiner früheren Schlussfolgerungen erschütterte. Jetzt musste er das neue Material analysieren und in sein Profil integrieren. Es waren einfach neu hinzugekommene Daten, weder eine unausgesprochene Kritik an seiner

Arbeit noch ein Anzeichen von Misserfolg, sagte er sich mit Nachdruck.

Beinahe konnte er es glauben, aber doch nicht ganz. Er las noch einmal, was mit Dr. Calvet geschehen war, und presste die Lippen zusammen, als er die Szene vor sich sah. Diese winzige, schwache Frau, die keinerlei Verdacht geschöpft hatte, war für Geronimo ein leichtes Opfer gewesen. Merkwürdig, dachte er. Die meisten Mörder hätten sich ein so einfaches Zielobjekt zuerst vorgenommen. Aber dieser Mörder hatte so viel Vertrauen in seine Fähigkeiten, dass er mit viel größeren Herausforderungen angefangen hatte. Tony fragte sich, ob die Tatsache, dass er in Bremen gestört wurde, sein Selbstbewusstsein so erschüttert hatte, dass er absichtlich ein schwächeres Opfer gewählt hatte, weil er den Glauben an sich selbst stärken wollte. »Es muss ein Schock für dich gewesen sein, dass dich jemand mitten im Augenblick deines Triumphes unterbrach«, sagte er leise. »Du bist irgendwie damit klargekommen, aber es muss dich noch quälen. Hast du deshalb dieses Opfer in seinem Büro getötet? Dachtest du, dass du dort am Abend, wenn alle nach Hause gegangen waren, eher ungestört sein würdest?«

Was immer die Antwort war, der geänderte Schauplatz zeigte, dass Geronimo in Bezug auf einige Elemente seiner Verbrechen flexibel war. Aber die Vergewaltigung und die versuchte Strangulation waren keine Kennzeichen für Anpassungsfähigkeit. Sie wiesen auf etwas anderes hin. Er zog den Laptop näher heran und fing an zu tippen.

Nach dem Mord an Dr. Calvet in Köln wird er in einem Zustand beträchtlicher Erregung sein. Den ersten drei Morden haftete anscheinend kein augenfälliges Element von Sexualität an. Aber Ritualmorde von Serientätern haben im-

mer auch etwas mit der erotischen Befriedigung des Mörders zu tun. Dass es bei den früheren Verbrechen keinen klaren Hinweis darauf gab, scheint mir zu zeigen, dass er die sexuelle Komponente seiner Taten verleugnete. Die Vergewaltigung von Dr. Calvet sollte, genau genommen, nicht als Eskalation seines Handelns gesehen werden. Konkret betrachtet, stellt sie das Auftauchen einer Motivation dar, die von Anfang an da war, wenn auch unterdrückt.
Bedeutsamer ist aber, dass er sich diesen Zusammenbruch seiner Selbstbeherrschung geleistet hat. Ich glaube, dass es zum Teil deshalb dazu kam, weil er bei dem Mord in Bremen gestört wurde. Aus diesem Grunde muss er beträchtlich verwirrter und viel nervöser gewesen sein, als er sich Dr. Calvet näherte. Ich glaube, er war selbst über sein Verhalten in Köln geschockt. Um die Verleugnung der erotischen Natur seiner Handlungen weiter aufrechterhalten zu können, hat er sich wahrscheinlich eingeredet, eine selbstlose Mission zu verfolgen. Aber jetzt, wo er bis zur Vergewaltigung abgestiegen ist, wird es schwieriger für ihn sein, sich weiter auf diese Selbsttäuschung zu berufen.
Was bedeutet das für seine Auffindung und die Verhinderung weiterer Verbrechen?
Ich glaube, er wird sehr bald wieder zu töten versuchen, vielleicht schon in ein paar Tagen. Er muss sein Selbstbild als eine Art Racheengel oder Vergelter von Unrecht wieder herstellen, um den Eindruck zu verwischen, dass er vorübergehend in das Verhalten eines, wie er es wohl sehen würde, »gewöhnlichen« Kriminellen abgerutscht war.
Wenn ich damit Recht habe, dass er irgendwie mit den Wasserwegen zu tun hat, könnten seine Möglichkeiten auf einen recht kleinen geographischen Bereich beschränkt sein. Ich glaube, die Zeit ist reif, seine potentiellen Opfer

über die Gefahr zu informieren. Aber ich würde dringend empfehlen, dies unauffällig zu tun, um den Täter nicht aufmerksam zu machen. Polizeibeamte sollten mit Universitätsinstituten, die auf experimentelle Psychologie spezialisiert sind, persönlich Kontakt aufnehmen. Wenn sie die beste Chance haben wollen, den Mörder zu fassen, sollten sie die Notwendigkeit von Vertraulichkeit betonen und zur Mithilfe auffordern. Man sollte nach Hochschullehrern fahnden, die wegen Interviews für eine neue Internet-Zeitschrift kontaktiert wurden. Dann wäre es möglich, eine Fangaktion zu organisieren. Wenn dies schnell geschähe, könnte vielleicht ein fünfter Mord verhindert werden.

Tony las das, was er geschrieben hatte, noch einmal durch und schickte es dann an Marijke und Petra, mit einer Kopie an Carol. Nach dem, was Marijke ihm gesagt hatte, sah es aus, als würden die Fälle bereits im bürokratischen Papierkrieg stecken bleiben, da alles durch eine Sicherheitsschleuse im Europol-Computerzentrum in Den Haag weitergeleitet wurde. Er hoffte, dass sie gemeinsam die Ermittlung vorantreiben könnten. Andernfalls würden sie letzten Endes alle noch mehr Schuld auf sich laden.

Tadeusz begleitete Carol bis zur Tür des Apartmenthauses.
»Danke«, sagte sie. »Es war ein interessanter Abend.«
Er verbeugte sich tief und küsste ihr die Hand. »Danke, dass Sie gekommen sind. Ich rufe Sie an, ja?«
Erleichtert, dass er nicht auf eine Tasse Kaffee bei ihr anspielte, nickte Carol. »Ich freue mich darauf. Gute Nacht.«
Sie nahm den Aufzug zum dritten Stock und betrat ihre Wohnung. Wenn er unten auf der Straße stand und sie beobachtete, würde er sehen, dass sie direkt nach Hause gegangen war.

Auf dem Weg ins Schlafzimmer machte sie den Reißverschluss auf und ließ ihr Kleid zu Boden fallen. Sie wollte Tony sehen, aber nicht in Caroline Jacksons Kleidern, in denen noch ein Hauch von Tadeusz' Zigarrenrauch hing. Sie nahm ein sauberes T-Shirt und Jeans und zog sich hastig um, ging dann die zwei Treppen zu seiner Wohnung hinunter, vergewisserte sich aber, dass niemand im Flur war und sie beobachtete.

Er sah angestrengt aus, dachte sie, als er die Tür öffnete. Aber er hatte ja auch den ganzen Tag damit zugebracht, den Mord an einer Bekannten zu untersuchen. Es wäre seltsamer gewesen, wenn er sie mit einem fröhlichen Grinsen begrüßt hätte. Sie ging auf ihn zu und küsste ihn auf die Wange. Als Antwort umarmte er sie fest. »Es ist schön, dich zu sehen«, sagte er. »Wie ist es heute gegangen?«

»Es war interessant«, sagte Carol, »ungefähr so wie in: ›Mögest du in interessanten Zeiten leben.‹«

Tony ging ins Wohnzimmer voraus, wo die Vorhänge schon zugezogen waren, und sie setzten sich auf die beiden Couchenden, immer noch ziemlich unsicher in Bezug auf den neuen Charakter ihrer Beziehung. »Erzähl es mir«, sagte er und goss ihr ein Glas Rotwein aus der offenen Flasche auf dem Tisch ein.

Carol brachte ihn über die Ereignisse des Tages aufs Laufende. Den Kopf zur Seite geneigt, hörte er aufmerksam zu. Schließlich sagte er: »Es musste so kommen. Der Augenblick musste kommen, wo er plötzlich wegen der Ähnlichkeit zwischen dir und Katerina ausflippen und misstrauisch werden würde.«

»Na ja, obwohl es nicht ganz unerwartet kam, hat es mich doch aus der Fassung gebracht. Ich hatte keine Idee, wie ich reagieren sollte.«

»Du hast dich an deinen Instinkt gehalten, was in deinem Fall immer eine gute Entscheidung ist. Du reagierst gut, Carol, und das war heute Nachmittag von Vorteil für dich. Du hast nicht kapituliert, du hast es ihm einfach zurückgegeben, was die beste Möglichkeit war, ihn von dem abzulenken, was ihn nicht loslässt. Aber du solltest nicht überrascht sein, wenn so etwas wieder vorkommt.«

»Was soll ich dann nächstes Mal tun? Wieder brüskiert sein?«

Tony fuhr sich durchs Haar. »Ich habe nicht auf alles eine Antwort, Carol. Ehrlich gesagt, ich habe mich selten weniger unfehlbar gefühlt als heute Abend.«

Carol hob die Augenbrauen. »Nanu, du warst doch derjenige, der versprochen hat, mir bei dieser Sache zu helfen«, warf sie ein.

»Ich weiß, aber ich bin nicht sicher, ob ich mich verantwortlich fühlen möchte, wenn ich etwas vorschlage, das dann schief geht«, sagte Tony mit einem müden Lächeln.

Carol wich unwillkürlich etwas zurück. »Du könntest Katholiken Seminare in Schuldgefühlen geben, weißt du das? Hör zu, Tony, ich habe dich nur um einen Rat gebeten. Aber für mein Handeln übernehme ich schon selbst die Verantwortung.«

Er verfluchte sich heimlich, dass er schon wieder nicht den rechten Ton gefunden hatte. »Du willst also Ratschläge?«, sagte er barsch. »Okay, ganz unvoreingenommen würde ich sagen, wenn Radecki wieder fragt, solltest du ihm sagen, dass du Osborne nicht umgebracht hast und dass du nicht weißt, wer es war. Und dass die Ähnlichkeit mit Katerina für dich genauso heikel ist wie für ihn. Dass du nicht willst, dass die Leute in dir jemanden sehen, der seinen privaten Kummer für geschäftliche Zwecke ausnutzt. Und dass es, offen gesagt, für dich einfacher wäre, die ganze Sache kurzerhand abzuschreiben, weil es nicht schwer ist, eine Bezugsquelle für illegale Arbeiter zu finden.«

Carol nickte. »Danke, darüber werde ich nachdenken«, sagte sie steif.

Tony schüttelte den Kopf. »Soll ich rausgehen und wieder reinkommen? Dann können wir noch mal von vorne anfangen? Hör zu, wir sind beide müde und gestresst, wir sollten das nicht aneinander auslassen.« Er nahm ihre Hand und umfasste ihre warmen Finger mit den seinen. »Sag mir, wie du dich fühlst.«

Carol zuckte mit den Schultern. »Es ist schwer zu beschreiben. Eine Mischung aus überschwänglicher Freude, weil ich das Gefühl habe, es besser gemacht zu haben, als ich zu hoffen wagte, und aus schrecklicher Angst, weil ich weiß, dass ich bei einem Patzer kein Sicherheitsnetz habe. Ich lebe nur von purem Adrenalin, und das ist aufreibend. Mach es mich vergessen und erzähl mir, wie dein Tag war.«

»Das ist auch nicht unbedingt erbaulich. Es hat einen vierten Mord gegeben.«

Ihre Augen weiteten sich, so schockiert war sie. »So bald? Das ist sehr schnell hintereinander.«

»Und er verliert die Kontrolle.« Tony fasste kurz zusammen, was er gerade am Abend von Marijke erfahren hatte. »Willst du meinen Entwurf für das Profil sehen?«

»Wenn du nichts dagegen hast, ihn mir zu zeigen.«

Er stand auf und zog ein paar Bogen Papier aus seiner Aktentasche. »Hier«, sagte er und gab sie ihr. »Möchtest du Kaffee?«

»Mhm, bitte«, sagte Carol, die schon dabei war, den üblichen vorformulierten Haftungsausschluss in der Einleitung zu lesen. Während er den Kaffee machte, las sie aufmerksam den kurzen Bericht. Tony ließ sie in Ruhe, bis sie fertig war, dann kam er mit dem Kaffee.

»Also, was meinst du?«, fragte er. »Eigentlich finde ich es ein bisschen dünn. Ich meine, ich habe nichts gefunden, was die Ermittlung entscheidend vorwärts bringt.«
»Wenn man bedenkt, wie wenig du hattest, von dem du ausgehen konntest, würde ich meinen, du hast deine Sache gut gemacht«, sagte Carol beruhigend. »Das Wichtigste ist natürlich deine Theorie, dass er mit Schiffen und Wasserwegen zu tun hat.«
»Ja, aber hast du eine Ahnung, wie viel Frachtverkehr es auf den Wasserwegen von Holland und Deutschland gibt? Es muss Tausende von Fahrzeugen auf den Flüssen geben, und unser Mann könnte auf jedem beliebigen tätig sein. Ich weiß nicht einmal, ob es Unterlagen zu den jeweiligen Routen gibt. Heute Abend habe ich noch kurz mit Marijke gesprochen, und sie meinte, die Schiffe müssten sich anmelden, wenn sie die Schleusen passieren oder an den Kais festmachen. Aber das reduziert die Zahl noch nicht sehr, und alle diese Listen durchzugehen könnte Monate dauern. Wir haben nicht monatelang Zeit, Carol.«
»Und selbst eine Vorwarnung der potentiellen Opfer muss nicht unbedingt dazu beitragen, ihn zu fassen«, sagte Carol.
»Das ist richtig. Es ist möglich, dass er einfach vorübergehend untertaucht und sich mit einer neuen Strategie meldet, um seine Opfer in Bedrängnis zu bringen.«
»Wenn er Internet hat, was würde es bringen, bei den Internet-Versandbuchhändlern nachzufragen, wer eine große Auswahl an Büchern über Psychologie gekauft hat?«, fragte Carol.
Tony zuckte mit den Achseln. »Wenn er auf einem Schiff lebt, wäre es für ihn leichter, die Bücher in einer Buchhandlung zu kaufen, statt sie an eine Adresse schicken zu lassen, zu der er einige Wochen lang vielleicht gar nicht zurückkommt.«

»Das stimmt allerdings«, sagte sie und versuchte nicht zu niedergeschlagen zu klingen. »Was ist mit dem Stasi-Aspekt?«

»Petra hat für morgen ein Treffen mit einem Historiker arrangiert. Aber da glaube ich auch, dass wir die Stecknadel im Heuhaufen suchen.«

»Es interessiert mich, wie er das sieht, was er tut«, überlegte Carol. »Wenn du Recht hast und er meint, dass sein Leben verkorkst ist, weil jemand, der ihm nahe stand, ein Opfer von Psychoterror war, was für ein Ziel hat er dann? Ganz einfach Rache? Oder versucht er eine umfassendere Botschaft zu übermitteln?«

»Na ja, es hängt davon ab, ob wir bewusste oder unterbewusste Motive betrachten«, sagte Tony. »Ich würde sagen, unterbewusst versucht er, sich zu rächen. Aber das ist zu persönlich, zu kleinlich für ihn, um es als Hauptmotiv anerkennen zu können. Ich meine, er sieht sich als jemand, der den Augiasstall der Psychologie ausmistet. Er schickt die Botschaft aus: Wer mit den Herzen der Menschen spielt, hat den Tod verdient.«

Carol schob stirnrunzelnd ihre Tasse hin und her. »Ich weiß, das wird jetzt abwegig klingen, aber glaubst du, dass er das, was er tut, als eine Art Kur sieht? Eine Form extremer Therapie? Jetzt werdet ihr euch eurer schrecklichen, zerstörerischen Gewohnheit nicht mehr hingeben?«

Das war es, was Tony so toll an der Zusammenarbeit mit Carol fand. Ihre Gedanken schweiften in eine andere Richtung ab, und sie kam mit Ideen zurück, die ihm entweder nicht einfielen oder die er als zu unwahrscheinlich verworfen hätte, um sie in Betracht zu ziehen. Sie war schon früher so verfahren und hatte damit Recht gehabt, während er auf der falschen Fährte gewesen war. »Weißt du was, das ist keine schlechte Idee«, sagte er langsam. »Aber was machst du daraus?«

»Ich bin nicht sicher ...« Carol starrte an die Wand und versuchte, eine Idee in Worte zu fassen, die sich in einem Winkel ihres Bewusstseins verbarg. »Wenn er sich als ein Instrument der Rache versteht, könnte es dann nicht sein, dass er sie noch weiter demütigt, indem er selbst die Mittel ihres Berufs anwendet? Ob er wohl für wissenschaftliche Zeitschriften geschrieben und ihre Arbeit verurteilt und kritisiert hat? Es wäre vielleicht interessant, auch eine Internetsuche durchzuführen, da er sich ja anscheinend als Journalist für eine Internet-Zeitschrift ausgibt.«
Tony nickte. »Es ist möglich. Jedenfalls lohnt es sich, das mal zu betrachten.«
»Oder vielleicht hat er an ihre Institute geschrieben und ihre Fehlleistung als Wissenschaftler kritisiert?« Carol schaute gedankenverloren in die Ferne. »Vielleicht sieht er das letzte Treffen mit ihnen als eine Art therapeutische Sitzung an?«
»Du meinst, er glaubt, sie seien die Patienten, und er sei derjenige, der sie kuriert?«
»Genau. Was meinst du?«
»Es ist möglich. Und?«, fügte Tony hinzu und drängte Carol weiter, um zu sehen, wohin sie dieser Gedanke führen würde.
Sie rutschte auf der Couch näher heran und lehnte sich an ihn.
»Nichts weiter. Tut mir Leid. Das ist mein Teil.«
»Macht nichts. Intuition kommt nicht auf Befehl. Ich werde Petra und Marijke vorschlagen, dass sie in Erfahrung bringen, ob es in der Öffentlichkeit oder in wissenschaftlichen Kreisen Kritik an den Arbeiten der Opfer gegeben hat.« Er legte den Arm um sie.
»Ach, das ist so gemütlich« seufzte Carol. »Ich wünschte, ich müsste nicht wieder nach oben gehen.«
Tony schluckte. »Das brauchst du auch nicht.«
»Ich glaube doch. Wir haben so lange gewartet, bis wir an die-

sen Punkt gekommen sind. Ich will nicht, dass bei unserem ersten Mal Radeckis Schatten über uns hängt. Ich will, dass nur wir beide es sind, du und ich, etwas ganz Besonderes.« Sie wandte ihm das Gesicht zu. »Ich kann noch ein bisschen länger warten.«

Er beugte sich zu ihr hinunter und gab ihr einen sanften Kuss auf die Lippen. »Du bist entschlossen, mir keine Ausrede fürs Schiefgehen zu lassen, hm?«, sagte er und versteckte seine Beklemmung hinter einem scherzhaften Lächeln.

»Sei still«, sagte sie und legte ihm warnend einen Finger auf die Lippen. »Ich mach mir keine Sorgen, und du solltest das auch nicht tun.« Sie löste sich von ihm. »Und jetzt gehe ich zu Bett. Wir haben beide zu viel Verantwortung, um uns den nötigen Schlaf rauben zu lassen.« Sie stand auf. »Ich finde schon selber raus. Und ich seh dich bald wieder.«

Er sah ihr nach, wie sie durch den Raum ging, und war erstaunt über das warme Gefühl der Zufriedenheit, das ihn erfüllte. Vielleicht, ja, vielleicht würden sie es schaffen.

Krasic kam kurz nach acht in Tadeusz' Apartment, in der Hand eine Tüte mit frischem Gebäck von der türkischen Bäckerei an der Ecke der Karl-Marx-Allee nahe seiner Wohnung. Während sein Chef den Kaffee machte, schüttete er den Inhalt der Tüte auf einen Teller und sammelte zerstreut mit der befeuchteten Zeigefingerspitze die Krumen auf. »Sie ist ein unbeschriebenes Blatt, diese Caroline Jackson«, sagte er. »Niemand scheint viel über sie zu wissen. Man hat den Namen gehört, aber nicht viele Leute haben sie je persönlich gesehen. Ich habe noch einmal mit dem Dealer gesprochen, mit dem Kramer dich in Kontakt gebracht hat. Er sagt, er hätte sie zum ersten Mal vor ungefähr sechs Jahren getroffen, als sie riskante Immobiliengeschäfte in Norwich machte.«

»Was für riskante Immobiliengeschäfte?« Tadeusz goss Kaffee ein und trug die Tassen zum Tisch hinüber. »Hör auf, die Krümel zu essen, Darko, du bist kein Bauer mehr«, fügte er freundlich hinzu.

Krasic setzte sich und nahm einen Schluck des kochend heißen Kaffees. Dass er so heiß war, schien ihn nicht zu stören. »Sie bekam einen Hinweis auf ein Supermarkt-Projekt, für das alte Häuser abgerissen werden mussten. Manche der Besitzer wollten zu dem absoluten Spottpreis, den sie bot, nicht an sie verkaufen, also hat sie die üblichen Methoden angewandt, um sie zu überzeugen.«

»Gewalt?«, fragte Tadeusz und nahm sich ein Hörnchen mit geröstetem Sesam.

»Nur wenn es gar nicht anders ging. Eher allgemeiner Terror gegen die Besitzer. Du weißt schon. Eingeschlagene Autoscheiben. Hundekot im Briefkasten. Kränze für eine Beerdigung auf der Türschwelle. Die ganze Nacht alle zwanzig Minuten Taxis, die sie nicht bestellt hatten. Sie war äußerst phantasievoll, nach allem, was man hört. Jedenfalls verkauften letzten Endes alle außer einer alten Dame, die hartnäckig darauf bestand, sie sei dort geboren und würde dort auch sterben. Na ja, sie war hartnäckig, bis sie eines Tages vom Einkaufen zurückkam und ihre Katze an die Haustür genagelt fand.«

Tadeusz zog die Luft scharf durch die Zähne ein. »Skrupellos. Das gefällt mir an einer Frau«, sagte er und grinste. »Ich nehme an, sie hat einen Riesengewinn gemacht, als sie das Land an den Supermarkt verkauft hat?«

»Kramers Bekannter schätzt, dass sie ungefähr eine Viertelmillion rausbekommen hat. Sie hat es als Einsatz für weitere Grundstücksgeschäfte genommen. Aber nie macht sie sich selbst die Hände schmutzig. Sie hält immer Abstand, sagt er. Und mit Drogenhandel hat sie überhaupt nichts zu tun. Er hat ihr einmal einen Anteil an einer Transaktion angeboten, aber sie sagte, sie wolle nicht der Sorte von Gangstern verpflichtet sein, mit denen er sich abgab. Er hat gehört, dass sie etwas auf einem alten Gelände der Amerikaner laufen hat, irgendwo draußen in der Pampa, aber er hat keine Ahnung, wo es ist.«

»Na ja, das passt.« Tadeusz wischte sich mit einer Leinenserviette die Krumen ab und griff nach seinem Zigarrenetui auf der anderen Seite des Tisches. »Und persönlich? Was ist ihr Hintergrund?«

»Was du mir gesagt hast, scheint koscher zu sein. Erinnerst du dich an den Typ, den wir letztes Jahr bezahlt haben, um die Computer beim Zollamt zu knacken? Hansi der Hacker? Also, ich hab ihm ein Bündel Kohle gegeben, damit er alles über Jackson auskundschaftet. Sie ist geboren, wo und wann sie angegeben hat. Hat an der Universität in Warwick studiert. Hat in den letzten drei Jahren am selben Ort gewohnt, in einem beknackten Herrenhaus in Suffolk. Zahlt ihre Steuern. Beim Finanzamt hält man sie für eine freiberufliche Beraterin, was immer das sein mag. Sieht auf dem Papier wie eine unbescholtene Bürgerin aus. Nicht vorbestraft, obwohl ihr mal Verabredung zur Rechtsbeugung vorgeworfen wurde. Aber sie haben es nie geschafft, sie vor Gericht zu bringen.«

»Wie steht's mit Freunden? Ehemann? Geliebter?«

»Nichts. Kramers Kumpel nennt sie die Eisprinzessin. Er hat sie nie mit jemandem gesehen. Könnte Lesbe sein, soweit er weiß.«

Tadeusz schüttelte den Kopf, ein wissendes Lächeln auf den Lippen. »Sie ist keine Lesbe, Darko.«

Krasic sah einen Moment panisch erschrocken aus. »Du hast doch nicht mit ihr gebumst?«, fragte er in einem Ton, in dem sich Empörung und Ungläubigkeit mischten.

Tadeusz schloss die Augen und stieß den Rauch aus. »Musst du immer so plump sein?«, sagte er scharf.
Krasic zuckte mit den Schultern. »Sie ist nicht Katerina, Tadzio. Sie ist genauso eine Gaunerin wie wir.«
Tadeusz starrte ihn an. »Ich weiß sehr wohl, dass sie nicht Katerina ist. Aber du hast sie trotzdem mit Respekt zu behandeln, Darko. Es ist doppelt so schwer für eine Frau, sich in der Unterwelt durchzusetzen, und sie hat sich behauptet. Sprich also nicht über sie, als wäre sie eine Schlampe von der nächsten Straßenecke. Ist das klar?«
Krasic wusste, dass es nicht ratsam war, dem unterdrückten Ärger in der Stimme seines Chefs zu widersprechen. »Wie du meinst«, murmelte er.
»Nur damit das klar ist, wir haben nichts miteinander, ich und Caroline«, fuhr Tadeusz fort und klang angespannt und distanziert. »Ich genieße ihre Gesellschaft. Wenn ich mit ihr zusammen bin, fühle ich mich mehr mit mir selbst einig, als es seit langem der Fall war. Ich hätte eher gedacht, dass dir das recht ist, in letzter Zeit scheinst du dir ja Sorgen zu machen, ich könnte keinen klaren Kopf haben.« Er schob seinen Stuhl zurück und stand brüsk auf. »Übrigens, ist mit Marlenes Tochter alles in Ordnung?«
»Ja, ich habe gestern Abend meinen Cousin angerufen. Er hat keine Unbekannten in der Nähe des Hauses gesehen. Er sagt, die Göre jammert die ganze Zeit, dass es immer so langweilig ist, aber was kann man erwarten, wenn sie den ganzen Tag im Haus eingesperrt ist?«
»Wenigstens ist sie sicher aufgehoben. Also, dann geh doch und rede mit deinen chinesischen Freunden und erkundige dich, wann sie uns eine weitere Ladung schicken wollen. Wir sollten bis Ende des Monats für das Geschäft bereit sein.«
»Du willst ins Geschäft mit ihr einsteigen?«

»Ich glaube, ja. Sie will sehen, wie wir arbeiten, bevor sie fest zusagt. Also kümmere dich darum, dass alles gut läuft, klar?«
Krasic versuchte, die Bestürzung zu verbergen, die er fühlte. »Du weihst eine Außenseiterin in unseren Unternehmungen ein?«
»Sie wird keine Außenseiterin sein, oder? Sie wird einsteigen. Wir haben sie überprüft, oder? Also, jetzt will sie uns überprüfen. Und wenigstens tut sie es offen, nicht unter der Hand wie wir.«
Krasic schüttelte zweifelnd den Kopf. »Ich weiß nicht, wir haben immer alles unter uns und hinter verschlossenen Türen geregelt, und das hat funktioniert.«
Tadeusz legte eine Hand auf seinen Arm. »Schau, Darko, ich weiß, dass du ihretwegen beunruhigt bist. Aber ich habe in den letzten zwei Tagen viel Zeit mit ihr verbracht. Und mein Instinkt sagt mir, sie ist eine von uns. Man kann ihr trauen. Und jetzt musst du mir vertrauen. Okay?«
Krasic tat so, als nehme er dieses Angebot zur Versöhnung an. »Wenn du meinst, Boss. Ich geh dann besser. Ich habe viel zu tun.«
Tadeusz sah ihm nach, als er mit grüblerischem Gesichtsausdruck fortging. Dass Darko so misstrauisch gegenüber Caroline war, war gar nicht so schlecht, dachte er. Er war sich dessen wohl bewusst, dass sie seine Abwehrmechanismen unterlaufen hatte. Wer wusste, was sich im toten Winkel tat? Da war es ganz gut, wenn Darko alles im Blick behielt. Wenn Tadeusz sich irrte, musste nämlich jemand den Schlamassel wieder in Ordnung bringen.

Carol lag auf der Saunabank und spürte den Schweiß an den Schläfen herablaufen und die Haut an den Ohren kitzeln. »Das ist der optimale Treffpunkt«, stöhnte sie.

Petra grinste. Ihre Augen waren auf derselben Höhe wie Carols Brüste. »Es hat seine Vorteile, das muss ich zugeben.«
Carol krümmte das Rückgrat und spürte das wohltuende Knacken von Wirbeln, die wieder ineinander griffen. »Ach Gott, ich habe überhaupt keine Kondition mehr«, klagte sie. »Übrigens glaube ich, Radecki hat jetzt jemanden auf mich angesetzt. Heute früh habe ich einen jungen Typ vor der Wohnung bemerkt und dachte, ich hätte ihn auch gestern Abend gesehen. Also habe ich auf dem Weg hierher den Test gemacht, als ich an einem Schaufenster vorbeikam. Du weißt schon, wie? Vorbei, dann noch mal zurück, als hätte ich gerade gemerkt, was ich da Interessantes gesehen hatte.«
»Klar. Das, was wir hohlköpfigen Mädels dauernd machen.«
»Genau. Jedenfalls sah ich ihn aus dem Augenwinkel, wie er hinter ein Auto auswich, als wolle er über die Straße gehen. Ziemlich professionell, aber nicht gut genug, um jemandem etwas vorzumachen, der genau aufpasst, ob er beschattet wird.«
»Sorgst du dich deshalb?«
»Eigentlich nicht. Es wäre schlampig von ihnen, wenn sie mich nicht beobachteten. Ich tue ja nichts, was sie beunruhigt. Wenigstens weiß ich jetzt, wie mein Beobachter aussieht, wenn die Gelegenheit kommt, dass ich ihn abschütteln muss.«
Petra nickte zustimmend. »Gute Einstellung dazu. Übrigens habe ich deinen Bericht von gestern gelesen und muss sagen, du bist auf dem Boot prima mit Radecki fertig geworden. Du scheinst wirklich weiterzukommen.«
»Ich freue mich, bin aber vorsichtig. Gestern Nachmittag war eine echte Warnung, nicht zu zuversichtlich zu werden.«
Petra stand auf und tröpfelte Zitronenöl auf die Kohlen. Der scharfe, intensive Duft schien ihr Gehirn einen Gang höher zu schalten. »Es funktioniert, weil du wie Katerina aussiehst. Wie

sehr er dir auch verstandesmäßig misstrauen möchte, drängen ihn seine Gefühle doch in die andere Richtung. Ich bin überrascht, dass er noch nicht aufdringlich geworden ist.«

»Ja? Ich nicht. Er sah Katerina wie auf einem Podest. Sie war sein Engel, seine Göttin. Er wird sich nicht auf eine Frau stürzen, die ihn so sehr an sie erinnert. Er wird mich umwerben«, sagte sie. »Tony und ich haben es vorher durchgesprochen, und er vermutete, dass es so laufen würde. Apropos Tony, er hat mir von dem Mord in Köln erzählt.«

Petra stöhnte. »Es ist furchtbar. Ich bin so wütend, weil ich das Gefühl habe, die ganze Ermittlung wird in diesen bürokratischen Wirrwarr hineingezogen. Anscheinend sitzt man in Heidelberg auf dem hohen Ross. Sie bestehen dort darauf, bei den wichtigsten übergreifenden Nachforschungen die Führung zu übernehmen, weil sie den ersten Fall hatten. Und das sind gerade die Blödmänner, die ihn an meine Dienststelle abgeben wollten, weil sie ihn nicht lösen konnten.«

»Ich dachte, alles läuft über Europol?«

»Sie tauschen Informationen aus, aber es gibt einen Riesenberg von Notizen, und niemand außer Tony hat wirklich die Übersicht. Es ist sehr frustrierend. Aber ich fand, sein Profil hat interessante Ansatzpunkte gebracht. Wenigstens scheint der leitende Ermittler in Köln einigen Grips zu haben. Er hat die Idee sofort kapiert, die Festplatte des Opfers von einem Computerexperten untersuchen zu lassen, genauso wie Marijke es macht. Aber bis das Ergebnisse bringt, könnte es Tage, sogar Wochen dauern. Marijke hat auch die deutschen Ermittlergruppen gebeten, sich mit deiner Idee der Kritik an wissenschaftlichen Arbeiten zu beschäftigen.«

Carol schüttelte den Kopf. »Es ist nicht meine beste Idee. Ich hoffe, sie verschwenden nicht zu viel Zeit darauf.«

»Vielleicht ist das ja gerade der Anstoß, den sie brauchen«,

sagte Petra. »Ach Gott, ich finde es furchtbar, an dieser Ermittlung nicht beteiligt zu sein.« Sie stand auf. »Zeit zum Duschen. Dann sollte ich in mein Büro zurückgehen.«
Carol stöhnte. »Und ich muss einen Rundgang in Radeckis Videoläden mitmachen und versuchen so auszusehen, als interessierte mich das.«
»Ist mir recht, dass du das tun musst und nicht ich«, sagte Petra, als sie die Saunakabine verließ. »Pass auf dich auf, Carol.«
Ja, schon gut. Als ob ich die Wahl hätte, dachte Carol sarkastisch. Wenn Vorsicht ihre erste Priorität gewesen wäre, hätte sie diesen Auftrag nie angenommen. Hier ging es darum, Risiken einzugehen. Darum und ums Überleben. Und ihr Entschluss zu überleben stand fest.

Kapitel 28

Im Großen und Ganzen genoss Darko Krasic seine Arbeit. Er fand Gefallen an der Macht, und Leid war ihm zutiefst gleichgültig. Er kannte seine Grenzen und hatte nicht den Ehrgeiz, Tadeusz Radeckis Imperium zu übernehmen. Warum sollte er auch? Er nahm sowieso schon mehr ein, als er ausgeben konnte, und war nicht so eitel, dass er sich für klüger als seinen Chef hielt.

Aber selbst für Krasic gab es bei der Arbeit gelegentlich Dinge, die ihm zuwider waren. Zum Beispiel die Unterwäsche einer Frau durchzuwühlen – das war keine Arbeit für einen Mann wie ihn. Ein perverser Typ konnte vielleicht darauf abfahren, aber Krasic nicht. Sollte er jemals den Punkt erreichen, dass er nur in Fahrt kam, wenn er an Wäsche herumfummelte, würde er sich lieber einfach eine seiner Pistolen schnappen und sich eine Kugel in den Kopf jagen.

Trotzdem musste es gemacht werden. Tadzio war ja zur Zeit der Verstand in seine Boxershorts gerutscht, und irgendjemand musste sich um das Geschäft kümmern. Nachdem Krasic die Wohnung verlassen hatte, rief er Rado an, seinen Cousin zweiten Grades, den jungen Mann, dem er die Aufgabe verpasst hatte, ein Auge auf Caroline Jackson zu haben. »Wo ist sie?«, hatte er gefragt.

»Sie ist gerade in das schicke Fitnesscenter für Frauen in der Giesebrechtstraße gegangen«, sagte Rado. »Sie hatte eine Sporttasche dabei.«

Wenn Caroline sich dort eine Mitgliedskarte leisten konnte, meinte Krasic, dann fehlte ihr offensichtlich nicht das nötige Kleingeld, und Angst, es auszugeben, hatte sie auch nicht. Sie würde sich mindestens eine Stunde dort aufhalten, schätzte er. »Ruf mich an, wenn sie rauskommt«, sagte er zu Rado.

Bei einem Blumengeschäft hielt er an und kaufte einen Blumenstrauß. Ins Haus zu gelangen war kinderleicht gewesen. Er hatte einfach geklingelt, bis jemand eine Antwort gab, und sagte dann, er hätte eine Lieferung für die entsprechende Apartmentnummer. Im Aufzug hatte er etwas Unleserliches auf die Karte gekritzelt und sie einem leicht verwirrten holländischen Geschäftsmann übergeben. Er kannte Caroline Jacksons Wohnungsnummer, weil sie am Tag zuvor von dort im Wagen zum Abendessen abgeholt worden war. Das Schloss fand er geradezu lächerlich. Er brauchte weniger als fünf Minuten, um es aufzukriegen, dann war er drin.

Krasic machte einen kurzen Erkundungsgang, bevor er seine Durchsuchung begann. Schlafzimmer, Bad, Küche, Wohnzimmer. Keine richtig guten Verstecke. Nicht einmal ein Safe für Wertsachen.

Er fing mit dem Wohnzimmer an. Am Fenster stand ein Laptop auf einem kleinen Schreibschrank. Er schaltete ihn an, und während er sich umschaute, ließ er ihn hochfahren. Eine Hand voll Taschenbücher stand auf einem Regal neben einem blauen Plastikradio. Er blätterte in den Büchern. Nichts. Ein Stoß englischer Zeitungen auf dem Couchtisch offenbarte nichts weiter, als dass Jackson gern Kreuzworträtsel löste und es gut konnte. Auf dem Notizblock beim Telefon stand nur etwas zu der Verabredung mit Tadzio zur Bootsfahrt. In einer

Aktentasche fand er überraschend wenig. Details zu zwei Immobilien in Ipswich und ein paar an den Rand gekritzelte Notizen über ihre Brauchbarkeit. Außerdem der Probedruck eines Katalogs mit handgefertigtem Holzspielzeug von einer Druckerei, deren Postfach in Norwich als Besteladresse angegeben war. Ein Bogen Papier mit etwas, das wie eine Reihe von Berechnungen zu ihren Finanzen aussah. Und ein Auszug von einem Girokonto bei einer Bank in Bury St. Edmunds. Krasic notierte sich die Daten des Kontos und legte alles wieder an seinen Platz zurück.

Jetzt wandte er seine Aufmerksamkeit dem Laptop zu. Sie hatte ihn nicht einmal mit einem Passwort geschützt, bemerkte er verächtlich. Er machte ihr E-Mail-Programm auf, und sein Mut sank, als er zweihundert E-Mails im Briefkasten sah. Er öffnete ein paar und fand nichts von Bedeutung. Sie schienen hauptsächlich von Freunden oder Geschäftsleuten zu sein und hatten meistens mit Verabredungen oder dem Austausch von Klatsch zu tun. Eigentlich hätte er ein paar Stunden ausschließlich darauf verwenden sollen, alles im Einzelnen durchzusehen, aber das ging nicht.

Danach öffnete Krasic ihr Textverarbeitungsprogramm. Es gab einen Ordner mit Briefen, von denen viele mit einer früheren US-Airbase in East Anglia zu tun hatten, außerdem mit den Anträgen für anderweitige Nutzung, nämlich als Anlage für Leichtindustrie und als Wohnunterkünfte für die Belegschaft. In anderen Briefen ging es um den Verkauf und Erwerb von Grundstücken, was ihm alles nichts sagte. Er öffnete einen weiteren Ordner, der sich »Projekt EA« nannte. Sein Herz machte einen Sprung, als er in der Liste von Dateien eine unter dem Namen »Radecki« fand. Schnell öffnete er sie.

Tadeusz Radecki, 38. Polnischer Abstammung, wohnhaft in Berlin. Versorgte Colin Osborne mit ausländischen Arbeitern. Laut J. hat Radecki umfangreiche gemeinsame Geschäftsinteressen mit Charlie und Horse. Schlüsselfigur in Deutschland mit beträchtlichem Exportvolumen. Handelt auch mit lebendem Material. Hat offenbar mit Hardware auf dem Balkan angefangen. Besitzt eine Kette von Videoläden. Soll angeblich gewissenhaft liefern, lässt sich aber nichts gefallen. Zweiter Mann ist laut CO der rücksichtslose, verrückte Serbe Darko Krasic, Schläger, der TR ermöglicht, sich die Hände nicht schmutzig zu machen. TR wohnt in einer teuren Wohnung in Charlottenburg. Lässt sich in einem großen schwarzen Mercedes herumfahren. Reist gern, hauptsächlich in europäische Städte. Interessen: Oper, Jagd, Essen in Restaurants, Geld verdienen, Fotografie. Hat eine Loge in der Staatsoper, wo er allein hingeht. Beste Chance, ersten Kontakt aufzunehmen, ohne durch den Serben gestört zu werden?

Sie hatte ihre Hausaufgaben gemacht, allerdings gab es nicht viele Hinweise, woher sie die Informationen hatte. Es gefiel ihm nicht, dass eine Außenseiterin schon so viel über sie in Erfahrung hatte bringen können. Und jetzt wollte sie ihre Nase noch in ihre Geschäfte stecken. Er mochte das gar nicht. Nicht bei einer, die so clever war.

Er schloss das Textverarbeitungsprogramm und versuchte, das Programm für die Buchführung zu öffnen. Dieses Mal stellte sich ihm die Frage nach dem Passwort wie eine Mauer entgegen. Das verübelte er ihr nicht. An ihrer Stelle hätte er das genauso gemacht. Es zeigte, dass sie begriff, was wirklich gefährlich war und was nicht.

Krasic warf einen Blick auf seine Uhr. Er war schon fünfunddreißig Minuten in der Wohnung. Jetzt sollte er wohl besser den Laptop schließen. Er würde doch nicht mehr durch ihn erfahren, und wenn Jackson zurückkam, durfte er nicht mehr warm sein und verraten, dass er gelaufen war.

Er wandte sich dem Schlafzimmer zu. Kleider hingen im Schrank, ein Armani-Kostüm, zwei Abendkleider mit Designernamen, die er noch nie gehört hatte, zwei Jeans von Armani, eine Hose von Paul Costello, ein halbes Dutzend Tops mit weiteren Designeretiketten. Drei Paar Schuhe lagen auf dem Boden verstreut, auf denen er die Marken Bally, Fly und Manolo Blahnik erkannte. Alle sahen relativ neu aus, innen waren die Namen der Hersteller noch ziemlich gut lesbar. *Eine zweite Imelda Marcos*, dachte er gleichgültig.

Schließlich die Schubladen. Ihre Unterwäsche war nichts Besonderes. Sie gab offenbar lieber Geld für Dinge aus, die man sehen konnte, hielt sich aber an die großen Kaufhäuser, wenn es um das ging, was unbemerkt blieb. Es war ein interessanter Einblick in ihre Denkweise, brachte ihn aber auch nicht weiter bei der Nachforschung, ob sie wirklich die war, die zu sein sie vorgab. Von der Ergebnislosigkeit seiner Suche irritiert, stieß er die Schublade zu und ging ins Bad. Er hatte gerade den Schrank über dem Waschbecken aufgemacht, als sein Mobiltelefon klingelte.

»Hallo?«

»Ich bin's, Rado. Sie geht jetzt weg. Sieht aus, als machte sie sich auf den Weg zu ihrer Wohnung.«

»Danke. Ich melde mich bald.« Krasic stopfte sein Telefon in die Tasche zurück und schloss den Schrank. Es war Zeit, sich zu verkrümeln.

Zum Glück brauchte er seinen Dietrich nicht, denn die Tür schnappte automatisch ins Schloss, wenn sie zugemacht wurde. Er wollte es nicht riskieren, den Aufzug zu nehmen, und ging auf die Nottreppe am Ende des Flurs zu. Innerhalb von zwei Minuten war er wieder draußen und verzog sich auf der anderen Straßenseite in eine Bar. Er hatte sein Glas Pilsner halb getrunken, als er sie ins Haus gehen sah. Rado kam in zehn Meter Abstand gemütlich hinter ihr her. Krasic starrte durch das Fenster auf Caroline Jacksons sich entfernenden Rücken. Obwohl er keinen Grund gefunden hatte, ihr nicht zu glauben, traute er ihr immer noch nicht.

Emil Wolf sah aus, als hätte er den größten Teil seines Lebens in staubigen Archiven zugebracht, dachte Tony, als er ihm in dem kleinen Café in Prenzlauer Berg gegenübersaß. Er war dünn wie ein Laternenpfahl, und sein unordentliches graues Haar hing ihm in die Stirn, deren Haut dünn schien wie Pergament. Seine braunen Augen hinter den ovalen Brillengläsern waren rot gerändert und die Wangen blass. Sein Mund bildete eine kurze, strenge Linie, die Lippen waren fast unsichtbar, bis er den Mund zum Sprechen öffnete.

»Ich danke Ihnen, dass Sie sich für mich Zeit nehmen«, sagte Tony.

Wolf zog den Mundwinkel nach unten. »Petra kann sehr überzeugend sein. Hat sie Ihnen gesagt, dass ich früher mit ihrer Schwester verheiratet war?«

Tony schüttelte den Kopf. »Nein.«

Wolf zuckte mit den Achseln. »Petra meint, das heißt, dass wir immer noch verwandt sind und ich nach ihrer Pfeife tanzen muss. Also, was kann ich für Sie tun, Dr. Hill?«

»Ich weiß nicht, wie viel Ihnen Petra gesagt hat.«

»Ich habe gehört, dass es sich um eine vertrauliche Angelegenheit handelt, die mit einem schweren Verbrechen zu tun hat. Und dass Sie es für möglich halten, dass der Täter oder jemand aus seiner Familie unter missbräuchlicher psychiatrischer Behandlung gelitten hat.«

»Ja, das stimmt.«

»Da Sie mit mir sprechen möchten und dies mein Fachgebiet ist, nehme ich an, dass Sie vermuten, die Stasi könnte es gewesen sein?«

»Ich habe daran gedacht, ja.«

Wolf zündete sich stirnrunzelnd eine Zigarette an. »Wenn es um Missbrauch der Psychiatrie für politische Zwecke geht, gibt es in den westlichen Ländern die Tendenz, die Stasi mit den Zuständen in der Sowjetunion in einen Topf zu werfen. Aber tatsächlich waren die Verhältnisse in Deutschland ganz anders. Der Stasi standen immense Mittel zur Verfügung, die sie nutzte, um ein einzigartiges Netzwerk von Spitzeln aufzubauen. Man schätzt, dass jeder Fünfzigste in der Bevölkerung auf diese Weise direkt mit der Stasi in Verbindung stand.

Man baute auf ein Prinzip, das sich ›Zersetzung‹ nannte. ›Maßnahmen der Zersetzung‹ bedeutete, dass man bei den Menschen das Gefühl erzeugte, jede Handlungsmöglichkeit sei ihnen genommen. Sie waren als Bürger ohnmächtig, weil sie überzeugt waren, dass alles reguliert wurde. Einer meiner Kollegen hat das ›die schonungslose Anwendung einer heimlichen Zwangsherrschaft, die zu Willfährigkeit führt‹ genannt.

Die Unterdrückung durch die Stasi war raffiniert. Die Menschen waren überzeugt, dass schon eine flüchtige Bemerkung in einer Kneipe sie alle Chancen ihres beruflichen Fortkommens kosten konnte. Kindern wurde beigebracht, jede jugendliche Aufmüpfigkeit bewirke, dass sie keine Zulassung zur Universität bekämen. Andererseits war Mitmachen der Weg zu einem besseren Leben. Es gab also die zwei eng verbundenen Methoden der Beeinflussung durch Gewährung von Vorteilen und der Erpressung durch Benachteiligung.

Die Stasi-Leute nahmen sich Menschen vor, die sie für die Kollaboration für empfänglich hielten, und redeten ihnen dann ein, dass sie damit etwas Gutes leisten würden. Wenn man in einer Kultur lebt, wo einem ständig eingebläut wird, man sei machtlos, ist es eine große Versuchung, wenn einem eine Chance geboten wird, aktiv etwas zu tun. Und natürlich ist es sehr schwierig, diese Menschen hinterher zu stellen und zu bestrafen, weil sie glaubten, das Richtige zu tun. Der Zusammenbruch des Kommunismus hat im Nachhinein das Leben vieler Menschen vergiftet, weil die Offenlegung ihrer Akten sie zwang zu sehen, wie sie von ihren Frauen, Ehemännern, Kindern, Eltern, Freunden und Lehrern betrogen wurden.
Sie sehen also, es gab kaum eine Notwendigkeit für den Staat, die Psychiatrie zu missbrauchen. Die Bevölkerung war sowieso schon in die Unterwürfigkeit gezwungen worden.«
Tony schien skeptisch. »Aber es gab doch Dissidenten. Es gab Menschen, die eingesperrt und gequält wurden. Ich habe gelesen, dass manche Aktivisten eine Zeit lang in psychiatrischen Anstalten saßen, damit sie nicht an geplanten Aktionen gegen den Staat teilnehmen konnten. Man kann doch wohl nicht behaupten, es habe in der Medizin keinen Missbrauch gegeben?«
Wolf nickte. »Ja, Sie haben schon Recht. Es gab solche Fälle, aber sie waren relativ selten. Und die meisten sind inzwischen aufgedeckt. Etwa dreißig Psychiater sind in Verruf geraten, weil sie sich für diese Zwecke einspannen ließen, aber das war eine kleine Minderheit. Und ihre Namen sind bekannt. Wenn Ihr Täter für Geschehnisse aus der Stasi-Zeit Rache üben wollte, hätte er nicht lange nach den Verantwortlichen zu suchen brauchen. Im Großen und Ganzen waren ihre Verbrechen wirklich unbedeutend. Denn, sehen Sie, die Stasi hatte ja eine einzigartige Methode, die Dissidenten loszuwerden. Sie verkaufte sie an Westdeutschland.«

»Wie bitte?«
»Ja, so war es. Jedes Jahr erkaufte die Bundesrepublik die Freiheit ostdeutscher Häftlinge, die unliebsame Ansichten geäußert oder sich an staatsfeindlichen Aktionen beteiligt hatten. Ich meine damit nicht nur Prominente wie Schriftsteller und Künstler. Ich spreche von Menschen aus allen sozialen Schichten. Es war also wirklich nicht notwendig, die Vertreter der Psychiatrie einzuspannen.«
Tony hatte nicht erwartet, so etwas von einem westdeutschen Historiker zu hören. »Sie untergraben damit allerdings meine Vorurteile«, sagte er sarkastisch.
»Sie brauchen sich nicht auf mich zu verlassen. Es gibt Studien sowohl von Wissenschaftlern als auch von Regierungsstellen. Sie sind alle zum gleichen Ergebnis gekommen. Ein paar isolierte Vorfälle, bei denen durch Psychoterror der Wille der Menschen gebrochen wurde, aber dabei kamen sehr wenige Misshandlungen vor. Wenn Sie Einzelheiten der dokumentierten Fälle haben möchten, ich habe einen Kollegen, der sie wahrscheinlich beschaffen kann. Sie sollten auch nicht vergessen, dass die Medizin im Großen und Ganzen die Bemühungen der Stasi, sie zu kontrollieren, abwehrte. Es gab unter den Ärzten eine sehr geringe Zahl interner Spitzel, und es wurde alles nur Mögliche getan, das Recht der Patienten auf die ärztliche Schweigepflicht aufrechtzuerhalten. Der Staat traute den Ärzten auch gar nicht zu, dass sie die Regierungspolitik zuverlässig vertreten würden.«
Tony konnte seine Enttäuschung über Wolfs Äußerungen nicht verbergen. Er war überzeugt gewesen, dass er mit seiner Vermutung Recht hatte. Aber es sah aus, als hätte er sich geirrt. Da die schuldigen Ärzte des alten kommunistischen Regimes öffentlich genannt worden waren, wären natürlich sie die Zielpersonen des Mörders gewesen, wenn er geglaubt hät-

te, dass seine Probleme auf die Stasi-Zeit zurückgingen, und er hätte keine Wissenschaftler aus dem Westen angegriffen.

»Sie sehen deprimiert aus, Dr. Hill. Es tut mir Leid, dass ich Ihnen nicht sagen konnte, was Sie gerne gehört hätten. Aber wenn Sie sich wirklich mit schwerem und weit verbreitetem Missbrauch von Psychiatrie und Psychologie in diesem Land befassen wollen, dann müssen Sie bis in die Nazizeit zurückgehen.«

»Das scheint jetzt doch alles sehr weit weg«, sagte Tony.

Wolf drückte seine Zigarette aus. »Nicht unbedingt. Vergessen Sie nicht, das Leben vieler Kinder wurde durch das Programm der Rassenhygiene zerstört. Manche dieser Kinder haben überlebt. Sie wären jetzt etwa in den Siebzigern. Das liegt immer noch in der Erinnerung der Überlebenden. Es ist gut möglich, dass sie ihre Geschichte ihren Kindern und Enkeln erzählt haben. Und natürlich sind die Leute, die für das verantwortlich sind, was ihnen angetan wurde, längst tot, so dass sie als Zielobjekte nicht in Frage kommen.«

Tony wurde munter, als ihm die Bedeutung von Wolfs Worten klar wurde. »Gibt es Unterlagen aus der Zeit, als sie in die psychiatrischen Anstalten gebracht wurden?«

Wolf nickte. »Die Nazis haben peinlich genau, fast zwanghaft, Buch geführt. Das gehört mit zum Deprimierendsten an ihnen, fand ich immer. Sie mussten für das, was sie taten, eine Rechtfertigung finden, die über die Bedienung von Hitlers Wunsch, eine Herrenrasse zu begründen, hinausging. Deshalb redeten sie sich ein, dass sie echte wissenschaftliche Forschung betrieben. Es gibt Aufnahmelisten, Unterlagen zu den Todesursachen und zu vielen Experimenten, die sie durchführten.«

Tonys Puls schlug schneller. »Wo werden diese Unterlagen aufbewahrt?«

»Es gibt ein Schloss am Rhein, Schloss Hohenstein, sie nannten es damals ›Institut für Entwicklungspsychologie‹. In Wirklichkeit war es eine Zentralstelle für Euthanasie und nebenbei auch für radikale psychologische Experimente. Nach dem Krieg wurde es das Dokumentationszentrum für das Nazi-Euthanasieprogramm. Es ist auch eine Touristenattraktion, allerdings wird dieser besondere Aspekt der Schlossgeschichte nicht erwähnt«, sagte Wolf und verzog den Mund zu einem ironischen Lächeln. »Unsere Vergangenheitsbewältigung geht nur bis zu einem gewissen Punkt. Wir wollen nicht zugeben, dass wir tatenlos zugesehen haben, wie man unsere eigenen Kinder umbrachte.«

»Nun, ich verstehe, dass das ein harter Brocken für das nationale Gewissen sein mag«, sagte Tony. »Kann ich denn auf diese Akten Zugriff bekommen?«

Wolf lächelte, und seine dünnen Lippen gaben seine gelben Zähne frei. »Normalerweise würde es eine Weile dauern, bis man die nötige Erlaubnis erhält. Aber ich bin sicher, dass Petra Ihnen einen Weg durch das Dickicht der Bürokratie bahnen wird. Sie ist sehr gut, wenn es darauf ankommt, ihren Willen durchzusetzen.«

Tony verzog das Gesicht. »Das habe ich schon gemerkt.« Er schob seinen halb ausgetrunkenen Kaffee weg. »Sie haben mir sehr geholfen, Herr Dr. Wolf.«

Der andere Mann zuckte ironisch die Schultern. »Jede Ausflucht ist recht, um eine Stunde von der Uni wegzukommen.«

»Das Gefühl kenne ich«, sagte Tony und wurde sich klar, dass er im Stillen jenes Leben schon hinter sich gelassen hatte. »Ich werde Petra sagen, dass sie Ihnen einen Drink schuldet.«

Wolf lachte. »Darauf werde ich mich nicht verlassen. Viel Glück im Schloss.«

Und Tony hatte tatsächlich das Gefühl, das Glück auf seiner Seite zu haben. Eine Wendung kündigte sich an, die ihm erlauben würde, statt auf vage Vermutungen auf echte Möglichkeiten zu setzen. Und es war keinen Augenblick zu früh. Die Eskalation zu unverhüllter sexueller Gewalt in Köln hatte gezeigt, dass sie dem Mörder Einhalt gebieten mussten, bevor er noch mehr ausrastete. Tony konnte sich leicht vorstellen, dass er periodisch weitermorden und schließlich in einer Universität mit einem Maschinengewehr um sich schießen könnte, bevor er sich selbst die Kugel gab. Es war an der Zeit, dem ein Ende zu machen. Er spürte, wie die Erwartung ihn erregte. *Ich werde dich kriegen, Geronimo*, dachte er, als er aus dem Café in den frischen Frühlingstag hinaustrat.

Carol warf ihren Rucksack durch die Schlafzimmertür und ging ins Wohnzimmer. Ihre Nasenflügel zuckten. Sie hätte schwören können, dass sie einen ganz leichten Zigarrengeruch wahrgenommen hatte. Entweder hatte der Bewohner der Räume unter ihr ein ganzes Kistchen Havannas gepafft, oder jemand war hier gewesen. Sie lächelte. Sie hatte vorausgesehen, dass sie die Wohnung durchsuchen würden, genauso wie sie den Schnüffler erwartet hatte, der ihr auf dem Weg zum Fitnesscenter gefolgt war. Sie wäre eher besorgt gewesen, wenn nichts Derartiges geschehen wäre. Das hätte bedeutet, dass Radecki sie wohl als Frau ernst nahm, aber nicht als potentielle Geschäftspartnerin.

Aber es war interessant, dass sie gerade zu der Zeit, als sie im Fitnesscenter war, die Wohnung durchsucht hatten. Wäre sie für die Organisation verantwortlich gewesen, hätte sie eine ganz andere Zeit gewählt. Zum Beispiel, während sie mit Radecki auf dem Fluss unterwegs war. Dann hätten die Suchenden sicher sein können, mindestens drei Stunden in ihrer Wohnung zur Verfügung zu haben. Das Timing und der leichte Geruch in der Luft ließen sie überlegen, ob Radecki vielleicht beschlossen hatte, die Suche selbst durchzuführen. Wenn es so war, zeigte es, wie sehr er ihrem Zauber schon erlegen war. Ein Mann, der wirklich verknallt war, würde nicht wollen, dass einer seiner Kulis in ihrer Wäscheschublade herumschnüffelte.

Carol ging zum Bücherregal hinüber, nahm das Radio herunter, schob die Abdeckplatte zurück und lächelte zufrieden, als die Festplatte ihr in die Hand rutschte. Sie hätten sie niemals hier gelassen, wenn sie sie gefunden hätten. Aber es war immer besser, sich zu vergewissern. Sie verband sie mit dem Laptop und schaltete ihn an. Dann öffnete sie das spezielle Sicherheitsprogramm, das die Betriebszeiten verzeichnete, und stellte fest, dass das externe Laufwerk nicht genutzt worden war, seit sie abgeschaltet hatte. Jetzt startete sie das Verschlüsselungsprogramm und schickte E-Mails an Morgan und Gandle, in denen sie ihnen mitteilte, dass sie überwacht wurde und die Wohnung durchsucht worden sei. Sie las eine E-Mail von Morgan, der ihr zu ihrem bisherigen Erfolg gratulierte und sie darauf hinwies, dass Krasic über sie Erkundigungen eingezogen hatte. Er versicherte ihr, dass ihre Tarnung dieser Prüfung standgehalten hatte. *Als ob du Bescheid wüsstest, wenn es nicht so wäre*, dachte sie sarkastisch.

Sie fragte sich, wie es Tony ging. Denn sie wusste, dass was immer er gerade tat ihn mitnehmen würde. Die Folgen der Gewalttaten für die Opfer hatten Tony immer tief berührt. Es stimmte, dass die Mörder ihn faszinierten. Aber eine Fallanalyse war nie eine trockene akademische Übung für ihn gewesen. Das Schicksal der Toten ließ ihn nicht kalt. Wie sie selbst glaubte auch er, dass Ermittler lebende Repräsentanten der Ermordeten und Verstümmelten waren. Ihre Rolle war es nicht, für alttestamentarische Rache zu sorgen, sondern eher für die Hinterbliebenen die Sache zu einer Art Abschluss

zu bringen und das Leben weiterer potentieller Opfer zu schützen.
Einesteils wünschte sie sich, sie wäre mit ihm draußen im Einsatz, aber ihre eigene Operation war so anspruchsvoll und aufregend, dass dieser Wunsch sich nur leise im Hintergrund meldete. In der jetzigen Situation war sie damit zufrieden, ihn sich selbst zu überlassen, denn sie war sicher, wenn die ganze Sache vorbei war, würde sich die Welt für sie beide verändert haben.

Marijke war dem Berg von Papierkram im Büro entkommen und ging auf Pieter de Groots Haus am Kanal zu. Sie reagierte damit auf einen Anruf von Hartmut Karpf in Köln, dessen Team bei der Durchsuchung von Marie-Thérèse Calvets Aktenschrank etwas Merkwürdiges gefunden hatte. Eigentlich brachte es die Ermittlung nicht viel weiter voran, aber sie hatte das Gefühl, dass Tony sich außerordentlich dafür interessieren würde.
Außerdem hatte es den Vorteil, dass sie den finsteren Blicken ihrer Gruppe ausweichen konnte, der sie aufgetragen hatte, jedes Binnenschiff aufzuspüren, das sich am Tag von de Groots Ermordung in einem Fünfzig-Kilometer-Umkreis von Leiden befunden hatte. Sie hoffte, dass ihre deutschen Kollegen genauso eifrig bei der Arbeit waren, damit sie dann die Ergebnisse vergleichen konnten. Andernfalls wäre diese Übung völlige Zeitverschwendung. Wenn sie irgendwelche Zusammenhänge entdeckten, könnten die deutschen Kollegen überprüfen, ob irgendeiner der Schiffer auch einen dunklen Golf besaß. Mit sehr viel Glück und Ausdauer konnten sie vielleicht so viele Verdächtige finden, dass Tonys Profil wirklich etwas brachte.
Sie hatte auch einen ihrer Ermittler zur Universitätsbibliothek

geschickt, der nachsehen sollte, ob er Briefe oder Artikel finden konnte, die sich kritisch über die Arbeit Pieter de Groots und der anderen Opfer äußerten. Sie hatte noch weniger Hoffnung, dass diese ausgefallene Idee von Carol ein lohnendes Ergebnis bringen würde, war aber trotzdem entschlossen, jede Ermittlungsrichtung zu nutzen und jede Theorie zu überprüfen.

Marijke musste zugeben, dass sie von dem enttäuscht war, was sie bis jetzt geschafft hatten. Sicher, sie wusste, dass Fallanalytiker keine Wunder vollbringen konnten, aber sie hatte sich doch etwas Konkreteres erhofft, als Tony ihnen hatte geben können. Vielleicht waren ihre Hoffnungen einfach zu hochgespannt gewesen. Es sah aus, als gebe es nur eine Möglichkeit, diese Fälle zu lösen, nämlich durch traditionelle, mühsame Polizeiarbeit, die nicht spektakulär war, aber manchmal doch Ergebnisse brachte.

Es war merkwürdig, wieder in Pieter de Groots Arbeitszimmer zu sein. Es gab wenig Spuren des Geschehens. Nur einen Wasserfleck auf der glänzenden Schreibtischplatte und ein paar Überreste des Puders, mit dem die Techniker die Fingerabdrücke genommen und danach nicht richtig sauber gemacht hatten. Maartens würde das nicht gefallen, dachte sie, obwohl das jetzt nichts zur Sache tat. Er hasste es, wenn das Spurensicherungsteam an einem Tatort mehr Unordnung hinterließ, als es vorgefunden hatte.

Jetzt lag überall im Zimmer eine dünne Staubschicht. Sie konnte sich nicht vorstellen, dass die Reinigungskraft in nächster Zukunft wiederkommen würde. Und bis jetzt gab es keine Anzeichen dafür, dass de Groots Exfrau aufgetaucht war, um das Erbe ihrer Kinder zu fordern. Wahrscheinlich hatte sie unter diesen Umständen wenig Lust, in das ehemalige Zuhause der Familie zurückzukehren.

Marijke wandte sich dem Aktenschrank zu. Zuerst würde sie

das Nächstliegende versuchen und unter de Groot nachsehen. Sie streifte ein Paar Latexhandschuhe über, zog die entsprechende Schublade auf und ging mit den Spitzen ihrer langen Finger die Akten durch.
Und da war es – wie durch ein Wunder. Genau wie Karpf vorhergesagt hatte. Ein ganz normaler Aktenhefter in einer Hängekartei, der sich von den anderen nur durch seine etwas hellere braune Farbe unterschied. Er hatte oben keinen Karteireiter, sondern trug nur ein normales, aufgeklebtes weißes Schildchen mit der gedruckten Aufschrift »Pieter de Groot. Fallbericht«.
Marijke nahm den Hefter vorsichtig aus der Schublade und ging damit zum Fenster, um den Inhalt besser lesen zu können. Zuerst betrachtete sie genau die Außenseite der Akte, und als sie einen schwachen Schmierfleck von etwas Dunklem entdeckte, das auf der unteren Ecke der Rückseite wie Öl glänzte, ergriff sie Erregung. Sie roch daran, konnte aber nichts daraus schließen. Dann schlug sie den Hefter auf. Ein einzelnes Blatt Papier lag darin.

Fallbericht

Name: Pieter de Groot

Sitzung Nummer: 1

Bemerkungen: Auffällig ist bei diesem Patienten der Mangel an Gemütsbewegungen. Er ist zu keiner inneren Teilnahme fähig und zeigt eine beunruhigende Passivität. Nichtsdestoweniger schätzt er seine eigenen Fähigkeiten hoch ein. Das einzige Thema, über das zu sprechen er bereit scheint, ist seine eigene intellektuelle Überlegenheit. Sein Selbstbild ist maßlos übersteigert.

Seine Leistungen, die man bestenfalls als mittelmäßig bezeichnen kann, rechtfertigen diese Haltung nicht. Ein Kreis von Kollegen, in den er eingebunden ist, unterstützt jedoch diese Sicht seiner Fähigkeiten, und aus unerfindlichen Gründen ist dort keinerlei Bereitschaft erkennbar, seine Selbsteinschätzung zu hinterfragen ...

Marijke las weiter und staunte immer mehr. Wenn man den Aussagen seiner Freunde und Kollegen glauben konnte, war dies hier eine verschrobene und verzerrte Sicht von de Groots Persönlichkeit. Aber der Stil entsprach eindeutig der therapeutischen Fachsprache und bestätigte Tonys Schlussfolgerung, dass der Täter sich zumindest die Grundbegriffe psychologischer Terminologie angeeignet hatte.

Sie konnte es kaum erwarten, bis die Rechtsmedizin sich damit befasste. Die Seite schien aus einem Computerdrucker zu stammen, aber vielleicht gab es über dieses anonyme Merkmal hinaus Spuren, die zu positiven Ermittlungen führten. Der Ölfleck auf dem Hefter zum Beispiel. Zum ersten Mal seit Tagen wusste Marijke, dass sie ein konkretes Beweisstück in Händen hielt.

Als sie zum Auto hinuntereilte, fluchte sie leise vor sich hin. Sie hätte die Akten früher durchsuchen lassen sollen. Sie hatte jemanden beauftragt, die persönlichen Papiere zu durchforsten, aber de Groot war kein praktizierender Therapeut gewesen, der Gedanke war ihr nicht gekommen, dass seine dienstlichen Unterlagen irgendwelche Hinweise in Bezug auf seine Ermordung enthalten könnten. Dieses Versäumnis bewies den Wert gemeinsam zusammengetragener Informationen.

Sie wünschte, sie hätte diese Entdeckung selbst gemacht. Aber wenigstens hatte sie endlich etwas gefunden, was Tony eine spezifische Einsicht in die Psyche des Mörders ermöglichen konnte. Es war besser als nichts, fand sie.

Darko Krasic saß auf dem Fahrersitz seines Mercedes, futterte beharrlich einen großen Becher gesalzenes Popcorn mit Butter und starrte durch den Regen auf einen kleinen See in einem Außenbezirk von Potsdam hinaus. Die Beifahrertür ging auf, und ein großer Mann setzte sich auf den Sitz, nahm seine Stoffmütze vom Kopf und schüttelte die Regentropfen ab. Er war gepflegt in Chinos und eine Windjacke gekleidet, die oben links auf der Brust das Designerlogo einer Sportbekleidungsfirma trug. Er sah so bekümmert drein, als sei er überzeugt, dass die Welt für ihn nur die Aussicht auf Enttäuschungen bereithielt. »Beschissenes Dreckswetter«, sagte er.

»In Potsdam ist immer beschissenes Dreckswetter«, sagte Krasic. »In Berlin kann die Sonne scheinen, aber hier draußen ist es grau und trostlos. Also, Karl, was hast du für mich?«

Der Kripobeamte Karl Hauser lächelte boshaft. »Das heißt also, Schluss mit banalem Geplauder, was, Darko?«

»Karl, wir sind nicht befreundet, und wir werden nie Freunde werden. Du wirst von uns bezahlt, das ist alles. Was sollen die Flausen?« Krasic ließ das Fenster herunter und schüttete den Rest des Popcorns auf den Boden. Selbst im dichten Regen entdeckten die Wasservögel den Schmaus und liefen auf den Wagen zu.

»Wenn du schon von Geld redest, habe ich da was, was deinem Boss, glaub ich, eine Extraprämie wert sein könnte.«

»Tatsächlich?« *Alter Raffzahn*, dachte Krasic. »Lass mich erst mal hören.«

»Das BMW-Motorrad – ich hab mich noch mal gründlich damit beschäftigt.«

»Das können wir Steuerzahler ja auch von dir erwarten.«

Karl warf ihm einen finsteren Blick zu. »Pass auf, Darko, was ich für dich gemacht hab, geht weit über meine Pflicht hinaus. Katerina Baslers Tod war als verhängnisvoller Unfall bereits zu den Akten gelegt. Wir haben Wichtigeres zu tun.«

»Schon gut, Karl, wir wissen deine Arbeit zu schätzen. Und du weißt ja, du bist bisher immer gut entlohnt worden. Also, du hast dich gründlich damit beschäftigt …«

»Richtig. Ich dachte, das Motorrad könnte dabei ja auch beschädigt worden sein. Zwei der Zeugen sagten, sie meinten, es habe den Kotflügel des Autos gestreift. Und mir ist eingefallen, dass der Motorradfahrer, wenn er eigentlich mit seiner Maschine nicht in Berlin herumkutschieren sollte, sie vielleicht hier reparieren lassen würde. Also hab ich alle kleinen, obskuren Reparaturwerkstätten durchgecheckt, die auf Motorräder spezialisiert sind. Und das war eine Mordsarbeit.« Er hielt inne wie ein Kind, das ein Lob erwartet.

»Hast du was rausgekriegt?«, verlangte Krasic zu wissen, der nicht bereit war, ihm noch weiter entgegenzukommen. Karl Hauser war zwar nützlich, aber letztendlich war er doch nur ein dreckiger Bulle, und Krasic hatte nichts übrig für Leute, die sich nicht an ihre Verpflichtungen hielten.

»Nach längerer Zeit, ja. Ich habe zwei Mechaniker in Lichtenberg draußen gefunden. Die haben die Vordergabel an einem Motorrad ausgewechselt, auf das diese Beschreibung passt. Sie konnten sich aus zwei Gründen daran erinnern. Erstens dauerte es eine Woche, bis sie die Teile von BMW bekamen, und zweitens war der Fahrer ein Engländer. Sie meinten, dass das Motorrad gefälschte Nummernschilder hatte, aber sie haben sich die Fahrgestellnummer aufgeschrieben, nur um sich abzusichern.«

»Warum haben sie sich damals nicht gemeldet?«, fragte Krasic misstrauisch.

»Sie sagen, sie hätten nichts über den Unfall gehört. Sie lesen keine Zeitung und sehen auch keinen Lokalsender.«
»Arschlöcher«, murmelte Krasic. »Ich nehme an, dieser Motorradfahrer hat die Reparatur nicht mit einer Kreditkarte bezahlt?«
»Nein, leider lief es nicht so praktisch«, gab Hauser zu. »Bar auf die Kralle.«
»Dann sind wir also keinen Schritt weiter.« Krasic ließ das Fenster wieder herunter und zündete sich eine Zigarre an, ohne Hauser eine anzubieten.
Hauser grinste. »Da irrst du dich, Darko. Mit der Fahrgestellnummer konnte ich von BMW herausfinden, wem sie das Motorrad verkauft haben. Und da wird es seltsam.« Erwartungsvoll legte er eine Pause ein.
»Wieso seltsam?«
»Das Motorrad wurde an den britischen National Crime Squad verkauft. Und laut Auskunft von der britischen Zulassungsbehörde ist es noch in seinem Besitz.« Hauser drehte sich zu Krasic, um die Wirkung seiner Worte abzuschätzen.
Aber der Gesichtsausdruck des Serben änderte sich nicht. Er steckte sich die Zigarre in den Mund, inhalierte und wandte dann den Kopf, um den Rauch durch die Ritze zwischen Fensterscheibe und Rahmen hinausziehen zu lassen. Er wollte vermeiden, dass Hauser merkte, wie beunruhigend er diese Information fand. Es waren verdächtig viele Dinge, bei denen die Briten ihre Finger im Spiel zu haben schienen. Krasic glaubte nicht an Zufälle. Katerinas Tod war durch ein britisches Motorrad verursacht worden. Das britische Unternehmen war nach einem schlimmen und geheimnisvollen Todesfall draufgegangen. Und jetzt war eine Fremde aus England dabei, dem Boss den Kopf zu verdrehen. Das war alles

sehr, sehr unerfreulich. »Das ist seltsam, allerdings«, bestätigte er schließlich. »Kann man herausfinden, wer der Fahrer war?«

Hauser schlug sich mit den Handflächen auf die Knie. »Du kannst aber auch nie genug bekommen, oder? Ich hab Blut und Wasser geschwitzt, um das rauszukriegen, und du willst immer noch mehr.«

Krasic fuhr mit der Hand in seine Jackentasche und zog seine Brieftasche heraus. »So geht's aber nicht nur mir, oder?« Er nahm ein paar Scheine heraus. »Hier ist deine Prämie. Und du kriegst viel mehr, wenn du uns den Namen geben kannst.«

Hauser hielt das Geld zwischen Daumen und Zeigefinger, als sei ihm plötzlich eingefallen, dass es sich schmutzig und widerlich anfühlen sollte. »Ich gehe damit ein großes Risiko ein«, beschwerte er sich.

»Wenn du versuchen willst, von deinem Polizistengehalt zu leben, ist das deine Sache«, sagte Krasic und machte sich keine Mühe, seine Verachtung zu verbergen. »Gibt es sonst noch etwas, was wir wissen sollten?«

Hauser setzte die Mütze auf sein leicht ergrautes Haar. »Ich habe was darüber gehört, dass einer der Brüder Arjouni einige von Kamals Straßendealern abzudrängen versucht. Da musst du einen Riegel vorschieben, sonst verlierst du dein Verteilungsgebiet.«

»Danke für den Rat, Karl«, sagte Krasic sarkastisch. »Arjouni arbeitet für mich. Den kannst du also in Ruhe lassen.«

»Wie Marlene Krebs, was?«, feixte er. »Das hast du ja blendend unter Kontrolle, Darko. Ich habe gehört, dass auch die Tochter verschwunden ist. Gute Arbeit.«

»So was nennt man eine Botschaft schicken, Karl. Und du solltest das auch beachten.«

Hauser öffnete die Wagentür. »Es gibt keinen Grund, mir so zu kommen. Ich melde mich.«
Krasic ließ den Motor aufheulen, bevor die Tür zu war. Während er eine schwungvolle Kurve drehte und auf die Straße zufuhr, murmelte er halblaut: »Ich kann's kaum erwarten, verdammt noch mal.«

Kapitel 29

Unter der Dusche ließ er das heiße Wasser an sich herunterlaufen und bat Gott, dass er sich danach doch endlich wieder sauber fühlen würde. Wenigstens gab es in diesem Hafen anständige, abgetrennte Duschen. Er hatte sich schmutzig gefühlt, seit er dieses Weib Calvet gevögelt hatte, und die Einrichtungen an Bord der *Wilhelmina Rosen* waren zu primitiv, um einen Mann reinzuwaschen, der sich so besudelt fühlte. Er musste den Schmutz loswerden, bevor er sich durch seine Haut fraß und seine Seele bis ins Innerste vergiftete.

Zuerst war er stolz auf sich gewesen. Die Schlampe so zu nehmen hatte dem Schatten seines Großvaters gezeigt, wer jetzt der Herr war. Aber danach war er bei der Hure gescheitert, die er sich in Köln gesucht hatte. Er hatte keinen hochgekriegt, und als er es dann schließlich doch schaffte, kam er nicht. Diese verdammte Calvet hatte ihn stärker machen sollen, ihn mit Licht und Kraft erfüllen, aber stattdessen sah er ihr Bild immer wieder vor seinen fest zusammengekniffenen Augen, es lenkte ihn ab und verdarb ihm die Lust. Er hatte sich bei der Nutte in Köln so unbrauchbar und kläglich gefühlt wie in den Tagen, bevor er begriffen hatte, was er mit seinem Leben anfangen sollte.

Als er hinterher zurückfuhr, wurde ihm schwarz vor Augen,

und sein Magen war voll kalter Galle. Was wäre, wenn er Unrecht hatte? Wenn der Spott des alten Mannes ihn in die falsche Richtung getrieben hatte? Er musste zugeben, jeder betrunkene Matrose hätte das Gleiche getan wie er. Er hatte seinen niedrigsten Instinkten nachgegeben und war genauso ein Vieh geworden wie die Kerle, die zu töten er sich geschworen hatte. Bevor er die Schlampe genommen hatte, sah er seine Mission klar vor sich, aber jetzt war in seinem Kopf ein Durcheinander wirrer Gedanken. Frauen – immer waren sie hinterhältig und zogen die Männer in den Dreck. Die Calvet hatte ihn nicht verdient, aber er war zu schwach gewesen und in die Falle getappt, die sie ihm mit dem Gedanken an den alten Mann gestellt hatte.
Und die Huren hatten ihn auch nicht verdient, aber wenigstens war ihre Verderbtheit ehrlich. Sie stellten sich der Welt nicht anders dar, als sie wirklich waren, im Gegensatz zu den Opfern, die er ausgesucht hatte.
Er hatte jämmerlich versagt, die Selbstkontrolle verloren und war von seinem Körper im Stich gelassen worden. Er hatte die Reinheit seiner Aufgabe verraten, und das durfte nie wieder passieren. Er musste es schaffen, dass es wieder hell in ihm wurde. Während das Wasser über seine vom Waschen gerötete Haut rann, wurde ihm klar, dass er sich nur wirklich reinigen konnte, wenn er zu seiner Mission zurückkehrte und sie richtig zu Ende brachte.
Wäre es doch bald so weit.

Es war ein merkwürdiges Gefühl, Radecki mitten in ihrem Wohnzimmer stehen und sich umschauen zu sehen, als sei er noch nie hier gewesen. Er war zehn Minuten früher gekommen, und sie war noch nicht ganz fertig mit ihrem Make-up. Es schien unhöflich, ihn auf dem Gehweg auf und ab gehen zu

lassen, so hatte Carol ihn heraufgebeten. Sie glaubte, Caroline hätte das bestimmt getan.
Jetzt stand sie vor dem Badezimmerspiegel und trug Eyeliner auf. Das Umständlichste an ihrer Rolle als Caroline war bis jetzt gewesen, dass sie ein viel komplizierteres Make-up tragen musste, als das, womit sie sich normalerweise zufrieden gab. Carol fand, das Leben sei zu kurz, um sich jeden Tag todschick zu machen. Aber Caroline wäre bestimmt ihr Aussehen zu wichtig, um ihr Make-up zu vernachlässigen.
»Diese Wohnungen sind wirklich ganz schön«, rief Tadeusz vom Wohnzimmer aus. »Geräumiger, als ich mir vorgestellt hatte.«
»Die Einrichtung ist auch nicht schlecht.«
»Ja. Ein bisschen einfallslos. Aber lieber so als grell und aufdringlich.«
»Es ist viel besser als ein Hotelzimmer«, sagte Carol. »Viel mehr Platz, und man ist ungestörter. Es kommt nicht alle fünf Minuten jemand vom Personal, der die Handtücher wechseln oder die Minibar auffüllen will.«
»Wie haben Sie es gefunden?«
Achtung, Carol, sagte sie sich. »Mein Reisebüro hat es für mich entdeckt. Die Angestellte hat jemanden von hier nachfragen und die Buchung für mich machen lassen. Sie weiß, was ich mag.« Als sie mit dem Eyeliner zufrieden war, griff sie zur Mascara.
»Sie reisen also viel?«
»Ich würde nicht sagen viel, aber ziemlich regelmäßig. Und dann habe ich es gerne bequem. Und Sie? Sind Sie oft auf Reisen?«
Seine Stimme kam näher. Er war zu höflich, um durch den Türspalt hineinzuspähen, aber es klang, als stünde er an der Wohnzimmertür. Das hieß, dass er nicht ihre Sachen in Au-

genschein nahm. Und das bestätigte wohl ihre Theorie, dass er die Durchsuchung selbst gemacht hatte. »Ich reise schon ziemlich viel innerhalb von Europa, aber meistens geschäftlich.«

»Sie kümmern sich also persönlich um die Geschäfte?«, fragte sie.

»Ich weiß gern genau, mit wem ich es zu tun habe. Aber das Tagesgeschäft überlasse ich normalerweise meiner rechten Hand, Darko Krasic. Ich hoffe, Sie werden ihn bald kennen lernen. Er ist ein verrückter Serbe, aber man unterschätzt ihn leicht. Er sieht einfach wie ein Schläger aus, aber tatsächlich ist er ein sehr kluger Unternehmer.«

Also nicht der, der mich überwacht, dachte Carol. Ihr Verfolger konnte jedenfalls nicht als Schlägertyp beschrieben werden. Eher gertenschlank. »Ich freue mich darauf«, sagte sie. »Nur noch den Lippenstift, dann bin ich fertig. Tut mir Leid, dass Sie warten müssen.«

»Das macht nichts. Ich finde es schön, dass ich die Gelegenheit habe, zu sehen, wo Sie wohnen. Jetzt kann ich Sie mir vorstellen, wenn wir nicht zusammen sind. Vielleicht darf ich das Vergnügen erwidern? Vielleicht könnten wir morgen in meiner Wohnung essen?«

Carol kicherte leise. »Sie können auch kochen?«

Er lachte. »Nicht sehr gut. Aber ich kann anrufen und ein Essen vom besten Restaurant in Berlin kommen lassen.«

Carol kam aus dem Bad. »So. Fertig.«

Er lächelte und neigte bewundernd den Kopf zur Seite. »Das Warten hat sich gelohnt.«

Als sie die Wohnung verließen, stand der Wagen zu ihrer Überraschung nicht am Gehweg. »Mein Vorzeigegeschäft ist nur fünfzehn Minuten von hier, und ich dachte, da es nicht mehr regnet, könnten wir zu Fuß gehen. Wenn es Ihnen nichts ausmacht. Wenn es ein Problem ist, kann ich den Wagen rufen.«

»Es wird mir ein Vergnügen sein. Ich brauche frische Luft«, sagte sie.

Er bot ihr seinen Arm, und sie hakte sich ein. *Nicht schlecht gemacht*, dachte sie. Sie war also nicht die Einzige, die den Einsatz erhöhte.

Die nächsten paar Stunden verlangten ihr sehr wenig außer Bewunderung und hier und da einer Frage ab. Er war wie ein kleiner Junge, der die Vorzüge seiner Lieblingseisenbahn vorführt. Als der Nachmittag zu Ende ging, wusste sie mehr über den Verkauf und Verleih von Videos, als sie je sich hätte vorstellen können. Aber nebenbei hatte sie auch nützliche Details darüber mitbekommen, wie Tadeusz seine illegalen Einkünfte mit Hilfe legaler Geschäfte der Geldwäsche unterzog. Einzelheiten der Buchhaltung hatten sie nie besonders interessiert, aber selbst sie begriff, wie schlau sein Unternehmen eingefädelt war. Sie wusste, dass sie hier Dinge erfuhr, die den Spezialisten für Buchhaltung helfen würden, sich im finanziellen Sumpf von Tadeusz' Imperium zurechtzufinden, wenn er endlich verhaftet war.

Fast genauso wichtig wie die Fakten und Zahlen, die sie aufschnappte, war die Art und Weise, wie ihre Beziehung sich entwickelte. Tadeusz fand bei jeder Gelegenheit einen Vorwand, um sie zu berühren. Nichts offenkundig Erotisches, aber mehr als ein nur zufälliger Körperkontakt. Wenn er ihr eine Tasse Kaffee reichte, streiften seine Finger ihre Hand. Als er mit ihr durch die Läden ging, legte er leicht die Hand auf ihren Rücken oder führte sie am Ellbogen weiter zu einer Stelle, wo etwas besonders Interessantes zu sehen war. Wenn er ins Auto stieg, streifte er sie mit dem Knie.

Sie sprachen auch lockerer miteinander. Es überraschte Carol, wie unterhaltend er sein konnte. Abwechselnd war er spaßig und ernst, und es wurden Dinge interessant, die sonst geisttötend hätten sein können. Während sie durch Berlin fuhren, amüsierte er sie mit Anekdoten und erzählte faszinierende Einzelheiten über die Sehenswürdigkeiten, auf die er sie hinwies. Minutenlang vergaß sie, dass sie als Agentin hier war, dass diese Beziehung sich nicht anders als auf den Verrat zuentwickeln konnte, und sie genoss tatsächlich das Zusammensein mit ihm. Erst ein Video brachte sie wieder auf den Boden der Tatsachen und zu ihrer Aufgabe zurück. In einem der Läden zeigte ihr Tadeusz eine besondere Auslage. »Woody-Allen-Filme laufen in diesem Teil der Stadt gut, deswegen sorgen wir immer dafür, dass wir sie zum Verleih und für den Verkauf komplett vorrätig haben«, sagte er und zeigte auf die Regale. *Zelig* fiel ihr auf und gemahnte sie eindringlich, sich von seiner Ausstrahlung nicht betören zu lassen und die Erinnerung an seine Verderbtheit wach zu halten, die sich hinter seinem lässigen Charme und seinem kultivierten Lebensstil verbarg.

Am Ende der Fahrt wies er den Fahrer an, sie zu ihrer Wohnung zurückzubringen. Wie sonst auch ging er mit ihr bis zu ihrer Tür. Aber statt sich galant zu verabschieden, sah er sie diesmal an und trat einen Schritt näher. Carol musste umgehend eine Entscheidung treffen. Entweder musste sie die Stimmung zerstören und ihn hier stehen lassen oder ihn als Komplizen noch weiter an sich ziehen. Sie wusste, dass dies ein Schlüsselmoment war. Sie stellte sich auf die Zehenspitzen und streifte seine Wange mit einem leichten Kuss. »Es war ein wunderbarer Nachmittag«, sagte sie leise.

Er beugte sich vor, legte ihr einen Arm um die Taille und küsste sie mit leicht geöffneten Lippen. Seine Körperwärme rief in Carol eine überraschende Welle des Verlangens hervor, und sie musste eine bewusste Anstrengung machen, um sich seiner

Umarmung nicht völlig hinzugeben. »Kann ich dich heute Abend sehen?«, fragte er mit heiserer, tiefer Stimme.
Sie brauchte eine gewisse Distanz, legte ihm die Hand auf die Brust, und ihre Finger fühlten dabei sein Herz klopfen.
»Tut mir Leid«, sagte sie. »Ich muss arbeiten.«
Tadeusz schob schmollend die Lippen vor und zog ein trauriges Gesicht.
Carol löste sich von ihm. »Ich muss über Nacht ein paar Dinge an meinen Rechtsanwalt schicken. Wir sind mitten in einem Immobilienkauf, und er hat morgen früh einen Termin. Ich hätte es heute Nachmittag machen sollen, aber du hast mich weggelockt.«
Er zuckte mit den Schultern. »Schon gut. Morgen Abend dann? Kommst du zu mir zum Essen?«
»Einverstanden«, sagte sie. »Aber du hast doch noch vor, mir morgen die interessante Seite deiner Geschäfte zu zeigen, oder?«
»Natürlich. Ich muss gleich morgen früh ein paar Dinge erledigen, aber danach stehe ich dir zur Verfügung.«
»Prima. Ruf mich an wegen der Zeit. Danke noch mal, Tadzio, es war wirklich schön, mit dir zusammen zu sein.«
»Mit dir auch«, sagte er und ging auf den Wagen zu. »Ich kann mich nicht erinnern, wann ich zum letzten Mal so viel gelacht habe.«
Carol musste unwillkürlich lächeln, als sie in den Aufzug trat. Es würde nicht lange andauern, das war klar, aber jetzt spielte er mit, als folge er Morgans Regieanweisungen. Sie hoffte, dass es so weitergehen würde.

Tadeusz wartete nicht auf den Aufzug. Stattdessen rannte er die drei Treppen hinauf und nahm immer zwei Stufen auf einmal. Er hatte vergessen, dass er so viel Energie hatte, wie er jetzt in sich spürte. Caroline war nicht Katerina, wie Darko nie müde wurde, ihn zu erinnern. Es war nur ihr Äußeres, das ähnlich war. Aber wie verschieden ihre Persönlichkeiten auch sein mochten, sie hatten doch eine ähnliche Wirkung auf ihn. Zum ersten Mal seit Katerinas Tod fühlte er sich, wenn er mit Caroline zusammen war, wieder wie ein Mensch.

Er wusste, dass er vorsichtig sein musste, nicht aus den Gründen, die Darko misstrauisch machten, sondern weil er die Wirkung emotionaler Reaktionen kannte. Als eine Art Trostpflaster für sein wundes Herz war es enttäuschend vorhersehbar, dass er sich in die erste interessante Frau verlieben würde. Aber er glaubte, dass er sich zu Caroline Jackson hingezogen gefühlt hätte, wann immer, wo immer und auf welche Weise er sie auch kennen gelernt hätte. Wäre Katerina noch am Leben, hätte er dies eingeräumt, aber nichts unternommen. Da Katerina jetzt tot war, gab es keinen Grund, warum er sich nicht gestatten sollte, Caroline gern zu haben. Wenn er seine neu erwachten Gefühle einfach nicht zu beachten versuchte, wäre das bestimmt die sicherste Strategie. Aber ein Mann wie er, der immer mit dem Risiko lebte, konnte sich Frauen gegenüber genauso wenig absichern, wie er der gefährlichen und lukrativen Welt den Rücken zukehren konnte, die ihm ein so herrliches Leben ermöglichte.

Tadeusz stieß die Feuerschutztür auf und trat in die Vorhalle, die zur Wohnung führte. Er war nicht allein, denn Darko Krasic saß auf einer niedrigen Fensterbank, die kurzen Beine vor sich ausgestreckt, während der Rauch seiner Zigarre einen feinen Dunstschleier in der Luft zurückließ. Tadeusz blieb nicht stehen, sondern ging direkt auf seine Wohnungstür zu. »Ich habe dich hier nicht erwartet«, sagte er und hatte den Schlüssel schon ins Schlüsselloch gesteckt.

»Ich habe etwas, das sich nicht aufschieben lässt«, sagte Krasic und folgte seinem Chef in die Wohnung. Tadeusz legte seinen Mantel ab und hängte ihn an die Garderobe im Flur. Krasic ging weiter ins Wohnzimmer, warf seine Lederjacke über die Lehne der Couch und rief: »Ich könnte einen Drink vertragen.«

»Bedien dich, du weißt ja, wo alles steht.«

Krasic goss sich ein Glas Jack Daniels ein und trank das meiste davon mit einem Schluck. Dann schenkte er noch einmal nach und setzte sich in einen modernen Sessel, der viel bequemer war, als er aussah. Er drückte seine Zigarre in einem tiefen Kristallaschenbecher auf dem Beistelltisch aus, dann trommelte er mit den Fingern auf sein Knie.

Tadeusz kam mit sichtlich federndem Schritt herein. »Es muss eine furchtbar schlechte Nachricht sein, dass du vor meiner Tür wartest, Darko.« Er sah aus, als könne nichts auf der Welt ihn erschüttern, als er sich auf die Couch warf und sich mit elegant überkreuzten Knöcheln ausstreckte.

»Ich habe heute Nachmittag Hauser getroffen.«

Tadeusz stöhnte und rollte mit den Augen. »Gut, dass *du* das für mich machst. Was hat Happy Hauser also zu berichten? Nein, warte. Lass mich raten. Er meinte, er könnte dir die besorgniserregende Nachricht bringen, dass Arjouni sich in Kamals Bezirk breit macht?« Er grinste.

Krasic konnte ein Lächeln nicht unterdrücken. Man mochte über Tadzio sagen, was man wollte, aber er schätzte Menschen im Allgemeinen ziemlich richtig ein. »Stimmt. Aber das war nur der Nachtisch. Der Hauptgang war viel interessanter.«

»Muss ich raten, oder verrätst du mir's?« Tadeusz klang immer noch beschwingt und gut gelaunt. Wie grimmig Krasic auch dreinsehen mochte, er konnte damit nicht die wohlige Wärme seines mit Caroline verbrachten Nachmittags vertreiben.

»Er hat noch einmal wegen dem Motorrad nachgehakt.« Krasic brauchte nicht zu klären, um welches Motorrad es ging. Sie wussten beide ganz genau, wovon er sprach. »Und was da rausgekommen ist, ist verdammt verdächtig, Tadzio.«
Tadeusz nahm die Füße von der Couch und setzte sich mit einer geschmeidigen Bewegung auf. »Ich höre«, sagte er ernst; plötzlich wurde er aus dem angenehmen Gefühl des Nachmittags gerissen und in die unausweichliche, schreckliche Wirklichkeit zurückgezerrt.
»Es war aus England. Angemeldet auf den National Crime Squad, was immer das ist.«
»Die Truppe gegen das organisierte Verbrechen«, sagte Tadzio automatisch, die Worte kamen fast schneller, als er denken konnte. »Aber der Fahrer kann nicht offiziell hier gewesen sein, sonst hätte Hauser es doch sicher herausfinden können?«
»Ich weiß nicht«, sagte Krasic. »Wenn sie viel mit dem Berliner Nachrichtendienst zusammenarbeiten, hätte Hauser davon keine Ahnung. Du weißt ja, wie sehr wir uns angestrengt haben, dort jemanden einzuschleusen, und wir haben es nie geschafft.«
Tadeusz ballte frustriert die Faust. »Und wir wissen immer noch nicht, wer das Motorrad fuhr?«
»Nein«, gab Krasic zu. »Aber Tadzio, das gefällt mir wirklich nicht. Zu viele britische Verbindungen umgeben uns im Moment.« Er zählte sie an seinen kurzen, dicken Fingern auf. »Zuerst wird Katerina von einem britischen Polizisten mit seinem Motorrad umgebracht. Zweitens: Colin Osborne macht unsere britische Verbindung kaputt, er lässt sich erschießen, und es sieht immer mehr nach einem dubiosen Schusswechsel aus. Ich meine, niemand weiß genau, was mit Colin passiert ist. Es schien ein geplanter Mord unter Gangstern zu sein, das

haben die Bullen verbreitet. Aber niemand gibt zu, es getan zu haben, und meines Erachtens ist das fragwürdig. Und jetzt kommt diese Engländerin daher, Katerina wie aus dem Gesicht geschnitten, und zufällig ist sie das fehlende Glied, das all unsere Probleme löst. Es ist zu gut, um wahr zu sein«, schloss er im Ton unumstößlicher Sicherheit.

»Alles, was du sagst, stimmt«, gab Tadzio zu. »Aber was du daraus machst, kann man auch anders sehen. Wie du gesagt hast, als wir zum ersten Mal davon sprachen, hätte der Motorradfahrer ein britischer Polizist im Urlaub sein können, der verschwinden musste, weil er mit seinem Motorrad gar nicht in Berlin sein sollte. Wer Colin umgebracht hat, hält sich bedeckt, weil er Geschäftspartner hat, die seinen Tod rächen und beweisen würden, dass man ihnen besser nicht in die Quere kommt. Leute wie Caroline zum Beispiel. Außer natürlich wenn es Caroline war, die Colin umbringen ließ, um schlampige Konkurrenz auszuschalten. Ich glaube, sie könnte gefährlich sein, aber ich meine das nicht aus den gleichen Gründen wie du, Darko. Ich glaube, sie ist eine von uns. Sie benimmt sich wie eine erfolgreiche Kriminelle. Sie sieht die Welt mit den Augen einer erfolgreichen Kriminellen. Und Frauen, die es in unserer Branche zu etwas bringen, müssen zweimal so rücksichtslos sein wie die Männer.«

Er stand auf und ging zum Getränkeschrank hinüber, wo er sich ein kleines Glas Calvados einschenkte. »Darko, ich weiß, du glaubst, dass man ihr nicht trauen kann, aber das ist nur wegen der zufälligen Ähnlichkeit zwischen ihr und Katerina. Wenn sie wie ein Schraubendampfer aussehen würde, dann wärst du viel weniger misstrauisch.«

»Na ja, das ist selbstverständlich. Aber meinst du nicht, dass ihr Aussehen ein vernünftiger Grund für Misstrauen ist?«, fragte Krasic ungläubig.

»Nein. Ich meine, es ist einer der schrecklichen Streiche, die das Schicksal uns spielt. Es würde mir leichter fallen, ihr zu trauen, wenn sie anders aussähe, glaube ich«, sagte er und wusste dabei genau, dass das nicht stimmte, aber er wollte Krasic keinen Ansatzpunkt liefern. Dann kam ihm plötzlich eine Idee, die aus Jahren der Erfahrung erwuchs. »Aber Darko, du bist doch derjenige, der sie überwacht hat.«
Krasic sah bestürzt aus. »Wieso weißt du das? Hat sie es bemerkt? Hat sie etwas gesagt?«
Tadeusz lachte laut. »Nein, sie hat nichts gesagt. Ich habe es erraten. Also, hat sie etwas Verdächtiges getan?«
Krasic warf ihm einen verlegenen Blick zu. »Sie geht shoppen – und jeden Tag in diesen feudalen Wellnessclub in der Giesebrechtstraße.«
»Ach, über so was muss man sich ja wirklich Sorgen machen, eine Frau, die auf ihre Figur achtet. Sie hat sich also nicht in irgendwelchen Bullenlokalen rumgetrieben oder unseren Mann absichtlich abgehängt?«
Krasic schüttelte den Kopf. »Das nicht. Aber wenn sie nicht astrein wäre, dann würde sie ja erwarten, dass wir sie beobachten.«
»Jetzt denkst du aber um die Ecke«, sagte Tadeusz, ging zu Krasic und klopfte ihm auf die Schulter. »Du bist ein guter Kumpel, Darko. Aber ich glaube, dieses Mal lässt du die Sorge um mich zu sehr deine Phantasie anregen. Ich glaube wirklich nicht, dass Caroline in einen machiavellistischen Plan gegen mich verwickelt ist, bei dem Motorräder und tote Gangster eingesetzt werden.«
»Das heißt aber nicht, dass ich aufhören werde, sie zu beobachten«, sagte der Serbe bockig.
»Es gibt keinen Grund, warum du das tun solltest.« Tadeusz trank sein Glas aus und wandte sich Krasic zu. »Aber die Kos-

ten werden nicht aus meiner Kasse gedeckt, klar?« Jetzt klang er eisern und kompromisslos.
Krasic, der wusste, wann er sich geschlagen geben musste, stand auf. »Pass auf, dass dir niemand in den Rücken fällt, Chef«, sagte er müde, nahm seine Jacke und ging.

Der Hai ärgerte sich furchtbar darüber, dass ihn bei der Arbeit niemand ernst nahm. Die meisten seiner männlichen Kollegen verbargen ihre Verachtung nicht. Petra, für die er barfuß über glühende Kohlen gegangen wäre, beschützte ihn, was manchmal schlimmer als Geringschätzung war. Er war von seiner Versetzung zum Nachrichtendienst so begeistert gewesen, aber es erwies sich, dass er dort viel weniger Spaß hatte als erwartet. Immer bekam er nur Drecksarbeit zugeteilt, die alle anderen für unter ihrer Würde hielten. Er verstand genug von Psychologie, um zu wissen, dass eine Gruppe nur richtig funktionieren konnte, wenn es jemanden gab, auf den sich der Spott richten konnte. Er hätte sich nur gewünscht, dass nicht er diese Figur wäre.
Er sehnte sich danach, eine außergewöhnliche, erfolgreiche Aktion zu landen, aufgrund deren man ihm Respekt entgegenbringen würde. Aber solange er in dieser Rolle als Kuli feststeckte, würde das nicht passieren. Zum Beispiel diese letzte Aufgabe, die Petra ihm aufgehalst hatte. Wie sollte er herausfinden, wem Darko Krasic vertraute und wem er ein Kind in seine Obhut geben würde? Er hatte in Krasics Unterlagen nachgesehen, wer seine Mitarbeiter waren, aber die meisten waren Leute, denen man nicht einmal trauen würde, den Hund zu halten, während man austreten ging, und schon gar nicht, um auf ein Kind aufzupassen. Dann kam ihm der Geistesblitz, in Erfahrung zu bringen, ob Krasic Verwandte in der Gegend hatte, denn ihm schwebte dieses stereotype Bild

von Leuten vom Balkan vor, die – wie die Italiener – eher der Familie als sonst irgendjemandem trauen würden.
Also hatte er lange, es kam ihm wie eine Ewigkeit vor, die Akten durchstöbert und versucht, Blutsverwandte von Krasic aufzutreiben. Einwandererlisten und Aufstellungen vom Finanzamt, Eintragungen zu Grundstücken – alles hatte nichts gebracht. Jetzt musste er Polizeibeamte vor Ort anrufen und fragen, ob sie etwas wussten. Ganz Berlin hatte er schon durchforstet und näherte sich jetzt dem flachen Land in Brandenburg.
Er strich die vorherige Nummer von seiner Liste und wählte die nächste, eine Nebenstelle in den nördlichen Außenbezirken von Oranienburg in der Nähe des früheren KZ Sachsenhausen. Als abgenommen wurde, ließ er seinen Spruch los. »Ich rufe für den Nachrichtendienst hier in Berlin an. Ich weiß, es ist unwahrscheinlich, aber ich versuche eine Spur von jemandem zu finden, der mit einem Serben verwandt sein könnte, der hier in Berlin agiert. Ein Typ, der Darko Krasic heißt.«
»Warten Sie, ich stell Sie zu jemand durch, der Ihnen helfen kann.«
Stille, dann wurde abgenommen, und eine Stimme sagte: »Schümann, Kriminalpolizei.« Es klang, als hätte er den Mund voller Kekskrümel.
Der Hai wiederholte seine Rede mit den kauenden Geräuschen im Hintergrund.
»Das wäre Rados Onkel, oder?«, sagte Schümann erstaunlicherweise. »Oder Cousin oder so was, wer kennt sich da schon aus, bei den Serben?«
»Sie wissen, von wem ich spreche?«, fragte der Hai aufgeregt.
»Klar weiß ich das. Es ist doch meine Aufgabe, zu wissen, wer in meinem Revier mit wem zu tun hat, oder?«

»Wer ist also dieser Rado?«

»Radovan Matic. Als Krimineller durchschnittlich, aber ein Arschloch erster Güte. Ich hab ihn noch als Jugendlichen vor ungefähr vier Jahren gefasst, wegen Heroinbesitz und dem Verdacht, damit zu handeln. Wir klopften ihm wie üblich auf die Finger. Dann ist er nach Berlin abgedampft. Wir sehen ihn dieser Tage nicht oft.«

»Und er ist Darko Krasics Neffe, ja?« Der Hai kämpfte mit sich, um nicht zu aufgeregt zu klingen.

»Ich glaube, sein Alter und Darko sind Cousins.«

»Sein Vater, wohnt der noch in Oranienburg?«

»Arkady? Ja, er hat einen kleinen Hof ungefähr neun Kilometer von hier. Er hält Schweine, glaube ich. Ein anständiger Kerl. Hat nie Ärger gehabt. Rado hat er nach seiner Festnahme windelweich geschlagen, habe ich gehört.«

»Hat er noch mehr Kinder, dieser Arkady Matic?«

»Eine erwachsene Tochter, glaube ich. Aber sie lebt nicht mehr zu Hause.«

»Wo ist dieser Hof genau?«

»Wollen Sie die Adresse oder eine Wegbeschreibung?«

»Beides bitte, wenn es Ihnen nichts ausmacht.« Der Hai hörte die Unterwürfigkeit in seiner Stimme, aber zu buckeln störte ihn nicht. Er wollte einfach die Auskunft.

Schümann beschrieb ausführlich, wie der Hof der Matics zu finden war. »Was wollen Sie eigentlich von ihnen?«, fragte er.

»Ich weiß nicht genau. Ich ziehe für einen Kollegen Erkundigungen ein«, sagte der Hai bedauernd. »Sie wissen ja, wie das läuft. Der eigene Fall ist gerade durch, und jemand denkt, man hat Extrazeit …«

»Wem sagen Sie das«, klagte Schümann. »Tun Sie mir aber einen Gefallen. Wenn Ihr Kollege sich in meinem Revier umtun will, soll er mich vorher anrufen.«

»Es ist eine Sie«, sagte der Hai. »Ich gebe das weiter. Danke für Ihre Hilfe.« *Scheiß drauf*, dachte er. Er würde Schümann nicht um Erlaubnis bitten, sich Matics Hof anzusehen. Er wollte seinen großen Moment nicht mit einem Trottel aus der Provinz teilen.

Er sprang auf, rannte praktisch aus dem Büro und schnappte sich dabei seine Jacke. In dieser Sache hatte er ein gutes Gefühl. Ein kleiner Hof irgendwo in der Pampa, das war der perfekte Aufbewahrungsort für Marlene Krebs' Tochter. Er war da etwas auf der Spur. Und er würde Petra zeigen, dass er ihren Respekt verdient hatte.

Kapitel 30

Der Leihwagen stand in Frankfurt für Tony bereit, genau wie Petra versprochen hatte. Er war dankbar, dass sie die Zeit gefunden hatte, seine Reise zu organisieren. Es wäre so viel schwieriger gewesen, wenn er alles selbst hätte arrangieren müssen. Auf dem Beifahrersitz lag ein Routenplan aus dem Internet, damit er vom Flughafen rechtzeitig zum Termin auf Schloss Hohenstein kam, wo er die Verwalterin der grausigen Akten treffen wollte. Er glaubte nicht, dass er die endgültige Antwort auf seine Nachforschungen heute Vormittag finden würde. Aber er würde vielleicht wenigstens eine Namensliste zusammenstellen können, die zum Vergleich dienen konnte, wenn Marijke und ihre deutschen Kollegen einige geeignete Kandidaten unter den Schiffern ausfindig gemacht hatten.

Selbst an einem sonnigen Frühlingsmorgen bot Schloss Hohenstein einen grimmigen Anblick. Die gewundene Straße, die von der Talsohle zum Schloss auf seinem Felsvorsprung hinaufführte, erlaubte gelegentlich Ausblicke auf seine grauen, bedrohlichen Mauern und Türmchen. Dies hier – so wurde ihm klar, als er die letzte Kurve nahm und vor dem hoch aufragenden Gebäude anhielt – war kein märchenhaftes Rheintal-Schloss. Das Gebäude hatte nichts Gefälliges. Es kauerte auf dem Felsen wie eine dicke Kröte, alles an ihm war schwer und niederdrückend. Die Türme an den Ecken wirkten plump und hässlich und die mit Zinnen besetzten Mauern bedrohlich. Dies war ein Ort, der Feinden Furcht einjagen sollte, dachte Tony, als er an der Fassade hochblickte.

Er parkte auf dem seitlich vor dem Schloss gelegenen Besucherparkplatz und ging über die heruntergelassene Zugbrücke. Ein tiefer, mit Steinen ausgelegter Graben, dessen Wände und Sohle mit scharfen Eisenspitzen gespickt waren, ersetzte einen wassergefüllten Burggraben. Das Tor schmückten kunstvolle Steinskulpturen kämpfender mythischer Tiere. Ein Vogel Greif saß auf dem Rücken eines Einhorns und hatte ihm die Krallen tief in den Hals geschlagen. Eine merkwürdige Schlange hatte ihre Zähne in die Kehle eines geflügelten Drachen gegraben. Wären sie als symbolische Grüße gedacht gewesen, hätte man nach Ansicht Tonys ebenso gut in den Stein meißeln können: »Lasst alle Hoffnung fahren, die ihr hier eintretet«, und damit wäre alles gesagt gewesen.

Am Eingangstor war ein Kartenhäuschen. Tony ging hin und sagte, er hätte eine Besprechung mit Dr. Marie Wertheimer. Der Mann nickte trübsinnig und rief dort an. »Sie wird gleich hier sein«, sagte er und gab Tony ein Zeichen, er solle in den Hof des Burgverlieses gehen. Hohe Mauern ragten rings um ihn auf, hinter deren schmalen Fenstern man ein Heer von feindlichen Augen vermuten konnte. Er stellte sich vor, wie dies auf die verschreckten Kinder gewirkt haben musste, die man hier hereingetrieben hatte, und schauderte unwillkürlich.

Eine rundliche Gestalt kam ihm über den Hof entgegen, die in einen braunroten wollenen Umhang gehüllt war. Die Frau sah wie eine wandelnde Herbstbeere aus, ihr graues Haar hatte sie auf dem Kopf zu einem ordentlichen Knoten hochgesteckt. »Dr. Hill? Ich bin Marie Wertheimer, Leiterin des Archivs

hier auf Schloss Hohenstein. Willkommen.« Ihr Englisch war fast akzentfrei.
»Danke, dass Sie sich Zeit für mich nehmen«, sagte Tony und schüttelte ihre winzige, dickliche Hand.
»Es ist mir ein Vergnügen. Eine Unterbrechung der alltäglichen Arbeit ist immer interessant. Also lassen Sie uns einen Kaffee trinken, und Sie können mir genau sagen, was Sie wissen möchten.«
Er folgte ihr durch eine kleine metallbeschlagene Tür am Fuß des Bergfrieds, und sie stiegen eine abgetretene Steintreppe hinunter. »Vorsicht«, warnte sie ihn. »Diese Stufen können gefährlich sein. Am besten hält man sich am Geländer fest.«
Sie bogen in einen niedrigen Gang ein, der von grellen Neonröhren beleuchtet war. »Wir sind in dem Teil des Schlosses untergebracht, der am wenigsten ansprechend ist«, sagte Dr. Wertheimer. »In dem Teil, den Touristen nie zu sehen bekommen.« Sie wandte sich plötzlich einem Eingang zu, der in einen großen Raum mit zweckmäßigen Metallregalen führte. Zu seiner Überraschung waren an einer Wand schmale Spitzbogenfenster. »Keine sehr verlockende Aussicht«, sagte sie. »Wir sehen auf den Graben hinaus. Aber wenigstens bekommen wir natürliches Tageslicht, und das ist mehr, als die meisten meiner Kollegen haben. Bitte, nehmen Sie Platz, machen Sie es sich bequem.«
Tony setzte sich in einen der zwei abgenutzten Sessel in einer Ecke des Büros, während Dr. Wertheimer sich mit einem Wasserkocher und einer Kaffeekanne zu schaffen machte. Sie reichte ihm einen Becher mit verblüffend starkem Kaffee und setzte sich in den Sessel ihm gegenüber. »Ich bin sehr neugierig«, sagte sie. »Als ich mit Ihrer Kollegin aus Berlin sprach, wollte sie mir keine Einzelheiten über Ihre Ermittlungen verraten.«

Tony nippte vorsichtig an dem Gebräu, in dem genug Koffein war, um einen Schlafsüchtigen mehrere Tage lang wach zu halten. »Es ist eine sehr heikle Sache«, sagte er.

»Wir sind hier an heikle Fragestellungen gewöhnt«, entgegnete Dr. Wertheimer bitter. »Unser Archiv enthält Material, dessen Betrachtung für meine Landsleute immer noch äußerst unbequem ist. Ich muss schon Klarheit über den Zweck Ihres Besuchs haben. Sie können mir vertrauen, Dr. Hill. Ich behalte es für mich.«

Er betrachtete das ruhige Gesicht mit dem scharfen Blick und neigte dazu, sich dieser Frau anzuvertrauen. Und er vermutete, dass sie auch ihm gegenüber nicht mitteilsam sein würde, wenn er nicht offen war. »Ich bin Fallanalytiker«, sagte er. »Ich wurde zugezogen, um in einer Serie von Morden zu ermitteln, die vermutlich alle von derselben Person verübt wurden.«

Dr. Wertheimer runzelte die Stirn. »Die Universitätsdozenten?«, fragte sie scharfsinnig. Erstaunt starrte Tony sie an. »Sie haben heute früh noch keine Zeitungen gesehen?« Sie stand auf und wühlte in einer großen Einkaufstasche neben ihrem Schreibtisch. Dann zog sie *Die Welt* heraus und schlug sie auf. »Können Sie Deutsch lesen?«, fragte sie.

Er nickte, denn er traute nach wie vor seiner Stimme nicht. Sie gab ihm die Zeitung und setzte sich wieder auf ihren Sessel, während er las. Die Schlagzeile war deutlich genug. ***Drei Morde – gibt es einen Zusammenhang*?** Der Artikel schilderte, dass innerhalb der letzten zwei Monate drei Universitätsdozenten, sämtlich Psychologen, unter verdächtigen Umständen tot aufgefunden worden seien. Die Polizei wolle die näheren Umstände nicht preisgeben und habe nur mitgeteilt, dass man alle als Mordfälle betrachte. Der Verfasser stellte dann Überlegungen an, ob dies das Werk eines Serienmörders sein könne, obwohl er bei der Polizei niemanden gefunden habe, der diese Theorie bestätigte.

»Ich kann mir denken, dass es in der Presse noch mehr Artikel geben wird«, sagte Dr. Wertheimer, als Tony zu Ende gelesen hatte. »Ich glaube kaum, dass sie unterdrückt werden. Also sind Sie deswegen zu unserem Archiv gekommen?«

Tony nickte. »Es tut mir Leid, dass ich nicht offener mit Ihnen gesprochen habe, aber wir haben versucht, dies vor der Öffentlichkeit geheim zu halten.«

»Das kann ich mir vorstellen. Kein Polizeibeamter arbeitet gern im grellen Scheinwerferlicht des Fernsehens. Also, was hoffen Sie hier zu erreichen?«

»Wir müssen unsere Verdächtigenliste reduzieren. Monotone, langweilige Polizeiarbeit, unter anderem das Vergleichen verschiedener Listen. Für die Beamten, die es tun müssen, ist es öde und zeitaufwendig, aber wenn wir ein Resultat bekommen, könnte es Leben retten. Meine Analyse der Verbrechen lässt mich annehmen, dass jemand in der Familie des Mörders das Opfer psychologischer Folter war. Ich habe gehört, dass Sie die Unterlagen der Kinder haben, die entweder durch Euthanasie getötet wurden oder mit denen Naziärzte experimentierten. Ich hoffe, dass es irgendwo in Ihren Archiven eine Liste der Überlebenden gibt.«

Dr. Wertheimer hob die Augenbrauen. »Das war vor langer Zeit, Dr. Hill.«

»Ich weiß. Aber ich glaube, unser Mörder ist wahrscheinlich Mitte zwanzig. Es ist möglich, dass sein Vater ein Überlebender war. Oder er wurde vielleicht von einem Großvater oder einer Großmutter großgezogen, der oder die unter den Menschen litt, die solche Institutionen wie diese hier betrieben.«

Sie nickte zustimmend. »Es scheint ziemlich weit hergeholt, aber ich verstehe, dass Sie sich an jeden Strohhalm klammern, wenn Sie einen solchen Mörder der Gerechtigkeit zuführen wollen. Also, eine Gesamtliste wie die, von der Sie sprechen, haben wir nicht.«

Tony konnte seine Enttäuschung nicht verbergen. »Ich verschwende also Ihre und meine Zeit?«

Sie schüttelte den Kopf. »Nein, natürlich nicht. Wir haben einzelne Listen für jede der Institutionen, die mit diesem Programm zu tun hatten. Es gab hauptsächlich sechs Zentren, wo die Euthanasie durchgeführt wurde, aber in jedes kamen Kinder aus mehreren Institutionen. Von allen diesen haben wir Unterlagen.« Sie sah seinen bestürzten Blick und lächelte. »Bitte, Sie brauchen nicht zu verzweifeln. Die gute Nachricht ist, dass alle unsere Daten in Computern erfasst sind, und so ist es relativ leicht, auf sie zuzugreifen. Normalerweise würde ich darauf bestehen, dass Sie die Suche hier auf unserem Gelände durchführen, aber mir ist klar, dass es hier um besondere Umstände geht. Vielleicht könnten Sie Frau Becker anrufen und sie bitten, dass Sie mir eine Verfügung durchfaxt, die es mir erlauben würde, Ihnen aufgrund einer Vertraulichkeitsvereinbarung Papierkopien unserer Akten zu geben?«

Tony konnte kaum glauben, dass er solches Glück hatte. Endlich einmal hatte er in der Bürokratie jemanden gefunden, der ihm keine Hindernisse in den Weg legen wollte. »Das würde mir außerordentlich helfen«, sagte er. »Gibt es hier ein Telefon, von dem aus ich anrufen kann?«

Dr. Wertheimer deutete auf ihren Schreibtisch. »Bitte.« Er folgte ihr durch das Zimmer und wartete, während sie die Faxnummer aufschrieb. »Ich denke, es wird eine Weile dauern, bis sie die nötige Vollmacht bekommt, aber wir können inzwischen schon mal anfangen. Ich werde gehen und eine meiner Kolleginnen bitten, die entsprechenden Daten auszudrucken. Ich bin gleich zurück.«

Geschäftig verließ sie das Zimmer, und Tony konnte inzwischen Petra anrufen. Als sie sich am Mobiltelefon meldete, erklärte er ihr, was er brauchte. »Mist, das wird nicht leicht sein«, murmelte sie.

»Was ist das Problem?«

»Ich sollte ja offiziell gar nicht daran arbeiten, erinnern Sie sich? Ich kann für einen Fall, der nichts mit mir zu tun hat, kaum eine offizielle Verfügung anfordern. Haben Sie die Zeitungen gelesen?«

»Ich habe *Die Welt* gesehen.«

»Glauben Sie mir, das ist unsere geringste Sorge. Aber jetzt, wo jeder weiß, dass es einen Serienmörder gibt, weiß man natürlich auch, dass ich eigentlich nichts damit zu tun habe.«

»Aha«, sagte Tony. Er hatte sich schon gefragt, wann diese Frau, die alles auf die Reihe kriegte, schließlich gegen die Wand laufen würde. Es war nur schade, dass das ausgerechnet jetzt passieren musste.

»Lassen Sie mich nachdenken ...«, sagte Petra langsam. »Es gibt da einen bei der Kripo, der unbedingt im Nachrichtendienst arbeiten will. Ich weiß, dass er die richtigen Leute beeinflussen kann. Vielleicht könnte ich ihn überzeugen, dass es ihm helfen würde, in mein Team versetzt zu werden, wenn er in dieser Sache seine Beziehungen spielen ließe.«

»Gibt es etwas, das zu schwer für Sie ist, Petra?«

»Das hier vielleicht. Es kommt darauf an, ob er eine gute Nase dafür hat, wenn geschwindelt wird. Halten Sie mir die Daumen. Oh, und bei der Kölner Ermittlung ist etwas sehr Interessantes rausgekommen. Marijke hat mir gerade eine E-Mail geschickt. Sie haben eine Kollegin von Dr. Calvet gefunden, die sich erinnert, dass Calvet etwas von einem Treffen mit einem Journalisten einer Internet-Zeitung sagte, obwohl die Kollegin nicht mehr genau weiß, wann es sein sollte.«

»Das bestätigt, was Margarethe ihrem Partner sagte.«
»Mehr als das, Tony. Es heißt, dass wir auf der richtigen Spur sind.«
Er hörte die Erregung in ihrer Stimme. »Was meinen Sie damit?«
»Die Kollegin erinnerte sich an den Namen des Journalisten.« Gespannt hielt sie inne.
»Und?«
»Hohenstein.«
»Das ist nicht Ihr Ernst.« Aber er wusste, dass es doch so war.
»Die Kollegin erinnerte sich, weil das nicht gerade ein verbreiteter Name ist und weil Hohenstein natürlich für experimentelle Psychologen in Deutschland einen gewissen Klang hat.«
»Das glaube ich gern. Na ja, wenigstens können wir daraus entnehmen, dass ich die Angel an der richtigen Stelle ausgeworfen habe.«
»Also Petri Heil. Wir sprechen uns später.«
Er legte den Hörer auf und ging zum Fenster hinüber. Dr. Wertheimer hatte Recht gehabt. Es war keine gute Aussicht für jemanden mit Neigung zu Depressionen, dachte er. Er stellte sich die Kinder vor, die hinter diesen hohen Mauern eingesperrt waren und deren ganzes Leben sich auf die Aussicht auf den Tod oder auf Qualen verengt hatte. Er nahm an, dass manche von ihnen zu schwer behindert gewesen waren, um sich ihrer Umgebung oder ihres bevorstehenden Todes bewusst zu sein. Aber für die anderen, die wegen ihres asozialen Verhaltens oder wegen weniger schwerer körperlicher Mängel gefangen gehalten wurden, musste die Angst unerträglich gewesen sein. Aus ihren Familien herausgerissen und hier eingelocht zu werden, musste selbst die anpassungsfähigsten Kinder traumatisiert haben. Für die schon Geschädigten musste es katastrophal gewesen sein.

Sein Nachdenken wurde unterbrochen, als Dr. Wertheimer zurückkam. »Das Material, das Sie brauchen, wird ausgedruckt«, sagte sie. »Wir haben Listen von Namen und Adressen, und in vielen Fällen gibt es auch kurze Zusammenfassungen zu den so genannten Behandlungen, die sie zu ertragen hatten.«

»Es ist erstaunlich, dass es die Akten noch gibt«, sagte Tony.

Sie zuckte mit den Schultern. »Eigentlich nicht. Sie haben nie auch nur eine Sekunde lang gedacht, dass sie jemals zur Rechenschaft gezogen werden könnten. Dass das Dritte Reich so spektakulär und unwiederbringlich untergehen könnte, das konnten sich die, die zu der Führungsschicht gehörten, gar nicht vorstellen. Als ihnen schließlich die Wahrheit zu dämmern begann, war es zu spät, an irgendetwas anderes zu denken als das unmittelbare eigene Überleben. Und bald wurde es klar, dass es viel zu viele schuldige Männer und Frauen gab, als dass irgendjemand außer denen in den höchsten Positionen eine Strafe zu gewärtigen hatte. Wir fingen in den frühen achtziger Jahren an, die Unterlagen zu archivieren, und nach der Wiedervereinigung konnten wir auch die alten aus dem Osten aufspüren. Ich bin froh, dass wir sie haben. Wir sollten nie vergessen, was einmal im Namen des deutschen Volkes geschehen ist.«

»Und was hat man mit diesen Kindern gemacht?«, fragte er.

Der Glanz wich aus Dr. Wertheimers Augen. »Mit denen, die überlebten? Sie wurden wie Laborratten behandelt. Die meisten wurden hier unten in einer Reihe von Zellen und Schlafsälen gehalten. Das Personal nannte es das U-Boot. Kein Tageslicht, man merkte nicht, wann es Tag und Nacht war. Sie machten verschiedene Experimente mit Schlafentzug, indem sie die Länge der wahrgenommenen Tage und Nächte veränderten. Sie ließen ein Kind drei Stunden schlafen, dann weckten sie es auf und sagten: ›Es ist Morgen, hier ist dein Frühstück.‹ Zwei Stunden später kam das Mittagessen. Zwei Stunden danach das Abendessen. Dann sagte man ihnen, es wäre Nacht, und die Lichter wurden gelöscht. Oder die Tage wurden verlängert.«

»Das war angeblich Forschung, nicht wahr?«, fragte Tony, und Abscheu saß ihm wie ein Kloß in der Kehle. Es entsetzte ihn immer wieder, dass Menschen seiner eigenen Zunft sich so weit von der Pflicht entfernen konnten, zu der sie sich bekannt hatten: allen ihrer Obhut Anvertrauten zu helfen. Dieser Fall hatte etwas erschreckend Persönliches. Er beschwor die Bilder eines Albtraums herauf, der von Männern und Frauen geschaffen worden war, die irgendwann einmal an die therapeutischen Möglichkeiten ihrer Arbeit geglaubt haben mussten. Dass sie sich so leicht von diesem Ideal abkehren konnten, war erschreckend, weil es daran erinnerte, wie dünn die Deckschicht der Zivilisation in Wirklichkeit war.

»Ja, das sollte tatsächlich Forschung sein«, stimmte Dr. Wertheimer traurig zu. »Es sollte den Generälen angeblich entscheiden helfen, wie sehr man die Truppen antreiben konnte. Natürlich wurde es nie irgendwie praktisch angewandt. Es war lediglich ein Experiment der Machtausübung über die Schwachen. Die Ärzte frönten ihren Einfällen und testeten ihre eigene Vorstellung von Vernichtung. Wir hatten hier eine Wasserfolterzelle, wo sie Handlungen unaussprechlicher körperlicher und psychischer Grausamkeit durchführten.«

»Wasserfolter?« Tonys Interesse war erwacht.

»Wir waren nicht die einzige Institution, die solch eine Einrichtung hatte. Bekannt war auch die im Hohenschönhausener Gefängnis in Berlin, aber die war für Erwachsene. Hier waren die Objekte Kinder, und die Absicht war angeblich, Experimente durchzuführen, keine Strafen oder Verhöre.«

»Hat man Wasser in die Kehlen der Kinder geschüttet?«, fragte Tony.

Dr. Wertheimer runzelte die Stirn und senkte den Blick. »Ja. Sie führten verschiedene Reihen von Experimenten durch, um die physische Widerstandsfähigkeit zu prüfen. Natürlich sind viele Kinder gestorben. Man braucht erstaunlich wenig Wasser, um ein Kind zu ertränken, wenn man mit Gewalt Wasser in die Atemwege einführt.« Sie schüttelte den Kopf, als wolle sie das Bild verscheuchen. »Sie haben es auch für psychologische Experimente benutzt. Ich habe keine Details darüber, aber sie sind irgendwo in den Unterlagen.«

»Wären Sie in der Lage, sie zu finden?«

»Wahrscheinlich nicht mehr heute, aber ich kann jemanden danach suchen lassen.« Bevor Tony antworten konnte, klingelte das Faxgerät. Dr. Wertheimer ging hin und sah zu, wie es das Papier ausspuckte. »Es sieht aus, als hätte Ihre Kollegin Erfolg gehabt«, sagte sie. »Es wird eine Weile dauern, bis alle Listen ausgedruckt sind. Wollen Sie eine Führung durchs Schloss mitmachen, während wir warten?«

Er schüttelte den Kopf. »Im Moment habe ich wenig Lust auf einen Touristenrundgang.«

Dr. Wertheimer nickte. »Das kann ich gut verstehen. Wir haben im Hof eine Cafeteria. Möchten Sie vielleicht dort warten, und ich bringe Ihnen dann die Ausdrucke?«

Drei Stunden später war er wieder auf dem Heimweg, und ein dickes Bündel Papier in einem gepolsterten Umschlag lag neben ihm. Er freute sich nicht auf diese Lektüre. Aber wenn sie Glück hatten, würden sie dem Mörder vielleicht einen kleinen Schritt näher kommen.

Der Wind fuhr Carol durchs Haar und holte die verbrauchte Stadtluft aus ihrer Lunge. Sie konnte sich vorstellen, wie leicht Caroline Jackson der Freude erlegen wäre, in einem BMW-Kabriolett in den Frühlingssonnenschein entführt zu werden. Welche Frau wäre das nicht? Aber obwohl ihre Rolle verlangte, dass sie das Gefühl genoss, eine Autobahn mit einer Geschwindigkeit entlangzuflitzen, die bei weitem alles übertraf, was sie innerhalb der gesetzlichen Grenzen in England hätte erleben können, war ihre Reaktion doch keineswegs eindeutig. Carol war mit Caroline verschmolzen, aber sie wusste, wer letztendlich die Kontrolle hatte.

Tadeusz hatte sie um halb elf abgeholt, nachdem er angerufen und ihr gesagt hatte, sie solle sich warm, aber sportlich kleiden, sich aber scherzend geweigert hatte, ihr zu sagen, warum. Als sie auf die Straße trat und ihn hinter dem Steuerrad des schwarzen Z8 mit heruntergeklapptem Dach sitzen sah, hatte er ihre dünne Jacke über dem Pullover betrachtet und die Lippen geschürzt. »Das habe ich befürchtet«, sagte er, ging zum Kofferraum, holte eine dicke, mit Schaffell gefütterte Bomberjacke heraus und gab sie ihr. »Die dürfte dir passen, glaube ich.«

Carol nahm sie behutsam. Sie war nicht neu. Die Falten am Ellbogen zeigten das. Sie zog ihre eigene Jacke aus und schlüpfte in die Ärmel der Schaffelljacke. Er hatte Recht. Sie passte so genau wie nur etwas aus ihrer eigenen Garderobe. Sie bemerkte den schwachen Duft eines schweren Parfums, das sie nie getragen hätte. Mit einem gequälten Lächeln sah sie zu Tadeusz auf. »Hat sie Katerina gehört?«, fragte sie.

»Es macht dir doch nichts aus?«, sagte er besorgt.

»Solange es dich nicht stört.« Carol verbarg ihr Unbehagen hinter einem Lächeln. Dass sie ein Kleidungsstück von Katerina trug, war irgendwie entnervend und gruselig. Es gab ihr das

Gefühl, als ob sich irgendwo in Radeckis Kopf die Grenzen zu verwischen begannen. Und das bedeutete für sie auf die eine oder andere Weise fast mit Sicherheit Gefahr.
Er schüttelte den Kopf und öffnete die Beifahrertür für sie. »Ich habe fast alle ihre Kleider weggebracht, aber ein oder zwei Dinge, in denen ich sie so gern sah, habe ich behalten. Ich wollte nicht, dass dir heute kalt ist, und es schien weniger dreist, als etwas für dich zu kaufen.«
Sie stellte sich auf die Zehenspitzen und küsste ihn auf die Wange. »Das ist sehr aufmerksam. Aber, Tadzio, du brauchst dich nicht für mich verantwortlich zu fühlen. Ich bin selbst groß und habe eine Platinkarte. Du brauchst mir nicht vorzugreifen und zu erraten, was ich brauchen könnte. Ich bin daran gewöhnt, für mich selbst zu sorgen.«
Er akzeptierte den sanften Tadel. »Das habe ich auch nie bezweifelt«, sagte er und ließ sie einsteigen. »Aber manchmal musst du dich doch ein bisschen verwöhnen lassen, Caroline.« Er zwinkerte ihr zu und ging zum Fahrersitz hinüber.
»Wohin fahren wir denn?«, fragte sie, als sie den Ku'damm hinunter auf die Ringstraße zufuhren.
»Du hast gesagt, du wolltest sehen, wie ich meine Geschäfte abwickle«, sagte Tadeusz. »Gestern hast du die vorzeigbare Seite gesehen. Heute werde ich dir vorführen, wie wir unsere Waren befördern. Wir fahren in Richtung Magdeburg.«
»Was ist in Magdeburg?«
»Du wirst schon sehen.«
Schließlich verließ Tadeusz die Autobahn, bog, ohne auf die Karte zu sehen, mehrmals ab, und so erreichten sie eine ruhige Landstraße, die sich zwischen Bauernhöfen hinschlängelte. Nach etwa zehn Minuten endete die Straße am Ufer eines Flusses. Er stellte den Motor ab und sagte: »Hier sind wir.«
»Wo ist das – hier?«

»Das Ufer der Elbe.« Er wies nach links. »Ein Stück weiter vorn ist der Mittellandkanal.« Er machte die Tür auf und stieg aus. »Lass uns zu Fuß gehen.«
Sie folgte ihm auf einem Pfad am Fluss entlang, auf dem viele Frachtschiffe von der Größe langer, mit Containern beladener Lastkähne fuhren, bis hin zu kleinen Schiffen, die nur ein paar Kisten oder Säcke transportierten. »Es ist viel los auf dem Fluss«, äußerte sie und ging jetzt neben ihm.
»Genau. Du weißt ja, wenn die Leute sich den Transport illegaler Güter vorstellen, seien es Waffen, Drogen oder Menschen, dann denken sie immer an die schnellste Möglichkeit. Flugzeuge, Lastwagen, Autos. Aber es gibt keinen zwingenden Grund für Geschwindigkeit. Man transportiert ja keine leicht verderblichen Waren. Und das Schmuggeln fing eigentlich sowieso auf dem Wasser an«, sagte Tadeusz. Als der Kanal in Sicht kam, nahm er ihre Hand in seine.
»Dies hier ist einer der Knotenpunkte der europäischen Wasserwege«, erklärte er. »Von hier aus kann man nach Berlin oder Hamburg kommen. Aber man kann auch viel, viel weiter fahren. Man kann die Havel und die Oder zur Ostsee nehmen oder bis mitten nach Polen hinein und in die Tschechische Republik. In der anderen Richtung erreicht man Rotterdam, Antwerpen, Ostende, Paris, Le Havre. Oder man kann den Rhein und die Donau bis zum Schwarzen Meer hinunterfahren. Und niemand achtet besonders darauf. Wenn man ordnungsgemäße Siegel an seinen Containern und die richtigen Dokumente hat, braucht man sich keine Sorgen zu machen.«
»So transportierst du deine Ware?«, fragte Carol verwirrt.
Er nickte. »Die Rumänen lassen sich sehr leicht bestechen. Die Drogen kommen über das Schwarze Meer oder von den Chinesen als Bezahlung für ihre Reise. Die Waffen stammen von der Krim. Die Illegalen kommen mit Touristenvisa nach Bu-

dapest oder Bukarest. Und alle werden in Container mit offiziellen Zollsiegeln gepackt und kommen hierher, wo ich sie haben will.«

»Du packst Menschen in Container? Wochenlang?«

Er lächelte. »Es ist nicht so schlimm. Wir haben Container mit besonderen Luftfiltern. Es gibt Chemie-Toiletten. Genug Wasser und Essen, damit sie nicht verhungern. Ehrlich gesagt, es ist ihnen egal, wie schlimm die Bedingungen sind, wenn sie nur in irgendeinem netten EU-Land mit Sozialsystem landen können, wo es das Asylverfahren fast unmöglich macht, sie wieder loszuwerden. Das ist einer der Gründe, warum sie dein Land so lieben«, fügte er hinzu und drückte leicht ihre Finger.

»Du lädst sie also alle in den Häfen am Schwarzen Meer ein? Und alle sehen einfach weg?« Selbst in Anbetracht bestechlicher Beamter, fand Carol, wäre eine solche Operation ziemlich riskant.

Er lachte. »Wohl kaum. Nein, wenn die Container Agigea verlassen, sind sie mit ganz legalen Gütern beladen. Aber ich habe eine kleine Werft etwa fünfzig Kilometer entfernt von Bukarest. In der Nähe von Giurgiu. Die Schiffe fahren da hinein, und die Ladungen werden – wie soll ich sagen? – korrigiert. Die legalen Waren werden auf Lastwagen umgeladen. Und unsere zahmen Zollbeamten ersetzen die Siegel, so dass alles genau so ist, wie es sein sollte.« Er ließ ihre Hand los und legte ihr den Arm um die Schultern. »Du siehst, wie groß mein Vertrauen in dich ist, dass ich dir all dies sage.«

»Ich weiß es zu schätzen«, sagte Carol und versuchte, ihre Freude darüber zu verbergen, dass sie diese kostbaren Informationen gewonnen hatte. »Wie viele Container hast du denn normalerweise laufen?«, fragte sie. Es war etwas, was Caroline als Geschäftsfrau würde wissen wollen.

»Zwischen dreißig und vierzig«, sagte er. »Manchmal ist nur

eine kleine Menge Heroin an Bord, aber trotzdem heißt das, dass man den ganzen Container braucht.«

»Das ist eine hohe Investition«, sagte Carol.

»Glaub mir, Caroline, jeder Container bringt jedes Jahr ein Vielfaches seines Wertes. Es ist eine lukrative Sache. Wenn das Geschäft mit den Illegalen zwischen uns beiden klappt, könnten wir dann vielleicht auch andere Ware umschlagen?«

»Ich glaube nicht«, sagte sie bestimmt. »Mit Drogen will ich nichts zu tun haben. Es ist zu riskant. Zu viele Dummköpfe glauben, dass man damit leicht Geld macht. Man muss sich mit beschissenen, unzuverlässigen Pennern abgeben, Leute, die man nicht in seiner Stadt und schon gar nicht in seinem Haus haben wollte. Außerdem kümmert sich die Polizei viel zu intensiv um Drogen.«

Er zuckte mit den Schultern. »Das ist deine Entscheidung. Darko gibt sich für mich mit dem Abschaum ab. Ich rede nur mit den Leuten an der Spitze der Pyramide. Wie steht's mit Waffen? Was meinst du dazu?«

»Ich benutze keine und mag sie nicht.«

Tadeusz lachte entzückt. »So geht es mir mit Drogen. Aber es sind ja nur Geschäfte, Caroline. Du kannst es dir nicht leisten, in Geschäftsdingen sentimental zu sein.«

»Ich bin nicht sentimental. Ich habe einen guten, sehr profitablen Betrieb und will nichts mit Gangstern zu tun haben.«

»Jeder braucht ein zweites profitables Standbein.«

»Deshalb habe ich die Anlagen auf der Airbase gekauft. Deshalb bin ich jetzt hier. Du lieferst mir die Arbeitskräfte, sonst brauche ich nichts.«

Er zog sie etwas näher zu sich heran. »Du wirst sie kriegen.« Er wandte sich ihr zu und küsste sie auf den Mund. »Mit einem Kuss besiegelt.«

Carol lehnte sich leicht an ihn, schließlich war ihr bewusst,

dass sie den Widerwillen nicht zeigen durfte, den seine Bekenntnisse in ihr hervorgerufen hatten. »Wir werden gute Partner sein«, sagte sie leise.
»Ich freue mich darauf«, sagte er, und in seiner Stimme schwang Doppeldeutigkeit mit.
Sie lachte leise, als sie sich aus seiner Umarmung löste. »Ich auch. Aber vergiss nicht, ich halte Geschäfte und Vergnügen auseinander. Zuerst erledigen wir das Geschäftliche. Dann … wer weiß?« Sie löste sich von ihm und lief den Pfad zum Auto hinunter.
Er holte sie auf halber Strecke am Ufer ein, schlang den Arm um ihre Taille und zog sie zu sich heran. »Okay, Geschäft vor Vergnügen«, sagte er. »Fahren wir doch nach Berlin zurück und machen Pläne. Ich werde Darko anrufen, er soll uns treffen. Wir haben ein kleines, ruhiges Büro in Kreuzberg, wo wir uns hinsetzen können, um genaue Pläne zu machen und über Geld zu reden. Dann können wir uns heute Abend entspannen.«
Oh Mist, dachte Carol, dies ging alles viel schneller, als sie eigentlich wollte. Wie sollte sie aus dieser Sache wieder herauskommen, ohne Schaden zu nehmen?

Kapitel 31

Petra sah dankbar von ihrem Computer auf, als der Hai ins Büro gestürmt kam. In ihrem Kopf hämmerte es, und ihre Augen schmerzten und waren rot von zu vielen Stunden, die sie vor dem Bildschirm gehockt und darauf gestarrt hatte. Eine einzige Pause hatte sie gemacht, um die Verfügung für Tony in die Wege zu leiten. Nachdem sie bis spät in die Nacht die Unterlagen zu dem Mord gelesen und sich dann am Morgen Carols Berichte einverleibt und mit den Akten verglichen hatte, die es zu Radecki gab, war sie überzeugt, dass sich ein Besuch beim Augenarzt nicht länger würde aufschieben lassen. Das war's dann also. Schluss mit der Jugendlichkeit. Zuerst würde sie eine Lesebrille brauchen, dann Kontaktlinsen und wahrscheinlich bald ein künstliches Hüftgelenk. Es war so grausam, darüber nachzudenken, dass selbst der Hai eine willkommene Ablenkung darstellte.

»Hast du vielleicht Kodein?«, fragte sie, bevor er den Mund aufmachen konnte.

»Ich hab was Besseres als Kodein«, sagte er. »Ich weiß, wo Marlenes Kleine ist.« Er stand da und grinste wie ein zu groß geratenes Kind, das wusste, dass es jetzt etwas getan hatte, womit es seiner Mutter imponierte.

Petra fiel die Kinnlade herunter. »Du machst Witze«, sagte sie.

Der Hai wiegte sich förmlich auf den Ballen. »Überhaupt nicht, Petra. Ich sag dir, ich habe Tanja gefunden.«
»Mensch, Hai, das ist erstaunlich.«
»Es war ja deine Idee«, sagte er und verhaspelte sich fast. »Erinnerst du dich? Du hast mich doch losgeschickt, ich sollte mich um Krasics Kontakte kümmern? Na ja, ich habe letzten Endes seinen Cousin gefunden, der hat eine Schweinezucht bei Oranienburg, und dessen Sohn Rado ist offenbar einer von Krasics Handlangern. Also bin ich hingegangen und hab mir das mal angesehen. Und siehe da, sie haben das Mädchen!«
»Du bist doch nicht in die Nähe des Hauses gegangen, oder?« Petra war erschrocken. Eine so schlimme Belastung war er ja nun auch wieder nicht.
»Nein, natürlich nicht. Ich wollte gestern Abend da rausfahren, aber dann dachte ich, es wäre vernünftiger, bis zum Morgen zu warten. Tageslicht, weißt du? Jedenfalls bin ich vor dem Hellwerden aufgestanden, habe meine ältesten Klamotten angezogen und bin über die Felder gegangen. Ich fand eine Stelle, von der aus ich die Rückseite des Hauses sehen konnte, kroch unter eine Hecke und habe es beobachtet. Oh Gott, es war furchtbar. Kalt und überall Schlamm, und ich hatte keine Ahnung, wie diese Schweine stinken. Es kam mir vor, als wüssten die Mistkerle immer, wo ich bin, um mir direkt ins Gesicht zu furzen.«
»Na, lass mal die Schweine, Hai. Was hast du gesehen?«
»Na ja, es ist ein schöner Tag, stimmt's? Richtig schönes Frühlingswetter. Jedenfalls – gegen sieben kommt so ein Typ mittleren Alters, Statur wie 'n Schrank, auf einem kleinen Rad heraus und füttert die Schweine. Eine Weile tut sich kaum was, dann öffnet jemand die hintere Tür, und eine Frau kommt raus. Sieht aus, als ginge sie auf die fünfzig zu. Sie geht

auf dem Hof umher und sieht sich genau um. An der einen Hofseite läuft ein Weg entlang, und sie streckt den Kopf über den Zaun, als wolle sie nachsehen, ob die Luft rein ist. Dann geht sie ins Haus zurück und kommt mit einem kleinen Mädchen raus. Ich hatte mein Fernglas dabei und konnte gleich sehen, dass es Marlenes Kleine war. Ich konnte kaum glauben, dass ich so ein Glück hatte. Jedenfalls – die Frau hält Tanja an der Hand, dann lässt sie sie gehen, und ich sehe, dass sie einen Strick um die Taille des kleinen Mädchens gebunden hat. Das Kind versucht wegzurennen, wird aber zurückgerissen und fällt hin, bevor es zehn Meter oder so gegangen ist. Die Frau führt sie etwa zehn Minuten im Hof umher wie einen Hund an der Leine, dann hebt sie sie hoch und trägt sie wieder rein.«

»Bist du sicher, dass es Tanja war?«

Der Hai nickte so heftig, als habe er Schüttellähmung. »Ich sag dir doch, Petra, es gibt keinen Zweifel. Ich hatte ihr Foto dabei, nur um sicherzugehen. Es war Tanja. Ich habe mich nicht getäuscht.« Er grinste diensteifrig.

Petra schüttelte den Kopf, sie konnte fast nicht glauben, dass dieser Knochen, den sie ihm zugeworfen hatte, damit er sie in Ruhe ließ, ihm so viel zu kauen gegeben hatte. Sosehr sie inzwischen Carol Jordan und ihre gute Arbeit auch respektierte, wollte sie immer noch Radecki lieber selbst fassen. Und es sah aus, als könnte sie letztlich doch so eingreifen, dass sie ihn bekam. »Das ist fabelhaft, Hai.«

»Was machen wir also jetzt?«, wollte er wissen.

»Wir gehen zu Plesch und legen fest, wie wir die Kleine befreien und Marlene so versorgen können, dass Krasic und Radecki nicht an sie rankommen. Gut gemacht, Kleiner. Ich bin beeindruckt.«

Nur das hatte er hören wollen. Das breite Grinsen auf seinem

Gesicht reichte von Ohr zu Ohr. »Es war ja deine Idee, Petra.«
»Vielleicht. Aber es war deine harte Arbeit, die es gebracht hat. Komm, Hai. Lass uns die Plesch beglücken.«

Als Tadeusz ihr gesagt hatte, er hätte ein kleines Büro, war das kein Scherz gewesen, dachte Carol. Es war kaum genug Platz für den Tisch und vier Sessel in dem Raum über der Spielhalle. Aber trotz des schmuddeligen Treppenhauses war das Büro selbst so stinkvornehm, wie sie nur hätte erwarten können. Es roch nach altem Zigarrenrauch, aber die Einrichtung bestand aus teuren Ledersesseln und einem Massivholztisch aus gebeizter Eiche. Eine Flasche Cognac und Jack Daniels standen auf einem kleinen Beistelltisch neben vier Kristallgläsern, und die vier Aschenbecher waren aus handgeschliffenem Glas. Die Wände und die Decke waren mit schallschluckenden Platten isoliert, so dass nichts vom Lärm des Untergeschosses in das stille Refugium heraufdrang.
»Sehr edel«, sagte Carol und drehte an einem der Ledersessel. »Ich sehe, du beeindruckst deine Geschäftspartner gern.«
Tadeusz zuckte die Achseln. »Warum soll man es ungemütlich haben?« Er sah auf seine Uhr. »Mach es dir bequem. Darko wird jeden Moment hier sein. Möchtest du einen Drink?«
Sie schüttelte den Kopf. »Es ist ein bisschen früh für mich, um zum Cognac zu greifen.« Sie setzte sich auf den Sessel, der der Tür gegenüberstand.
Tadeusz zog die Augenbrauen hoch. »Der Platz für den Bodyguard, hm?«
»Bitte?«
»Bodyguards sitzen immer da, wo sie die Tür sehen können.«
Carol lachte. »Und Frauen über dreißig sitzen immer mit dem Rücken zum Fenster, Tadzio.«

»Das braucht dich doch nicht zu kümmern, Caroline.«

Bevor sie auf sein Kompliment antworten konnte, ging die Tür auf. *Donnerwetter, das ist ja ein wandelnder Panzerschrank*, dachte Carol.

Krasic stand auf der Schwelle, seine Schultern waren fast so breit wie die Türöffnung. Seine Augen schauten finster unter den Brauen der gerunzelten Stirn hervor, als er den Anblick auf sich wirken ließ. *Dreh besser mal den Charme auf*, sagte sich Carol und stand rasch auf. Sie ging mit ausgestreckter Hand auf ihn zu und verbarg mit einem Lächeln ihr Unbehagen, das die körperliche Anwesenheit dieses Mannes bei ihr auslöste. »Sie müssen Darko sein«, sagte sie freundlich. »Es ist mir ein Vergnügen, Sie kennen zu lernen.«

Er nahm ihre Hand mit einem überraschend sanften Händedruck. »Mein Vergnügen«, sagte er auf Englisch mit starkem Akzent, aber sein grübelnder, starrer Blick strafte seine Worte Lügen. Er sah über ihre Schulter weg und sagte schnell etwas auf Deutsch.

Tadeusz lachte schnaubend. »Er meint, du seist genauso schön, wie ich gesagt habe. Darko, du kannst dich ja wunderbar einschmeicheln bei den Ladys. Komm, setz dich und trink was.«

Krasic zog einen Sessel für Carol heraus, goss sich einen Jack Daniels ein, setzte sich ihr gegenüber und hielt den Blick auf ihr Gesicht geheftet. »Sie sollen also das Problem in England lösen?«, sagte er herausfordernd.

»Ich glaube, wir können uns gegenseitig helfen, ja.«

»Caroline braucht Arbeiter, und sie hat eine Quelle für die Papiere, die viel besser ist als das, was Colin Osborne je geboten hat. Jetzt müssen wir nur noch einen Zeitplan für Lieferung und Zahlung aufstellen«, sagte Tadeusz in sachlich-nüchternem Ton und setzte sich, um eine Zigarre anzuzünden.

»Tadeusz hat mir gezeigt, wie euer Betrieb läuft. Ich bin beeindruckt, wie gut organisiert das ganze System ist.« Sie lächelte Krasic ermutigend zu. »Ich arbeite nur mit Leuten zusammen, wenn ich mich überzeugt habe, dass sie durchführen können, was sie versprochen haben, und ich habe jetzt genug gesehen, um zu wissen, dass das auf euch zutrifft.«

»Wir arbeiten auch nur auf reiner Vertrauensbasis«, sagte Krasic. »Können wir Ihnen trauen?«

»Na komm schon, Darko, hör auf, den knallharten Kerl zu spielen. Wir haben Carolines Referenzen durchgecheckt, wir wissen, dass sie eine von uns ist. Also, wie bald können wir ihr die erste Ladung liefern?«

Krasic zuckte mit den Schultern. »In drei Wochen?«

»Dauert es so lange?«, fragte Carol. »Ich dachte, die Abwicklung liefe bei euch ziemlich rationell.«

»Seit Osborne tot ist, sind die Dinge schwierig«, sagte Krasic.

»Was ist mit denen, die wir in Rotterdam auf Lager haben?«, mischte sich Tadeusz ein. »Können wir nicht einige davon schon früher nach England transportieren?«

Krasic runzelte die Stirn. »Ich nehme an. Haben Sie es eilig?«

»Ich nehme eine Lieferung ab, wann immer Sie es einrichten können. Aber wenn die Ware im Lager war, will ich sie selbst sehen, bevor sie abgeschickt wird. Ich will keine Containerladung mit Leichen auf dem Hals haben.«

Krasic blitzte seinen Chef an. Tadeusz breitete die Arme aus. »Natürlich, Caroline. Darko, du kannst doch eine Reise für Anfang nächster Woche arrangieren? Caroline und ich, wir treffen dich am Wochenende, bevor geladen wird, in Rotterdam, und sie kann es selbst überprüfen.«

Krasic starrte Tadeusz ungläubig an, dann sagte er etwas auf Deutsch. Carol wünschte, sie verstünde die Sprache besser. Aber ihre Erinnerung an Gesprochenes funktionierte nur für

Englisch. Es war ihr nicht möglich, sich eine Unterhaltung in einer Fremdsprache ins Gedächtnis zurückzurufen. Tadeusz antwortete in vorwurfsvollem Ton und kehrte dann zum Englischen zurück. »Es tut mir Leid, wir sollten dich nicht vom Gespräch ausschließen, aber Darko spricht nicht so gut Englisch wie ich. Er ist einfach übervorsichtig. Er ist besorgt, wenn ich meine Chef-Rolle ablege und direkt ins Geschäft eingreife. Aber manchmal möchte ich mir die Dinge eben selbst ansehen. Also, kannst du am Wochenende nach Rotterdam kommen, um deine Ware zu besichtigen?«

Sie nickte. »Das wäre mir recht. Und das gibt mir genug Zeit, alles vorzubereiten. Ich muss dafür sorgen, dass meine Leute alles fertig haben.«

»Wie viele kannst du nehmen?«, fragte Tadeusz.

»Fürs Erste dreißig«, sagte sie. Es war eine Anzahl, auf die sie sich mit Morgan geeinigt hatte. Nicht zu viele für eine sichere Überfahrt in einem Container und gerade genug, dass es sich für Tadeusz auch lohnte. »Danach zwanzig pro Monat.«

»Das sind nicht besonders viele«, warf Krasic ein. »Wir könnten viel mehr liefern.«

»Ja, vielleicht, aber ich brauche nicht mehr. Wenn alles so gut läuft, wie ich erwarte, dann ist es durchaus möglich, dass ich expandiere. Vieles hängt von meiner Quelle für die Papiere ab. Ich bekomme Dokumente der Spitzenklasse, und das will ich nicht aufs Spiel setzen, wenn ich den Krug zu oft zum Brunnen trage. Also erst mal: zwanzig pro Monat. Ja oder nein, Mr. Krasic?« Carol fiel es nicht schwer, energisch zu klingen. Sie hatte bei schweren Fällen genug Stunden bei Verhören zugebracht, dass sie darin Übung hatte. Sie sah ihm bei diesen Worten direkt und ohne zu lächeln in die Augen.

»Die Anzahl ist okay«, sagte Tadeusz. »Dreißig bei der ersten Lieferung, gefolgt von zwanzig jeden Monat. Ja, wir könnten einen Abnehmer für mehr brauchen, aber, ehrlich gesagt, würde ich lieber zwanzig schicken und wissen, dass es nicht nach hinten losgeht, als sechzig ohne diese Sicherheit. Jetzt müssen wir nur noch das Finanzielle regeln.«

Carol lächelte. Sie hatte es geschafft. Und in Bestzeit. Sie wollte, sie könnte Morgans Gesicht sehen, wenn er ihre nächste E-Mail bekam. Alles war geregelt. Dieses Wochenende würden sie endlich Tadeusz in Rotterdam schnappen, und sein ganzes Imperium würde einstürzen. »Ja«, sagte sie aufgekratzt. »Reden wir doch übers Geld.«

Tony hatte viele Psychologen in Kliniken kennen gelernt – und auch Leute bei der Polizei –, die Wände zwischen sich und den bedrückenden Erfahrungen errichtet hatten, denen sie bei ihrer Arbeit ausgesetzt waren. Er konnte sie wegen dieses Abstands nicht wirklich tadeln. Niemand mit gesundem Menschenverstand würde sich das aussuchen, was sie sehen mussten, die Sturzbäche von Schmerz und Wut, die sie sich anhören mussten bei den menschlichen Wracks, mit denen sie es zu tun hatten. Aber er hatte am Anfang seiner klinischen Laufbahn gelobt, sich nie zu scheuen, Mitgefühl zu empfinden, was immer es auch koste. Wenn der Preis zu hoch wurde, konnte er immer noch auf eine andere Tätigkeit ausweichen, um seinen Lebensunterhalt zu verdienen. Aber er war überzeugt, dass es im Grunde unredlich war, das Verständnis für den Schmerz anderer, sowohl der Täter als auch der Opfer, zu verdrängen.

Das Bündel von Unterlagen, das er von Schloss Hohenstein mitgebracht hatte, war eine Zerreißprobe für diese Überzeugung. Die nüchternen Namenslisten, Diagnosen und so genannten Behandlungen beschworen ein solches Höllenszenario herauf, dass er wünschte, er könnte das Material mit gelassener wissenschaftlicher Objektivität betrachten. Stattdessen fühlte er sich bis ins Innerste aufgewühlt. Allein im Besitz dieser Information zu sein, war schon genug, ihm für lange Zeit den nächtlichen Schlaf zu rauben, das wusste er genau.

Dr. Wertheimer hatte damit Recht gehabt, dass die ärztliche Zunft der NS-Zeit wie besessen Berge von Akten füllte. Es gab Hunderte von Namen, über das ganze Land verstreut. Für jedes Kind lagen die persönlichen Daten – Name, Alter, Adresse, Name und Beruf der Eltern – vor. Als Nächstes kam der Grund für ihre Einlieferung in die Anstalt. Die häufigste Begründung war »geistige Unterentwicklung«, gleich darauf folgte »körperliche Behinderung«. Aber einige der Erklärungen dafür, dass die Kinder aus den Familien herausgerissen wurden, waren zutiefst deprimierend. »Angeborene Faulheit«. »Asoziales Verhalten«. »Rassisch minderwertig«.

Was musste es für die Eltern solcher Kinder bedeutet haben, sich ihre Nachkommen tatenlos wegnehmen zu lassen im Bewusstsein, dass die Vergeltung über sie selbst hereinbrechen würde, wenn sie protestierten, und dass es keine Aussicht gab, ihr Kind zu retten? Er glaubte, sie mussten in einen Zustand der Verzweiflung verfallen sein, der Gefühlsleben und Psyche zerstörte. Kein Wunder, dass die Nachkriegsgeneration der Deutschen nicht mit dem konfrontiert werden wollte, was anscheinend mit ihrer Zustimmung ihren eigenen Kindern angetan wurde.

Zumindest den am schwersten behinderten Kindern mochte wohl das Wissen um das, was mit ihnen geschah, erspart geblieben sein. Aber für die anderen, die zusahen, wie ihre Kameraden neben ihnen umkamen, musste das Lebensgefühl auf den täglichen Nadelstich der Erleichterung reduziert gewesen sein, wenn sie bei Anbruch eines neuen Tages noch die Augen öffnen konnten, ihn zu sehen.

Das Schicksal einer großen Zahl Kinder wurde einfach wie folgt beschrieben: »Behandlung: Injektion experimenteller Mittel. Keine Reaktion.« Darauf folgten Datum und Uhrzeit des Todeseintritts. Das war offensichtlich der Code für Euthanasie. Es war ein seltenes Beispiel dafür, dass die Arroganz des Regimes auch einmal vor etwas zurückschreckte. Obwohl man überzeugt war, für das, was man diesen Kindern im Namen arischer Reinheit angetan hatte, nie zur Verantwortung gezogen zu werden, hatte man diese euphemistische Umschreibung für nötig erachtet.

Das hieß jedoch nicht, dass auch nur ein Rest von Respekt für die Unschuld der Opfer erhalten blieb. Das Schicksal der anderen Kinder wurde in dürren Worten aufgelistet, bei denen Tony sich schämte, Mediziner zu sein. Manche waren qualvoll nach Spritzen in die Augen gestorben, die für eine Reihe von Experimenten zur Augenfarbe durchgeführt wurden. Mit anderen wurde die Erforschung von Schlafrhythmen durchgeführt, die sie den Verstand verlieren ließ. Die Liste war lang und enthielt manchmal Literaturhinweise auf wissenschaftliche Schriften, wo man die Resultate studieren konnte.

Und niemand war dafür bestraft worden. Noch schlimmer, es gab Fälle, wo stillschweigend ein Pakt zwischen den Alliierten und den besiegten Nazis geschlossen wurde. Die Forschungsergebnisse gingen als Gegenleistung für das Schweigen der Täter ins Eigentum der Sieger über.

Wenn Geronimo persönlich einen schrecklichen Preis für das gezahlt hatte, was im Namen der Wissenschaft sechzig Jahre zuvor geschehen war, überraschte es Tony nicht, dass er sich vor Wut und Bitterkeit verzehrte. Alle diese Opfer – und keine einzige Person wurde dafür zur Verantwortung gezogen. Er war ja ein rationaler Mann, aber es machte ihn wütend. Wie viel stärker musste dieses Gefühl bei einem Opfer der zweiten

oder dritten Generation sein, die solche Niedertracht erlitten hatte.
Es stimmte, dass Geronimo die falschen Zielobjekte ins Visier genommen hatte. Tony mochte die Konsequenzen beklagen, aber er brachte es nicht über sich, den Wunsch nach Rache, der Geronimo antrieb, zu verdammen.

Petra: Du hast Recht, der Fallbericht ist beklemmend. Sind forensische Spuren an dem Hefter?

Marijke: Es ist zu früh, um das sagen zu können. Er ist jetzt zur Überprüfung bei den Dokumentenspezialisten. Und ich selbst hatte heute Nachmittag auch eine Idee. An vielen unserer wichtigen Straßenkreuzungen gibt es jetzt Überwachungskameras. Ich habe alle Videobänder von dem Tag, an dem de Groot ermordet wurde, angefordert und werde sie von meinem Team durchsehen lassen, um festzustellen, ob sie einen dunklen Golf mit deutscher Nummer finden können.

Petra: Tolle Idee.

Marijke: Vielleicht. Es wird nur etwas bringen, wenn wir es mit einer der anderen Listen vergleichen können. Es wird eine Ewigkeit dauern, umfassende Information über die Schiffe zu bekommen.

Petra: Tony hat die Idee mit den Opfern psychologischer Folter verfolgt. Heute hat er die Listen der Kinder abgeholt, die den Nazis zum Opfer fielen. Er wird heute Abend alle Namen einscannen, damit er eine Gesamtliste erhält, die kann er dir dann auch überlassen. Noch eine mögliche Liste zum Abgleichen der Namen.

Marijke: Aber trotzdem ist es schwierig, sich vorzustellen, dass wir überhaupt vorwärts kommen.

Petra: Die Berichte in den Zeitungen heute früh haben auch nicht gerade geholfen.

Marijke: Wenigstens schienen sie nichts von der Verbindung zu unserem Fall gemerkt zu haben, und man lässt uns in Ruhe. Hat es zu mehr Zusammenarbeit unter den deutschen Polizeikräften geführt?

Petra: Ich weiß nicht. Ich bin zu weit vom Schuss. Du wirst es wahrscheinlich eher hören als ich. Aber die Nachrichten im Fernsehen brachten eine Meldung über Universitätsdozenten, die sich vor einem Serienmörder ängstigen. Ich fürchte, dass er sich verstecken wird.

Marijke: Entweder das, oder er wird wagemutiger. Wenn er sich nicht auf seine bisher übliche Methode verlassen kann, seine Opfer in die Schusslinie zu bringen, wird er eine andere Möglichkeit finden. Alles ist sehr deprimierend. Muntere mich doch ein bisschen auf. Wie geht es mit deinem anderen Fall?

Petra: Es scheint, dass wir Marlene Krebs' Tochter gefunden haben. Wir werden jetzt so vorgehen, dass wir gleichzeitig dort durchsuchen, wo die Tochter gefangen gehalten wird, und Marlene in Schutzgewahrsam nehmen, so dass Radecki nicht an sie rankommt. Wenn wir ihn erst mal hinter Gitter haben, werden wir alles andere, was wir brauchen, zusammenkriegen. Clever, was?

Marijke: Solange ihr dabei Carol Jordan nicht in Gefahr bringt.

Petra: Glaub mir, wir haben alles im Griff oder werden es im Griff haben. Die Aktion mit Jordan läuft, und wir verfolgen unsere Sache, und niemand wird die andere Seite in Gefahr bringen.

Marijke: Gratuliere! Ich weiß, wie hart du dafür gearbeitet hast!

Petra: Ich glaube, wir müssen das persönlich feiern, Marijke. Kommst du nach Berlin?

Marijke: Sehr gern. Aber im Moment bin ich zu sehr mit diesem Fall beschäftigt. Nimm du doch ein paar Tage Urlaub, wenn ihr Radecki gefasst habt, und komm nach Leiden.

Petra: Ich weiß nicht. Hier wird die Hölle los sein, nachdem wir ihn gestellt haben. Verbleiben wir doch so, dass wir in dieser oder einer anderen Stadt die Sektkorken knallen lassen, wenn wir beide unsere Fälle aus dem Weg haben.

Marijke: Okay. Aber du sollst wissen, dass ich zuversichtlich bin, wenn wir endlich zu einem Treffen zusammenkommen.

Petra: Ich auch. Ich habe Angst, aber ich bin auch zuversichtlich.

Marijke: Ich muss jetzt Schluss machen. Ich bin tatsächlich noch bei der Arbeit, und es gibt noch mehr zu tun.

Petra: Also gut. Je intensiver du arbeitest, desto früher wird der Fall gelöst sein, und wir können Pläne machen, wann wir uns treffen.

Marijke: Meinst du?

Petra: Ich weiß es.

Kapitel 32

Unter anderen Umständen hätte Carol an dem Abend wohl kaum etwas auszusetzen finden können. Ein aufmerksamer Gastgeber, ein Essen für Feinschmecker, eine Auswahl beachtlicher Weine und eine Umgebung, die den Chefredakteur einer Lifestyle-Zeitschrift vor Neid erblassen ließe. Nicht zu reden von der Unterhaltung, bei der es um Politik, Musik und Reisen ins Ausland ging, bevor man zum intimeren Thema früherer persönlicher Beziehungen überwechselte.

Aber all dies half Carol nicht über ihr unterschwelliges Unbehagen weg. Sie konnte es sich nie leisten, einen einzigen Moment nicht auf der Hut zu sein, durfte nie vergessen, dass sie statt ihrer eigenen die Vergangenheit einer anderen Frau angenommen hatte, durfte nie auf eine Bemerkung von Tadeusz reagieren, ohne ihre Antwort abzuwägen und zu prüfen. Sie war dem Ziel so nah, aber ein einziger Schnitzer konnte alles zerstören.

Und dabei hatte sie ständig den Aufruhr im Kopf, den Tonys neuerliches Auftauchen in ihr Leben gebracht hatte. Dadurch empfand sie diesen eleganten, berechnenden Flirt mit Tadeusz als doppelt hinterhältig. Weil sie wusste, dass sie den Abend mit Tony und nicht mit dem Mann beschließen würde, der sie so heftig umwarb, bekam alles einen merkwürdigen Unterton und eine vielschichtige Bedeutung.

Jetzt kam er noch einmal mit einem beladenen Tablett aus der Küche. Er stand an der Tür zum Esszimmer und lächelte ihr zu. »Ich dachte, wir könnten den Kaffee im Wohnzimmer nehmen. Es ist bequemer und die Aussicht schöner.«
Gute Masche, dachte sie. Was er meinte, war natürlich, dass es dort leichter sein würde, sich ihr zu nähern, als an einem Tisch mit den Überresten eines Fünf-Gänge-Menüs. »Hört sich gut an«, sagte sie, stand auf und folgte ihm.
Carol überblickte den Raum, als sie eintrat. Eine Couchgarnitur stand, offensichtlich zum Unterhalten geeignet, über Eck und ein Sessel etwas weiter weg. Wenn sie den Sessel nahm, würde das ausdrücklich Abstand zwischen ihnen schaffen. Zwar wollte sie ihn nicht zu sehr ermutigen, aber sie war mit dieser Aktion noch eine ganze Strecke vom sicher erreichten Ziel entfernt. Bis sie Radecki und Krasic in der Tasche hatte, musste sie ihm ein Gefühl der Nähe geben. Tadeusz hatte ein Tablett auf den niedrigen Tisch aus Stahl und Glas gestellt, der in der Ecke zwischen den beiden Sofas stand. Er sah zu ihr auf, und sein Blick verweilte auf dem engen Cocktailkleid. »Mach es dir bequem«, sagte er und beugte sich vor, um den Kaffee in hauchdünne Porzellantassen zu gießen.
Carol setzte sich auf die Couch in die Nähe des Kaffees und schlug die Beine übereinander in der Hoffnung, dass sie so die richtigen Signale aussenden würde, war sich aber nicht bewusst, dass dies die geschmeidige Linie ihrer Fessel und ihren grazilen Knöchel betonte. Tadeusz lehnte sich über den Tisch und stützte sich mit einer Hand ab, um ihr die Tasse zu reichen. »Cognac?«, fragte er. »Jetzt kann es ja nicht mehr zu früh sein.«
Mit einem leichten Nicken und einem Lächeln ging sie auf seine Anspielung auf ihr früheres Treffen ein; es war das erste Mal, dass er an diesem Abend überhaupt Geschäftliches er-

wähnte. »Ich hätte lieber einen Grand Marnier, wenn du welchen hast.«
»Dein Wunsch sei mir Befehl.« Er ging zum Tablett mit den Flaschen hinüber und kam mit einem Glas Cognac für sich und einem großzügigen Grand Marnier für sie zurück. Wie sie befürchtet hatte, nahm er die Gelegenheit wahr, sich neben sie zu setzen. So war sie tatsächlich zwischen ihm und der Lehne der Couch eingekeilt. *Sie sind so berechenbar*, dachte sie gelangweilt.
Sie behielt ihren Kaffee in der Hand. Niemand würde so verrückt sein, sich auf eine Frau zu stürzen, die einen heißen Kaffee hielt. »Das war ein wunderbares Essen«, sagte sie. »Ich habe das Gefühl, sehr verwöhnt zu werden. Danke, dass du dir so viel Mühe gemacht hast.«
Er setzte sein Glas ab, damit er die Hände frei hatte. »Es war wirklich keine Mühe. Ein Anruf, und dann musste ich mich einfach an die Anweisungen halten. Den Ofen auf eine bestimmte Temperatur vorheizen. Gericht A reinstellen. Zehn Minuten warten. Gericht B reinstellen, so ungefähr.«
Carol schüttelte den Kopf. »Ach, weißt du, ich wäre mit einer Pizza vom Pizzaservice genauso zufrieden gewesen.«
»Dieses Kleid hat mehr verdient als eine angelieferte Pizza.« Seine Hand wanderte zu ihrem Oberschenkel, und die Fingerspitzen glitten über den feinen Stoff aus Leinen und Seide.
Ach du Scheiße, jetzt geht's los, dachte sie. »Kleid und Besitzerin fühlen sich geehrt«, sagte sie.
Er wandte sich ihr zu und sah sie an. Behutsam nahm er ihr die Tasse aus den Händen und stellte sie auf den Tisch. »Das ist ja das Mindeste, was ich für eine Frau tun sollte, die mich daran erinnert hat, dass ich noch lachen kann.« Er beugte sich vor und küsste sie.
Carol versuchte, richtig zu reagieren. Der Cognac in seinem

Atem stieß sie ab, aber sie wagte nicht, es zu zeigen. Genauso wenig wollte sie sich den Luxus erlauben, sich einfach einer Umarmung hinzugeben, der zu widerstehen ihr nicht leicht fiel. Ihr Körper reagierte spontan und triebhaft. Sie fand Tadeusz gegen ihren Willen attraktiv, denn ihre Hormone kümmerten sich nicht um ihren Verstand. Sie erwiderte seinen feurigen Kuss genauso leidenschaftlich.

Jetzt zog er sie näher zu sich heran, sie wehrte sich nicht und fuhr mit den Fingern über die langen Muskeln seines Rückens. Immer wieder küssten sie sich, ihre Zungen schoben sich zuckend im Mund vor und zurück, und ihr Atem wurde heftiger und schneller. Er beugte sich über sie, und sie spürte unter ihrem Kleid seine heiße Hand auf ihrer Haut. Plötzlich traf es sie wie ein Schock, dass sie nicht wollte, dass er aufhörte.

Ihre Vernunft kämpfte gegen das Verlangen ihres Körpers an. Sie sah Bilder vor ihrem inneren Auge vorbeihuschen und Leichen aus einem Schiffscontainer fallen. Morgans Mund, der ihr sagte, Radeckis Menschenschmuggel müsse Einhalt geboten werden. Der ermordete Mann auf den Stufen vor dem Untersuchungsgefängnis. Dann Tonys Gesicht mit vorwurfsvollem Blick und wehmütig lächelndem Mund. Plötzlich hatte Carol Jordan die Kontrolle über Caroline Jackson zurückgewonnen. Sie wich Tadeusz' begehrlichen Lippen aus. »Nein, warte«, keuchte sie.

Er erstarrte, mit der Hand auf ihrem Schenkel. »Was ist los?«, stöhnte er.

Sie schloss die Augen. »Ich kann nicht. Es tut mir Leid. Ich kann einfach nicht.«

Er drückte sie noch fester an sich, seine Finger pressten sich tiefer in ihre Haut. »Du willst doch, ich weiß es.«

Carol wand sich, rutschte so weit sie konnte von ihm weg und schob seine Hand von ihrem Bein. »Ich wollte. Ich meine, ich will. Aber … Es tut mir Leid, Tadzio, das geht alles zu schnell. Zu plötzlich.«

Er schlug sich fest mit den Handflächen auf die Schenkel. »Ich begreife das nicht. Du hast mich doch geküsst, als wolltest du.« Er sprach mit erhobener Stimme und Brauen, die sich zornig über die schmal zusammengekniffenen Augen herabsenkten.

»Es ist nicht so, dass ich nicht will. Bitte, denk das nicht. Aber … es ist für mich sehr ungewohnt. Ich habe nie eine Beziehung zu jemandem gehabt, mit dem ich geschäftlich zu tun hatte. Ich bin nicht sicher, ob ich damit klarkomme. Ich brauche Zeit, um da durchzusteigen.«

»Herrgott noch mal.« Er sprang auf, nahm eine Zigarre aus dem Humidor und zündete sie umständlich an, als brauche er eine Gelegenheit, um seine Fassung wiederzugewinnen. »Ich wollte das nie mit einer Frau tun, mit der ich Geschäfte machte«, sagte er, und der Text war viel vernünftiger als der Ton. »Aber ich verstehe nicht, warum das unsere berufliche Beziehung stören sollte. Es könnte sie verstärken. Teamarbeit. Zusammen könnten wir großartig sein, Caroline.«

Sie nahm ihr Glas und nippte daran. »Das hätte ich auch gern. Aber ich brauche etwas mehr Zeit, um mich an den Gedanken zu gewöhnen. Ich sage nicht ›nie‹, ich sage nur ›nicht heute Abend‹.« Sie wandte den Blick ab. »Und dann ist da noch etwas anderes.«

»Aha? Was soll das sein?« Er starrte sie aufsässig an.

»Katerina«, sagte sie leise.

Sein Gesicht wurde wieder zu der starren Maske, die er trug, als sie sich das erste Mal begegneten. »Was ist mit Katerina?«, sagte er schließlich.

»Du hast mir gesagt, wie ähnlich ich ihr sehe.« Carol versuchte einen um Verständnis bittenden Ton anzuschlagen. »Ich

muss sicher sein, dass du wirklich mit mir schlafen willst und nicht mit einer zweiten Ausgabe von Katerina.«
Der Glanz war aus seinen Augen gewichen, und seine Schultern hingen herunter. »Meinst du, diese Frage hätte ich mir nicht auch schon gestellt?«
»Ich weiß es nicht.« Jetzt war Carol klar, dass sie das richtige Stichwort gefunden hatte, mit dem sie seine Wut in Verletzlichkeit verwandeln konnte, und sie entspannte sich etwas.
»Als ich dich zum ersten Mal sah, sagte ich mir, sobald ich über den Schock hinweg war, dass ich dich nie anrühren würde, weil das krank wäre. Aber je besser ich dich kennen lernte, desto lieber habe ich dich gewonnen. Wenn ich dich jetzt anschaue, sehe ich Caroline, nicht Katerina. Das musst du mir glauben.«
»Ich will es ja glauben, Tadzio. Aber ich meine, ich brauche noch ein bisschen Zeit.«
Er verschränkte die Arme vor der Brust. »Ich verstehe. Nimm dir die Zeit, die du brauchst. Wir haben es ja nicht eilig. Es tut mir Leid, dass ich zu stürmisch war.«
Sie schüttelte den Kopf. »Du brauchst dich nicht zu entschuldigen. Wenigstens hat es die Lage zwischen uns geklärt. Jetzt wissen wir, woran wir sind.«
Es gelang ihm, leicht zu lächeln. »Ich habe ein gutes Gefühl dabei, Caroline.«
»Ich auch, Tadzio. Aber ich will sichergehen.« Sie strich ihr Kleid zurecht und stand auf. »Und jetzt sollte ich, glaube ich, nach Hause fahren.«

Sein Licht war noch an, und die Vorhänge standen offen. Das sah Carol als Erstes, als sie aus Tadeusz' Mercedes ausstieg und seinem Fahrer Gute Nacht gesagt hatte. Sie fühlte sich zerrauft und leicht beschmutzt nach ihrem Handgemenge auf

der Couch, aber es war ihr egal. Das Bedürfnis, Tony zu sehen, war so stark, dass sie keine Zeit verschwenden wollte, um sich wieder in ihren ursprünglichen Zustand zu versetzen.
Die Tür ging so schnell auf, dass es sie fast glauben machte, er hätte auf ihr Klopfen gewartet. Tony lächelte bewundernd, als er sie sah. »Du siehst umwerfend aus«, sagte er und führte sie zur Wohnzimmertür. »Wie ist es gelaufen?«, fragte er und ging hinter ihr hinein. Sie standen nur ein paar Zentimeter voneinander entfernt. Er fand sie atemberaubend mit ihrem schimmernden Haar vor dem dunklen Fenster und den leicht geöffneten Lippen, die zögernd lächelten. Die Erregung, die er an ihr wahrnahm, machte ihn plötzlich bedrückt. Er wünschte, sie fühlte sich seinetwegen so und nicht wegen eines Fieslings wie Radecki, der schließlich nichts weiter als ein Gangster mit raffinierter Fassade war.
»Es hätte heute früh gar nicht besser gehen können. Er ist mit mir aufs Land gefahren und hat mir gezeigt, wie er seine Schmuggeltransporte auf dem Wasser abwickelt. Und heute Nachmittag haben wir uns mit seinem Spezi Darko Krasic getroffen. Mein Gott, er sieht wie ein totales Scheusal aus. Also das ist einer, bei dem würde eine Frau es sich zweimal überlegen, ob sie ihre Tarnung aufgeben soll. Und er hasst mich. Er würde mir schon das Genick brechen, wenn ein Blick auf mich ihn glauben ließe, ich würde irgendetwas zum Schaden seines teuren Tadzio tun.«
»Gott steh uns gegen eine solche Männerfreundschaft bei. Das muss ja unheimlich gewesen sein«, sagte Tony.
»War es auch. Aber es hat mir geholfen, mich auf die Rolle als Caroline zu konzentrieren. Und es hat funktioniert, Tony, es hat echt funktioniert. Wir haben uns auf ein Geschäft verständigt. Am Wochenende fahren wir nach Rotterdam, um uns die illegalen Einwanderer anzusehen, die er mir schicken wird,

und dabei können wir ihn dann festnehmen. Morgan wird sich freuen wie ein Schneekönig, wenn er meinen Bericht bekommt!«

Tony nickte. »Das hast du wirklich gut hingekriegt.«

Sie zuckte mit den Schultern. »Ohne deine Hilfe hätte ich es nicht geschafft.«

»Ach sei nicht albern, natürlich hättest du es gekonnt. Wie ist der Abend also verlaufen? Habt ihr eure neue Business-Partnerschaft gefeiert?« Er konnte nicht verhindern, dass er leicht gereizt und verbittert klang.

»Er hat versucht, eine Nummer mit mir abzuziehen«, sagte sie mit widerwillig verzogenem Mund. »Aber ich habe ihn abwehren können. Es ist schwierig, ihm genug freie Bahn zu geben, dass er sich ans Messer liefert, ohne dabei selbst zu Schaden zu kommen.«

»Leicht ist das bestimmt nicht«, sagte Tony schleppend.

Sie machte einen Schritt auf ihn zu. »Er ist attraktiv. Körperlich ist es schwerer für mich, ihm zu widerstehen, als verstandesmäßig. Und das ist sehr verwirrend.«

Tony starrte zu Boden. Er hatte Angst davor, sie anzusehen. »Gut, dass du durch und durch Profi bist«, murmelte er.

Carol legte ihm eine Hand auf den Arm. »Es war nicht meine Professionalität, die mich gerettet hat. Es war, weil ich immer an dich gedacht habe.«

»Du hättest meine Missbilligung nicht ertragen, hm?« Sein vertrautes schiefes Lächeln kam wieder hervor.

Sie schüttelte den Kopf. »Eigentlich nicht. Es hatte mehr damit zu tun, dass ich daran erinnert wurde, was ich wirklich will.« Sie trat näher an ihn heran. Er fühlte ihre Körperwärme und breitete ohne nachzudenken die Arme aus, und sie ließ sich hineinfallen. Sie standen so nah aneinander geschmiegt, dass jeder des anderen Blut pochen hörte. Er vergrub sein Ge-

sicht in ihrem Haar und sog ihren süßen Duft ein. Zum ersten Mal seit seiner Fahrt zum Schloss Hohenstein war sein Kopf von den Schreckensbildern befreit, die es ausgelöst hatte.
Aber die Atempause dauerte nicht lange. Carol ließ ihre Finger durch seine Haare gleiten und sagte leise: »Es tut mir Leid. Ich denke nur an mich. Wie war dein Tag?«
Er erstarrte und wich vorsichtig zurück. »Bestimmt willst du diese Dinge gar nicht hören«, sagte er, ging zum Tisch hinüber und nahm eine Flasche Scotch, die dort stand. Er sah sie mit fragend hochgezogenen Augenbrauen an, und Carol schüttelte den Kopf. Er goss sich einen kräftigen Drink ein und ließ sich auf den Stuhl beim Laptop fallen. Während er an dem Whisky nippte, schüttelte er den Kopf. »Glaub mir, du willst es bestimmt nicht hören.«
Carol saß am Ende der Couch, und zwischen ihren Knien waren nur ein paar Zentimeter Platz. »Ich bin ja nicht gerade unbeleckt in Bezug auf Gruselgeschichten«, erinnerte sie ihn. »Du weißt doch, wie dieses Zeug an einem nagt. Also komm, wir teilen uns die Last.«
Er starrte in sein Glas. »Kinder. Es waren einfach nur Kinder. Ich weiß ja bis in alle Einzelheiten, was Kindern angetan wird.« Er runzelte die Stirn. »Aber immer nur einzelnen. Ein kranker Kerl, der sich Kinder als Opfer aussucht. Das ist zu verkraften, weil es aus dem Rahmen fällt. Die Täter sind nicht wie wir – damit beruhigt man sich.« Er nahm noch einen Schluck Whisky.
»Aber, Carol, das Schreckliche an dieser Sache, die mir das Gefühl gibt, ich hätte ätzendes Gift geschluckt, einfach nur, weil ich davon weiß, das Schreckliche ist, dass es ein gemeinsames Handeln so vieler war. Dutzende, wahrscheinlich Hunderte von Leuten haben daran mitgewirkt, was mit diesen Kindern gemacht wurde. Ihre Eltern haben sich hinter einem

Gefühl der Machtlosigkeit versteckt und ließen sich von diesen Unmenschen ihre Kinder wegnehmen. Und warum? Weil sie körperbehindert waren. Oder weil sie geistig unterentwickelt waren. Oder weil sie einfach schwierige Bengel waren, die sich nicht an die Regeln hielten.« Er fuhr sich durch die Haare, und auf seinem Gesicht spiegelte sich seine quälende Verwirrung. Carol legte eine Hand auf sein Knie, und er legte seine eigene darüber.

»Und dann die Ärzte und Schwestern. Keine unwissenden Bauern, sondern gebildete Leute. Menschen wie du und ich. Menschen, die diesen Beruf wahrscheinlich ergriffen, weil sie den Wunsch hatten, Kranke zu heilen. Aber als von höchster Stelle ein Erlass kam, hörten sie plötzlich auf, Heiler zu sein, und wurden zu Folterern und Mördern. Ich frage mich, wie bekommt man das in seinen Kopf? Ich habe nie ein Problem gehabt, Selbsttäuschung zu verstehen, wenn es um einen KZ-Wärter ging. Wenn man sich verwundbar fühlt, ist es für die meisten von uns kein so großer Schritt, irgendwelche Außenseiter wie Juden oder Zigeuner oder Kommunisten zu dämonisieren. Aber das waren *deutsche* Kinder. Die meisten Leute, die dort Leben zerstörten, waren wahrscheinlich selbst Eltern. Wie konnten sie das, was sie beruflich taten, so von ihrem eigenen Leben zu Hause trennen? Es muss doch wenigstens einige von ihnen psychisch ruiniert haben.«

Er schüttelte den Kopf. »Ich habe ein gutes Einfühlungsvermögen. Ich kann den Schmerz von Menschen nachfühlen, die nur funktionieren, wenn sie ihren eigenen Schmerz auf andere verlagern. Aber ich kann beim besten Willen kein bisschen Mitleid empfinden mit jemandem, der mit solchen Taten zu tun hatte wie die, über die ich heute gelesen habe.«

»Es tut mir sehr Leid«, sagte Carol. »Ich hätte dich nicht mit hineinziehen sollen.«

Er zwang sich zu einem müden Lächeln. »Du brauchst dich nicht zu entschuldigen. Aber wenn ich Recht habe und unser Mörder ein Opfer zweiten Grades dessen ist, was in diesen so genannten Heimen geschah, dann muss ich sagen, er trägt nicht allein die Schuld an seinem Handeln. Die Menschen, die die wirkliche Verantwortung für diese Morde tragen, sind für unsere Gerechtigkeit unerreichbar.«

Auf der Straße unten traute Radovan Matic kaum seinen Augen. Er hatte einen langweiligen Abend vor Tadeusz Radeckis Haus verbracht und sich ausgerechnet, dass er bestimmt bis zum frühen Morgen würde warten müssen. Kein ganzer Mann würde eine solche Frau aus seiner Wohnung gehen lassen, ohne es ihr zu besorgen. Und nach allem, was sein Onkel Darko über Radecki gesagt hatte, führte der Mann nicht gerade das Leben eines Mönchs. Er war etwas überrascht, als kurz nach zehn Uhr Radeckis vertrauter schwarzer Mercedes vor dem Gebäude vorfuhr, dann aber sehr erstaunt, dass Caroline Jackson wenige Minuten später allein herauskam.
Er war dem Mercedes zurück zu ihrer Wohnung gefolgt und hatte das große Glück, direkt gegenüber einen Parkplatz zu finden, als sie gerade hineinging. Er beschloss zu warten, bis er Licht angehen sah, um dann seinen Onkel in der Hoffnung anzurufen, dass er nach Hause und zu Bett gehen konnte. Rado stieg aus dem Wagen und stellte sich in den dunklen Eingang eines Blumenladens, damit er das Haus besser im Auge behalten konnte.
Die Minuten verstrichen, und es erschien kein Licht hinter ihren Fenstern, die er genau kannte. Was war los? Er wusste von seinen früheren Beobachtungen, dass im Wohnzimmer ein Lichtschein vom Flur zu sehen war, sobald sie das Apartment

betrat. Und doch blieb alles dunkel. Hatte er einen Fehler gemacht? Er zählte die Fenster im ersten Stock von der Ecke an, um sicherzugehen.

Und da sah er sie. Unverwechselbar. Aber sie war am falschen Ort. Statt im dritten Stock war sie im ersten. Und sie war mit einem Mann zusammen, der eindeutig nicht Tadeusz Radecki war. Er beobachtete, wie sie offensichtlich in ein Gespräch vertieft aufeinander zugingen. Dann umarmten sie sich.

Die Schlampe war direkt von Radeckis Wohnung in die Arme dieses anderen Mannes geeilt. Rado nahm sein Telefon heraus. Dies war etwas, was sein Onkel erfahren musste. Und zwar sofort.

Krasic war innerhalb von zwanzig Minuten da. In seiner Ungeduld, herauszufinden, ob Caroline Jackson wirklich etwas tat, was sie nicht tun sollte, hatte er jede gelbe Ampel am Ku'damm überfahren. Er parkte vor einer Garageneinfahrt und rannte die Straße entlang zum Beobachtungspunkt seines Neffen. »Was ist los?«, fragte er.

Rado zeigte auf den rechteckigen Lichtstreifen im ersten Stock. »Da waren sie. Sie und dieser Typ. Tadeusz' Fahrer hat sie abgesetzt, aber in ihrer Wohnung ging kein Licht an. Und dann sah ich sie mit ihm am Fenster des ersten Stocks. Sie redeten miteinander, haben geknutscht, und dann sind sie verschwunden. Ich würde also schätzen, dass sie zusammen im Bett sind, meinst du nicht?«

»Ich hab ihm gesagt, dass er ihr nicht trauen soll«, knurrte Krasic. »Welche Nummer hat denn diese Wohnung?«

»Es ist zwei Etagen tiefer als ihre. Wenn sie in 302 wohnt, muss seine 102 sein.« Während er noch sprach, kam der Mann wieder in Sicht. »Das ist er, Onkel. Das ist der Mann, bei dem sie war«, rief er aufgeregt und zeigte zum Fenster hinauf, wo

Tony von einer Seite zur anderen ging und dann wieder verschwand.
Krasic versetzte Rados Arm einen brutalen Schlag und stieß ihn zur Seite. »Verdammt noch mal, Rado, willst du, dass die ganze Straße uns sieht?«
Rado fasste an seinen Arm und krümmte sich vor Schmerz. »Tut mir Leid, Onkel.«
»Schon gut. Du hast ja gute Arbeit geleistet, hast die Schlampe gesehen. Jetzt müssen wir noch herausfinden, wer ihr Geliebter ist. Es wird bis morgen früh warten müssen.« Er sprach mehr zu sich selbst als mit seinem Neffen. Krasic starrte wie ein Mondsüchtiger mit gespanntem, finsterem Gesicht zum Fenster hinauf.
Die Zeit verstrich. Rado war nervös, aber Krasic stand unbeweglich wie ein Felsblock. Seine Militärausbildung hatte ihn gelehrt, wie wichtig es war, dass man beobachten konnte, ohne gesehen zu werden. Damals hing sein Leben davon ab. Er fragte sich, ob das vielleicht wieder so sein würde.
Endlich wurde seine Geduld belohnt. Caroline Jackson in ihrer frappierenden Ähnlichkeit mit der schönen Katerina Basler war mit niemand sonst zu verwechseln. Sie stand nahe am Fenster und bewegte den Mund wie beim Sprechen, ohne dass etwas zu hören war. Dann war der Mann plötzlich wieder da, direkt neben ihr. Seine Hände umfassten ihr Gesicht, und er hielt sie fest, als sie sich küssten. Das war kein freundschaftlicher, flüchtiger Gutenachtkuss, dachte er. Als sie sich voneinander lösten, zerwühlte Caroline sein Haar, eine Geste unbeschwerter Zärtlichkeit. Dann verschwanden beide aus Krasics Gesichtsfeld.
Ein paar Minuten später erschien der Mann wieder, ging zum Fenster und sah hinaus. Krasic drängte Rado noch weiter in den dunklen Eingang zurück und drückte ihn gegen die La-

dentür. Aber als der Mann zum Himmel hinaufblickte, gab es kein Anzeichen, dass er sie gesehen hatte.
Dem Onkel über die Schulter schauend, sagte Rado: »Siehst du, jetzt ist sie wieder in ihrer Wohnung.« Ein Licht ging zwei Etagen höher an. Während sie sie beobachteten, zog die Frau, die sie als Caroline Jackson kannten, die Vorhänge vor.
Fünf Minuten später drehte der Mann der Straße den Rücken zu und löschte das Licht. »Geh nach Haus, Rado«, wies Krasic ihn an. »Es wird morgen früh für dich Arbeit geben. Ich ruf dich an, wenn ich weiß, was wir machen.«
Als der Junge wegging, sah er ihm nach und war froh, dass er geistesgegenwärtig genug gewesen war, die hinterlistige Schlampe weiter überwachen zu lassen. Was immer sie mit dem Mann im ersten Stock vorhatte, es war jedenfalls nichts, das sie Tadzio erzählt hatte. Seiner Erfahrung nach hieß das, es musste etwas sein, das sie nicht wissen sollten.
Krasic mochte es nicht, wenn andere Leute Geheimnisse hatten. Soweit er wusste, bedeutete das Gefahr. Sehr bald würde er das Geheimnis ans Licht bringen, das Caroline Jackson in Apartment 102 verborgen hielt.

Kapitel 33

Der Hai hatte nicht übertrieben, als er von den Schweinen erzählte, dachte Petra grimmig, während sie auf dem Bauch voranrutschend unter einer Dornenhecke in einem lehmigen Graben lag. Der Gestank war überwältigend, und sie schienen sich tatsächlich absichtlich in ihre Richtung zu drehen, bevor sie mit einem zufriedenen Grunzen furzten. Nicht erwähnt hatte er die Ratten. Sie war schon einer begegnet, hatte sich plötzlich ihren glänzenden Knopfaugen gegenübergesehen und hätte schwören können, dass sie spürte, wie sie über ihre Beine huschte. Beim bloßen Gedanken daran lief es ihr eiskalt über den Rücken.

Bevor Plesch eine groß angelegte Befreiungsaktion für Tanja Krebs genehmigte, hatte sie darauf bestanden, dass das, was der Hai gesehen hatte, erhärtet werden musste. »Ich bezweifle nicht Ihre Fähigkeiten«, hatte sie gelogen. »Aber man macht leicht einen Fehler, oder man sieht statt der Tatsachen das, was man sehen will. Bevor wir also ein großes Theater abziehen, will ich, dass Petra rausgeht und bestätigt, dass das Mädchen dort festgehalten wird. Wenn Sie Recht haben, werden wir eine offizielle Überwachung starten und eine Geiselbefreiung vorbereiten.«

Sie hatte Plesch noch nie so gut gelaunt gesehen. Ohne Aus-

flüchte hatte sie sogar Petras Vorschlag zugestimmt, dass sie Marlene in ein Zeugenschutzprogramm aufnehmen, schnell vorgehen und die Durchsuchung mit Radeckis Verhaftung in Rotterdam koordinieren sollten. Selbst die Ratten und Schweine konnten Petras Gefühl des unmittelbar bevorstehenden Triumphes nicht beeinträchtigen.
Und trotz Marijkes Pessimismus konnte sie die Empfindung nicht unterdrücken, dass sie in Bezug auf den Serienmörder Fortschritte machten, die teilweise Tony Hill zu verdanken waren. Er war ein seltsamer Typ, dachte sie. Offensichtlich hatte es in der Vergangenheit irgendeine Geschichte zwischen ihm und Carol gegeben. Wenn einer über den anderen sprach, waren beide immer leicht verlegen, und Carol war viel entspannter, seit er in Berlin war. Na ja, sie wünschte den beiden Glück. Sie wusste, welchen Unterschied es machte, eine Beziehung mit einem Partner zu haben, mit dem man sich beruflich gut verstand.
Sie änderte ihre Position, achtete aber darauf, sich kaum zu bewegen, als sie das Fernglas vor die Augen hielt. Seit Stunden war sie schon hier, und es war nichts passiert, außer dass der alte Matic die Schweine gefüttert hatte. Sie starrte das schwere alte Mutterschwein an, das zielbewusst auf sie zusteuerte, und hielt die Luft an.
Wenigstens regnete es nicht.
Noch nicht.

Tony lag auf dem bequemen Bett und genoss das kühle, weiße Laken an seiner Haut. Er konnte sich nicht erinnern, wann er zum letzten Mal ein solches Gefühl von Ruhe und Frieden empfunden hatte. Bestimmt nicht während der Ermittlungen zu einer Mordserie. Aber heute früh fühlte er sich wie ein Schwimmer, der nach einem nicht enden wollenden Kampf mit den Wellen endlich das Ufer erreicht hat. Seit er Carol kennen gelernt hatte, bemühte er sich, die Gefühle zu verstehen, die sie in ihm auslöste. Zuerst hatte er versucht, sie einfach abzuleugnen, da er wusste, dass er unfähig war, ihr die sexuelle Befriedigung zu geben, die sie verdiente. Dann hatte er die Beziehung als »Freundschaft« ausgeben wollen, weil er befürchtete, dass ihre Zusammenarbeit ihr Verhältnis mit einer zu großen emotionalen Bürde befrachtete. Endlich entschied er sich für die Distanz, mit der Begründung, dass das Herz das nicht betrauert, was das Auge nicht sieht.

Alle diese Strategien waren gescheitert. Aber jetzt war durch eine kleine blaue Pille und durch seine mit Frances gemachte Erfahrung der erste Einwand gegenstandslos geworden. Der zweite Einwand spielte auch keine Rolle mehr, weil alles, was sie zusammen durchgemacht hatten, sie eher stärker machen würde, als ihren intimen Beziehungen zu schaden. Und jetzt war außerdem die Distanz nicht mehr da, und die Welt war nicht untergegangen.

In seinem ganzen beruflichen Leben war es ihm nicht gelungen, offen mit jemand anderem über die Gefühle zu sprechen, die er empfand, wenn er mit den entsetzlichen Dingen konfrontiert wurde, die ein Mensch einem anderen antun konnte. Und doch hatte er am Abend zuvor ohne Zögern Carol seine qualvollen Gedanken anvertraut. Schon als er sie aussprach, hörte er eine warnende Stimme, die ihm sagte, er gebe viel zu viel preis. Aber er beachtete die Stimme nicht, und Carols Reaktion war Mitgefühl gewesen statt Abscheu. Nach den Schrecken der Naziakten hatte er befürchtet, dass ihm eine Reihe schlafloser Nächte bevorstand, und wagte kaum, die Augen zuzutun, weil ihm vor dem bangte, was Träume in ihm anrichten konnten. Aber Carol hatte wie ein Balsam gewirkt und ihn von der schrecklichen Macht seiner Phantasie befreit.

Zum ersten Mal seit Jahren sah er über die Lösung des Falls, der ihn zur Zeit so intensiv beschäftigte, hinaus und konnte sich auf etwas in der Zukunft freuen. Es war eine Aussicht, die ihn hoffnungsfroh machte. Aber davor gab es noch viel Arbeit. Tony setzte sich auf. Etwas, das er nicht recht fassen konnte, ging ihm durch den Kopf. Es war etwas, das er in Bremen gehört hatte, etwas, das ihm damals nicht wichtig vorgekommen war, jetzt aber von Bedeutung sein konnte. »Wo bist du, Geronimo?«, sagte er leise. »Planst du schon den nächsten Mord? Wo soll der passieren? Wohin wird das Wasser dich als Nächstes bringen?

Wasser ist dein Element, deshalb ertränkst du sie. Und irgendwie spielt Wasser auch eine Rolle bei dem, was dir angetan wurde. Vielleicht hat derjenige auch darunter gelitten, der dich zu seinem Opfer machte. Vielleicht war dein Vater oder Großvater den Qualen der Wasserbehandlung in Hohenstein ausgesetzt. Ist das der symbolische Zusammenhang, auf dem die Überlegenheit gegenüber deinen Opfern beruht? Die Möglichkeit, zu zeigen, dass deine Macht stärker ist als ihre?«

Dieser Gedanke bestätigte Tony, dass sie einen Menschen suchten, der in irgendeiner Verbindung mit dem europäischen Wasserstraßennetz stand. Wasser war der Schlüssel, das war ihm klar.

Und so trat, weil das Gehirn ja auf noch weitgehend unerforschte Weise funktioniert, plötzlich der gesuchte Gedanke in den Vordergrund. »Der Fluss«, rief er, sprang aus dem Bett, nahm das zerknitterte Hemd vom Vortag und fuhr in die Ärmel. Als er den leichten Duft von Carols Haar roch, lächelte er.

Sein Laptop stand offen auf dem Schreibpult. Er schaltete ihn an und begann, eine E-Mail für Carol, Petra und Marijke zu schreiben.

Guten Morgen, Ladys,
Einsichten des Tages: Die Tatsache, dass er eine so ungewöhnliche Art des Mordens wählt, muss für ihn von Bedeutung sein. Ich glaube, sie muss eine wichtige Rolle bei den Kindheitserfahrungen gespielt haben, die seine Psyche formten. Ich weiß jetzt, dass ähnliche Methoden bei den Torturen der Nazi-Psychiater angewendet wurden, auf jeden Fall in Hohenstein. Dass er Hohenstein als Decknamen gewählt hat, verstärkt diesen Zusammenhang. Wenn er auf einem Schiff arbeitet, wie ich vermute, dann schwingt da viel Bedeutungsvolles mit. Er ist ein Mensch des Wassers, Wasser ist seine Welt, und er sagt sich, wenn er es zum Töten verwendet, ist seine Macht stärker als ihre. Ich glaube also wirklich, wir sollten die Lkw-Fahrer vergessen und uns auf die Schiffer konzentrieren.
Als ich in Bremen war, sagte mir der Beamte, der mich herumführte, dass der Rhein für den Frachtverkehr wegen Hochwasser gesperrt sei. Wenn unser Mann auf einem Schiff ist, dann heißt das doch bestimmt, dass er nicht hat weiterfahren können? Er muss noch da sein, wo er war, als er Dr. Calvet tötete. Deshalb muss er entweder in Köln selbst oder in der Nähe und leicht zu erreichen sein. Mir ist klar, dass das ein großes Gebiet ist, aber wenn ihr anfangen könntet, die in Frage kommenden Schiffe herauszusieben, die jeweils in der Gegend waren, als die anderen Verbrechen begangen wurden, könnte dies vielleicht die Festnahme erleichtern.
Es tut mir Leid, dass euch dies so bruchstückhaft erreicht, aber ich weiß, dass er nicht sehr lange vorausplant und dass die Ermittlung wahrscheinlich durch die Aufmerksamkeit der Medien unter Druck geraten wird, deshalb gebe ich alles an euch weiter, so wie es mir einfällt.

Ich gehe jetzt zu Petra hinüber, um mir noch einmal den Fallbericht anzusehen. Aber ich werde meine E-Mails abrufen, falls irgendjemand von euch mich erreichen muss.
Tony

Rado langweilte sich. Er hatte seit der Dämmerung draußen vor dem Apartmenthaus gesessen, und weder Caroline Jackson noch der Mann von Zimmer 102 hatten sich gezeigt. Es war schon nach neun, aber Carolines Vorhänge waren noch vorgezogen, und nichts geschah. Schön und gut – sein Onkel Darko konnte sich in einem Café um die Ecke verkriechen. Er fror nicht, hatte Kaffee und konnte zur Toilette gehen. Aber in einem geparkten Auto zu sitzen war nicht gerade bequem. Er überlegte, ob er einen Ausflug zum Kiosk um die Ecke machen und sich eine Zeitung holen sollte, als die Haustür aufging und der Mann von 102 herauskam, einen Laptop über die Schulter gehängt. Er drückte die Taste, um das Mobiltelefon seines Onkels anzuwählen. »Hallo, hier Rado«, brabbelte er. »Der Mann ist unterwegs. Er geht auf den Ku'damm zu. Sieht aus, als ob er versucht, ein Taxi anzuhalten.«
»Bleib ihm auf den Fersen. Wenn er anfängt, zur Wohnung zurückzugehen, ruf mich sofort wieder an«, sagte Krasic. Er hängte auf, trank seinen Kaffee aus und warf einen Zehn-Euro-Schein auf den Tisch, um zu bezahlen, was er verzehrt hatte. Dann ging er zielbewusst aus dem Café direkt auf das Apartmenthaus zu und achtete darauf, ob er irgendwo Caroline Jackson sah. Das Letzte, was er wollte, war, ihr in die Arme zu laufen.
Er hatte Glück, als er auf die Tür zuging. Ein gehetzt aussehender Mann mittleren Alters eilte mit einer Aktentasche unter dem Arm und einem Stoß Papiere in der Hand auf die Straße. Krasic erwischte die Tür, bevor sie zufiel. Schon war er

drin, rannte die Treppe hoch zum ersten Stock und hatte innerhalb von drei Minuten das Schloss von 102 geöffnet.
Dieses Mal fing er im Schlafzimmer an. Auf dem Boden lag eine Reisetasche mit einem Dutzend verschiedener Fächer und Taschen. Krasic begann sie methodisch zu durchsuchen. In einer Innentasche mit Reißverschluss fand er einen Pass. Er zog eine zerknitterte Quittung aus seiner Tasche und kritzelte die Einzelheiten darauf. Dr. Anthony Hill, wer immer das war. Geburtsdatum und -ort. Einreise- und Ausreisestempel von den USA, Kanada, Australien und Russland. Sonst war nichts Interessantes in der Tasche.
Krasic überprüfte schnell die Kleidung im Schrank. In der Innentasche eines abgetragenen Tweedjacketts fand er einen Ausweis mit Foto für die Mitarbeitercafeteria der University of St. Andrews. Wieder schrieb er alle Einzelheiten auf. Dann ging er ins Wohnzimmer, wo es kaum Anzeichen gab, dass es bewohnt war. Auf dem Schreibpult lag ein Block, aber das oberste Blatt war leer.
Als sein Telefon läutete, schrak er zusammen. »Was ist, Rado?«, knurrte er.
»Ich hab nur gedacht, ich sollte dir sagen, dass er ein Taxi zu einer Wohnung gegenüber vom Kreuzberger Park genommen hat. Er hat aufgeschlossen und ist reingegangen.«
»Okay. Schreib die Adresse auf und überwache ihn weiter. Wie ich sagte, ruf mich an, wenn er zu seiner Wohnung zurückgeht.« Er stopfte das Telefon in seine Tasche und suchte weiter. Sonst fand er nichts Interessantes außer einem zerlesenen Taschenbuch mit Gedichten von T. S. Eliot. Eine Widmung auf dem Deckblatt lautete: »Für Tony von Carol, *La Figlia Che Piange*«. Krasic las das Gedicht mit diesem Titel und war danach auch nicht schlauer. Etwas über die Statue eines weinenden Mädchens.

Egal. Er hatte, was er brauchte, und wusste genau, wohin er gehen musste, um alles über Dr. Anthony Hill zu erfahren, was es über ihn zu wissen gab.

Marijke trat blinzelnd ins Tageslicht des Parkplatzes beim Polizeirevier. Sie hatte den Punkt erreicht, wo sie losschreien müsste, wenn sie nicht endlich an die frische Luft kam. Sie fühlte sich, als hätte sie wochenlang nur Luft geatmet, die schon durch zwanzig andere Lungen gefiltert worden war. Sie schüttelte ihre Hände und ließ die Schultern kreisen. Ihr Kopf sagte ihr, dass sie vorankamen, aber auf der emotionalen Ebene erschien es ihr, als stecke sie in einem Sumpf von Papierkram und E-Mails fest. Allein die Menge des eintreffenden Materials war so gewaltig, dass sie kaum Schritt halten konnte und schon gar nicht genug Zeit hatte, alles zu sichten und wohlüberlegte Entscheidungen zu treffen. Dazu kam, dass sie Tonys Vorschläge in die Ermittlungen einfließen lassen musste, als ob sie von ihr selbst stammten. Den ganzen Morgen hatte sie dem Rest des Teams immer neue Anweisungen gegeben, bis ihr der Überblick verloren ging, was sie bereits angeordnet hatte und was noch zu tun war. Und jeden Moment konnte jetzt Maartens reinkommen und verlangen, dass sie ihn aufs Laufende brachte.

Sie stand voll Selbstmitleid an die Wand gelehnt, als eine der Bürokräfte zögernd aus dem Gebäude trat. Er schaute sich um, und als er sie sah, ging er lächelnd auf sie zu. »Sie sind Brigadier van Hasselt, oder?«

Marijke nickte. »Stimmt.«

»Ich bin Daan Claessens? Ich kümmere mich um Verwarnungen?« Er hatte die irritierende Angewohnheit, jede Feststellung wie eine Frage klingen zu lassen.

»Freut mich, Daan«, sagte sie müde.

»Also, heute früh war ich in der Kantine? Und wir saßen mit ein paar von Ihren Ermittlern zusammen, die über den Fall de Groot und die anderen Morde geredet haben? Sie erzählten, dass Sie gesagt hätten, sie sollten alle Aufnahmen aus den Überwachungskameras vom Mordtag ansehen? Und sie sollten versuchen, einen Golf mit deutscher Nummer zu finden?«

»Richtig. Es ist eine der Ermittlungsrichtungen, die wir verfolgen.«

»Da habe ich gedacht, vielleicht würde es sich lohnen, die Verwarnungen durchzusehen?« Er stand da und wartete darauf, dass sie ihn ermutigte.

»Ja?« Sie war zu erschöpft, um mehr als ein höfliches Interesse zu äußern.

»Ich bin also hingegangen und habe alles durchgesehen? Und ich habe das hier gefunden …« Schwungvoll zog er ein Blatt Papier aus dem Hefter, den er dabeihatte, und gab es ihr mit dem Stolz eines Hundes, der einen besabberten Stock abliefert.

Es war eine Verwarnung wegen überhöhter Geschwindigkeit, gemessen von einer der Radarkameras in den Außenbezirken der Stadt. Das Datum und die Zeit passten zu Pieter de Groots Ermordung. Das Foto zeigte einen schwarzen Golf mit deutschem Kennzeichen. Genau wie der, den Margarethe Schillings Lebensgefährte in der Einfahrt gesehen hatte. Marijkes Handflächen wurden feucht, als sie die Einzelheiten las. Das Auto war auf den Namen Wilhelm Albert Mann angemeldet. Sechsundzwanzig. Seine Adresse war die *Wilhelmina Rosen* bei einer Hamburger Reederei. »Unglaublich«, flüsterte sie. Es sah aus, als hätte Tony die ganze Zeit Recht gehabt.

»Hilft das?«, fragte Daan eifrig.

»Oh ja«, sagte sie und wunderte sich, dass sie noch so ruhig klingen konnte. »Ja, es hilft sehr. Danke, Daan. Oh, und können Sie das vorerst für sich behalten? Vertraulich und so weiter …«

Er nickte. »Kein Problem, Brigadier.« Er flitzte davon, wandte sich an der Tür um und winkte grüßend.

Jetzt war die Frage, was sie tun sollte. Irgendwie hatte sie das Gefühl, dass die deutsche Polizei sich damit schwer tun würde, dies als eine Spur von hoher Priorität zu sehen. Erstens schien es nichts weiter als eine Kombination aus Ahnung und Zufall zu sein. Es gab jede Menge unverdächtiger Gründe dafür, dass das Auto eines deutschen Schiffers in Leiden gewesen sein konnte. Man konnte nicht einmal beweisen, dass der Mann selbst am Steuer gesessen hatte. Aber wichtiger war, dass sie die Politik der Polizeikräfte nur zu gut kannte. Egal, wie dringend die Ermittler ihre Fälle aufklären wollten, die Chefs würden trotzdem abgeneigt sein, Hilfe von der niederländischen Polizei anzunehmen. Sie wollten schon, dass die Mordfälle aufgeklärt wurden, klar, aber sie sollten von ihren eigenen Leuten geknackt werden. Sie würden wohl einerseits froh sein, in einem solch schwierigen Fall eine Spur zu haben, aber sie glaubte nicht, dass sie sie mit der Dringlichkeit verfolgen würden, die sie für nötig hielt. Außerdem war dies von Anfang an ihr Fall gewesen. Wären sie und Petra nicht gewesen, dann wäre die deutsche Polizei noch lange nicht so weit, wie sie jetzt war. Wenn irgendjemand die Anerkennung verdiente, diese Morde aufgeklärt zu haben, dann waren sie es. Und sie war noch nicht bereit, loszulassen.

Jetzt brauchte sie einen ihrer inoffiziellen Verbündeten, der die *Wilhelmina Rosen* orten und Wilhelm Albert Mann unter die Lupe nehmen konnte. Wenn Tony damit Recht hatte, dass das Schiff des Mörders vom Hochwasser aufgehalten wurde,

dann konnte es nicht allzu schwer sein, die Kölner Gegend nach Manns Schiff abzusuchen.
Sie ging wieder hinein und war schon dabei, sich eine E-Mail auszudenken.

Krasic sah auf den rundlichen jungen Mann hinunter, der vor seiner Tastatur hockte wie ein Miniatur-Jabba. »Was meinst du? Kannst du für mich alles über diesen Dr. Anthony Hill herausfinden?«
Hansi der Hacker grinste. »Das'n Klacks. Die offiziellen Sachen hab ich innerhalb von Minuten, aber das Private wie Adresse, Einzelheiten zum Bankkonto – das wird 'n bisschen länger dauern. Überlass es mir, ich beschaff dir alles, was es da draußen gibt, das ist eine Angelegenheit von Stunden.«
»Gut. Oh, und wenn du grade dabei bist …« Er las die Adresse vor, zu der Tony am Morgen mit dem Taxi gefahren war. »Ich will wissen, wer dort wohnt. Und was derjenige treibt. Okay?«
»Und wann werde ich bezahlt?«
Krasic tätschelte ihm die fettigen Haare. »Wenn ich die Ergebnisse sehe.«
»Ich hab dich nie hängen lassen«, sagte der Hacker und fuhr schon mit dem Mauszeiger über den Bildschirm.
»Jetzt wäre keine gute Gelegenheit, damit anzufangen.« Bevor Krasic noch etwas sagen konnte, klingelte sein Telefon. Er ging auf die andere Seite des hohen Zimmers der Wohnung in Prenzlauer Berg, wo neben denen, die gern auf Subkultur machten, auch solche rumliefen wie sein Mann in der Ecke, die wirklich dazugehörten. »Hallo?«, knurrte er.
»Darko, hier Arjouni.« Der starke türkische Akzent war unverkennbar, dachte Krasic und wünschte, sein neuer Mittelsmann würde daran denken, am Telefon keine Namen zu nennen.

»Was kann ich für dich tun?«

»Wir sind knapp dran. Die fälligen Lieferungen sind nicht gekommen.«

»Ich weiß. Hast du nicht genug, dass du jetzt noch klarkommst?«

»Es ist fast aus. Reicht unmöglich übers Wochenende.«

»Scheiße«, murmelte Krasic. »Okay, überlass das mir.« Er hängte auf und rief Tadeusz an. »Boss? Wir haben ein Nachschubproblem. Jetzt wo der Fluss gesperrt ist, ist eine Ladung noch unterwegs.«

»Ist es weit von hier?«

»Köln. Ich kann in vier, fünf Stunden dort sein«, sagte Krasic.

»Ich komme mit.«

»Ist nicht nötig. Ich schaff das schon.«

»Ich weiß, dass du es schaffst, aber ich würde gerne mitkommen. Die letzten beiden Tage haben mir Lust darauf gemacht, zu sehen, was in meinem Unternehmen so läuft.«

»Ich dachte, du hättest heute Abend ein Fernseh-Interview?«, warf Krasic ein.

»Das ist erst um zehn. So wie du fährst, werden wir jede Menge Zeit haben, hinzukommen und wieder zurück.«

»Was ist mit deiner neuen Geschäftspartnerin? Solltest du sie nicht heute treffen?«, fragte Krasic und strengte sich an, nicht spöttisch zu klingen.

»Sie könnte auch mitkommen. Sie interessiert sich dafür, wie alles funktioniert.«

»Komm nicht in Frage. Das ist zu nah dran. Es ihr zu erzählen ist eine Sache, aber es ihr vorzuführen ist dann doch noch etwas anders. Du kommst mit, wenn du unbedingt musst. Aber sie bleibt weg.«

Er hörte Tadeusz seufzen. »Na gut, hol mich in einer halben Stunde ab, okay?«

Krasic steckte das Telefon in seine Tasche zurück und ging auf die Tür zu. »Gib mir Bescheid, wenn du das hast, was ich brauche. Ruf mich an, alles klar?«

»In Ordnung, Darko.« Der Hacker sah vom Bildschirm auf. »Ich arbeite unheimlich gern für dich. Es ist immer wieder was Neues.«

Tony klickte wieder auf seine Mailbox. Er hatte alle fünfzehn Minuten oder so nach E-Mails gesehen und versuchte sich einzureden, dass er die Ermittlung vorantrieb. In Wirklichkeit wollte er von Carol hören. Aber es war immer noch nichts von ihr angekommen. Er fragte sich, womit sie beschäftigt war. Sie hatte nichts über Pläne für den Tag gesagt, außer dass sie darauf wartete, von Radecki und seinen Vorbereitungen für ihre Reise nach Rotterdam zu hören. Na ja, Marijke hatte sich wenigstens bei ihm gemeldet.

> Hi, Tony,
>
> ich habe sehr interessante Neuigkeiten. Es bringt nichts, eine Kopie an Petra zu schicken, weil sie heute Überwachungsdienst hat, und Carol hat natürlich mit ihrer Aktion zu tun. Aber ich wollte mit dir über diese Sache reden.
>
> Wir haben eine Verwarnung wegen Geschwindigkeitsübertretung, die am Tag von de Groots Ermordung auf einen Wilhelm Albert Mann ausgestellt wurde, kurz nach neun Uhr abends. Er wurde von einer Kamera geblitzt, bekam die Verwarnung also nicht von einem Verkehrspolizisten, und wir haben ein Foto des Autos, ein schwarzer Golf mit Hamburger Nummer. Manns Adresse ist ein Schiff. Die *Wilhelmina Rosen*. Ich habe bei einer Schiffsregistratur nachgefragt. Es ist ein großes Rheinschiff, sie sind überall in Europa unterwegs. Was meinst du dazu? Lohnt es sich, dem weiter

nachzugehen? Ich bin unschlüssig, ob ich die Polizei in Köln anrufen soll, dort wird man glauben, ich sei verrückt. Wenn du mir bestätigst, dass es sich lohnt, die Sache weiterzuverfolgen, habe ich eine Liste von möglichen Orten in und um Köln herum, wo ein Rheinschiff liegen und abwarten könnte, bis das Wasser fällt.

Du kannst mich anrufen, denke ich.

Sie hatte Recht, er sollte sie anrufen, aber vorher musste er etwas herausfinden. Er griff in seine Reisetasche und holte die Papiere von Schloss Hohenstein heraus. Wenn Mann der Mörder war, war es natürlich möglich, dass die Person, die ihm die Qualen zugefügt hatte, nicht den gleichen Familiennamen trug. Sein Großvater mütterlicherseits zum Beispiel würde wahrscheinlich einen ganz anderen Namen tragen. Aber wenn er Glück hatte, gab darüber vielleicht irgendeine erhellende Querverbindung Aufschluss.

Hastig ließ er den Blick über die alphabetisch geordneten Listen gleiten. Es war ein ziemlich landläufiger Name, und er fand acht Kinder, deren Zuname Mann war. Fünf schied er gleich aus. Sie waren aufgrund von geistiger oder körperlicher Behinderung der Euthanasie anheim gefallen. Ein sechstes Kind, Klaus, war innerhalb von zwei Wochen, nachdem es in eines der Beschickungskrankenhäuser in Bayern eingeliefert wurde, an Lungenentzündung gestorben. Gretel, die siebte, war nach Hohenschönhausen eingewiesen worden, aber die Unterlagen sagten nichts weiter über sie aus. Der achte Name fiel ihm auf: Albert Mann aus Bamberg war im Alter von acht Jahren nach Schloss Hohenstein gebracht worden, nachdem bei ihm chronisches asoziales Verhalten festgestellt wurde. Der einzige Kommentar zur Therapie war *Wasserraum*.

Tony nahm den Hörer und wählte die Nummer, die Marijke ihm gegeben hatte. »Marijke?«
»Ja?«
»Hier Tony Hill. Ich habe deine E-Mail bekommen.«
»Meinst du, da ist etwas dahinter?«
»Ich glaube, es steckt sehr viel dahinter. Es passt sehr gut zu einer Entdeckung, die ich gerade in den Unterlagen von Schloss Hohenstein gemacht habe. Kannst du mir eine Liste von Orten schicken, an denen ich in Köln suchen sollte? Ich versuche einen Flug zu bekommen und werde dort einen Wagen mieten.«
»Okay, ich maile dir die Liste sofort.«
»Meinst du nicht, du solltest jetzt deine deutschen Kollegen darauf hinweisen?«, fragte er.
»Ich will wirklich sichergehen. Und es ist immer noch mein Fall. Wenn ich und Petra nicht wären – und du, natürlich –, dann gäbe es gar keine Ansätze für diese Ermittlung. Ich glaube, wir haben das Recht, diese Suche selbst durchzuführen. Und ich möchte dir für alles danken, was du für uns tust«, sagte sie in gutem, aber etwas gestelztem Englisch.
Tony dachte, dass es kaum etwas gab, was wirkungsvoller war als nackter Eigennutz. Aber er fand das nicht verwerflich. Wenn es einen Serienmörder dingfest zu machen galt, war es nach seiner Erfahrung in der Endphase immer besser, die Gruppe so begrenzt zu halten wie möglich. »Hör zu, ich habe schon lange nichts mehr mit so lebhaftem Interesse verfolgt. Ich sollte euch danken. Ich halte dich auf dem Laufenden.«
Es waren noch keine fünfzehn Minuten vergangen, da eilte er mit dem über die Schulter gehängten, schaukelnden Laptop aus seiner Wohnung. Er hatte vierzig Minuten Zeit, um zum Flughafen zu kommen, wo er einen Flug nach Bonn

nehmen wollte. Glücklicherweise erwischte er fast sofort ein Taxi.
Er war so aufgeregt, dass er gar nicht daran dachte, zu überprüfen, ob ihm jemand folgte.

Carol wusste nicht, wann sie zum letzten Mal so lange geschlafen hatte. Sie war kurz vor Mitternacht ins Bett gesunken, von ihren Gefühlen ganz ausgelaugt, aber noch aufgedreht und erregt, so dass sie glaubte, sie würde stundenlang wach liegen. Aber trotzdem war sie eingeschlafen, sobald ihr Kopf auf dem Kissen lag, und als sie die Augen aufschlug, war es schon nach zehn.
Sobald ihr klar wurde, dass die Uhr nicht am Abend vorher stehen geblieben war, sprang sie auf und rannte in die Dusche. Sie hatte über den gestrigen Tag noch kein einziges Wort berichtet, und es würde Stunden dauern. Wenn das so weiterging, würden Morgan und Gandle überzeugt sein, dass sie entweder tot oder mit Radecki ins Bett gegangen war. Am besten schickte sie ihnen wohl eine schnelle, klärende E-Mail, um sie auf das hinzuweisen, was kommen würde.
»Scheiße, Scheiße, Scheiße«, rief sie, während das Wasser an ihr hinunterrann. Sie wollte so gern faul im Bett liegen bleiben, die Begegnung mit Tony auskosten und jedes Wort noch einmal an sich vorbeiziehen lassen. Aber stattdessen würde sie den ganzen Nachmittag auf die Tastatur einhauen und die Einzelheiten ihres Treffens mit Radecki und Krasic eingeben müssen.
Sie war kaum aus der Dusche, als das Telefon klingelte. Es konnte nur Radecki sein, dachte sie. Petra würde sie nie hier anrufen, und Tony auch nicht. Und sonst wusste niemand, wo sie war. Sie rannte nackt und triefend ins Wohnzimmer und nahm beim fünften Klingeln ab. »Hallo?«

»Caroline, wie geht es dir heute?« Seine vertraute Stimme klang förmlich.
»Sehr gut. Und dir?«
»Ich muss wegfahren wegen einer dringenden Sache, die sich ergeben hat. Ich werde den ganzen Tag unterwegs sein.«
»Du klingst, als seist du böse auf mich, Tadzio«, sagte Carol, aber ihre Stimme war ruhig und gelassen.
»Überhaupt nicht.« Sein Ton wurde ein wenig herzlicher. »Es tut mir nur Leid, weil ich gehofft hatte, dass wir uns treffen und vielleicht alles durchsprechen könnten, aber es geht einfach nicht. Bitte, glaub mir, es hat nichts mit gestern Abend zu tun. Darko und ich müssen wirklich etwas sehr Dringendes erledigen.«
»Das ist in Ordnung, Tadzio. Die Geschäfte sind wichtig, das wissen wir doch beide. Und ich habe hier genug Arbeit, dass ich beschäftigt sein werde.«
»Gut, ich wollte nicht, dass du meinst, ich sei verstimmt – nach dem, was gestern Abend war.«
Carol lächelte. Sie konnte fast glauben, dass sie ihn genau da hatte, wo sie ihn haben wollte. Man musste die Männer offenbar immer so weit kriegen, dass sie mehr wollten. »Ich will, dass wir unbefangen miteinander umgehen können«, sagte sie.
»Gut. Ach, und wenn du den Z8 borgen willst, dann komm einfach zur Wohnung rüber. Er steht in der Tiefgarage. Der Wärter hat den Schlüssel. Ich sage ihm, dass du vielleicht kommst, ja?«
»Danke. Ich glaube, ich werde keine Zeit haben, mich herumzutreiben, aber es ist schön zu wissen, dass das Angebot steht, wenn ich es brauche. Ruf mich an, wenn du zurück bist. Okay?«
»Mach ich. Und dann werden wir auch unsere geschäftlichen Dinge unter Dach und Fach bringen, oder?«

»Das hoffe ich. Tschüs, Tadzio.« Sie legte den Hörer auf und lächelte. Es hätte gar nicht besser laufen können. Jetzt war Tadzio aus dem Weg, und sie würde keine Ausrede finden müssen, um Zeit zu haben, damit sie ihren Bericht schreiben konnte. Und noch besser war, dass sie den Abend vielleicht mit Tony würde verbringen können. Das Leben würde von jetzt an sehr schön sein. Sie spürte es in den Knochen.

Kapitel 34

Wenn es weiter so regnete, würde sich voraussichtlich auf dem Rhein lange Zeit überhaupt nichts tun, dachte Tony, während er durch die Windschutzscheibe des gemieteten Opels in den finsteren Nachmittag hinausblickte. Nach den Karten, die er auf dem Beifahrersitz liegen hatte, müsste er bald zu einem kleinen Hafenbecken kommen. Erfolglos hatte er schon ein halbes Dutzend Stellen in der Umgebung Kölns abgesucht und hatte es satt, abwechselnd vom Regen durchnässt zu werden und dann wieder dampfend im Wagen zu sitzen.

Er sah die schmale Straßeneinmündung gerade noch so rechtzeitig, dass er rechts einschwenken, aber den Blinker nicht mehr setzen konnte. Er konzentrierte sich so sehr, dass er den VW mit Rado Matic am Steuer, der hastig hinter ihm abbog, nicht bemerkte. Der Weg war fast ein Tunnel, da zu beiden Seiten hohe Hecken standen, und Rado blieb ein gutes Stück zurück. Nach etwa vierhundert Metern wurde der Weg breiter und führte zu einem Kai, wo ein halbes Dutzend Rheinschiffe in Dreierreihen festgemacht hatte.

Tony parkte den Wagen, stieg aus und stand im strömenden Regen, ohne den VW zu bemerken, der vorbeifuhr und hinter einem baufälligen Gebäude verschwand. Er eilte zum Rand des Kais, von wo aus er die Namen auf den Hecks der ersten drei Schiffe lesen konnte. Keine *Wilhelmina Rosen*. Er rannte den Kai entlang und sah nach den anderen drei Schiffen. Wieder kein Glück. Zurück im Wagen rief er Marijke auf seinem Mobiltelefon an. »Du kannst Nummer sieben von der Liste streichen«, sagte er müde, als sie abnahm.

»Es tut mir Leid, Tony«, sagte sie. »Du hast deine Zeit verschwendet.«

»Es war nötig.«

»Nein, pass auf, du hast wirklich deine Zeit verschwendet. Ich habe einen meiner Leute die größeren gebührenpflichtigen Hafenliegeplätze in der Gegend anrufen lassen. Und er hat gerade den Standort der *Wilhelmina Rosen* gefunden.«

»Du machst wohl Witze?«

»Nein, es stimmt. Die *Wilhelmina Rosen* liegt im Hafen Widenfeld. Das ist am linken Moselufer, gleich hinter Koblenz.«

»Wo ist das?«, fragte er und ging die Karten der Gegend durch, bis er eine Regionalkarte fand.

»Wieder in Richtung Bonn, wo du hergekommen bist, den Rhein hinauf bis zur Mündung der Mosel. Ich glaube, es ist vielleicht etwa eine Stunde, so wie es hier auf der Karte aussieht.«

»Gut«, stöhnte er. »Gerade weit genug, um zu trocknen, bevor ich dann wieder nass werde.«

»Viel Glück«, sagte sie. »Du wirst ihn aber nicht ansprechen, oder?«

»Nein. Ich beobachte ihn nur. Ich verspreche es.« Er legte auf und ließ den Motor an. Zu seinem Erstaunen hatte der Regen plötzlich aufgehört, als er von dem kleinen Weg auf die große Straße kam. Tony lächelte. »Das ist besser«, sagte er. »Wenn es nicht regnet, kann ich dran vorbeigehen und dir sagen, was für ein schönes Schiff du hast. Warte auf mich, Geronimo. Ich komme.«

Petra starrte Hanna Plesch über den Schreibtisch an. »Sie haben doch zugestimmt, dass es sinnvoll wäre, diese Sache mit Carol Jordans Aktion in Rotterdam zu verbinden. Das wird aber erst in zwei Tagen sein. Wenn wir jetzt auf Radecki und Krasic Druck ausüben, streichen sie vielleicht die Fahrt nach Holland, und wir würden die Möglichkeit verlieren, ihr ganzes Netzwerk zu kassieren.«

»Das Leben eines Kindes steht hier auf dem Spiel. Ich bin nicht bereit, das zu riskieren. Wir können Krebs heute Abend aus dem Gefängnis holen lassen. Wir werden sagen, dass sie wegen akuter Blinddarmentzündung auf die Krankenstation gebracht wurde. Das dürfte uns genug Spielraum für den Fall geben, dass wir draußen auf dem Bauernhof eine Geiselsituation bekommen. Ich will gegen sie vorgehen, sobald es dunkel ist.«

Petra war puterrot vor Wut. »Sie waren doch diejenige, die so hartnäckig darauf bestand, dass wir Europol und den Engländern in dieser Operation freie Bahn geben sollten. Jetzt wollen Sie plötzlich wieder die Ehre für sich einheimsen.«

Plesch warf ihr einen kalten Blick zu. »Ich dachte, das würde jemandem gefallen, der so ehrgeizig ist wie Sie, Petra.«

Sie spürte, wie sich ihre Hände zu Fäusten ballten. »Ich gebe zu, dass ich diejenige sein wollte, die Radecki zu Fall bringt. Aber nicht, wenn es die Operation einer Kollegin oder sogar ihr Leben gefährdet.«

»Jordan ist wegen unserer Operation nicht in Gefahr. Aber wir wissen nicht, ob das auch auf Tanja Krebs zutrifft. Vielleicht hat Krasic ja die Anweisung hinterlassen, das Kind zu beseitigen, wenn ihm und Radecki etwas passiert.«

»Warum sollte er das tun?«, wütete Petra. »Wenn sie hinter Gitter sitzen, haben sie es umso nötiger, sich abzusichern. Sie bringen ja wahllos alles vor, um zu rechtfertigen, was Sie tun wollen.«

Plesch schlug mit der flachen Hand auf den Schreibtisch. »Jetzt reicht's! Sie vergessen sich, Petra Becker. Ich habe in dieser Abteilung das Sagen. Wenn Sie dabeibleiben wollen, müssen Sie lernen, wo die Diskussion aufhört und die Gehorsamsverweigerung anfängt.«

Petra schluckte ihren Ärger hinunter. Ihrer schrecklichen Wut jetzt nachzugeben würde das Problem nicht lösen. »Jawohl«, zwang sie sich zu sagen.

Sie sahen sich über den Schreibtisch finster an. Als Plesch wieder das Wort ergriff, schaffte sie es erstaunlicherweise, wieder einen normalen Gesprächston anzuschlagen. »Ich gehe davon aus, dass Sie bei dieser Operation mitmachen wollen?«

»Ja, stimmt.«

»Gut. Ich lasse ein Sonderkommando kommen, das uns bei der Einnahme des Bauernhauses hilft. Sie übernehmen Führung und Koordination vor Ort. Außerdem will ich, dass Sie Krebs besuchen und ihr sagen, was abläuft. Wir brauchen ihre Mitarbeit, und ich glaube, Sie sind die Richtige dafür, sie für uns zu gewinnen. Also, treffen Sie sich kurz mit dem Sonderkommando, und gehen Sie dann zum Gefängnis und reden mit Krebs. Sie wird in einer Stunde in die Krankenabteilung verlegt.«

»Alles klar.« Petra stand auf und ging zur Tür.

»Petra?«, sagte Plesch, als sie schon die Hand auf dem Türknauf hatte.

Petra wandte sich schnell um und sah sie an. »Ja?«

»Vertrauen Sie mir, es ist gut so.«

Der Blick, den sie Plesch zuwarf, machte klar, dass sie ihr kein Wort glaubte. Aber sie sagte nur: »Ich nehme das zur Kenntnis.« Dann war sie fort.

Der Hai fand sie fünf Minuten später im strömenden Regen auf dem Parkplatz, einen halben Backstein in der Hand, mit

dem sie an die Wand schlug. Er war klug genug, nichts zu sagen, sondern einfach zu warten, bis sie so erschöpft war, dass sie ihn zu Boden fallen ließ. Sie standen da und sahen einander an, Regentropfen liefen ihnen übers Gesicht. »Geht schon in Ordnung, Hai«, sagte sie.
»Meinst du?«
»Wir werden dafür sorgen.« Sie legte einen Arm um seine Schultern, und sie gingen zusammen ins Polizeigebäude zurück.

Der Mercedes fegte rasant auf der Überholspur der Autobahn dahin, Krasic saß am Steuer. »Scheißwetter«, brummte er, während die Scheibenwischer mit dem Wasserschwall von einem Sattelschlepper kämpften. Die Landschaft war nur vom Regen schraffierter grüner Dunst.
»Wie meine Großmutter immer sagte, was man nicht ändern kann, muss man eben lernen auszuhalten«, sagte Tadeusz und sah von der Jagdzeitschrift auf, die er las.
»Klar. Aber ich wette, sie musste nie mitten im Regen in das verdammte Köln fahren, weil eine Ladung Heroin vom Hochwasser aufgehalten wurde«, knurrte Krasic.
»Also komm, Darko, es ist eben 'n bisschen unangenehm. Und betrachte es doch mal so: Die Polizei mag dieses Wetter genauso wenig wie wir. Das macht es für uns sicherer.«
Krasic brummte unverbindlich: »Ich hoffe, es ist besser, wenn wir nach Rotterdam hochfahren.«
»Sonst fliegen wir eben. Wir haben ja nichts Verdächtiges dabei.«
»Fliegen mag ich nicht, außer wenn es unbedingt nötig ist«, sagte Krasic. »Namen auf Passagierlisten, das sind Spuren, die sich weiterverfolgen lassen, das weißt du doch.«
»Und wie wär's mit dem Zug? Das ist bequemer als im Auto.«

»Es ist zu öffentlich im Zug. Man kann sich nicht unterhalten. Zu viele neugierige alte Damen, die ihre Enkel besuchen wollen.«

»Mein Gott, du bist ja echt gut gelaunt heute. Was hast du denn?«

Krasic überlegte, ob er etwas über Caroline Jackson und Anthony Hill sagen sollte. Aber er fand, es wäre besser, zu warten, bis er mehr wusste. Es war schwer, sich eine harmlose Erklärung vorzustellen für das, was er in der vorigen Nacht gesehen hatte. Aber da sein Boss in diese mysteriöse Frau so verknallt war, wollte er so viel Munition wie möglich haben, bevor er auch nur ein Wort gegen sie sagte. »Ich mag einfach den Regen nicht«, brummte er.

Sie fuhren schweigend weiter, und Tadeusz kehrte zu seiner Zeitschrift zurück. Als sie drei Stunden der Fahrt und mehr als zwei Drittel der Entfernung hinter sich hatten, klingelte Krasics Telefon. Er griff in seine Tasche und meldete sich, während sich Tadeusz darüber mokierte, dass er nicht die Freisprechanlage benutzte. »Hallo?«, sagte Krasic.

»Ich habe die Suche durchgeführt«, sagte die Person am anderen Ende, deren Stimme durch irgendeine elektronische Vorrichtung verzerrt und tiefer klang.

»Und?«

»Du musst dir das selbst ansehen. Ganz ausgeschlossen, das am Telefon zu besprechen.«

Krasic fand, das klang gar nicht gut. Er wusste, dass Hacker zur Gemeinde der Paranoia-Geplagten gehörten, aber das hieß nicht, dass sie immer Unrecht hatten. »Ich kann jetzt nicht kommen. Ich bin vierhundert Kilometer von Berlin entfernt.« Aus dem Augenwinkel sah er, dass Tadeusz interessiert zuhörte.

»Kannst du zu einem Internet-Café fahren?«

»Was?«
»Ein Internet-Café. Wo Computer mit Internetanschluss vermietet werden.«
»Ich weiß, was ein Internet-Café ist. Was soll mir das helfen?«
»Ich richte eine Adresse ein und schicke dir das Zeug. Bei Hotmail.com. Du gibst www.hotmail.com ein, dann deine Adresse. Ich richte sie mit deinem Vor- und Zunamen ein. Das Passwort ist die Straße, in der ich wohne. Okay? Kannst du dir das merken?«
»Natürlich kann ich mir das merken, verdammt noch mal – www.hotmail.com, dann mein Name und die Straße, wo du wohnst. Bist du sicher, dass das nicht gefährlich ist?«
»Es ist viel sicherer, als am Telefon darüber zu sprechen. Und ich an deiner Stelle würde nicht herumtrödeln. Du musst das sehen, und zwar schnell.« Der Anrufer hängte auf.
»Mist«, murmelte Krasic und warf das Telefon aufs Armaturenbrett. »Wo finde ich hier bloß ein Internet-Café?«
»Was ist los, Darko?«, fragte Tadeusz. »Wer war das?«
Darko fluchte leise auf Serbokroatisch. »Hansi der Hacker. Er hat etwas für mich in Erfahrung gebracht, und jetzt zeigt sich, dass es dringend ist. Ich muss ein Internet-Café finden.«
»Na ja, nimm die nächste Ausfahrt. Jeder kleine Ort hat heutzutage Internetzugang. Worum geht es denn?«
Krasic blickte finster. »Es wird dir nicht gefallen.«
»Es wird mir auch bestimmt nicht besser gefallen, wenn du mich warten lässt.«
»Nachdem dich Caroline Jackson gestern Abend verließ, hat sie einen anderen Mann getroffen.«
Tadeusz schien schockiert. »Du bist ihr immer noch gefolgt?«
»Ich habe sie weiter beschatten lassen. Meinst du, ich traue einer Fremden einfach so? Seit du mir von ihr erzählt hast, habe ich sie überwachen lassen. Und dies ist das erste Mal, dass sie

überhaupt etwas anderes außer Einkaufen und Fitness-Training gemacht hat.«

»Und wer ist dieser Mann? Wo hat sie ihn getroffen?« Tadeusz versuchte, ungezwungen zu klingen, aber Krasic hörte seiner Stimme an, wie angespannt er war.

»Er hat eine Wohnung im selben Wohnblock wie sie. Als sie nach Hause kam, ging sie direkt zu ihm in seine Wohnung. Rado hat die beiden am Fenster gesehen. Sie hat ihn geküsst.«

Tadeusz schüttelte den Kopf. »Er muss sich geirrt haben. Du kennst ja Rado. Er ist nicht gerade der Klügste. Sie haben sich wahrscheinlich begrüßt.«

Krasic schüttelte den Kopf. »Nein. Ich habe sie selbst gesehen. Sie haben sich richtig geküsst. Und es sah auch nicht aus, als wäre es das erste Mal. Sie war fast anderthalb Stunden in seiner Wohnung.«

Tadeusz ballte die Fäuste. »Aber sie ist nicht über Nacht dort geblieben?«

»Nein, so dumm würde sie nicht sein, oder? Nicht, wenn du sie vielleicht anrufen könntest«, erklärte Krasic wenig zartfühlend. »Sie hält dich zum Besten, Boss.«

»Und was hat Hansi der Hacker gemacht?«

»Als der Mann heute früh ausgegangen ist, habe ich die Wohnung durchstöbert. Hab mir seinen Namen und die Personalien geholt und Hansi gesagt, er solle alles über ihn herausfinden. Ich nehme an, das hat er gemacht.«

»Wer ist er, dieser Mann?«

»Er heißt Dr. Anthony Hill. Er ist, glaube ich, für die St. Andrews University tätig. Das ist in England, oder?«

»Eigentlich Schottland«, sagte Tadeusz nervös und knapp. »Hier kommt eine Ausfahrt. Lass uns erst mal herausfinden, was Hansi der Hacker uns über diesen Dr. Anthony Hill sagen kann. Und dann werden wir sehen, was wir in Sachen Ms. Jackson unternehmen.«

Krasic warf einen Blick auf seinen Chef. Sein Profil sah grimmig aus, die Muskeln am Kinn waren angespannt. Er wäre nicht gern an Caroline Jacksons Stelle, wenn sie sich nächstes Mal trafen. *Geschieht der Schlampe recht*, dachte er selbstgerecht, während er den Blinker setzte, um die Spur zu wechseln. Frauen konnte man eben nie trauen.

Er hatte sich die ganze Nacht im Fieber gewälzt, und seine Koje war feucht von stinkendem Schweiß. Sein Kopf dröhnte, immer wieder wurde ihm schwarz vor Augen. Den ganzen Abend war ihm das Schiff wie eine Falle vorgekommen, die ihn einschloss. Die unfreiwillige Untätigkeit machte ihn verrückt. Er hatte keine Beschäftigung außer den Routineaufgaben, die seine Gedanken nicht von dem permanenten Chaos ablenkten, das in seinem Kopf tobte. Selbst Gunther und Manfred hatten bemerkt, dass etwas nicht stimmte. Er hatte sie schließlich angebrüllt, als sie wieder ihre Sorge zum Ausdruck brachten, sie sollten ihn in Ruhe lassen. Der Schock auf ihren Gesichtern war eine schreckliche Warnung gewesen, was vielleicht geschehen konnte, wenn er die Selbstbeherrschung verlor.

Er konnte sich keine Fehler leisten, sonst wäre alles verloren, wofür er mit so viel Sorgfalt gearbeitet hatte. Es war noch ein weiter Weg, bis er sicher sein konnte, dass die Welt begriff, was er wollte, und er musste sich dies jede wache Minute ins Gedächtnis rufen.

Aber es war schwer, sich zu beherrschen, wenn sein Kopf vor sich widersprechender Empfindungen fast zerbarst. Jedes Mal, wenn er dachte, er hätte sich Klarheit verschafft, schlich sich ein neuer Gedanke ein und schuf wieder Verwirrung. Zuerst hatte er sich selbst eingeredet zu glauben, er habe seine Mission verraten, weil er auf die Stimme seines Großvaters gehört und die Calvet vergewaltigt hatte. Dann sagte er sich, dass er das Richtige getan hätte, als er sie so vollkommen überwältigt hatte. Darauf schwang das Pendel wieder in die andere Richtung, und er war genauso verwirrt wie zuvor.

Dazu kam noch der Schock, als er die Artikel las, die seine Taten beschrieben. Obwohl er gewusst hatte, dass dieser Moment kommen würde, und geglaubt hatte, er sei darauf vorbereitet, hatte ihn die Wirklichkeit doch in Verwirrung gestürzt. Man nannte ihn ein Monster, das hatte er nicht erwartet. Er hatte geglaubt, zumindest einer würde erkennen, dass er einen triftigen, vernünftigen Grund für das hatte, was diesen arroganten Verbrechern geschehen war. Stattdessen hatte niemand auch nur ein Wort der Kritik über seine Opfer geäußert. Sie waren als Unschuldige dargestellt worden, so als sei es undenkbar, dass sie vielleicht verdient hatten, von ihm getötet zu werden.

Klar, Spekulationen über die möglichen Motive hatte es schon gegeben. Zwei der Zeitungen hatten sogar geschrieben, er könnte eventuell ein verrückter Tierschützer sein, der sich gegen die Vivisektion wandte. Unglaublich. Die Antwort lag doch offen vor ihnen, und sie waren nur zu dumm, sie zu erkennen.

Je mehr er las, desto wütender wurde er. Er würde ihnen also ganz genau erklären müssen, was wirklich ablief. Aber jetzt wollte er noch nichts tun, was ihn preisgeben konnte. Er hatte noch eine Aufgabe zu erfüllen, und dies würde jetzt viel schwerer sein. Eine der Zeitungen hatte die Meldung gebracht, dass die Polizei die Psychologen an Universitäten aufforderte, jeden Kontakt zu ihnen unbekannten Personen über die Medien zu melden. Er wusste nicht, wie sie seine Art der

Kontaktaufnahme aufgedeckt hatten, aber jetzt war er enttarnt. Jeder einzelne dieser Kerle würde sich in Acht nehmen. Er würde seine bisherige Tarnung nicht einsetzen können, um sie wieder zu sich zu locken und in seine Gewalt zu bekommen. Jedenfalls nicht in Deutschland.

Was er als Nächstes geplant hatte, sollte sowieso in Holland stattfinden. Diese dreckigen Kollaborateure waren genauso schuldig wie die deutschen Psychologen, das war ihm klar. Vielleicht würde er dort noch einmal in Sicherheit sein, da sich der Zusammenschluss Europas nicht auf die Medien zu erstrecken schien. Und er musste sicher sein, denn er hatte sich noch keine Alternative ausgedacht, und abzuwarten konnte er sich nicht leisten. Er musste den Gedanken an Calvet verdrängen und sich beweisen, dass er kein Versager war. Er musste einfach ganz besonders vorsichtig sein. Aber danach brauchte er eine andere Möglichkeit, an seine Opfer ranzukommen.

Es war einfach zu viel. Als er endlich zu Bett ging, drehte sich alles in seinem Kopf. Dann zeigte sich sein Körper genauso unzuverlässig wie sein Gehirn und hatte ihn nicht schlafen und seine Temperatur steigen und wieder fallen lassen wie auf einer Achterbahn.

In der Morgendämmerung war er endlich in einen tiefen, heilsamen Schlaf gefallen, und als er aufwachte, merkte er, dass ein Wunder geschehen war. Nebel und Verwirrung waren verschwunden, und er hatte einen so klaren Kopf wie an jenem Tag, als er begriffen hatte, dass er ein Blutopfer bringen musste. Er war klug. Er würde es schaffen, eine neue List zu erfinden, um seine Opfer zu fangen. Er würde vielleicht nach dem nächsten sogar noch eine Weile warten, bis sich die Lage beruhigte und alle vergessen hatten, dass sie auf seiner Liste stehen könnten. Es würde alles in Ordnung sein.

Jetzt musste nur das Wasser im Fluss zurückgehen.

Tadeusz hatte Recht gehabt. Sogar in der kleinen Stadt ganz in der Nähe der Ausfahrt war der Zugang zum Cyberspace möglich. Es hatte nicht ganz zu einem Internet-Café gereicht, aber ein Zeitungshändler war unternehmungslustig genug gewesen, einen Teil seines Ladens umzuwandeln und ihn jetzt stolz »Net-Zone« zu nennen. Sie bestand aus drei Tischen mit je einem PC und einem Cola-Automaten. Natürlich waren alle drei Computer besetzt. Zwei Jugendliche und eine ältere Frau starrten unverwandt auf die Bildschirme.

Krasic schnaubte frustriert und murmelte mit zusammengebissenen Zähnen: »Scheiße.«

»Benimm dich, Darko«, sagte Tadeusz knapp. Er trat vor und räusperte sich. »Ich habe hundert Euro für den Ersten, der so freundlich ist, seinen PC dem Fremden hier zu überlassen.«

Die Frau schaute auf und kicherte. Die beiden Jungen sahen sich verwirrt an. Dann sprang der eine auf. »Für hundert Euro können Sie ihn haben.«

Tadeusz nahm zwei Scheine aus seiner Brieftasche und winkte Krasic zum Stuhl hin. »Los, machen wir's.« Er beugte sich über die Schulter des Serben und starrte aufmerksam auf den Bildschirm.

Krasic tippte das URL für die kostenlose E-Mail-Site ein. Während er eingab, was Hansi ihm gesagt hatte, erschien der Besitzer und baute sich vor ihm auf. »Sie müssen für Ihre Zeit am Computer bezahlen.«

»In Ordnung«, sagte Tadeusz und wedelte mit einem Fünfzig-Euro-Schein herum. »Behalten Sie den Rest. Und jetzt lassen Sie uns in Ruhe.«

»Um die Aufmerksamkeit auf sich zu ziehen, gibt es doch nichts Besseres«, murmelte Krasic, während er auf die Verbindung wartete.

»Als ob sie dich hier kennen würden. Komm, Darko, sieh zu, dass du das Zeug auf den Bildschirm kriegst.«
Krasic öffnete den Briefkasten und klickte auf Hansis versprochene Botschaft. Ein halbes Dutzend Anhänge war dabei, und er nahm sich gleich den ersten vor. Er enthielt die wesentlichen Angaben zu Tonys Leben, vom Universitätsabschluss bis zu seiner jetzigen Position. »*Reader* für Psychologie?«, sagte Krasic. »Sie geben einem einen Job, einfach weil man lesen kann?«
»Es ist eine Position an der Uni, wie Professor, nur nicht so hoch«, sagte Tadeusz ungeduldig. »Ist ja egal. Was ist das hier alles über Berater für Profilerstellung beim Innenministerium? Dieser Kerl ist ein Profiler?«
»Sieht so aus, als sei er jedenfalls einer gewesen.«
»Und das heißt, er arbeitet mit der Polizei zusammen«, sagte Tadeusz düster. »Mach weiter, Darko.«
Hansi hatte gute Arbeit geleistet. Tonys Adresse, Telefonnummer und Angaben zu seinem Bankkonto schlossen sich an den Lebenslauf an. »Er schwimmt ja nicht gerade im Geld, oder?«, sagte Krasic. Das sprach nicht sehr für Carolines Geschmack, dachte er. Der Typ sah nicht mal gut aus. Eine Frau, die seinen Boss wegen dieses Jammerlappens sausen ließ, war keine Frau, deren Urteil er trauen würde, das stand fest.
Er öffnete den nächsten Anhang. Es war ein Zeitungsartikel über einen Serienmörder namens Jacko Vance. Er berichtete vor allem, welche Rolle der Profiler Tony Hill, Gründer der nationalen Einsatzgruppe zur Erstellung von Täterprofilen, bei der Ergreifung gespielt hatte. »Arbeitet mit der Polizei zusammen«, wiederholte Tadeusz, und seine Augen waren dunkel vor Wut. »Was noch?«
Es war ein weiterer Zeitungsartikel, diesmal über einen Serientäter, der in Bradfield im Norden Englands vier Opfer ge-

tötet hatte. Der Autor beschrieb, wie der Psychologe Tony Hill mit der Polizei kooperiert und ein Profil entwickelt hatte, das sie zu dem Mörder führte, aber dass ihn dies fast das Leben gekostet hätte. »Was hat denn Caroline Jackson mit ihm zu tun, verdammt noch mal?«, fragte Tadeusz. »Du hast doch gesagt, dass sie sauber ist und die Leute wussten, dass sie eine von uns ist.«

Krasic zuckte die Schultern. »Vielleicht ist sie der Grund, weshalb er nicht mehr mit der Polente zusammenarbeitet. Wenn deine Freundin eine Kriminelle ist, kannst du nicht mehr mit den Wölfen heulen, oder?« Er glaubte eigentlich selbst nicht, was er sagte, aber er wusste, dass er eine bessere Chance hatte, Tadeusz davon zu überzeugen, dass Jackson nur Ärger brachte, wenn er nicht absolut negativ über sie sprach.

Als er die nächste Datei öffnete, verstummte er. Es war ein Zeitungsfoto. Im Vordergrund war Tony im Dreiviertelprofil zu sehen. Es schien, als sage er etwas zu der Frau hinter ihm. Ihr Gesicht war etwas unscharf, aber trotzdem war klar, dass es Caroline Jackson war. Krasics Hand lag regungslos auf der Maus. Er wollte zum Begleittext hinunterrollen, verspürte aber in der Magengrube eiskalt eine schlimme Vorahnung. Dies würde wirklich sehr böse werden.

Er drückte die Taste, die die Seite nach unten springen und den Text sehen ließ: *Dr. Tony Hill, Profiler des Innenministeriums, mit Detective Inspector Carol Jordan am Tatort nach dem Mord an Damien Connolly.*

»Sie ist bei der Scheißpolizei«, sagte Krasic leise und giftig. »Sie ist eine falsche Schlange.«

Tadeusz war kreidebleich geworden. Er musste sich am Tisch festhalten, so zitterten seine Hände. Dies war die Frau, mit der er am Abend zuvor hatte schlafen wollen. Dies war die Frau, der er Einblick in seine Geschäfte gewährt hatte. Dies war die

Frau, der er erlaubt hatte, sein Herz zu heilen. Und sie war eine Verräterin. »Wir fahren nach Berlin zurück«, sagte er, drehte auf dem Absatz um und stürmte aus dem Laden, ohne zu beachten, dass ihn alle mit offenem Mund anstarrten.

Krasic warf einen Blick über die Schulter. Es war noch ein ungeöffneter Anhang da. Er las den Text, und die Enttäuschung war noch größer.

»Scheiße«, sagte er halblaut, verließ dann abrupt das E-Mail-Programm und schaltete den Computer aus. Er sprang auf, eilte seinem Chef nach und kümmerte sich nicht um die wütenden Rufe des Ladenbesitzers: »He, so darf man die nicht abschalten!«

Er fand Tadeusz an das abgeschlossene Auto gelehnt, und der Regen strömte ihm wie Tränen über das Gesicht. »Ich bring das Biest um«, sagte er, als Krasic auf ihn zukam. »Ich leg das verdammte, heimtückische, verlogene Luder um.« Er richtete sich auf. »Komm, wir fahren.«

»Warte, Tadzio. Schau mal, wir sind jetzt schon so weit gefahren. Noch eine Stunde, und wir sind in Köln, können den Stoff abholen und dann zurückfahren. Sie geht ja nirgendwo hin. Sie weiß ja nicht, dass wir es spitzgekriegt haben. Und der Typ, mit dem sie pennt, auch nicht.«

»Ich will jetzt zurück.«

»Wir müssen darüber nachdenken. Da ist nämlich noch mehr.«

»Was meinst du damit, da ist noch mehr?«

»Hill ist heute früh zu einer Wohnung gegangen. Ich habe Hansi den Hacker beauftragt, sich auch darum zu kümmern. Sie gehört einer Frau, die Petra Becker heißt. Sie ist bei der Polizei. Sie arbeitet für den Nachrichtendienst. Die Scheißkerle versuchen schon seit Jahren, uns etwas nachzuweisen.«

Tadeusz schlug mit der flachen Hand auf den Wagen. »Lass

uns zurückfahren. Wir holen ihn uns, dann legen wir die Schlampe um.«
»Er ist nicht mehr in Berlin. Rado hat mich von Berlin-Tempelhof aus angerufen, Hill hat einen Flug nach Bonn genommen. Rado wollte versuchen, noch mitzukommen.« Krasic zog sein Mobiltelefon heraus und wählte Rados Nummer. »Wo bist du?« Er horchte aufmerksam und sagte dann: »Gut. Ruf mich in fünfzehn Minuten an und sag mir, was läuft.«
Er wandte sich wieder an Tadeusz. »Er hat in Köln verschiedene Bootshäfen angefahren. Jetzt fährt er in Richtung Koblenz. Wir sind viel näher an ihm dran als an ihr. Und sie wartet, bis du zurückkommst. Wenn du ihn dir holen willst, können wir es machen. Und wir können Rado weiter nach Köln schicken, um das Heroin abzuholen.«
Tadeusz sank in sich zusammen und lehnte sich wieder ans Auto. »Na gut.«
Krasic schloss den Wagen auf und öffnete die Beifahrertür. Alle Kampfeslust war aus Tadeusz gewichen. Er ließ sich auf den Sitz fallen. Krasic setzte sich hinters Steuer und legte den Gang ein. Sie kamen mit 120 auf die Autobahn, und die Tachonadel stieg stetig nach oben. Tadeusz starrte mit unergründlichem Gesichtsausdruck geradeaus. Nach ungefähr zwanzig Minuten sagte er endlich etwas. »Du weißt, was das bedeutet, oder, Darko?« Seine Stimme klang so gequält, wie sie nach Katerinas Begräbnis geklungen hatte.
»Es heißt, wir könnten angeschissen worden sein«, sagte Krasic.
Tadeusz beachtete seine Antwort nicht. »Wenn sie bei der Polizei ist, ist die Ähnlichkeit mit Katerina kein Zufall. Sie haben das schon lange geplant, Darko. Sie hatten nicht zufällig ein Double von Katerina, das gerade mal so in ihre Rolle schlüpfen konnte. Sie haben sich diese ganze Sache ausgedacht, *weil*

sie eine Polizistin hatten, die ihre Schwester hätte sein können.« Seine ruhige Stimme brach und klang wie ein Schluchzen. »Sie haben sie umgebracht, Darko. Sie haben die Frau beseitigt, die ich liebte, damit sie mir diese Falle stellen konnten. Jetzt weiß ich, wer an Katerinas Tod schuld ist. Nicht irgendein blöder, leichtsinniger Biker, Darko, sondern es war Carol Jordan.«

Kapitel 35

Petra lehnte sich auf dem unbequemen Stuhl zurück und stellte die Füße auf eine Stange des schmalen Gefängnisbetts der Krankenstation. Marlene sah so ungepflegt aus, wie die Angst und das Gefängnis eine Frau aussehen lassen konnten, die sowieso nicht mit Reizen gesegnet war. Unter den Augen hatte sie Tränensäcke, die auf zu wenig Schlaf und vielleicht sogar auf ein paar Tränen hinwiesen. *Umso besser für meine Zwecke*, dachte Petra. Trotz ihrer Bedenken zum Timing der Operation konnte sie nicht anders als engagiert bei der Sache sein. Sie warf Marlene, die misstrauisch aufsah, eine Schachtel Zigaretten und ein Feuerzeug zu. Achselzuckend zündete sie sich eine an. »Was soll ich hier?«, fragte sie. »Ich bin nicht krank.«

»Du hast akute Blinddarmentzündung«, sagte Petra. »Jedenfalls meinen wir das. Wenn wir Recht haben, wirst du zur Behandlung in ein normales Krankenhaus verlegt.«

Marlene nahm einen langen Zug von der Zigarette und genoss selig, wie das Nikotin seine Wirkung tat. »Was habt ihr denn vor?«, sagte sie und tat so, als langweile sie dies alles.

»Ich weiß, wo Tanja ist.«

Marlene schlug die Beine übereinander und warf Petra einen abschätzenden Blick zu. »Und was soll das heißen?«

»Kinder sollten bei ihrer Mutter sein.«

»Ja, aber ihr Schweine erlaubt es nicht, dass wir sie bei uns haben, oder?« Marlene blies eine dünne Rauchfahne in Petras Richtung.
»Marlene, ich habe einen schweren Tag hinter mir. Ich hab wirklich keine Lust, mich mit dir herumzustreiten. Hier ist unser Angebot. Ich weiß, dass Krasic Tanja als Pfand benutzt. Solange du den Mund hältst, passiert deiner Tochter nichts. Ich persönlich würde meinen, auf einem Bauernhof angebunden zu sein wie ein Kettenhund ist nicht gerade schön, aber ich bin nicht du.«
»Was reden Sie da, verdammt, angebunden wie ein Kettenhund?«
Petra überging die Unterbrechung einfach. »Ich biete dir Folgendes an. Wir befreien Tanja aus den Händen ihrer Wächter, wir holen dich hier raus, und wir stecken euch beide in ein Zeugenschutzprogramm. Neue Stadt, neuer Name, neues Leben. Im Gegenzug dafür sagst du gegen Krasic und Radecki aus.«
Marlene starrte sie mit offenem Mund an. Sie vergaß für den Moment sogar zu rauchen. »Warum sollte ich Ihnen glauben?«, sagte sie schließlich.
Petra holte ein Blatt Papier aus ihrer Tasche und gab es Marlene. »Ich hab das heute früh selbst mit einer Digitalkamera aufgenommen.«
Marlene faltete das Blatt auseinander, und ein Farbbild mit einem kleinen Kind kam zum Vorschein, das mit einem Strick angebunden war. Die Fotografie war verändert worden, um typische Einzelheiten zu entfernen. Sie hielt die Luft an und legte die Hand vor den Mund.
»Tut mir Leid, es ist ein bisschen unscharf. Ich hatte ein Teleobjektiv.«
»Ist alles in Ordnung mit ihr?«

Petra hob die Schultern. »Soweit ich das beurteilen kann. Aber weißt du, wenn ich 'n Kind hätte, wäre ich nicht gerade begeistert, wenn Darko Krasics Cousin, der Schweinebauer, sich um es kümmern würde. Also Marlene, was meinst du? Können wir uns einigen?«

»Ihr wisst nicht, gegen wen ihr da angeht«, sagte Marlene besorgt. »Krasic ist eine Bestie.«

»Marlene, ich verrate dir ein kleines Geheimnis. Du bist nicht der einzige Hebel, den wir gegen Krasic und Radecki haben. In ein paar Tagen ist das, was du weißt, vielleicht nur noch von nebensächlicher Bedeutung. Die Kerle werden sowieso verschwinden und werden sehr lange weg vom Fenster sein. Aber ich würde ihnen zusammen mit allem anderen sehr gern Kamals Ermordung anhängen. Ja, du wirst den Kopf hinhalten, aber es wird dir wie ein Flohstich vorkommen im Vergleich zu dem, was wir mit denen vorhaben. Ich verspreche dir, wir werden dich und Tanja schützen. Dafür hast du meine persönliche Garantie.«

»Das Versprechen von 'ner Polizistin?«, höhnte Marlene. Ihre Finger zupften an der Decke herum, und sie starrte die Wand so lange an, dass es Petra wie eine Ewigkeit vorkam, obwohl es wahrscheinlich weniger als eine Minute war. Sie zwang sich, still dazusitzen und Marlene überlegen zu lassen, wie ihre Chancen standen. Schließlich zuckte Marlene ungeduldig mit den Achseln und murmelte niedergeschlagen: »Scheiß drauf, was hab ich zu verlieren? Okay, abgemacht.«

Petra jubelte innerlich. Jetzt konnte sie zu den Neandertalern vom Sonderkommando gehen, die im Revier herumlümmelten, und ihnen das Signal geben, dass sie ihr Testosteron beim Einsatz aufbrauchen konnten. »Du hast die richtige Entscheidung getroffen. Für dich und für Tanja. Du wirst direkt von hier an einen sicheren Ort gebracht, während alle glauben,

dass du ins Krankenhaus verlegt wurdest. Und sobald wir Tanja haben, wird sie zu dir gebracht.«
Sie ließ die Füße zu Boden gleiten. »Wart's ab, Marlene. Zusammen kriegen wir die Dreckskerle schon.«
Marlene lachte. »Das muss man sich mal anhören, wild entschlossen, die kleine Miss. Sie haben ja keine Ahnung, mit wem Sie es da zu tun haben, oder? Ich hoffe nur, dass Sie die Sache so gut hinkriegen, wie es sich anhört.«
Ich auch, dachte Petra, als sie ging. *In unser aller Interesse*, *ich auch*.

Bis Tony den Weg zum Hafen Widenfeld gefunden hatte, vertrieb eine wässrige Sonne die letzten Wolken. Der Hafen war voller Schiffe, von den Rheinschiffen, die tief im Wasser lagen, bis zu kleinen Freizeitbooten, deren Cockpit mit Segeltuch abgedeckt war. Ein paar Leute schrubbten nach dem Regen ihre Decks oder machten kleine Wartungsarbeiten, die bei der normalen Arbeit auf dem Fluss leicht übersehen wurden. Es gab einige Bars und Cafés an den Kais und einen großen Schiffsausrüster, der Diesel zu günstigen Preisen anbot.
Tony fand am Ende des Parkplatzes eine Lücke und saß kurze Zeit gedankenverloren da. »Du bist da draußen«, sagte er vor sich hin. »Ich weiß es. Heute treffen wir aufeinander, Geronimo. Und du wirst nicht ahnen, wer ich bin. Ich werde einer der neugierigen Touristen sein, die vor dem Essen noch eine Stunde herumtrödeln und dein Schiff bewundern. Ich habe nämlich eine Ahnung, dass es Bewunderung verdient. Du tötest mit so viel Präzision, dein Stil ist wahrscheinlich auch im Leben nicht nachlässig.«
Er stieg aus und fing an, langsam auf dem Hafengelände umherzugehen. Die Frachtschiffe fand er bemerkenswert. Jedes war wieder anders, jedes sagte etwas über den Charakter sei-

nes Besitzers und der Mannschaft aus. Es gab makellos ordentliche Schiffe, an denen überall, wo sie nicht bei der Arbeit störten, Kästen mit Kräutern und Pflanzen hingen. Es gab schmuddelige alte Kohlenschlepper, deren Steuerhäuser rostige Kanten und abblätternde alte Farbe aufwiesen. Manche waren an den Fenstern mit adretten Spitzenstores und andere mit kunstvollen Volants und Rüschen geschmückt. Es gab leuchtend bunt lackierte Flächen neben solchen mit gefirnisstem Holz. Einige Schiffe hatten Fahrräder an der Reling festgebunden, während andere Autos mitführten, die irgendwie unpassend auf dem Achterdeck standen. Alles gab es in endlosen Variationen bis hin zu den Wimpeln und Fahnen, die schlapp in der feuchten Luft hingen.

Tony schlenderte mit der Kamera um den Hals am Kai entlang und tat so, als mache er Fotos von den schönsten Exemplaren. Nachdem er erfolglos an etwa zwanzig Schleppkähnen und Rheinschiffen vorbeigegangen war, kam er um eine Ecke und wäre fast in einen schwarzen Golf gerannt. Gleich daneben lag ein prächtiges Schiff, auf dessen Holz der Bootslack glänzte. Am Heck las er in fließender Kursivschrift: *Wilhelmina Rosen, Hamburg*.

Sein Herz klopfte wild, und er trat etwas zurück, um die ganze erhabene Schönheit des Schiffes auf sich wirken zu lassen. Dann schritt er die ganze Länge ab, wandte sich um und machte ein Foto. Schließlich ging er gemächlich zum Heck zurück und warf dabei bewundernde Blicke auf das Schiff. Als er auf der Höhe des Steuerhauses war, trat ein junger Mann mit dunklem Haar, das zu einem Pferdeschwanz zusammengebunden war, heraus auf das Deck. Unter dem weiten Pullover wirkte er breitschultrig, seine langen Beine steckten in engen Jeans, und er trug schwere Arbeitsstiefel. Körperlich war er auf jeden Fall stark genug, um der Mörder zu sein,

dachte Tony. Als er herauskam, setzte er sich eine Baseballmütze auf, die seine Augen verdeckte.
»Sie haben ein sehr schönes Schiff«, rief Tony zu ihm hinauf. Der junge Mann nickte und sagte lakonisch: »Ja.« Er ging um das Steuerhaus herum zum Fallreep, kaum zwei Meter von der Stelle entfernt, wo Tony stand.
»Man sieht nicht oft ältere Schiffe, die in so gutem Zustand sind«, fuhr Tony fort, als der Mann an Land kam.
»Es ist harte Arbeit.« Der Mann ging weiter, auf das Auto zu.
»Mir ist der ziemlich ungewöhnliche Wimpel aufgefallen, den Sie da haben«, versuchte Tony verzweifelt den mutmaßlichen Killer in ein Gespräch zu verwickeln.
Der Mann runzelte die Stirn. »Ich spreche nicht gut Englisch.« Tony zeigte auf den dreieckigen Wimpel, der am Heck von einer kurzen Fahnenstange hing. Er war schwarz mit einem weißen Rand. In der Mitte war eine zierliche Trauerweide aufgestickt. »Die Fahne«, sagte er. »Ich habe noch nie so eine gesehen.«
Der junge Mann nickte, und über seine nichts sagenden Gesichtszüge huschte ein verstehendes Lächeln. »Das steht für Tod«, sagte er nüchtern. Tony lief es eiskalt über den Rücken. »Mein Großvater war vor mir der Schiffer. Aber er ist seit zwei Jahren tot.« Er zeigte auf den Wimpel. »Wir haben die Fahne zur Erinnerung an ihn.«
»Das tut mir Leid«, sagte Tony. »Sie sind also jetzt der Besitzer des Schiffes?«
Der junge Mann schloss das Auto auf, nahm einen Straßenatlas aus dem Fach an der Tür und ging wieder zum Schiff zurück. »Ja. Sie gehört mir.«
»Es muss schwer für Sie sein, nicht arbeiten zu können wegen des Hochwassers.«
Der junge Mann blieb auf dem Fallreep stehen und wandte

sich zu Tony um. Er zuckte mit den Schultern. »Der Fluss gibt und nimmt. Man gewöhnt sich daran. Danke, dass Sie mein Schiff so schön finden.« Er winkte flüchtig und ging an Bord zurück.

Dein Geschick mit Menschen ist ja nicht gerade umwerfend, dachte Tony sarkastisch. Er hatte nicht erwartet, dass sein Mörder besonders gewandt in der Öffentlichkeit auftreten würde, aber doch gehofft, ein bisschen mehr aus ihm herauszukriegen. Es hatte sich nichts ergeben, das ihren Verdacht in Bezug auf den Kapitän der *Wilhelmina Rosen* bestätigte oder widerlegte. Außer wenn man den leicht makabren Wimpel mitzählte, wozu Tony allerdings neigte. Es war interessant, dass Mann behauptet hatte, sein Großvater sei vor zwei Jahren gestorben. Das unheimliche Fähnchen sah bei weitem nicht zerlumpt genug aus, um wochenlang, von Monaten gar nicht zu reden, dort gehangen zu haben. Wenn Mann den Wimpel in regelmäßigen Abständen ausgetauscht hatte, mochte ihm dies vielleicht helfen, die Erinnerung an den Tod seines Großvaters immer wieder aufzufrischen. Aber vielleicht gab es eine verhängnisvollere Erklärung. Vielleicht war der Wimpel nicht für den alten Mann. Vielleicht war er für Marie-Thérèse Calvet. Irgendwie hatte er es im Gefühl, dass er gerade mit einem Serienmörder geplaudert hatte. Mit Sicherheit zeigte Mann einige der Charakteristika, die man bei einem Mörder mit gestörter Persönlichkeit erwarten würde – die Abneigung, sich ins Gespräch ziehen zu lassen oder dem anderen in die Augen zu sehen, die Unbeholfenheit im Umgang mit Menschen. Aber das konnten auch einfach die Merkmale eines zurückhaltenden Mannes sein. Und das Endergebnis?

Sie hatten kaum ein winziges Bruchstück eines Beweises, um sein rein gefühlsmäßiges Urteil zu stützen.

Wahrscheinlich war das Einzige, was sie jetzt tun konnten,

Mann zu überwachen, bis er sein nächstes Opfer ins Visier nahm. Zeit für Marijke, ihren Ehrgeiz beiseite zu lassen und zum Angriff zu blasen. Es wurde ihm klar, dass er sie anrufen sollte. Vorher musste er jedoch seinen Spaziergang am Hafen auf unverdächtige Weise beenden. Tony wandte der *Wilhelmina Rosen* den Rücken und ging am Kai entlang, blieb dabei ab und zu stehen und betrachtete eingehend das eine oder andere Schiff. Es war langweilig, aber notwendig. Wie so vieles im Leben eines Profilers, dachte er lächelnd. Aber was war schon eine Dosis Langeweile im Vergleich zu der Hochstimmung, wenn es um die Rettung von Leben ging?

Krasic steuerte den großen Mercedes schwungvoll zum Hafengelände und fuhr langsam am Ufer entlang. »Ich kenne das hier«, sagte Krasic. »Wir hatten hier auch schon mal Schiffe liegen.« Plötzlich zeigte er auf eine Stelle des Kais, wo ein Mann mit einer Kamera herumtrödelte und die Schiffe betrachtete. »Da ist er. Das ist der verdammte Dreckskerl Hill«, sagte er.

»Das ist er?« Tadeusz klang ungläubig. »Der miese kleine Typ in dem albernen Tweedjackett?«

»Das ist er, ich schwöre es.«

»Gib mir deine Pistole.«

»Was?« Krasic war darauf überhaupt nicht vorbereitet. Er war für die praktische Durchführung zuständig, nicht Tadzio.

»Gib mir deine Pistole.« Tadeusz streckte ungeduldig die Hand aus.

»Du erschießt ihn doch nicht hier am helllichten Tag?«, fragte Krasic. Bei der Laune, die der Boss hatte, war alles möglich.

»Natürlich erschieße ich ihn nicht. Gib mir einfach die Pistole. Komm mit dem Auto hin, wenn ich neben ihm stehe.«

Krasic fasste nach hinten, wo auf seinem Rücken eine kleine

Glock G 27 in einem gepolsterten Halfter versteckt war. Er zog die Waffe heraus und gab sie Tadeusz. »Neun im Magazin«, sagte er knapp.

»Ich habe nicht vor, sie zu benutzen. Zumindest noch nicht«, sagte Tadeusz kühl und steckte die Pistole in die Tasche seines Regenmantels. Er stieg aus und ging schnell zu dem Mann hinüber, auf den Krasic gezeigt hatte. Als er hinter Tony war, legte er die Hand um den tröstlichen Griff der Pistole, und auf gleicher Höhe angekommen, stieß er Tony die Mündung der Waffe in die Rippen. »Bewegen Sie sich nicht, Dr. Hill«, sagte er, seine Stimme klang brutal, und mit der freien Hand packte er Tony am Arm. Für einen Beobachter konnte es aus der Ferne aussehen, als träfen sich zwei Freunde und begrüßten sich. »Das ist eine Pistole.«

Tony erstarrte. »Wer sind Sie?«, fragte er heiser, denn er konnte den Angreifer nicht sehen.

»Mein Name ist Tadeusz Radecki.«

Tony konnte nicht verhindern, dass der Schock seine Muskeln verkrampfte. Er zuckte heftig unter Tadeusz' festem Griff. »Ich begreife das nicht«, sagte er. »Wer sind Sie?«

Tadeusz stieß die Waffe brutal gegen Tonys Brustkorb. »Benehmen Sie sich nicht so blöd.« Er hörte das Surren des Motors, als der Mercedes hinter ihnen heranfuhr. Der Wagen hielt an, und Krasic stieg aus. »Die hintere Tür, Darko.«

Krasic öffnete die Tür, Tadeusz stieß Tony hinein und nahm dabei die Pistole aus seiner Tasche. Er stieg neben ihm ein und hielt die Pistole auf Tonys Magen gerichtet. »Ein Bauchschuss ist der schlimmste Tod«, sagte er im Plauderton.

»Hören Sie, da muss eine Verwechslung vorliegen«, protestierte Tony schwach. »Ich habe keine Ahnung, wer Sie sind, und offensichtlich verwechseln Sie mich mit jemand anderem. Lassen Sie mich einfach gehen, und wir können dies alles vergessen.« *Kläglich*, dachte er. *Wo ist jetzt deine Ausbildung? Wo ist jetzt das berühmte Einfühlungsvermögen?*

»Quatsch«, sagte Tadeusz barsch. »Sie schlafen nicht nur mit Carol Jordan, Sie arbeiten auch mit ihr zusammen. Darko, bring uns irgendwohin, wo wir reden können.«

Tonys Gedanken schossen in Panik durcheinander. Sie wussten, wer Carol war. Sie war enttarnt. Sie wussten, wer er war, und sie hatten die falsche Vermutung, dass er ihretwegen hier war. Aber was taten sie hier? Wie konnte ihm jemand gefolgt sein? Er hätte es doch merken müssen, er hatte seine Reiseroute ja ganz willkürlich gewählt, war aber andererseits auch nicht auf eine Überwachung gefasst gewesen.

Er verdrängte den Gedanken. Nichts konnte unwichtiger sein als die Frage, wie Radecki hierher kam. Jetzt war es wichtig, eine Möglichkeit zu finden, um Carol zu schützen. Er machte sich keine Illusionen, womit er es hier zu tun hatte. Diese Männer waren Killer. Wenn er Carols Leben auf Kosten seines eigenen erkaufen musste, dann sei es. Sie zu retten war das einzig Wichtige. Wenn er je seinen ganzen Einfallsreichtum gebraucht hatte, dann war es jetzt. Er zwang sich, Radeckis Blick ohne zu zucken standzuhalten.

Als das Auto plötzlich wieder anhielt, war er überrascht. Er hatte auf absolut nichts geachtet außer auf den Mann neben ihm. Jetzt sah er an Radecki vorbei aus dem Fenster. Sie waren in einem abgelegeneren Teil des Hafengeländes, mit einer viel kleineren Anlegestelle, die nur einem halben Dutzend Schiffen Platz bot. Es war keine Menschenseele in Sicht. Der Mercedes hatte bei einem Stahlkasten angehalten, der grau wie ein Schlachtschiff gestrichen war. »Gib mir eine Minute, Boss«, sagte Krasic und stieg aus. Der Kofferraumdeckel ging auf, Krasic verschwand dahinter, kam wieder zum Vorschein und steckte ein Brecheisen in seine Jacke.

Tony beobachtete mit wachsender Sorge, dass sich Krasic umsah und dann flink die Gangway zu dem Schiff hinaufrannte. Er kletterte auf den Lukendeckel und stemmte schnell den Haken an dem Vorhängeschloss auf, mit dem er verschlossen war. Er schob die Luke auf und sah hinein. Dann eilte er zum Wagen zurück und gab Tadeusz mit erhobenem Daumen das Okay-Zeichen.

»Wir steigen aus und gehen hier an Bord. Wenn Sie versuchen wegzulaufen, werde ich Ihnen in die Beine schießen. Ich bin ein sehr guter Schütze, Dr. Hill«, sagte Tadeusz ruhig. »Es bringt auch nichts, zu rufen. Hier ist niemand.«

Krasic öffnete die Tür, Tadeusz stieg rückwärts aus und hielt den Blick unverwandt auf Tony gerichtet, der über den Sitz aus dem Auto herausrutschte. Krasic packte ihn an der Schulter und riss ihn herum. Die Pistole war wieder auf seinen Rücken gerichtet. Er stolperte vorwärts und fiel fast über den Rand der Gangway.

Als er an Bord war, wurde er zu der offenen Luke geführt. Krasic stieg für einen so massigen Mann mit überraschender Behendigkeit auf die Leiter und verschwand in die Dunkelheit nach unten. Man hörte den hohlen Laut von Schritten auf Metall in einem leeren Raum, dann erschien ein schwacher Lichtschein im Frachtraum.

»Gehen Sie da runter«, befahl Tadeusz.

Behutsam wandte sich Tony um, so dass er ihm gegenüberstand, und ertastete den Abstieg auf der Leiter. Er war zwei Sprossen hinuntergestiegen, als er einen entsetzlichen Schmerz in der Hand fühlte, der so abrupt und intensiv war, dass er loslassen musste. Seine Füße hingen plötzlich in der Luft, suchten einen Halt, und einen fürchterlichen Moment hing er nur an einer Hand. Voller Panik schaute er nach oben und sah, dass Tadeusz' Hand mit dem Griff der Pistole auf seine verkrampften Finger schlagen wollte. Vor Angst schweißnass, schlang er den verletzten Arm um die Leiter, schaffte es, einen Fuß auf eine Sprosse zu stellen, und zog die noch unbeschädigte Hand in der letzten Sekunde weg. Er würde nie wissen, wie er das geschafft hatte, aber irgendwie kletterte er die Leiter so schnell hinunter, dass er keine weiteren Angriffe von oben mehr abbekam.

Seine zitternden Beine hatten gerade den Boden erreicht, als Krasic schon da war und ihm einen Schlag in den Magen versetzte. Der heftige Schmerz zwang ihn, sich nach vorn zu beugen, seine Lunge lechzte nach Luft, und seine Muskeln verkrampften sich. Tony lag zusammengekrümmt auf dem kalten Stahlboden des Frachtraums, aus seinem Mund floss ein dünner Strahl Erbrochenes. Als er beim nächsten Mal wieder etwas außer seinem eigenen Körper wahrnahm, sah er Radecki. Er stand in verzerrter Perspektive riesig und erschreckend über ihm.

Krasic riss Tony mit einem Ruck hoch, erdrosselte ihn fast mit dem Kragen seines Jacketts und warf ihn auf einen Haufen zusammengefalteter Planen. »Setz dich, du mieses Arschloch«, knurrte er. Tony gelang es, sich an der kalten Wand abzustützen. »Jetzt zieh dich aus«, rief Krasic.

Starr vor Angst versuchte Tony, sich auszuziehen. Es war schwierig wegen der Schmerzen in der linken Hand. Er glaubte, dass zumindest zwei seiner Finger gebrochen waren. Die beiden Männer gingen um ihn herum wie Wölfe, die ihre Beute umkreisen, als er mit ungeschickten Fingern die Kleider abzustreifen versuchte. Schließlich saß er nackt auf den Planen und atmete so schwer, als sei er gerade kilometerweit gerannt.

Sie tun das, um dich zu demütigen, um dir zu zeigen, wie verwundbar du bist. Lass nicht zu, dass sie die Kontrolle über deinen Kopf bekommen. Du musst weiterdenken, musst dein Ge-

hirn nutzen. Die Stimme in seinem Kopf schien lächerlich beruhigend in Anbetracht dieser extremen Situation. Aber das war alles, was er hatte.

»Sie arbeiten mit dieser Schlampe gegen uns, stimmt's?«, fragte Tadeusz.

»Nein, Sie irren sich. Ich arbeite für Europol an dem Fall eines Serienmörders. Das ist mein Beruf, ich erstelle Täterprofile von Serientätern«, sagte Tony und wappnete sich für das, was als Nächstes kommen würde. Krasic trat ihm brutal ans Schienbein, und er wimmerte gegen seinen Willen.

»Falsche Antwort.« Tadeusz packte die Pistole am Lauf. »Sie ist Polizistin, und Sie arbeiten mit ihr zusammen, um mich zu ruinieren.«

Tony wischte Speichel von seinem Kinn und schüttelte den Kopf. »Bitte hören Sie mich an. Ich sage Ihnen die Wahrheit. Carol war früher bei der Polizei, das stimmt. Aber jetzt nicht mehr. Sie ist zu den Gaunern übergelaufen, hat die Seiten gewechselt. Ich habe sie gekannt, als sie Polizistin war, und habe versucht, ihr auszureden, was sie jetzt tut.«

Er sah den Kolben der Pistole kommen, konnte aber nur hilflos versuchen, auszuweichen. Es erwischte ihn doch, und er hörte und spürte das Krachen, als sein Backenknochen zersplitterte. Diesmal musste er sich richtig übergeben, und ein Strom von heißem Erbrochenen ergoss sich über seine Schenkel.

»Hören Sie auf zu lügen«, sagte Tadeusz mit sanfter, trauriger Stimme. »Ich kenne die Wahrheit. Wie nennen Sie so was? Eine verdeckte Operation. Diese krummen Touren, die nie bekannt werden. Ich weiß, was ihr getan habt. Ihr habt die Frau getötet, die ich liebte, weil sie wie Carol Jordan aussah. Und dann hat sich Carol Jordan an mich rangemacht. Sicherlich mit Ihrer fachmännischen psychologischen Beratung.«

Verdammt, dachte Tony. *Wenn sie das glauben, gibt es keinen Ausweg.* Aber er musste es trotzdem weiter versuchen. »Nein, bitte. So war es nicht. Sehen Sie, Carol ist doch keine Polizistin mehr, aber sie hat noch Freunde, die bei der Polizei sind. Einer von ihnen zeigte ihr ein Foto von Katerina, nach ihrem Tod, nicht vorher. Weil er dachte, wie erstaunlich ähnlich sie sich sehen.« Er hielt inne, um Luft zu holen. Die Tatsache, dass keiner auf ihn einschlug, gab ihm Hoffnung. »Sie hat beschlossen, das auf eigene Faust zu nutzen. Sie wollte mit Ihnen ins Bett gehen. Wörtlich und im metaphorischen Sinn.« *Große Worte für einen zusammengeschlagenen Mann*, musste er unwillkürlich denken, obwohl das nichts zur Sache tat. »Ich musste wegen dieser Ermittlung nach Deutschland kommen. Der Mörder, der es auf Psychologen abgesehen hat. Sie müssen es doch in der Zeitung gelesen haben?«

Tadeusz und Krasic tauschten einen schnellen Blick. Tony meinte, eine Spur Unsicherheit in ihren Augen gesehen zu haben. »Ich sage Ihnen die Wahrheit«, schluchzte er fast. »Ich dachte, ich könnte Carol das ausreden, was sie vorhatte, und sie irgendwie wieder auf den rechten Weg bringen. Ich liebe sie. Ich will nicht, dass sie sich auf die andere Seite schlägt.« Er zwang sich zu weinen und fühlte bei den heftigen Schluchzern stechende Schmerzen in seinen Rippen.

»Was wolltest du dann hier, als du die Schiffe angesehen hast?«, fragte Krasic, während seine Faust krachend auf Tonys Rippen landete und seine andere Schulter an die kalte Schiebetür aus Stahl stieß.

Tony schrie vor Schmerz auf und kreuzte die Arme vor der Brust. Diesmal waren seine Tränen echt. »Wir haben einen Verdächtigen«, stöhnte er. »Für die Morde. Wir glauben, dass es ein Schiffer ist. Sein Schiff liegt hier. Die *Wilhelmina Rosen*. Bitte, Sie müssen mir glauben«, bettelte Tony. Er wischte den

Schleim aus seiner Nase ab und verdrängte den Gedanken an das Blut darin.

»Es ist eine gute Geschichte«, sagte Tadeusz. Krasic sah ihn an, als sei er verrückt geworden. »Es ist wirklich eine gute Geschichte. Sie ist fast gut genug, um wahr zu sein.«

»Boss«, protestierte Krasic.

Tadeusz hob einen Finger. »Schon in Ordnung, Darko. Es ist sehr einfach zu überprüfen, ob es wahr ist oder nicht. Wir werden unseren guten Freund Dr. Hill mit zurück nach Berlin nehmen. Wir haben ein Lager, wo wir ihn vorübergehend unterbringen können. Und dann werden wir einen kleinen Test machen.«

»Was für einen Test?«, sagte Krasic misstrauisch.

»Wenn er nicht lügt, dann wird Carol Jordan keine Bedenken haben, mit mir zu schlafen, oder?«

Die kalte Hand der Panik legte sich um Tonys Herz. Was hatte er getan?

Kapitel 36

Marijke legte den Hörer auf und war sich nicht im Klaren, was zu tun sei. Als Tony sie nicht zurückgerufen hatte, wusste sie nicht, ob sie besorgt oder verärgert sein sollte. So oder so hing sie in der Luft und wusste nicht, was mit ihrem einzigen halbwegs gut fundierten Ermittlungsansatz los war, nachdem sie in de Groots Fall wochenlang nur falsche Fährten verfolgt hatte. Zu ihrer eigenen Überraschung fand sie, dass sie ein schlechtes Gewissen hatte, weil sie den Kollegen ihre Ideen verheimlichte. Widerstrebend musste sie vor sich selbst zugeben, dass sie weder rücksichtslos noch selbstbewusst genug war, ihren eigenen Ehrgeiz über die Notwendigkeit zu stellen, diesen Morden ein Ende zu setzen.

Sie hatte ihre Unterlagen zur Seite geschoben und in einem kurzen Bericht begründet, warum sie Wilhelm Albert Mann verdächtigte. Da sie natürlich Tony in Verbindung mit dieser Theorie nicht nennen konnte, hatte sie nicht den Vorteil, dass eine Expertenmeinung ihren Worten Gewicht verlieh, aber sie fand, dass sie gute Arbeit geleistet hatte und ihr Bericht überzeugend klang. Sie hatte mit dem Vorschlag geschlossen, dass Mann überwacht werden solle, da keine klaren Beweise gegen ihn vorlagen.

Dann hatte sie Maartens gesucht und ihn schließlich in der Bar auf der anderen Straßenseite gefunden, wo er auf dem Nachhauseweg auf ein kleines Bier eingekehrt war. »Ich will das an die Polizei in Köln schicken«, sagte sie und hielt ihm den Bericht vor die Nase.

Er las ihn aufmerksam durch und trank dabei mit einem Ausdruck vagen Misstrauens sein Oranjeboom. »Gute Arbeit, Marijke«, sagte er, als er zu Ende gelesen hatte. »Ich finde Ihre Kenntnis von Seemannsknoten beeindruckend.«

»Das Internet«, sagte sie. »Ein großartiges Mittel für Recherchen. Was meinen Sie? Soll ich es ihnen schicken, oder würde ich nur als überspannte Frau dastehen, die sich mehr auf die Intuition verlässt als auf Beweise?«

Maartens verschüttete einen Schluck Bier auf seine Hand. »Marijke, wenn die Typen in Köln auf genauso wenig bauen können wie wir, werden sie Ihnen die Stadtschlüssel überreichen. Wenigstens gibt es ihnen etwas zu tun, das nach Action aussieht. Sicher mag es Zufall sein, aber mir scheint doch Sinn zu machen, was Sie sagen. Der Typ hatte ja keinen triftigen Grund, hierher nach Leiden zu kommen, wo es auf unseren Kanälen keinen Frachtverkehr gibt. Wenn ich es heute Abend auf meinen Schreibtisch bekäme, hätte ich bis Mitternacht ein Team beisammen, das sich den Kerl vornimmt. Und ich würde ihm auf den Fersen bleiben, bis er aktiv wird oder bis in einem anderen Teil des Landes jemand umgebracht worden ist. Kommen Sie, ich geb einen aus, um den ersten Fortschritt zu feiern, den wir seit dem Mord an de Groot haben.«

Sie schüttelte den Kopf. »Danke, Boss, aber das hebe ich mir lieber für ein andermal auf. Ich will dieses Fax jetzt gleich nach Köln losschicken.«

Hartmut Karpf hatte keine Zeit verloren. Nachdem sie das Fax geschickt hatte, war innerhalb von fünfzehn Minuten sein Anruf gekommen. »Das ist wirklich interessantes Material«, sagte er aufgeregt. »Also, ich will so schnell wie möglich vorgehen. Aber wir werden eine Menge Leute brauchen, um es richtig zu machen. Wäre es möglich, dass Sie morgen nach Köln kommen? Wenn Sie hier wären und selbst über die Sache berichten könnten, würde es mir helfen, meinen Chef zu überzeugen, dass es sich lohnt.«

»Ich muss mit meinem Vorgesetzten reden, aber ich glaube nicht, dass er etwas dagegen haben wird. Ich rufe Sie zurück, ja?«

Eine halbe Stunde später hatte sie alles in die Wege geleitet. Sie musste am Mittag des folgenden Tages in Köln sein. Daraus ergaben sich einige interessante Möglichkeiten. Marijke sah auf ihre Uhr. Bevor sie sich entschied, musste sie herausfinden, wann es Flüge gab.

Es stellte sich im Nachhinein doch noch als sehr guter Tag heraus. Wenn nur Tony anriefe, dann wäre er nahezu perfekt.

Auf dem Weg, der an Matics Hof vorbeiführte, war es so dunkel wie in einer unterirdischen Höhle. Hohe Hecken hielten das Licht vom Haus her ab, und Wolken verdeckten die dünne Mondsichel. Es war kaum zu glauben, dass sie sich nur ein paar Kilometer vom Stadtrand entfernt befanden, so still und dunkel war die Frühlingsnacht. Petra betrachtete durch das Nachtsichtgerät, das sie vom Einsatzleiter des Spezialkommandos bekommen hatte, eine grün-schwarze Welt. Sie hatte das Gefühl, unter Wasser zu sein, Männer drifteten in ihr Blickfeld wie seltsame Meerestiere, deren Gesichter von Brillen und Masken verdeckt waren, um sie vor dem Rauch und dem Tränengas zu schützen, die sie einsetzen würden, wenn sie in das Haus eindrangen.

Mit den schweigsamen, harten Typen, die den ganzen Nachmittag großspurig aufgetreten waren, sich auf die Stühle gefläzt und auf dem Boden ausgebreitet hatten, vollzog sich bei Einbruch der Nacht eine Wandlung. Sie waren jetzt ein disziplinertes Team, das sich sparsam und unauffällig wie Schatten bewegte. Sobald es dunkel war, waren zwei von ihnen über den Hof geflitzt und hatten leise Mikrofone in den Wänden des Bauernhauses angebracht und die Telefonverbindungen über ihr eigenes Kommunikationssystem umgeleitet. Es würden keine Gespräche mehr von außen hereinkommen können, und wenn Matic und seine Frau zu telefonieren versuchten, würden sie nur das Klingeln hören, auf das keine Antwort kam.

Jetzt hatte das Team das Bauernhaus umstellt. Wenn das Kommando kam, würden sie auf ihre Plätze huschen und die Tür mit einem hydraulischen Rammbock aufbrechen. Petra kannte den Plan auswendig. Zuerst der Rauch, dann das Tränengas, danach würden die Männer eindringen. Das Hauptziel war, das Kind in die Hand zu bekommen, das zweite, Arkady Matic und seine Frau festzunehmen. Petra sollte mit dem Einsatzleiter der Gruppe auf dem Weg warten und sich erst nähern, wenn diese Ziele erreicht waren.

Der Einsatzleiter stand hinter seinem Spezialisten für Kommunikation und fragte: »Wie weit sind wir?«

»Sie reden miteinander in der Küche. Ein Mann und eine Frau. Das Mädchen ist auch da. Die Frau hat ihm gerade gesagt, es soll sich an den Tisch setzen. Sie werden gleich zu Abend essen.«

»Gut. Wir warten, bis sie sich gesetzt haben, dann legen wir los.« Er wandte sich zu Petra um. »Wir wollen so wenig Theater wie möglich, deshalb gehen wir rein, wenn sie mit dem Essen beschäftigt sind.«

Sie nickte zustimmend. »Auf keinen Fall will ich eine Geiselsituation haben.«

»Klar«, sagte er schnell und trommelte mit den Fingern der einen Hand auf seinen Oberschenkel. »Ach Gott, ich hasse dieses ewige Herumwarten.«

Sie standen zwei lange Minuten schweigend und gespannt, dann gab ihnen der Kommunikationsspezialist ein Zeichen mit dem hochgestreckten Daumen. »Die Frau stellt jetzt das Essen auf den Tisch ... Sie setzt sich zu ihnen. Ja, sie sind alle da.«

Der Einsatzleiter nahm sein Funkgerät. »Hier ist K eins an alle. Geht rein! Ich wiederhole, geht rein!« Er gab Petra ein Zeichen, ihm zu folgen, und sie liefen die zwanzig Meter zum Hoftor. Im schwachen Licht der Fenster, das durch die Gardinen fiel, huschten Schatten um das Haus herum. Zugleich mit dem Rammbock, der gegen die massive Holztür stieß, hallten ein Knall und die Rufe in die Nacht hinaus: »Bewaffnete Polizei, keine Bewegung!«

Das Krachen von splitterndem Holz wurde von der schwachen Brise zu ihnen herübergetragen, dann knallten Rauchpatronen, und Kanister klapperten, die an etwas Hartes stießen. Darauf folgten gedämpfte Rufe und das Geräusch, dem Petra mit Bangigkeit entgegengesehen hatte. Ein einzelner Schuss dröhnte. Entsetzt wandte sie sich zu dem Einsatzleiter um.

»Schrotflinte«, sagte er lakonisch.

Dann folgte eine plötzliche Serie von Schüssen aus einem Maschinengewehr. Darauf trat Stille ein. »Was ist los?«, rief Petra.

»Ich nehme an, der Bauer hat einen Schuss abgefeuert, bevor unsere Leute ihn erwischt haben. Keine Angst, es wird keine Schießerei geben.« Sein Funkgerät rauschte, und er hob es ans Ohr. Petra konnte die Worte nicht verstehen, hörte nur aufgeregte Stimmen. »Ich bin gleich da«, sagte er und klopfte ihr auf

die Schulter. »Kommen Sie, es ist vorbei. Sie haben das Mädchen.«
Sie folgte ihm den Weg entlang. Rauchfahnen zogen aus der offenen Tür, die schief an einem einzelnen Scharnier hing. Als sie das Haus erreichten, kam einer vom Sonderkommando mit einem weinenden Kind auf dem Arm heraus. Petra rannte ihm entgegen und nahm es ihm ab. »Schon gut, Tanja«, sagte sie und streichelte das strähnige, ungewaschene Haar des Mädchens. »Ich bring dich zu deiner Mama.«
Der Einsatzleiter war nirgends zu sehen. »Was ist passiert?«, fragte Petra den jungen Mann, der Tanja herausgetragen hatte.
»Der Trottel hat sich seine Schrotflinte geschnappt«, sagte er. »Einer von uns hat Fleischwunden an Arm und Oberschenkel. Nichts Ernstes, glaube ich.«
»Und was ist mit Matic?«, fragte sie und wiegte die weinende Tanja in ihren Armen.
Der Polizist machte die traditionelle Geste des Halsabschneidens, indem er mit dem Zeigefinger über die Kehle fuhr. »Wir hatten keine andere Wahl. Aber es ist trotzdem blöd. Nach den Reaktionen, die wir auf so etwas kriegen, könnte man meinen, wir wären die halbe Zeit unterwegs und würden Leute nur so zum Spaß abknallen.«
»Man hat keine andere Wahl, wenn jemand eine Waffe auf einen richtet«, stimmte Petra zu. »Hören Sie, ich will Tanja von hier wegbringen. Sagen Sie bitte Ihrem Chef, dass ich gegangen bin? Wir werden noch eine richtige Nachbesprechung machen müssen, aber das hat Zeit bis morgen.«
Er nickte. »Ich richte es aus.«
Petra entfernte sich von dem Bauernhof und wünschte, ihr Wagen wäre mehr in der Nähe geparkt. Tanja wurde mit jedem Schritt schwerer, und sie wusste nicht, ob sie sie bis dorthin tragen konnte. *Was für ein Tag*, dachte sie und stapfte wei-

ter. Einen Moment überlegte sie, wie Carol wohl zurechtkam. Sie vermutete, dass sie bei ihren E-Mails einen Bericht über das Treffen mit Radecki am Tag zuvor finden würde, aber es war ausgeschlossen, dass sie in den nächsten zwei Stunden dazu kommen würde, ihn zu lesen. Jetzt musste sie Tanja sicher unterbringen und dafür sorgen, dass der Unterschlupf bewacht wurde. Morgen würde sie die erste Serie von Gesprächen mit Marlene arrangieren, und sie hoffte, dass sie so viel herausfinden konnten, dass Radecki in Deutschland und nicht im liberalen Holland vor Gericht gestellt wurde.

Es gab so viel zu tun. Aber all dies würde der Mühe wert sein, wenn sie dann im Gericht sitzen und zusehen könnte, wie Radecki für sehr lange Zeit verschwinden würde.

Sie grinste trotz ihrer Rückenschmerzen. Mein Gott, sie liebte diesen Beruf.

Carol gelang es endlich, den Abend zu genießen. Marijke hatte sie darüber auf dem Laufenden gehalten, womit alle beschäftigt waren, und sie war frustriert, dass sie nicht helfen konnte. Aber es hatte keinen Sinn, sich zu ärgern, sagte sie sich. Also hatte sie ein langes, luxuriöses Bad genommen, nach dem sie sich so entspannt fühlte wie noch nie seit ihrer Ankunft in Berlin. Sie hatte entdeckt, dass sie auf dem Fernseher in der Wohnung einen Kabelkanal empfangen konnte, der abends Filme auf Englisch ausstrahlte. Sie lag ausgestreckt auf der Couch, trug Caroline Jacksons Seidenkimono und genoss neben einer Flasche Sancerre den schwarzen Humor von *Shallow Grave – Kleine Morde unter Freunden.*

Der Film hatte gerade die Stelle erreicht, wo Christopher Eccleston sich mit dem Geld im Speicher versteckte, als die Sprechanlage summte. Überrascht schaltete sie den Ton des Fernsehers aus und rollte sich träge zur Seite, stand auf und ging in den Flur. Es konnte eigentlich nur Radecki sein, dachte sie. Sie war nicht in der Stimmung für ihn, außerdem war sie nicht richtig angezogen, aber sie konnte ihn wahrscheinlich abwimmeln.

Carol nahm den Hörer ab. »Wer ist da?«

»Ich bin's, Tadeusz. Kann ich raufkommen?«

»Ich bin gerade am Arbeiten, Tadzio. Können wir uns nicht morgen treffen?«

»Ich muss dich wirklich sehen. Ich kann nicht lange bleiben, in einer Stunde muss ich sowieso im Fernsehstudio sein.«

Eine Stunde, das konnte sie aushalten, dachte sie, drückte auf den Türöffner und eilte ins Schlafzimmer. Ein Seidenkimono war jetzt viel zu zweideutig für Radecki, das war ihr klar. Sie zog eine weite Leinenhose über, schloss hastig den BH-Verschluss und griff nach einer Bluse, da klopfte er schon an die Tür. Sie zog die Bluse über den Kopf, während sie in den Flur ging und ihm aufmachte.

Er ließ ihr keine Zeit zur Begrüßung, sondern riss sie einfach in seine Arme und küsste sie heftig und wild auf den Mund. Während er in die Wohnung stürmte, zog er sie mit und schloss im Gehen die Tür mit einem Fußtritt. Carol gelang es, sich frei zu machen, sie wich zurück und lachte nervös. »He, nicht so stürmisch. Das geht mir ein bisschen zu schnell«, sagte sie.

»Ich habe den ganzen Tag an dich gedacht«, sagte er. In seiner Stimme lag eine Entschiedenheit, die sie noch nie zuvor gehört hatte. »Ich weiß, dass du Zeit zum Überlegen haben wolltest, aber es macht mich verrückt. Ich will dich so sehr, dass ich nicht essen und nicht schlafen kann.« Seine Hände waren überall, stark und zudringlich, so dass sie keine Gelegenheit hatte, sich von ihm zu lösen. Er schmiegte sich an ihren Hals und knabberte mit scharfen kleinen Bissen an ihrem Ohr.

Carol fing an, nervös zu werden. So sollte es nach ihren Plänen nicht laufen. Sie hatte die Situation unter Kontrolle gehabt, aber jetzt spürte sie, wie sie ihr entglitt. »Tadzio, warte«, sagte sie klagend.

»Warum?«, fragte er. »Gestern Abend wolltest du mich genauso sehr wie ich dich. Ich weiß es, ich habe es gespürt. Warum müssen wir warten?«

»Ich bin nicht darauf vorbereitet«, sagte sie und versuchte, sich aus seiner Umarmung zu befreien. Aber er war zu stark, und seine Arme umfassten sie zu fest.

»Du weißt, dass du bereit bist«, sagte er jetzt mit leiserer Stimme. »Ich wollte dich nicht erschrecken.« Er legte die Hand an ihren Nacken, und seine langen Finger strichen zärtlich über die weiche Haut.

Unwillkürlich empfand Carol ein rein sinnliches Vergnügen, als sein Körper sich an sie drückte. Sein starkes Verlangen nach ihr hatte einen Reiz, dem sie sich nicht entziehen konnte. Aber sie konnte es sich auf keinen Fall leisten, ihm nachzugeben. Sie war Polizeibeamtin, sagte sie sich. Alles wäre zerstört, wenn sie sich von ihm verführen ließe. Außerdem wollte sie nichts tun, dessen sie sich schämen müsste, wenn sie es Tony erzählte. »Ich habe keine Angst«, sagte sie. »Ich bin mir nur nicht sicher.«

»Ich werde dich überzeugen«, sagte er, drängte sie rückwärts ins Wohnzimmer und fuhr mit beiden Händen an ihrem Rücken hinunter bis zum Gesäß.

Carol erkannte ihre Chance und schaffte es, ihm zu entschlüpfen. Sie machte zwei schnelle Schritte von ihm weg. »Es ist zu plötzlich«, protestierte sie. Tadeusz starrte sie wild mit zerzaustem Haarschopf an. *Mein Gott, sieht er toll aus.* Aber schon dieser Gedanke war Verrat.

»Bitte, Caroline«, sagte er, und die Stimme versagte ihm.

»Ich weiß, dass du mich haben willst. Wir waren gestern Abend beide scharf aufeinander. Aber wenn du dir selbst die Entscheidung nicht zutraust, ob du mit mir schlafen willst oder nicht, warum sollte ich dann glauben, dass du diejenige bist, der ich in geschäftlichen Dingen vertrauen kann? Was ist denn schon dabei? Wir sind beide erwachsen. Wir wollen uns beide dumm und dusselig vögeln! Und keiner von uns hat doch jemand anderen, oder? Es geht ja nicht um Treue. Wir sind einfach zwei Menschen, die verrückt nacheinander sind.«

Was war die richtige Antwort? Carol bemühte sich, etwas zu finden, das ihm einleuchten, die Abmachungen nicht gefährden und ihre Position bewahren würde. »Ich kann es nicht erklären«, sagte sie. »Ich brauche einfach noch Zeit, das ist alles.« Er ging einen Schritt auf sie zu, und sie wich zurück. »Bitte, Tadzio«, fügte sie hinzu und versuchte ihr gewinnendstes Lächeln aufzusetzen.

Er kam näher, und plötzlich konnte sie nicht mehr entkommen. Sie stand mit dem Rücken an der Wand und lag erneut in seinen Armen. Und wieder küsste er sie, das Gewicht seines Körpers hielt sie fest gegen die Wand gepresst. Er fuhr mit der Hand über ihre Brust und drückte leicht ihre Brustwarze. Sie spürte, dass sie unwillkürlich hart wurde. »Siehst du?«, keuchte er. »Dein Körper weiß die richtige Antwort.« Seine Hand wanderte nach unten und strich über ihren Leib.

Carol nahm alle Kraft zusammen und stieß ihn zurück, er schwankte etwas, sie konnte wieder entkommen und lief in die Mitte des Zimmers zurück. »Es ist wirklich nicht der richtige Zeitpunkt, Tadzio.«

Er drehte sich um und sah sie an. Jetzt war kein Ausdruck von Zärtlichkeit mehr in seinem Gesicht mit den düsteren Augen und den zusammengezogenen Augenbrauen. »Es wird nie der

richtige Zeitpunkt sein, nicht wahr, *Carol*?« Er stieß ihren Namen wütend hervor.
Bis jetzt hatte sie sich nicht wirklich bedroht gefühlt. Er schien nichts anderes zu sein als ein zudringlicher Mann und potentieller Liebhaber, und sie hatte geglaubt, sie könnte an seine überkommenen guten Manieren appellieren, um sich zu schützen. Aber dieses eine Wort zerstörte diese Illusion. Es traf sie mit der Wucht eines Schlags. Er kannte ihren richtigen Namen. Sie versuchte die Fassung zu bewahren, konnte aber nicht verhindern, dass sie schockiert die Augen aufriss.
»Ja, es stimmt, ich weiß, wer du bist«, sagte er und kam wieder auf sie zu.
Sie versuchte ihm auszuweichen, aber der lose Stoff ihrer Hose verfing sich an einem Stuhlbein und bremste sie, so dass er sie am Handgelenk packen konnte. »Natürlich weißt du, wer ich bin«, sagte sie und versuchte, vernünftig zu klingen. »Du hast mich ja durchgecheckt.«
»Ich habe Caroline Jackson durchgecheckt«, sagte er leise und bedrohlich. »Und ich habe auch Carol Jordan durchgecheckt.«
Es war zu spät zum Bluffen, merkte sie. Es gab nichts mehr zu sagen. Die einzige Waffe, die sie jetzt hatte, war Schweigen. Sie hielt seinem Blick stand und versuchte, Stärke und Trotz beizubehalten.
»Dein netter Freund hat mir allerhand Märchen erzählt, Carol. Dr. Hill hat sich eine Geschichte ausgedacht, dass du in Wirklichkeit nicht mehr bei der Polizei seist. Dass du die Seiten gewechselt, deine Chance erkannt und sie ergriffen hättest. Aber wenn das wahr wäre, hättest du mit mir geschlafen. Du hättest mich dich gestern Abend vögeln lassen, sooft ich wollte, und heute Abend wieder. Alles hättest du mich machen lassen, um das zu bekommen, was du wolltest. Nur eine von der

Polizei hätte sich dem entzogen. Ich habe Recht, oder? Du bist doch noch bei der Polizei?«

Sie sagte noch immer nichts und zwang ihr Gesicht, den Schrecken nicht zu zeigen, den sie empfand, als er Tony erwähnt hatte. Wie hatte er Tony nur gefunden? Und wo war er? Was hatten sie mit ihm gemacht?

Plötzlich riss er sie am Arm herum, so dass sie die Balance verlor. Als sie taumelte, schlug er ihr mit der freien Hand ins Gesicht. »Du wolltest mich nicht ranlassen, aber dann bist du direkt hierher zurückgekommen und hast es mit ihm getrieben, du Schlampe, stimmt's?«

Carol fing sich wieder und sah ihn verächtlich an. »Ach, darum geht es? Gekränkte Eitelkeit?« Sobald sie die Worte gesagt hatte, wurde ihr klar, dass das ein Fehler gewesen war. Schneller, als sie es für möglich gehalten hätte, warf er sich auf sie, und der Schwung ließ sie beide krachend zu Boden gehen. Jetzt hatte er beide Hände frei und ohrfeigte sie rechts und links, so dass ihr Kopf hin und her flog, bis das Zimmer sich um sie zu drehen begann.

Dann war sie ihn glücklicherweise und unerwartet los. Sie rollte sich auf die Seite und kam mühsam auf die Knie, während die Welt wie ein Schwindel erregendes Kaleidoskop um sie kreiste. Aber gleich wurde sie zurück und nach oben gerissen. Ihre Füße suchten Halt auf dem Boden, doch bevor sie sich abstützen konnte, wurde sie von ihm mit einem widerlich knirschenden Geräusch gegen die Wand gestoßen. Sie spürte, wie ihre Nase platt gedrückt wurde, und schmeckte den scharfen, metallischen Geschmack von Blut in ihrer Kehle. Ihre Knie gaben nach, und sie brach wieder auf dem Boden zusammen.

»Es ist mir egal, ob du mit jedem Mann in Berlin schläfst«, knurrte er. »Mich stört nur, dass ihr meine Katerina habt um-

bringen lassen, um euer mieses, beschissenes Spiel abziehen zu können.«
Carol rollte sich erschöpft herum und kam zum Sitzen. Er brachte ihren Kopf ganz bewusst so durcheinander. Sie konnte kaum zwei Gedanken aneinander reihen, so betäubt war sie. Aber trotzdem wusste sie bestimmt, dass seine Worte Unsinn waren. »Nein«, krächzte sie. »Das stimmt nicht. Wir haben ... es nur ausgenutzt.«
Er beugte sich vor, packte sie an der Bluse und zog sie wieder hoch. »Hältst du mich für blöd? Glaubst du immer noch, dass es etwas bringt, mich anzulügen?«
»Ich ... lüge nicht«, brachte Carol mit ihren wunden Lippen mühsam heraus. »Wir haben Katerina nicht getötet.«
»Lüg mich nicht an, verdammt noch mal«, schrie er, und Speicheltropfen landeten auf ihrem Gesicht. »Das Motorrad, das den Unfall verursacht hat, ist auf euren beschissenen National Crime Squad zugelassen. Ihr habt Katerina umgebracht. Und dann habt ihr Colin Osborne umgelegt, damit es gleich zwei nette freie Stellen gab, die du ausfüllen konntest.«
»Ich hatte nichts mit Katerinas Tod zu tun«, widersprach sie schwach. »Bis vor zwei Wochen hatte ich deinen Namen noch nie gehört.« Jetzt zerrte er sie durch den Raum. Carol war so benommen, dass sie nicht begriff, was vor sich ging. Es war klar, dass er sie töten würde, warum kam er nicht einfach zur Sache?
Als sie merkte, dass er sie ins Schlafzimmer schleppte, fand ihr benebeltes Gehirn die Antwort auf diese Frage. Die Panik, die sie überkam, durchdrang ihre Verwirrung. *Oh nein,* dachte sie. *Es darf nicht sein, dass mir dies geschieht.* Carol ließ ihren Körper schlaff werden, machte sich extraschwer und versuchte so, ihn zu bremsen. Aber eine Wut von archaischer Gewalt

hatte ihn ergriffen, eine tobende Raserei, die ihm Kraft über seine normale Stärke hinaus gab.
Sie fing an, sich zu winden und um sich zu schlagen und hoffte, dass er seinen eisernen Griff lockern musste. Er hörte einen Augenblick auf, sie über den Fußboden zu schleifen, und stand über ihr. »Du weißt schon, was kommt, oder, du Nutte? Ich werde dich nicht töten. Ich werde dich zwingen, mit dem zu leben, was du mir angetan hast.« Dann schlug er ihr wieder ins Gesicht, so fest, dass sie dachte, ihr Hals würde abbrechen. Diesmal verlor sie das Bewusstsein.
Als sie zu sich kam, konnte sie sich nicht erinnern, wo sie war oder warum ihr Kopf nur ein einziger pochender Schmerz war. Und sie begriff auch nicht, warum sich ihre Hände nicht bewegen ließen, als sie versuchte, sie unter ihrem Rücken hervorzuziehen. Dann kam er wieder in Sichtweite, und alles stand ihr erneut klar vor Augen. Sie lag nackt auf dem Bett, die Hände hinter ihr zusammengebunden. Und Radecki war auf Rache aus.
»Du hast mein Leben zerstört«, sagte er. »Du hast Katerina umgebracht, und offensichtlich hast du auch genug getan, um meine Geschäfte zu ruinieren. Jetzt bin ich dran. Du wirst bekommen, was du verdient hast. Und dann geh ich zurück und bringe deinen Freund um. Damit du mit dem Wissen leben musst, dass du für den Tod eines Menschen verantwortlich bist, den du geliebt hast. Genau das, wozu du mich gezwungen hast. Und dann hau ich ab.«
»Das … wird … dir nicht …«, murmelte sie.
»Das wird mir nicht gelingen? Na klar wird es das. Glaubst du etwa, ich hätte so weit nicht geplant? Ihr könnt mein Geld nicht kriegen. Bis morgen früh werde ich an einem Ort sein, wo du und deine Chefs mich nicht aufgreifen können, selbst wenn sie mich finden sollten. Du siehst also, es hat alles nichts

gebracht.« Während er sprach, zog er sich aus, legte Hemd und Hose sorgfältig auf einen Stuhl und ließ die Socken in seine Schuhe fallen. Schließlich stand er nackt vor ihr. Seine Erektion war das Hässlichste, was sie je gesehen hatte.

Er ging auf das Bett zu. Verzweifelt wand sich Carol und versuchte, irgendwie von ihm wegzukommen. Aber ihre Hände waren unfähig, und auch ihr Denken hatte ausgesetzt. Er kniete sich aufs Bett und zwang sie, die Beine zu spreizen. »Komm, wehr dich ein bisschen mehr. Damit ich mehr Spaß dabei habe«, verhöhnte er sie.

Carol nahm ihren letzten Mut zusammen und spuckte ihm ins Gesicht. Er wischte es nicht einmal ab, sondern lächelte nur und sagte: »Ich werde es genießen, du Schlampe.«

Dann lag er auf ihr, und sie wollte nur noch sterben.

Kapitel 37

Darko Krasic saß am Steuer des Mercedes und rauchte eine Zigarre. Er wollte nicht daran denken, was sich drei Stockwerke höher abspielte. Er hatte kein Wort der bescheuerten Geschichte geglaubt, mit der dieser Hill sie abwimmeln wollte. Aber Tadeusz war schlimm in die Frau verknallt, schlimm genug, dass er sich an einen solch dünnen Strohhalm klammerte. Wenn es nach ihm gegangen wäre, hätten sie Hill in Koblenz alle gemacht, ihn auf dem Schiff liegen und vor sich hin faulen lassen. Wenn er nämlich Recht hatte und Carol Jordan Polizistin war, dann waren sie erledigt, und statt hier herumzutrödeln, sollten sie ihre vor langer Zeit gefassten Fluchtpläne in die Tat umsetzen.

Nachdem er Tadeusz vor der Wohnung abgesetzt hatte, fuhr er Tony zu einem kleinen gewerblichen Gebäude, das sie gelegentlich als vorübergehenden Lagerraum nutzten. Er war mit dem Wagen direkt hineingefahren und zog dann das in Zeltplane gewickelte Bündel aus dem Kofferraum und ließ es einfach auf den Boden fallen. Er hatte sich nicht einmal die Mühe gemacht nachzusehen, ob der Mann noch lebte. Krasic war das scheißegal.

Als er wieder hinter dem Steuer saß, war er versucht, sich abzusetzen und zu fliehen. Aber die Loyalität war stärker als sein Urinstinkt, und er war zurückgefahren, um Tadeusz abzuholen, wie es ausgemacht war. Trotzdem fand er, dass er sich eigentlich unklug verhielt. Er stippte durchs offene Fenster die Asche seiner Zigarre ab und warf einen Blick auf die Uhr am Armaturenbrett. Sie würden es gerade so schaffen. Wenn Tadeusz in 45 Minuten live auf Sendung sein wollte, musste er sich beeilen.

Er wollte sich wirklich nicht vorstellen, warum es so lang dauerte.

Endlich ging die Tür des Apartmenthauses auf, und Tadeusz kam heraus, seine Mantelschöße flogen zur Seite, als er auf das Auto zueilte. Er riss die Tür auf und sprang hinein. Der Geruch von Schweiß und Sex drang sogar durch Krasics Zigarrenmief, und das Herz rutschte dem Serben in die Hose, als er den Gang einlegte. »Was war los?«, fragte er, und ihm wurde bang, als er sich vorstellte, dass die Schlampe es vielleicht geschafft hatte, seinen Boss hinters Licht zu führen.

»Sie gehört zu den Bullen«, sagte Tadeusz. Eine nervöse Energie schien von ihm auszugehen und erfüllte den Wagen mit rastloser, angestauter Gereiztheit.

»Wir sind also erledigt?«

Er stieß ein raues Lachen aus. »Na ja, jemand ist erledigt.« Er rieb sich mit den Knöcheln die Augen. »Ja, Darko, gewissermaßen hat's uns erwischt.«

»Wir hauen also ab, oder?«

»Ja. Heute Nacht noch. Sobald ich das erledigt habe, was geplant ist. Wir gehen zum Sender, ich geb meine Vorstellung vor der Kamera, dann müssen wir noch die Angelegenheit mit Hill zu Ende bringen. Und danach hauen wir ab. Zum Mittagessen sind wir in Belgrad.«

Krasic runzelte die Stirn. Die Sache gefiel ihm nicht. Wenn es brenzlig wurde, war es seiner Erfahrung nach immer am bes-

ten sofort loszuziehen. Man hielt sich nicht mit irgendwelchem Firlefanz auf. »Warum fahren wir nicht gleich?«
»Weil ich niemanden aufschrecken will. Wenn Jordan der Polizei hier gesagt hat, was sie weiß, und ich komme nicht zu dem Fernsehtermin wie erwartet, dann merken sie vielleicht, dass ich dabei bin, abzuhauen. Und wir würden es vielleicht nicht schaffen, außer Landes zu kommen.«
»In Ordnung. Geh zum Sender. Aber lass das mit Hill, dem Arschloch.«
»Kommt nicht in Frage. Er wird umgelegt.«
»Tadzio, er kratzt sowieso ab. Er ist verpackt wie ein Weihnachtsgeschenk, mit seiner Unterhose geknebelt, hat Knochenbrüche und nichts an. Und niemand weiß, wo er ist. Er wird langsam und qualvoll sterben.«
Tadeusz schüttelte den Kopf. »Das reicht nicht. Ich will zusehen, wie er stirbt. Ich will da nichts riskieren.«
»Hast du sie erledigt?« Krasic fand endlich den Mut, diese Frage zu stellen.
Tadeusz sah aus dem Fenster. »Nein. Deshalb muss ich ihn umlegen. Sie soll leben mit dem Gefühl, den Menschen verloren zu haben , den sie liebt, obwohl er nichts getan hat, um das zu verdienen. Aber keine Sorge, Darko. Sie ist nicht fit genug, dass sie die Meute auf uns hetzen kann. Ich hab sie zusammengebunden wie eine Bratgans.«
Darauf gab es wirklich keine Antwort, dachte Krasic. Tadzio war völlig außer sich, und es brachte nichts, mit ihm zu streiten, wenn er in dieser Stimmung war. Er erinnerte sich nur zu gut an die Zeit nach Katerinas Tod. Er konnte höchstens etwas zur Schadensbegrenzung versuchen.
»Okay«, sagte er. »Aber wir wickeln die Sache schnell und sauber ab. Ich will bis Mitternacht unterwegs sein.«
»Keine Bange, das werden wir.«

Krasic bremste ab, als er auf die Schranke vor dem Parkplatz des Senders zufuhr. Er hoffte aufrichtig, dass es nicht die berühmten letzten Worte waren, die er da gerade gehört hatte.

Am Ende hatte sie eine Ohnmacht vorgetäuscht. Viel Phantasie brauchte sie dazu nicht, denn inzwischen klammerte sie sich nur noch mühsam an einen dünnen Faden ihres Bewusstseins. Sie horchte, wie er im Schlafzimmer umherging und sich anzog, hörte seine Schritte im Flur und dann endlich das ersehnte Zuschlagen der Wohnungstür.
Erst dann ließ sie den Tränen freien Lauf. Heiß und schwer rannen sie ihr aus den Augen, an den Schläfen herab und vermischten sich mit dem Schweiß, der ihr Haar am Kopf kleben ließ. Sie hatte es geschafft, dass er sie nicht hatte weinen sehen. Es war ein winziger Sieg, aber groß genug, um sie vor dem Gefühl zu retten, völlig vernichtet zu sein.
Allerdings fühlte sie momentan kaum etwas. Es war, als sei Radecki in sie eingedrungen und habe sie ausgehöhlt. Und der physische Schmerz half ihr, denn es war etwas, worauf sie sich konzentrieren konnte. Ihr doppelt vergewaltigter, zerschlagener Körper beschäftigte sie genug.
Aber obwohl sie vor Schmerz und Kummer benebelt und vom Gefühl der Entwürdigung erdrückt war, war sich Carol bewusst, dass sie nicht einfach so daliegen und ihr Leiden über sich ergehen lassen konnte. Er würde Tony töten. Es war wahrscheinlich schon zu spät, um noch irgendetwas zu tun, das ihn davon abhalten konnte, aber sie musste es versuchen.
Sie probierte noch einmal, wie fest ihre Handgelenke zusammengebunden waren. Es war vergeblich. Womit immer er sie gefesselt hatte, es gab nicht nach. Sie versuchte ihre Beine zu bewegen und merkte, dass sie ebenfalls gefesselt waren. Ein

verzweifelter Schluchzer blieb ihr in der Kehle stecken. Irgendwie musste sie es schaffen.

Carol drückte die Fersen fest auf die Matratze hinunter und zuckte bei den neuen Schmerzen zusammen, die vom Unterleib aus ihren ganzen Körper durchdrangen. Nach und nach rutschte sie einen qualvollen Zentimeter nach dem anderen auf das Fußende des Bettes zu. Sie schlängelte sich immer weiter vor und schaffte es, die Füße auf den Boden zu stellen. Ihre Muskeln reagierten schmerzhaft, als sie sich langsam aufsetzte. Die Anstrengung ließ sie keuchend nach Atem ringen.

Behutsam versuchte sie zu stehen. Beim ersten Anlauf zitterten ihre Knie bedenklich, und sie fiel aufs Bett zurück. Die Galle kam ihr hoch, und sie spuckte sie aus. Es war ihr jetzt schon ganz egal, dass sie auf ihre Brust hinuntertröpfelte. Beim zweiten Versuch kam sie besser klar. Als sie sich aufrichtete, schwankte sie wie ein Rohr im Wind.

Jetzt stand sie zwar aufrecht, konnte sich aber nicht fortbewegen. Mit zusammengebundenen Füßen konnte sie genauso wenig hüpfen, wie sie sich mit den gefesselten Handgelenken von der Decke hätte herunterlassen können. Es ging nicht anders, sie würde sich fortrollen müssen. Vor Schmerz den Tränen nahe, ließ sie sich auf den Boden fallen. Mit einer Mischung von Rollen und verkrampftem Kriechen schaffte sie es bis ins Wohnzimmer, stieß aber dabei schmerzhaft an die Türpfosten. Das Telefon auf dem Schreibtisch schien unendlich weit weg, aber sie wusste, sie musste es bis dorthin schaffen. Das Einzige, was sie weiter antrieb, war der Gedanke, dass Tonys Leben vielleicht von dem bisschen Kraft abhing, das ihr geblieben war. Sie konnte es sich nicht leisten, sich mit dem aufzuhalten, was ihr angetan worden war. Es stand mehr auf dem Spiel als das.

Vom Schmerz benommen und dabei an den Schreibtisch sto-

ßend, wälzte sie sich durchs Zimmer. Sie wand sich, um das Telefonkabel mit den Zähnen fassen zu können, und riss den Apparat mit einem ungelenken Schlenker zu Boden, wo der Hörer dreißig Zentimeter von ihrem Kopf entfernt liegen blieb. Mit ihren von den Tränen und den Schlägen fast zugeschwollenen Augen blickte sie auf die Tasten. Sie wusste genau, dass sie Petras Handynummer auswendig gelernt hatte, aber es schien ihr so lange her wie in einem früheren Leben, und sie betete, dass sie sich jetzt daran erinnern konnte.
Zahl um Zahl drückte Carol ihr Kinn auf die Tasten und hoffte, es schnell genug zu tun, dass die elektronische Schaltung nicht einfach abbrach, bevor sie fertig war. Schließlich drehte sie sich so, dass sie den Kopf an den Hörer lehnen konnte. Sie hörte das ersehnte Klingeln, dann brach es plötzlich ab, und ein Anrufbeantworter klickte. Petras Stimme sagte gut gelaunt etwas auf Deutsch, dann piepste es wieder.
Carol versuchte zu sprechen, konnte aber nur krächzen. Sie räusperte sich, obwohl es wehtat. »Petra. Hier Carol. Ich brauche dich, schnell. Komm in die Wohnung. Bitte.« Mehr schaffte sie nicht. Mit dem letzten Rest Energie beendete sie den Anruf, indem sie sich auf die Gabel rollte.
Als sie diese dringende Aufgabe erledigt hatte, gab Carol ihrem Körper nach und sträubte sich nicht länger gegen die Bewusstlosigkeit.

Noch nie in seinem Leben hatte Tony so gefroren. Es war im Kofferraum schon schlimm genug gewesen, aber wenigstens hatte er auf einem Teppich gelegen. Er hatte keine Ahnung, wo er jetzt lag, aber es fühlte sich an wie Beton oder Stein. Vor einer Weile hatte er begonnen, unbändig zu zittern, aber jetzt schien sein Körper selbst dazu nicht mehr in der Lage. Seine verkrampften Muskeln schmerzten bei jedem Atemzug, und

er spürte, wie die gebrochenen Enden seiner Rippen sich gegeneinander rieben. War es den Kindern auf Schloss Hohenstein ebenso ergangen? Hatten sie frierend, unter Schmerzen und allein auf den Tod gewartet?
Das körperliche Unbehagen war aber zweitrangig im Vergleich zu seinen mentalen Qualen. Er verstand nicht, wie es hatte geschehen können, aber Radecki hatte ihn in Koblenz gefunden und genau gewusst, wer er war. Er war sich so klug vorgekommen, als ihm ganz spontan die Idee zu seiner plausiblen Geschichte kam. Aber das hatte Carol nur in noch größere Gefahr gebracht als zuvor.
Das Schlimmste an seiner Gabe, sich in die Psyche anderer Leute zu versetzen, war, dass er keine Illusionen mehr über das abgründig Böse hatte, zu dem Menschen fähig waren. Jemand mit geringerer Kenntnis hätte die psychologische Botschaft, die Radecki mit aller Deutlichkeit ausgesandt hatte, nicht verstanden. So oder so würde er mit Carol Sex haben. Tony wusste, dass das niemals mit ihrer Zustimmung geschehen würde. Mit seinen vergeblichen Versuchen, Carol zu retten, hatte er sie der Vergewaltigung ausgeliefert.
Er kannte alle Argumente zu der Auffassung, dass Vergewaltigung nicht das Schlimmste sei, was einer Frau passieren könne, aber sie hatten ihn nie überzeugt. Denn bei einer Frau wie Carol, deren Identitätsgefühl davon bestimmt wurde, wie stark und letztlich unverwundbar sie sich selbst sah, musste eine Vergewaltigung verheerend auf ihr Wesen wirken. Sie löste das Bindemittel, das diese Persönlichkeit zusammenhielt, und ließ nur Bruchstücke von dem übrig, was sie für ihr Leben gehalten hatte. Sie unterminierte alles, was sie über sich zu wissen geglaubt hatte.
Und er hatte nicht nur zugelassen, dass Carol dies geschah, sondern er hatte dazu beigetragen. Selbst den Mund zu halten

wäre besser gewesen, als das zu sagen, was er gesagt hatte. Auch die ganze Wahrheit zuzugeben hätte ihr wahrscheinlich eine bessere Überlebenschance gelassen.
Ach komm, schalt ihn die Stimme in seinem Kopf. *Hör doch auf, alles so auszulegen. Du machst dich durch deine Schuld nur wichtig. Sobald Radecki merkte, dass Carol zu einer verdeckten Operation gehört, durch die seine Freundin umgekommen ist, hätte er doch auf jeden Fall diese Art von Rache genommen. Hör auf, es auszukosten, und fang lieber an zu denken.*
Das Problem war nur, dass nichts an seiner Situation sich durch Denken lösen ließ. Er war genauso machtlos wie diese Kinder, deren Schicksal ihm stets vor Augen stand, seit er die grimmige Schlossfestung betreten hatte. Er war gefesselt und geknebelt, in stinkendes Segeltuch eingewickelt, und sein Körper war zu schwach, um sich irgendwie dagegen zu wehren. Er würde auf jeden Fall hier sterben. Entweder würde Radecki ihn umbringen, oder sie würden ihn einfach hier liegen lassen, damit er einen langsamen, grausamen Tod erlitt. Und alles, weil irgendein größenwahnsinniger Kerl Carol mitten in eine verdeckte Operation gesteckt hatte.
Denn merkwürdigerweise hatte er keine Zweifel an dem, was Radecki ihm gesagt hatte. Es erklärte die scheinbar zufällige außergewöhnliche Ähnlichkeit Carols mit Katerina. Dass Morgan und sein Team erst nach Katerinas Tod zufällig auf Carol gestoßen waren, war ihm immer ein bisschen unwahrscheinlich vorgekommen. Aber es war leichter gewesen, zu glauben, dass es lächerliche, verrückte Zufälle gab, als sich die Arroganz und Brutalität vorzustellen, mit der man eine unschuldige Frau tötete, einfach nur, um ihrem Geliebten eine Falle zu stellen.
Später konnte natürlich alles abgestritten werden. Wenn Ca-

rol überlebte, wozu sie nur eine Chance von höchstens 50 Prozent hatte, würde niemand je zugeben, dass sie von ihrer eigenen Seite in diese Zwickmühle gebracht worden war. Man würde sie mit einer beruflichen Aufgabe beschwichtigen, ihr geben, was immer sie verlangte, aber für alle Zeiten würde ihr Katerinas Tod wie ein Mühlstein am Hals hängen. Jeder Blick in den Spiegel würde sie an den Zufall der gleichen Gene erinnern, der eine andere Frau das Leben gekostet hatte.

Wie immer es für Carol heute Abend ausgehen mochte, er wusste jedenfalls, dass sie nie mehr ganz sie selbst sein würde. Und obwohl ihm klar war, dass es fast unerträglich sein würde, zuzusehen, wie diese Zerstörung sich an ihr vollzog, bereute er bitter, dass er nicht da sein würde, um seine Hilfe anzubieten, wie unbedeutend sie auch sein mochte. Reue hatte er nie besonders wichtig gefunden, da er glaubte, dass die Menschen immer die Entscheidungen treffen, die für sie zu jedem Zeitpunkt ihres Lebens die einzig möglichen sind. Aber jetzt, wo er sterben würde, war ihm klar, dass sie doch einen Wert hatte. Die Reue über Dinge, die man getan oder nicht getan hatte, konnte eine Veränderung in der Zukunft bewirken.

Nur die, denen keine Zukunft mehr blieb, konnten das klar erkennen.

Petra kam mit einem Gefühl tiefer Befriedigung aus dem geheimen Unterschlupf. Mutter und Tochter waren nach einer herzlichen Begegnung wieder glücklich vereint, und Marlene tat so, als sei Petra ihre neue beste Freundin. Zum ersten Mal hatte sie ihr freiwillig Informationen gegeben und ausgesagt, dass sie viel mehr über Darko Krasics Aktivitäten wusste, als Petra vermutet hatte. »Tanjas Vater hat früher für Radecki und Krasic gearbeitet«, hatte sie zugegeben. »Sein Bruder ist

Schiffsmakler, und Rudi war der Mittelsmann, der in der ersten Zeit geholfen hat, ihre Transporte zu organisieren.«

»Wo ist Rudi jetzt?«

»Fischfutter. Seine Leiche wurde vor zwei Jahren in der Spree gefunden. Es war angeblich ein Unfall. Er war besoffen, und sie sagten, er sei reingefallen und ertrunken. Wir hatten uns damals schon getrennt, aber ich habe mich immer gefragt, ob das stimmte. Radecki und Krasic mögen es nicht, wenn jemand über ihre Geschäfte Bescheid weiß.«

Es war ein weiterer Ermittlungsansatz, den man verfolgen konnte. Aber das hatte Zeit bis zum Morgen. Erschöpft ging Petra zu ihrem Wagen, nahm ihr Mobiltelefon heraus und schaltete es wieder an. Sie hatte es abgeschaltet, während sie im Haus war, weil sie beim Gespräch mit Marlene nicht unterbrochen werden wollte. Es klingelte sofort, weil eine Nachricht für sie da war. Sie wählte ihre Mailbox an und hörte sie ab. Zuerst verstand sie nicht, was gesagt wurde, erkannte nur Carols Stimme, weil sie Englisch sprach. Hastig spielte sie es noch einmal ab und legte die Hand aufs andere Ohr, um den Verkehrslärm abzuhalten.

Diesmal konnte kein Zweifel am Sinn ihrer Worte und der Verzweiflung darin bestehen. Was war nur geschehen? Petra rannte die letzten paar Meter zum Wagen und raste dann wie eine von der Verkehrspolizei zu Carols Straße. Sie ließ das Auto auf einem Behindertenparkplatz stehen und lief die Straße zu dem Wohnblock zurück, suchte in ihrer Tasche nach den Reserveschlüsseln zur Wohnung und beglückwünschte sich, dass sie sich in weiser Voraussicht einen Extrasatz von Carols Schlüsseln hatte machen lassen. Glücklicherweise war der Aufzug gerade im Erdgeschoss, so dass sie keine Energie fürs Treppensteigen zu verschwenden brauchte.

Sie wollte gerade den Schlüssel ins Loch stecken, als ihr blitzartig Bedenken kamen. Was, wenn das eine Falle war? Wenn Radecki und Krasic Carol gezwungen hätten, den Anruf zu machen?

Aber Petra verdrängte den Gedanken. Carol würde keine Kollegin auf diese Weise gefährden. Wenn sie gezwungen worden wäre, hätte sie eine Formulierung gefunden, die Petra gewarnt hätte. Sie schloss die Tür auf und betrat die Wohnung. Es war still, obwohl sie vom Flur aus das flimmernde Licht eines Fernsehers sehen konnte. Sie nahm die Gerüche von Sex und Blut wahr und blieb erschrocken stehen. »Carol?«, rief sie.

Nichts. Petra schob die Hand in die Innentasche, wo ihre Dienstwaffe, eine Walther PPK, leicht erreichbar steckte, zog sie vorsichtig heraus und entsicherte sie. Behutsam legte sie ihre Tasche auf den Boden, hielt die Pistole in beiden Händen und näherte sich mit dem Rücken zur Wand langsam der Wohnzimmertür.

Sie trat schnell ins Zimmer und ging sofort in Schussstellung. Das Bild, das sich ihr hier bot, war viel, viel schlimmer, als sie sich je hätte vorstellen können. Carol lag zusammengekrümmt da, ihre Handgelenke waren hinter dem Rücken gefesselt und ihre Knöchel ebenfalls mit Ledergürteln zusammengebunden. Ihr Gesicht war mit Blut, Speichel, Schleim und Tränen bedeckt, die geschwollene Nase ganz schief. Ihre Augen waren von sich grün und blau färbenden Schwellungen verdeckt. Man sah Schmierspuren von Blut und Kot auf ihren Oberschenkeln. Es gab keinen Zweifel, was hier geschehen war.

»Um Gottes willen«, stöhnte Petra. Sie ging schnell zu ihr und steckte dabei ihre Pistole in den Hosenbund. Tränen der Wut und des Schmerzes stiegen in ihr auf, als sie an Carols Hals verzweifelt ihren Pulsschlag suchte. Erleichterung ergriff sie, als ihre Finger den langsamen Puls der Halsschlagader spürten.

Was war zuerst zu tun? Petra eilte in die Küche und riss die Schubladen auf, um ein scharfes Messer zu suchen. Sie nahm ein Geschirrtuch und hielt es unter den Wasserhahn.

Vorsichtig schnitt sie die Gürtel an Carols Händen und Füßen durch und fluchte, als sie die tiefen Striemen sah, die sie hinterließen. Carols Arme fielen zur Seite, und ein Stöhnen kam von ihren Lippen. Petra setzte sich hinter sie, zog sie vorsichtig in eine bequemere Stellung und hielt sie sanft auf dem Schoß. Mit dem feuchten Geschirrtuch wischte sie Carol über die Stirn und wiederholte immer wieder: »Carol, ich bin hier, Petra. Ich bin gekommen.«

Innerhalb einer Minute zitterten Carols geschwollene Lider, und dünne Augenschlitze öffneten sich. »Petra?«, flüsterte sie.

»Ich bin hier, Carol. Du bist in Sicherheit.«

Carol bäumte sich in ihren Armen auf. »Tony. Sie haben Tony«, rief sie.

»Radecki?«, fragte Petra, obwohl ihr vom Verstand her völlig klar war, wer die Verantwortung für diesen Albtraum trug.

»Er hat Tony. Er wird ihn umbringen. Er hat es mir gesagt. Er weiß, wer ich bin. Ich bin enttarnt. Und er wird Tony umbringen, weil wir Katerina getötet haben.«

Petra bemühte sich, in Carols Worten einen Sinn zu finden. Was sollte das heißen, dass sie Katerina getötet hatten? Sie schüttelte den Kopf. Sie konnte das alles jetzt noch nicht einordnen, und es gab offensichtlich Wichtigeres zu tun. Sie hatte keine Ahnung, wie viel Zeit seit dem Überfall auf Carol vergangen war. Und sie hatte keine Ahnung, wo Radecki und Krasic waren. Also begann sie mit der Hauptfrage: »Wo haben sie ihn? Weißt du das?«

»Nein, ich weiß es nicht. Aber ihr müsst ihn finden. Und sie aufhalten. Du kannst nicht zulassen, dass sie Tony umbringen.« Carols Stimme war voller Verzweiflung. Tränen rannen aus ihren Augenwinkeln, und sie klammerte sich an Petra wie ein angsterfülltes Kind.

»Hat Radecki das mit dir gemacht?« Sie brauchte eine Bestätigung.

»Ja.«

»Wir müssen zum Präsidium fahren, zur Abteilung für Sexualverbrechen. Du musst zum Arzt.«

»Das ist jetzt nicht so wichtig. Ich bin am Leben. Tony wird vielleicht nicht mehr lange leben. Du musst etwas tun, Petra.«

Bevor Petra antworten konnte, hörte sie ihr Mobiltelefon klingeln. »Lass mich abnehmen«, sagte sie und löste sich sanft aus Carols Griff. Sie stand auf und holte ihre Tasche.

»Hi, Schatz.« Die Stimme war vertraut, aber in der Umgebung dieser Wohnung war ihre Fröhlichkeit verwirrend.

»Marijke?«

»Stimmt. Rate mal, wo ich bin.«

»Was?«

»Rate, wo ich bin.«

»Ich hab keine Ahnung«, sagte Petra ungeduldig.

»Ich bin fast am Bahnhof Zoo. In einem Taxi. Also, wo kann ich dich treffen?«

»Was? Du bist in Berlin?« Petra fragte sich, ob sie am Durchdrehen war. Das war verrückt. Was hatte Marijke plötzlich in Berlin zu schaffen?

»Ich muss morgen nach Köln, da habe ich beschlossen, einen Abstecher zu machen und bei dir zu übernachten. Ich dachte, das würde dich freuen.« Marijke war klar geworden, dass Petra nicht gerade entzückt war, und konnte jetzt die Enttäuschung in ihrer Stimme nicht unterdrücken.

»Mein Gott, Marijke, das ist aber jetzt der ungünstigste Moment … Nein, warte, du kannst mir doch helfen. Ich habe keine Zeit, es zu erklären, aber ich brauche dich hier in Carols Wohnung. Kannst du herkommen?«

»Natürlich. Wo ist sie?«

Petra gab ihr die Adresse. »Ich seh dich bald. Dann erkläre ich dir alles. Ich muss Schluss machen, tut mir Leid«, fügte sie hinzu und blickte über die Schulter zu Carol, die sich mit Hilfe des Stuhls hochzog und aufstand.

»Petra, du musst sie finden«, drängte sie.

»Mach ich, mach ich.« Sie ging zum Schreibtisch zurück und nahm das Telefon. »Marijke kommt her. Sie wird dich zum Präsidium bringen.«

»Was macht Marijke in Berlin?«, fragte Carol und klang genauso verwirrt, wie Petra sich fühlte.

»Das wissen die Götter.« Petra wählte eine Nummer und wartete ungeduldig, bis jemand abnahm. »Hallo? Hai, bist du's? Gott sei Dank, dass du noch da bist. Pass auf, du musst etwas für mich tun. Ich hab keine Zeit, es zu erklären, aber Radecki und Krasic müssen sofort gestellt werden. Ich will, dass du mit der Kripo, der Schupo, der Verkehrspolizei redest – mit allen. Ich will, dass jeder Polizist in dieser Stadt nach ihnen sucht, und ich will sie haben, jetzt.«

Aus irgendeinem unergründlichen Anlass lachte der Hai. »He, Petra, das kommt nicht oft vor, dass ich dir voraus bin«, stieß er hervor.

»Was? Du meinst, die sind schon festgenommen?«

»Nein, aber ich kann Radecki von meinem Platz aus sehen«, sagte er.

»Was?«

»Er ist im Fernsehen. Du weißt doch, diese Live-Studiosendung, in der sie Wirtschaftsleute mit Politikern diskutieren lassen.«

»Er ist jetzt im Fernsehstudio?« Sie konnte nicht glauben, dass sie solches Glück hatte.
»Ja. Wie ich schon sagte, es ist eine Livesendung.«
»Gott sei Dank«, flüsterte Petra. »Hai, wer ist denn da?«
»Na ja, vom Dezernat nur ich. Und vom Sonderkommando sind noch drei da mit ihrem Chef. Sie tippen ihre Berichte über die Aktion auf dem Bauernhof. Ich wünschte, ich wäre dabei gewesen, es hört sich so gefährlich an. Ach, und dann sind noch zwei Engländer da, die dich suchen.«
»Engländer?«
»Irgend'n Vorgesetzter, der sich Morgan nennt, und einer von den Bürohengsten aus Den Haag, Ganter oder so ähnlich.«
Plötzlich schien Berlin *der* Ort zu sein, an dem alle auftauchten. »Lass die erst mal. Sag ihnen, sie sollen mit Plesch reden. Kannst du mir den Chef vom Sonderkommando geben? Sofort, bitte, Hai.« Während Petra voller Ungeduld wartete, legte sie die Hand auf die Sprechmuschel und sprach mit Carol. »Ich kann's kaum glauben. Radecki ist gerade bei einer Livesendung im Fernsehen. Wir können ihn beschatten lassen und hoffen, dass er uns direkt zu Tony führt.«
»Oh Gott, das stimmt. Das hatte ich vergessen. Als er hier ankam, sagte er, er müsste zum Fernsehstudio. Herrgott, was bin ich blöd«, jammerte Carol.
»Nein, das bist du nicht, du bist traumatisiert.« Sie sah auf die Uhr. »Die Sendung läuft erst seit sieben Minuten. Es ist ein 45-Minuten-Programm. Die Studios sind nur fünf Minuten von hier. Es wird klappen.« Sie hörte eine Stimme am Ohr und hielt die Hand hoch, um Carol zu signalisieren, dass sie weitersprechen musste.
»Hallo? Hier ist Becker. Passen Sie auf, ich brauche Ihre Hilfe. Wir haben eine wichtige Operation gegen einen Typen durchgeführt, der sich Tadeusz Radecki nennt. Er hat gerade eine

unserer Kolleginnen vergewaltigt und zusammengeschlagen, und wir glauben, dass er jemanden umbringen will, mit dem sie zusammenarbeitet. Ich habe keine Zeit, die üblichen Kanäle zu nutzen, aber das Leben eines Mannes steht auf dem Spiel. Können Sie sich in Bewegung setzen und mich in zwanzig Minuten vor dem Studio von Kanal Fünf treffen? Können wir Radecki vom Studio aus folgen und vielleicht verhindern, dass etwas passiert?«

»Kann das nicht die Kripo übernehmen?«

Petra setzte alles daran, ihn zu überzeugen »Wir haben keine Zeit. Hören Sie, ich würde Sie nicht darum bitten, wenn es nicht äußerst wichtig wäre. Radecki und sein Kumpel Krasic gehören zu der übelsten Sorte. Drogen, Waffen, illegale Einwanderer – all das transportieren sie und sind Mörder. Sie wissen, dass sie auffliegen, und wenn wir sie jetzt nicht kriegen, könnten wir mehr als ein Leben aufs Spiel setzen.«

»Na ja, egal. Warum nicht? Also, dann sehen wir uns in zwanzig Minuten vor Kanal Fünf.«

»Sie haben bei mir 'n Gefallen gut.«

»Allerdings. Bis dann.«

Mit dem Gefühl großer Erleichterung legte sie auf. »Ich glaube, wir haben ihn«, sagte sie leise. »Wir wissen, wo er ist. Wir können ihn verfolgen und beten, dass er uns noch rechtzeitig zu Tony führt.«

Carol stand jetzt aufrecht und ging schwankend aufs Bad zu. »Er muss von hier aus direkt zum Sender gefahren sein. Tony muss noch am Leben sein.«

»Wo willst du hin?«, fragte Petra.

»Duschen. Du lässt mich doch nicht hier zurück.«

»Du bist ja verrückt. Du musst von einem Arzt offiziell untersucht werden, wir brauchen Beweise für das, was er mit dir gemacht hat.«

Carol ging unbeirrt weiter. »Das ist nicht so wichtig. Wir haben genug gegen Radecki, um ihn für immer hinter Gitter zu bringen. Ich muss mit dir fahren . Ich muss sicher sein, dass es Tony gut geht.«
»Auf keinen Fall«, widersprach Petra. »Du bist noch nicht in der Verfassung, überhaupt irgendwohin zu fahren. Deshalb kommt Marijke her, damit sie sich um dich kümmern kann.«
»Ich komme mit«, sagte Carol starrköpfig.
»Es ist keine Zeit dazu. Ich gehe jetzt.« Petra nahm ihre Tasche und ging auf die Tür zu.
»Das kannst du mir nicht antun, Petra«, rief Carol.
»Doch, das kann ich. Weil es das Richtige ist. Ich muss mich darauf konzentrieren, Radecki zu fassen und Tonys Leben zu retten. Ich will mich nicht noch um dich sorgen müssen. Ich rufe dich an, sobald es etwas Neues gibt.« Sie wollte gerade die Tür öffnen, als die Sprechanlage summte. Petra nahm den Hörer ab. »Ja?« Sie horchte einen Moment und drückte dann auf den Türöffner. »Marijke kommt jetzt hoch. Ich ruf dich an. Ich verspreche, dass ich dich anrufe.«
Petra öffnete die Tür und ging den Flur entlang zum Aufzug. Nicht in ihren wildesten Träumen hätte sie sich dieses Szenario für ihr erstes Treffen mit Marijke so ausdenken können. Man konnte sich kaum etwas Unromantischeres vorstellen, als Marijke mit der Aufgabe zu betrauen, ein Vergewaltigungsopfer zu trösten, während sich Petra aufmachte, um einen Killer zu jagen.
Die Türen gingen auf, und die beiden Frauen standen sich gegenüber. Petra musste trotz allem lächeln. Marijke war größer, als sie sich vorgestellt hatte, aber in Wirklichkeit viel attraktiver als auf den Fotos, die sie ihr geschickt hatte. »Ach«, sagte sie, »dein Timing ist unmöglich.«

»Ich dachte, du würdest dich freuen«, sagte Marijke aufgebracht.
»Mein Gott, Marijke! Carol ist vergewaltigt worden, Radecki hat Tony gefangen genommen und will ihn umbringen. Im Moment kann ich an nichts anderes denken.«
Marijkes Gesicht verlor jeden Ausdruck, so schockiert war sie. »Was ist passiert?«
Petra drängte sich an ihr vorbei in den Aufzug und redete dabei ununterbrochen.
»Irgendwie ist Carols Tarnung aufgeflogen. Ich weiß nicht, wie, ich habe keine Gelegenheit gehabt, sie zu fragen. Radecki hat sie vergewaltigt und brutal geschlagen. Sie ist in einem schrecklichen Zustand. Ich muss versuchen, ihn daran zu hindern, dass er Tony umbringt. Du musst dich um Carol kümmern, sie sollte nicht allein sein.« Sie gab Marijke einen schnellen Kuss auf die Lippen und schob sie sanft aus dem Aufzug hinaus. »Ich rufe an.« Als sich die Aufzugtüren schlossen, rief sie noch: »Ich freue mich wirklich, dass du hier bist, Marijke.«
Wie betäubt stand Marijke da und starrte die polierten Stahltüren an. Das war nicht die Begegnung, von der sie geträumt hatte. Sie war nicht sicher, ob es an ihrem Englisch lag, aber sie meinte, Petra hätte ihr gerade gesagt, Carol sei vergewaltigt worden und Tony sei kurz davor, umgebracht zu werden. Es war schwierig, das zu begreifen. Schließlich waren nur ein paar Stunden vergangen, seit sie mit beiden telefoniert hatte. Sie zog die Augenbrauen hoch, rückte den Rucksack auf ihren Schultern zurecht und fing an, nach Wohnung Nr. 302 zu suchen.
Die Tür war angelehnt, und sie hörte, dass Wasser lief. Marijke trat ein und schloss die Tür hinter sich. Jetzt erkannte sie, dass es links von ihr hinter einer Tür in einer Dusche rauschte.

Sie stellte ihren Rucksack ab und klopfte so laut, dass es trotz des Wassers zu hören war. »Hallo?«, rief sie zaghaft.
Das Wasser hörte auf zu laufen. »Marijke?«, fragte eine Stimme.
»Ja, ich bin hier, Marijke.«
»Kommen Sie rein, es ist nicht abgeschlossen.« Die Dusche lief wieder. Marijke ging hinein und fand eine Frau vor, die wohl Carol Jordan sein musste, sich an der Duschwand abstützte und mit Seife wusch. Ihr Gesicht sah schrecklich aus. Das weiche Gewebe war geschwollen, die Nase offensichtlich gebrochen und die Augen zwischen blauen Flecken kaum zu sehen. Ihr nasses Haar klebte am Kopf, wodurch sie noch schlimmer aussah.
»Es tut mir so Leid«, sagte Marijke.
»Es geht schon«, sagte Carol. »Wirklich.«
»Ich glaube, Sie sollten sich jetzt nicht waschen, oder?«, sagte Marijke.
»Ich hab dieses Gespräch schon mit Petra gehabt. Das hier ist nicht wichtig. Es kommt jetzt auf Tony an.« Carol griff nach oben und drehte das Wasser wieder ab. »Könnten Sie mir ein Handtuch geben? Und mir vielleicht hier raushelfen?«
Marijke kam ihr schnell zu Hilfe und wickelte sie in eines der weichen Badetücher ein, die an der Stange hingen. »Ich verstehe nicht, was hier los ist.«
Carol schloss die Augen, sie war völlig erschöpft vom anstrengenden Stehen in der Dusche. »Ich muss mich setzen«, sagte sie. Marijke steuerte sie zur Toilette. »Holen Sie mir Kleider aus dem Schlafzimmer, bitte, ja? Ich schaffe es noch nicht, selbst da reinzugehen. Es ist über den Flur rüber. Jeans und einen Pullover, Unterwäsche, was auch immer. Ich erkläre es Ihnen dann, ganz bestimmt.«
Während Marijke weg war, gelang es Carol einigermaßen, sich

abzutrocknen. Sie konnte den Schmerz kaum aushalten, als sie versuchte, sich zwischen den Beinen zu trocknen. Sie wollte nicht an den Schaden denken, den Radecki ihr zugefügt hatte. Sie würde für den Rest ihres Lebens Zeit haben, darüber nachzudenken.

Marijke kam mit einem Arm voll Kleider wieder. »Sie wollen nicht einfach einen Morgenmantel?«, fragte sie.

»Ich gehe raus«, sagte Carol müde.

»Ich denke, lieber nicht«, sagte Marijke. »Sie können ja gar nicht richtig stehen.«

»Ich muss dabei sein«, sagte Carol. »Helfen Sie mir beim Anziehen?«

»Okay. Aber sagen Sie mir bitte, was los ist.«

Carol ächzte. »Es ist eine lange Geschichte. Und ich kenne nicht alle Einzelheiten.«

Marijke ging in die Hocke und fing an, Carol die Socken anzuziehen. »Dann fangen Sie einfach mit dem an, was Sie wissen.«

Kapitel 38

Der Fernsehsender hatte offenbar das gesamte Budget für Beleuchtung in die Studios gesteckt, dachte Petra. Wenn irgendein öffentlicher Parkplatz nachts so schlecht beleuchtet wäre, hätten sich die Parkenden darüber beklagt, dass er ein Paradies für Straßenräuber sei. Trotzdem, vermutete sie, war es hier wohl sicher genug, wenn man bedachte, wie schwer sie am Wachdienst am Tor vorbeigekommen war. Wäre Kamal statt zum Untersuchungsgefängnis zu einer Livesendung im Studio unterwegs gewesen, dann hätte Marlene ihn nie erwischt. Sie drückte auf den Suchknopf am Radio, von der albernen Call-in-Sendung genervt, die gerade begonnen hatte. Wieso brauchte Radecki so lange? Die Sendung musste schon vor gut fünfzehn Minuten zu Ende gegangen sein. Bestimmt war er doch nicht mit dem Moderator und den anderen Gästen noch etwas trinken gegangen? Und weg konnte er auch noch nicht sein. Nachts konnte man das Gebäude nur durch den Hintereingang und über den Parkplatz verlassen. Außerdem konnte sie von da, wo sie saß, Radeckis schwarzen Mercedes mit Darko Krasics unverwechselbarem Profil hinter dem Steuer sehen.

Oh Gott, sie hoffte, dass die beiden sie zu Tony führen würden und dass er noch am Leben war. Soweit sie wusste, hätte

Radecki Carol auch anlügen können. Tony war vielleicht schon tot gewesen, bevor dieser polnische Scheißkerl überhaupt in ihrer Wohnung auftauchte. Aber sie begriff nicht, wie Carols Tarnung geplatzt war. Sie waren doch so vorsichtig gewesen. Wie hatte Radecki Tony und Carol in Verbindung gebracht? Und warum hatte er Tony gefangen genommen? Wie hatte etwas, das heute früh noch völlig in Ordnung schien, sich bis zum Abend in diesen Haufen Mist verwandelt?

Na ja, vielleicht würden sie am Ende der Nacht einige Antworten haben. Sie war zuversichtlich in Bezug auf die Vorkehrungen, die sie getroffen hatte. Es gab noch drei weitere Autos außer ihrem. Der Hai fuhr einen der Männer vom Sonderkommando. Dann saßen zwei weitere in einem Polizeiauto ohne besondere Kennzeichnung. Und der Einsatzleiter fuhr seinen eigenen Geländewagen. Sie war nicht gerade begeistert, als sie erfuhr, dass er Larry Gandle und einen anderen britischen Polizeibeamten an Bord hatte, der Morgan hieß, aber sie war nicht in der Lage, ihnen zu sagen, sie sollten sich davonmachen und diese Sache der örtlichen Polizei überlassen. Wenigstens kannten alle Fahrer das System, wie man in regelmäßigen Abständen das Verfolgerfahrzeug austauschte. Sie glaubte nicht, dass es Krasic gelingen würde, sie abzuschütteln.

Der Hintereingang des Sendergebäudes ging auf, und drei Männer kamen heraus, offensichtlich ins Gespräch vertieft. Sie erkannte Radecki sofort. Normalerweise hätte sie den Rest des Teams unterrichtet, aber sie hatten Funkstille vereinbart. Bei einem so raffinierten Gaunerpaar wie Radecki und Krasic lohnte es sich, das Risiko so niedrig wie möglich zu halten. Und selbst dann konnten sie noch Verheerendes anrichten, wie die Ereignisse gerade gezeigt hatten.

Radecki schüttelte den beiden anderen Männern die Hand

und ging zügig über den Parkplatz. Krasic hatte bereits die Scheinwerfer an und den Wagen gestartet, bevor er ihn erreichte. Petra ließ ihren Motor an, als der Mercedes seinen Platz verließ und auf den Ausgang zufuhr. Sie folgte in diskretem Abstand und holte ihn ein, als die Schranke hochging. Der Mercedes bog links ab, und sie fuhr wie verabredet nach rechts und gab den anderen mit der Lichthupe Bescheid. Sie fuhren als versetzter Konvoi los, während Petra eine enge Wendung auf der Straßenmitte vollzog und dann dem Geländewagen folgte.

Keiner bemerkte den schwarzen BMW Z8, der sich Petras Wagen anschloss.

»Das sind sie«, sagte Carol aufgeregt, als der Mercedes aus dem Parkplatz herauskam. »Fahren Sie los, Marijke, fahren Sie los!«

»Moment mal. Wir wissen, dass Petra und ihre Leute folgen werden. Wir müssen aufpassen, dass wir nicht im Weg sind. Wenn sie Sie sieht, wird sie Sie nach Hause schicken.« Marijke beobachtete gespannt, wie das Auto, das dem Mercedes gefolgt war, drehte und sich den anderen drei Fahrzeugen anschloss, die ihm schon nachfuhren.

»Jetzt?«, fragte Carol.

Marijke nickte und fuhr los. »Jetzt geht es.«

»Danke«, sagte Carol wieder, lehnte sich auf dem Sitz zurück und wünschte, ihr Kopfweh würde weggehen. Sie hatte vier Paracetamol geschluckt, bevor sie das Haus verließen, aber das hatte ihre Schmerzen kein bisschen gelindert.

Mit Marijke zu streiten hatte nicht gerade geholfen. Die holländische Kripobeamtin hatte hartnäckig darauf bestanden, dass sie in der Wohnung bleiben sollten, und Carol beharrte genauso hartnäckig darauf, dass sie keine Zeit zu verlieren hät-

ten. Nach ein paar Minuten, in denen sie nicht weiterkamen, war Carol auf die Tür zugestolpert. »Sie können mich hier nicht gegen meinen Willen festhalten«, sagte sie. »Sie sind nicht zuständig«, fügte sie bitter hinzu.
»Was wollen Sie machen? Die Verfolgung in einem Taxi aufnehmen?«, hatte Marijke ihr vorgehalten, sich ihren Rucksack geschnappt und war Carol aus der Wohnung gefolgt.
»Ich weiß, woher ich einen Wagen bekommen kann.« Sie sah auf ihre Uhr. »Sie sind noch fünfzehn Minuten auf Sendung. Ein Taxi zum Auto, dann zum Studio fahren, und es könnte gerade reichen.«
»Sie haben doch nicht etwa vor, sich ans Steuer zu setzen?«, widersprach Marijke.
»Wie komme ich denn sonst hin?«
»Sie haben eine Kopfverletzung. Sie waren bewusstlos. Sie könnten ohnmächtig werden und umkommen.«
Carol hob die Schultern, zuckte dabei aber sofort zusammen. »Na ja, es gibt nur eine Möglichkeit, das zu vermeiden. Sie müssen fahren.«
Marijke hatte noch nie eine so sture Person erlebt. Sie hob resignierend die Hände. »Okay. Sie gewinnen. Wo ist der Wagen?«
»Bei Radeckis Wohnung. Er hat die Schlüssel dagelassen, für den Fall, dass ich ihn fahren wollte.«
Sie hatten Glück. Nachdem sie auf der Straße waren, kam nach einer Minute ein Taxi vorbei, und bald darauf standen sie vor Radeckis Wohnung auf dem Gehweg. »Es ist besser, wenn Sie das Auto holen«, sagte Carol. »Ich sehe aus, als hätte ich schon einen Verkehrsunfall gehabt. Geben Sie sich bei dem Wächter einfach für mich aus und sagen Sie, dass Herr Radecki die Wagenschlüssel für mich hinterlegt hat.«
Marijke rannte los und ließ Carol zurück, die sich an die Wand

lehnte. Da sie jetzt allein war und nichts zu tun hatte, was sie zerstreut hätte, gab es nichts mehr, was den Albtraum von ihr fernhielt. Ihr inneres Auge gehorchte ihr nicht mehr und ließ die erniedrigenden Bilder vor ihr vorbeiziehen, die sie gern für alle Zeit aus ihrem Gedächtnis gelöscht hätte. Radeckis Gesicht über ihrem, sein wütendes Eindringen in ihren Körper, die Verwandlung eines vorher schönen Erlebnisses in die Erfahrung furchtbarer Brutalität. Das schreckliche Gefühl von Verlust, das sie leer und verletzt zurückließ. Und die Tränen, die ihr trotz bester Vorsätze aus den Augen rannen.
Ihre Gedanken davon zu befreien war unmöglich. Es war, als wäre ihre Vergangenheit mit einem Entlaubungsmittel gesprayt worden und welke jetzt vor ihren Augen als dürre, nichtssagende Hülle dahin. Und an die Zukunft wagte sie nicht zu denken, denn wenn es in dieser keinen Tony mehr gäbe, versprach sie nichts als immerwährende Schuldgefühle.
Die Rettung kam, so unwahrscheinlich das sein mochte, in Form eines BMW-Sportwagens, der die Auffahrt der Tiefgarage heraufdonnerte. Carol humpelte über den Gehweg und ließ sich vorsichtig auf dem Beifahrersitz nieder. »Ich kenne den Weg nicht«, sagte sie, schon wieder dem Weinen nah.
Marijke lächelte. »Ich schon. Ich habe den Wächter gefragt. Es ist ganz in der Nähe, sagt er. Nur ein paar Minuten von hier.«
Carol sah auf ihre Uhr. »Wir werden zu spät kommen. Die Sendung war vor zehn Minuten zu Ende.«
»Also, dann sollten wir uns beeilen.« Marijke drückte den Fuß aufs Gaspedal, und der Wagen schoss vorwärts.
Der Parkwächter hatte Recht gehabt. Der Sender war nur ein paar Straßen entfernt. »Ich wette, wir haben ihn verpasst«, sagte Carol mürrisch, als sie zwanzig Meter vom Tor entfernt parkten.
»Ich glaube nicht«, sagte Marijke. »In zwei der Autos, an de-

nen wir vorbeigekommen sind, war ein Fahrer. Und ein Beifahrer auch, glaube ich.«

Carol schloss die Augen und erlaubte sich, es zu glauben. »Das Verfolgungsteam. Danke, Petra.«

Sie mussten nicht lange warten. Und jetzt gehörten sie zu dem Konvoi, der vielleicht Tonys Leben retten würde.

Sie waren etwa zwanzig Minuten gefahren und taten genau das, was sie sollten. Alle paar Minuten bog das erste Fahrzeug der Kolonne in eine Seitenstraße ab, wendete dann und schloss sich hinten an, so dass wieder neue Scheinwerfer in Krasics Rückspiegel erschienen. Petra hatte keine Ahnung, wo sie hinfuhren. Das einzig Gute war, dass sie offensichtlich nicht zu Radeckis Wohnung unterwegs waren. Das erhöhte die Chancen, dass sie da hinfuhren, wo Tony eingesperrt war.

Sie befanden sich auf der Karl-Marx-Allee in östlicher Richtung und waren jetzt in einem Randbezirk von Lichtenberg. Petras Fahrzeug war das zweite hinter dem Geländewagen. Plötzlich bog der Mercedes in ein kleines Gewerbegebiet in der Nähe des Rangierbahnhofs ein. Der Geländewagen fuhr geradeaus weiter, und Petra schaltete ihre Scheinwerfer ab, bevor sie wendete. Sie blieb ein Stück zurück, behielt aber die Rücklichter des Mercedes im Auge. Die Bremslichter gingen einen Moment an, dann wurde es dunkel. Petra schaltete den Motor ab, weil sie befürchtete, dass sie ihn hören könnten, ließ den Wagen weiterrollen und hielt dann an. Sie sah den dunklen Umriss des Autos, das der Hai fuhr, vor der Silhouette des Lagergebäudes, schaltete das Licht im Wageninneren ab und stieg aus, vermied aber, automatisch die Tür zuzuschlagen. Dann nahm sie die Pistole in die Hand und ließ ihre Tasche vor dem Sitz zu Boden fallen.

Sieben Schatten waren hinter ihr zu sehen. »Sie haben gleich hier vorn angehalten. Ungefähr fünfzig Meter weg«, sagte Petra leise. »Wir müssen die Lage prüfen. Wir verteilen uns und kommen dann von vorn und von der Seite. Wenn wir sicher sind, dass sie Tony da drin haben, gehe ich zuerst rein. Sonderkommando hinter mir. Hai, du bleibst draußen, zur Rückendeckung. Ist das allen recht?«
Der Einsatzleiter des Sonderkommandos grinste, und seine weißen Zähne blitzten. »Hört sich vernünftig an. Ich übernehme mit Ihnen zusammen die Vorhut. Ihr zwei kommt von links. Und du gehst mit dem Hai um die rechte Seite herum. Wir treffen uns vorn wieder, wenn alles sauber ist.«
»Wir kommen mit«, sagte Morgan.
»Ich glaube, besser nicht«, sagte Petra bestimmt.
»Passen Sie auf, ich weiß nicht, was der verdammte Tony Hill mitten in meiner Operation zu suchen hat, aber er ist Brite, und ich lasse mich hier nicht in den Hintergrund drängen. Ich könnte Gift darauf nehmen, dass ich viel öfter Operationen geleitet habe als Sie, Detective Becker.«
»Haben Sie eine Waffe?«, fragte Petra.
»Nein.«
»Dann sind Sie ein Risiko.«
»Ich bleibe hinten.«
»Wir verschwenden kostbare Zeit«, murmelte der Einsatzleiter des Sonderkommandos. »Lassen Sie ihn mitkommen. Wenn er erschossen wird, sind wir nicht verantwortlich.«
Petra hob ärgerlich die Hände. »Na gut. Dann kommen Sie mit, aber der Bürohengst«, sie zeigte auf Gandle, »geht mit dem Hai.«
Morgan nickte. »Gut, also dann los.«

Jemand zog an einem Ende des Segeltuchs, und Tony rollte daraus auf den harten Betonboden. Er spürte, dass sich seine Haut abschürfte, als er von dem Tuch herunterrutschte, aber er blieb still liegen und blinzelte nur in dem plötzlichen Licht. Zu mehr fehlte ihm die Kraft. Radecki stand mit verschränkten Armen breitbeinig vor ihm.
»Sie haben mich angelogen«, sagte er wie nebenbei. »Bitte nimm ihm den Lappen aus dem Mund, Darko.«
Krasic beugte sich hinunter und riss Tony die Unterhose aus dem Mund. Er war so ausgetrocknet, dass Hautfetzen daran hängen blieben. Seine Zunge fühlte sich wie eine riesige Salami an, die wie tot in seinem Mund lag. Selbst wenn er etwas hätte sagen wollen, bezweifelte er, ob er es herausgebracht hätte.
»Es war eine gute Lüge«, fuhr Radecki fort. »Irgendwie habe ich es fast geglaubt. Ich gebe zu, ich wollte es glauben. Sie ist eine schöne Frau. Na ja, ich sollte sagen, sie war eine schöne Frau. Ich glaube nicht, dass ihr Aussehen ihr in der Zukunft viel nützen wird.«
Tony versuchte, den Schmerz nicht zu zeigen, den Radeckis Worte ihm verursachten. Er hielt den Blick weiter auf ihn gerichtet und sah ihm unerschrocken ins Gesicht.
»Ich habe einen kleinen Test mit ihr gemacht, wissen Sie. Ich wusste, sie war gestern Abend ganz scharf drauf, mit mir zu schlafen, aber sie hielt sich zurück. Wenn Sie die Wahrheit gesagt hätten, hätte sie nachgegeben, vor allem wenn sie glaubte, dass ihre Zurückhaltung sie unsere Abmachung kosten würde. Aber wenn Sie gelogen hätten, hätte sie mich niemals rangelassen, oder? Weil dann alle ihre Beweise unbrauchbar wären. Wenn das jemals vor Gericht gekommen wäre, hätte mein Anwalt sie niedergemacht.« Er streckte die Arme aus und schob die Hände in die Hosentaschen, eine großspurige Geste, die Tony auch als solche erkannte.

»Und da habe ich also zu meiner Genugtuung festgestellt, dass Sie wirklich gelogen haben.« Sein Mund verzog sich zu einem humorlosen Lächeln. »Aber ich habe es ihr trotzdem gründlich besorgt, in Mund, Möse und Hintern. Sie sollten dankbar dafür sein, dass ich Sie umbringen werde, weil Sie nach dem, was ich mit ihr gemacht habe, keine Lust mehr hätten, ihr nahe zu kommen.«
Tony empfand die Bestätigung, dass sein Tod unmittelbar bevorstand, als eine Art Erleichterung. Wenigstens würde er nicht mit dieser Schuld leben müssen. Er versuchte zu reden, aber nichts kam heraus.
»Ich glaube, unser Gast braucht etwas Flüssiges, Darko.«
Krasic verschwand und kam mit einer Flasche Mineralwasser wieder, ging in die Hocke, packte Tony an den Haaren und goss ihm kaltes Wasser übers Gesicht und in den offenen Mund. Tony spuckte und würgte, aber die qualvolle Trockenheit war jetzt weg.
»Sie wollten etwas sagen, Dr. Hill?«, fragte Radecki höflich.
»Sie langweilen mich«, krächzte Tony. »Bringen Sie es doch einfach zu Ende.«
Radecki schmollte. »Was ist denn bloß mit euch Briten los? Keinen Sinn für Spaß. Diese Schlampe Carol hat sich nicht einmal gewehrt. Aber andererseits hat sie es vielleicht genossen?«
Tony fiel auf diesen durchsichtigen Köder nicht herein und blieb stumm.
»Sie wissen, warum ich Sie töten werde? Nicht weil Sie mich angelogen haben, sondern weil Ihre Leute Katerina getötet haben. Sie hatte nichts Unrechtes getan, außer dass sie mich liebte. Oh, und natürlich hatte sie das Unglück, dass sie praktischerweise einer gewissen Polizeibeamtin ähnlich sah. Damit muss ich leben.« Zum ersten Mal zeigte sein Gesicht einen

anderen Ausdruck als Triumph oder Verachtung. »Genauso wie Carol Jordan mit der Tatsache leben muss, dass das, was sie ist, Sie das Leben gekostet hat.« Er zog eine Pistole aus dem Hosenbund.

Tony schloss die Augen und wartete.

Carol fasste nach dem Türgriff. »Warten Sie«, sagte Marijke.

»Warum? Petras Leute sind nicht zu sehen. Wir sind so weit gekommen, ich will dabei sein.«

»Überlegen Sie sich das«, sagte Marijke und griff nach Carols Hand. »Es ist vielleicht nicht der rechte Ort. Wenn Petra Sie sieht, wird sie wütend werden. Sie wird uns wegschicken. Sie wissen, dass wir uns gerade zum ersten Mal getroffen haben? Ich will nicht, dass sie mich für dämlich hält. Außerdem glaube ich«, redete sie trotz Carols Versuch, etwas einzuwenden, einfach weiter, »dass Sie gar nicht so weit gehen können. Wir warten ab, und wenn sie reingehen, fahren wir runter, und Sie können alles selbst sehen.«

»Es tut mir Leid, Marijke. Ich kann noch nicht richtig denken. Sie haben Recht.«

»Ich weiß, dass es schwer ist. Sie lieben ihn, ja?«

»Ja. Ich liebe ihn.« Sie hatte dies bisher vor keiner Menschenseele zugegeben. Es war ziemlich spät, jetzt damit anzufangen, aber Carol fand, sie schuldete Tony mindestens diese Bestätigung. »Aber ich vermute, er hat es nie geglaubt.«

»Sie sind ein Paar, oder?«

Carol schüttelte den Kopf. »Es ist eine komplizierte Geschichte. Die Umstände waren nie danach. Oder jedenfalls glaubten wir das.« Sie seufzte. »Ich wünschte jetzt, es wäre anders gewesen.«

»Verzweifeln Sie nicht. Er ist wahrscheinlich noch am Leben. Petra wird ihn rausholen.«

Carol drückte die Hand der anderen Frau. »Marijke, selbst wenn er lebend aus der Sache herauskommt, gibt es keinerlei Chance, dass wir zusammen sein können. Nicht nach dem, was Radecki heute Abend mit mir gemacht hat. Außerdem war ich es, die ihn hierher gebracht hat, das wissen Sie ja. Wenn ich ihn nicht gebeten hätte, zu kommen, wäre er jetzt zu Hause. Sicher und gesund.«

Es gab nichts mehr zu sagen, dachte Marijke. Zumindest jetzt nicht. Sie hatte im Lauf der Jahre zu viele Vergewaltigungsopfer gesehen, um jetzt mit Plattitüden aufzuwarten.

Petra holte tief Luft und machte sich auf den Weg, sie ging schnell, aber lautlos zu der Stelle, wo sie die Lichter hatte ausgehen sehen. Der leere Mercedes stand vor einem kleinen Gebäude mit Wänden und Dach aus Wellblech. In der Mitte der Frontseite war eine große Tür auf Rollen, in die auf einer Seite eine kleine Holztür eingelassen war. Zwischen ihnen und der Tür war nichts, hinter dem man hätte Deckung nehmen können, aber es gab auch keine Fenster, von denen aus sie zu sehen wären.

Sie duckte sich und rannte, ihre Turnschuhe machten kaum ein Geräusch auf dem Asphalt. Sie drückte sich seitlich von der Tür flach an die Wand, Morgan und der Einsatzleiter des Sonderkommandos stellten sich auf der anderen Seite auf. Petra bewegte sich langsam auf die Tür zu und legte das Ohr daran. Nichts. Sie schüttelte den Kopf. Der Einsatzleiter zwinkerte ihr zu und nahm einen kleinen Handbohrer aus einer seiner vielen Taschen, presste ihn gegen die Tür und bohrte behutsam. Selbst Petra, die direkt neben ihm stand, hörte nichts.

Nachdem er das Loch gemacht hatte, steckte er ein kleines Mikrofon hinein und gab ihr einen einzelnen Kopfhörer. Radeckis Stimme ertönte jetzt laut und deutlich in ihrem Ohr, als ob jemand einen Schalter angeknipst hätte. »... Sie töten werde? Nicht weil Sie mich angelogen haben, sondern weil Ihre Leute Katerina getötet haben. Sie hatte nichts Unrechtes getan, außer dass sie mich liebte.« Petra riss sich den Kopfhörer ab.

»Er ist da drin. Tony ist da drin. Radecki stößt Drohungen gegen ihn aus. Wir müssen jetzt reingehen.«

Er nickte. »Zurücktreten.«

Petra sprang zurück, als er seine halbautomatische Maschinenpistole zog und das Schloss in der Tür mit einem einzigen Schuss herausschoss. Er trat die Tür auf und rannte hinein. Sie war sofort hinter ihm, zum zweiten Mal an diesem Abend hatte sie die Pistole im Anschlag. Sie hatte keine Ahnung, wo Morgan war, und es war ihr auch egal.

Sie gewann sofort den richtigen Überblick. Radecki drehte sich um, die Pistole in der Hand, und sah sie an. Krasic, der auf der anderen Seite stand, griff hinter sich und sah dann verblüfft und erschrocken aus. Tonys weißer, nackter und gefesselter Körper lag zwischen Radecki und ihnen. »Bewaffnete Polizei, legen Sie Ihre Waffen ab!«, brüllte eine Stimme. Sie erkannte geschockt, dass es ihre eigene war.

Auf Radeckis Gesicht erschien panischer Schrecken. Er gab einen Schuss ab, der nirgends in ihre Nähe kam. Petra zielte, und ihr Gesichtsfeld konzentrierte sich auf einen kleinen Brennpunkt. Aber bevor sie abdrücken konnte, kam ein anderer Schuss aus einer automatischen Waffe. Rot spritzte Blut in verschiedene Richtungen aus Radeckis Beinen, und er stürzte schreiend, während seine Pistole außer Reichweite zu Boden polterte.

Aus dem Augenwinkel sah Petra, wie Krasic auf den Einsatzleiter des Sonderkommandos zielte. Sie fuhr herum und gab

ohne zu überlegen einen Schuss ab. Er traf den Serben in den Bauch, und er fiel sofort zu Boden.
Petra stand wie erstarrt, der Schuss hallte in ihren Ohren, und der Korditgeruch stieg ihr in die Nase. Radecki schrie noch immer wie ein Schwein, während Krasic gurgelnde Laute wie ein halb verstopfter Abfluss von sich gab. Dann hörte sie jemanden laufen und die Stimme des Hais, der sich beklagte: »Scheiße, ich komm doch immer zu spät zur Action.«
»Wir brauchen Krankenwagen, Hai. Ich will nicht, dass die zwei Kerle verbluten. Geh und ruf die Sanitäter. Und am besten auch gleich die Kripo«, sagte Petra matt. Sie ließ die Pistole zu Boden fallen und ging wie in Trance zu Tony hinüber. Neben ihm setzte sie sich in die Hocke, streifte ihre Jacke ab und legte sie ihm um die Schultern. Sein Gesicht sah schlimm aus, wenn auch nicht so übel zugerichtet wie das von Carol. »Kann jemand mal 'n Messer hergeben?«, rief sie.
Einer der Männer vom Sonderkommando klappte ein Schweizer Messer auf und gab es ihr. Zum zweiten Mal in dieser Nacht befreite sie einen Menschen, den sie mochte und respektierte, von seinen Fesseln. Als Arme und Beine plötzlich frei waren und sich verkrampften, stieß Tony einen schauerlichen Schrei aus.
Morgan kniete sich neben ihn hin und massierte ihm die Beine. »Es ist scheußlich, aber es geht schnell vorbei«, sagte er.
Tony glaubte an eine Halluzination, als er Carols besorgte Stimme hörte. »Tony? Tony, wie geht's dir?« Er versuchte sich auf den Rücken zu wälzen, aber seine Arme waren zu schwach. Sanft fasste ihn Morgan an den Schultern und drehte ihn zur Tür.
Petra sprang auf, Erstaunen trat auf ihr Gesicht, als sie sah, dass Carol und Marijke gekommen waren. »Was macht ihr denn hier, zum Teufel?«, sagte sie halb lachend und halb weinend.

Carol beachtete sie nicht und ging zielstrebig auf Tony zu wie eine Taube, die in den Schlag fliegt. Gandle trat ihr in den Weg. »DCI Jordan?«, sagte er unsicher und legte eine Hand auf ihren Arm.

»Nehmen Sie die Pfoten weg«, stieß sie wütend hervor, eilte an ihm vorbei und ging weiter. Ohne ihre eigenen Verletzungen zu spüren, kniete sie neben Tony nieder und drückte seinen Kopf gegen ihre Brust. »Es tut mir so Leid«, sagte sie mit erstickter Stimme. »So Leid.«

Er war keiner Worte mächtig, sondern klammerte sich einfach nur an sie. Da saßen sie und waren sich kaum des Tumults bewusst, als um sie herum Sanitäter und Polizisten ins Gebäude drängten. Sie waren taub für alles, bis Radeckis Stimme durch den Lärm brüllte: »Du meinst, du hast gewonnen, du Schlampe?« Plötzlich trat Stille ein. »Ich komme vielleicht ins Gefängnis, aber im Vergleich zu dir bin ich frei. Du wirst mich nie mehr loswerden.«

Kapitel 39

Petra schloss auf, trat ein und machte die Wohnungstür leise hinter sich zu. Es war noch früh am Abend, aber sie wollte es nicht riskieren, Tony aufzuwecken, sollte es ihm gelungen sein, einzuschlafen. Er war in ihrer Wohnung geblieben, weil sie nach seiner Entlassung aus dem Krankenhaus darauf bestanden hatte. Sie hatten ihn eine Nacht dabehalten, mehr wegen der möglichen Unterkühlung als wegen der akuten Verletzungen. Drei gebrochene Rippen und zwei gebrochene Finger, dazu ein zerschmetterter Backenknochen, das rechtfertigte keine weitere Belegung eines Krankenhausbetts, hatte der Arzt Petra energisch erklärt, als sie gegen die frühe Entlassung Einspruch erhoben hatte. »Die Wange wird wahrscheinlich noch operiert werden müssen, aber das kann eine Weile warten«, hatte er gesagt.

Also hatte Petra ihn mit zu sich genommen. Sie fand nicht, dass man ihn allein lassen konnte, und nach England wollte er nicht zurückkehren, bevor Wilhelm Mann verhaftet war. Jetzt war seine Beteiligung an dem Fall bekannt und sein Profil an die deutschen Polizeikommissionen gegangen, die an den Ermittlungen der Mordfälle arbeiteten. Sie wusste, weil er es ihr gesagt hatte, dass er Anrufe von den Beamten in Heidelberg, Bremen und Köln bekommen hatte, aber sonst hatte er sich

nicht dazu geäußert, außer dass sie seine Analyse ernst zu nehmen schienen. Tatsächlich hatte er zu keinem Thema viel gesagt, starrte stundenlang nur in die Luft, und scheinbar war ihm Petras Gegenwart gar nicht bewusst.
Carol wurde natürlich von Morgan und Gandle nach Den Haag mitgenommen. Sie hatten Hanna Plesch informiert, dass sie mit Carol dort die Nachbesprechung machen und alle ihre Informationen an den Nachrichtendienst in Berlin weiterleiten würden, wo man auf Hochtouren arbeitete, um Radeckis Netzwerk in ganz Deutschland und darüber hinaus aufzudecken. Petra hatte sich darüber auch beklagt, aber das hätte sie sich sparen können. Plesch war es ganz recht, dass sie nach dem dramatischen und ungewöhnlichen Höhepunkt der Operation gegen Radecki an eine Sache weniger zu denken hatte.
Petra hatte sich einem unangenehmen Gespräch mit ihrer Chefin unterziehen müssen, in dem es um Tonys Gegenwart in Berlin und ihre eigene Beteiligung an der Ermittlung zu der Mordserie ging. Aber als es dann so aussah, als kämen die spektakulären Einzelheiten des dramatischen Ausgangs nicht in die Medien, hatte sich Plesch beruhigt. Sie machte sich eher Sorgen wegen möglicher Fragen zur Anwesenheit einer holländischen Polizistin und zweier Angehöriger des britischen Geheimdienstes bei einer Aktion des Sonderkommandos, als sich über Petras disziplinloses Verhalten zu ärgern. Nach einem so guten Ergebnis konnte sie es sich auch leisten, nachsichtig zu sein, dachte Petra.
Marijke war am nächsten Morgen gleich nach Köln geflogen. Sie und Petra hatten es im Lauf der chaotischen Nacht geschafft, eine knappe Stunde miteinander allein zu sein, aber sie waren beide von den Ereignissen so mitgenommen, dass sie zu nichts weiter als einer etwas wirren, zerstreuten Unterhaltung

fähig waren. Petra hatte das schreckliche Gefühl, sie würden nie wieder zu ihrem früheren, lockeren Umgang zurückfinden, und bedauerte diesen Verlust schon jetzt.
Still ging sie zum Wohnzimmer durch, wo Tony aufrecht auf dem Sofa saß. »Hi«, sagte sie.
»Guter Tag gewesen heute?«
Sie streifte ihre Lederjacke ab und warf sie auf einen Stuhl. »Harte Arbeit. Wir haben den ganzen Tag über Radeckis Handlanger festgenommen und versucht, genug Leute zu ihrer Vernehmung zu finden. Selbst nachdem allen der Urlaub gestrichen wurde, haben wir noch Mühe damit.«
»Aber wenigstens hast du das Gefühl, dass ihr weiterkommt«, sagte er.
»Oh ja, wir machen gute Fortschritte.«
»Das ist mehr, als man von Marijke behaupten kann.«
Petra sah ihn fragend an. »Hast du heute mit ihr gesprochen?«
Er nickte. »Sie hat am Nachmittag angerufen. Sie muss morgen noch einmal nach Köln, und sie wollte wissen, ob sie über Berlin kommen könnte. Sie konnte dich im Büro oder auf deinem Handy nicht erreichen, also hat sie hier angerufen.«
»Was hast du ihr gesagt?«
Tony lächelte. »Ich habe ihr gesagt, sie sollte sich besser ein Hotelzimmer nehmen, da ich dich aus deinem Bett geschmissen hätte und nicht glaube, dass ihr beide euch die Couch teilen wolltet.«
Petra stieg die Röte vom Hals hoch ins Gesicht. »Wann kommt sie denn hier an?«
Tony sah auf die Uhr. »Sie wird jeden Moment hier reinspazieren.«
Sie schaute ihn bestürzt an. »Oh Mist! Ich muss duschen, ich sehe ja schrecklich aus.«
»Ich glaube, das wird ihr nichts ausmachen.«

»Aber mir!« Petra steuerte auf das Badezimmer zu, aber bevor sie dort ankam, klingelte es schon. »Ach Mist«, wiederholte sie.
»Zu spät!« Tony rutschte auf dem Sessel nach vorn und zuckte zusammen, als sich bei der Bewegung seine Rippen schmerzhaft meldeten. »Ich geh mal und lege mich hin.«
»Nein, bleib hier«, befahl Petra und sah besorgt aus. Sie drückte auf den Türöffner und wischte sich den Mund mit dem Handrücken ab. »Ach Gott, bin ich nervös.« Sie schluckte heftig und ging, um die Wohnungstür zu öffnen. Dann lehnte sie an der Türöffnung und horchte auf die Schritte, die im Treppenhaus hallten.
Plötzlich stand Marijke da und grinste von einem Ohr zum anderen. »Hallo«, sagte sie. »Macht es dir etwas aus?«
Petra breitete die Arme aus und drückte sie an sich. »Ich bin so froh, dich zu sehen«, murmelte sie in ihr Haar.
»Ich habe ein Zimmer gebucht, wie Tony sagte. Aber ich wollte vorher mit euch beiden sprechen«, sagte Marijke und löste sich von Petra, um ihr einen Kuss auf den Mundwinkel zu geben.
»Mit uns beiden?«
Marijke nickte. Petra nahm sie bei der Hand und führte sie hinein. Die drei begrüßten sich, und während Petra eine Flasche Wein öffnete, wurden Tonys Verwundungen bedauert.
»Also«, sagte sie. »Worüber wolltest du mit uns beiden sprechen?«
»Ich muss nach Köln fliegen, um zu besprechen, was wir mit Mann machen«, sagte Marijke. »Sie haben ihn jetzt vier Tage beobachtet, und er hat absolut nichts Verdächtiges getan. Sie haben mir mitgeteilt, dass der Rhein morgen wieder schiffbar sein und es schwierig sein wird, ihn zu überwachen, wenn die *Wilhelmina Rosen* unterwegs ist.«

Petra lachte. »Damit meinen sie, dass es zu viel kosten wird. Mein Gott, ich hasse diese knickerigen, blöden Provinzler.«
»Vielleicht haben sie auch Angst, dass sie ihn verlieren und er wieder einen Mord begehen und sie ins Feuer der Medienkritik geraten könnten«, erklärte Tony.
»Ich glaube nicht, dass sie die Überwachung abbrechen wollen. Aber wir wissen jetzt, dass Rotterdam der nächste Anlegeplatz der *Wilhelmina Rosen* sein wird. Es muss Mann klar sein, dass er hier in Deutschland mit einer Großfahndung gesucht wird, aber bis jetzt haben wir es geschafft, dass niemand in den Medien ihn mit unserem Fall in Leiden in Verbindung gebracht hat. Deshalb wird er sich in Holland sicherer fühlen und wird eher dort töten.«
»Du wirst also die Überwachung fortsetzen, wenn er die Grenze überschreitet?«, fragte Petra.
»Das werden wir morgen besprechen. Wenn er nach Holland kommt, will ich es zu Ende bringen. Ich will nicht, dass es sich weiter hinzieht. Aber wenn er keine klaren Schritte unternimmt, haben wir keine Indizienbeweise gegen ihn. Ich brauche also eure Hilfe. Ich frage mich, ob ihr vielleicht bessere Ideen habt als ich?«
Petra stand auf und ging auf und ab. »Lasst mal sehen, was wir bis jetzt haben. Den Wagen, den Dr. Schillings Freund gesehen hat, sowie ein dazu passendes Auto mit Hamburger Kennzeichen in der Nähe des Tatorts, an dem de Groot ermordet wurde, was auf Wilhelm Mann deuten würde. Wir haben einen Ölfleck auf dem Hefter, den er in Pieter de Groots Akten hinterlassen hat …«
»Aber keine forensischen Spuren auf irgendeinem der anderen drei Ordner«, warf Marijke niedergeschlagen ein.
Petra fuhr unerschrocken fort: »Wir haben auch einen Seemannsknoten, der Hinweise auf Wilhelm Mann gibt.«

»Aber auch auf Tausende anderer Leute«, betonte Tony.
»Danke, Tony«, antwortete Petra mit einem sarkastischen Lächeln. »Dank der Arbeit der Wasserschutzpolizei im Lauf der letzten Woche können wir den Standort der *Wilhelmina Rosen* genau oder annähernd allen vier Tatorten zuordnen, was uns auch wieder zu Wilhelm Mann führt. Wir haben einen Mörder, der den Decknamen Hohenstein benutzt. Tonys Liste von Schloss Hohenstein führt uns zu einem Albert Mann, der als Kind psychologische Experimente überlebte.«
Marijke unterbrach ihn. »Gestern hörten wir von der Polizei in Hamburg. Sie haben nach Akten zu Wilhelm Mann gesucht und den Großvater Albert Mann gefunden, dessen Geburtsdatum das gleiche ist wie das des Mannes auf Tonys Liste von Schloss Hohenstein. Er ist vor zwei Jahren verstorben. Die gerichtliche Untersuchung hat ergeben, dass es ein Unfall war, aber wenn man sich die Sache unter der Annahme betrachtet, dass sein Enkel ein Mörder ist, liegt es nahe, dass es Mord gewesen sein könnte.«
»Mein Gott, bei so vielen Indizienbeweisen, warum lässt man ihn in Köln nicht einfach vorladen, um ihn zu verhören? Ich würde es so machen«, klagte Petra.
»Es würde nicht viel helfen«, sagte Tony. »Ich glaube nicht, dass er etwas aussagen würde.«
»Was sollen wir also tun?«, fragte Marijke kläglich.
Ein langes Schweigen folgte. Petra warf sich neben Tony auf die Couch, so dass er zusammenfuhr. Er biss die Zähne zusammen und sagte: »Ich glaube, ich könnte ihn knacken.«
»Sie würden nicht zulassen, dass du ihn verhörst«, warf Petra ein.
»Ich rede nicht von einem offiziellen Verhör«, sagte Tony. »Ich meine, nur er und ich, unter vier Augen.«
Petra schüttelte den Kopf. »Auf keinen Fall. Du hast nicht ge-

nug Kraft für so etwas. Er könnte dir das Genick brechen wie einen trockenen Ast.«
»So elend geht's mir nicht«, sagte Tony. »Ich habe mich heute schon viel mehr bewegt. Die Schmerztabletten fangen an zu wirken. Ich schaff das schon.«
»Ich dachte, du hättest gesagt, sein Englisch sei schlecht«, warf Petra ein.
»Ich kann ja Deutsch«, sagte Tony.
Petra starrte ihn mit offenem Mund an. »Davon hast du nie etwas gesagt.«
»Wie habe ich deiner Meinung nach die Berichte gelesen?« Er sah mit einer Kopfbewegung zu Marijke. »Ich war sehr dankbar, dass Sie Ihr Material ins Deutsche übersetzen ließen, Holländisch schaffe ich nämlich wirklich nicht.«
»Trotzdem ist es viel zu riskant«, sagte Marijke.
»Bleibt uns eine andere Wahl? Sollen wir etwa einfach dasitzen und ihn wieder einen Mord begehen lassen?« Jetzt klang Tony zornig. »Ich habe diesen Beruf ergriffen, weil ich Leben retten wollte. Ich kann nicht untätig hier herumsitzen, während sich ein Serienmörder nach Belieben weitere Opfer schnappen darf«, sagte er hitzig.
»Marijke hat Recht. Es ist verrückt«, beharrte Petra.
Tony schüttelte den Kopf. »Eins von zwei Dingen wird passieren. Entweder wird mir die Polizei zur Seite stehen, oder ich mache es allein. Also, wie soll es laufen?«

Mit jedem Tag wurde er stärker. Weil ihm das, was er mit Calvet gemacht hatte, zuerst als eine Schwäche erschienen war, hatte er fast zugelassen, dass es ihn vernichtete. Es hatte Tage und Nächte gegeben, in denen er Angst hatte, er würde der Dunkelheit nie wieder entkommen können. Aber nach und nach begann er zu begreifen, dass seine erste Reaktion richtig gewesen war. Sie sich zu eigen zu machen hatte seine absolute Macht demonstriert. Man musste ein besonderer Mensch sein, um einen solchen Plan bis zu Ende durchführen zu können, und er wusste jetzt, dass er mit dem Geschlechtsverkehr seine Mission nicht verdorben hatte. Diese Erkenntnis hatte ihm Frieden gebracht, und mit der Ruhe erhellte sich sein Gemüt und gab ihm jede Bestätigung, die er brauchte. Die Kopfschmerzen verschwanden, und er fühlte sich befreit.

Wie ein Spiegelbild seiner persönlichen Erleichterung erschien ihm die Nachricht, dass der Fluss am nächsten Tag für die Schifffahrt freigegeben werde, also würde er seine Arbeit fortsetzen können. Er hatte die Zeitungen und das Internet durchgesehen, nach denen niemand bemerkt zu haben schien, dass er die Grenzen überschritten und in Holland einen Mord begangen hatte. Er musste glauben, dass seine Opfer dort noch nichts von dem Risiko ahnten. Er konnte es sich nicht leisten, etwas anderes zu glauben, sonst würde sich die Angst in seine Seele fressen und ein Handeln unmöglich machen.

Nach der Nachricht, dass das Leben bald zur Normalität zurückkehren werde, hatte er seiner nächsten Zielperson eine E-Mail geschickt und mit ihr einen Termin festgelegt. Er musste vorsichtig sein für den Fall, dass die Polizei versuchte, ihm eine Falle zu stellen, indem sie de Groots Tod geheim hielt. Er würde sich vergewissern müssen, dass er nicht in einen Hinterhalt geriet. Aber er war zuversichtlich, dass er in drei Tagen an eine Tür in Utrecht klopfen würde. Professor Paul Muller würde den Preis für das zahlen müssen, was er ohne Befugnis anderen angetan hatte.

Er lehnte sich an die Reling am Heck und betrachtete den Trauerwimpel, der in der sanften Brise flatterte. Es war der fünfte, den er seit dem Tod seines Großvaters gehisst hatte und der ihn ständig an das erinnerte, was er vollbracht hatte. Es war angenehm, sich vorzustellen, was er mit Muller machen würde. Schon der Gedanke daran ließ sein Blut schneller durch die Adern fließen. Heute Abend würde er an Land gehen und eine Frau suchen, mit der er es im Vorgefühl dessen treiben würde, was Utrecht versprach. Er hatte wirklich Fortschritte gemacht. Jetzt konnte er ihre Körper sowohl zur Generalprobe als auch zur Entspannung danach nutzen.

Carol starrte auf die dicken, rostbraunen Knospen des Baumes draußen vor dem Fenster. Sie hatte keine Ahnung, was für ein Baum es war, und machte sich auch nichts daraus. Sie wusste nur, dass es irgendwie zutiefst beruhigend war, ihn anzustarren. Hin und wieder stellte ihr der Therapeut Fragen in dem Versuch, irgendeine Reaktion zu bekommen, aber sie fand es nicht schwer, die Banalitäten zu überhören.

Sie wollte ihr altes Leben wiederhaben. Sie wollte dort sein, wo sie früher gewesen war, an dem Ort, wo Verrat nicht die gängige Münze war, die von denen genauso eiskalt ausgeteilt wurde, die das Recht auf ihrer Seite zu haben behaupteten, wie von denen, die wussten, dass sie die Gauner waren. Sie wollte irgendwo sein, wo sie der Überzeugung entfliehen konnte, dass die Leute auf ihrer Seite sie schlechter behandelt hatten als der Feind.

Radecki hatte sie vergewaltigt. Aber das war etwas, was sie überleben konnte, weil es in gewisser Weise ein legitimer kriegerischer Akt gewesen war. Sie hatte alles in ihrer Macht getan, um ihn zu vernichten. Ihr Risiko war dabei gewesen, dass er zurückschlug.

Was Morgan getan hatte, war unendlich viel schlimmer. Er war angeblich auf ihrer Seite. In ihren Augen hieß das, er hatte ihr gegenüber eine Sorgfaltspflicht. Oder zumindest die

Pflicht, aufrichtig zu sein. Aber er hatte sie den Wölfen vorgeworfen, kaltblütig und berechnend. Er hatte ihr genauso sicher eine Falle gestellt, wie er es mit Radecki getan hatte.
Sie wusste jetzt, dass Radecki nur die Wahrheit gesagt hatte, als er ihr vorwarf, sie sei Teil einer Verschwörung, in deren erstem Akt seine Geliebte ermordet worden war. Sie wusste es, weil sie an diesem ersten Morgen in Den Haag im Besprechungszimmer gesessen und sich geweigert hatte, auch nur ein Wort über das zu sagen, was geschehen war, bis Morgan ihre Fragen beantwortet hatte.
Sie hatte nicht eine einzige Nacht mehr in Berlin verbracht. Morgan hatte sie zum Krankenhaus begleitet und stand daneben, während ein Arzt ihr in aller Eile die Nase wieder gerichtet hatte. Morgan hatte den Anstand, sie bei der Untersuchung auf innere Verletzungen allein zu lassen, nach der ihr bestätigt wurde, dass sie trotz Radeckis Brutalität keinen bleibenden Schaden davongetragen hatte. Dann hatte er darauf bestanden, dass sie entlassen und in seine Obhut gegeben wurde. Sie hatte nicht die Kraft gehabt, dagegen anzugehen. Ein Wagen wartete schon, der sie zum Flughafen fuhr, und ein Privatflugzeug brachte sie nach Den Haag.
Dann hatte er sie vierundzwanzig Stunden in einem ruhigen Zimmer im Europol-Komplex allein gelassen. Die Ruhe wurde nur durch eine Gott sei Dank wenig mitteilsame Ärztin unterbrochen, die regelmäßig überprüfte, ob sie eine Gehirnerschütterung hatte. Am folgenden Morgen war Gandle erschienen und sagte ihr, Morgan erwarte sie. Sie verlangte Zeit zum Duschen und Anziehen und ging dann in das Besprechungszimmer.
Morgan war lächelnd aufgestanden. »Carol, wie fühlen Sie sich? Ich kann Ihnen nicht sagen, wie Leid es mir tut, dass es so gekommen ist.«

Sie ignorierte seine ausgestreckte Hand, setzte sich ihm gegenüber und schwieg.
»Mir ist klar, dass Sie sich schrecklich fühlen müssen. Aber Sie sollen wissen, dass Ihnen jede Hilfe zur Verfügung steht, die Sie brauchen. Wir haben Gesprächstermine mit einem psychologischen Berater für Sie arrangiert, und Sie müssen uns immer sagen, wenn diese Nachbesprechungen Sie ermüden, damit wir eine Pause machen können.« Morgan setzte sich, durch ihre augenscheinliche Unhöflichkeit nicht im Mindesten aus der Fassung gebracht.
Carol schwieg weiter und blickte ihn mit ihren grauen Augen zwischen den blauen Flecken kühl und unverwandt an. Sollte er doch die Vorwürfe von ihrem Gesicht ablesen, dachte sie.
»Wir müssen Ihre Berichte in allen Einzelheiten durchgehen. Aber vorher müssen wir Sie leider danach fragen, was am Schluss zwischen Ihnen und Radecki passiert ist. Geht das in Ordnung?«
Carol schüttelte den Kopf. »Zuerst habe ich ein paar Fragen.«
Morgan sah überrascht aus. »Na, dann schießen Sie los, Carol.«
»Waren Sie verantwortlich für den Mord an Katerina Basler?«
Morgans Augen weiteten sich, obwohl der Rest seines Gesichts unbeweglich blieb. »Ich weiß nicht, wie Sie darauf kommen«, sagte er.
»Das Motorrad, das den Unfall verursachte, bei dem Katerina umkam, war auf den britischen National Crime Squad zugelassen«, sagte Carol mit tonloser Stimme. »Radecki weiß das. Die Vermutung, dass Sie hinter ihrem Tod steckten, liegt dann nicht gerade fern.«
Morgan versuchte ein nachsichtiges Lächeln. »Das hat alles nichts mit dem zu tun, was letzte Nacht passiert ist. Warum konzentrieren wir uns also nicht einfach darauf?«

»Sie kapieren es wohl nicht, was? Ich sage kein Wort mehr, bis Sie meine Fragen beantwortet haben. Und wenn Sie sie nicht beantworten, werde ich weiterfragen, bis ich jemanden finde, der mir Antwort gibt.«

Morgan erkannte, dass er hier auf knallharte Beharrlichkeit gestoßen war. »Radecki war ein Geschwür, das sich in ganz Europa ausbreitete. Wenn man einen Krebs findet, schneidet man ihn heraus. Und manchmal heißt das, auch gesundes Gewebe mit herauszuschneiden.«

»Sie haben also Katerina getötet?«

»Katerina war ein Kollateralschaden. Für das Wohl der Allgemeinheit«, sagte Morgan vorsichtig.

»Und was ist mit Colin Osborne? War er auch ein Kollateralschaden?«

Morgan schüttelte den Kopf. »Osborne war kein Unschuldslamm. Wer sich zu den Hunden legt, steht mit Flöhen wieder auf. Er hat sich von Radecki einspannen lassen und den Preis dafür gezahlt.«

»Aber haben Sie ihn auch umbringen lassen?«

Morgan hob die Augenbrauen. »Carol, wir sind hier nicht im Kindergarten. Diese Leute waren verantwortlich für unsägliches menschliches Leid. Sie werden mir doch nicht erzählen wollen, dass Sie wegen Gesindel wie Colin Osborne schlaflose Nächte verbringen.«

»Sie haben Recht. Das Leben irgendeines Gangsters aus Essex, der mit Menschenleben gehandelt hat, ist mir nicht besonders wichtig. Aber *mein* Leben ist mir wichtig. Es stört mich schon, dass Sie die ganze verdeckte Operation geplant haben, weil Ihnen irgendwo irgendjemand gesagt hat, es gebe eine ehrgeizige Beamtin bei der Met, die Katerina Basler wie aus dem Gesicht geschnitten sei. Und Sie dachten, das sei eine zu gute Chance, um sie sich entgehen zu lassen. Sie haben mir diese Falle gestellt. Sie haben mich in Gang gesetzt und gehen lassen und wussten die ganze Zeit, dass unter mir eine Bombe tickte, die jederzeit hochgehen konnte.« In Carols Stimme lag kalte Wut.

Morgan starrte auf den Tisch hinunter. »Ich schäme mich, dass Sie dies durchmachen mussten, Carol. Aber wenn Sie mich fragen, ob es ein unakzeptabler Gegenwert im Vergleich dazu ist, dass Radecki gefasst wurde und seine Geschäfte eingestellt werden konnten, würde ich sagen müssen, nein.«

»Sie Dreckskerl«, sagte sie leise.

Er hob den Blick und sah sie an. »Sie sind Polizistin, Carol. Es ist Ihnen in Fleisch und Blut übergegangen, genauso wie mir. Wären unsere Rollen vertauscht gewesen, hätten Sie genau das Gleiche getan. Und das ist es, was Sie jetzt fast umbringt. Es ist nicht die Tatsache, dass ich Sie verraten habe, sondern dass Sie wissen, Sie hätten auch nichts anderes getan, wenn es an Ihnen gewesen wäre, die Befehle zu erteilen.«

Kapitel 40

Mit jedem Tag wurde er stärker. Tony spürte die Kraft in seinen Körper zurückkehren, als Knochen und Muskeln nach und nach heilten. Er war noch lange nicht ganz wiederhergestellt, aber nicht mehr so schwach wie in den ersten beiden Tagen, nachdem er von Radecki und Krasic zusammengeschlagen worden war. Seine Bewegungen waren noch steif und ungelenk, aber zumindest konnte er gehen ohne das Gefühl, jeden Moment zusammenzubrechen.

Und er musste zugeben, dass es irgendwie wohltuend war, auf dem Wasser zu sein, besonders nach der unsanften Begegnung, die er über sich hatte ergehen lassen müssen. Er hatte darauf bestanden, Marijke zu dem Treffen in Köln zu begleiten, um sich dafür stark zu machen, dass sie Mann konfrontieren sollten. Aber obwohl die deutsche Polizei dankbar für seinen Rat als Profiler gewesen war, lehnte sie eine solch unorthodoxe Vorgehensweise strikt ab. Die höheren Beamten hatten argumentiert, dass es von ihren Gerichten als Falle angesehen werden könnte, und wollten das eventuelle Risiko nicht eingehen, wegen Tonys Vorschlag einen Prozess am Bein zu haben. Er hatte so überzeugend argumentiert, wie er konnte, aber sie waren hartnäckig geblieben. Schließlich erklärten sie sich lediglich dazu bereit, Mann von einem Boot aus zu observieren.

Nach dem Treffen hatte ihn Marijke schnell in ein ruhiges Lokal in der Nähe des Polizeipräsidiums geschleppt. »Ich war zuerst nicht deiner Meinung«, gab sie zu. »Aber ich habe dir heute zugehört und glaube, vielleicht ist dein Weg die einzige Möglichkeit, die Sache zu Ende zu bringen.«

Tony sah auf den Tisch hinunter und dachte daran, dass Marijke ihre Unterstützung zurückziehen würde, wenn sie wüsste, warum er so sehr darauf bestand, Mann zu stellen. Bei einer Operation der Polizei gab es nichts Gefährlicheres, als wenn persönliche Gefühle bei beruflichen Aktionen eine Rolle spielten. Er hatte das Gefühl, dass er seit seiner Ankunft in Deutschland lediglich erreicht hatte, der Frau, die er liebte, Schaden zuzufügen, und musste unbedingt etwas tun, um dieses Gefühl zu beschwichtigen. Aber er behielt diese Gedanken für sich und antwortete nur, sie bräuchten jetzt einen Plan. »In den akademischen Kreisen wird die Gerüchteküche brodeln«, fügte er hinzu. »Wie ich schon bei der Besprechung sagte, wird er entweder untertauchen, bis es wieder ruhig wird, oder jedes potentielle Opfer, das er jetzt aufs Korn nimmt, wird höchstwahrscheinlich den Kontakt mit ihm ablehnen. Man weiß nicht, was er tun wird, wenn ihm so ein Strich durch die Rechnung gemacht wird. Ich weiß, es ist heute darüber gesprochen worden, eine Täuschungsaktion zu starten, aber es gibt einfach zu viele mögliche Zielpersonen, als dass dies durchführbar wäre, besonders wenn er seine Art der Kontaktaufnahme mit den Opfern ändert. Ich verstehe, warum die Polizei nicht erlauben will, dass ich mir Mann unter vier Augen vornehme, aber es gibt keine andere Möglichkeit. Wie können wir also deine Leute überreden, mich zu unterstützen?«

So hatten sie Vorschläge gemacht und verworfen, bis sie endlich etwas fanden, das eine Möglichkeit zu versprechen schien.

Marijke, die neuerdings bei Maartens einen Stein im Brett hatte, war es gelungen, ihren Chef zu überzeugen, dass sie an der Verfolgung teilnehmen sollte. Sie hatte eine zehn Meter lange Motorjacht mit zwei Kajüten, einer winzigen Kombüse und einer penetrant riechenden Chemie-Toilette gemietet. Der Gedanke war, von dort in Sichtkontakt mit der *Wilhelmina Rosen* zu bleiben, während sie rheinabwärts nach Holland fuhr. Wenn Mann es unterwegs auf ein weiteres Opfer abgesehen zu haben schien, würde die deutsche Polizei das Nötige tun. Aber wenn sie es ohne Zwischenfall über die holländische Grenze schafften, würde Tony versuchen, Mann entgegenzutreten und ihm Beweise zu entlocken, wobei Marijkes Team ihn unterstützen würde. Marijke hatte alle ihr zu Gebote stehende Überzeugungskraft einsetzen müssen, aber sie hatte Maartens schließlich überreden können, der Kriegslist zuzustimmen. Die Verlockung, vielleicht derjenige zu sein, der Erfolg hatte, wo den Deutschen nichts gelungen war, war schließlich doch zu stark gewesen. Petra hatte sie mit einem hochmodernen Observierungsset ausgestattet: ein winziges Mikro in einem Kuli, dessen Signale auf einem ferngesteuerten Gerät von Marijke aufgefangen wurden. Sobald Tony Mann genug Beweise entlockt hatte, würden Marijke und ihre Kollegen zu seiner Rettung heranpreschen.
Der Plan war nicht ohne Risiko, aber Tony war genauso entschlossen gewesen wie Marijke, Manns Morden ein Ende zu setzen. »Beim letzten Fall ist viel mehr Gewalt im Spiel gewesen. Jetzt, wo er die Morde ganz offen mit Sexualität verbindet, wird er sie häufiger genießen wollen. Es gibt keinen Grund, warum er sich auf Deutschland und Holland beschränken sollte. Wenn es ihm in einem Land zu gefährlich wird, kann er einfach die Grenze überschreiten und von vorn anfangen. Wir können nicht zögern und warten, bis er endlich

einen Fehler macht, der mehr als nur Indizienbeweise liefert. Ich werde nicht hier sitzen und Däumchen drehen, während eine ganze Bevölkerungsgruppe wie Opferlämmer zum Abschlachten vorgesehen ist«, sagte er, als sie ihr Boot betraten. Und so hatten sie die letzten zwei Tage verbracht, indem sie auf dem Rhein umherfuhren – manchmal vor der *Wilhelmina Rosen*, manchmal weit hinter ihr –, wo sie abwechselnd im Cockpit standen und mit einem starken Fernglas die Bewegungen der drei Männer an Bord beobachteten. Alle zwei Stunden oder so riefen Karpf und Marijke einander an und hielten sich über den Ort, wo das Schiff gerade war, auf dem Laufenden. In der ersten Nacht fuhr es bis Mitternacht durch und machte dann außerhalb der Fahrrinne fest. Marijke und Tony mussten noch eine Meile flussabwärts weiterfahren, bevor sie einen Kai fanden, wo sie anlegen konnten. Marijke hatte darauf bestanden, dass sie nicht mehr als vier Stunden schlafen durften, um ihr Zielobjekt nicht aus den Augen zu verlieren. »Ich fange an zu glauben, dass die deutsche Polizei Recht hatte, als sie die Schwierigkeiten des Observierens von einem Boot aus betonte«, sagte sie spitz, als sie den Reißverschluss ihres Schlafsacks hochzog.

»Zumindest wissen wir, dass er heute Nacht niemanden umbringt«, sagte Tony. »Von dort kann er das Auto nicht an Land bringen.«

Marijke hatte sich mit einer dampfenden Tasse Tee im Cockpit zusammengekauert, als die *Wilhelmina Rosen* kurz nach sechs an ihnen vorbeizog. Sie rief Tony, damit er das Steuer übernahm, während sie ablegte, und bald waren sie wieder auf der Spur. An diesem Tag kamen sie bis zur holländischen Grenze, und der Frachter fuhr den ersten Industriehafen auf holländischem Gebiet, Vluchthaven Lobith-Tolkamer, an. »Was machen wir jetzt?«, fragte Tony.

»Es ist eine Stunde her, dass ich mit meinem Team Kontakt hatte. Sie könnten sehr schnell hier sein. Und nach den Unterlagen können wir diesen Hafen auch nutzen«, sagte Marijke und drehte am Steuerrad. »Wir beobachten also, wo die *Wilhelmina Rosen* festmacht, ich lasse dich an Land gehen und suche dann eine Anlegestelle für Jachten, oder?«
Es war leichter gesagt als getan. Sie schafften es, ihr Beobachtungsobjekt im Auge zu behalten, aber es war nicht leicht für Tony, in der Nähe an Land zu gehen. Die einzige Möglichkeit wäre eine Eisenleiter gewesen, auf der er vier Meter an der Hafenwand hätte hochklettern müssen, und Tony musste zugeben, dass dies seine gegenwärtigen Fähigkeiten weit überstieg. Schließlich fand Marijke einen Ponton, von dem er auf trockenes Land gelangen konnte, aber inzwischen waren sie beide in einem Zustand von Frustration und Sorge.
Tony ging zu der Stelle zurück, wo sie die *Wilhelmina Rosen* zuletzt gesehen hatten, was aber in der Theorie leichter als in der Praxis war, weil die Pontons und Molen anscheinend willkürlich in verschiedenen Richtungen von den Hauptkais ausliefen. Schließlich kam er an die lange Landungsbrücke, an deren Ende er die *Wilhelmina Rosen* erblickte. Erleichtert sah er, dass der Golf noch auf dem Achterdeck stand.
Es gab jedoch keinen günstigen Aussichtspunkt, von dem aus man das Schiff im Auge behalten konnte. Es war keine Stelle, wo man sich abends gemütlich hinsetzte, um die Schiffe zu beobachten, sondern ein Hafen, in dem gearbeitet wurde. Der einzige Vorteil für ihn bestand darin, dass es fast schon dunkel war. In etwa einer halben Stunde würde ihn niemand mehr hinter dem niedrigen Backsteingebäude bemerken, das landeinwärts am Ende des Kais stand. Er versuchte auszusehen, als erwarte er jemanden, ging auf und ab und sah auf seine Uhr. Zwanzig Minuten vergingen, die Nacht senkte sich um ihn he-

rab und wurde nur von den grellen, runden Lichtflecken der Lampen auf den Kais und von dem gedämpfteren Lichtschein auf den Booten durchbrochen. Ganz auf seine Beobachtung konzentriert, bemerkte er Marijke erst, als sie schon neben ihm stand. »Ich habe mit dem Team gesprochen. Sie werden in etwa zwanzig Minuten hier sein. Ist irgendwas passiert?«, fragte sie

»Kein Lebenszeichen.«

»Also warten wir, bis meine Leute hier sind.«

»Wir müssen sowieso warten. Ich muss ihn alleine erwischen.«

»Okay, aber wir sollten bereit sein, wenn die anderen kommen.« Marijke hantierte mit der Funkausrüstung, steckte Tony den Kuli an die Jacketttasche und den Kopfhörer in ihr Ohr. »Geh die Mole entlang und rede mit mir«, sagte sie und stellte den winzigen Rekorder ein, der auch zu dem System gehörte.

Genervt ging er los und zwang sich, die richtige Geschwindigkeit einzuhalten. Zu langsam würde nicht zu einem Touristen passen, und wenn er zu schnell ging, würde er auch auffallen. In Gedanken war er schon weiter – bei dem Treffen mit Mann –, und er versuchte ruhig zu bleiben, indem er sich auf seine Umgebung konzentrierte. Die Abendluft war beißend kalt und klar und neutralisierte so die schweren Dieselabgase und Essensgerüche, die hier und da von den am Kai festgemachten Schiffen kamen. Aber Tony war es heiß und sein Hemd klebte so unangenehm an ihm wie ein Taucheranzug an Land.

Er war die Hälfte der Molen abgegangen, als zwei Gestalten am Steuerhaus der *Wilhelmina Rosen* erschienen. »Oh Scheiße«, sagte er leise. »Marijke, da tut sich was. Zwei Männer, ich kann nicht sehen, ob einer von ihnen Mann ist.« Sein Herz klopfte wild, er ging weiter, während die beiden die Gangway herunter- und auf ihn zukamen. Als sie sich näherten, sah er, dass keiner der beiden seine Zielperson war. Sie gingen an ihm vorbei, ohne ihn auch nur eines neugierigen Blickes zu würdigen, und Tony murmelte: »Negativ. Ich glaube, er ist jetzt allein an Bord. Ich drehe um. Wenn du mich hören kannst, tritt ins Licht vor und winke mir zu.« Er wandte sein Gesicht in die Richtung, aus der er gekommen war, und sah Marijke in einen Lichtkegel treten. Sie hob eine Hand und ließ sie dann fallen. Das Vernünftigste wäre, zu ihr zurückzugehen und zu warten, bis das Unterstützungsteam an Ort und Stelle war. Aber dann konnte Mann auch schon das Schiff verlassen haben. Oder seine Mitarbeiter konnten wieder zurückkommen. Und Tony hatte keine Lust, sich durch vernünftige Überlegungen von seinem Vorhaben abbringen zu lassen.

Er kam von dem Gefühl nicht los, er müsse am rechten Ort sein, wenn sich ihm die entscheidende Gelegenheit bieten würde. Er begriff, wie gefährlich es war, aber der Gedanke ans Weiterleben war ihm nicht mehr wichtig, so dass der Ausgang für ihn keine Rolle spielte. Seine Schuldgefühle wegen Carol plagten ihn ständig und würden mit der Zeit immer schlimmer werden. Er war sich nicht sicher, dass dies etwas war, womit er leben konnte. Wenn hier alles zu Ende ging, dann sollte es eben so sein.

»Es tut mir Leid, Marijke, ich kann nicht warten. Ich gehe aufs Schiff und mache das Beste draus.« Tony schloss einen Augenblick die Augen und atmete tief durch. Sein Körper war so angespannt wie die Fesseln, die Krasic ihm angelegt hatte. Es brachte jetzt nichts, Angst zu haben. Er brauchte all seine Konzentration für Mann.

Er betrat die Gangway der *Wilhelmina Rosen* und rief dann: »Hallo? Darf ich an Bord kommen?« Er wusste, dass es Höflichkeitsregeln gab, wenn man sich einem Schiff näherte, das ja auch ein Zuhause war, und er wollte Mann nicht zu früh alarmieren.

Keine Antwort, obwohl im Steuerhaus und in der Kajüte darunter Licht zu sehen war. Er ging weiter aufs Deck zu und rief noch einmal. Diesmal erschien ein Kopf an der Tür des Steuerhauses. Es war der junge Mann mit dem Pferdeschwanz, den er schon in Koblenz gesehen hatte und der das Gesicht verzog, als versuche er, die Gestalt zu erkennen, die sich gegen die Lichter auf dem Kai abhob. Tony sagte auf Deutsch: »Kann ich an Bord kommen?«

»Wer sind Sie?«, fragte der Schiffer, den er für Wilhelm Mann hielt.

»Ich suche Wilhelm Mann.«

»Ich bin Willi Mann. Was wollen Sie von mir?«

»Können wir drinnen reden? Es ist eine private Angelegenheit«, sagte Tony und versuchte, harmlos auszusehen, indem er die Arme locker und unverfänglich herunterhängen ließ. Dies war das Schlüsselmoment. Alles konnte verloren sein, wenn Mann wegen einer winzigen Kleinigkeit misstrauisch wurde.

Mann runzelte die Stirn. »Was für eine private Angelegenheit?«

»Es geht um Ihren Großvater.« Tony trat einen Schritt näher, eine entspannte Geste, die ihm den Anschein geben sollte, nur etwas ganz Belangloses vorzuhaben.

Mann schien bestürzt. »Ich habe Sie in Koblenz schon gesehen. Verfolgen Sie mich? Was wollen Sie von mir?«

»Nur mit Ihnen reden. Darf ich?« Tony ging bis ans Ende der Gangway und tat so, als sei es das Natürlichste von der Welt.

»Na gut. Kommen Sie ins Steuerhaus«, sagte Mann widerwillig.

Es war ein bemerkenswerter Anblick, der sich ihm hier bot, dachte Tony, als er eingetreten war. Alles glänzte. Das Holz war spiegelblank poliert, und das Messing schimmerte leicht, als sei es von innen beleuchtet. Ein Regal enthielt ordentlich zusammengefaltete Karten, und der Kartentisch war makellos ohne einen einzigen Kaffeefleck. Der Raum roch nach Poliermittel und dem scharfen, chemischen Duft eines Luftreinigers. Mann stand an die Wand gelehnt und hatte die Arme vor der Brust verschränkt. Er wirkte jung und abwehrend. Tony sah in ihm einen Moment den verstörten Jungen vor sich und spürte das vertraute Mitgefühl in sich aufsteigen. Wer wusste, was er durchgemacht hatte, bis er an diesen Punkt gekommen war? Tony konnte es sich vorstellen, und das war kein Trost. Denn eines stand fest: Selbst wenn er Mann am wahrscheinlichsten damit beikommen konnte, dass er die verbale Brutalität seines Großvaters nachahmte, würde er diesen Weg nicht einschlagen. Es musste eine andere Möglichkeit geben, diese Morde zu einem Ende zu bringen, und er musste sie finden.
»Was wissen Sie über meinen Großvater?«, fragte Mann.
»Ich weiß, was sie mit ihm auf Schloss Hohenstein gemacht haben.«
Mann riss die Augen auf und presste die verschränkten Arme fest an seine Brust. »Was meinen Sie damit?«
»Er wurde seiner Familie weggenommen und wie ein Tier behandelt. Ich kenne die Experimente. Ich weiß sogar über die Wasserbehandlung Bescheid. Es waren furchtbare Dinge, die man Kindern dort im Namen der Wissenschaft antat. Es muss schreckliche Folgen für ihn gehabt haben.« Tony sah, dass seine Worte ihre Wirkung nicht verfehlten. Mit jedem Satz schien Mann mehr in sich zusammenzusinken. Aber jetzt musste er ihn dazu bringen, dass er sich öffnete. »Sie müssen einen grausamen Preis für das gezahlt haben, was man ihm angetan hat.«

»Was hat das mit Ihnen zu tun?« Manns Stimme war feindselig und trotzig, und er nahm die Haltung eines Menschen ein, der entschlossen ist, die Situation auszusitzen.
Tony machte schnell eine Bestandsaufnahme. Wie groß sein Verständnis für Manns Schmerz auch war, ging es hier doch nicht um eine Situation, wo der sanfte, therapeutische Ansatz etwas bringen würde. Es würde viel zu lange dauern, ihn dahin zu bringen, dass er erleichtert seine Albträume aufdecken würde. Es war an der Zeit, die Festung zu stürmen. »Ich glaube, es ist der Grund, weshalb Sie meine Freunde umgebracht haben.«
Manns Augen wurden schmal, und sein Kopf schien zwischen die Schultern zu sinken wie bei einem wachsamen Vogel. Tony roch den Schweiß, der die künstlichen Düfte in dem engen Raum überlagerte. »Ihr Deutsch ist nicht so gut, wie Sie glauben. Was Sie sagen, macht keinen Sinn«, sagte Mann und versuchte auf klägliche Weise arrogant zu klingen. »Wer sind Sie überhaupt?«
»Mein Name ist Tony Hill. Dr. Tony Hill. Ich bin Psychologe.« Er lächelte. Damit hatte er sich ohne Rettungsnetz auf das Seil begeben. Und es störte ihn nicht. »Es stimmt, Willi. Ich bin der Feind.«
»Ich glaube, Sie sind verrückt. Und ich möchte, dass Sie sofort mein Schiff verlassen.«
Tony schüttelte den Kopf. Die ersten Risse begannen sich zu zeigen. Aber er hatte noch nichts, was als Geständnis gelten konnte. Es war an der Zeit, neue Ansatzpunkte zu finden. »Ich glaube nicht, dass Sie das möchten. Ich glaube, Sie wollen, dass jemand die Bedeutung dessen erkennt, was Sie tun. Sie haben nicht angefangen zu töten, weil der Gedanke daran Sie erregte. Sie haben angefangen zu töten, um die Psychologen an dem zu hindern, was sie taten. Aber wenn niemand das

begreift, ist alles nur Zeitverschwendung gewesen. Nichts wird sich ändern. Die Psychologen werden weiter die Köpfe der Leute durcheinander bringen. Und Sie werden im Gefängnis sitzen. Oder noch schlimmer. Weil sie wissen, dass Sie der Täter sind, Willi. Und früher oder später werden sie es auch beweisen.«

Mann stieß einen rauen Laut aus, der vielleicht ein Lachen sein sollte. »Ich weiß nicht, wovon Sie sprechen.«

Tony setzte sich auf einen hohen Stuhl am Kartentisch. Das Geheimnis, wie man jemanden wie Mann dazu bringen konnte, sich zu öffnen, bestand darin, seine Reaktionen abzulesen und den Vorstoß entsprechend zu verändern. Es brachte nichts, eine Vorgehensweise sorgfältig im Voraus auszuarbeiten. Er hatte den Kurs schon einmal gewechselt, und es war Zeit, es wieder zu tun. Jetzt war seine beste Waffe, vorzutäuschen, er wolle ganz logisch vorgehen. Er musste so tun, als sei das, was er sagte, selbstverständlich und nicht weiter bemerkenswert. »Sie können es so sehr abstreiten, wie Sie wollen. Aber Sie werden beobachtet. Wenn Sie morgen Abend, oder übermorgen, oder noch einen Abend später ausgehen, werden sie Sie verfolgen. Sie werden Sie nicht noch jemanden umbringen lassen, Willi. Wenn Sie auf mich hören, gibt es nur zwei Möglichkeiten. Entweder Sie hören auf, oder Sie werden erwischt. Und so oder so wird niemand Ihre Botschaft hören.«

Mann rührte sich nicht. Er starrte Tony nur an und atmete schwer durch die Nase.

Tony beugte sich mit ernstem Gesicht vor. »Deshalb brauchen Sie mich. Weil ich der Einzige bin, der bis jetzt verstanden hat, was Sie sagen wollen. Kommen Sie mit. Geben Sie auf. Ich werde dafür sorgen, dass sie die Botschaft hören. Normale Menschen werden mit Ihnen fühlen. Sie werden Sie verstehen. Sie werden entsetzt sein darüber, was Ihnen und Ihrem Großvater geschehen ist. Jeder zivilisierte Mensch wäre entsetzt. Man wird die Psychologen zwingen, das zu verantworten, was sie getan haben. Man wird darauf bestehen, dass sie aufhören, den Schaden anzurichten, der Ihre Kindheit so beklagenswert gemacht hat. Sie werden gewonnen haben.«

Mann schüttelte den Kopf. »Ich weiß nicht, warum Sie mir dies alles sagen«, antwortete er verbissen. Auf seiner Oberlippe glänzte eine dünne Schweißschicht.

»Weil es fast vorbei ist. Und Sie haben einen Fehler gemacht, nicht wahr?«

Jetzt blickten Manns Augen besorgt. Er wandte den Blick ab und kaute auf seiner Unterlippe. Tony sah, dass er endlich dabei war, etwas zu erreichen.

»Marie-Thérèse Calvet, das war ein Fehler. Damit haben Sie denen einen Vorwand geliefert, Sie wie jeden anderen sexuell gestörten Psychopathen zu behandeln. Sie werden nicht in der Lage sein, darüber hinwegzusehen und die Realität zu erkennen, weil sie beschränkt und dumm sind. Sie denken vielleicht, Sie könnten im Gerichtssaal die Gelegenheit haben, sich zu erklären, aber glauben Sie mir, Sie werden es wahrscheinlich nicht einmal bis zum Gericht schaffen. Nach dem, was Sie mit Dr. Calvet gemacht haben, braucht man keinen besonderen Grund, um Sie wie einen Hund niederzuschießen.«

Mann fuhr sich mit der Hand über den Mund und verriet damit endlich, wie bestürzt er war. »Warum sprechen Sie so mit mir?« Seine Stimme klang bittend, und Tony musste ihm darauf antworten.

»Weil es meine Aufgabe ist, Menschen zu helfen, die sich in eine ausweglose Situation bringen. Wenn die meisten Leute jemanden wie Sie sehen, halten sie ihn für böse. Oder für krank. Ich dagegen sehe einfach nur jemanden, der gekränkt worden ist. Ich kann die Verletzung nicht ungeschehen, aber es manchmal möglich machen, damit zu leben.«

Doch das zu sagen war genau das Falsche. Mann stieß sich von der Wand ab und fing an, in dem winzigen Raum zwischen Kajütfenster und Kartentisch erregt hin und her zu gehen. Der Anschein von Verletzlichkeit war verschwunden, und an ihre Stelle war zornige Erregung getreten. Er verhaspelte sich beim Sprechen und ballte immer wieder wie im Krampf die Fäuste. »Sie sind ein Scheißpsychologe. Sie verdrehen alles. Sie kommen hierher, auf mein Schiff, in mein Zuhause und sprechen die Unwahrheit über mich. Sie haben kein Recht dazu. Ihr lügt alle. Ihr sagt, ihr wollt helfen. Und dabei helft ihr niemals. Ihr macht alles nur schlimmer.«

Plötzlich hielt er inne und ging einen Schritt auf Tony zu, versperrte ihm den Weg zur Tür und rückte ihm bedrohlich näher. Er sprach schnell und klar. »Ich könnte Sie jetzt umbringen. Weil ich Ihnen nicht glaube. Niemand weiß, wer ich bin. Niemand kennt mich.«

Tony versuchte die Angst nicht zu zeigen, die in ihm aufstieg. Plötzlich begriff er, dass er unbedingt am Leben bleiben wollte, egal was er gedacht hatte, als er auf dem Kai stand. »Ich kenne Sie, Willi. Ich weiß, dass Ihre Motive uneigennützig waren«, sagte er, spürte, wie sich seine Kehle zuschnürte, und wusste, dass seine einzige Chance war, weiterzusprechen. »Sie haben gesehen, was nötig war, und Sie haben es getan. Aber jetzt haben Sie genug getan, um Ihre Botschaft zu vermitteln. Lassen Sie mich für Sie sprechen. Lassen Sie mich alles erklären.«

Mann schüttelte heftig den Kopf. »Sie werden mir mein Schiff nehmen. Ich würde mich lieber wie einen Hund abknallen lassen, als dass ich mir mein Schiff nehmen lasse.« Er machte unvermittelt einen Sprung auf Tony zu. In seiner Hast, zu entkommen, kippte Tony mit dem Stuhl nach hinten, stürzte krachend zu Boden und schrie vor Schmerz auf, als seine verwundete Schulter und die gebrochenen Rippen auf dem Deck aufschlugen. Er drückte sich gegen den Holzboden und wartete auf den Schlag, der nicht kam.

Denn Mann interessierte sich nicht für Tony. Sein Ziel war die Schublade des Kartentisches gewesen. Er riss sie auf und fuhr mit der Hand hinein. Sie kam mit einem großen, unförmigen Revolver wieder heraus. Er betrachtete ihn einen Moment verwundert und steckte sich dann den Lauf in den Mund. Tony sah machtlos und entsetzt zu, wie Manns Finger abdrückte. Aber statt einer lauten Explosion erfolgte nur ein trockenes, metallisches Klicken.

Mann zog die Waffe aus seinem Mund und starrte sie verdutzt an. Im selben Moment stürzte Marijke mit ihrer Walther P5 in den Händen durch die Tür des Steuerhauses. Sie erfasste sofort die Situation, die sie vor sich sah: Tony hilflos auf dem Boden, während Mann eine Schusswaffe schwang. Im Bruchteil einer Sekunde traf sie ihre Entscheidung.

Zum zweiten Mal innerhalb einer Minute drückte ein Finger auf den Abzug.

Dieses Mal spritzten Knochensplitter, Gehirnmasse und Blut durch das tadellos saubere Steuerhaus der *Wilhelmina Rosen*. Es war vorbei.

Epilog

Es war nicht so, dass es nichts zu sagen gegeben hätte. Eher zu viel – und keiner von beiden wusste, wo anfangen. Oder auch nur, ob es überhaupt eine gute Idee war, zu beginnen.

Der Ort, an dem sie sich endlich trafen, war so neutral wie möglich. Sie saßen sich in einem Café des internationalen Warteraums im Flughafen Schiphol gegenüber. Es war nicht nur geographisch ein Niemandsland, es war auch ein Treffen, das zeitlich begrenzt war, da sie beide auf einen Flug warteten.

Eine Weile saßen sie schweigend da, was leichter war, als zu sprechen. Carols Nase würde nie wieder so aussehen wie vorher, aber man hatte im Krankenhaus in Berlin gute Arbeit geleistet, sie wieder in die richtige Position zu bringen. Die blauen Flecken waren fast weg, nur das Gewebe um die Augen herum war noch geschwollen, als hätte sie sich in den Schlaf geweint. Tonys Verletzungen würden längere Zeit zur Heilung brauchen. Seine gebrochenen Finger taten noch weh, und seine Rippen quälten ihn pausenlos. Aber das würde vorbeigehen.

Beide hatten alles in ihrer Macht Stehende getan, um zu genesen. Aber beide befürchteten, dass das, was in ihrem Inneren kaputt war, sich nicht reparieren lassen würde.

Schließlich brach Carol das Schweigen. »Weißt du noch, was Radecki am Ende sagte?«
Tony nickte. »Dass er gewonnen hätte, weil du ihn nie wieder los würdest?«
»Ja.« Sie rührte ihren Kaffee um. »Er hat sich geirrt, weißt du. Er ist nie in mich hineingelangt, verstehst du? Nur in meinen Körper. Und das zählt nicht. Eigentlich nicht. Er ist derjenige, der nie frei sein wird. Weil ich ihn im Innersten getroffen habe. Also hat er nicht gewonnen, Tony.«
Tonys Lächeln war nur in seinen Augen zu sehen. »Ich bin froh. Wirst du bei der Polizei bleiben?«
»Es ist das Einzige, was ich gut kann. Ich werde aber nicht mehr mit Morgan und seinen Leuten zusammenarbeiten. Es ist mir egal, was er denkt. Ich bin nicht wie er, und er wird mich auch nicht vom Gegenteil überzeugen können. Sie lassen mir etwas Zeit für die Entscheidung, wohin ich gehen und was ich tun will. Wie steht's mit dir? Wirst du weiter im Verborgenen bleiben?«
»Nein. Das kann ich nicht. Die letzten Wochen haben ja gezeigt, dass Täterprofile das sind, was ich am besten kann. Ich werde die Fühler ausstrecken, wenn ich zurückkomme, mal sehen, ob es für mich eine Möglichkeit bei Europol gibt. Mit solchen Leuten bei der Polizei wie Marijke und Petra kann ich gute Arbeit leisten.«
»Da bin ich aber erleichtert. Ich dachte, das hätte dich jetzt wieder davon abgebracht.«
Wieder verstummten sie. Diesmal sprach Tony zuerst. »Also, wie geht es mit uns beiden von hier aus weiter?«
Carol zuckte mit den Schultern. »Keine Ahnung. Es wird weiter- und irgendwie auch vorangehen.«
»Da wäre ich dann gern dabei«, sagte er.
Sie lächelte. »Ich glaube nicht, dass du eine andere Wahl hast.«

Danksagung

Es birgt viele Risiken, wenn man sich außerhalb des vertrauten heimischen Bereichs bewegt. Viele haben mir geholfen, diese Risiken möglichst gering zu halten. Dazu gehören: Pieke Biermann und Tom Wortche, die das Irish Pub in Berlin gefunden und mir andere wichtige Recherchemöglichkeiten eröffnet haben; Jeanet van Wezel zeigte mir Leiden; Jürgen und Marita Alberts machten mich mit Bremen bekannt; Ron Mackay schmuggelte mich an Orten ein, wo ich gar nicht hätte sein dürfen; Hartmut Geisser fuhr mit mir auf der Spree und ließ mich an seiner jahrelangen Lebenserfahrung als Schiffer teilhaben; Kapitän Kirk Schoorman und Nils Clausen gewährten mir Einblicke in das Leben auf dem Wasser; Adrian Muller stand mir hilfreich zur Seite, wo es um die Organisation der niederländischen Polizei ging; und Dr. Sue Black half mir bei Fachfragen der Pathologie. Danken möchte ich auch dem British Council, das mir die erste Reise nach Köln und Berlin und die Teilnahme am LitFest in Köln ermöglichte, wo ich meine Bekanntschaft mit dieser Stadt vertiefte.

Außerdem bedanke ich mich bei Gill Lockwood und dem Personal der Station ACU am Krankenhaus in Leeds sowie der Stationen CDU und SM4 am St. Mary's Hospital in Manchester, ohne deren Einsatz es mir viel schwerer gefallen wäre, dieses Buch zu schreiben ... Und weiterhin Dank an all jene, die mich in wichtigen Phasen des Schreibens unterstützt haben: Lisanne, Julia, Jane, Diana, Kate, Leslie und am allermeisten Brigid.

In Bezug auf die Schauplätze verschiedener europäischer Orte und bei den einzelnen Polizeistrukturen habe ich mir einige teuflische Freiheiten geleistet. Aber es geht hier um Fiktion, und der Leser wird mir meine lockere Hand im Umgang mit der Realität nachsehen. Zumindest die Flüsse stimmen.

Val McDermid

Ein Ort für die Ewigkeit

Roman

Düster der Ort und verschlossen die Menschen von Scardale, einem 30-Seelen-Dorf, wo an einem frostigen Dezembertag ein Mädchen verschwindet. Es gibt einen Mörder, aber keine Leiche, es gibt Gerechtigkeit, aber keine Wahrheit.
In brillanten Spannungsbögen zeichnet Val McDermid nicht nur das Psychogramm eines leidenschaftlichen Kommissars, sondern eines ganzen Dorfes, das, so scheint es, den Mantel des Schweigens über ein entsetzliches Verbrechen gebreitet hat.

»Ein atmosphärisch ungemein dichter Roman über die Macht des Schweigens und die Ohnmacht eines Kommissars – mit literarischen Qualitäten.« *Brigitte*

»Dieses Buch nimmt uns den Atem.« *Süddeutsche Zeitung*

Knaur Taschenbuch Verlag

Val McDermid

Die Erfinder des Todes

Roman

Ein Killer geht um – und er scheint Dichtung und Wahrheit zu verwechseln. Seine Opfer: die berühmtesten Thrillerautoren der Welt. Seine Methode: so einfach wie genial. Denn die Auserwählten sterben so langsam, so raffiniert oder so brutal, wie sie es in ihren Büchern minutiös beschrieben haben.
Ein Spannungsroman mit ganz besonderer Note!

»Von McDermids literarischen Katz-und-Maus-Spielen kann man einfach nicht genug bekommen.« *Brigitte*

Knaur Taschenbuch Verlag